Un père dans la tourmente

———

Un mensonge si périlleux

———

Un témoin en danger

NICHOLE SEVERN

Un père
dans la tourmente

Traduction française de
ISABEL ROVAREY

BLACK ROSE
Harlequin

Collection : BLACK ROSE

Titre original :
MIDNIGHT ABDUCTION

© 2020, Harlequin Books S.A.
© 2021, HarperCollins France pour la traduction française.

Ce livre est publié avec l'autorisation de HARLEQUIN BOOKS S.A.

Tous droits réservés, y compris le droit de reproduction de tout ou partie de l'ouvrage, sous quelque forme que ce soit.
Toute représentation ou reproduction, par quelque procédé que ce soit, constituerait une contrefaçon sanctionnée par les articles 425 et suivants du Code pénal.

Si vous achetez ce livre privé de tout ou partie de sa couverture, nous vous signalons qu'il est en vente irrégulière. Il est considéré comme « invendu » et l'éditeur comme l'auteur n'ont reçu aucun paiement pour ce livre « détérioré ».

Cette œuvre est une œuvre de fiction. Les noms propres, les personnages, les lieux, les intrigues, sont soit le fruit de l'imagination de l'auteur, soit utilisés dans le cadre d'une œuvre de fiction. Toute ressemblance avec des personnes réelles, vivantes ou décédées, des entreprises, des événements ou des lieux, serait une pure coïncidence.

Le visuel de couverture est reproduit avec l'autorisation de :

HARLEQUIN BOOKS S.A.

Tous droits réservés.

HARPERCOLLINS FRANCE
83-85, boulevard Vincent-Auriol, 75646 PARIS CEDEX 13
Service Lectrices — Tél. : 01 45 82 47 47 — www.harlequin.fr
ISBN 978-2-2804-6282-2 — ISSN 1950-2753

Composé et édité par HarperCollins France.
Imprimé en septembre 2021 par CPI Black Print (Barcelone)
en utilisant 100% d'électricité renouvelable.
Dépôt légal : octobre 2021.

Pour limiter l'empreinte environnementale de ses livres, HarperCollins France s'engage à n'utiliser que du papier fabriqué à partir de bois provenant de forêts gérées durablement et de manière responsable.

Prologue

Ils lui avaient dit de ne pas avertir la police.

Il n'arrivait pas à réfléchir. Avait du mal à respirer.

S'obligeant à mettre un pied devant l'autre, il s'efforça d'ignorer la douleur qui lui martelait l'arrière du crâne, là où le ravisseur l'avait frappé quand il l'avait plaqué au sol et assommé. Owen. Olivia... Ils avaient été là. Il n'avait pas su, pas pu les protéger, mais il les chercherait. Sans relâche. Jusqu'à ce qu'il les ait retrouvés.

Un soudain étourdissement fit basculer le monde sur son axe, et il heurta un poteau en bois qui se trouvait dans sa trajectoire, sur le trottoir. Le rideau de ses cheveux, qu'il portait aux épaules, tomba devant ses yeux, lui masquant la vue, tandis qu'il recouvrait tant bien que mal son équilibre. Aussitôt après avoir repris connaissance, une quinzaine de minutes plus tôt, il s'était précipité à l'extérieur pour courir après les feux arrière du SUV mais trop tard : la route non asphaltée qui menait en ville était déserte. Cependant, le nuage de poussière soulevé par le véhicule n'était pas encore retombé. Ils ne pouvaient pas être bien loin. Quelqu'un avait dû voir quelque chose.

En dépit de la température qui chutait et de l'humidité prégnante dans l'air, la sueur perlait à ses tempes. Sous le ciel nocturne troué par le clair de lune blafard, il prit une grande inspiration. Ses muscles raidis par l'épuisement l'imploraient de s'arrêter, mais il ne pouvait pas. Il devait continuer.

Retrouver ses enfants. Il n'avait plus qu'eux. Ils étaient tout ce qui comptait pour lui.

Les devantures vieillottes des magasins bordant la rue principale se brouillèrent devant ses yeux.

Quelques adolescents étaient attroupés sur le trottoir, un peu plus loin. En quittant sa maison, située juste à la lisière du bourg, le ravisseur avait foncé droit vers le centre. Peut-être l'un d'eux pourrait-il le renseigner sur la direction qu'il avait prise. Les routes n'étaient pas si nombreuses dans ce secteur. Il attrapa un gamin par la manche.

— Avez-vous vu passer un SUV noir ?

Le garçon, qui pouvait avoir seize ou dix-sept ans, secoua la tête et se dégagea.

Les voix lui parvenaient au travers du tintement de ses oreilles, et il vit le cercle des adolescents se resserrer devant la droguerie – la plus vieille boutique de Sevierville. Les poumons en feu, il balaya la rue du regard. Quelqu'un avait forcément vu quelque chose, bon sang. N'importe quoi. Il fallait…

— Elle saigne ! s'écria une fille. Il faut appeler une ambulance.

Les cheveux se hérissèrent sur sa nuque. Quelqu'un était blessé ? Écartant vivement les jeunes, il vit un pantalon de pyjama rose et des orteils aux ongles vernis de violet, qu'il reconnut instantanément. La panique le saisit. Le cœur menaçant de bondir hors de sa poitrine, il plongea vers la petite fille de six ans étendue sur le trottoir sans prêter attention à la douleur qui lui vrillait le genou.

— Olivia !

1

— Félicitations, Ramirez ! déclara la directrice, Jill Pembrook, en glissant l'index sur sa tablette, ce qui eut pour effet de faire s'allumer tous les moniteurs encastrés dans la table de la salle de réunion. La prochaine mission est pour vous.

Une nouvelle mission ? Cela faisait si longtemps qu'elle commençait à se demander si ses erreurs passées n'avaient pas eu un impact négatif sur son statut au sein de l'équipe. L'agent Ana Sofia Ramirez réprima un sourire comme deux autres agents applaudissaient en la congratulant à leur tour. Son siège en cuir grinça comme elle se renfonçait contre le dossier pour regarder le grand écran, derrière la directrice.

— De quoi s'agit-il ?

— De l'enlèvement d'un enfant de six ans, répondit la directrice.

Le silence tomba dans la salle, presque aussi tangible que la tension qui, aussitôt, raidit les muscles des épaules d'Ana. Prenant une profonde inspiration, elle se concentra sur le moniteur, devant elle. C'était ce à quoi elle avait été formée – retrouver les personnes disparues –, mais pas un seul des agents présents dans la pièce ne se serait porté volontaire pour une mission telle que celle-ci.

— On dispose de combien de temps ?

— Vingt-quatre heures. Le père a expressément signifié qu'il ne voulait voir personne d'autre que l'agent qu'il a nommément mentionné se mêler de l'enquête. C'est là que vous entrez en jeu. Mais le facteur temps est crucial dans un kidnapping.

Donc, que cela lui plaise ou non, nous allons mettre toutes nos ressources disponibles sur l'affaire.

Pembrook se tourna vers le grand écran à l'extrémité de la salle et effleura sa tablette. Une carte s'afficha, centrée sur une portion de propriété privée à la périphérie de Sevierville, dans le Tennessee. Les cheveux grisonnants, les traits aiguisés, la petite femme qui se tenait en bout de table était un personnage qui faisait autorité au sein du FBI. Jill Pembrook était typiquement le genre de personne à ne pas décevoir, et Ana n'avait nullement l'intention de mettre ce précepte à l'épreuve. La directrice poussa une enveloppe en papier kraft dans sa direction.

— Vous interviendrez sous couverture ; vous vous ferez passer pour une ancienne petite amie de passage en ville, qui a entendu la terrible nouvelle concernant son fils et est venue lui témoigner son soutien. Je veux que vous tissiez des liens assez étroits avec le père pour découvrir ce qu'il pourrait éventuellement avoir à gagner en enlevant son fils et en nous tenant à distance. Les agents Cantrell et Duran vous aideront de là-bas, sauf indication contraire de votre part.

Maldición. Nom d'un chien.

— S'il s'agit d'un rapt ciblé, les ravisseurs ont sûrement pris leurs renseignements en amont. Et, s'ils ont épluché la vie du petit garçon, ils connaissent peut-être déjà tout son entourage…

Ana leva les yeux et regarda les hommes assis en face d'elle. L'agent JC Cantrell s'occupait des opérations de surveillance, Evan Duran, des négociations en cas de prise d'otages, et Ana, elle, faisait de son mieux pour retrouver les disparus. À eux trois, ils ne formaient qu'une partie de la Division criminelle tactique mais, apparemment, c'était ce groupe restreint qui allait mettre le cap sur Sevierville, dans le Tennessee, l'endroit où elle s'était juré de ne plus remettre les pieds. Trop de souvenirs, trop de chagrin. Mais, à la seule idée de passer son tour alors qu'elle avait bataillé si dur pour faire oublier le passé, tout son être se révulsait.

— Qu'est-ce qui me garantit que ma couverture ne sera pas compromise à la seconde où je prendrai contact ?

— Ce ne sera pas un problème, s'agissant de cette enquête, répondit Pembrook.

Le FBI disposait d'une surface financière considérable et de vastes ressources de renseignement en matière d'activité criminelle, mais leur siège social était à Washington DC. Certes, des antennes régionales étaient implantées dans la plupart des grandes villes du pays afin que le Bureau puisse assister la police locale en cas de besoin, mais les localités plus petites ou rurales se retrouvaient exclues du dispositif et privées de l'accès à un soutien rapide. La tendance était donc à la décentralisation, et des ressources fédérales étaient de plus en plus mobilisées vers des communes de moindre importance afin d'y traiter la criminalité à grande échelle. Terrorisme, prises d'otages, enlèvements, fusillades... Mais, avec la multiplication de ces actes criminels, le besoin d'interventions toujours plus rapides s'était fait sentir et c'était dans ce contexte que le FBI avait créé une équipe d'élite composée d'experts issus de différentes unités : la Division criminelle tactique.

— À quand remonte la disparition ?

Classé parmi les meilleurs négociateurs de toute l'histoire du Bureau, l'agent Evan Duran avait sauvé des centaines de vies au cours de sa carrière en soutirant le maximum de renseignements des suspects avec un minimum d'engagement personnel. Si les ravisseurs avaient formulé une quelconque requête, Ana ne doutait pas qu'il effectuerait toutes les recherches dont elle aurait besoin pour retrouver la victime.

— Y a-t-il eu demande de rançon ?

— L'enfant a disparu il y a six heures, déclara Pembrook en revenant s'asseoir à l'extrémité de la table. Et, pour répondre à votre deuxième question, non, rien.

Ana fit défiler le contenu du dossier sur le moniteur, devant elle. Toutes les quarante secondes, un enfant était porté disparu aux États-Unis, ce qui, rapporté à l'année, donnait un total de plus de quatre cent soixante mille disparitions. Sur ce nombre, près de mille cinq cents enfants avaient été enlevés et, dans la plupart des cas, le suspect principal était un parent ou un proche. Il y avait donc une chance que la mère de l'enfant soit en cause, ce qui aurait expliqué l'absence de… Ana se figea en lisant le nom du père sur le rapport de police.

— Benning Reeves.

L'enfant kidnappé était le fils de Benning, Owen.

— Il a spécifiquement demandé que ce soit vous qui vous chargiez de l'enquête, Ramirez, souligna Pembrook.

L'attention appuyée avec laquelle sa supérieure l'observait ramena instantanément Ana au moment présent. Elle s'appliqua à rester de marbre.

Ce n'était donc pas son expérience en matière de personnes disparues qui avait motivé sa nomination à la tête de l'enquête, mais le fait qu'elle avait été intimement liée à l'homme qui voulait tenir le FBI à distance et dictait ses conditions…

La directrice avait raison. Sa couverture, dans cette enquête, ne constituerait pas un problème puisque ce n'était rien d'autre que…

La pure vérité.

Ana passa la langue sur ses lèvres sèches.

— Et qu'en est-il de la fillette, Olivia ?

— Elle a été kidnappée aussi, mais la police locale l'a retrouvée quelques minutes après le rapt.

Le soulagement l'envahit tandis que la directrice l'étudiait, les yeux plissés, mais Ana n'avait pas le temps de se laisser impressionner par ce regard inquisiteur. Le fils de Benning avait été enlevé, et il n'y avait pas une minute à perdre. La première question à se poser était « pourquoi ». Pour autant qu'elle sache, Benning avait continué à travailler pendant toutes ces années comme inspecteur des bâtiments pour la municipalité. Il n'était pas endetté ni mêlé de près ou de loin à une quelconque activité criminelle. À supposer qu'il s'agisse d'une affaire personnelle, pourquoi avait-on choisi de le viser en s'en prenant à ses enfants ?

— Ils pensent qu'elle a réussi à sauter du véhicule du ravisseur pendant qu'il roulait, mais on n'en aura pas la certitude tant que les médecins ne permettront pas aux enquêteurs de l'interroger. Il faut que vous soyez là-bas quand elle se réveillera pour découvrir si elle se rappelle quelque chose qui pourrait nous aider à retrouver son frère. Que le père veuille ou non que la DCT se saisisse officiellement de l'enquête.

Ana hocha la tête. Ils pouvaient d'ores et déjà exclure la mère des jumeaux de la liste des suspects. Lilly Reeves était morte en les mettant au monde six ans plus tôt. Ana lutta pour contrôler la pulsation lancinante qui s'était mise à battre à l'intérieur de son crâne. Benning avait demandé qu'elle soit chargée de l'affaire mais, compte tenu de ce qui s'était passé la dernière fois qu'elle s'était trouvée dans la même pièce – le même lit – que lui, elle ne comprenait pas pourquoi. Un simple appel téléphonique avait tout changé entre eux. Il avait poursuivi son chemin de son côté, épousé une femme de la région et eu des enfants peu après le départ d'Ana. Et voilà maintenant qu'elle devait se réinsérer dans sa vie pour retrouver son fils disparu.

Il y avait beaucoup d'autres agents plus qualifiés qu'elle pour mener cette enquête, des agents qui n'avaient pas mis leur carrière en jeu à cause d'une mauvaise décision. Des agents qui n'avaient aucun lien avec l'affaire. Qu'était-elle censée lui dire après tout ce temps ? Ils ne s'étaient plus parlé après cette nuit-là, même si une petite voix intérieure lui avait soufflé de reprendre contact, de renouer avec la seule personne dont elle n'avait jamais vraiment réussi à se détacher. Elle déglutit avec peine pour chasser la boule qui s'était formée dans sa gorge. Quoi qu'il se soit passé entre elle et Benning, elle ne pouvait pas se laisser aveugler par l'émotion cette fois. La vie d'un petit garçon était en jeu.

— Je vais aller visionner les vidéos des caméras de surveillance du trafic routier, annonça en se levant l'agent JC Cantrell, son regard vert clair rivé sur elle.

Spécialiste de la surveillance, l'ancien militaire conduisait la plupart des opérations de ce type à la DCT, qu'elles soient légales ou pas tout à fait. Ce n'était pas ça qui inquiétait Ana pour l'instant. Un gamin de six ans se trouvait quelque part – seul, effrayé. C'était précisément ce pour quoi leur division avait été créée, ce à quoi *elle* avait été entraînée. Elle ne reproduirait pas la même erreur qu'autrefois, quand Benning faisait partie de sa vie.

JC se dirigea vers la porte, Duran à son côté, et lui lança un coup d'œil par-dessus son épaule.

— Avec un peu de chance, dans une heure, je pourrai peut-être te fournir le numéro d'immatriculation et la localisation du véhicule.

— Tenez-moi au courant et gardez vos téléphones sur vous. Je vous appellerai en cas de besoin, déclara Ana, sa longue chevelure noire héritée de son père hispanique glissant le long de son épaule comme elle se levait, elle aussi.

Sevierville n'était pas loin, à seulement une petite cinquantaine de kilomètres au sud-est de Knoxville, où se situait le siège de la DCT, mais, si elle voulait questionner la fille de Benning avant que l'équipe médicale n'ait autorisé la police locale à le faire, il fallait qu'elle se mette en route sur-le-champ. Avec un signe de tête à l'adresse de Pembrook, elle rangea sa chaise devant la table.

— Je vous tiendrai au courant sitôt que j'aurai vu Olivia Benning.

— Faites attention, Ramirez.

La voix de la directrice l'arrêta au moment où Ana atteignait la double porte vitrée, pressée de s'échapper. Elle sentit la brûlure du regard gris acier dans son dos.

— Je vous ai confié cette mission parce que vous connaissez le père de la victime et qu'il a lourdement insisté en ce sens, mais ne laissez pas ce lien et l'aspect émotionnel qu'il induit entraver votre travail.

La voix de Pembrook s'adoucit.

— Nous ne pouvons pas nous permettre une nouvelle perte. D'accord ?

Ses cheveux se dressèrent sur sa nuque, mais elle ne put se

retourner, incapable d'affronter l'avertissement bien réel que véhiculaient les paroles de Jill Pembrook. Un poids s'abattit sur ses épaules et ses genoux flageolèrent comme les souvenirs qu'elle avait fermement enfouis au fond de sa mémoire forçaient le passage pour affleurer de nouveau à la surface. Elle replia les doigts, ses ongles s'enfonçant dans ses paumes, et, aussitôt, le couvercle de la boîte de Pandore se rabattit. Elle était devenue experte à ce jeu-là. Compartimenter, se détacher de tout ce qu'elle se refusait à admettre – tout particulièrement concernant Benning Reeves. Mais, malgré le déni et l'espèce d'engourdissement émotionnel dans lesquels elle s'était réfugiée, Ana n'en percevait pas moins le sens implicite du message que venait de lui adresser la directrice de la division. Ramener le fils de Benning à son père constituerait sa dernière chance de sauver sa carrière. Elle avait perdu une victime une fois. Cela ne devait pas se reproduire.

— Oui, madame.

Benning traversa la pièce pour la neuvième fois – à moins que ce ne soit la dixième ou onzième ? – en autant de minutes. Il s'était passé cinq heures depuis le moment où il avait repris connaissance, chez lui, pour s'apercevoir que ses enfants n'étaient plus là. Et Olivia… Il se pencha au-dessus du lit d'hôpital dans lequel reposait sa fille. Son petit corps disparaissait presque sous l'amoncellement de couvertures dont il l'avait recouverte, et sa poitrine se soulevait au rythme régulier de sa respiration. Avec le sédatif que l'infirmière lui avait administré, elle ne se réveillerait pas avant plusieurs heures. C'était la meilleure façon de s'assurer que son cerveau récupère, lui avait-on expliqué. Il caressa avec tendresse ses cheveux bruns aux reflets cuivrés, les repoussant délicatement en arrière. La vérité, c'était que les médecins ne savaient pas si la mémoire lui reviendrait. Amnésie traumatique. Dissociative… ou quelque chose comme ça. C'était à peine si elle s'était rappelé le prénom de son frère quand on l'avait interrogée.

Sa main trembla, et il se força à reculer de peur de la réveiller. Le ravisseur aurait dû prendre contact avec lui maintenant, lui donner des instructions ou une preuve que son fils était bien vivant. Ses oreilles bourdonnèrent. Il aurait dû être dehors, en train de le chercher, mais il n'osait pas laisser Olivia seule après ce qui lui était arrivé. L'anxiété lui brûla la poitrine. Quelqu'un s'était introduit chez lui, l'avait assommé et avait enlevé ses enfants. Tout ça à cause de ce qu'il avait découvert sur ce chantier de construction.

Le feu s'étendit à tout son corps, et il ferma les yeux comme cette sensation trop familière d'instabilité qu'il avait muselée pendant des années revenait en force. Le cœur battant à tout rompre, Benning sortit son téléphone de sa poche. Son pouls s'apaisa à la vue des visages souriants de ses jumeaux. Il allait retrouver Owen, bien sûr qu'il allait le retrouver. Il avait déjà perdu trop de gens dans sa vie, il ne pouvait *pas* perdre aussi son fils.

Prenant soudain conscience d'une présence, Benning tourna le regard vers la porte… et rencontra deux yeux noisette pailletés de vert braqués sur lui. Il eut le sentiment que le monde s'ouvrait sous ses pieds. Elle était venue. Dans les minutes qui avaient suivi l'admission d'Olivia à l'hôpital, il n'avait pas su vers qui d'autre se tourner. Ni si elle reviendrait à Sevierville. Avant de l'estourbir, le kidnappeur lui avait ordonné de ne pas prévenir les autorités, mais Ana Sofia Ramirez n'était pas seulement agent fédéral. Elle avait été tout pour lui. Avant de tout à coup lui briser le cœur au beau milieu de la nuit.

Sa peau mate et sans défaut, le dessin marqué de ses pommettes et de son nez trahissaient son héritage hispanique, tout comme la cascade de cheveux sombres et soyeux qui reflétaient la lumière des tubes fluorescents du plafond, exactement comme dans son souvenir. Une tension qu'il connaissait bien lui comprima la poitrine – comme cela n'avait jamais cessé d'être le cas au fil de ces sept dernières années – et, soudain, il n'eut qu'une envie : combler la distance qui les séparait et l'enlacer.

— Ana.

— Je suis venue dès que j'ai appris la nouvelle, dit-elle en s'avançant rapidement vers lui et en déposant son sac de voyage à ses pieds.

Passant les bras autour de sa taille, la femme qui était sortie de sa vie se pressa contre lui et, en un instant, tout en lui s'apaisa comme par enchantement. L'insécurité, la rage, la peur, le sentiment d'échec. Il ne subsistait plus que le calme. La clarté. Des effluves de son parfum – une fragrance fraîche et légère – emplirent ses narines comme il enfouissait son visage dans ses cheveux, sur le sommet de son crâne. Avec son mètre soixante-huit, elle s'accordait parfaitement à lui. Vers la fin de leur relation, il en était même venu à penser qu'elle avait été faite spécifiquement pour lui. Glissant le menton sur son épaule, elle approcha la bouche de son oreille, ce qui fit naître un frisson le long de son échine, et murmura :

— Le ravisseur pourrait nous écouter. Fais comme si nous étions de vieux amis qui se retrouvent par hasard… Mon équipe et moi, on va tout faire pour retrouver ton fils.

Il se raidit. Bien sûr… Son équipe. Ses effusions n'avaient rien eu de personnel, ce n'avait été que le moyen de lui faire passer son message. Elle n'avait pas répondu présente parce qu'il avait sollicité son intervention comme une faveur personnelle ; elle était là en service commandé. Mais ses enfants avaient été pris en otage pour l'atteindre, lui, donc, oui… Il allait obéir. Tout ce qu'il voulait, c'était retrouver son fils. À n'importe quel prix. Il se détacha d'elle, mettant fin au délicieux supplice que lui infligeait sa proximité, et s'éclaircit la gorge.

— Qu'est-ce que tu fais ici ?

— C'est le quarantième anniversaire de mariage de mes parents. Mes frères et moi avons sauté dans un avion pour leur faire la surprise mais, en arrivant, j'ai appris ce qui s'était passé… J'ai voulu m'assurer que tu tenais le coup.

Introduire des éléments de vérité dans le mensonge… Oui, il avait entendu dire que c'était ainsi que procédaient les fédéraux – tout spécialement ceux qui travaillaient sous couverture. Pour ne pas se trahir et mieux mémoriser leur récit, ils inséraient des bribes de leur vie privée dans leur histoire fictionnelle. De fait, Ana avait trois frères. Mais, pour ce qui était de l'anniversaire de mariage et de son désir de s'assurer qu'il allait bien, il était sûr qu'elle avait improvisé. Elle rassembla ses cheveux pour les nouer en chignon sur l'arrière de son crâne et tomba à genoux pour tirer la fermeture Éclair de son sac. Un instant plus tard, elle se releva, un boîtier noir à la main et s'avança vers le lit, l'appareil tendu à bout de bras devant elle. Les pulsations de lumière verte s'intensifièrent tandis qu'elle faisait le tour de la chambre tout en questionnant :

— Comment va-t-elle ? Et, pour Owen, tu as du nouveau ?

Elle pensait que le kidnappeur les écoutait. Celui-ci cherchait-il à savoir si Benning avait prévenu la police ? Mais, sauf à supposer que l'homme qui l'avait agressé à son domicile ait su qu'Olivia s'échapperait du SUV et dans quel hôpital elle serait conduite, il ne voyait pas comment c'était possible. Il n'avait pas quitté son chevet et, pour toute visite, il n'y avait eu que celles des médecins et des infirmières. Mais, s'appliquant à jouer le jeu, il répondit :

— Rien pour l'instant. Olivia a pu s'échapper, mais elle souffre d'une commotion cérébrale. Les médecins ne savent pas encore si seule sa mémoire à court terme est altérée ou s'il y a une atteinte plus profonde, mais ils...

Un voyant rouge s'alluma sur le boîtier d'Ana, et elle s'immobilisa. Lui jetant un coup d'œil entendu par-dessus son épaule, elle passa la main derrière la plaque en imitation bois qui tenait lieu de tête de lit et en sortit quelque chose. Elle revint vers lui, paume ouverte, pour lui montrer un petit objet métallique rond tout en l'exhortant par une rotation de l'index de sa main libre à continuer à parler.

Un micro ! Ana avait eu raison. Soit quelqu'un avait su qu'Olivia serait installée dans cette chambre, soit c'était un membre du personnel hospitalier qui avait posé le mouchard en venant lui dispenser ses soins. Ses poings se serrèrent. Il déglutit avec peine, s'efforçant de recouvrer son calme afin de s'exprimer d'une voix neutre.

— Ils lui feront subir des examens plus poussés à son réveil.
— Et toi ? enchaîna-t-elle. Ça va ? Tu tiens le coup ?

Elle hocha la tête pour l'encourager à continuer tandis qu'elle le contournait pour poursuivre sa fouille de la pièce. Au passage, elle lâcha le petit micro dans le verre d'eau posé sur la table de chevet d'Olivia.

— Disons que… la nuit a été longue, proféra-t-il, l'œil rivé sur le détecteur d'Ana.

Le voyant du détecteur demeura vert. Visiblement soulagée, elle rangea le boîtier noir dans la poche de son manteau et il retrouva un peu la femme qu'il avait connue.

— OK. Il n'y en a pas d'autre. Ils ne peuvent plus rien entendre désormais. Je vais donner le micro à l'un des agents de mon équipe. Si jamais on parvient à remonter jusqu'à son propriétaire, on saura qui a enlevé ton fils.

Ana telle qu'en elle-même. L'agent fédéral dont il était tombé amoureux à l'instant où elle avait débarqué sur ce site de construction, sept ans plus tôt, afin d'interroger tous les employés susceptibles de savoir quelque chose concernant la disparition d'une adolescente de la région. Benning agrippa la barre du lit de sa fille pour se réancrer dans le présent.

— À supposer que l'homme qui l'a emmené soit celui qui a posé ce micro.

Mais quelles étaient les chances pour que ce soit le cas ?

— Oui, acquiesça-t-elle d'un ton neutre, exempt d'émotion.

L'estomac de Benning se noua.

— Tu saignes, reprit-elle. Est-ce qu'un médecin a examiné cette blessure, à l'arrière de ta tête ? Je peux rester ici pendant que…

— Ça va.

Ce qui n'était pas vrai, mais il ne voulait pas quitter Olivia.

Après ce par quoi elle était passée, il était hors de question qu'il la laisse se réveiller seule, sans lui à son côté.

Il suivit du regard chacun des déplacements d'Ana dans

la chambre avec la même intensité, la même fascination que sept ans plus tôt, avant qu'elle ne quitte Sevierville, et nota le léger renflement sur le côté gauche de son manteau. Son arme de service. Tant de fois, en pensée, il s'était représenté se retrouvant face à elle ; il avait préparé ce qu'il dirait, imaginé sa réaction. Mais jamais, dans aucun des scénarios qu'il avait échafaudés, il n'avait envisagé qu'il l'appellerait un jour à l'aide, qu'elle serait armée ni qu'un de ses jumeaux aurait été kidnappé.

Elle avait fait son choix. Elle avait décidé que sa carrière passait avant leur relation et l'avait quitté pour aller sauver le monde. Lui, il était resté ici et, dévasté de l'avoir perdue, il avait commis la plus grosse bêtise de sa vie. Il avait rebondi. L'aventure d'un soir avec Lilly n'aurait jamais dû avoir de lendemain. Et puis… Elle lui avait annoncé qu'elle était enceinte. Alors, il l'avait épousée et s'était appliqué à fonder une famille pour le bien de leurs jumeaux en dépit du fait qu'ils ne s'aimaient pas. Cette nuit avec son ex-épouse, destinée à demeurer unique, avait changé le cours de sa vie. Benning enfonça les mains dans les poches de son jean.

— Ana, je sais pourquoi tu es partie, mais…

— Pour l'instant, tout ce qui compte c'est de retrouver ton fils, coupa-t-elle en contournant le pied du lit pour soulever son sac et le poser sur une chaise, ses longues mèches dissimulant les ombres qui s'embusquaient au fond ses yeux. C'est bien pour ça que tu as fait appel à moi, non ? C'est mon travail.

En effet. Il avait lu les articles en une du *Mountain Press,* suivi les interviews sur la plupart des grandes chaînes de télévision. D'après les médias, son taux de réussite était le plus élevé du FBI. Lorsqu'il s'agissait de retrouver des personnes disparues, l'agent Ana Sofia Ramirez était la meilleure. Et c'était bien du meilleur agent dont il avait besoin pour retrouver son fils. Il avait résisté à la tentation de reprendre contact avec elle pendant toutes ces années, se disant qu'elle l'avait quitté avec, en tête, un objectif bien précis et qu'elle ne tenait sûrement pas à le revoir mais, de son point de vue à lui, elle resterait à jamais une histoire… en suspens.

— Le type qui s'est introduit chez moi, celui qui a emmené mes enfants… Je crois qu'il a un rapport avec l'un des chantiers de construction que j'ai inspectés et…

Un point rouge lumineux vint se centrer sur le cœur d'Ana, et Benning plongea en avant.

Une détonation retentit au-dessus de sa tête.

Des éclats de verre ricochèrent contre le pied du lit métallique d'Olivia, coupant la peau nue de son avant-bras. Un élancement douloureux lui scia les poignets comme il atterrissait durement sur le sol carrelé de la chambre. L'air brusquement chassé des poumons d'Ana, au-dessous de lui, fit courir un frisson sur sa peau, sous sa barbe, et son cœur bondit dans sa poitrine.

Se dégageant d'une bourrade, elle se redressa en position accroupie, la tête rentrée dans les épaules, l'arme déjà à la main.

Un cri aigu transperça le silence qui était retombé dans la pièce.

— Olivia.

Il rampa du plus vite qu'il le put jusqu'au lit puis se redressa avec moult précautions jusqu'à ce que sa tête atteigne le niveau du matelas. Le soleil se refléta dans une paire d'yeux bleus identiques aux siens. Il prit la petite main de sa fille dans la sienne. Les contusions des poignets et des bras d'Olivia s'étaient assombries au fil des dernières heures mais, bien plus terrifiant encore : on venait de leur tirer dessus.

— Tout va bien, chérie, je suis là.

— Papa…

Son pauvre murmure lui serra le cœur.

Ana, dos plaqué au mur à côté de la fenêtre, se pencha avec précaution en avant pour jeter un coup d'œil au-dehors.

— Il faut qu'on sorte d'ici.

— Pas question que je la laisse. Je…

Son téléphone vibra et il plongea la main dans sa poche, sous le regard vert et doré d'Ana. Numéro masqué. Un sentiment d'alarme l'envahit, et ses muscles se raidirent. C'était lui. L'appel qu'il avait attendu. Le regard fixé sur Ana, il effleura l'écran du téléphone pour prendre l'appel et enclencha le haut-parleur.

— Qui est-ce ?

— Je vous avais averti, monsieur Reeves. Vous ne deviez pas prévenir la police, assena une voix inconnue. Maintenant, c'est votre fils qui va en payer le prix.

— Passez-le-moi. Laissez-moi lui parler...

Il resserra son étreinte autour des petits doigts d'Olivia, le souffle soudain plus court.

— Laissez-moi parler à mon fils !

Clic.

On avait raccroché.

2

Pas de demande de rançon, aucune instruction. Pas de preuve de vie. Le ravisseur du fils de Benning ne suivait pas le modus operandi habituel d'un enlèvement. Ce qui signifiait qu'il ne s'agissait pas d'un simple kidnapping. On voulait porter atteinte à Benning, le manipuler. Ou bien on voulait quelque chose de lui.

Ana balaya de nouveau le parking du regard par deux fois. Un tireur ne pouvait pas prendre pour cible la fenêtre d'une chambre d'hôpital sans s'exposer, mais rien. Pas le moindre mouvement. Elle ne savait ni à qui elle avait affaire ni si l'homme était encore là. Peut-être était-il déjà parti. Elle assura sa prise sur la crosse de son pistolet et se tourna vers Benning. Ils ne pouvaient pas rester ici. Ils étaient des cibles idéales.

— Sors-la de son lit. Il faut qu'on s'en aille.

Il secoua la tête.

— Olivia n'ira nulle part. Elle a besoin de repos. Sa tête…

— Benning… Ces marques autour de ses poignets ? Tu vois comme elles sont fines ? dit Ana en tournant doucement l'avant-bras de la petite fille. Elles n'ont pas été causées par une bande de tissu ni par des menottes mais par des liens de serrage en plastique. Elle avait les mains attachées… mais elle n'est pas assez forte pour pouvoir s'en être libérée.

— Comment ça ? Qu'est-ce que tu veux dire ?

— Je veux dire qu'il l'a laissée partir.

Son attention tout entière fixée sur lui, elle s'efforça de ne pas instiller de note alarmante dans sa voix. Benning était un homme intelligent, mais la peur de perdre un enfant pouvait altérer la capacité d'un parent à regarder la réalité en face.

— Celui qui a enlevé tes enfants voulait qu'Olivia soit retrouvée. Il voulait que tu te trouves ici, dans cette chambre, et il y avait caché un micro pour vérifier que tu respectais ses instructions.

Elle étudia son expression, cherchant à déterminer si elle avait visé juste, et son cœur se mit à battre plus vite lorsqu'elle le vit faire la grimace. Elle avait raison, et l'appel qu'il avait reçu quelques secondes plus tôt le confirmait. Le ravisseur lui avait ordonné de ne pas avertir la police sous peine de s'en prendre à son fils, parce qu'il n'en avait pas fini avec Benning.

— Il savait exactement où te trouver. Tu tiens vraiment à mettre Olivia plus en danger encore en restant ici ou tu veux sauver ton fils et ta fille ?

Une seconde s'écoula. Deux. Benning attrapa la poche à perfusion presque vide, puis souleva sa fille doucement dans ses bras. Le petit corps d'Olivia se lova mollement contre son torse large, luttant toujours contre l'effet du sédatif. Il contourna le pied du lit, son regard bleu vif revenant se poser sur elle. Une bouffée de chaleur envahit Ana à la vue des veines qui saillaient sur ses bras à la musculature sèche et nerveuse. Il n'avait pas beaucoup changé depuis la dernière fois qu'elle l'avait vu, mais il y avait chez lui une rudesse nouvelle, une force contenue qui n'avait pas été là auparavant… et qui faisait qu'elle n'arrivait pas à détacher ses yeux de lui.

— D'accord. Si tu crois qu'il faut partir, fais-la sortir d'ici. C'est elle qui compte.

— Je vais vous faire sortir d'ici tous les deux, je t'en donne ma parole.

L'adrénaline aiguisait sa concentration. Elle avait mémorisé le plan de l'hôpital avant de quitter Knoxville. Le premier étage comportait trois issues, sans compter les fenêtres, mais ils prendraient l'escalier arrière pour le cas où le tireur serait toujours dans les environs. Elle se dirigea vers la porte et l'intercepta comme il lui emboîtait le pas pour sortir dans le couloir. Ajustant sa prise sur son arme, elle entrebâilla la porte et jeta un coup d'œil à droite puis à gauche. Par chance, la chambre d'Olivia était située à l'angle, tout près de l'escalier. D'une façon ou d'une autre, son ravisseur avait réussi à s'introduire ici, poser le micro et repartir incognito. Ce qui signifiait qu'ils n'avaient pas affaire à un amateur.

— Reste derrière moi. Je te servirai de bouclier, en cas de besoin.

— OK.

Sa voix sonnait étrangement rocailleuse, tout à coup, comme s'il s'appliquait à en éliminer toute inflexion.

Elle tourna la tête vers lui.

— Dès qu'on sera en sécurité, tu m'expliqueras pourquoi quelqu'un s'en prend à tes enfants pour t'atteindre, toi, et qui était la personne qui t'a appelé, tout à l'heure.

Parce que, s'il ne lui faisait pas totalement confiance, son fils pourrait bien ne pas rentrer sain et sauf à la maison.

Les nerfs tendus, Ana s'avança rapidement dans le couloir, galvanisée par les éclats de voix et l'agitation qui leur parvenaient depuis l'autre direction. Les deux policiers qui gardaient l'accès à la chambre d'Olivia depuis les ascenseurs avaient dû entendre le coup de feu, mais elle n'avait pas le temps de leur expliquer la situation.

Indiquant la porte à leur gauche, elle fit passer Benning et Olivia devant elle.

— Vite. Par ici ! C'est l'escalier.

Elle venait de franchir la porte sur les talons de Benning lorsque deux policiers en uniforme tournèrent le coin du couloir. Refermant sans bruit la porte derrière elle, elle descendit les marches puis, quand ils furent au rez-de-chaussée, elle guida Benning et sa fille vers l'issue de service. Un instant plus tard, elle sentait l'air vif hivernal sur son cou. Bien campée sur ses pieds écartés, elle balaya rapidement le parking de son arme. Personne. Aucun signe d'embuscade, mais elle ne baisserait sa garde que lorsque Benning et sa fille seraient à l'abri.

— Le SUV noir, cinquième place, rangée de gauche.

Ils traversèrent le parking au pas de course mais, tout à coup, un mouvement, sur sa gauche, l'alerta. Réagissant au quart de tour, Ana poussa Benning et Olivia derrière le véhicule le plus proche. Des tirs arrachèrent des lambeaux d'asphalte et une balle traversa l'épaisse étoffe de son manteau tandis qu'elle ripostait, visant le tireur masqué qui se cachait derrière une voiture, deux rangées plus loin. Une fois. Deux fois. Le cri apeuré d'Olivia domina le grondement de son pouls, dans ses oreilles, mais Ana ne pouvait pas s'inquiéter de cela pour le moment. Agrippant son arme des deux mains, elle avança, courbée en deux, protégée par les véhicules qui se trouvaient entre elle et le tireur, mais il était trop tard. L'homme avait sauté dans un SUV noir, peut-être celui-là même qui avait servi à enlever Owen et Olivia. Il quitta le parking sur les chapeaux de roues et disparut dans la rue.

Hijo de…

— Je crois que ma couverture est définitivement compromise, proféra-t-elle avec un clappement de langue contrarié.

De petites volutes de condensation s'échappant de sa bouche à chacune de ses expirations, elle se tourna vers Benning et sa fille, qui avait les mains plaquées sur les oreilles. Elle faillit céder à l'envie de réconforter la fillette mais se ravisa, jugeant préférable de rengainer son arme et masquer sa blessure au côté sous le pan de son manteau avant qu'Olivia n'aperçoive le sang. La pauvre petite en avait vu assez comme ça. Inutile de lui fournir matière à des cauchemars supplémentaires.

— Allez, en voiture. On ne traîne pas ici.

Serrant sa fille contre lui, Benning se releva et l'installa à l'arrière du SUV. Ses épaules et ses bras athlétiques paraissaient énormes comparés à la frêle silhouette de la petite fille. Penché sur elle, il lui murmura quelque chose qu'Ana, pourtant à moins d'un mètre d'eux, n'entendit pas. Il se montrait tendre, l'entourait d'attentions, veillait à ne pas toucher les endroits où elle avait des ecchymoses. Ana éprouva un petit pincement au cœur. Il y avait eu un temps où elle l'avait imaginé soignant les égratignures aux genoux et les bleus de leurs futurs enfants.

La gorge nouée, elle détourna le regard pour couper court à ce genre de pensée. Elle avait fait une croix sur ce futur commun à la seconde où elle avait quitté sa chambre, cette nuit-là.

— Ça va ?

Refermant la portière, Benning reporta son attention sur Ana, son corps tout entier réagissant avec la même intensité que s'il avait suivi du bout du doigt le tracé de sa clavicule. Il combla la distance qui les séparait et tendit la main vers elle, mais elle eut un mouvement de recul. La mine de Benning s'allongea et il laissa retomber sa main.

— J'ai cru que tu avais été touchée.
— Ça va.

Mensonge. La douleur lui coupait le souffle. Il lui fallait sans doute des points – peut-être une intervention chirurgicale –, mais elle s'en soucierait plus tard. Ils étaient trop vulnérables ici, à découvert. Des cibles parfaites. Le sang coulait le long de la ceinture de son pantalon, et seule l'émotion de se retrouver face à Benning la maintenait dans l'action. Il avait toutes les raisons de la détester pour ce qu'elle lui avait fait, mais cette façon qu'il avait de la regarder en ce moment, comme si elle était l'unique femme au monde… Cela lui pesait lourd sur le cœur.

Il aurait été si facile de retrouver les anciennes habitudes, de se remémorer la façon dont tout son visage s'illuminait quand elle entrait dans une pièce, les promesses de toujours qu'il lui murmurait à l'oreille entre les draps, le bonheur simple qu'ils éprouvaient, blottis l'un contre l'autre devant un feu de cheminée. Il aurait été facile de s'attacher de nouveau à l'homme qu'elle avait quitté, mais elle était revenue à Sevierville dans un but bien précis : ramener Owen Reeves vivant.

Et, pour cela, elle avait besoin de la vérité.

Une main appuyée sur le côté, Ana tira la portière conducteur. Chaque minute perdue était une minute de séquestration supplémentaire pour le petit Owen.

— Monte.

Benning se hâta de grimper à son côté tandis qu'elle

démarrait. Une odeur boisée emplit aussitôt l'habitacle, et Ana inspira plus profondément, concentrant toute son attention dessus dans l'espoir de chasser de son esprit la douleur qui lui labourait le flanc. Ce parfum, savant mélange olfactif de savon et d'extérieur, lui avait manqué. *Il* lui avait manqué.

— Tu ne peux pas retourner chez toi, déclara-t-elle. Le tireur pourrait t'y attendre.

Serrant les dents, elle manœuvra rapidement pour quitter le parking tandis que les sirènes retentissaient dans la rue. Les policiers chargés de la surveillance d'Olivia avaient dû donner l'alerte. Ana pressa le bouton d'appel du volant et obtint la ligne presque immédiatement.

— Déjà ? répondit JC. Dis-moi, ce ne serait pas lié au signalement de la police de Sevierville qui fait état de coups de feu au LeConte Medical Center ?

— Tu lis en moi comme dans un livre ouvert. On a un tireur qui circule à bord d'un SUV noir. Pas de plaques minéralogiques. Et la police locale est sur place, effectivement, répondit-elle en appuyant sur l'accélérateur. Tu peux régler ça pour moi ?

— J'adore me rendre utile, répliqua JC en riant.

Mais, Benning et sa famille étant concernés, elle n'avait pas le cœur à prendre les choses à la légère.

— Je me suis occupé des vidéos des caméras de surveillance à l'heure approximative du kidnapping, enchaîna son collègue. Mais ça n'a rien donné. J'ai mis les as de l'informatique sur le coup, mais soit les caméras qui nous intéressent ont été désactivées entre-temps, soit notre suspect avait repéré leur emplacement à l'avance et les a évitées. Donc, on n'a rien.

Ce qui signifiait que l'enlèvement avait été soigneusement prémédité. C'était l'œuvre d'un professionnel.

Du coin de l'œil, elle vit Benning fourrager nerveusement dans ses cheveux avant de caler son coude sur la portière passager, l'air tendu et frustré. Instinctivement, elle devina qu'il y avait autre chose, derrière cet enlèvement.

— Merci, JC. La police de Sevierville va récupérer le micro que j'ai trouvé fixé au lit de la petite. Je voudrais que tu essayes de remonter jusqu'à son propriétaire. Appelle-moi si tu trouves quelque chose.

Elle coupa la communication, vérifia dans le rétroviseur qu'ils n'étaient pas suivis et enfonça la pédale de frein. La ceinture de sécurité stoppa son corps, projeté en avant par l'énergie cinétique.

— Qu'est-ce que tu fais ? demanda Benning en se retenant au tableau de bord et en repoussant ses longs cheveux en arrière. Le tireur est peut-être à nos trousses.

— Écoute, Benning, tu as demandé que je sois chargée de cette enquête. Alors, il va falloir que tu joues cartes sur table. Je ne peux pas m'acquitter de ma tâche si tu me caches des informations. Je pense que le moment est venu de me dire qui a enlevé ton fils, tu ne crois pas ?

Une odeur de caoutchouc chaud se répandit dans la voiture, la débarrassant de ce persistant parfum de pin. Elle lui fit face.

— Le ravisseur t'avait téléphoné avant cet appel, à l'hôpital, je me trompe ? Il t'a ordonné de ne pas avertir la police, donc tu as jugé plus prudent de faire appel à une ancienne connaissance qui se trouve être agent du FBI. Le micro, les tirs de fusil par la fenêtre… Ce type est un pro, Benning, et il t'a dans le collimateur. Qu'est-ce qu'il veut ?

Il contempla le paysage devant lui, de l'autre côté du pare-brise. Les secondes s'égrenèrent, se changèrent en minute. Plus il tardait à parler, plus la tension grandissait en elle et, lorsque, enfin, il darda son regard bleu vif sur elle, elle sut d'avance que la réponse n'allait pas lui plaire.

— Ce qu'il veut, c'est le crâne que j'ai découvert.

— Un crâne humain ?

Les flocons de neige s'écrasaient mollement sur le pare-brise mais, si le froid de ce mois de janvier s'insinuait sous la chemise de Benning, c'était le souvenir de ce qu'il avait trouvé qui le glaçait jusqu'aux os, et le hanterait pendant le restant de ses jours. Si on avait kidnappé ses jumeaux, tiré sur eux par la fenêtre de l'hôpital, c'était pour cette raison. À cause de lui.

— Une femme est venue me voir sur le chantier que j'inspectais, il y a deux semaines. Elle m'a offert cinquante mille dollars pour donner mon agrément à un projet résidentiel. Mais le constructeur avait clairement rogné sur les coûts. J'avais relevé des malfaçons dans la charpente, la plomberie ne satisfaisait pas non plus aux normes…

Benning posa les mains à plat sur son jean, et elle nota les traces de sang séché sous ses ongles. Celui d'Olivia.

Comme s'il avait lu dans ses pensées, il jeta un coup d'œil à l'arrière pour s'assurer que sa petite fille dormait toujours.

— Je ne pouvais pas fermer les yeux, donc j'ai refusé. Je lui ai suggéré de faire appel à une autre société pour régler le problème avant que la municipalité ne s'empare du sujet et ne les poursuive pour vices de construction.

Le regard envoûtant d'Ana – celui dont il avait rêvé pendant sept ans – s'adoucit.

— Et qu'est-ce qui s'est passé ensuite ?

— Je voyais bien que cette femme n'avait pas l'air d'en être à son coup d'essai et qu'elle avait déjà dû essayer de soudoyer d'autres inspecteurs avant moi. Elle semblait très à l'aise, comme si cette façon de procéder était tout à fait normale. Je ne pouvais pas faire semblant de rien. Alors, je me suis penché sur les projets passés de cette société.

Il secoua la tête.

— J'ai trouvé des documents attestant de règlements à l'amiable entre Britland Construction et des locataires qui avaient été blessés ou s'étaient retrouvés à la rue en raison de la non-conformité de leurs logements. Et cela, sur de nombreuses années, avec des millions de dollars en jeu. Pour autant, les problèmes n'avaient fait que s'aggraver et, fait étrange, leurs projets avaient continué à recevoir le feu vert de la municipalité. Alors, j'ai voulu savoir pourquoi.

— Et tu t'es mis à mener ton enquête, conclut Ana en se renfonçant contre le dossier de son siège, l'expression parfaitement neutre.

Comment était-ce possible ? Comment parvenait-elle à

rester si détachée, à faire comme s'il n'y avait jamais rien eu entre eux – comme si elle n'avait pas fichu sa vie en l'air ?

— Je suis allé voir la police. Ils ont interrogé la femme en question, mais ils n'ont pas pu prouver que c'était Britland qui l'avait mandatée. Son avocat a fait jouer ses influences au point que les enquêteurs n'ont même pas pu établir qu'elle travaillait pour eux. Chaque année, des dizaines de familles étaient affectées à cause de la cupidité et des négligences coupables de cette société… Je ne pouvais pas en rester là. Je suis le seul inspecteur en bâtiment de la ville ; donc, quand Britland a soumis une demande d'inspection au service d'urbanisme pour son projet suivant, j'ai ajouté cette mission à mon programme de la journée, hier, et me suis rendu sur le site en soirée, après les heures de travail. J'ai mis à nu un mur porteur pour examiner l'installation électrique…

Il tira son téléphone de sa poche et glissa son doigt sur l'écran pour lui montrer une photo qu'il avait pris soin de stocker en ligne.

— Et voilà ce que j'ai trouvé.

En lui prenant l'appareil de la main, Ana effleura ses doigts, ce qui mit tous les sens de Benning en émoi. Elle avait toujours eu cet effet-là sur lui. Elle avait toujours su prendre le contrôle de ses sens d'un simple contact mais, même s'il n'avait jamais cessé d'espérer la voir revenir dans sa vie, il savait bien que ce n'était pas le moment de céder à ce genre de sentiment. Pour l'instant, il s'agissait de récupérer son fils, c'était tout ce qui comptait.

— C'est bien un crâne, en effet, constata-t-elle en approchant l'écran de ses yeux. Impossible de préciser l'heure ou la cause de la mort tant que mon équipe scientifique ne l'aura pas examiné, mais ce trou dans l'os frontal semble bien avoir été causé par l'impact d'une balle.

C'était ce qu'il s'était dit, lui aussi.

— J'ai appelé la police aussitôt après ma découverte mais, avant même que la communication ne soit établie, j'ai entendu un cri derrière moi. Je me suis retourné et j'ai vu le canon d'une arme et le puissant faisceau d'une lampe torche braqués sur moi. J'ai cru qu'il s'agissait d'un des gardiens du chantier, donc j'ai commencé à expliquer qui j'étais et la raison de ma présence sur le site mais, comme mes yeux s'accoutumaient à la pénombre, je me suis rendu compte que le type portait un masque de ski.

Son cœur s'accéléra comme l'adrénaline, de nouveau, se déversait dans ses veines.

— Il a dit qu'il aurait préféré que je ne trouve pas ce crâne, qu'il était désolé. Il avait le doigt sur la détente et j'ai compris qu'il allait tirer mais, à ce moment-là, un des vigiles est arrivé et lui a ordonné de baisser son arme. Une fusillade a éclaté, et j'en ai profité pour attraper le crâne et prendre la fuite.

— D'accord. À part le masque de ski, as-tu remarqué d'autres détails qui pourraient permettre d'identifier cet homme … une cicatrice, ses vêtements, la couleur de ses cheveux ?

— Non, rien de tout ça.

Elle lui rendit le téléphone, en prenant soin, nota-t-il, d'éviter de le frôler cette fois.

— Où est le crâne, maintenant ?

— En lieu sûr, répondit-il en éteignant l'écran de son appareil d'une pression sur le côté. J'ai d'abord eu du mal à croire qu'il puisse s'agir d'un émissaire de Britland, c'était trop évident. Il existait des traces documentées des indemnisations versées aux victimes et le crâne que j'avais trouvé avait été placé entre le mur externe et l'habillage intérieur en plaques de plâtre mais, en quittant le site, je me suis dit que je ne pouvais pas rentrer à la maison. Le type au masque de ski aurait pu me suivre.

À ce souvenir, la rage, de nouveau, flamba en lui. Il aurait dû être plus prudent, apporter directement le crâne à la police. Il s'éclaircit la voix et reprit :

— Ma baby-sitter, Jo West, était censée déposer les enfants chez un ami pour la nuit, mais elle m'a appelé pour me prévenir qu'Owen n'était pas dans son assiette et qu'il me réclamait.

Et maintenant la baby-sitter était introuvable.

— En arrivant chez moi, je suis tout de suite allé cacher le crâne au fond du terrain, dans le foyer d'une vieille cheminée que mon père avait commencé à construire quand j'étais petit, mais, quand je suis rentré dans la maison, ce salaud m'est tombé dessus. J'ai bien essayé de me défendre, mais il m'a frappé par-derrière à la seconde où j'ai franchi le seuil. Quand j'ai repris conscience, mon téléphone vibrait dans ma poche, la maison était totalement silencieuse, et Jo et les enfants avaient disparu.

Et maintenant ce type détenait son fils.

— Il m'a prévenu que, si j'appelais la police ou le FBI, je ne reverrais jamais mes enfants et m'a donné vingt-quatre heures pour rendre le crâne avant qu'il ne s'en prenne à eux.

Il n'avait pas été assez rapide, pas assez fort. Mais, avec les preuves qu'il avait accumulées, il allait révéler leurs agissements, à tous. Il ferait en sorte qu'ils ne puissent plus jamais s'en prendre à ses enfants. Ni à personne d'autre.

— Je sais que je te demande beaucoup, Ana, que tu n'avais sûrement pas envie de venir ici. Mais ces gens en ont après mes enfants. Tu es la seule qui puisse m'aider à retrouver mon fils à temps.

À l'arrière de sa tête, la douleur s'intensifia, pulsant au rythme accéléré des battements de son cœur.

— Alors, heureusement que je suis venue pour la surprise d'anniversaire de mariage de mes parents.

Elle accompagna sa réplique d'un sourire qui souleva l'un des coins de sa bouche, fissurant la façade dure et impassible derrière laquelle elle s'abritait depuis la minute où elle était entrée dans la chambre d'hôpital d'Olivia. Elle remit le SUV en marche et se réinséra dans la circulation.

— Le FBI possède une cache dans le secteur, à proximité de la ville. Toi et Olivia pourrez y rester pendant que j'irai récupérer ton ami désincarné dans ta cheminée. Ensuite, notre unité médico-légale procédera à une recherche d'identification à partir des dents et de l'ADN. Avec un peu de chance, la victime nous conduira peut-être jusqu'au ravisseur. S'il tient tant à mettre la main sur ce crâne, c'est qu'il a une bonne raison. Je vais trouver laquelle pour que tu puisses récupérer ton fils.

Main Street défilait rapidement derrière le pare-brise tandis qu'ils roulaient vers la sortie de la ville, l'eau et la neige fondue éclaboussant les flancs du SUV. Dans cette tranquille bourgade de moins de vingt mille habitants nichée au cœur des Smoky Mountains, le crime et le scandale n'étaient pas monnaie courante mais, quand ils se produisaient, ils frappaient fort et marquaient durablement les esprits. Le bitume de la chaussée disparaissait peu à peu sous la couche de neige fraîche, et les arbres, au fur et à mesure qu'ils avançaient vers le sud-est, se faisaient de plus en plus nombreux de part et d'autre de la route.

Au bout d'un moment, bien que commençant à se laisser bercer par le ronronnement du moteur et le chuintement des pneus sur l'asphalte trempé, Benning décida de rompre le silence qui s'était installé entre lui et la femme qui bravait le danger pour sauver sa famille.

— Merci d'avoir accepté de te charger de l'affaire. Je ne savais pas à qui d'autre m'adresser.

— Inutile de me remercier, souligna-t-elle, les fines lignes qui étoilaient ses yeux se creusant un peu comme si elle était aux prises avec une profonde réflexion. C'est mon travail. J'ai été formée pour faire face à ce genre de situation.

Était-ce donc tout ce que cela représentait à ses yeux ? Une mission comme une autre ? Son estomac se contracta douloureusement. Il aurait dû s'en douter ; savoir que faire appel à elle ne changerait rien. Il aurait dû avoir le bon sens de laisser le passé là où il était, mais l'idée avait germé dans son esprit et, une fois la machine enclenchée, il n'avait plus pu empêcher la litanie des « et si » de tourner en boucle dans sa tête. Les « et si » qui avaient commencé dès ce matin où il s'était réveillé seul dans son lit. Le cours de ses pensées s'interrompit brusquement comme son regard tombait sur la tache de sang que les pans ouverts du manteau d'Ana laissaient voir au niveau de la ceinture de son jean. Benning se redressa d'un coup sur son siège. Elle était touchée et n'avait rien dit !

— Bon sang, Ana, tu es blessée ! Arrête la voiture.

— Je t'ai dit que ça allait. Il y a plus de six heures que ton fils a été enlevé. Si on lambine maintenant, on réduit d'autant nos chances de le retrouver avant l'expiration du délai.

Son bras gauche reposait mollement sur ses genoux, nota Benning, tandis qu'elle agrippait le volant si fermement de l'autre main que ses phalanges semblaient sur le point de transpercer la peau translucide de ses doigts.

— Et puis, d'ailleurs, j'ai survécu à bien pire qu'une blessure par balle superficielle. Parle-moi d'Owen.

Bien pire ? Qu'est-ce que cela pouvait bien vouloir dire ?

Il hésita un instant, mais elle avait raison : chaque minute passée était une minute perdue pour son fils.

— Il a une sainte horreur du beurre de cacahuète. Ce qu'il adore, lui, c'est passer des heures, sa tablette à la main, à regarder des vidéos amusantes et jouer à toutes sortes de jeux stupides sur Internet... mais je l'y autorise parce que ça le rend heureux. Ah, et il ne va nulle part sans la couverture que j'avais achetée pour lui quand Lilly était enceinte des jumeaux. Il dort avec et l'emporte partout. Sauf à l'école, bien sûr.

Et cette fichue couverture était toujours là où Owen l'avait laissée, au milieu du parquet du séjour. Son fils avait dû la lâcher quand le ravisseur l'avait emmené.

— Je suis désolée pour Lilly. J'ai pensé... à te faire signe quand j'ai appris mais, après ce qui s'était passé entre nous...

Elle s'éclaircit la voix et jeta un coup d'œil à son rétroviseur.

— Ça a dû être dur ensuite... sans elle.

Il laissa passer quelques secondes. Il n'avait pas de souvenirs précis des premiers mois des jumeaux. Tout se brouillait en une succession confuse de couches à changer, de biberons à préparer, de bains à donner, de jours de congé pris en dernière minute le temps de trouver une baby-sitter pour le relayer... le temps de s'adapter à son nouveau statut de parent isolé de jumeaux. Tout en s'efforçant d'oublier l'enquêtrice fraîchement recrutée par le FBI qui était sortie de sa vie aussi brusquement qu'elle y était entrée. Il s'absorba dans la contemplation des flocons de neige qui fondaient en touchant le capot du SUV.

— Tout mon univers a été chamboulé. Du jour au lendemain, j'ai dû me mettre à penser « température de lait maternisé », « performance de couches-culottes », déterminer celles qui étaient les plus efficaces pour les filles et celles qui l'étaient davantage pour les garçons. Pour être tout à fait honnête, j'ai surtout navigué à vue et… surnagé comme j'ai pu, sans trop savoir où j'allais.

Il gratta une tache de boue qui avait séché sur son jean.

— Mais je devrais m'estimer heureux d'avoir eu tout ça à faire… Lilly n'a pas eu cette chance, elle.

— Je suis désolée, répéta Ana avec un accent de sincérité dans la voix. Je ne voulais pas…

— Non, non, ça va.

Il avait guéri de cette blessure-là depuis longtemps.

— Lilly et moi nous savions tous les deux à quoi nous nous engagions. Nous avions accepté la possibilité que ça ne marcherait peut-être pas entre nous. On était d'accord sur le fait que ce qui s'était passé entre nous avait été une erreur, mais je ne peux pas dire que je regrette que ce soit arrivé. Sans elle, je n'aurais pas eu Owen ni Olivia.

Il se retourna brièvement pour lancer un coup d'œil à sa fille.

— Et toi ? s'enquit-il. Quelqu'un attend ton retour à Knoxville ?

L'idée qu'elle ait pu trouver le bonheur auprès d'un autre serra le cœur de Benning, ce qu'il se reprocha aussitôt. C'était elle qui avait pris l'initiative de la séparation. Ce qu'elle avait fait de sa vie ensuite n'aurait même pas dû lui traverser l'esprit… Seulement voilà, elle n'avait jamais cessé d'être là, dans sa tête, son image resurgissant devant ses yeux sitôt qu'il avait un répit.

— Non. Avec le travail que je fais, les choses que je vois…

Ana remua sur son siège et grimaça comme à la pensée d'une douleur invisible dont il ne savait rien. Elle ralentit l'allure à l'approche d'un chemin qui s'ouvrait sur la droite et négocia le virage. Une fois engagée sur la longue allée sinueuse qui menait à un chalet deux cents mètres plus loin, elle arrêta pendant quelques instants son regard vert et noisette sur lui. En un clin d'œil, il se retrouva catapulté dans la peau de l'homme follement épris de la nouvelle recrue fraîche émoulue de Quantico, qui était venue à Sevierville pour conduire sa première enquête pour disparition.

— C'est impossible de vivre normalement au grand jour quand on passe son temps au fond des ténèbres, à explorer la part la plus sombre de l'âme humaine.

3

Le chalet était entouré d'arbres de toutes parts. Ana gravit la petite volée de marches menant à un porche couvert, les vieilles planches de bois grinçant sous ses pas. Personne ne viendrait les chercher ici, d'autant que, dans les Smoky Mountains, le signal réseau ne passait pas.

Sortant de sa poche la clé que Jill Pembrook lui avait donnée avant son départ de Knoxville, elle déverrouilla la porte et entra pour découvrir un séjour spacieux, dallé de clair et doté de hauts plafonds. Posant son sac, elle désactiva rapidement l'alarme sur le boîtier de commande qui clignotait à sa droite en tapant le code, également fourni par la directrice de la DCT. La douleur de sa blessure se réveilla lorsqu'elle remua les épaules pour ôter son manteau. L'étoffe de son T-shirt avait adhéré au sang séché, au niveau de la plaie. Mais, avant toute chose, il s'agissait de sécuriser les lieux. Ensuite, elle s'occuperait d'extraire la balle puis irait chercher cette preuve matérielle dont Benning s'était emparé sur le chantier. Une onde de chaleur la parcourut comme il la frôlait en entrant à son tour, Olivia dans ses bras, toujours endormie, avec sa poche de perfusion bien en place.

— Tu peux l'installer dans l'une des chambres là-bas, indiqua-t-elle. Le réfrigérateur est plein, si tu as faim. Je vais charger un membre de mon équipe de demander à son médecin le protocole à suivre pour sa commotion cérébrale.

Le visage d'elfe de la fillette était très pâle, et elle avait les traits tirés. La pauvre… Enlevée, blessée, hospitalisée, ballottée sous sédatif d'un côté et de l'autre, prise pour cible par un tireur. Ana n'imaginait que trop bien les cauchemars qui ne manqueraient pas de l'assaillir quand elle chercherait le sommeil. Traverser tant d'épreuves, si jeune... Cela la poursuivrait toute sa vie. Exactement comme cela lui était arrivé, à elle.

Mais l'occasion lui était offerte de faire en sorte que la famille de Benning ne soit pas frappée par le drame qu'avait vécu la sienne.

— Merci, dit-il en passant devant elle, les muscles de son cou et ses épaules jouant sous sa peau tandis qu'il se dirigeait vers le muret séparant le petit vestibule du hall d'entrée.

Un arôme de pomme et de cannelle flottait dans l'air, mais il faudrait plus qu'un désodorisant, si subtil soit-il, pour chasser l'enivrant parfum naturel de Benning. Elle s'était trouvée, pendant deux heures, isolée avec lui comme dans une bulle, dans l'habitacle de ce SUV. Elle ne savait pas si elle parviendrait jamais à écarter une fois pour toutes cet homme de son esprit, mais, ce qui était sûr, c'est qu'elle allait veiller à garder ses distances. La vie de son fils en dépendait.

Infierno. Elle se força à se concentrer sur sa blessure et détacha précautionneusement le tissu de sa peau. La plaie ne saignait presque plus, mais le risque d'infection n'était pas une vue de l'esprit. Ils étaient à des kilomètres d'un hôpital, et elle devait absolument retirer la balle pour éviter que sa présence ne cause plus de dommages. Une fois le périmètre sécurisé, elle pourrait réenclencher le système d'alarme et s'occuper enfin de se soigner. Glissant de nouveau un bras dans son manteau, elle étouffa un grognement de douleur.

— Où vas-tu ?

Cette voix. *Sa* voix. Même après toutes ces années, son pouls s'emballait encore lorsqu'elle l'entendait. Comment était-ce possible ? Elle avait refoulé ses sentiments voilà bien longtemps, elle avait tracé sa route, guéri... Non ?

— Je dois m'assurer que le chalet est sûr.

Par les grandes baies vitrées, on voyait la nature, la montagne et la neige, à perte de vue. Le rideau d'arbres derrière lequel se dissimulait le chalet constituait une bonne couverture naturelle, mais le FBI avait mis en place des mesures de sécurité draconiennes quand il avait racheté l'endroit à son précédent propriétaire. Le Bureau n'avait pas lésiné : caméras, éclairage extérieur à détecteurs de mouvement, détecteurs thermiques… Mais tout cela avait pu être déréglé par les importantes chutes de neige de ces dernières semaines. Elle devait les vérifier avant de pouvoir laisser Benning et Olivia ici l'esprit tranquille. Ensuite, ils seraient en sécurité ici, mais sa tension ne s'atténua pas à cette idée. C'était une chose que de revenir à Sevierville pour chercher un garçonnet disparu, c'en était une autre que de devoir cohabiter dans une cache perdue au milieu de nulle part avec un ancien amoureux le temps qu'elle réussisse à localiser l'enfant. Elle avait besoin de mettre de la distance entre elle et lui, de clarifier ses idées. Retirant le chargeur de son arme, elle compta les cartouches qu'il lui restait, le remit en place, puis rengaina le pistolet.

— Je n'en ai pas pour longtemps. J'en profiterai pour appeler ma patronne. Je devrais pouvoir envoyer une équipe chez toi d'ici environ une heure.

— Ana, attends…

Son nom sur ses lèvres, murmuré… Elle ne put se résoudre à le regarder ; il ne devait pas deviner la bataille intérieure qu'elle livrait pour conserver une expression neutre.

— Il y a quelque chose que je voudrais que tu comprennes.

Une phrase courte. Dix mots, peut-être, mais qui suffirent à rallumer en elle cette petite étincelle d'espoir à laquelle elle s'était accrochée., Elle ne devait pas la laisser s'infiltrer à travers l'invisible barrière qu'elle s'était construite au fil des sept années passées et mettre en péril sa stabilité, conquise de si haute lutte. Elle ne pouvait pas permettre cela. Leur relation, si forte qu'elle ait été, était terminée.

Elle y avait veillé lorsqu'elle avait demandé à retourner à Washington, DC sans l'en informer.

— Mes enfants sont tout ce que j'ai, continua-t-il. Et je

ne reculerai devant rien pour les protéger et pour récupérer mon fils.

Un pas en avant. Deux. Il réduisit l'espace qui les séparait jusqu'à ce que cette odeur de pin vienne de nouveau taquiner dangereusement ses narines.

— Même si je dois pour cela faire une entorse aux sacro-saintes règles qui régissent les investigations du FBI.

Qu'est-ce que cela pouvait bien vouloir dire ?

— Benning, c'est toi qui as fait appel à moi pour que je retrouve Owen. C'est ce que j'ai l'intention de faire mais, si tu veux que la personne qui l'a enlevé paye pour ce qu'elle a fait, il faut que tu me fasses confiance… et que tu ne me mettes pas de bâtons dans les roues.

Tournant les talons, elle referma les pans de son manteau pour bien s'emmitoufler, s'apprêtant à ressortir dans le froid. Là où était sa place – à l'extérieur, séparée de Benning et sa fille. Elle était l'étrangère que les circonstances avaient forcée à s'immiscer au sein de leur famille. Ce n'était qu'une affaire comme une autre. Autrefois, ils avaient parlé de fonder une famille, mais celle qui se trouvait dans ce chalet n'était pas la sienne. Elle ne le serait jamais. Elle ne retirait pas un mot de ce qu'elle avait dit durant le trajet : elle avait voué sa vie et sa carrière à la recherche des personnes disparues, et ce choix avait sonné le glas de leur relation. S'attacher aux victimes et à leur famille ne pouvait que la détourner de l'objectif final. Sept ans plus tôt, elle avait failli à son devoir en laissant ses émotions prendre le pas sur son travail, et une victime en avait payé le prix. Cela lui avait servi de leçon.

— Tu devrais te reposer, déclara-t-elle à voix haute. Vous avez vécu des moments difficiles, Olivia et toi.

Prise d'un accès de vertige, elle trébucha et se cogna l'épaule contre le mur.

— Tu n'iras nulle part dans l'état où tu es.

Une main solide s'insinua entre son bras et le côté de sa cage thoracique qui n'était pas blessé et la fit pivoter sur elle-même. Elle se retrouva plaquée contre un mur de muscles – mur qu'elle sentait d'autant mieux qu'il avait retiré sa chemise après avoir couché Olivia pour ne garder que le T-shirt qu'il portait en dessous. Elle appuya d'une main sur le torse de Benning pour le repousser, mais son corps massif ne bougea pas d'un pouce. Il avait gagné en musculature au cours de ces sept ans, le T-shirt à manches longues soulignait le relief marqué de ses biceps et de ses abdominaux. C'était sans doute en partie dû au fait qu'il vivait à la campagne, dans la propriété dont il avait hérité à la mort de ses parents. Il devait s'occuper lui-même du jardin, travailler la terre, ses paumes calleuses en étaient témoins. Et il était tellement plus grand qu'elle, avec son mètre quatre-vingt-cinq. Plus costaud aussi, même s'il n'avait jamais tenté de lui en remontrer. Ce genre d'attitude n'était pas dans son ADN. Il la libéra, lui donnant une chance de s'éloigner, mais elle était comme paralysée, là, contre lui.

— Le sang traverse le tissu de ton manteau.

— Oui, quand on reçoit une balle, en général, on saigne, rétorqua-t-elle, s'efforçant de faire bonne figure.

Mais un élancement se diffusa jusqu'à ses terminaisons nerveuses comme pour lui rappeler qu'elle avait une balle dans le côté. Entre la poussée d'adrénaline due à l'échange de tirs et le fait que chaque fibre de son être semblait vibrer à l'unisson de chacune de ses cellules, à *lui*, elle avait relégué au second plan les priorités physiques de sa personne. Mais elle ne pourrait pas s'acquitter convenablement de sa tâche si elle se mettait à saigner comme un goret dans cette cache perdue, en pleine montagne.

Il la guida jusqu'à la table de la salle à manger.

— Y a-t-il une trousse de premier secours quelque part ?

— Elle devrait se trouver dans le placard, sous l'évier, répondit-elle en tirant une chaise et en s'y laissant tomber, la main pressée sur sa blessure.

Il était temps. Elle sentait son pouls battre à ses tempes, la sueur perler dans son dos. Deux heures s'étaient écoulées depuis que la balle l'avait touchée, et son corps, apparemment, avait décidé qu'il avait patienté suffisamment longtemps.

Quelques secondes plus tard, Benning était près d'elle, la boîte surmontée d'une croix rouge et blanche à la main.

— Je peux extraire la balle et me soigner toute seule, dit-elle en plongeant la main dans la boîte.

— Je n'en doute pas, mais c'est à cause de moi et Olivia que tu as été blessée, coupa-t-il en lui prenant le désinfectant des mains. Le moins que je puisse faire est d'extraire cette balle et te soigner avant que tu ne t'évanouisses.

— Tu sais faire ?

— Owen a eu besoin de points l'an dernier après s'être ouvert l'arcade sourcilière en tombant contre cette vieille cheminée que j'aurais dû démolir il y a longtemps. Il ne s'est pas plaint de mes talents de couturier.

Une sensation de froid passa sur sa peau comme il nettoyait délicatement la plaie à l'antiseptique.

— Hum, marmonna-t-elle, dubitative. Mais un enfant de six ans est-il à même d'avoir un avis pertinent sur la question ?

— C'est vrai que ce qui le tracassait surtout, c'était de savoir s'il aurait une cicatrice.

Le silence retomba entre eux, chacun de ses gestes, chaque frôlement de ses doigts trouvant en elle une résonance un peu trop forte. Le rideau de ses cheveux masquait son visage, mais elle n'avait pas besoin de le voir pour deviner les pensées qui le traversaient. Tous les signes qui lui permettaient de lire en lui étaient depuis bien longtemps gravés dans sa mémoire.

— Pourquoi es-tu revenue ici ?

— Pardon ? Au cas où tu l'aurais oublié, c'est *toi* qui m'as sollicitée, répliqua-t-elle en étudiant les lignes, de part et d'autre de sa bouche.

Il était toujours aussi beau, mais il y avait une gravité nouvelle dans son regard désormais. C'était bien l'homme qu'elle avait quitté qui était assis, là, juste à côté d'elle, mais les sept années passées avaient laissé leur empreinte. Ses traits étaient plus accusés, plus rudes. Il avait eu à assumer seul la responsabilité d'élever des jumeaux tout en maintenant à flot son activité d'inspecteur en bâtiment. Elle ne pouvait qu'imaginer la pression qu'il avait dû sentir d'un coup peser sur ses épaules quand, du jour au lendemain, il avait perdu Lilly et s'était retrouvé avec deux nouveau-nés. Mais, en cet instant, à la façon dont il la contemplait et à la façon dont son propre corps réagissait au moindre de ses effleurements... C'était comme s'ils étaient seuls au monde. L'enquête, leur passé commun, tout cela refluait à l'arrière-plan, dans son esprit.

— Ton agresseur a peut-être frappé plus fort que tu ne le pensais, ajouta-t-elle.

— Tu aurais pu te défausser, laisser l'un de tes collègues se charger de l'enquête, répondit Benning en jetant les compresses souillées avant de puiser un paquet neuf dans la trousse de secours et de nettoyer la pince à longs mors avec laquelle il allait extraire le projectile.

Se levant, il déboucla sa ceinture, attirant tel un aimant le regard d'Ana sur ses cuisses puissantes moulées par le denim.

— Mais tu as accepté, continua-t-il, imperturbable, avant de lui tendre le ceinturon. Tiens, mords là-dedans.

Ana serra le cuir épais entre ses dents tandis qu'il écartait les bords de la plaie à l'aide de l'instrument. Elle s'efforça de se détendre, mais la douleur finit par avoir raison d'elle lorsqu'il délogea le corps étranger de sa chair. Ana ne put retenir un cri comme une insoutenable brûlure lui écorchait le flanc. Le plus dur étant passé, elle résista à l'envie primitive de s'incliner un peu plus pour le toucher. Elle recracha la ceinture.

— Et alors ?

Au fond, elle savait bien pourquoi elle était venue et n'avait pas cédé la place à un autre agent. Ce n'était pas pour se racheter. Pas seulement.

— Retrouver des victimes, c'est ma spécialité, Benning. Et je vais tout faire pour te ramener ton fils.

Il hocha la tête tout en préparant l'aiguille et le fil. Après avoir procédé à la suture d'un geste précis et rapide, il badigeonna de nouveau la plaie d'antiseptique, la couvrit d'une compresse stérile qu'il doubla d'un pansement adhésif puis il rangea tout le matériel et se redressa, la dominant de toute sa hauteur. Il lui sembla tout à coup plus intimidant, plus grand qu'il ne l'avait paru quelques minutes auparavant.

— Je sais. Parce que, si tu n'y parviens pas, c'est moi qui ferai regretter à ce salaud de ne pas m'avoir tué hier soir.

Il caressa du dos de la main le front d'Olivia. La bosse à l'endroit où elle s'était cogné la tête – sans doute quand elle avait sauté, ou été poussée, du SUV du ravisseur – avait dégonflé, mais elle luttait encore contre l'effet du sédatif. Elle semblait si petite, perdue au milieu des couvertures de flanelle rouge, dans ce grand lit. La poche de sérum physiologique reliée à l'intraveineuse était totalement vide désormais, et il la détacha délicatement du cathéter, avec sa tubulure, avant d'envelopper le poignet d'Olivia d'un pansement stérile, suivant scrupuleusement les indications qu'avait transmises le médecin. Comme le chalet ne comptait que deux lits, il partageait le sien avec Olivia, mais il n'arrivait pas à dormir. Imaginer Owen, seul, aux mains de ce salaud le taraudait. Il devait avoir tellement peur. Les yeux le piquèrent à l'idée que tout cela pourrait très mal finir. S'il restituait le crâne, quelles étaient les chances que le ravisseur relâche Owen ? Qu'est-ce qui le retiendrait d'arracher son jumeau à Olivia ?

— Tu ne dors pas ?

Le son feutré de sa voix se propagea en lui, tel un baume apaisant, dissipant le doute qui l'avait saisi. Ana s'avança jusqu'au pied du lit, ses bottes résonnant sur le parquet. Elle avait enlevé ses vêtements tachés de sang, et le holster d'épaule noir contenant son arme tranchait sur le blanc uni de son T-shirt. Il la regarda et, subitement, la réponse s'imposa à lui comme une évidence. Ana. Ana empêcherait cette crapule de détruire sa famille. Comme elle l'avait déjà fait pour tant d'autres. Elle contempla Olivia puis lui tendit une tasse remplie d'un liquide sombre et fumant.

— Elle prend toute la place.

La céramique était très chaude, mais il resserra son emprise autour du récipient au lieu de le tenir par son anse. Pour que le contact brûlant l'oblige à rester enraciné dans la réalité. Pour bien garder à l'esprit que, même si elle mettait tous ses sens en émoi, Ana était ici pour conduire son enquête, rien de plus. Il trempa ses lèvres dans le breuvage. Du déca.

— Mais tu voulais peut-être te joindre à nous ?

Sa boutade, qui s'était voulue innocente, provoqua un séisme en lui, faisant éclore beaucoup trop d'images tentantes.

— Ttt… Je crois que tu m'as suffisamment manipulée en extrayant cette balle.

Elle ponctua ses paroles d'un large sourire – celui-là même, un peu narquois, qu'il n'avait jamais pu oublier –, et tout son corps s'enflamma d'un coup, comme une torche. C'était l'une des choses qui l'avaient d'emblée séduit chez elle : son sens de la repartie, de l'humour, sa capacité à tout tourner à la dérision. Si noir que soit le contexte, elle avait toujours eu le don d'alléger l'atmosphère par un bon mot, et le vide qui s'était creusé en lui à la minute où il avait compris qu'elle l'avait quitté se combla un tout petit peu pour la première fois depuis des années. Contournant le lit, elle tira une chaise près de lui. Ses longs cheveux sombres scintillèrent dans la douce lumière de la lampe de chevet comme elle calait ses pieds sur le bas du matelas. Seraient-ils toujours aussi soyeux que dans son souvenir s'il les touchait aujourd'hui ?

— J'ai informé la DCT des derniers développements. La directrice a dépêché deux agents chez toi pour analyser la scène. Ce sont de bons agents, qui savent ce qu'ils font. Avec un peu de chance, ils trouveront quelque chose qui nous aidera à identifier le ravisseur.

Il n'avait pas besoin de consulter sa montre pour savoir combien d'heures il lui restait avant l'échéance qu'avait fixée ce dernier. C'était comme si le compte à rebours s'était imprimé dans son inconscient. Qu'il ne le quittait jamais, pas un instant. Les secondes s'égrenaient, le rapprochant inéluctablement du terme fatidique. Owen avait été enlevé près de neuf heures plus tôt. L'homme lui avait donné vingt-quatre heures pour restituer le crâne et toute autre preuve découverte avant que son fils ne paye le prix de son erreur. Les agents de la DCT réussiraient-ils à traiter la scène dans les temps ?

La terrible incertitude s'empara de nouveau de lui.

— Il faut que je rende ce crâne, déclara Benning en balançant les pieds par terre, mû par le besoin irrépressible de bouger, d'agir.

Il aurait dû être dehors, à sillonner les rues de la ville à la recherche de son fils, pas claquemuré dans une cache du FBI à imaginer le pire. Posant la tasse de café sur la table de nuit, il se passa les doigts dans les cheveux, repoussant les longues mèches qui effleuraient ses épaules, et alla se poster devant la grande baie vitrée. Ces montagnes, cette forêt qui se déployait à l'infini sous ses yeux ne faisaient qu'accentuer la sensation de solitude qui grandissait en lui. Le soleil avait amorcé sa descente derrière les Smoky Mountains. Et le temps filait, lui glissait inexorablement entre les doigts…

— Rien de tout cela ne serait arrivé si je n'avais pas fourré mon nez dans les affaires de Britland Construction. Je n'aurais jamais dû m'en mêler. Mon rôle est de veiller sur mes enfants, de les protéger et, au lieu de ça… Owen est retenu en otage par ma faute, tout ça parce que j'ai cru bon de jouer les détectives.

— Toi et moi, nous savons très bien que ce n'est pas parce que tu rendras le crâne qu'ils relâcheront ton fils. Tu représentes un risque beaucoup trop important.

Sa voix s'était infléchie, plongeant dans les basses pour apaiser l'anxiété qui le rongeait. Entendant remuer derrière lui, il se retourna et la vit qui posait elle aussi sa tasse. Puis, sans bruit, elle vint le rejoindre devant la baie vitrée.

Du menton, elle désigna Olivia dans le lit, mais il ne parvenait pas à détacher son regard d'elle.

— Tu vois cette magnifique petite fille ? C'est grâce à toi qu'elle est vivante, Benning. Tu as empêché qu'elle ne soit touchée dans ce parking et, si tu ne m'avais poussée par terre dans sa chambre, à l'hôpital, je serais peut-être morte à l'heure qu'il est.

Elle avait raison. Rendre ce qu'il avait pris ne garantissait pas qu'Owen lui reviendrait, mais le besoin impérieux d'agir le tenaillait.

— Je voudrais tellement être sur le terrain, le chercher moi-même.

— Je comprends et je sais que c'est frustrant de devoir rester ici en ayant l'impression de ne pas être utile, mais tu es exactement là où tu dois être, je t'assure.

Sa main vint se poser sur son avant-bras, et un dangereux mélange de chaleur et d'électricité courut sur sa peau. Son parfum grisant réveillait tant de souvenirs… Il dut faire appel à toute sa volonté pour ne pas céder à la tentation.

— On va retrouver ton fils. Ensemble.

Son assurance, combinée à la douce pression de cette main sur son bras, ralentit les battements désordonnés de son cœur et, tout à coup, il prit conscience de façon plus aiguisée encore de sa proximité. Des longues mèches sombres qui encadraient ses joues, de sa lèvre inférieure légèrement plus renflée que celle du dessus et de la façon dont le mordoré de ses prunelles semblait s'être imperceptiblement assombri. C'était une femme forte, intelligente, sûre d'elle qui avait fait le choix de retrouver des disparus et de sauver des vies, sans compter que c'était l'une des personnes les plus intenses qu'il ait jamais rencontrées. Elle était… admirable. Intègre. Observatrice. Bref, tout ce qu'il attendait d'une partenaire de vie. Le regard de Benning s'abaissa vers les ongles rouge foncé sur sa peau. Oui, elle était tout ce qu'il avait rêvé de trouver chez une femme… jusqu'à ce qu'elle le quitte sans un mot.

— Dis-moi pourquoi j'ai dû découvrir par moi-même, après ton départ, que tu avais demandé ton transfert à Washington.

La main abandonna son bras, l'exquise chaleur de son contact aussitôt remplacée par le froid qui pénétrait la paroi vitrée à sa droite. Tournant son ensorcelant regard vers sa fille, dans le lit, elle recula d'un pas.

— Benning, on n'est pas obligés d'évoquer ça maintenant.

— J'ai eu peur que tu ne sois morte.

Le vide qu'il s'était tant escrimé à combler ne cessait de se creuser depuis qu'elle était entrée dans cette chambre d'hôpital, et cela lui devenait insupportable.

— J'ai appelé la police, les hôpitaux, le FBI, tous ceux qui étaient susceptibles de savoir où tu étais. Je t'ai cherchée sans discontinuer pendant trois jours entiers, Ana. Trois jours pendant lesquels je n'ai reçu ni appel, ni SMS… Rien.

Il se força à prendre une grande inspiration avant que la conversation ne réveille sa fille.

— Je me suis réveillé un beau matin et… tu n'étais plus là. Je veux savoir…

— Mon partenaire avait trouvé son corps.

Une dureté nouvelle s'était invitée sur son visage, dans sa voix qui s'était abaissée dans les graves. Pas d'émotion. Pas la moindre trace de remords. En une seconde, la femme avec qui il plaisantait quelques instants plus tôt s'était volatilisée. Il ne subsistait que l'agent fédéral froid, distant, détaché.

— Le corps de qui ? s'enquit-il, perplexe.

— Samantha Perry.

Ce nom… Pourquoi lui semblait-il familier ? La lumière se fit comme des bribes de souvenirs de sa première rencontre avec Ana remontaient à la surface. La première fois qu'il avait posé les yeux sur elle, elle faisait équipe avec un autre agent mais, si Benning n'avait pas gardé le souvenir de ce partenaire, il ne pouvait pas oublier Samantha Perry. Bon sang.

— L'adolescente que tu étais venue rechercher à Sevierville.

— On l'a retrouvée dans une ruelle, entre deux restaurants, à Knoxville, jetée là comme un vulgaire sac-poubelle trois mois après sa disparition, dit-elle, le regard posé sur lui mais comme absent. J'étais chargée de la retrouver. Je l'avais promis à sa famille. C'était une innocente gamine de quinze ans qui avait été enlevée au lycée par le concierge de l'établissement, Harold Wood. Mais on n'a pas pu prouver sa culpabilité. On a perquisitionné son domicile, fouillé sa voiture, passé le lycée au crible. Il n'y avait aucune trace d'elle, de ses vêtements, pas d'ADN, rien. Mais sa meilleure amie affirmait avoir vu

Wood le jour de la disparition. Notre seul espoir d'épingler ce salaud était de retrouver le corps de Samantha, mais ça ne me satisfaisait pas. Je voulais la retrouver vivante. Et j'ai échoué.

Ana décroisa les bras et carra les épaules, le regard subitement brillant.

— Elle est morte parce que je n'avais pas la tête suffisamment à mon travail. Que je m'étais laissé distraire. Par toi.

L'estomac de Benning se contracta. C'était donc là ce qu'il avait représenté pour elle. Une… dis*traction* ?

— À la seconde où j'ai reçu cet appel, je me suis juré que plus jamais je ne laisserais mes émotions altérer mon jugement. Donc, oui, j'ai demandé ma mutation et, sitôt que je l'ai obtenue, je suis partie.

Elle s'avança d'un pas vers lui.

— Parce que chaque minute où ma concentration n'avait pas été ce qu'elle aurait dû être avait été une minute de calvaire pour Samantha. Elle avait été torturée, violée.

Son expression s'adoucit comme si elle ne pouvait plus tenir à distance la faiblesse et l'épuisement dus à la perte de sang. Elle semblait vaincue, tout à coup.

— Je ne peux pas vivre avec le poids d'une autre mort sur la conscience, Benning. Même pour toi.

4

Elle enserra plus fort la balustrade de bois fendillé qui bordait la terrasse, à l'arrière du chalet, le regard perdu dans l'obscurité. Les flocons de neige s'accrochaient à ses cheveux et aux manches de son T-shirt et la température avait brutalement baissé avec le coucher du soleil, mais leur échange l'avait tellement perturbée que son cœur battait encore la chamade. Elle avait bien sûr dû expliquer face à sa hiérarchie le rôle qu'elle avait joué dans ce retentissant fiasco, mais Benning était bien la dernière personne avec qui elle aurait cru avoir à l'évoquer de nouveau un jour. Mais, évidemment… elle n'aurait jamais cru non plus revenir un jour à Sevieriville.

La légende qu'elle avait inventée pour sa couverture n'était pas si éloignée de la vérité. Ses parents vivaient toujours heureux ensemble, même si ce n'était pas ici. Ils étaient retournés dans l'Ouest quelques années plus tôt, attirés par le climat et l'immensité du désert. Pour autant qu'elle sache, ses trois frères aînés devaient toujours travailler dans leurs agences fédérales respectives mais elle ne leur avait pas parlé depuis des années, et ce point d'ancrage lui manquait en ce moment. Elle avait besoin de se raccrocher à quelque chose – à quelqu'un – pour ne pas se laisser derechef entraîner vers le fond, noyée sous le poids de culpabilité contre laquelle elle luttait depuis sept ans. Sa famille avait bien essayé de l'aider à garder la tête hors de l'eau mais, à la fin, ils avaient compris qu'ils ne réussiraient pas à la convaincre que Samantha n'était pas morte par sa faute.

Ce n'était que lorsque Jill Pembrook, directrice de la DCT, l'avait approchée à Washington un an plus tôt – lui offrant une seconde chance – qu'Ana avait envisagé de revenir à moins de cent kilomètres de Sevierville. Parce que, même si son départ avait été motivé par une excellente raison, quitter Benning avait probablement été la décision la plus difficile de sa vie. Ce qui n'avait pas de sens : ils ne se fréquentaient que depuis quelques mois quand l'affaire Perry avait connu son tragique dénouement ; on ne fondait pas une relation durable en si peu de temps. Et pourtant, elle ne pouvait nier que ces quelques mois avaient tout changé.

La porte vitrée coulissante couina sur son rail métallique, mais elle n'eut pas le courage de lui faire face… Pas tout de suite. Se forçant à inspirer à fond, elle étudia les petites volutes d'air que ses expirations condensaient devant sa bouche. Quoi qu'il se soit passé entre eux et même si ses émotions étaient à fleur de peau lorsqu'elle était près de lui, il n'en restait pas moins qu'elle avait toujours une mission à accomplir. Les protéger, lui et ses enfants, et récupérer son fils sain et sauf. C'était là l'important.

— Tu ne devrais pas sortir à découvert, ni t'approcher des fenêtres, dit-elle sans se retourner.

— Tu es une espionne ? demanda une petite voix.

Ana pivota sur ses talons et découvrit Olivia enveloppée dans une couverture, pieds nus, debout sur le seuil. De jolies anglaises brunes s'enroulaient autour de joues rebondies et d'yeux bleu vif. La neige fondait autour de ses doigts de pied aux ongles violets, et Ana vint s'accroupir devant la fillette pour se mettre à son niveau. Elle lui frictionna doucement les bras tandis que les grands yeux bleus la scrutaient avec curiosité.

— Qu'est-ce que tu fais là dehors, pieds nus ? Tu vas prendre froid.

Éluder une question directe en en posant une à son tour.

L'enfant pencha la tête sur le côté, l'air tout à coup plus âgée que ses six ans.

— En tout cas, on dirait bien que tu en es une.

— Non, je ne suis pas une espionne, répondit Ana sans pouvoir retenir un petit rire tout en plongeant la main dans sa poche pour en tirer son badge, qu'elle montra à l'enfant en souriant. Je suis agent fédéral… Tu vois ?

— Agent Ana Sofia Ramirez, FBI, lut lentement Olivia, un large sourire fendant sa frimousse contusionnée. C'est super, je n'en ai encore jamais rencontré en vrai, mais je sais ce qu'ils font. J'adore les histoires d'agents spéciaux. Et de détectives privés, aussi.

— Ah oui ? Lesquelles, par exemple ?

— Il y a une série sur une Sherlock Holmes fille qui résout des crimes, mais elle fait semblant d'être un garçon pour que la police ne sache pas que c'est elle.

Le plaisir d'aborder ce qui semblait être son sujet favori effaçait presque les cernes sombres sous ses yeux, qui se mirent à briller de fierté tandis qu'elle ajoutait avec animation :

— Je les ai tous lus. Plusieurs fois !

— Waouh. Tu sais déjà lire ?

— Oui, j'ai appris quand j'avais cinq ans.

— Bravo. Tu sais quoi ? J'ai un peu faim, j'ai envie de préparer des biscuits aux pépites de chocolat. Si tu m'accompagnes, tu pourras me parler de tous les livres que tu as déjà lus.

La fillette hocha la tête et resserra l'épaisse couverture dont le bas trempait dans la neige fondue autour de son petit corps. Refermant la porte coulissante, Ana balaya l'intérieur du chalet du regard, mais Benning n'était nulle part en vue. Elle n'était ni médecin ni mère, ce n'était pas à elle décider si Olivia était ou non autorisée à quitter le lit. Elle ne voulait surtout pas empiéter sur ses prérogatives parentales. Il existait suffisamment de tensions entre eux comme ça.

— Tu crois que ton papa aimerait en manger aussi ?

— Il est sous la douche, répondit Olivia en se tortillant pour monter sur l'un des tabourets hauts, devant le comptoir, la couverture glissant de ses épaules.

Sous la lumière, les bleus ressortaient davantage sur sa peau claire, et les points de suture posés sur l'entaille de sa tête semblaient plus prononcés. Dix heures s'étaient écoulées depuis qu'elle et son frère jumeau avaient été enlevés. Il lui en restait quatorze pour retrouver le garçonnet.

— Il ne sait pas que je suis réveillée, mais je ne voulais plus dormir.

— Je vois, dit Ana en rassemblant sur le plan de travail en granit de l'îlot central les ingrédients dont elle avait besoin et en tendant un fouet à Olivia. Je ne lui dirai pas que tu es debout alors que tu devrais te reposer si, toi, tu ne lui dis pas la quantité de pâte que j'aurai préparée pour les cookies, d'accord ?

— D'accord, acquiesça Olivia en prenant le fouet et en entreprenant de remuer le mélange d'ingrédients qu'Ana avait versés dans un saladier.

Les œufs, la farine et le sucre volèrent copieusement par-dessus bord, sur le comptoir, le rire argentin de l'enfant dominant le raclement du fouet contre le fond du saladier.

— OK. Doucement. Vas-y plus doucement, dit Ana en essayant de sauver ce qui pouvait l'être de la pâte.

Malgré ses recommandations, quelques secondes plus tard, la majeure partie de l'appareil était répandue sur le comptoir et le pyjama d'Olivia, et avait même éclaboussé ses propres cheveux, mais tant pis... Le seul fait de voir les yeux de la petite fille briller, après ce par quoi elle était passée, valait bien un désastre culinaire. L'instant suivant, elle vit Olivia soulever haut le fouet dégoulinant d'ingrédients non encore mélangés et la contempler d'un air malicieux.

— Oh non, non, non. Très mauvaise idée. Repose ce fouet. Olivia, si jamais tu me lances ça, je te préviens, tu...

Mais, d'un coup de poignet d'Olivia, un aggloméré grumeleux volait déjà de l'autre côté de l'îlot.

Elle reçut en pleine face les œufs gluants, sur lesquels vint se coller une pluie de farine et de sucre. Des lambeaux de pâte tombèrent sur son T-shirt immaculé et sur le sol. *Santa madre de...* Un grondement exagérément menaçant monta de sa gorge tandis qu'elle contournait l'îlot.

— Alors, là, si tu crois t'en tirer comme ça... Je venais juste d'enfiler ce T-shirt !

Plus réactive qu'Ana ne l'aurait cru, la petite diablesse sauta à bas du tabouret et détala en gloussant, le fouet à la main. Attrapant une spatule, Ana la chargea de pâte et projeta celle-ci à travers la cuisine. Stupéfaite, Olivia se figea.

— Droit dans le mille, proclama triomphalement Ana.

Une bataille rangée s'ensuivit, à coups de projections de pâte à biscuit, entrecoupée de rires, jusqu'à ce que toutes deux soient trop fatiguées pour poursuivre le combat. Elles se laissèrent tomber sur le sol, le dos calé contre l'îlot, et Ana, encore tout essoufflée, plaça le saladier contenant la pâte restante entre elles deux avec deux cuillères plantées dedans. Huit cents heures d'entraînement au tir et aux opérations tactiques, tout ça pour qu'une enfant de six ans mordue d'énigmes policières réussisse à l'épuiser ! Des lambeaux de pâte tombaient des portes des placards en face d'elles, mais le nettoyage pourrait bien attendre. Pour l'instant, autant se régaler.

— Eh bien ! Tu es une adversaire redoutable. J'ai bien peur d'avoir été touchée beaucoup plus souvent que toi.

Olivia enfourna une grosse bouchée de pâte en hochant la tête.

— Je gagne toujours quand on joue à se battre au pistolet Nerf gun avec Owen. Je vise mieux que lui.

Ana reposa sa cuillère. Elle avait été formée aux techniques d'entretien spécifiques aux enfants et elle repassa rapidement dans sa tête les protocoles qu'elle avait appris. Quand on tentait d'obtenir des informations d'enfants qui avaient été témoins d'un crime, il fallait toujours procéder par étapes. Elle avait déjà tissé un lien avec la fillette, mais il y avait de grandes chances qu'Olivia ne veuille pas – ou ne puisse pas du fait du choc qu'elle avait reçu à la tête – se rappeler comment les choses s'étaient passées.

— Est-ce qu'on peut parler de ton frère ? De ce qui est arrivé après que l'homme vous a emmenés ?

L'enfant cessa de mâcher et de se pourlécher les lèvres, les yeux bleus qui ressemblaient tant à ceux de son père perdant un peu de leur éclat. Glissant les talons sous ses fesses, elle plongea de nouveau sa cuillère dans le saladier. L'hésitation et la nervosité se lisaient maintenant clairement sur son visage.

— Je ne me souviens pas.
— D'accord...

Mais elle avait bel et bien l'air de dissimuler quelque chose.

— Tu sais, sans informations, même ton héroïne préférée, la Sherlock Holmes fille, ne pourrait pas résoudre une affaire. J'aimerais vraiment retrouver ton frère... pour ton papa et toi. Ce n'est pas ce que tu veux ?
— Non !

La petite fille lança la cuillère de toutes ses forces et sauta sur ses pieds pour s'enfuir en courant, ses boucles brunes tressautant sur ses épaules.

— Olivia, attends ! cria Ana en se relevant.
— Olivia ? Qu'est-ce que tu fais debout, ma puce ?

La voix lénifiante de Benning précéda le reste de sa personne dans la cuisine. Il apparut, ses cheveux mouillés gouttant sur son torse nu, encore luisant d'humidité. Il s'accroupit pour attraper sa fille par la taille, vêtu seulement d'un jean, et le cœur d'Ana opéra une cabriole dans sa poitrine. Le regard bleu s'arrêta sur elle, soudain assombri.

— Qu'y a-t-il ? Que s'est-il passé ?

Éclatant en sanglots, Olivia enfouit la tête au creux de l'épaule de son père, sous le regard d'Ana, pétrifiée. La partie de rire qu'elles venaient de partager, la confiance de la petite fille... Tout cela, en six mots, fut réduit à néant.

— Je ne veux *pas* me rappeler !

Benning referma doucement la porte de la chambre d'Olivia. À force de cajoleries, il avait réussi à calmer ses pleurs mais rien ne pouvait apaiser son angoisse. Elle refusait de se souvenir de ce qui s'était passé quand son frère et elle avaient été kidnappés, et rien de ce qu'il avait pu dire ne l'avait convaincue qu'elle n'était pas responsable. Elle était fragile, et il n'avait pas voulu insister davantage de peur qu'elle ne craque de nouveau.

Attrapant le T-shirt qu'il portait avant d'aller se doucher, il retourna dans la cuisine pieds nus. Malgré la crise de sa fille, malgré la distance qu'il s'était juré de garder, il ne pouvait se sortir de la tête les paroles d'Ana. Elle se reprochait la mort de cette adolescente, sept ans plus tôt. Mais, au-delà de ça, elle l'en tenait lui aussi pour responsable. N'était-ce pas ce que cela signifiait quand elle avait dit que plus jamais elle ne laisserait ses émotions altérer son jugement ? Que les sentiments qu'ils éprouvaient l'un pour l'autre l'avaient « distraite » ? Ils avaient été deux à se lancer, bille en tête, à cœur perdu, dans cette relation, et cela le rendait aussi responsable qu'elle de son prétendu échec. Ils n'avaient passé que quelques mois ensemble, Ana et lui, mais ça avait été les moments les plus forts de toute sa vie. Il se rappelait chaque minute, chaque seconde, et le fait qu'Ana s'efforce de minimiser – de *discréditer* – ce qu'ils avaient partagé lui était affreusement douloureux.

Il s'immobilisa brusquement en sentant son pied s'enfoncer dans une substance molle. Croisant mentalement les doigts pour qu'il ne s'agisse que d'un peu de pâte à gâteau, il baissa les yeux. *Doux Jésus*. Il y en avait partout. L'îlot central était couvert de farine, de coquilles d'œuf, de sucre et de petits morceaux de chocolat ; par endroits, du blanc d'œuf gouttait de ses bords, s'étirant en filaments visqueux. Une pagaille indescriptible régnait dans la cuisine. Et, au milieu du champ de bataille, Ana s'affairait, s'efforçant de remettre de l'ordre dans le chaos. Malgré lui, il sourit en voyant sur le sol saupoudré de farine les empreintes des petits pieds nus de sa fille et celles, plus grandes, d'Ana.

— Est-ce que tu as gagné, au moins ?
— Même pas. Et c'est au perdant de réparer les dégâts, c'est bien connu.

Elle se retourna, repoussant les mèches de son visage. Des mèches auxquelles adhéraient des bouts de beurre et de la farine. Elle ramassa un saladier à demi rempli et garnit une cuillère de pâte crue qu'elle porta à ses lèvres et engloutit en roulant des yeux avec délectation. Le cœur de Benning sauta un battement. En cet instant, elle n'était plus l'agent fédéral chargé de retrouver son fils, mais la femme qui avait réussi l'exploit de redonner le sourire à sa fille. C'étaient les éclats de rire et les cris d'Olivia qui l'avaient attiré hors de la cabine de douche, et il n'était pas près d'oublier le spectacle qui s'était offert à sa vue : Ana pourchassant sa fille autour de l'îlot, une spatule pleine de pâte à la main, et Olivia courant, avec sur les lèvres ce sourire rayonnant qu'il craignait de ne pas revoir de sitôt après ce dont elle avait été témoin. Pendant ces quelques secondes, le kidnapping, le crâne dissimulé chez lui, la raison pour laquelle Ana avait reparu dans sa vie… Tout avait été gommé. L'espace de quelques instants, il avait eu un aperçu grandeur nature du fantasme qu'il avait élaboré dans sa tête : celui d'une famille – *sa* famille. Au complet, unie, heureuse.

— Rien que pour ça, ça vaut la peine d'avoir perdu, commenta-t-elle avec gourmandise, la bouche pleine. Je t'en proposerais bien, mais c'est tellement bon que je préfère m'abstenir.

Baissant les yeux, l'éponge à la main, elle considéra son T-shirt tout taché, et Benning ne put s'empêcher de suivre du regard les courbes fuselées de son corps élancé et tonique. Une bouffée de chaleur le submergea comme, tout à coup, le passé venait se confondre avec le présent. Le contact de sa peau contre la sienne, la précision avec laquelle il avait mémorisé chacune de ses cicatrices, chacun de ses grains de beauté. Elle n'avait pas beaucoup changé… Si ce n'est qu'il trouvait Ana Sofia Ramirez encore un peu plus belle, plus… attirante.

— Même si je dois avouer que je ne m'attendais pas à finir dans ce piteux état, acheva Ana.

— Oui, visiblement, elle ne t'a pas ménagée.

À cloche-pied, il se dirigea vers l'évier pour nettoyer son pied. Essayant de centrer son attention sur le jaune d'œuf qui ornait son talon et non sur la réaction que provoquait en lui le simple fait de la regarder, il céda à l'envie de rire qu'il sentait monter en lui.

— Cette gamine m'a demandé, à quatre ans, de lui apprendre à utiliser mon fusil pour aider la police à arrêter les méchants ! À ce jour, le seul moyen que j'ai trouvé pour la calmer quand elle pique une colère, c'est de lui promettre de la laisser écouter un de ces podcasts de faits divers criminels. Elle adore l'idée de sauver des vies et d'arrêter les méchants et, aujourd'hui, elle vise mieux que tous les gens que je connais. Je suis sûr que, bientôt, elle me demandera de l'emmener au commissariat pour qu'elle puisse les aider à élucider l'une de leurs affaires.

— À son âge, ce n'est pas banal, en effet. Je pourrais peut-être l'emmener faire un tour au siège de la DCT, à Knoxville, un de ces jours, histoire qu'elle voie ce que font les vrais agents fédéraux.

Ana se tut, et Benning retint son souffle. Le *un de ces jours* ne lui avait pas échappé. Signifiait-il qu'elle ne disparaîtrait pas de leurs vies quand Owen serait revenu ? Son pouls s'accéléra.

Elle s'éclaircit la gorge comme si elle était gênée d'avoir fait une promesse qu'elle ne pourrait peut-être pas tenir. Comme celle qu'elle avait faite aux parents de Samantha Perry.

— Tu dois être fier d'elle. Elle fera un excellent agent quand elle sera grande.

— C'est son plus cher désir et c'est sûrement pour ça qu'elle t'a parlé comme elle l'a fait. Elle est très admirative de toi, de la profession que tu exerces, je l'ai vu.

Benning se redressa, la conversation qu'ils avaient eue tournant en boucle dans sa tête. Il jeta le papier absorbant avec lequel il s'était frotté le pied dans la poubelle, à côté de l'îlot.

— Moi aussi, d'ailleurs. Toi et tes collègues, vous volez au secours des victimes, vous sauvez des vies. Je sais que je t'ai déjà remerciée d'être venue, mais c'est sincère.

— Tu n'as pas besoin de me remercier, dit-elle, reportant son regard sur le comptoir, qu'elle se remit à nettoyer. C'est mon travail.

— C'est ce que ça représente pour toi ? Une mission

comme une autre ? Parce que, pour moi, autant te dire que c'est nettement plus personnel.

Benning fit le tour de l'îlot, son torse nu touchant presque la peau de son bras. De sa main, il couvrit la sienne sur le granit, notant la façon dont elle retenait subitement son souffle. Sa chaleur se communiqua à lui, le pénétra jusqu'au plus profond de son être.

— Après ce que tu m'as dit de l'affaire Samantha Perry, je comprends combien ça a dû t'être difficile de revenir ici et, pourtant, tu fais comme si de rien n'était. Mais ce n'est pas le cas, n'est-ce pas ?

Il avait besoin de savoir. Les choses allaient-elles se passer entre eux comme la dernière fois ? Avait-il commis une erreur en réclamant son aide ?

Ses lèvres frémirent.

— Je...

Glissant les doigts sur le dos de sa main, il traça un chemin le long de son bras jusqu'à sa mâchoire et toute pensée cohérente l'abandonna. Il n'y avait plus qu'eux deux. La douceur de sa peau sans défaut, la garde invisible derrière laquelle elle se barricadait. Malgré tout ce qui s'était passé depuis le bref laps de temps qu'elle était revenue dans sa vie, il avait veillé à dissimuler son appréhension, ses doutes, sa colère afin de rester fort pour Olivia. Afin de lui montrer qu'il pouvait la protéger des menaces, être le père qu'elle et son frère méritaient d'avoir. Mais la présence d'Ana le dépossédait de tout cela. Auprès d'elle, Benning se sentait terriblement exposé, impuissant. Elle était là, en chair et en os, bien réelle ; elle n'était plus seulement un souvenir ou un fantasme. Il dut se faire violence pour s'écarter d'elle.

— Tu as encore de la pâte sur le menton.

Elle l'avait quitté parce qu'elle pensait que ses sentiments pour lui l'avaient empêchée de mener sa mission à bien, et il ne voulait surtout pas envenimer les choses. La vie de son fils était en jeu, cette fois. Ana leva les yeux vers lui, les épaules parcourues d'un léger frisson, et une certitude se fit jour en lui, s'arrimant aussi solidement dans son cœur qu'une ancre invisible. Quoi qu'il arrive, Ana lui ramènerait son fils en vie. Il devait s'accrocher à cet espoir. Croire en elle.

— Merci.

Une sonnerie retentit dans le silence de la pièce, mais elle ne bougea pas.

— Je crois que c'est ton téléphone, souligna-t-il au bout de quelques instants en reculant de nouveau d'un pas pour faire définitivement échec à la tentation.

C'était mieux ainsi. Parce que, s'il se passait quoi que ce soit, cela détournerait leur attention de l'enquête et c'était un risque qu'il ne voulait pas courir.

Ana tira son téléphone de sa poche en se passant une main dans les cheveux, ce qui ne réussit qu'à étaler les grumeaux de pâte qui y étaient accrochés.

— Tu as quelque chose pour moi, JC ?

L'agent qu'elle avait appelé de la voiture. Tous les sens de Benning s'affûtèrent. L'équipe envoyée chez lui avait-elle trouvé un indice permettant de savoir où était Owen ? Il éleva le T-shirt au-dessus de sa tête et l'enfila.

— La police de Sevierville est toujours sur place, mais je peux d'ores et déjà t'avertir que ça ne s'annonce pas bien.

Une tension soudaine remplaça l'accès de désir qui avait enflammé les sens de Benning. Qu'est-ce que ça voulait dire ? Des parasites vinrent brouiller la ligne mais, compte tenu de la proximité du chalet avec les Smoky, c'était déjà un miracle que la communication soit passée. Ils étaient à deux heures de la ville, sans rien ni personne à des kilomètres alentour, encerclés seulement par les arbres, la montagne et la nature.

Trois plis distincts se creusèrent entre les sourcils d'Ana.

— C'est-à-dire ?

— On a fouillé la propriété et trouvé la vieille cheminée extérieure dont tu nous avais parlé, déclara JC. On aurait difficilement pu la manquer étant donné qu'elle était en feu. La mauvaise nouvelle, c'est que ce n'est pas le crâne dont tu nous as envoyé la photo qu'on a retrouvé à l'intérieur…

— Quoi ? s'exclama Benning. Comment est-ce possible ? Personne ne savait que je l'avais caché là.

— Une fois l'incendie maîtrisé, reprit JC, le médecin légiste a découvert dans le foyer un squelette entier. Malheureusement, vu son état, il va être pratiquement impossible de l'identifier tout de suite.

Le fumier s'était servi d'un accélérant.

L'agent JC Cantrell avait beau se protéger le nez et la bouche dans le creux de son coude, l'odeur d'essence était si forte qu'elle lui brûlait presque les narines. Lorsqu'il raccrocha, les techniciens de scène de crime avaient précautionneusement sorti les restes calcinés de la cheminée en brique cachée au fond de la propriété de Reeves, sur une partie du terrain recouverte d'arbres.

Bon sang, s'ils avaient localisée si rapidement, c'était uniquement parce qu'elle était en feu, ce qui signifiait que non seulement leur suspect non identifié avait enlevé les enfants de Benning Reeves la veille, mais qu'il était revenu aujourd'hui pour faire le ménage derrière lui. À supposer que les deux crimes soient le fait d'un seul et même individu. Des panaches de fumée noire et irritante s'élevaient encore dans les airs. C'était un miracle que l'incendie ne se soit pas propagé à la végétation alentour, mais cela avait sans doute été le cadet des soucis de celui qui avait craqué l'allumette. Tout ce qu'il voulait, lui, c'était détruire des preuves. Et, à en juger par l'état des os carbonisés présentement en train d'être placés dans des sachets en plastique, l'objectif avait peut-être bien été atteint.

Il examina les brunissures qui marquaient les briques rouge foncé du foyer. L'essence flambait à partir de deux cent cinquante degrés mais, compte tenu de l'accumulation de chaleur des briques réfractaires et de la présence de métal, il était à craindre que les données dentaires, les empreintes et l'ADN n'aient été détruits. Or, sans identification du squelette, les chances de retrouver le garçonnet s'amenuisaient considérablement.

Suivant les instructions de JC, la police de Sevierville avait délimité un large périmètre autour de la scène, mais des officiers et des techniciens s'affairaient sur l'ensemble de la propriété. L'habitation en elle-même avait déjà été examinée et la scène fixée, mais le traitement des extérieurs prendrait plus de temps – et l'analyse des éventuels indices matériels relevés davantage encore. Surtout ici. Les petites bourgades de ce genre connaissaient ponctuellement des cas de crimes violents, mais il était clair que cette affaire-ci allait faire exploser les statistiques de Sevierville. Quelqu'un avait brûlé un corps dans cette cheminée, conscient que les restes seraient retrouvés, mais il n'avait pas voulu que la victime puisse être identifiée, d'où le recours à l'accélérant. Il ne restait plus désormais qu'à attendre les résultats du labo. Avec un peu de chance, l'équipe scientifique pourrait peut-être malgré tout extraire une trace d'ADN de la moelle épinière et ainsi permettre de coincer le tueur. Et, ce jour-là, JC serait là.

Il nota que les os d'une main que le médecin légiste venait de ranger dans un sachet avaient été raccourcis. Il se tourna vers Evan Duran, l'expert ès négociations de la DCT.

— Tu as vu ça ? On dirait que notre homme n'a pas ménagé sa peine pour s'assurer qu'il ne subsisterait aucune empreinte. Il a coupé la dernière phalange des doigts.

— Oui, il sait ce qu'il fait, c'est certain. C'est pour ça qu'on n'a pas pu exploiter le micro posé dans la chambre d'Olivia ni trouver trace du véhicule utilisé pour l'enlèvement sur les vidéos de surveillance. Et, au vu de l'emploi d'un accélérant, je dirais qu'on a affaire à un individu qui connaît les notions de base de la criminalistique et de l'analyse d'une scène de crime.

Duran se redressa et s'éloigna lentement de l'épicentre de la scène, le regard rivé au sol. Cette affaire, décidément, mettait toute la DCT sur les dents, songea JC. Bon sang, il n'osait même pas penser à ce que devait éprouver Ramirez, forcée de collaborer avec un ancien amant pour retrouver le fils de celui-ci. Mais, pour Duran aussi, cette enquête touchait une corde sensible. La jeune sœur du négociateur avait été kidnappée devant le domicile familial alors qu'il n'avait que dix ans et était trop jeune pour intervenir, et c'était à cause de cet événement qu'il portait un intérêt particulier à cette affaire. Il ferait le maximum pour aider à ramener Owen Reeves à son père. Ils feraient tous de leur mieux. JC vit une ombre durcir soudain les traits latinos de Duran comme il désignait du menton deux traces parallèles dans la boue.

— Seulement, si malin qu'il soit, il n'a pas été assez prudent.

— Qu'est-ce que tu as ? interrogea JC en faisant un détour pour se rapprocher sans contaminer ce que Duran avait trouvé.

Ralentissant le pas, il suivit du regard les profonds sillons qui, partant de la maison, creusaient la neige et la gadoue – probablement la trace des talons de la victime quand il l'avait traînée. Soudain, un éclat brillant retint son attention, lui faisant oublier le froid qui commençait à pénétrer l'épaisse couche de ses vêtements. JC enfila une paire de gants en latex. C'était un bijou, en argent ou en or gris, à moitié enfoncé dans la neige – une breloque en forme de balance, symbole de la justice, dont l'anneau était largement ouvert, comme si elle avait été arrachée à un collier ou un bracelet. Il glissa le doigt sur l'écran de son téléphone et prit une photo avant de sortir un sachet en plastique de sa veste. Pinçant l'objet entre l'index et le pouce, il le laissa tomber à l'intérieur.

— Ça, ça pourrait bien nous aider à identifier la victime, souligna Duran.

— Le médecin légiste n'a pas signalé la présence de bijoux fondus sur les os. La température de combustion de l'essence est élevée, mais pas assez pour faire disparaître l'argent ou l'or.

JC se releva, étudiant la pendeloque dans sa paume. Le soleil perçait encore au travers des arbres, se reflétant sur le métal terni, mais la lumière déclinait. Encore une heure, et la police de Sevierville devrait installer des projecteurs, ce qui compliquerait les recherches.

— Ce qui veut dire que cette breloque venait d'ailleurs.

Mais d'où ? Une autre victime ? Étaient-ils sur le point de découvrir d'autres corps ? JC envoya la photo à Ramirez puis promena le regard sur les arbres, autour d'eux. Curieusement, il ne parvenait pas à se défaire de l'impression que leurs moindres faits et gestes, chacune de leurs découvertes étaient observés. La vibration de son téléphone le ramena à la réalité, et il prit l'appel de Ramirez.

— Ça y est ? Tu as reçu la photo ?
— Où était cette breloque ?

Un mélange d'extrême tension et de panique imprégnait sa voix. Subitement, tout parut se ralentir autour de JC. Ramirez n'était pas du genre à laisser transparaître ses sentiments, mais la vue de cette breloque l'avait sérieusement ébranlée.

— Tu la reconnais.

Ce n'était pas une question. Il croisa le regard de Duran, les cheveux commençant à se dresser sur sa nuque.

Une seconde passa. Puis deux.

— Ramirez ?
— Oui… Je la reconnais. Elle appartenait à une adolescente de quinze ans dont le corps a été retrouvé quelques mois après sa disparition, à Sevierville. Samantha Perry. J'étais l'un des agents chargés de la retrouver.

5

Ce n'était pas possible. Ce bijou ne pouvait *pas* se retrouver sur cette scène de crime. À moins que… Elle leva les yeux vers Benning, serrant son téléphone à s'en faire blanchir les phalanges.

— Fouillez le reste de la propriété. Partout. Centimètre carré par centimètre carré, s'il le faut. J'ai besoin que ce crâne soit retrouvé et la victime, identifiée. Tout de suite.

Elle coupa la communication, avec l'impression que le sol tanguait violemment sous ses pieds. Ou peut-être l'apparente intrusion d'un tueur familier dans cette affaire menait-elle sa raison au bord d'un abîme inconnu. Elle n'en savait rien et elle s'en moquait. Le FBI avait recherché l'assassin de Samantha pendant sept ans sans trouver la moindre piste, la moindre preuve, pas même une scène de crime exploitable. Rien. Jusqu'à maintenant. Ce ne pouvait pas être une coïncidence. Elle lutta pour se ressaisir, le souffle court.

— Ana ?

Son nom, prononcé par cette voix grave et séduisante, teintée d'anxiété, réussit à transpercer la barrière qui s'était subitement dressée entre elle et le reste du monde.

— Que se passe-t-il ? Dis-moi.

— Est-ce que tu as déjà vu cette breloque ? Est-ce qu'elle pourrait appartenir à Olivia ou à une de ses amies ? questionna-t-elle en orientant l'écran du téléphone vers lui.

— Non. Le seul bijou que possède Olivia est un collier de perles qu'elle a fabriqué elle-même. Et je ne laisse pas les enfants et leurs amis aller jouer aussi loin de la maison, dans les bois. Surtout depuis qu'Owen s'est blessé à la tête sur cette cheminée.

— Les agents Cantrell et Duran ont trouvé cette breloque de bracelet chez toi, près de la scène de crime. L'adolescente qui a disparu à l'époque où nous étions…

Non. Ce n'était pas le moment d'évoquer le passé, même si l'envie était forte de chercher réconfort dans la cage de ses bras. Elle ne pouvait pas se permettre de laisser le passé lui dicter sa conduite présente.

— Samantha Perry, reprit-elle. Elle en avait une exactement identique. Elle et sa meilleure amie portaient les deux mêmes. Seulement, Samantha ne l'avait plus quand on a retrouvé son corps. Le bracelet était toujours là, mais la breloque avait été arrachée.

Il lui prit l'appareil des mains. Ce faisant, sa paume légèrement calleuse effleura le bord de sa main mais, alors que son corps avait immédiatement réagi à son contact quelques minutes plus tôt, rien de tel ne se produisit cette fois – comme si elle était subitement hermétique à toute sensation.

— C'est le signe de zodiaque des Balance. Les deux filles étaient nées le même jour. Ces breloques symbolisaient leur amitié.

Quelles étaient les chances pour qu'une autre breloque, exactement semblable, fasse surface maintenant, alors qu'Ana était de retour à Sevierville ?

— Mon partenaire et moi étions d'avis que l'assassin de Samantha avait dû le garder comme trophée, mais on n'en avait pas la preuve. Harold Wood avait disparu des radars du FBI. Il avait quitté son travail à l'école et il n'a plus jamais été revu par ses voisins ni sa famille. Sept ans d'enquête, et il n'a jamais pu être localisé.

— Et cette breloque reparaît alors que quelqu'un a brûlé un corps dans ma propriété.

Il lui rendit le téléphone qu'elle prit sans réagir, l'esprit comme engourdi. Très pâle, ses cheveux mouillés gouttant sur ses épaules, Benning s'éloigna de quelques pas et continua :

— Tu crois que l'homme qui a tué Samantha Perry a quelque chose à voir avec le kidnapping d'Owen ?

Il repoussa en arrière ses mèches assombries par l'eau.

— Cette victime qu'ils ont retrouvée... Est-ce que... Tu penses que ce pourrait être... ?

— Non.

Le voyant vaciller, elle se précipita vers lui et agrippa ses épaules musclées. *Infierno*. Elle refusait d'envisager que son fils de six ans puisse être entre les mains d'un psychopathe sans pitié, mais elle ne pouvait écarter aucune éventualité pour le moment. Ce bijou avait été découvert chez Benning, près d'une cheminée contenant des restes humains. Les chances qu'une breloque de ce modèle précis apparaisse par hasard non pas dans une mais deux enquêtes dont elle était en charge étaient minces, mais l'idée qu'Owen Reeves ait pu être kidnappé par le monstre qui avait tué Samantha Perry... La nausée lui souleva l'estomac. Elle chercha son regard, puisant en elle toute l'assurance dont elle était capable.

— Ce n'était pas ton fils, Benning. L'agent Cantrell m'a dit que les restes étaient ceux d'un adulte. Owen est toujours en vie et il a besoin de notre aide.

— Mais enfin, pourquoi quelqu'un aurait-il enlevé le crâne de cette cheminée pour y mettre un autre corps ?

Son regard bleu se fixa sur elle, ses épaules massives se soulevant et s'abaissant rapidement.

— Tu as dit que tu voulais obtenir sans délai l'identification de la victime. Tu as déjà une idée de son identité.

Elle inclina la tête. Après toutes ces années, comment pouvait-il encore lire aussi bien en elle ? Comment un seul de ses regards pouvait-il lui faire oublier la raison pour laquelle elle était partie ? Elle déglutit avec quelque difficulté pour lutter contre l'envie de se laisser aller contre lui, pour se convaincre que la troublante pression qui lui nouait les entrailles n'était rien d'autre qu'une réaction biologique somme toute normale, provoquée par une situation d'intense stress et qu'elle n'avait rien à voir avec l'homme qui se trouvait devant elle. Ana s'obligea à laisser retomber ses mains pour ne plus sentir la chaleur trop familière, trop prometteuse de sa peau.

— Tu as dit que ta baby-sitter aurait dû être ici avec les enfants quand tu es rentré. Le tueur l'a peut-être kidnappée en premier. Il a pu profiter de l'existence de cette cheminée extérieure pour se débarrasser du corps. Ou alors… La meilleure amie de Samantha possédait le même bracelet. Elle serait adulte aujourd'hui. Si la breloque n'est pas celle de Samantha, alors, étant donné que c'est son amie qui nous a mis sur la piste de Harold Wood, il est possible qu'il soit revenu ici, à Sevierville, pour faire une autre victime. Claire. Quoi qu'il en soit, il y a de grandes chances pour que celui qui a enlevé Owen ait aussi le crâne en sa possession.

Il poussa un grand soupir, qu'Ana sentit courir sur sa peau.

— À t'entendre, ce type est un tueur en série.

— Ce qu'on sait, c'est que quelqu'un a dissimulé ce crâne dans un mur, sur l'un des chantiers de Britland, s'est servi de tes enfants comme d'une monnaie d'échange parce que tu as trouvé ce crâne et qu'il s'efforce maintenant d'achever le travail en détruisant toutes les preuves.

De son point de vue, ça ne ressemblait pas au plan d'un tueur en série. D'autant que sept ans s'étaient écoulés entre les deux affaires et que le mode opératoire était différent. Mais rien n'expliquait le nombre de victimes non identifiées dans cette enquête ni la présence de la breloque chez lui. Les actes – apparemment incohérents – de ce tueur semblaient indiquer quelque chose de bien plus dangereux.

— Je pense qu'il tient désespérément à effacer ses traces, et qu'il est prêt à éliminer toute personne se dressant en travers de son chemin.

— Moi, tout ce que je veux savoir, c'est ce que je dois faire pour récupérer mon fils.

— On va commencer par le début. Retrouver le crâne. Si

on parvient à découvrir comment et pourquoi la victime a fini dans ce mur, on trouvera le responsable.

Son téléphone se mit à vibrer, annonçant l'arrivée d'un nouveau SMS de JC. Des photos de la scène de crime. Elle les passa rapidement en revue, se demandant comment ces restes avaient atterri là. Il lui fallait supposer que celui qui avait mis le feu avait voulu détruire toutes les preuves en même temps. Elle aurait voulu être sur place, voir de ses yeux la scène, agir pour faire avancer l'enquête. Mais Benning et sa fille étaient toujours en danger et sa place était ici. Elle réussirait pour eux là où elle avait échoué pour Samantha. Elle les protégerait.

Elle étudia les clichés plus attentivement. Le feu avait probablement détruit toute chance d'exploiter l'ADN des restes retrouvés, donc l'identification de la victime serait sans doute problématique, pour ne pas dire impossible. Cependant, la légère décoloration sur certains fragments du crâne – absente du reste du squelette – retint son attention. La marque d'un traumatisme provoqué par un objet contondant. La photo que Benning avait prise du crâne qu'il avait trouvé lui revint à l'esprit. Le propriétaire du crâne du site de construction avait été tué par une balle en plein front, pas par un coup porté à l'arrière de la tête. Encore une différence dans le mode opératoire.

— Le crâne que tu as trouvé… ? À quoi ressemblait-il quand tu l'as extrait du mur ?

Il vint se poster à côté d'elle.

— Tu veux dire, hormis le fait qu'il était désolidarisé du reste du corps ?

— Je veux dire, y avait-il des traces de sang ou de moisissures, par exemple ?

Elle n'était pas formée à la médecine légale, mais le plus infime détail pouvait les aider à déterminer le temps durant lequel le crâne était resté derrière ces plaques de plâtre, voire l'endroit où la victime était morte.

— As-tu remarqué une odeur particulière ?

— Eh bien, disons qu'il avait l'air d'être là depuis un bon moment, déclara-t-il en se massant la nuque. Le bâtiment dans lequel je l'ai trouvé est situé sur l'un des projets en cours de Britland Construction. J'ai découvert que le chantier était suspendu depuis près de cinq ans à cause de tous les règlements de litiges auxquels la société est confrontée.

— Si bien que le crâne aurait pu être emmuré là n'importe quand, il y a quelques mois ou des années.

Au bout d'un certain temps, les corps en décomposition libéraient des gaz sous l'effet des enzymes des bactéries. Celui qui l'avait caché là avait dû chercher un moyen de masquer l'odeur... et jeter son dévolu sur ce bâtiment apparemment laissé à l'abandon, pensant que personne ne trouverait jamais la tête. Mais Benning s'était mis à enquêter sur Britland. En approchant la vérité d'un peu trop près, il s'était accroché une cible dans le dos et le tueur était aussitôt passé à l'action pour protéger son secret. Oui, ça se tenait, mais rien de tout cela n'expliquait le lien possible avec l'affaire Samantha Perry.

— Je vais commencer par examiner les registres du personnel de Britland et vérifier les antécédents des employés. S'il s'avère que c'est lié à l'un d'entre eux, ça me permettra de réduire la liste des suspects.

Et de découvrir comment cette breloque s'était retrouvée sur le terrain de Benning. Se rendant tout à coup compte de sa proximité, elle rentra la tête dans le menton, rangea son téléphone dans sa poche et s'éloigna, l'air de rien. Pour faire bonne mesure et bloquer l'attraction viscérale qu'il provoquait en elle, elle empoigna l'éponge et le chiffon qu'elle avait utilisés pour nettoyer les dégâts causés par la bataille de pâte à gâteau et les jeta dans l'évier. En vain.

Elle n'était ici que depuis quelques heures, mais ces quelques heures avaient suffi pour tout effacer... Leurs longues années de séparation, la distance qu'elle avait délibérément creusée entre eux, sa complète et totale implication professionnelle. Même si elle détestait l'idée qu'il l'émeuve encore comme au premier jour après toutes ces années – après tous les efforts qu'elle avait fournis pour enfouir leur histoire au fond de sa mémoire –, l'alchimie qui les poussait l'un vers l'autre était plus puissante que jamais. Mais il était hors de question qu'elle coure le risque d'y céder quand cela pouvait compromettre sa capacité à donner le meilleur d'elle-même dans son travail.

— Avec un peu de chance, le médecin légiste réussira peut-être à établir l'identité et la cause de la mort de la victime de la cheminée d'ici à quelques heures.

Elle se dirigea vers le sac qu'elle avait posé près de la porte, en sortit son ordinateur portable. Consulter les dossiers du personnel de Britland, identifier la victime brûlée dans la cheminée, trouver son fils. Rien d'autre ne comptait. Ils avaient déjà perdu suffisamment de temps. Elle ne voulait plus se laisser distraire par quoi que ce soit.

— Ana, attends.

Les doigts légèrement râpeux encerclèrent son bras, la firent pivoter sur elle-même, et elle se retrouva face à lui. Il ne bougeait pas, son souffle se mêlant au sien. Le cerveau d'Ana enregistra le mouvement de sa main libre qui migrait vers sa taille, mais sa pensée s'arrêta là, réduite à néant par la chaleur inquisitrice de ses doigts.

— Je...

Son hésitation se refléta dans le bleu, soudain plus profond, de ses yeux.

Puis sa bouche descendit vers la sienne.

Il sentit le dos d'Ana se rigidifier sous ses doigts, et toutes les fibres de son être s'insurgèrent, s'unissant en une protestation muette. Mais, au lieu de se dégager, la femme qui l'avait quitté sept ans plus tôt soupira d'aise contre ses lèvres. Cet imperceptible son ne fit qu'attiser le désir dévorant qui se déversait tel un torrent de lave dans ses veines. Elle était telle que dans son souvenir. Douce mais forte, décomplexée et franche, sûre d'elle tout en redoutant l'échec. Ana était le genre de femme qui, confrontée à la bataille, livrait une guerre totale, une combattante qui ne reculait jamais, ne baissait jamais pavillon. Et il avait eu beau faire pendant toutes ces années, il n'avait jamais pu se la sortir de la tête. Et, maintenant qu'elle était là et qu'elle se démenait pour retrouver son fils, il n'était même pas sûr d'avoir encore envie d'essayer.

Il se fraya un chemin entre ses lèvres et, comme elle s'arquait contre lui, un flot de sensations familières le submergea. Ses ongles s'enfoncèrent dans ses cheveux, lui griffant doucement le crâne, et ce fut l'instant de bascule. Soudain, il n'y eut plus qu'elle, la rapide pulsation qu'il voyait battre à la base de son cou, son parfum sensuel, sa faculté à lui faire d'un sourire oublier toutes les années de doute et de solitude. Ses muscles fuselés jouaient sous ses doigts, se contractant et se relâchant, tandis qu'il explorait l'étendue soyeuse de son dos. Les choses avaient changé entre eux. Chacun d'eux avait suivi sa route, s'efforçant de tourner la page, d'oublier ce qu'il y avait eu entre eux, mais ce qui était en train de se passer en ce moment – la sensation retrouvée de sa peau contre la sienne, la saveur de sa bouche –, tout cela lui avait manqué. *Elle* lui avait manqué, plus même qu'il n'avait voulu se l'avouer. Il avait fait de son mieux pour que son mariage avec Lilly marche, il aimait ses enfants plus que tout au monde, mais les dégâts qu'avait causés Ana en l'abandonnant n'avaient jamais guéri. Son départ avait creusé un abîme sans fond en lui. Jusqu'à maintenant.

— Ana...
— Nous ne...

Elle appuya la main sur son torse, juste à l'emplacement du cœur. Levant ses yeux vert et noisette vers lui, elle balaya du pouce quelque chose de sa lèvre inférieure, et un frémissement courut sur sa peau. Mais deux mots avaient suffi. Deux tout petits mots, qui lui avaient fait reprendre pied dans la réalité, se rappeler que des vies étaient en jeu. À commencer par celle de son fils. Ana reposa les talons au sol puis recula d'un pas, pressant le dos de sa main sur sa bouche avec, dans l'expression, un mélange de regret et d'horreur qui lui broya le cœur. Elle baissa les yeux.

— Nous ne pouvons pas faire ça, Benning.
— Je sais.

Un sentiment d'effroi l'envahit. Elle avait raison. Ils ne pouvaient pas faire ça. À cause de l'enquête. Du fait qu'elle était persuadée d'être responsable de la mort de cette jeune fille, en raison de ses sentiments pour lui. Il se demanda ce qui lui avait pris de se conduire ainsi. Mais la réponse était simple… Il n'avait tout bonnement pas pu garder ses distances ne fût-ce qu'une fraction de seconde de plus.

Pendant toutes ces années, il s'était contrôlé. Il avait enfoui ses sentiments pour elle dans les replis de son cerveau et de son cœur, s'était évertué à oublier la jeune recrue du FBI qui avait fait voler son monde en éclats. Il s'était concentré sur ses enfants et sur son activité, mais rien n'y avait fait. Chacune des minutes qu'ils avaient passées ensemble s'était imprimée en lui et avait laissé sa marque indélébile.

Pendant tout ce temps, il avait ignoré les appels du pied de la gent féminine, décliné les propositions de rendez-vous, les invitations à boire un café ou à déjeuner sous prétexte de protéger ses enfants et de leur éviter le traumatisme d'une nouvelle défection féminine dans leurs vies. Il s'était interdit de s'attacher par peur d'une nouvelle désillusion, mais, à bien y réfléchir, il n'avait fait, de manière détournée, qu'attendre le retour d'Ana dans sa vie. Et maintenant qu'elle était là, elle était plus inaccessible que jamais. Il partit d'un petit rire bref.

— Tu as raison. Je suis désolé. Tu as été on ne peut plus claire : tu n'éprouves rien pour moi.

— Tu dis ça comme si je n'avais rien ressenti pour toi quand nous étions ensemble, contra-t-elle.

Il rejeta les épaules en arrière.

— Ah bon, c'était le cas ? Eh bien, tu l'as bien caché, en me quittant comme tu l'as fait au beau milieu de la nuit.

Les bras le long du corps, Ana serra les poings. Son expression se ferma, comme si une ombre avait soudain gommé les émotions qui s'y lisaient quelques instants plus tôt.

— Mon travail, c'est de sauver des vies, Benning. Je m'efforce de rendre le plus de victimes possible à leurs familles et ce n'est pas en me laissant distraire par ce qui s'est passé entre nous que j'arriverai à…

— L'amour n'est pas une *distraction*, Ana.

Il s'était juré de se garder de ce genre de déclaration, mais ça avait été plus fort que lui : la vérité avait jailli d'elle-même. Son cœur tambourinait à tout va dans sa cage thoracique maintenant que l'aveu avait franchi ses lèvres. Bien sûr, il comprenait l'importance de son travail, son engagement total, il savait pourquoi elle avait choisi de consacrer sa vie à retrouver les disparus, pourquoi ses frères faisaient tous carrière dans les forces de l'ordre, et il comptait précisément sur cette motivation sans faille, s'agissant de son fils. Mais il y avait des limites : elle ne pouvait pas se reprocher les agissements des monstres qu'elle traquait. Elle méritait autre chose que d'enchaîner les missions les unes après les autres sans avoir jamais rien à gagner d'autre que la satisfaction du devoir accompli. Ne s'en rendait-elle pas compte ? À un moment ou à un autre, elle allait devoir regarder les choses en face. Samantha Perry et d'autres victimes, malheureusement, ne rentreraient jamais chez elles ; refuser d'affronter cette réalité, d'accepter la perte, ne ferait que la détruire à petit feu, de l'intérieur.

Les lèvres encore congestionnées par leur baiser, elle répéta, prise de court :

— L'amour ? Mais, Benning, je ne… Nous ne…
— Je t'aimais.

De nouveau, il combla la distance qu'elle avait mise entre eux. Dehors, derrière la baie vitrée, le soleil s'enfonçait lentement derrière les cimes des Smoky. Les vieilles lattes de bois grincèrent sous ses pieds, seul bruit venant rompre le silence du chalet. Benning contracta les mâchoires, fermement décidé à ne pas la toucher.

— Écoute, je sais pourquoi sauver des vies est tellement essentiel pour toi, pourquoi tu es si exigeante envers toi-même et pourquoi tu en es venue à te détacher de tout ton entourage. Mais, là, c'est mon fils dont il s'agit, et je veux que cela compte pour toi. Je veux que ce soit la femme dont je suis tombé amoureux il y a sept ans qui mène cette enquête et le retrouve, pas cette espèce de coquille vide qu'elle s'escrime à devenir.

Sans attendre sa réponse, il tourna les talons et se dirigea vers la porte. Il composa le code pour désactiver l'alarme et sortit dans le froid mordant. Il s'avança jusqu'à la balustrade et regarda les flocons de neige tomber autour de lui, blanchissant les arbres.

Il avait encore le goût de ses lèvres sur la langue. Sucre et chocolat. Seigneur, que lui avait-il pris de l'embrasser alors que son fils était séquestré par son ravisseur ? C'était le problème, avec Ana. Il perdait sa capacité à raisonner dès lors qu'il était près d'elle. Il en oubliait presque de respirer. Toute logique, tout instinct de conservation l'abandonnait. Mais, au moins, maintenant qu'il savait que ses sentiments n'avaient pas été partagés, cela clarifiait la situation. À l'époque, il l'avait follement désirée, il l'avait eue… et, pour le reste, au diable les conséquences. Il n'avait voulu penser à rien d'autre qu'au moment présent. Aujourd'hui, la donne était différente. Il y avait Owen et Olivia dans la balance et, s'il s'autorisait de nouveau le moindre faux pas, ce serait son fils qui en payerait le prix.

D'un pas lourd, il descendit les marches du porche et se dirigea vers le tas de bois de chauffage rangé le long du chalet, ses pieds s'enfonçant dans la couche de quinze centimètres de neige. Il empoigna la hache plantée dans une souche de bois qui servait de support et, tirant d'un coup sec, libéra la lame. Il déposa un rondin debout sur la souche, leva l'outil au-dessus de sa tête et abattit la lame en son centre d'un geste sûr. Les cals de ses paumes attestaient les centaines de fois qu'il avait accompli cette besogne chez lui. Toute sa vie, il avait vécu à Sevierville. Il avait repris l'activité d'expertise en bâtiment de son père et il entretenait les huit hectares de terrain de la propriété qu'il avait héritée de ses parents de ses propres mains. En un mot, il avait assuré ses arrières et s'était arrangé pour que, quoi qu'il advienne, il soit toujours en mesure de garder la tête hors de l'eau et d'avoir de quoi manger sur la table. Mais, s'il était une chose contre laquelle il ne pouvait rien, c'était bien celle-ci : il ne pouvait pas influer sur les sentiments d'Ana et lui faire éprouver ce qu'elle n'éprouvait pas.

— Sept ans, souffla-t-il entre ses dents, le haut de son corps pivotant sur son axe comme il balançait la hache au-dessus de sa tête.

Le craquement du bois comme le rondin se fendait en deux retentit dans le silence cotonneux alentour. Il relâcha d'un coup l'air qu'il avait retenu dans ses poumons et laissa retomber ses bras le long du corps.

Le soleil était couché depuis longtemps maintenant, les lampes à détecteur de mouvement baignant d'une lueur fantomatique le paysage enneigé autour de lui. Ana était sans doute allée s'occuper de ce qu'elle avait annoncé : consulter les registres du personnel de Britland Construction en faisant abstraction de tout ce qui ne concernait pas directement l'enquête. Lui y compris. La sueur commença à perler dans son dos comme il élevait de nouveau sa hache pour répéter l'opération. Encore et encore. L'épuisement, mêlé de culpabilité, le gagna lorsqu'une trentaine de bûches se fut amoncelée à ses pieds, mais il persista encore jusqu'à ce que, enfin, la raison reprenne ses droits. Une chose lui apparaissait certaine désormais : lorsque tout ceci serait terminé et qu'Ana lui aurait ramené son fils, ce serait lui qui s'en irait.

Pourtant... L'espace d'un bref instant, elle avait répondu à son baiser.

Une brindille craqua quelque part, derrière la ligne des arbres, sur sa droite, et il abaissa sa hache, scrutant l'obscurité pour déterminer l'origine du bruit. À cette altitude, si haut dans la montagne, c'était le territoire des ours noirs. Il enserra des deux mains le manche de sa hache, les cheveux se dressant sur sa nuque. Reculant d'un pas, il s'immobilisa, tendant l'oreille, attendant le nouveau signe d'une présence animale.

Puis une douleur explosa à l'arrière de sa tête, et tout devint noir.

6

Le doigt suspendu au-dessus du clavier de son ordinateur, Ana se força à relire pour la troisième ou quatrième fois les noms des employés de Britland dont la DCT lui avait envoyé la liste. Elle n'arrivait pas à se concentrer. Son attention était accaparée par le voyant clignotant du dispositif de détection de mouvement du côté sud du chalet, à droite de son écran. Sous le coup de l'émotion, Benning était sorti dans une telle précipitation qu'elle n'avait pas eu le temps de désactiver les capteurs, mais elle entendait les coups sourds de la hache s'abattant rythmiquement sur le billot.

La copie digitale du rapport de la police de Sevierville qui lui avait été transmise la veille confirmait le récit que Benning lui avait fait des événements. La sécurité du chantier avait appelé la police quand avaient éclaté des coups de feu, tirés par un individu portant un masque de ski noir qui avait pris la fuite avant l'arrivée des forces de l'ordre, mais ils avaient distinctement vu l'homme qui avait été pris pour cible. Benning.

Je veux que ce soit la femme dont je suis tombé amoureux il y a sept ans qui mène cette enquête et le retrouve, pas cette espèce de coquille vide qu'elle s'escrime à devenir.

Il l'aimait. Les doigts d'Ana agrippèrent le bord du comptoir jusqu'à ce que ses phalanges blanchissent. La température baissait à l'extérieur, cela se sentait près des baies vitrées, mais c'était un froid venu de l'intérieur qui la paralysait sur son siège. Benning était tombé amoureux d'elle sept ans plus tôt, mais il croyait qu'elle n'avait jamais rien éprouvé pour lui. Qu'elle ne ressentait rien de particulier à l'égard du petit garçon qu'il l'avait chargée de retrouver. Que cela lui avait été facile de le quitter. Qu'elle n'était qu'une coquille vide.

Les lumières de la cuisine clignotèrent au-dessus de sa tête, puis s'éteignirent. Ana leva les yeux vers le plafond, puis son regard glissa jusqu'à la porte d'entrée. Le voyant à LED de l'alarme, sur le mur, clignotait rapidement. L'ancien propriétaire du chalet avait programmé la mise en route d'un groupe électrogène pour prendre le relais en cas de coupure de courant, précaution nécessaire pour une habitation située si loin de la civilisation. Mais, au bout d'une minute, la lumière n'était pas revenue.

Et les coups de hache avaient cessé.

— Benning ?

Un mauvais pressentiment l'envahit, faisant naître la chair de poule le long de ses bras. Dégainant son pistolet, elle se leva, avança jusqu'au séjour et poursuivit son chemin jusqu'à la chambre où dormait Olivia sur la pointe des pieds, le vieux bois gémissant sous ses pas. Tout était calme. Pas de mouvement à la fenêtre. Pas un bruit, exception faite de sa propre respiration. Des coupures d'électricité survenaient fréquemment dans cette zone isolée, mais ça n'expliquait pas que le générateur ne se soit pas automatiquement déclenché. Elle avait vérifié le niveau du réservoir ainsi que tous les branchements à leur arrivée sans rien remarquer d'anormal. Le groupe avait donc dû être débranché.

Posant la main sur le bouton de porte de la chambre d'Olivia, elle le tourna doucement et se faufila à l'intérieur. Les rideaux étaient tirés, les lumières éteintes. Immobile, elle attendit quelques secondes que ses yeux se soient accoutumés à l'obscurité puis reconnut le contour d'Olivia, sous les couvertures – endormie. Les battements de son cœur s'apaisèrent. Rebroussant chemin, Ana tourna le loquet de l'intérieur avant de refermer la porte derrière elle. Quoi qu'il arrive, personne n'entrerait dans cette chambre. Elle s'en portait garante.

De retour dans la pièce principale, elle s'avança à tâtons

vers l'entrée et promena les doigts sur le panneau de contrôle situé à côté de la porte d'entrée jusqu'à ce qu'elle ait localisé le gros bouton SOS, prévu pour les appels d'urgence. Rien. L'appréhension lui noua l'estomac, et elle éleva lentement son arme devant elle. Quiconque avait coupé l'électricité et le générateur du chalet avait pris soin d'inactiver aussi le raccordement au réseau de secours. Prenant son portable dans sa poche, elle chercha du réseau. Là non plus, pas de chance.

— *Maldición.*

Désormais, elle ne pouvait plus compter que sur elle pour protéger Olivia et Benning. Elle rempocha l'appareil puis, après avoir sorti le chargeur de son arme pour revérifier le nombre de cartouches qu'il lui restait après l'échange de tirs dans le parking, elle le remit en place et ôta le cran de sécurité. Le doigt sur la détente, elle revint vers la cuisine. Un courant d'air effleura son visage.

La porte coulissante avait été fermée lorsqu'elle s'était rendue dans la chambre d'Olivia.

Un infime craquement de bois, derrière elle… Elle fit volte-face juste au moment où un mur de muscles la percutait. Le chalet plongé dans la pénombre tournoya devant ses yeux avant que sa tête ne heurte le sol. Le pistolet toujours en main, elle éleva le bras et visa au jugé son assaillant masqué.

Mais, plus rapide que l'éclair, celui-ci abattit une main sur le canon de son arme et lui tordit brutalement le poignet. Un cri de douleur lui échappa, à demi étouffé par le souffle de son agresseur, mais elle n'avait pas encore dit son dernier mot. Repliant le genou, elle le lui enfonça dans les reins, se servant de l'élan de l'homme pour le plaquer au sol, face contre terre. Désorienté, il lui laissa une précieuse seconde dont elle profita pour s'accrocher à la table basse et se relever.

La porte de la chambre s'ouvrit, et la fille de Benning apparut, éclairée par le clair de lune.

— Olivia, non ! Sauve-toi !

Une brûlure fulgurante lui vrilla le cuir chevelu comme l'intrus tirait ses cheveux et l'envoyait buter durement contre le mur de la grande cheminée. L'air se bloqua d'un coup dans ses poumons. Elle évita de justesse le coup de poing qui la visait au visage, et les doigts de l'homme s'écrasèrent sur la pierre, derrière elle. Lui plantant l'épaule dans le sternum, elle fit appel à toute sa force pour déséquilibrer son assaillant. Elle ne pouvait pas le laisser s'emparer d'Olivia. Soumis à rude épreuve, ses points de suture se rappelèrent à son souvenir par un cuisant élancement, mais elle serra les dents, ravalant un cri de douleur. Elle esquissait un pas lorsqu'un coup l'atteignit droit sur sa blessure. Elle s'effondra, entraînant l'homme dans sa chute, mais, pliée en deux par la douleur, ne put se remettre sur ses pieds avant lui.

Son adversaire la dominait de toute sa hauteur, maintenant, et elle perçut une légère odeur de transpiration et de quelque chose d'autre aussi… Une odeur de voiture neuve. Elle n'avait pas affaire à la première crapule venue s'efforçant de couvrir un meurtre. Ces réflexes, cette rapidité de mouvements, cette façon de viser sciemment l'endroit où elle était blessée… C'était la signature d'un professionnel. Un ancien militaire ou, tout au moins, quelqu'un était rompu aux techniques de combat rapproché.

— Vous n'étiez pas censée être mêlée à ça, agent Ramirez.
— Félicitations, vous avez bien fait vos devoirs. Vous savez qui je suis.

Secouant la tête, elle pressa une main contre son côté et tenta de se relever. Pour retomber aussitôt en arrière. Le sang maculait son T-shirt plein de pâte à cookies. *Mierda*. Lui resterait-il un seul vêtement intact à la fin de cette enquête ? Elle se força à ralentir le rythme de sa respiration et avala sa salive. Mue par une résolution d'airain, elle rejeta les épaules en arrière et arrêta le regard sur son adversaire. Elle avait fait une promesse à Benning. Celle de les protéger, sa fille et lui, et de lui ramener son fils. Elle n'allait pas lui faire défaut maintenant.

— Qui êtes-vous ? Et où est Benning ?

Un rire froid lui parvint au travers du martèlement qui

battait dans ses oreilles. D'un geste, il sortit le magasin de son arme de service, qu'il mit dans sa poche, puis il vérifia qu'il ne restait pas de balle dans le canon avant de faire glisser l'arme loin d'elle, sur le sol.

— Je vous connais, Ramirez. J'étais comme vous ; donc, il est dans votre intérêt de m'écouter quand je vous dis de lâcher cette enquête tant qu'il en est encore temps.

Son bras se détendit, et une poigne de fer lui enserra le cou, l'attirant contre son torse puissant. Le cœur battant à tout rompre contre ses côtes, elle se débattit comme il resserrait son emprise, l'empêchant de respirer. Il pencha la tête sur le côté, révélant une bande de peau entre le masque de ski et le col de la veste en cuir. Il écarta les pieds tandis qu'elle luttait, agrippant des deux mains son poignet.

— M. Reeves a pris quelque chose qui ne lui appartient pas et, maintenant, c'est moi qui suis obligé de régler le problème, mais je voulais vous laisser le choix. Au nom du bon vieux temps. Donnez-moi ce crâne, donnez-moi Benning Reeves, et vous aurez la vie sauve. Sinon, quand j'en aurai terminé, vous compterez au nombre des victimes, soyez-en certaine.

Le crâne. Ce n'était pas lui qui l'avait. Ce qui voulait dire que quelqu'un d'autre l'avait pris dans la cheminée. Si ce n'était pas le tueur, si ce n'était pas Benning... Alors, qui ?

— Donnez-moi... Owen..., formula-t-elle d'une voix étranglée. Et *je* vous laisserai... la vie sauve.

Ses yeux larmoyaient, brouillant sa vision. À moins que ce ne soit le manque d'oxygène ? Peu importait. Encore trente secondes, peut-être une minute, et plus rien n'importerait. Il fallait qu'elle reste consciente, qu'elle l'empêche d'attraper Olivia, qu'elle leur donne une chance, à Benning et à elle, de s'échapper.

Elle planta ses ongles jusqu'au sang dans la peau de l'inconnu. La pression se relâcha autour de son cou, et Ana saisit sa chance. Lâchant ses poignets, elle lui assena un grand coup de talon dans le genou. Il s'effondra. Tombant sur lui, elle se servit de son poids pour lui plaquer la tête au sol, le visage tourné sur le côté. La gorge la brûlait à chaque inspiration, les muscles meurtris de son cou la faisant déjà souffrir.

— Je crois que vos recherches me concernant n'ont pas été aussi approfondies qu'elles l'auraient dû.

Elle n'eut que le temps d'entrevoir un bref éclair de lumière – le reflet du clair de lune sur du métal – puis une vive douleur lui lacéra le bras. Machinalement, son corps se recroquevilla sur lui-même, oh, pas longtemps, une seconde peut-être, mais cela suffit à son adversaire pour reprendre le dessus. Il passa les bras autour de sa taille et la souleva de terre. Ana lui enfonça son coude dans les côtes. Une fois. Deux fois. La douleur explosa dans son dos comme il la poussait sans ménagement contre l'angle de l'îlot. Son ordinateur s'écrasa avec fracas sur le sol. Elle bloqua le premier coup qu'il lui portait à la mâchoire, mais le second atteignit sa cible. Elle partit en arrière et s'écroula lourdement sur le sol.

— Je ne voulais pas que ça se termine comme ça, Ramirez.

Elle entendit ses pas résonner sur le parquet comme il se positionnait au-dessus d'elle.

— Vous étiez un bon élément... jusqu'à ce que vous fassiez passer vos envies personnelles avant votre devoir, qui était de sauver cette pauvre fille.

Samantha Perry ? Comment diable... ?

Un coup violent à la mâchoire interrompit le cours de ses pensées, l'ébranlant pendant quelques secondes.

Relevant imperceptiblement la tête, elle aperçut son arme, sur le sol. Il avait retiré le chargeur, mais elle refusait de s'avouer vaincue. La porte d'entrée oscillait sur ses gonds avec un léger grincement, laissant entrer le froid glacial. Olivia avait pu s'évader, mais pour combien de temps ? Seule, sans protection, sans arme, la fillette ne survivrait pas à une nuit dans les bois. Le sang coulait de son nez, et un goût de sel et de cuivre emplit sa bouche. Lentement, elle écarta la main de son corps, la rapprochant de son arme.

— Je... ne suis pas... encore morte.

— C'est vrai mais, n'ayez crainte, je ne vais pas tarder à y remédier.

La soulevant du sol, il l'entraîna vers la baie vitrée qui donnait sur le côté nord du chalet et la poussa brutalement contre la paroi de verre. La porte vitrée vibra le long de son épine dorsale et se fendit dans un craquement mais ne céda pas.

— Rien de personnel, Ramirez. Vous étiez un bon agent, mais pas assez bon pour me battre.

Il lui assena un coup en plein plexus solaire. La vitre explosa derrière elle, et elle se sentit basculer dans le noir.

Le crissement d'un pas dans la neige le tira de son état de semi-hébétude.

Benning redressa la tête, et l'arrière de son crâne rencontra quelque chose de dur. Nom d'un chien, qu'est-ce que… ? Des mèches de cheveux s'accrochaient à sa barbe. Que s'était-il passé ? Il avait mal aux épaules, ses doigts étaient engourdis par le froid, mais ce n'était pas ça qui l'empêchait de bouger les bras. Bon sang. Il était attaché à un arbre !

Il essaya de rassembler ses souvenirs. Il était sorti couper du bois pour se changer les idées après avoir accusé Ana de se comporter comme un robot. *Une coquille vide*. Le regret d'avoir prononcé ces paroles blessantes n'avait fait que rendre plus douloureuse encore la plaie béante qu'elle avait laissée en lui en s'en allant sept ans plus tôt. Et puis… Il avait entendu un bruit dans l'obscurité. Et on l'avait frappé par-derrière. Quelqu'un avait su qu'ils étaient là.

— Le temps file, monsieur Reeves. Il n'en reste plus beaucoup à votre fils.

La silhouette de l'ordure qui venait de parler se découpait contre l'éclairage à détection de mouvement. Un masque de ski camouflait son visage. La neige craqua sous son pas comme il venait s'accroupir devant lui. La voix était un peu éraillée, mais Benning la reconnut immédiatement : c'était celle de l'homme qui avait pointé une arme sur lui sur le chantier et enlevé son fils.

— Je vous ai laissé vingt-quatre heures pour me remettre ce que vous avez pris sur le site de construction mais, maintenant, vous m'obligez à faire quelque chose que je n'aime pas faire.

Les lumières extérieures se reflétèrent sur une lame tachée d'une substance sombre... Du *sang* ?

— Où est ce crâne ?

— Je ne l'ai pas.

Ce qui était vrai. Mais, apparemment, ce salopard ne l'avait pas davantage que lui. L'agent Cantrell avait eu raison. Quelqu'un l'avait trouvé avant la DCT. Il cala sa tête douloureuse contre le tronc d'arbre, essayant de tirer sur les liens qui entravaient ses poignets. Ils étaient bien serrés.

Un éclair fusa devant ses yeux comme il recevait le poing de l'homme en pleine figure. Un goût métallique emplit sa bouche, et les arbres, l'homme devant lui, tout devint flou.

— Vous savez, Ana Sofia m'a tenu le même langage, reprit l'homme en se penchant en avant.

Une odeur de voiture neuve et de savon enveloppa Benning.

— Juste avant que je la fasse passer par la fenêtre.

Non. Ce n'était pas possible. Ana ne pouvait pas être morte. Elle était agent fédéral, elle avait été formée au combat, à protéger les innocents. Ce n'était pas le salaud qui était devant lui – ni ce dont Benning l'avait accusée – qui pouvait l'abattre. Parce que, sinon... Sinon, il n'aurait plus jamais l'occasion de lui dire qu'il ne pensait pas ce qu'il lui avait jeté au visage.

— Vous mentez.

— Vous êtes prêt à courir le risque ? À parier la vie de votre fille ?

Son agresseur pressa la lame contre le cou de Benning.

— Parce que, sans l'agent Ramirez pour la protéger, rien ne m'empêche plus de lui faire ce que je prévois de faire à Owen quand le délai sera écoulé.

Le couteau appuya un peu plus sur le côté de son cou, et Benning sentit un filet de sang chaud couler sur sa peau.

— Le crâne, monsieur Reeves. C'est tout ce que je veux, et vous et vos enfants pourrez reprendre votre vie et oublier jusqu'à mon existence.

Benning n'avait rien à voir avec ce monde-là. Il n'était pas entraîné au corps à corps, n'était pas un spécialiste des armes à feu ni de la négociation avec des criminels. Son quotidien ne consistait pas à côtoyer des tueurs, contrairement à Ana et ses collègues. Mais, même à ses oreilles profanes, la promesse sonnait creux. Derrière l'arbre auquel il était attaché, à l'abri du regard du tueur, il ouvrit ses doigts ankylosés, les remua pour chasser les fourmillements, puis il les enfonça dans la neige. Il devait bien y avoir quelque chose – n'importe quoi – qui l'aiderait à se libérer. Son doigt rencontra l'arête d'un caillou. Ce n'était pas un silex mais ça suffirait peut-être. Positionnant la pierre contre ce qui lui semblait être l'endroit le plus fin de la corde, Benning entreprit d'en scier les fibres.

— À qui appartient le corps que le FBI a retrouvé dans la cheminée, chez moi ?

— Vos nouveaux amis de la DCT ne l'ont pas encore identifié ? rétorqua-t-il en secouant la tête. Dommage, c'était un joli brin de fille. Je n'avais rien contre elle, mais votre baby-sitter prenait son travail un peu trop au sérieux.

Jo. *Seigneur.* L'horreur lui noua les entrailles.

— Elle n'avait rien à voir avec tout ça.

— C'est vous qui l'y avez mêlée en prenant ce crâne sur le chantier, monsieur Reeves, pas moi. Vous avez son sang sur les mains. Comme celui de l'agent Ramirez et, bientôt, celui de votre fille sitôt que j'aurai mis la main sur elle.

L'homme se releva, et Benning le considéra, sous le regard noir que, malgré le masque, il sentait peser sur lui. Si ce type avait eu le dessus face à Ana, lui, sans entraînement, avait peu de chances de faire le poids. Mais il n'allait certainement pas capituler sans livrer bataille alors que sa fille était seule, à la merci de ce salaud. Qu'il détenait son fils et qu'Ana gisait peut-être là, quelque part, blessée ou… mourante.

— Vous essayez de gagner du temps.

— Oui, dit Benning, sentant la corde céder.

Il libéra ses poignets et se jeta en avant, prenant son adversaire par surprise. Il tenta de lui assener lui aussi un coup de poing à la mâchoire, mais son agresseur l'esquiva et se servit de son élan pour le déséquilibrer et le frapper de nouveau. Sous le choc, Benning tituba mais il réussit à riposter par un uppercut, qui porta cette fois. Plantant solidement ses pieds dans la neige, il éleva les poings pour protéger sa tête qu'il sentait prête à exploser. Il intercepta le bras de l'homme comme la lame plongeait sur lui, mais le geste l'avait obligé à abandonner sa garde au niveau de l'abdomen. Un coup… Deux. Sans trop savoir comment, il réussit à enrouler un bras autour du cou de son adversaire et à le tirer en arrière, lui faisant perdre ses appuis sur le sol. Mais il n'avait pas anticipé le coup de coude dans les côtes qui suivit. La douleur irradia dans son flanc, et il lâcha prise. L'homme au masque se dégagea d'un bond pour revenir aussitôt à la charge.

Lui saisissant le poignet, il lui retourna l'avant-bras dans le dos. Benning se plia en deux, l'articulation de son épaule protestant douloureusement, et, l'instant suivant, le tueur parachevait le travail d'un coup de genou au visage.

— Vous ne renoncez jamais, mmm ? Mais je vais vous dire ce que j'ai dit à Ana avant de m'occuper de son cas : vous n'êtes pas de taille. J'ai perdu une fois et ça ne se reproduira pas, je vous le garantis.

Benning perçut un mouvement au-dessus de lui, l'ombre massive de l'homme lui masquant la lumière.

— Maintenant, je vais vous laisser une dernière chance de me dire où vous avez caché ce crâne avant de perdre patience et de vous loger une balle entre les deux yeux, comme je l'ai fait avec lui.

La respiration laborieuse, Benning poussa des mains dans la neige pour se relever. Sa vision s'éclaircit. Malgré la douleur, malgré l'épuisement, il prit fermement appui sur ses pieds, prêt à en finir une bonne fois pour toutes.

— Je vais vous tuer, je vous l'ai dit.

Benning déplaça un pied vers l'arrière pour ajuster son centre de gravité et lui balança un crochet du droit, suivi d'un autre du gauche. Sous l'effet de l'adrénaline, la fatigue et la douleur refluèrent au second plan. Par deux fois, ses phalanges percutèrent l'adversaire avant que celui-ci ne bloque son troisième assaut. Le coup suivant l'atteignit sur la gauche de la tête. Désorienté, Benning vacilla et heurta du dos l'arbre auquel il avait été attaché. Se sentant glisser le long de l'écorce, il lutta pour rester debout sous les coups redoublés de l'homme au masque. Sa tête ballotta d'un côté, de l'autre à chaque coup. Il ne parvenait pas à parer ses attaques. Elles étaient trop rapides, trop rapprochées, trop violentes.

— Lâchez mon papa ! Lâchez-le !

En entendant comme dans un brouillard cette voix familière, la panique le submergea. Le sang coulait de son arcade sourcilière et son œil était si gonflé qu'il était maintenant fermé, mais Benning vit la petite silhouette d'Olivia qui accourait vers lui.

— Olivia…

Les coups cessèrent subitement comme l'homme se tournait vers sa fille. En un éclair, comme par enchantement, la souffrance physique et le harassement se volatilisèrent. Un grondement monta dans sa gorge.

— Non !

On lui avait déjà pris son fils. Ana lui avait été arrachée aussitôt après avoir reparu dans sa vie. Ce salaud ne lui enlèverait pas Olivia. Jamais.

Il vit sa fille brandir une branche d'arbre et l'abattre de toutes ses forces sur son assaillant, mais sa cible neutralisa l'attaque. Lui arrachant son arme de fortune des mains, l'homme au masque marcha sur elle. Olivia recula, trébucha et atterrit sur les fesses, dans la neige, ses yeux bleus agrandis par la terreur.

— Ne vous approchez pas d'elle.

Benning puisa dans ses dernières forces pour se remettre debout. Le sol menaçait de se dérober sous ses pieds, mais l'afflux temporaire d'adrénaline lui apporta le coup de pouce dont il avait besoin en cet instant critique.

— C'est après moi que vous en avez.

— Très juste. Vous avez raison.

Son attaquant pivota sur lui-même, veillant à garder Benning et Olivia dans son champ de vision. Une seconde. Deux. Puis, en un clin d'œil, le tueur dégaina une arme et la braqua sur Benning.

— La plaisanterie a assez duré.

Et le coup partit.

Le hurlement d'Olivia résonna dans la tête de Benning comme il tombait à genoux.

— Papa !

7

Ce fut la détonation qui la ramena à la conscience. À peine revenue à elle, une fureur sans nom l'envahit.

Un son inarticulé s'étrangla dans sa gorge comme le film des événements se rejouait dans sa tête. L'intrus, la lutte acharnée, la baie vitrée… Ana leva la tête, essayant de s'asseoir. Une grosse écharde de verre était plantée dans sa cuisse. *Hijo de perra.* Elle laissa retomber sa tête dans la neige. Depuis combien de temps était-elle là, couchée dans la neige ? Elle promena le regard sur le ciel obscur. La seule source de lumière provenait de l'éclairage à détection de mouvement de l'autre côté du chalet qui fonctionnait sur batterie et non sur l'alimentation générale ou le groupe électrogène. Mais le coup de feu avait été tout proche. Les larmes lui piquèrent les yeux.

— Mon Dieu… Benning.

Non. Elle ravala le sanglot qui lui venait. Laisser les émotions prendre le pas sur la raison conduisait à commettre des erreurs. Et les erreurs mettaient des vies en jeu. Elle devait se relever, le retrouver, retrouver Olivia. Puisqu'elle était consciente, c'était que le morceau de verre n'avait pas tranché une artère. Elle allait le retirer. Après tout, elle avait été blessée par balle moins de vingt-quatre heures plus tôt et ça ne l'avait pas empêchée de faire son travail. Elle n'allait pas se laisser arrêter par un malheureux bout de verre.

— Allez, debout, Ramirez. Tu n'es pas encore finie.

Se redressant sur un coude, elle scruta les environs et aperçut le capot de son SUV qui dépassait de l'angle du chalet.

Il était garé dans l'allée, de l'autre côté. OK. Elle trouverait bien quelque chose à l'intérieur pour improviser un garrot. Il était à moins de dix mètres. Elle pouvait y arriver. Elle *allait* y arriver car elle n'avait pas le choix. Avec précaution, elle bascula sur le côté en veillant à ne pas toucher l'éclat de verre. Prenant appui d'une main sur le sol, elle se servit de l'autre pour trouver l'équilibre et balancer tout le poids de son corps sur sa jambe intacte. Un voile noir passa devant ses yeux, la gravité mettant tout en œuvre pour la faire retomber en arrière, et elle dut s'immobiliser et respirer lentement, plusieurs fois, le temps que la douleur de sa blessure au côté s'apaise un peu.

— Bouge, bon sang, maugréa-t-elle, les dents serrées.

Un pas. Puis un deuxième. Elle sentit la tiédeur du sang le long de la jambe de son pantalon. Bien sûr, le fait de produire un effort aggravait l'hémorragie, mais il fallait qu'elle atteigne ce SUV si elle voulait avoir une chance d'arriver à temps pour sauver Benning. Elle ne pouvait plus nier que, depuis cette nuit où elle s'était glissée hors de son lit, il n'avait cessé de lui manquer. Se jeter à corps perdu dans le travail n'avait pas suffi. Se fermer à toutes les émotions, à l'affection de ses proches n'avait pas suffi. Rien n'avait suffi.

Jusqu'à ce qu'il l'embrasse.

Elle n'avait rien fait pour l'en empêcher, ce qui était d'une imprudence folle, inconsidérée. Elle avait pourtant clairement établi les règles entre eux, mais, en cet instant-là, il avait suffi que les lèvres de Benning se posent sur les siennes pour balayer toutes les défenses qu'elle avait mis si longtemps à ériger. Comme il l'avait toujours fait. D'un baiser, il avait ressuscité en elle tout ce qu'elle s'était depuis si longtemps interdit. En un clin d'œil, il l'avait mise à nu, confrontée à ses contradictions, exposée à la vérité. Qui était... qu'elle l'aimait aussi. Elle avait refusé de l'admettre au prétexte qu'elle devait sauver des vies mais, tout au fond, la vraie raison avait toujours été la même.

L'idée de perdre quelqu'un d'autre lui était insupportable.

Elle avait perdu sa petite sœur âgée de deux ans ; elle n'avait pas réussi à retrouver Samantha Perry, qu'elle était chargée de protéger, et son corps avait été découvert sans vie au fond d'une allée sombre. Et la seule solution qu'elle avait imaginée pour ne plus jamais éprouver cette douleur-là avait été de quitter Benning.

Elle ne mourrait pas ici. En tout cas, certainement pas avant d'avoir tenu la promesse qu'elle lui avait faite.

S'appuyant contre le mur du chalet, Ana poursuivit sa progression en boitillant sous la neige qui s'était remise à tomber. Les poumons la brûlaient, la nausée lui serrait l'estomac. Elle avait perdu beaucoup de sang mais, la priorité, c'était de se sortir de ce pétrin. Son adversaire la croyait morte… Elle devait absolument tirer parti de cet avantage. Adossée à la paroi de bois, elle prit son souffle, balaya du regard les environs puis, s'armant de courage pour combler les quelques mètres à découvert qui la séparaient du véhicule, elle s'élança.

Une balle siffla tout près de son bras gauche, la manquant de peu. Traînant la jambe, elle n'eut que le temps de se réfugier derrière le SUV avant que deux autres projectiles n'aillent se loger dans le mur du chalet et un troisième dans la portière passager de sa voiture. *Hostia*. Bonté divine. À court d'idées et à bout de souffle, elle réussit à se mouvoir jusqu'à l'arrière du véhicule. Elle actionna la poignée du coffre. Fermé. Avisant un gros caillou à portée de sa main, elle le ramassa et brisa la lunette arrière. Dégageant les morceaux de verre, elle passa la main dans le coffre et déverrouilla le mécanisme de l'intérieur. Avec une grimace de douleur, elle se hissa tant bien que mal dans le coffre et rabattit le hayon à ouverture latérale. Au moins était-elle cachée maintenant. Provisoirement. Il ne faudrait pas longtemps à l'ennemi pour repérer les traces de sang dans la neige. Si elle voulait tirer Benning et Olivia de là, elle devait se concentrer.

OK. Il s'agissait maintenant de trouver quelque chose qui puisse faire office de garrot. Fourrageant dans le kit d'urgence, elle sortit des vêtements de pluie, une torche et des bouteilles d'eau et poussa presque un soupir de soulagement en apercevant enfin un tendeur élastique, encore dans son emballage plastique. Fermant les yeux et s'adossant à la banquette arrière, elle enroula le tendeur autour de sa jambe, au-dessus de la blessure, puis, se cuirassant contre la douleur, elle arracha le morceau de verre de sa chair. Se mordant la lèvre pour ne pas crier, elle renversa la tête contre le dossier de la banquette, un million de points lumineux emplissant son champ de vision. Elle lutta de toutes ses forces pour ne pas s'évanouir… Elle devait rester consciente. Retrouver Benning.

— Ramirez ? Je sais que vous êtes là.

Un bruit de pas dans la neige, non loin du véhicule.

— Et, à voir les traces que vous avez laissées dans votre sillage, vous n'êtes pas au mieux de votre forme.

Elle se figea, pétrifiée, puis, fouillant fébrilement dans le contenu du kit d'urgence qu'elle avait vidé au fond du coffre, elle empoigna un tournevis. Le manche orange flottant devant ses yeux, alternativement net et flou, elle batailla pour déclipser le panneau masquant un rangement caché dans le côté du coffre. Le couvercle en plastique finit par céder, et elle attrapa l'objet qu'elle avait pris soin d'y placer avant son départ du siège de la DCT. *Toujours tout prévoir.* C'était la leçon que lui avaient inculquée ses frères dès son plus jeune âge. Cela, et savoir démonter un pistolet afin qu'il puisse tenir dans le plus exigu des compartiments. Et le remonter en un temps record.

Ce qu'elle fit, même si l'opération lui demanda un peu plus longtemps qu'à l'accoutumée.

— Il ne me reste plus que huit vies. Mais j'imagine que ça ne vous convaincra pas de me laisser tranquille.

Un coup de feu claqua à l'extérieur. Une tache de sang éclaboussa la vitre teintée de la portière une seconde avant qu'une haute silhouette masculine ne tombe contre le véhicule. Ana se recroquevilla sur elle-même et éleva son arme. Se tenant prête. La tension lui crispa les épaules tandis que les secondes s'égrenaient. Se changeaient en minute. Rien. Finalement, avec précaution, elle ouvrit le hayon et se glissa hors de la voiture, l'arme pointée devant elle. Elle remonta le long du côté passager, le doigt sur la détente, prête à faire feu.

Mais il n'y avait plus personne. Seulement une traînée de sang – distincte de la sienne – et des empreintes de pas masculines se dirigeant vers les arbres.
— Ana.
Instinctivement, elle fit volte-face, l'arme au poing.
— Benning.
Elle libéra l'air qu'elle avait sans s'en rendre compte retenu dans ses poumons, les mains tremblantes. Elle abaissa le bras, retenant avec peine un sanglot.
Juste avant de se sentir aspirée par un trou noir.

— Ana !
Son sang se glaça dans ses veines et il s'élança pour la rattraper avant qu'elle ne touche terre, mais ses semelles dérapèrent sur une plaque de neige gelée et il s'affala de tout son long. Se relevant aussitôt, il se remit à avancer du plus vite qu'il le pouvait dans la neige. Parvenu près d'elle, il lâcha l'arme qu'il avait trouvée dans son sac, à l'intérieur du chalet, après avoir repris conscience, et, tombant à genoux, passa celui de ses bras qui n'était pas blessé autour de son corps inanimé. Elle avait le nez et la bouche en sang, le visage livide...
Vivement, il pressa l'index et le majeur à la base de sa gorge et le soulagement le submergea. Son pouls était lent et faible, mais elle était vivante. Il s'inclina vers elle.
— Ana, ouvre les yeux. Regarde-moi. Ana...
Pas de réaction.
Faisant fi de la douleur qui lui cisaillait l'épaule, il souleva le haut de son corps de la neige et glissa le pouce sur ses lèvres bleuies par le froid. Le salaud qui lui avait tiré dessus sous les yeux d'Olivia avait pris la fuite avant que Benning ait pu ajuster son deuxième tir. Soudain, son regard tomba sur la tache de sang, dans la neige, sous la jambe d'Ana et son cœur s'emballa. Seigneur, elle avait l'air d'avoir soutenu quatre rounds face à un boxeur professionnel et elle avait dû recevoir un coup de couteau. Il fallait qu'il la ramène dans

le chalet. Il l'attira contre lui, balayant la ligne des arbres du regard, et la souleva. La balle qui l'avait touché à l'épaule lui avait fait perdre conscience quelques minutes et, quand il était revenu à lui, le tueur et Olivia n'étaient plus là. Bandant tous ses muscles, les sens aux aguets, Benning souleva Ana.

— Ana, réveille-toi. Il faut que tu marches. Olivia a disparu. Je ne sais pas où elle est.

Il avait fouillé le chalet quand il avait repris conscience. Mais il était vide. Ce qui voulait dire que sa fille se cachait quelque part... ou que le tueur l'avait emmenée. Le ventre noué par la peur, il tapota les joues blêmes et barbouillées de sang d'Ana. Le crâne était toujours dans la nature et il ne savait pas qui s'en était emparé, mais une chose était sûre : il ne laisserait pas le tireur mettre la main dessus.

— Benning.

Avec le gémissement constant du vent dans les arbres, ce fut à peine s'il entendit le faible murmure qui avait franchi les lèvres tuméfiées d'Ana.

Il empoigna son T-shirt et l'aida à se redresser. D'une voix où se mêlaient le désespoir et la colère, il répéta :

— Ana... Réveille-toi, je t'en prie. Sais-tu où est Olivia ? Il faut que je retrouve ma fille.

— Je n'ai pas pu... le... neutraliser...

Les yeux pailletés de vert essayaient de se focaliser sur lui. Ses mains tombaient mollement de part et d'autre de son corps, et il s'avisa que ses phalanges saignaient, elles aussi, et qu'elle semblait avoir été blessée au bras par une arme blanche.

— Je l'ai retenu tant que j'ai pu et... j'ai crié à Olivia de se sauver. Je... je ne sais pas où elle est.

— Tu lui as dit de s'enfuir ?

La peau pâle et lisse de son visage luisait d'une fine couche de sueur sous laquelle les hématomes gonflaient à vue d'œil. Il tendit la main pour récupérer l'arme, la coinça dans la ceinture de son pantalon.

— Accroche-toi à moi.

Avec un grognement de douleur, il la cala contre son torse et se releva. Avec cette température et la quantité de sang qu'elle avait perdue, elle devait frôler l'état de choc et l'hypothermie.

Sans elle, Olivia et lui seraient déjà morts. Il lui devait la vie.

Les jambes flageolant sous l'effort, il gravit les marches en la serrant contre lui, lui fit franchir la porte coulissante et la déposa sur le canapé. La trousse de secours. Il l'avait laissée sur la table de la cuisine après lui avoir posé ses points. Mais, d'abord, il fallait la réchauffer. Arrachant les couvertures des lits, il revint dans le séjour et la découvrit en train de se lever.

— Qu'est-ce que tu fais ? Tu as perdu beaucoup de sang, et des points de suture ne te serviront à rien si tu meurs d'hypothermie.

— Toi aussi, tu saignes, répondit-elle en s'avançant lentement vers lui, traînant un pied après l'autre.

— Oui… Cette ordure m'a tiré dessus quand Olivia s'est ruée sur lui avec un bâton. Je ne sais pas où elle est maintenant. Mais, au moins, je sais que je l'ai touché, moi aussi, avant qu'il ne s'enfuie dans les bois.

Seulement, l'homme au masque avait disparu sans que Benning ait pu lui soutirer les informations dont il avait besoin. L'écho du cri d'Olivia résonna dans sa tête comme il revoyait l'homme marchant droit sur elle sous son regard impuissant.

— Pour commencer, retourne t'allonger sur ce canapé pour que je puisse faire en sorte de te garder en vie.

— C'est une petite fille pleine de ressources, Benning. On va la retrouver.

Ana tangua et se rattrapa à la table de la cuisine, ses beaux cheveux bruns collant à sa peau et à son cou.

— Je t'ai promis de veiller sur elle et… c'est exactement ce que je vais faire… dès qu'on se sera… occupé de ta blessure.

— Nom d'un chien, Ana !

Il plongea en avant au moment où elle basculait vers le sol. Emporté par le poids de son corps, qu'il retenait de son bras valide, il amortit sa chute et se laissa doucement glisser au sol avec elle. Sa peau était chaude, la sueur ruisselait sur ses temps alors qu'elle était restée inconsciente, blessée, Dieu sait combien de temps dans la neige.

— Je… ne veux pas te perdre, Benning.

Ses longs cils, s'abaissèrent, ombrant de leurs pointes le haut de ses joues mais, lorsqu'elle rouvrit les yeux, il y vit une flamme qu'il n'y avait jamais vue.

— Et… elle non plus, je ne la perdrai pas. Je ne peux pas.

La voix d'Ana se brisa en même temps que le cœur de Benning. Quelque chose changea à cet instant. Quelque chose qu'il n'aurait su définir mais qui fit qu'elle se laissa aller contre lui. Il s'était trompé. Ce détachement dont elle avait fait son credo suprême n'était pas né du besoin de s'épargner la perte et la douleur d'une autre victime. Comment avait-il pu ne pas le voir avant ? La vérité avait pourtant été là, sous ses yeux, révélée par la façon dont elle lui avait caché sa blessure par balle pour les mettre en sécurité, la façon dont elle avait assumé la responsabilité de la mort de Samantha Perry, dont elle s'était sacrifiée pour donner à sa fille une chance d'échapper au tueur. Encore maintenant, alors qu'elle était à deux doigts de perdre conscience, elle faisait passer sa blessure à lui avant les siennes.

Elle n'essayait pas de se prémunir contre de nouvelles souffrances.

Elle se punissait.

Pour ce qui était arrivé à sa sœur, pour ce qui était arrivé à Samantha sept ans plus tôt. Elle avait distordu la réalité et fait de leurs tragiques disparitions sa responsabilité personnelle. Et lui qui l'avait accusée d'être devenue un robot, dépourvu d'émotions !

Elle avait rompu les liens avec les gens qu'elle aimait le plus, non pas parce qu'ils l'auraient distraite de son travail mais parce qu'elle s'était persuadé qu'elle ne méritait pas de faire partie de leur vie. Par un raisonnement totalement biaisé, elle en était venue à se dire que, puisqu'elle avait échoué dans sa mission, elle n'était pas digne pas d'être aimée. Benning repoussa les mèches poisseuses de sang de son visage et la pressa avec précaution contre lui, écoutant le rythme de sa respiration qui se ralentissait. Non. Elle ne mourrait pas ici. Ses cils, de nouveau, s'abaissèrent vers ses joues, et les larmes brûlèrent les yeux de Benning à l'idée qu'il puisse la perdre de nouveau. Pour de bon, cette fois.

— Tu n'es pas une coquille vide, Ana. Tu es toujours celle dont je suis tombé amoureux. Je sais maintenant pourquoi tu es partie. Pourquoi tu crois devoir mettre ta propre vie en danger pour les autres… C'est pour effacer le passé, te racheter. Mais, si tu continues comme ça, tu ne pourras plus rien pour personne, Ana. Et mes enfants ont besoin de toi.

Il marqua une pause comme la vérité lui apparaissait dans toute son évidence.

— *J'ai* besoin de toi.
— C'était ma faute.

Sa voix vibra contre son torse. Ses paupières papillotèrent comme elle s'efforçait de rouvrir les yeux, les mains inertes sur le sol.

— C'est moi qui étais censée garder ma sœur le jour où elle a disparu. C'est moi qui aurais dû trouver une piste, un indice qui nous aurait conduits à Harold Wood avant qu'il ne tue cette adolescente. Moi et personne d'autre.

Il posa sa joue contre le sommet de sa tête, sentant une chaleur nouvelle se propager en lui.

— Tu avais cinq ans quand ta sœur a été enlevée, Ana. Cinq ans ! Tu n'aurais pas pu te sauver non plus si c'était toi qui avais été enlevée. Tu n'étais qu'une enfant. Il ne viendrait à l'idée de personne de te tenir responsable de ce qui s'est passé. Et personne ne te tient responsable de ce qui est arrivé à Samantha Perry.

Son cœur se serra à la pensée du fardeau qui avait pesé jour après jour sur ses épaules pendant toutes ces années. Elle avait tellement intégré cette culpabilité qu'elle était devenue son mode de fonctionnement, affectant sa vie entière. Lui interdisant d'être heureuse.

— Les coupables, ce sont les criminels que tu traques.

Les ravisseurs, les violeurs, les assassins. Pas toi. Comment peux-tu ne pas le voir ?

Elle ne répondit pas.

— Tu m'as dit que ton travail, par nature, consistait à plonger dans les ténèbres, et je te crois.

Du pouce, il enleva du sang de sa lèvre inférieure, ce qui lui mit les sens instantanément en émoi, lui faisant oublier la douleur de son épaule. Pas de quoi s'en étonner : elle avait toujours eu cet effet-là sur lui, toujours eu le pouvoir de chasser le chaos autour d'eux, de l'ancrer dans le présent. De lui donner confiance.

— Mais qui a dit que tu devais le faire seule ? Ou que tu n'avais pas droit à la lumière ?

Elle secoua la tête.

— J'aurais dû la sauver.

— Mais les autres, Ana ? Pense à toutes les autres victimes qui ont eu la vie sauve grâce à toi.

Lui aussi était passé par là, s'était amèrement reproché de n'avoir pas su protéger Owen et Olivia. Mais ça ne menait à rien. Bien sûr, il aurait pu lui dire qu'il était mort d'inquiétude pour eux, que c'était pour cette raison qu'il s'épanchait de la sorte, mais ce n'aurait pas été vrai. Il l'aimait. Dès l'instant où elle était arrivée sur ce chantier pour le questionner au sujet de Samantha Perry sept ans plus tôt, il avait su qu'elle était le genre de femme auprès de qui il avait envie de passer sa vie. Elle était intelligente, indépendante, perspicace, chaleureuse, et attentionnée quand elle s'autorisait à laisser transparaître cette facette de sa personnalité. Et elle méritait décidément bien mieux que cette vie faite de questions sans réponse, de douleur et d'inconsolable remords. Elle méritait d'être heureuse. Et ce bonheur, lui et les jumeaux pouvaient le lui apporter. Cette idée aurait dû lui faire peur, mais non... elle l'emplissait d'une impression de justesse, d'absolue certitude. D'ailleurs, à bien y réfléchir... n'en avait-il pas toujours été ainsi ?

— Tu es obnubilée par le besoin de sauver la terre entière mais, tu sais, cette obsession te conduira à ta perte.

Il s'interrompit un instant puis reprit, un soupçon de colère altérant sa voix :

— Bon sang, Ana, il y a des gens qui t'aiment, qui s'inquiètent pour toi, mais tu es trop aveuglée par ta conception erronée des choses pour le voir.

Elle ramassa le pistolet qui traînait par terre et lutta pour se remettre péniblement debout. Les paupières lourdes, elle claudiqua jusqu'à la table et se laissa tomber sur la chaise sur laquelle elle se trouvait quand il avait suturé sa plaie.

— Il n'y a que deux personnes qui m'importent pour le moment et, dès que tu m'auras aidée à recoudre cette plaie, je les retrouverai.

8

D'un revers de la manche, elle chassa un reste de sang coagulé au coin de sa bouche, le rayon de la lampe de poche braqué sur le sol.

L'électricité était toujours coupée, mais ils avaient d'autres chats à fouetter pour le moment. Olivia était là, quelque part, dans le froid. Et l'homme au masque devait être à ses trousses… s'il ne l'avait pas déjà rattrapée. Elle repoussa fermement de son esprit les derniers mots qu'il avait prononcés avant de l'expédier par la fenêtre. Elle n'avait peut-être pas pu gagner cette bataille-là, mais elle n'avait pas perdu la guerre. Elle avait bien l'intention de mettre autant de bâtons dans les roues de son adversaire que possible. Quant à Benning… Quelles que soient les illusions qu'il nourrissait à son égard, elles devraient attendre. Le kidnappeur leur avait donné vingt-quatre heures pour restituer le crâne, et il n'en restait plus que trois. Trois petites heures, et le délai serait écoulé. C'était bien peu pour récupérer le crâne, retrouver Olivia et sauver Owen, mais jamais Ana n'abandonnerait la partie.

— Par ici.

De petites empreintes de pas trouaient la surface plane du manteau de neige fraîche entre des indentations plus profondes, s'éloignant du chalet en direction des arbres. Olivia était sortie par la porte d'entrée du chalet quand Ana lui avait crié de se sauver mais, d'après Benning, la petite fille avait attaqué le tireur juste avant qu'il ne tire une balle dans l'épaule de son père et, quand celui-ci avait repris conscience, elle n'était plus nulle part en vue. À en juger par les traces qu'elle avait laissées, elle avait changé de direction en s'enfuyant et s'était efforcée de masquer ses empreintes en traînant quelque chose derrière elle. Un sourire souleva un coin de ses lèvres enflées. *Bien joué, petite.*

Pas la moindre trace de pneus n'était visible dans la neige, autour du chalet. Leur assaillant n'était pas venu jusqu'à la cache en voiture. Trop évident. Ils l'auraient entendu arriver. Donc, il devait être venu à travers bois. Une motoneige ou un quad ? L'un comme l'autre lui aurait permis d'arriver et de repartir rapidement. Elle regarda autour d'elle. Aucun bruit ne lui parvenait de quelque direction que ce soit, et ce silence total l'oppressait. De toute évidence, leur agresseur connaissait les lieux. Il connaissait la configuration du terrain et les meilleurs endroits par où passer à l'attaque pour les prendre au dépourvu. Il avait su où les trouver et avait choisi le moment où ils étaient le plus vulnérables.

Élevant sa lampe de poche pour suivre la piste, elle dut produire un véritable effort pour vaincre la lourdeur de ses jambes, qui lui semblaient lestées de plomb. Les points de sa cuisse ne résisteraient pas longtemps si elle continuait à crapahuter dans la neige, mais il faudrait bien qu'ils tiennent encore un peu. Benning, de son côté, paraissait supporter la présence de la balle dans son épaule. Ou peut-être que le désespoir l'avait rattrapé et qu'il ne sentait plus la douleur…

— Je n'arrive pas à décider si ta fille est un génie ou si elle lit trop de romans policiers.

— Les deux.

Benning marchait à une certaine distance derrière elle, mais c'était comme s'il était encore contre elle, quand ils s'étaient retrouvés tous deux allongés sur le sol du chalet. Elle sentait encore son torse dur pressé contre son dos, la vibration de sa voix à son oreille, son souffle tiède… Sa température corporelle grimpa de quelques degrés. À moins que ce ne soit le contrecoup de ses blessures et de son importante perte de sang. Quoi qu'il en soit, il s'agissait de rester concentrée et de continuer à avancer. Car, plus le temps passait, plus le risque était grand qu'Olivia succombe au froid.

— Si tu voyais sa chambre… Elle l'a décorée avec la rubalise qui délimite les scènes de crime.

Benning l'aida à enjamber un gros tronc d'arbre qui était tombé. Elle commençait à ne plus sentir le bout de ses orteils et de ses doigts et, même si la fillette n'était pas blessée, ce devait être la même chose pour elle. Olivia portait-elle seulement un vêtement chaud ? Des chaussures ? Elle ne parvenait pas à s'en souvenir. La douleur de sa jambe était plus sourde maintenant, mais peut-être un vaisseau plus important avait-il été touché ? La perspective de ne pas s'en sortir vivante, de faire défaut à Olivia, à Owen et à Benning comme elle avait fait défaut à Samantha Perry, l'aiguillonna.

Il n'y avait pas place au doute dans son esprit : elle aurait *pu* sauver cette jeune fille si elle avait eu la tête tout à son travail au lieu de ne penser qu'à l'homme qui marchait en ce moment derrière elle, elle n'en démordait pas. Mais les mots qu'il avait prononcés la poursuivaient. Il avait besoin d'elle, il l'aimait. Et ce n'était pas l'investigatrice froide et détachée, la facette d'elle qu'elle présentait à son équipe et au monde, qu'il aimait, mais la femme qui se cachait derrière les erreurs qu'elle avait commises. La véritable Ana, celle dont il était tombé amoureux avant que le monde ne s'écroule autour d'elle d'un seul coup. Elle s'arrêta et s'appuya contre Benning lorsqu'il l'eut rejointe. Cette femme existait-elle encore ? Elle l'espérait, ne fût-ce que pour se débarrasser de cette culpabilité qui gouvernait sa vie depuis si longtemps, pour tracer librement son chemin. Pour être le genre de femme que Benning serait fier et heureux d'accueillir dans sa vie et celle de ses enfants. Elle avala sa salive pour dissiper la boule qui se formait dans sa gorge. Elle n'était pas certaine de pouvoir encore se projeter dans un avenir tel que celui-ci.

— Tu avais raison, Benning.

Il était si près maintenant que la chaleur de son corps se diffusait au travers des couches de tissu qui les séparaient. Elle poussa un soupir qui se cristallisa aussitôt dans l'air tandis qu'ils se remettaient à marcher côte à côte, cette fois. La main de Benning la soutenait fermement par la taille, sans jamais faillir en dépit du projectile qui était planté dans son épaule.

— À quel propos ?

— Je me suis laissé aveugler par mes erreurs. Mes... échecs.

Le mot avait une résonance amère dans sa bouche.

— J'ai creusé un fossé entre moi et les gens qui tiennent à moi parce que c'était la solution la plus simple.

Elle prit une inspiration frémissante tandis qu'ils zigzaguaient entre les arbres.

— Je m'en suis terriblement voulu de la mort de Samantha Perry. Partant de là... je me suis dit que, puisqu'elle n'était pas bien vivante et heureuse parmi ses proches, la moindre des choses était de me placer dans la même position pour tenter de me racheter, ce qui n'a aucun sens, je sais. Mais, maintenant, je ne suis pas sûre qu'une quelconque rédemption soit possible. En tout cas, pas pour moi.

Il ralentit le pas et tourna la tête, la contemplant de cet air indéchiffrable. Ses larges épaules lui cachaient le halo pâle de la lune qui filtrait entre les arbres, mais elle n'avait pas besoin de le distinguer clairement pour deviner ce qu'il se disait. Elle avait gravé dans sa mémoire chacun des traits de son visage, les nuances de ses expressions, le jour où elle avait fait sa connaissance et, même si sept ans avaient passé, il n'avait guère changé. Il était devenu une part d'elle-même et, cela, rien ni personne n'y pouvait rien changer – elle moins que quiconque.

— Ce n'est pas le fait d'éprouver des sentiments qui peut te limiter dans ta capacité à t'acquitter correctement de ton travail, Ana. Au contraire, c'est justement ton investissement émotionnel vis-à-vis des personnes que tu es chargée de retrouver qui fait de toi un si bon agent.

Il pensait réellement ce qu'il disait, cela s'entendait à la conviction qui sous-tendait ses paroles.

Levant les yeux, elle sonda son regard bleu.

— Tu as l'air de vraiment y croire.
— Oui, absolument.

Sa voix s'était faite plus profonde, et elle s'avisa dans un sursaut qu'ils abordaient un territoire dangereux, d'autant qu'il s'était rapproché et que l'air, subitement, s'était chargé d'un parfum de pin et de savon.

— Je te connais et je sais qu'en dépit de tous tes efforts pour prouver que rien ne pourra jamais détruire la forteresse derrière laquelle tu t'abrites, tu es l'une des personnes les plus fortes et les plus compétentes que j'ai eu le plaisir de rencontrer. Beaucoup d'autres agents auraient pu être chargés de retrouver mon fils, mais c'est toi que j'ai sollicitée. Parce que c'était toi, et toi seule, qu'il me fallait.

Un cri déchira le silence au moment où, la gorge serrée, elle s'apprêtait à répondre.

— Olivia !

Benning se mit à courir dans la direction d'où le cri leur était parvenu, le dos légèrement voûté comme il se tenait l'épaule.

L'obscurité semblait plus épaisse désormais. Elle s'élança en boitillant sur ses talons. Ils devaient avoir parcouru une cinquantaine de mètres – peut-être un peu plus –, mais le hurlement semblait venir du chalet. Elle se demanda s'ils n'étaient pas en train de donner tête la première dans un piège, mais ils n'avaient pas le choix. Il fallait courir le risque. Ses manches s'accrochaient aux taillis et aux branches basses des arbres, alourdies par la neige, comme elle s'efforçait de ne pas se laisser distancer. Elle éteignit sa lampe torche, et ils se retrouvèrent dans le noir complet. Si le tueur les voyait approcher, Dieu sait quelle pouvait être sa réaction. La sueur commença à perler de nouveau à la racine de ses cheveux tandis qu'elle s'obligeait à accélérer l'allure. La douleur était revenue, les points de suture tirant sur sa chair à chaque pas. Mais pas question de s'arrêter. Elle devait trouver Olivia, ramener Owen à son père. Ces mots, tel un leitmotiv, tournaient en boucle dans sa tête.

Ils émergèrent des bois. Les lampes à détecteur de mouvement se déclenchèrent, l'éblouissant l'espace d'une seconde. Comme elle élevait une main en visière au-dessus de ses yeux pour se protéger de la lumière, Ana le vit. L'homme qui l'avait projetée à travers la fenêtre du premier étage. Et, à côté de lui, la silhouette de la petite fille de six ans qui, depuis deux jours, ne connaissait rien d'autre que la terreur.

— Je n'aurais pas cru que vous surviviez à votre chute, Ramirez.

Cette façon qu'il avait de prononcer son nom, comme s'ils connaissaient, lui étrilla les nerfs. Une main gantée se posa sur l'épaule d'Olivia, attirant l'enfant plus près.

— Mais je crains que vous n'ayez beaucoup plus que cette jambe à soigner quand j'en aurai terminé ici.

— Vous dites ça comme si vous pensiez que j'allais vous laisser vous en tirer.

Ça n'arriverait pas. Elle éleva le canon de son arme, agrippant la crosse des deux mains. Benning se rapprocha d'elle. Sa tension était palpable, mais il resta silencieux, ne souligna pas qu'elle risquait de toucher accidentellement sa fille. Elle lui avait promis de sauver Olivia, et sa parole lui suffisait.

— Rendez-moi la petite, dites-moi où est son frère, et je réfléchirai à deux fois avant d'appuyer sur la détente.

Le masque qui dissimulait ses traits se souleva légèrement, comme s'il souriait malgré la balle que Benning lui avait logée dans l'épaule. Écartant ses doigts gantés, le tueur assura sa prise sur son pistolet.

— Je vais vous dire ce qu'on va faire. Comme je n'aime pas spécialement tuer des enfants, je vais passer un marché avec vous. Je libère la petite et vous indique où trouver le garçon et, en échange, vous me donnez M. Reeves.

— Et qu'est-ce qui m'empêche de vous abattre là, tout de suite, et de mettre fin à tout ça ?

— Ce qui vous en empêche ? Eh bien, peut-être le fait que je ne sois pas le seul à savoir où est le petit garçon…

Sans geste brusque, l'homme masqué porta la main à sa poche et en sortit lentement son téléphone. Tournant l'écran dans leur direction, il lança l'appareil qui atterrit dans la neige, à ses pieds.

— Si vous me tuez, vous signez l'arrêt de mort d'Owen Reeves, agent Ramirez. C'est ce que vous voulez ?

Se forçant à conserver un masque imperturbable, Ana ramassa l'appareil sans quitter l'homme des yeux. Son cœur se serra lorsqu'elle reconnut l'enfant dont la directrice lui avait montré la photo moins de vingt-quatre heures plus tôt. La vidéo semblait avoir été filmée par une caméra cachée dans le coin d'une pièce exiguë et sombre. Et Owen était là. Tout seul, l'air terrorisé. Les larmes avaient tracé deux sillons plus clairs dans la poussière qui barbouillait son petit visage.

Benning en échange de ses enfants.

Non. Il devait y avoir un autre moyen de sortir de ce guêpier. Ce furent les pleurs d'Olivia qui la tirèrent de ses pensées. Ce salaud les avait menés en bateau tout du long. En établissant un lien avec l'affaire Samantha Perry, en déposant la breloque sur la scène de crime, chez Benning, en détruisant des pièces à conviction. Il la manipulait depuis le début. Et l'accord qu'il lui proposait maintenant faisait partie du scénario. Mais elle ne céderait pas à ce chantage.

— Non. Pas question que je...

— C'est d'accord. Je vais venir, l'interrompit Benning.

Avec un coup au cœur, elle s'avisa que Benning avait vu la vidéo sur le téléphone. Elle ne pouvait pas quitter le tueur des yeux, mais elle se tint sur le qui-vive, guettant du coin de l'œil le moindre mouvement de Benning. Il n'y avait pas à discuter.

— Non, on va trouver une autre solution. À la minute où il aura ce qu'il veut, il s'en prendra aux enfants afin de couvrir ses traces. Je ne le laisserai pas faire. Mon travail, c'est de vous protéger...

— Ton travail, c'est de récupérer mon fils.

Benning jeta au sol l'arme qu'il avait prise dans son sac.

Les mains levées, il s'écarta d'elle et commença à s'avancer vers le tireur. Le rideau de ses cheveux empêchait Ana de voir ses traits.

— Je compte sur toi pour tenir parole.

Pas à pas, Benning se rapprocha de l'homme. Il se crispa lorsqu'il vit sa main se déplacer sur l'épaule de sa fille, mais ce fut pour la pousser, d'une légère bourrade, devant lui. Il ne l'avait pas lâchée. Benning, les nerfs à vif, sentait le poids du regard d'Ana dans son dos. Le tambourinement de son cœur pulsait douloureusement au niveau de sa blessure, mais le fait de savoir qu'elle protégerait Olivia et ferait tout pour retrouver Owen apaisa un peu le doute qui le déchirait. Le fumier qui se cachait derrière ce masque de ski ne lui laissait pas le choix. Le seul moyen de s'assurer que l'erreur qu'il avait commise ne rejaillirait pas sur ses enfants était de se plier à ses exigences. Dans la lumière des projecteurs installés sur le pourtour du chalet, il vit, en s'avançant, les larmes qui roulaient en silence sur le visage de sa fille.

— Ça va aller, ma chérie. Ana va s'occuper de toi le temps de mon absence. Et, ensuite, je reviendrai te chercher, d'accord ? Tout va bien se passer.

— Papa, je veux rentrer à la maison.

Le visage d'Olivia se chiffonna d'un coup, et un gros sanglot lui échappa. En un battement de cils, l'enfant frondeuse, au caractère si affirmé, redevint la petite fille fragile et sans défense qu'il avait bercée des heures durant, quand elle pleurait jusqu'à ce qu'il vienne s'occuper d'elle.

— Tu seras bientôt à la maison, Liv. Il faut juste que tu sois forte un tout petit peu plus longtemps. Ce sera bientôt fini, je te le promets.

Il eut du mal à formuler la fin de sa phrase. Jamais il ne mentait à ses enfants, mais ce mensonge-là lui était venu spontanément. Il ne rentrerait pas, Ana avait raison. Sitôt que l'homme au masque aurait mis la main sur le crâne, la messe serait dite. Et ses enfants se retrouveraient orphelins de leurs deux parents avant l'âge de sept ans. Mais il ne pouvait pas les laisser subir plus longtemps les conséquences de son erreur alors qu'il avait la possibilité de mettre fin à ce cauchemar. Serrant les poings pour se retenir d'ouvrir les bras à Olivia et de revenir sur sa décision, il releva les yeux, qu'il vrilla sur la visière opaque du masque de ski.

— C'est bon. Ôtez vos sales pattes de ma fille maintenant.

Se libérant d'une torsion du bras, Olivia se rua en avant et jeta les bras autour de son cou comme il tombait à genoux pour la réceptionner.

— Papa, non ! Je veux que tu viennes avec moi.

— Très touchant, commenta l'homme. Mais je commence à m'impatienter, monsieur Reeves. Plus vous perdez de temps ici, plus vous en faites perdre à votre fils.

Le cœur près d'éclater en mille morceaux, il se tenait là, immobile, entre un agent fédéral et un tueur qui les menaçait d'une arme. Il se retourna à demi et, levant les yeux vers Ana, se redressa avec sa fille dans les bras. Jamais les choses n'auraient dû tourner ainsi.

— Liv, ma puce, il faut que tu ailles rejoindre Ana maintenant. Je t'aime, chérie, mais tu dois m'écouter. Vas-y.

— Allez, viens, Olivia, renchérit Ana, tenant toujours en joue le ravisseur de ses enfants. Pense à toutes les fois où les héros de tes livres favoris doivent faire des choix difficiles. Mais, au bout du compte, ce sont ces choix-là qui font avancer l'histoire et aident à résoudre l'énigme, non ? Sinon, les personnages ne sauraient jamais s'ils sont vraiment forts, pas vrai ?

Olivia dénoua les bras du cou de son père. Elle renifla, ses grands yeux bleus noyés de larmes qu'elle s'efforçait de retenir, mais il n'arrivait pas à la lâcher. Pas encore.

— Si, reconnut l'enfant à contrecœur.

— Et, à la fin, c'est toujours l'enquêteur qui attrape le méchant, n'est-ce pas ? enchaîna Ana en dardant sur Benning un coup d'œil bref mais appuyé.

En une fraction de seconde, le déclic se fit dans son esprit et il comprit. Ce n'était pas de la construction des romans policiers qu'elle parlait ; elle lui adressait un signal.

En boitillant, elle se plaça entre le tireur et Benning, l'arme au poing.

— La justice finit toujours par gagner.

— Vous commettez une grosse erreur, agent Ramirez.

Le tireur fit un pas en avant.

— Si je repars d'ici bredouille, Owen ne sera pas le seul à en payer le prix.

— Des erreurs, j'en ai fait plusieurs dans ma carrière. Mais pas aujourd'hui.

Benning vit ses épaules se soulever comme elle prenait une grande inspiration. *Maintenant. Elle va appuyer sur la détente.*

Il sauta sur le côté, sa fille dans ses bras, pour ne pas rester dans la ligne de tir, et courut du plus vite qu'il le put vers les arbres pour se mettre à couvert, entendant Ana lui emboîter le pas. Un morceau d'écorce explosa sur sa droite sous l'impact d'une balle, à seulement quelques centimètres de sa tête, et il s'accroupit, poussant Olivia derrière lui pour lui faire écran de son corps. Haletante, Ana se plaqua dos contre l'arbre, à côté de lui.

— Qu'est-ce que tu fabriques ? Il est le seul à pouvoir nous dire où est Owen !

— Parce que tu crois qu'il allait gentiment nous fournir l'information ? C'est un tueur, Benning. Les criminels dans son genre ne veulent qu'une chose – éviter de se faire prendre. Elle tira à son tour en direction de l'homme masqué qui se réfugiait derrière le tas de bois que Benning avait coupé et qui se trouvait très exactement entre eux et leur seule chance de salut. Le SUV.

— Où que soit caché Owen, trop de preuves permettent de remonter jusqu'à lui, assena-t-elle, le souffle saccadé. Le seul moyen de trouver ton fils, c'est d'identifier le propriétaire de ce crâne, et ce n'est pas en restant ici qu'on y parviendra.

Elle pivota de nouveau sur elle-même, toujours abritée par le tronc d'arbre et tira de nouveau trois coups avant qu'un clic ne signale que le chargeur était vide. Plus de munitions. Elle lâcha son arme par terre et jeta un coup d'œil pour s'assurer de la position de leur adversaire. Les traits déformés par la douleur, elle porta les deux mains à sa cuisse et le cœur de Benning se serra.

— Il faut qu'on arrive à atteindre le SUV.
— Comment ?

Bon sang ! Elle n'était pas en état de piquer un sprint ni d'affronter une nouvelle fois ce type. Lui non plus, d'ailleurs. Il ravala un grognement de douleur comme un coup de poignard lui déchirait l'épaule. Olivia se blottit contre lui comme un autre projectile sifflait à leurs oreilles.

— Il n'y a nulle part où vous puissiez aller, monsieur Reeves, lança l'homme. Où que vous vous cachiez, je vous retrouverai. D'une façon ou d'une autre, je récupérerai ce que vous avez pris et, une fois que ce sera fait, croyez-moi, je me ferai un plaisir à passer à l'étape suivante.

— Ce type est d'une prétention…, cracha Ana à mi-voix. Seulement, c'est lui qui est armé.

Elle secoua la tête, surveillant toujours l'homme depuis sa cachette.

— Bon. Est-ce que tu me fais confiance ?

Benning passa une main réconfortante dans le dos d'Olivia. Ana l'avait peut-être lâchement abandonné sept ans plus tôt mais, depuis, elle avait failli mourir en protégeant sa fille du fou dangereux qui était derrière ce tas de bûches. Elle s'était interposée entre lui et l'arme de l'homme, avait réussi à calmer Olivia. Alors, oui, il lui faisait confiance. Et plutôt deux fois qu'une.

— Oui.
— Bien. Alors, je vais m'arranger pour récupérer l'arme que tu as jetée par terre quand tu as accepté de te rendre à ce psychopathe, dit-elle en rangeant dans sa poche le téléphone que lui avait tendu le tireur.

Elle s'exprimait d'une voix égale mais, à la faveur de la lune, il vit que ses mains tremblaient.

— À mon signal, toi et Olivia, vous foncerez jusqu'au SUV. Il y a un double des clés dans la boîte à gants. La voiture est équipée d'un traceur. Mon équipe pourra vous localiser.

Un sentiment d'alarme le submergea.

— Ana, attends. Tu ne sais pas combien de balles il reste dans cette arme. Et, avant de la trouver, tu seras à sa merci, totalement exposée.

Un nouveau coup de feu résonna dans la nuit. Le projectile ricocha contre un arbre, non loin d'eux. Elle tourna la tête vers lui et, l'espace d'un instant, le temps se ralentit. Il se noya dans les profondeurs de ce regard mordoré, qu'il ne discernait pas bien mais qu'il sentait rivé sur lui. Pendant quelques secondes, le monde extérieur disparut autour d'eux.

— Peu importe. Je veux que tu me promettes de ne pas revenir me chercher. Emmène ta fille et va-t'en loin d'ici. Compris ?

Le sang reflua de son visage comme la signification de ses paroles lui apparaissait. Elle ne pensait pas s'en sortir vivante.

— Ana, c'est non. Tu ne peux pas…

— Si.

Et, sans prévenir, elle l'attira à elle en empoignant sa veste et l'embrassa avec fougue. Sa langue s'insinua dans sa bouche et, pendant un bref instant, ils se retrouvèrent transportés dans le chalet. Elle, couverte de pâte à cookies, lui mourant d'envie de la toucher, de goûter encore la saveur de ses lèvres. Pendant ces quelques instants d'intimité retrouvée, tout avait été… comme avant. Comme si elle n'était jamais partie. Que tout était redevenu normal. Mais l'illusion ne dura pas. Ana le relâcha, et le froid, de nouveau, l'enveloppa.

— Tu te souviens…, dit-elle d'une voix pressante. Tu as promis à Olivia qu'elle pourrait visiter le siège social de la DCT quand tout serait fini.

Il serra sa fille plus étroitement contre lui et regarda la femme qui lui avait sauvé la vie, qui avait sauvé la vie de sa fille.

— Merci.

— Ne reviens pas, surtout.

Sur ces derniers mots, elle se détourna résolument de lui, prit une grande inspiration et s'élança en avant, quittant le couvert des arbres.

Une rafale de coups de feu explosa, et Benning se jeta en avant, slalomant à toutes jambes entre les arbres. Le poids de sa fille avivait la douleur de son épaule et l'alourdissait, le faisant s'enfoncer profondément dans la neige, manquant le faire chuter à chaque pas. Mais il ne regarda pas en arrière, ne ralentit pas, même si son cœur se fêlait un peu plus à chaque pas. Tous ses instincts lui criaient de rebrousser chemin, mais Ana avait été claire. Il devait continuer, emmener sa fille loin d'ici. La laisser seule. Il agrippa plus fort le pyjama de sa fille.

— On y est presque, ma puce. Ferme les yeux.

Mais Olivia martela le haut de son dos de ses petits poings fermés.

— Non ! Papa, il faut aller chercher Ana ! Elle a besoin de nous !

— Ce n'est pas possible, Liv.

La supplique de sa fille lui fit venir les larmes aux yeux. Elle n'était pas la seule à être attachée à l'agent fédéral chargé de retrouver son fils, mais il devait tenir sa promesse. Le SUV apparut entre les arbres. Forçant l'allure, il émergea du sous-bois. Le verre brisé de la lunette arrière crissa sous ses pas comme il contournait le véhicule du côté conducteur. Il tira la portière arrière et y installa Olivia. Puis il se mit au volant.

— Ana s'en sortira. Elle est du FBI, tu sais. Elle est entraînée.

Il se demanda si c'était sa fille ou bien lui qu'il essayait de convaincre.

Un nouveau coup de feu rompit le silence. Isolé. Son cœur se comprima, et il s'immobilisa, la main tendue vers la boîte à gants. Plusieurs secondes s'écoulèrent, peut-être une minute. Plus de tirs. Cela signifiait-il… ?

Du coin de l'œil, il nota un mouvement à l'arrière du véhicule.

— Baisse la tête, Liv !

Le pare-brise vola en éclats sous l'impact d'un projectile. Le cri d'effroi que poussa Olivia le galvanisa. Il plongea la main dans le compartiment, s'empara fébrilement des clés et démarra. Le véhicule bondit en avant dans une gerbe de neige qui l'empêcha de voir le tueur et fila dans l'allée, vers la route. Laissant derrière lui le chalet… et Ana.

Les yeux rivés au sol, l'agent Evan Duran suivait les traces de pas, à l'arrière de l'habitation, sous les flocons qui s'étaient remis à tomber dru. La cache de la DCT avait été compromise, mais il semblait désormais n'y avoir plus personne sur les lieux. Ni le tireur qui l'avait découverte, ni Ramirez.

— Que diable s'est-il passé ici ? s'enquit JC Cantrell en se redressant après avoir regardé à l'intérieur par la baie vitrée brisée, du côté nord du chalet.

— Je n'en sais rien.

La neige n'avait cessé de tomber depuis plusieurs heures – bien avant que Cantrell et lui ne repèrent le signal du SUV de Ramirez et ne récupèrent Benning Reeves et sa fille sur l'accotement de la route 441 –, mais elle n'avait pas encore recouvert la flaque de sang qui formait une tache sombre sur le manteau blanc. *Bonté divine.* Rien n'indiquait s'il s'agissait de celui du tireur ou de celui de Ramirez, mais celui qui en avait perdu une telle quantité ne devait pas être très vaillant. Le père et la fillette avaient eu de la chance de s'en tirer vivants, même si Benning avait été blessé, lui aussi.

— Je relève trois empreintes de pas différentes, reprit-il. Celles de deux adultes et la troisième, d'un enfant. Elles viennent toutes de la maison.

— Allons-y, déclara JC en dégainant son arme de service. Il n'y a pas une minute à perdre. Si ce sang est celui de Ramirez, j'espère que nous ne sommes pas arrivés trop tard.

Depuis un an que l'agent Ramirez avait rejoint la division criminelle tactique, elle n'avait pas dévoilé grand-chose de son passé. Elle venait de l'unité chargée de la recherche des personnes disparues mais, hormis cette information-là, elle faisait preuve d'une grande réserve, ce qu'il respectait. Les membres de la DCT travaillaient main dans la main, se faisaient mutuellement confiance en situation de crise sur le terrain, mais cela ne signifiait pas qu'ils étaient obligés de s'épancher sur leur parcours personnel. Il soupçonnait celui d'Ana Sofia Ramirez d'être assez lourd. Evan avait remarqué la façon dont elle s'isolait du reste de l'équipe, insistant pour être appelée par son patronyme, abordant chaque affaire, si sordide soit-elle, avec un détachement qui ne se rencontrait habituellement que chez les agents les plus expérimentés. Et il était certain qu'il y avait une raison à cela. Il en devinait même la raison.

Elle avait perdu quelqu'un de proche de mort violente, il en était sûr, et, à cet égard, Ramirez et lui étaient probablement plus proches qu'elle ne l'imaginait. Sans Annelise, sans doute n'aurait-il jamais réussi à surmonter toute la colère et la douleur qui allaient de pair avec la perte d'un être cher dans des circonstances tragiques. Des circonstances auxquelles il n'aurait rien pu changer. Mais le plus difficile avait pourtant été de lutter contre la culpabilité. L'idée que, s'il avait été plus fort, plus rapide, il aurait pu empêcher le drame de se produire. Et peu importait l'âge qu'il avait eu au moment où sa sœur avait été enlevée.

Ramirez traînait comme un boulet le même fardeau aujourd'hui et, de l'avis d'Evan, si elle déployait une telle énergie pour sauver le plus de vies possible, ce n'était pas sans raison. Comme lui avant elle, elle devait chercher à expier la faute qu'elle était persuadée d'avoir commise. Il ne connaissait pas les tenants et les aboutissants de son histoire, mais il était certain d'une chose : ce n'était pas une façon de vivre. La DCT avait été créée dans le but de fournir une réponse rapide sur le terrain mais, pour autant, il était impossible de sauver tout le monde. Tant que Ramirez ne l'accepterait pas, non seulement elle en souffrirait, mais ses proches aussi en subiraient les conséquences.

Evan tapota l'épaule de JC.

— Par là, souffla-t-il en désignant du menton le coin de la bâtisse.

Sortant lui aussi son pistolet, le dos plaqué au chalet, il longea le mur jusqu'à l'angle. Il attendit que JC ait ouvert la voie, puis il lui emboîta le pas. Son cœur se mit à cogner dans ses oreilles comme ils approchaient du tas de bois. De nombreuses douilles parsemaient la neige ainsi que du sang, là aussi. Quelqu'un s'était embusqué derrière ces bûches et quelqu'un d'autre… Il suivit du regard les traces de pas qui s'éloignaient en direction de la forêt. Et son regard tomba sur un corps à une vingtaine de mètres de là.

— JC.
— Oui, j'ai vu.

Ils se mirent en mouvement comme un seul homme, guettant le moindre signe que celui qui avait piégé les occupants du chalet se trouvait encore là. Pistolet au poing, fouillant du regard les environs, les deux agents comblèrent la distance qui les séparait de la victime. Les restes humains retrouvés dans la cheminée extérieure, la présence sur les lieux d'un bijou lié à une ancienne affaire de meurtre de Ramirez et maintenant… ceci. Décidément, les corps s'accumulaient à un rythme déconcertant.

JC s'accroupit auprès du corps étendu, dos à lui, dans la neige, et tourna la tête de la victime vers eux. De longs cheveux noirs retombèrent en arrière, dégageant un visage familier. Une poigne d'acier noua l'estomac d'Evan. L'avant de son torse était couvert de sang, provenant apparemment de deux blessures par balle, l'une au côté et l'autre au-dessus du sein droit. Une troisième blessure, à la cuisse gauche, avait apparemment été soignée avec les moyens du bord.

Nom d'un chien. Ramirez.

— J'ai un pouls… Il est faible, mais elle est vivante.

Retirant la main de sa gorge, JC rangea vivement son arme dans son holster et ouvrit la veste de leur collègue.

— On ne peut pas la déplacer dans cet état et il faudrait deux heures à une ambulance pour parvenir jusqu'ici, avec ce temps.

En un éclair, Evan sortit son téléphone et le pressa contre son oreille tout en échangeant un regard grave avec JC. La situation était critique, ils en avaient tous deux conscience. À l'autre bout de la ligne, la directrice Pembrook décrocha à la première sonnerie. Sans perdre une seconde, contemplant le visage blême de Ramirez, il annonça d'un ton bref :

— Il me faut de toute urgence un hélico à la cache de Sevierville. On a un agent à terre.

9

Elle ne sentait plus rien.

Ni ses doigts, ni ses orteils, ni aucune autre partie de son corps entre les deux mais, à en juger par le bip-bip régulier qui tintait à ses oreilles, elle n'était pas morte. Ou alors, si elle l'était, le paradis n'était pas ce qu'on croyait.

Ana entrouvrit les paupières. Un éclairage fluorescent mais tamisé, des draps blancs sur lesquels reposait une télécommande. Elle était à l'hôpital. Soulevant la tête de l'oreiller, elle se raidit en sentant des cheveux lui chatouiller le menton. Elle regarda vers le bas et aperçut une crinière auburn.

— Elle ne voulait pas que tu sois seule, à ton réveil.

Cette voix… *Sa* voix. La perfusion reliée à son bras diffusait dans son organisme la quantité d'antalgique nécessaire pour neutraliser la douleur physique, mais elle n'empêchait pas son cœur de se serrer au simple son de cette voix. Elle tourna la tête, et deux yeux bleus plongèrent dans les siens. Tout à coup, tout ce qui s'était passé fut relégué au second plan, ne laissant que lui. Et Olivia.

— Tu… n'étais pas censé revenir me chercher.

Elle avait la bouche sèche, les lèvres parcheminées. Depuis combien de temps était-elle ici ? Des heures ? Une journée ?

— C'est ton équipe qu'il faut remercier. Les agents Cantrell et Duran ont pu localiser le SUV et venir nous chercher quand je les ai appelés du téléphone à carte que tu avais laissé dans la boîte à gants.

Il appuya ses coudes sur ses genoux, les doigts d'une de

ses mains entremêlés aux siens. Les yeux soulignés de cernes sombres, les traits tirés, il poursuit d'une voix altérée par l'émotion :

— Après tout ce que tu as fait pour nous, je n'allais quand même pas te laisser mourir là-haut, Ana.

Était-ce là la raison de sa présence ici ? Parce qu'elle avait fait son travail et qu'il s'estimait redevable ? Une douleur sourde lui comprima la poitrine comme elle essayait de se redresser un peu contre son oreiller. Elle jeta un coup d'œil au goutte-à-goutte. La morphine aurait dû... Mais sa pensée s'interrompit net. Non. Cette douleur-là n'était pas de celles que le plus puissant des antalgiques pouvait faire taire. Elle avait pendant si longtemps refoulé tous ses sentiments, tenu tous ceux qui lui étaient chers à distance... Mais les circonstances tragiques qui les avaient réunis, Benning et elle, lui avaient fait prendre conscience d'une vérité incontournable : passer à l'affaire suivante quand tout cela serait terminé lui serait extrêmement difficile. En quelques jours, cet homme et le précieux petit être dont la tête reposait présentement sur le bord de son lit s'étaient frayés un chemin jusqu'à son cœur sans même qu'elle s'en rende compte. Et, maintenant, les quitter serait un vrai crève-cœur.

— Comment va-t-elle ? s'enquit Ana, posant les lèvres sur le sommet de la tête d'Olivia et humant l'odeur fruitée de son shampooing.

Des souvenirs affluèrent par flashs successifs à sa mémoire. Elle avait couvert Benning et Olivia tandis qu'ils couraient vers le SUV, mais une nouvelle balle l'avait percutée au torse avant qu'ils ne l'aient atteint. Elle avait essayé de rester debout, mais elle avait perdu trop de sang. Elle s'était évanouie. La dernière image qu'elle se rappelait était celle de l'homme masqué, à côté d'elle, la dominant de toute sa hauteur. Et puis plus rien... Elle avait sombré.

— Elle va bien, merci. On a pu monter dans la voiture et filer avant qu'il ne nous ait rattrapés, dit-il en imprimant de petits cercles sur le point de pression, entre son pouce et son index. Tu nous as sauvé la vie, Ana, et je t'en serai éternellement reconnaissant. Mais ne t'avise pas de recommencer. Ou de quitter ce lit et de prendre le large avant d'avoir reçu le feu vert des médecins. On a failli te perdre.

L'air se bloqua dans ses poumons. À la façon dont il avait dit ça, elle aurait pu croire que c'était plus que de la gratitude qu'il exprimait et une douce chaleur l'envahit. Cela voulait-il dire que… Non. Il avait peut-être raison quand il disait que la culpabilité avait détruit ses relations avec son entourage proche, mais elle n'était pas assez naïve pour s'imaginer que les sentiments nés de la situation de stress qu'ils venaient de vivre pouvaient perdurer. Elle ne devait pas se laisser aller à cet espoir-là. Ce n'était pas fini. Elle avait encore trop à faire. Repoussant doucement les cheveux auburn du visage d'Olivia, elle posa la joue sur sa tête.

— Je t'ai donné ma parole. Je n'irai nulle part… Du moins, tant que je n'aurai pas retrouvé ton fils.

L'azur de ses yeux s'assombrit. Dénouant ses doigts des siens, il se renfonça contre le dossier de son siège et passa sa main valide dans ses cheveux.

— Ils ont perdu la trace du tueur dans les bois, à environ quatre cents mètres du chalet. Il devait avoir un quad ou une motoneige. Il avait tout prévu, apparemment. Et, sans lui, je ne sais pas si je reverrai un jour mon fils…

Il prit quelque chose sur sa table de chevet et le présenta devant elle. Elle reconnut le téléphone du ravisseur qu'elle avait conservé, et qui contenait la vidéo d'Owen. Le personnel de l'hôpital avait dû le récupérer dans sa poche et le placer avec ses effets personnels lors de son admission. Mais le voir entre les mains de Benning la remplit soudain d'appréhension.

— Ma seule chance, c'est ça, reprit-il en glissant le doigt sur l'écran.

Il y avait une sorte de solennité dans son geste, et elle eut l'impression, même si elle ne voyait pas distinctement l'écran, qu'il s'imaginait effleurer, en même temps que l'écran, le visage de son fils.

— Ton équipe est toujours en train d'analyser la scène de crime, chez moi. Je n'ai pas le droit d'entrer, donc c'est la seule chose qui me relie à lui pour le moment. Cette vidéo.

— Benning, je comprends que tu m'en veuilles… tu avais déjà toutes les raisons de m'en vouloir avant ce qui est arrivé au chalet. Je sais que j'ai refusé la proposition de ce psychopathe, mais il ne t'aurait jamais révélé l'endroit où il détient Owen, je t'assure. Il t'aurait mené à bateau jusqu'à ce que tu ne lui sois plus d'aucune utilité et, ensuite, il vous aurait tués tous les deux. Il fallait absolument que je l'en empêche.

Elle aurait voulu pouvoir tendre le bras, lui enlever ce téléphone des mains, effacer la souffrance qui marquait ses traits.

— Je ne t'en veux pas.

Il avait parlé si bas que c'était à peine si elle l'avait entendu, avec les bips du monitoring.

— Oh ! ce n'est pas faute d'avoir essayé, continua-t-il en secouant la tête. J'étais fou de rage au début, quand j'ai découvert que tu avais demandé à retourner à Washington. J'avais beau chercher, je ne comprenais pas ce que j'avais bien pu dire ou faire de mal.

Il pencha la tête sur le côté, les yeux plissés.

— Mais ensuite, malgré tous mes efforts pour tirer un trait sur notre histoire et passer à autre chose, tu n'as jamais cessé d'être dans mes pensées, même après avoir épousé Lilly, eu les jumeaux et l'avoir perdue. Je m'en voulais plus à moi-même de ne pas avoir le courage d'admettre que tu ne reviendrais pas que je ne t'en voulais à toi. Et aujourd'hui… Tu es le seul rempart entre mes enfants et ce type qui a juré notre perte.

— Je suis désolée.

Elle ne savait pas quoi dire d'autre, mais elle avait bien conscience que ce n'était pas par ces trois petits mots qu'elle pouvait compenser les mois – les années – de chagrin dont elle avait été la cause, ni changer quoi que ce soit au fait qu'elle lui avait brisé le cœur de la pire manière qui soit. Elle se mordit la lèvre inférieure mais, avec l'effet de la morphine, elle ne s'avisa qu'elle appuyait trop fort que lorsqu'un goût de métal lui emplit la bouche. Qu'importe. C'était bien peu cher payer pour tout le mal qu'elle avait fait.

— Tu sais, même si ça ne semble pas spécialement réjouissant, ton fils représente toujours un bon moyen de pression pour le tireur puisqu'il tient absolument à récupérer le crâne. En dépit des apparences, on a autant de chances qu'avant de ramener Owen à la maison.

— Non.

Il partit d'un petit rire amer qui déchira le cœur d'Ana et renversa la tête contre le dossier du fauteuil, les traits creusés par l'anxiété et la fatigue. Il contempla une nouvelle fois le téléphone dans sa main avant de le reposer, écran retourné, sur la table de chevet.

— Je ne sais pas où est ce fichu truc !

Elle esquissa un mouvement pour se redresser davantage mais y renonça, le poids d'Olivia la clouant au matelas.

— Je l'avais caché dans cette cheminée où ton équipe a découvert le corps de Jo. Seulement, ils ne l'ont pas trouvé là où je l'avais mis, le tueur ne l'a pas et ce n'est pas moi qui l'ai enlevé.

Jo ? Alors, les restes calcinés étaient ceux de la baby-sitter de Benning ? Elle contempla, atterrée, le gros bandage qui enveloppait son index fracturé. Tant de sang versé, tant de vies injustement volées. C'était à elle qu'incombait la tâche de protéger les innocents et de débusquer les coupables, mais elle n'osait même pas évaluer les dégâts subis par le reste de son corps de peur que cela ne lui rappelle *qui* elle avait failli perdre en l'espace de quelques heures. Relevant les yeux, elle s'efforça de détourner ses pensées de lui, d'Olivia qui dormait toujours, la tête calée sur elle – de tout ce qui risquait d'amoindrir la concentration dont elle avait besoin pour retrouver le garçonnet terrifié de la vidéo. Mais rester de glace face à Benning Reeves devenait chose de plus en plus malaisée.

Le kidnappeur d'Owen et Olivia était revenu sur les lieux pour effacer ses traces, mais il n'avait pas trouvé ce qu'il cherchait et n'avait pas hésité à tuer une femme innocente. Si

Ana n'avait pas eu tous les sens anesthésiés par la morphine, nul doute qu'elle aurait senti le sang battre douloureusement derrière ses orbites. Ça n'avait pas de sens. Quelqu'un d'autre avait fait main basse avant lui sur la pièce à conviction, mais ça n'expliquait pas le rapport entre l'enlèvement d'Owen et l'affaire Samantha Perry. La découverte de la breloque sur la scène de crime et le fait que le tireur ait fait référence à la mort de Samantha n'étaient pas le fruit du hasard. Il devait y avoir un lien entre les deux enquêtes, un lien qui, pour l'instant, lui échappait.

— Qui d'autre était au courant, pour le crâne ?
— Personne.

Benning secoua la tête, les pointes de ses longs cheveux sombres balayant les épaules de sa chemise blanche.

Il s'était douché et changé, mais les cernes, sous ses yeux, attestaient qu'il ne s'était pas reposé pendant qu'elle récupérait, sur son lit d'hôpital. Il était resté à son chevet. Peut-être à la demande de sa fille, mais tout de même… ça signifiait quelque chose, non ? Peu de gens en auraient fait autant.

— Il faut que je m'entretienne avec mon équipe, observat-elle d'une voix lasse, remarquant que la lumière semblait tout à coup plus agressive, que son corps commençait à l'élancer de toutes parts.

Il leur manquait, dans cette affaire, la pièce clé du puzzle. Owen Reeves n'avait pas été retrouvé, et le tireur avait bien failli tous les tuer. Ana se redressa avec précaution dans son lit et déconnecta la perfusion de son bras. Benning bondit.

— Qu'est-ce que tu fais ? interrogea-t-il en dégageant doucement Olivia.

Infierno. Tout le corps lui faisait mal, mais Ana ne pouvait décemment pas rester là, à attendre d'être totalement remise. Ce salaud n'aurait jamais dû pouvoir les localiser… sauf s'il avait piraté le GPS du véhicule, ce qui signifiait que toute son équipe courait un risque.

— Ce type savait où nous trouver. Il faut que je découvre pourquoi et comment.

Parfois, un calme singulier précédait l'approche d'un ouragan.

Depuis qu'elle avait été autorisée à quitter l'hôpital, Ana n'avait pas dit un mot. Mais ce silence n'était synonyme ni de faiblesse ni de découragement, il en était certain. À l'intensité avec laquelle elle étudiait sa maison, où les traces du passage de la police scientifique subsistaient un peu partout, bien visibles, et à la façon dont sa main intacte était refermée en un poing serré, il interprétait plutôt son attitude comme étant « le calme avant la tempête ».

Olivia les dépassa en courant pour s'engager dans le couloir qui menait aux chambres, sur l'arrière.

— Ana ! Viens voir ma chambre !

La femme qui se tenait à son côté laissa échapper un petit rire, et Benning engrangea précieusement ce son dans sa mémoire. Après l'attaque dont ils avaient fait l'objet à la cache, il n'était probablement pas près de le réentendre de sitôt mais tout de même… C'était bon de se dire qu'il était toujours là.

— Merci de m'accueillir chez toi. Je sais que ce n'est pas idéal de revenir ici après ce qui s'est passé, mais je veillerai à ce que tu sois remboursé pour les éventuels dommages causés par les techniciens de scène de crime ou mes collègues.

— C'est sans importance. Ce qui compte, c'est que tu aies un endroit où tu puisses te rétablir pendant qu'on essaye de tirer au clair cet imbroglio. Et je pense qu'il est bon aussi pour Olivia de retrouver ses marques et son univers familier.

Il s'efforça de ne pas prêter attention au fait que tous ses meubles avaient été déplacés et que le tapis que sa mère avait tissé avait disparu du séjour. Il avait hérité de la propriété sur laquelle se dressait la maison que son père avait construite de ses propres mains à la mort de ses parents quelques années plus tôt. Cela avait toujours été son point d'ancrage, le sanctuaire où lui et ses enfants pouvaient se détendre, le soir venu, loin de l'effervescence de la ville. L'endroit parfait pour fonder une famille. À ceci près que, présentement, la maison lui semblait affreusement… froide et vide. Comme s'il y manquait quelque chose.

Benning s'éclaircit la gorge. Empoignant le sac d'Ana de sa main valide, il désigna le couloir du menton.

— Tu peux prendre ma chambre. Ce n'est pas le grand luxe, mais, au moins, ça t'évitera de dormir dans un lit jumeau dont les draps pourraient bien être parsemés de miettes de biscuits.

Ses lèvres s'étirèrent en un sourire d'excuse.

— Owen croit que je ne sais pas qu'il se relève la nuit pour aller piocher dans le garde-manger. Mais, d'une part, il n'est pas très discret et, d'autre part, je le vois à sa lèvre supérieure ornée d'une moustache de chocolat le matin.

— Un petit problème d'autorité, peut-être ? Bon courage.

Elle croisa son regard, et son sourire se détendit. L'anecdote l'avait amusée et il s'en réjouissait, mais... oui, quelque chose – quelqu'un – manquait bel et bien ici, et ce, depuis le soir où il avait été assommé sur ce même parquet. Des effluves de son voluptueux parfum emplirent l'atmosphère comme elle se plantait face à lui, la main posée sur son bras. Sa gorge claire portait encore les stigmates de son agression, et il vint poser sa main valide sur les marques bleuâtres. Le pouls d'Ana s'accéléra à son contact, et il ne put s'empêcher de se dire que c'était lui qui en était la cause.

— Benning, tu n'es pas obligé de t'imposer ça. Nous pouvons prendre des chambres en ville ou aller nous installer dans une autre cache, ce qui serait d'ailleurs plus sûr. Je...

La bouche de Benning se pressa sur la sienne, la réduisant au silence.

Seigneur, elle était... si parfaite, si forte. Elle était là, à bavarder comme si tout ce qui était arrivé ne l'avait nullement troublée alors que son monde à lui avait volé en éclats. Elle était tout ce dont il avait besoin – sa planche de salut, sa bouée de sauvetage, sa confidente, sa motivation pour tenir bon –, et il avait été à deux doigts de la perdre. Une nouvelle fois. À ceci près que, cette fois-ci, il avait cru ne jamais la revoir. Et, quand Olivia l'avait imploré de rebrousser chemin, il avait bien failli faire demi-tour – et mettre par là même la vie de sa fille en danger. La main d'Ana remonta le long de son bras comme si elle avait attendu ça avec autant d'impatience que lui, et il ne put résister à l'envie de la presser contre lui. Le désir flamba en lui comme elle se dressait sur la pointe des pieds pour mieux souder son corps au sien. La main de Benning s'enroula fiévreusement autour de sa taille tandis qu'il soufflait à son oreille :

— Dernière porte, au bout du couloir.

Les derniers éléments que leur avait transmis la division criminelle tactique à propos de leurs recherches concernant le personnel de Britland Construction, la confirmation que le squelette calciné extrait de sa cheminée était bien celui de sa baby-sitter et la découverte de la breloque vraisemblablement en lien avec l'affaire Perry... Étrangement, au lieu de l'en détourner, tout cela, au contraire, attisait le désir que lui inspirait la femme qu'il tenait dans ses bras. C'était le moyen d'échapper, fût-ce temporairement, au chaos et à la peur. Pour la première fois depuis sept longues, sept interminables années, ils allaient enfin...

— Qu'est-ce que vous faites ? lança une voix familière.

Benning sursauta en voyant sa fille, à moins d'un mètre d'eux. Il lutta pour reprendre contenance tandis qu'il s'écartait précipitamment d'Ana. Repoussant de la main ses longues mèches vers l'arrière, il s'efforça de faire taire la passion qui le consumait – sans grand effet. Avec Ana Sofia Ramirez, il n'avait jamais pu se dominer.

— Qu'est-ce que je t'ai dit, Olivia ? C'est mal d'espionner les gens.

Deux prunelles bleues identiques aux siennes soutinrent son regard réprobateur avant de dériver vers Ana, pour revenir s'arrêter sur lui.

— Je ne sais pas comment je peux devenir détective privé sans espionner les gens.

Le rire d'Ana ne fit qu'accentuer l'ardeur qu'elle lui inspirait. Elle porta une main à son visage pour masquer le rose qui lui montait aux joues.

Son embarras était plus que partagé.

— Elle n'a pas tort, cela dit, souligna Ana.
— Je te croyais endormie, assena Benning.

Il s'inclina et passa un bras autour des épaules d'Olivia, songeant, horrifié, qu'il avait été à deux doigts de déshabiller l'agent fédéral sous les yeux de sa fille.

— Je voulais aller dormir dans ta chambre, plaida Olivia.

Il l'attira contre lui.

— Ce soir, ma puce, c'est Ana qui va dormir dans ma chambre. Moi, je serai dans la chambre d'Owen.

Du moins, était-ce désormais ainsi que les choses allaient se passer. Il leva les yeux vers Ana, qui s'était écartée comme si elle voulait les laisser discuter sans prendre part à la conversation. Il n'avait jamais réellement envisagé de combler le vide qu'avait laissé la mère d'Olivia et Owen à sa mort, mais, à ses yeux, Ana faisait autant partie de la famille que celle qui avait été son épouse. Peut-être même davantage au vu de tout ce qu'ils avaient traversé ensemble ces derniers jours.

— Non, non, pas de problème, intervint Ana en soulevant son sac avec une grimace de douleur. Prenez le grand lit, tous les deux. Je serai très bien dans la chambre d'Olivia... Si elle veut bien me la prêter, bien sûr.

— Et pourquoi on ne dormirait pas tous dans la chambre de papa ? suggéra l'enfant, visiblement enthousiasmée par cette idée.

Les yeux d'Olivia brillaient d'excitation. C'était la première fois que cela se produisait depuis des jours... Comment aurait-il pu ne pas s'en réjouir ? Son frère jumeau, celui dont pas un seul jour de sa vie Olivia n'avait été séparée, avait disparu depuis trois jours. Alors, Benning pouvait bien s'accommoder de la présence remuante de sa fille dans son lit si cela pouvait lui redonner le sourire.

Puis il s'avisa de ce qu'elle lui demandait.

— Chérie, je suis sûr qu'Ana préfère dormir seule. Tu sais qu'elle a été blessée par ce méchant, n'est-ce pas ? Elle a besoin de repos et, toi, tu bouges beaucoup quand tu dors.

— Mais je veux dormir avec Ana, insista Olivia d'une voix plaintive.

En une seconde, sa fille – reine incontestée de la manipulation – passa de la surexcitation aux larmes. Et il se sentit instantanément faiblir.

— Eh bien… pourquoi pas ? intervint Ana. Ce sera amusant.

Il releva la tête d'un coup.

— Pardon ?

Le regard d'Ana alla de lui à Olivia, vêtue de son pyjama orné de licornes multicolores.

— Le problème, c'est que je n'ai pas de chemise de nuit.

— Si ! Je peux t'en prêter une de maman ! Je vais la chercher !

Ses larmes déjà oubliées, Olivia traversa la cuisine comme une fusée, courant en direction de sa chambre.

— C'est un grand T-shirt que j'ai gardé, après la mort de Lilly. Je pensais qu'Olivia aimerait peut-être le porter quand elle serait plus grande. En souvenir, tu comprends…

Benning se redressa, dépassé par les événements. Que diable était-il en train de se passer ? C'était lui qui était censé dormir avec Ana, pas lui *et* sa fille.

— Tu n'es pas obligée de le porter, et rien ne t'oblige non plus à accepter de dormir avec Olivia et moi. Elle jure ses grands dieux que ce n'est pas vrai, mais elle donne des coups de pied parfois en dormant, j'en suis témoin.

— Benning, je ne veux pas m'imposer. Je ne suis pas sa mère et… Enfin… Nous ne sommes plus ensemble. Donc, si tu juges que c'est une mauvaise idée, je peux soit m'installer dans le lit d'Olivia, soit trouver une chambre d'hôtel pour cette nuit.

Ana se passa la langue sur les lèvres, ce qui eut pour effet d'attirer l'attention de Benning sur sa bouche. La réaction de son corps ne se fit pas attendre.

— Mais, pour être franche, j'avoue qu'il est difficile de dire non à cette petite.

— J'aurais dû te mettre en garde, c'est une manipulatrice-née.

Il glissa sa main dans la sienne.

— Lilly et moi avions passé un accord. Quand on a découvert qu'elle était enceinte de jumeaux, on a décidé d'élever nos enfants ensemble afin de leur offrir la stabilité dont ils avaient besoin, de les choyer, de subvenir à tous leurs besoins, mais notre mariage s'arrêtait là. On n'excluait pas la possibilité que les choses puissent se dérouler différemment par la suite, mais… Bref, ça ne s'est pas passé ainsi, et Owen et Olivia n'ont jamais connu leur mère. Je ne dirai pas que je n'ai jamais rien éprouvé pour elle, ce serait faux. Sans elle, je n'aurais pas eu ces deux merveilleux enfants. Mais je veux qu'un point soit clair, Ana.

Il caressa du pouce la peau tendre de l'intérieur de son poignet, le regard rivé au sien.

— Je n'ai jamais cessé de t'aimer.

Les lèvres d'Ana se disjoignirent, ces mêmes lèvres qu'il embrassait avec fougue quelques instants plus tôt.

Olivia refit irruption dans la pièce.

— Tiens, je l'ai trouvée !

Décidément… Pourquoi cette gamine avait-elle le don de débouler systématiquement au moment le plus mal choisi ? Se tenait-elle embusquée derrière les portes pour les prendre sur le fait à la première occasion ? *Bon sang.* Son corps n'allait pas tenir longtemps à ce régime-là.

— Super.

Détachant ses doigts des siens, Ana prit le T-shirt que lui tendait la fillette et sourit. Elle glissa sa main dans celle d'Olivia et se laissa entraîner vers la chambre, au fond du couloir. Ana lui lança un coup d'œil par-dessus son épaule.

— Eh bien, on dirait que nous voilà parés pour cette soirée pyjama.

10

Un bruit d'ustensiles raclant des plats en verre la tira du sommeil.

La tête enfouie dans l'oreiller moelleux, elle regarda autour d'elle. Les épaisses couvertures s'amoncelaient en désordre et une odeur de savon et de pin flottait dans l'air, mais le grand lit était vide. Elle s'était endormie au bord du matelas avec, lovée contre elle, la petite fille de six ans qui avait vaincu ses défenses pour se frayer un chemin jusqu'à son cœur. Quant à l'homme qui occupait l'autre moitié du lit… Elle sentait encore la chaleur de sa main caressant la sienne contre la tête de lit tandis qu'Olivia reposait, endormie, entre eux deux. Ils avaient passé de longues minutes, des heures peut-être, leurs regards arrimés l'un à l'autre dans la pénombre avant qu'elle ne finisse par sombrer dans le sommeil le plus réparateur qu'elle ait connu depuis bien longtemps.

Il n'était pas une partie de son corps qui ne fût pas encore sensible et, tandis qu'elle se mouvait lentement pour poser les pieds sur le sol, des muscles dont elle n'avait même pas soupçonné l'existence se manifestèrent. Sa cuisse la faisait encore souffrir, elle aussi, mais la cuisante douleur s'était muée en une pulsation sourde qu'elle s'efforça d'ignorer comme ses orteils entraient en contact avec le grand tapis en peluche sur lequel était centré le lit. La chambre de Benning était simple. Des tables de nuit de part et d'autre du grand lit, surmontées de lampes de chevet si rustiques qu'elles semblaient provenir tout droit du tas de bûches qu'elle voyait par la fenêtre maintenant qu'elle était assise. Des photos encadrées des jumeaux avaient été stratégiquement placées de façon à être vues tout de suite, quel que soit le côté du lit par lequel il choisisse de se lever.

Ana ne put s'empêcher de soulever le cadre le plus proche. C'était un portrait d'Owen. Il devait avoir deux ou trois ans au moment où la photo avait été prise. Planté au milieu de la cuisine, il levait les bras en l'air en signe de triomphe, comme s'il venait de marquer un but. Examinant le reste de la photo, elle avisa alors plusieurs grosses carottes situées au-dessus de chacun des tiroirs, sur le plan de travail, et elle ne put retenir un bref éclat de rire. La douleur de sa deuxième blessure par balle se réveilla, et elle porta en grimaçant la main au bandage qui lui couvrait l'épaule. Un peu de sang avait traversé les couches de gaze et taché le T-shirt qu'Olivia lui avait prêté. Reposant avec soin le cadre à sa place, sur la table de chevet, elle se servit de sa jambe valide pour se lever.

— *Maldición*.

— Un de ces jours, il va falloir que tu me traduises tous ces jurons que tu profères quand tu te crois seule.

Sa voix suave et profonde s'insinua en elle par-delà les maux et douleurs, enveloppant, telle une longueur de soie, tous les doutes et la peur qui la taraudaient depuis qu'elle avait pris cette affaire en charge.

— J'ai taché le T-shirt de Lilly, annonça-t-elle, mortifiée.

Elle lui fit face... et se sentit aussitôt chavirer, saisie par cette attirance instinctive, viscérale qui s'emparait d'elle sitôt qu'elle posait les yeux sur lui. Il s'adossa au chambranle, les bras croisés, et, l'espace d'une demi-seconde, elle ne sut même plus ce qui l'avait tant ennuyée. Vêtu d'un T-shirt et d'un pantalon propres, les cheveux encore humides de la douche, il lui avait apporté un plateau chargé de quelque chose qui sentait si divinement bon que son estomac se mit à gargouiller. *Infierno,* cet homme était un dieu tombé du ciel parmi les mortels. Et, elle, stupide aveugle qu'elle avait été, elle l'avait quitté.

— Je suis désolée. Je vais le nettoyer avant qu'Olivia ne le voie.

— Tu sais, honnêtement, je pense qu'elle l'aimera d'autant plus tel qu'il est maintenant.

Il entra dans la pièce et les discrets effluves de son parfum s'intensifièrent, pour le plus grand plaisir d'Ana. Elle ne s'en lassait pas. Elle ne se lassait pas de *lui*. Ni de tout le reste : cet endroit, ces frimousses souriantes, sur les photos. Tout cela, au fond, c'était tout ce dont elle avait rêvé, sans le savoir. Et elle n'en prenait conscience que maintenant, sous l'insistance de ce regard bleu si pénétrant. Il avança d'un pas et lui présenta le plateau.

— J'ai pensé que tu avais peut-être faim.

— Merci.

À l'idée qu'elle était toujours en tenue de nuit, un courant de chaleur la parcourut. Le long T-shirt et le pantalon de survêtement trop grand pour elle qu'il lui avait prêté avaient suffi à la réchauffer pendant la nuit, quand Olivia lui volait les couvertures, mais maintenant… elle avait l'impression d'être nue tandis que son regard se promenait sur elle. Elle prit le plateau, le corps vibrant du désir, demeuré inassouvi, qui l'avait submergée la veille, juste avant qu'Olivia ne les surprenne en train de s'embrasser. Elle baissa les yeux, s'efforçant de se concentrer sur le contenu du plateau et non sur le fait qu'ils étaient présentement seuls, hors de vue de la petite fille. Des œufs, des gaufres et du bacon tiédissaient le plateau qu'elle avait toujours à la main. Tout ce dont elle raffolait au petit déjeuner.

— Il faut que je te dise : mon équipe n'a pas pu établir de lien entre les employés de Britland et cette affaire. Peut-être que le ravisseur d'Owen a simplement vu une occasion de cacher ce crâne sur le chantier et qu'il en aura tiré parti. Toujours est-il que, autorisation officielle ou pas, j'ai demandé à mes équipiers de passer le site au peigne fin. Ils trouveront peut-être quelque chose qui permettra de déboucher sur une identification, pour le cas où ce crâne ne referait jamais surface.

Benning secoua la tête avec une moue dubitative.

— Je ne sais pas. L'expertise balistique des douilles retrouvées à la cache n'a rien donné non plus.

Le regard d'Ana remonta vivement vers lui. Plus il s'attardait dans la chambre, plus sa tension intérieure s'accroissait et plus son parfum capiteux la grisait. Il pencha la tête sur le côté, un sourire étirant un coin de sa bouche. Cette bouche qu'elle avait embrassée avec passion moins de dix heures plus tôt et qu'elle rêvait d'embrasser encore. Son regard s'abaissa vers ses lèvres à cette évocation.

— L'agent Cantrell est passé ce matin pour me communiquer les dernières nouvelles, pendant que tu dormais. Je n'ai pas jugé utile de lui dire que tu avais passé la nuit, dans mon lit, à te disputer un coin de matelas avec une enfant de six ans.

Elle partit d'un petit rire, qui s'interrompit net dans une grimace de douleur. Elle se hâta de déposer le plateau au pied du lit de crainte de le lâcher.

— Ne me fais pas rire. Ça me fait trop mal.

Il accourut aussitôt.

— Voilà…

Du bras qu'il pouvait bouger, il l'aida à s'asseoir puis disparut dans la salle de bains pour en réémerger une seconde plus tard, un flacon d'antiseptique, un bandage et une boîte de compresses à la main.

— Il est temps de changer ton pansement.

— Waouh, tu étais fin prêt. Tu t'attendais à ce que je me fasse tirer dessus ou quoi ?

— Je vis avec deux sociopathes qui n'hésitent pas à courir à travers la maison avec des objets tranchants à la main, alors…

Posant le tout sur la table de chevet, il s'accroupit devant elle, le regard à hauteur de ses seins. De ses doigts légèrement râpeux, il écarta l'encolure du T-shirt et décolla son pansement souillé. Il tamponna délicatement les points de suture avec l'antiseptique pour en retirer le sang, chacun de ses gestes faisant battre plus vite le cœur d'Ana. Elle n'aurait eu qu'à tendre la main pour le toucher et… obtenir ce qu'elle désirait de toute son âme.

— Tu n'imagines pas le nombre de fois où j'ai dû soigner Owen parce qu'il s'était ouvert le genou ou l'arcade sourcilière sur cette satanée cheminée en briques, dans le bois. Mais rien à faire… Ça ne lui a jamais servi de leçon.

Elle se crispa malgré elle comme le tampon de gaze tirait sur ses points de suture.

— Désolé. Il faut nettoyer la plaie pour ne pas qu'elle s'infecte.

— Non, ça va, répondit-elle d'un ton bref.

Elle aurait voulu partir en courant, cacher le fait qu'elle n'était pas totalement maîtresse de ses réactions face à lui, mais elle n'avait nulle part où fuir. Elle aurait voulu être l'agent intrépide qui n'avait reculé devant rien pour les protéger, lui et ses enfants, celle qui avait tenu tête à un tueur impitoyable sans ciller, mais l'engourdissement généralisé et la distance mentale dus au puissant antalgique avaient commencé à se dissiper. Il avait rallumé la flamme en elle et, elle avait beau lutter, elle était en train de perdre la bataille. Physiquement. Mentalement. Émotionnellement. Serrant les dents, elle libéra l'air qu'elle avait retenu dans ses poumons le temps que la brûlure cuisante de l'antiseptique s'apaise et contempla le travail de Benning.

— Tu te débrouilles bien, dis-moi.

— Tu ne te débrouilles pas mal non plus quand il s'agit de te faire tirer dessus, rétorqua-t-il, une lueur dansant dans ses prunelles bleues.

Ses mains glissèrent le long de son corps jusqu'au bandage qui lui enveloppait le haut de la cuisse, traçant un chemin de feu sur sa peau.

— Et de recevoir des coups de couteau.

— Hé, attends un peu, protesta-t-elle. Entendons-nous bien : c'est la *baie vitrée* qui m'a fait ça. Je n'y suis pour rien.

Le sourire qu'il lui décocha acheva de dissoudre sa tension pour aller se loger droit dans son cœur. Il était toujours tellement soucieux des autres, toujours prêt à donner de sa personne. C'était dans sa nature. Il était prévenant, attentionné, bienveillant. En un mot, elle ne le méritait pas.

— Changerais-tu quoi que ce soit à tous ces tracas, si tu le pouvais ? Je veux dire, les appels de l'école, les passages à l'infirmerie scolaire, les miettes de biscuits dans le lit ?

— Non.

Après avoir retiré le pansement et désinfecté la plaie, il recouvrit celle-ci d'un pansement neuf. Mais, sa tâche terminée, il laissa la main sur sa jambe. En un clin d'œil, une tornade de sensations assaillit Ana. Il y eut un bref instant pendant lequel toute notion de peur l'abandonna et elle s'inclina vers lui, prête à terminer ce qu'ils avaient commencé la veille.

— Papa ? lança la voix flûtée d'Olivia depuis la porte.

— Nom d'un chien, pesta Benning à voix basse. Il faut vraiment que je pense à équiper cette gamine d'une clochette.

Il baissa la tête, ôta sa main de sa jambe et se retourna.

— Oui, ma puce, qu'y a-t-il ? Tu as encore faim ?

— C'est Owen... Il me manque, avoua-t-elle d'une petite voix.

La lumière du soleil qui entrait à flots par les fenêtres situées au-dessus des tables de chevet tombait droit sur la petite fille, soulignant les grosses larmes qui menaçaient de déborder de ses yeux. Ana sentit quelque chose céder subitement en elle. Quelque chose qu'elle ne s'était plus autorisé à éprouver à partir du moment où elle avait compris que sa petite sœur ne reviendrait jamais. Ana et ses frères avaient eu beau chercher et chercher encore, ils avaient dû se rendre à l'évidence : leur petite sœur avait disparu.

— Est-ce qu'il peut rentrer maintenant, papa ? S'il te plaît ?

En trois enjambées, Benning rejoignit sa fille et l'enveloppa dans ses bras solides, caressant ses cheveux comme elle blottissait son petit visage dans son cou.

— Tout va s'arranger, Liv. Owen rentrera bientôt, je te le promets. On travaille à le retrouver avec l'équipe d'Ana. Il sera de retour ici, à t'embêter, plus tôt que tu ne le penses.

Mal à l'aise, Ana focalisa son attention sur les vêtements qu'elle allait enfiler, consciente de n'avoir pas sa place dans ce moment d'intimité entre père et fille. Si facile qu'il lui ait été de retomber dans les vieilles habitudes, les plaisanteries, cette confortable familiarité, elle ne faisait pas partie de cette famille. Et elle n'en ferait jamais partie. Elle ne pouvait pas compromettre son travail. Ni par ses expériences passées ni par l'enfant de six ans qui avait enroulé ses bras autour d'elle en s'endormant la veille... et moins encore par l'homme qui prenait décidément trop de place dans ses pensées.

— Est-ce que le crâne que tu as mis dans la cheminée, dehors, pourrait aider à le trouver plus vite ? s'enquit Olivia.

Ana se retourna, le cœur battant.

— Qu'est-ce que tu as dit ?

Se reculant légèrement pour tenir sa fille à bout de bras, Benning essuya les larmes d'Olivia de ses pouces, puis la saisit par le haut des bras. Baissant le ton, il demanda :

— Olivia Kay Reeves, dis-moi que ce n'est pas toi qui as pris ce crâne.

Le petit visage d'Olivia se fripa comme un nouveau flot de larmes se répandait sur ses joues.

— Je voulais résoudre l'affaire. Je... Je l'ai apporté dans mon labo, confessa-t-elle en reniflant.

— Quel labo ? interrogea Ana en s'avançant d'un pas.

Benning laissa glisser ses mains le long des bras de sa fille comme il pivotait sur lui-même pour regarder Ana.

— Owen et elle se sont construit un fort à l'arrière de la maison. Olivia l'a baptisé le « labo » parce que c'est là qu'ils jouent à mener des enquêtes. Le crâne doit encore y être.

— C'est un sacré agent en herbe que tu as là, nota Ana.

— Je ne sais pas pourquoi, mais ça ne m'est pas d'un grand réconfort.

Dire que, pendant tout ce temps, le crâne avait été là, dans la cour, à portée de main. Enfin, il était *déjà* dans la cour auparavant, mais sa fille n'était pas supposée aller fourrager dans cette cheminée. Une boule lui comprima l'estomac. Cette histoire était un vrai cauchemar, et Olivia avait… Oh ! bon sang, elle avait fait ce que tout bon détective aurait fait en pareilles circonstances : elle avait préservé une importante pièce à conviction.

— Les enfants de six ans ne sont pas censés cacher des ossements humains, à l'insu de leurs parents, dans un fort, au fond du jardin.

Rappelés sur les lieux, les techniciens de l'identité judiciaire sortirent le crâne du fort que ses enfants avaient bâti, avec son concours, à l'aide de planches et de panneaux de lamellé OSB de récupération qu'il avait rapportés d'un chantier inspecté l'été précédent. Aux beaux jours, Owen et Olivia avaient passé un temps fou dans leur repaire, à tel point qu'il avait à plusieurs reprises dû se fâcher pour les en déloger à l'heure du dîner. Et à présent leur refuge adoré était lui aussi une scène de crime, entaché par cela même dont il avait voulu les protéger.

— Maintenant qu'on a le crâne, mon équipe va s'occuper de l'identification dentaire et de l'analyse des empreintes génétiques. Ça devrait nous renseigner sur l'heure et la cause du décès.

Ana enfonça les mains dans ses poches avant d'enchaîner :
— Tu sais, Benning, si Olivia ne l'avait pas déplacé, le tueur aurait mis la main dessus le premier et il l'aurait détruit. C'est l'identification de cette victime qui nous permettra de retrouver ton fils.

Elle avait raison, mais ses enfants et lui n'avaient-ils pas traversé assez d'épreuves ? Ils avaient été traqués, menacés, ils avaient frôlé la mort. Combien d'expériences traumatisantes devraient-ils encore subir avant que ce cauchemar prenne fin ? Ou que tout ce qu'il avait édifié ne se craquelle irrémédiablement… Olivia pouvait rêver de devenir criminologue autant qu'elle le voulait, mais il y avait une différence entre se repaître d'histoires de meurtres dans les romans policiers et voir le crime faire irruption dans la vraie vie – la sienne, de surcroît. Il ne voulait pas de ça pour sa fille… pas plus que pour la femme qui se tenait à son côté.

Quelle personne n'aurait pas été profondément affectée par un travail comme celui-ci ? À la seconde où cette question lui traversa l'esprit, Benning s'avisa qu'il connaissait la réponse et il comprit. Il sut pourquoi Ana s'était coupée de sa famille, de ses amis… De lui. C'était pour pouvoir affronter le spectacle répété de scènes de crime toutes plus épouvantables les unes que les autres. Elle avait eu *besoin* de ce détachement, de cette distance sans lesquels elle aurait pu mettre en danger ceux qui lui étaient chers. Personne ne pouvait vivre avec cette culpabilité chevillée au corps, cette peur au ventre perpétuelle – pas même elle.

— Comment fais-tu pour tenir ? Toute cette souffrance, toutes ces morts, le risque de mettre en péril ceux que tu aimes… Tu côtoies ces horreurs tous les jours dans ton travail alors que, moi qui n'y suis confronté que depuis quelques jours, je trouve ça insupportable.

Elle inspira à fond. Une fois… Deux fois.

— Tu sais aussi bien que moi qu'il y a un prix à payer.

Elle s'avança de quelques pas vers la scène de crime et se retourna vers lui, les joues et le bout du nez rougis par le froid.

— Tu es beaucoup plus solide que tu ne le crois, Benning. Si tes enfants sont encore en vie, c'est parce que tu t'es battu pour eux. Souviens-t'en la prochaine fois que tu douteras de toi.

N'empêche que c'était lui qui les avait mis en danger.

Une portière claqua depuis l'autre côté de la maison, et il se tourna pour voir un couple âgé, la tête couronnée de cheveux blancs, se diriger vers la porte d'entrée. Les parents de Lilly. Son regard se porta sur Olivia qui, carnet et crayon à la main, était assise sur la balancelle, dans l'extension du porche qu'il avait construite avec son père quelques années plus tôt. Il se revit, les berçant sur cette même banquette, Owen et elle, quand ils étaient bébés, leur jurant de toujours être là pour les protéger maintenant qu'ils n'étaient plus que trois. Pour la première fois, il avait échoué.

Comme il gravissait les marches pour la rejoindre, l'enthousiasme qu'il vit briller dans les yeux d'Olivia lui enserra le cœur aussi sûrement qu'un étau. Visiblement aux anges, elle regardait, captivée, les vrais enquêteurs et les vrais techniciens de scène de crime recueillir des preuves, prendre des notes, ranger les pièces à conviction dans des sachets en plastique. Il se passa la main sur le visage. Elle avait trouvé un crâne humain dans leur cheminée extérieure et s'en était emparée dans l'intention d'élucider l'affaire. *Seigneur.* Il allait devoir se pencher sérieusement sur ces romans qu'elle se plaisait tant à dévorer. C'était bien beau d'être précoce, mais il était en train de découvrir que cela pouvait se révéler dangereux.

— Liv, je voudrais que tu ailles dormir chez papy et mamie pendant que j'aiderai le FBI à rechercher ton frère. Je serai plus tranquille si je te sais en sécurité.

Entre Lilly et lui, ce n'avait jamais été le grand amour. En fait, ils s'étaient mariés afin de faciliter les choses aux enfants, lorsqu'ils seraient devenus grands. Mais il avait toujours apprécié et respecté ses parents. Ceux-ci adoraient leurs petits-enfants, et il avait toute confiance en leur capacité à prendre soin de sa fille au cas où... lui ne serait pas en mesure de le faire. Benning se mordit l'intérieur de la joue pour lutter contre l'appréhension qui le saisissait à cette idée.

Elle cessa de griffonner sur son calepin.

— Mais, moi, je veux rester ici, avec toi.

Il repoussa les longues mèches auburn de son visage et son cœur se déchira. Si seulement il était allé voir la police aussitôt après avoir trouvé ce crâne au lieu de rentrer chez lui parce que Owen ne se sentait pas bien ! Si seulement il avait pu neutraliser ce type qui s'était introduit chez lui... Si seulement il avait essayé de récupérer Ana sept ans plus tôt ! Sa vie n'était qu'une suite de mauvais choix, mais il ne se pardonnerait jamais d'avoir cédé à l'envie de garder sa fille près de lui si d'aventure il lui arrivait quelque chose.

— Je sais, mais tâche de voir le côté positif des choses : mamie a tout un stock de romans policiers que tu n'as pas lus.

La curiosité détourna l'attention d'Olivia de la scène de crime.

— Elle en a combien ?

— Elle m'a dit qu'elle en avait commandé une dizaine spécialement pour toi la semaine dernière.

Il cala un coude sur son genou et, d'un coup d'épaule, mit la balancelle en mouvement.

— Et j'aurai la permission de *tous* les lire ?

— J'ai dit à mamie que tu pourrais en lire autant que tu voudrais.

Mêlant ses doigts aux siens, il l'aida à descendre du siège qui oscillait d'avant en arrière, se releva et salua de la main les grands-parents.

Dix minutes plus tard, Olivia était installée à l'arrière de leur voiture, sur son rehausseur, le sac qu'il lui avait préparé posé sur la banquette, à côté d'elle.

— C'est juste pour deux ou trois jours, d'accord ?

— D'accord, dit-elle. Mais tu m'appelles ce soir, avant que j'aille me coucher, promis ?

— Promis, ma puce. À très bientôt, souffla-t-il en l'embrassant sur le sommet du crâne.

La voiture démarra dans une gerbe de neige à moitié fondue et, tandis qu'il la regardait s'éloigner, il vit le visage d'Olivia apparaître au centre de la lunette arrière comme elle se retournait pour agiter brièvement la main. Le cœur serré, il répondit à son salut. Owen lui avait été enlevé. Et, maintenant, il était obligé de se séparer d'Olivia pour la mettre à l'abri.

— Tu as pris la bonne décision.

Ana vint se poster à côté de lui, ses longs cheveux sombres volant dans le vent qui secouait les branches des arbres. Un frisson courut le long de son échine. Elle l'avait soutenu depuis le début de cette affaire. Sans jamais faillir, au péril de sa propre vie. En cet instant encore, alors qu'il regardait, la mort dans l'âme, la voiture de ses beaux-parents disparaître au bout de l'allée et reprendre la direction de Sevierville, elle était là. Elle avait *toujours* été là, d'ailleurs, puisqu'elle n'avait jamais quitté ses pensées.

Les doigts d'Ana s'enroulèrent autour de son coude.

— J'aurais dû l'envoyer chez ses grands-parents plus tôt, mais…

— L'idée de la perdre elle aussi t'était trop difficile ? acheva-t-elle à sa place. Je comprends.

Et ce, mieux qu'il ne pouvait l'imaginer, songea-t-elle à part soi en plongeant le nez sous le col relevé de son manteau et en enfonçant frileusement ses mains au fond de ses poches.

— Je pourrais te dire que ça se tassera avec le temps, mais ce serait mentir.

— On ne t'a jamais dit que tu avais le don de trouver les mots qui réconfortent ?

— Non.

— C'est normal.

Elle pouffa de rire, et ce son réussit le prodige de le ragaillardir quelque peu. Quittant le bout de l'allée des yeux, il tourna la tête vers elle. Il aimait son rire, la façon dont il s'étendait jusqu'à ses yeux, dont il étirait ses lèvres pulpeuses… Et cette capacité qu'il avait de le réchauffer instantanément de l'intérieur.

— Allez, viens. Nous avons quelques heures avant que le labo ne soit en mesure de faire parler ce crâne. Autant en profiter pour rattraper notre retard de sommeil. Ensuite, on examinera ensemble la liste des employés de Britland Construction, histoire d'être sûrs que nous ne sommes pas passés à côté de quelque chose.

Le regret d'avoir dû confier Olivia à ses grands-parents s'allégea un peu. Comment Ana réussissait-elle, malgré les circonstances, à lui faire garder les pieds sur terre, à l'empêcher de perdre son sang-froid ? S'il n'avait pas demandé qu'elle soit chargée de l'enquête, n'aurait-il pas fini par craquer ? Le tueur ne serait-il pas parvenu à ses fins ? Ne seraient-ils pas, tous les trois, à sa merci en cet instant ? La réponse était toute trouvée. Sans Ana, il aurait tout perdu.

— Je t'avais prévenue que dormir avec Olivia ne serait pas de tout repos, répondit-il. Vous connaissiez les risques, agent Ramirez.

— Tout à fait mais, je te l'ai dit, je n'arrive pas à lui résister.

Benning glissa sa main dans la sienne comme elle rebroussait chemin en claudiquant dans la neige pour rentrer dans la maison.

— Attends qu'elle te supplie de la laisser conduire ton SUV... Les arguments te viendront tout seuls.

11

Ce serait une vraie avancée pour l'enquête si l'identité du ravisseur d'Owen Reeves était découverte. Ana se pencha pour examiner de plus près la breloque sur les photos officielles de la scène de crime. Benning et elle avaient veillé une partie de la nuit pour étudier la liste des employés de Britland Construction sans que rien n'accroche leur attention. Personne n'avait eu maille à partir avec la justice, hormis pour une banale infraction routière, personne n'était sérieusement endetté ni ne semblait avoir de lien avec l'affaire Samantha Perry. Apparemment, en dépit de ses négligences coupables et du crâne trouvé par Benning dans un mur de ce chantier, la société n'engageait que des collaborateurs fiables, au-dessus de tout soupçon.

Elle avait réécouté les enregistrements de tous les interrogatoires menés par son partenaire et elle dans l'affaire Samantha Perry, en avait recherché les transcriptions, avait lu et relu le dossier jusqu'à ce que les lignes noires se brouillent devant ses yeux. Pembrook lui avait confirmé que la meilleure amie de Samantha, Claire Winston, servait présentement sous les drapeaux en Afghanistan et qu'elle portait toujours, lorsqu'elle était en permission, l'un des deux bracelets que les adolescentes avaient achetés en gage d'amitié. La breloque retrouvée ici devait forcément appartenir à la jeune fille qu'elle n'avait pas pu sauver, celle dont la mort avait fait basculer sa vie. Il ne pouvait *pas* en être autrement ; la coïncidence aurait été trop grande. Soupirant, Ana releva les yeux.

— Je suis sûre qu'un indice doit se cacher quelque part, dans ces dossiers, soupira-t-elle en luttant pour garder les yeux ouverts.

Mais ce n'était pas le moment de dormir. Le délai de vingt-quatre heures était expiré. Ils auraient dû avoir une piste maintenant. Et ce *bastardo* qui avait enlevé le fils de Benning aurait dû appeler, reprendre contact. Mais non… Rien. Des larmes de dépit lui brûlèrent les yeux. Ce sentiment de défaite qu'elle ne connaissait que trop bien commençait à la rattraper. Il fallait absolument qu'elle retrouve Owen, qu'elle retrouve le petit garçon de la photo qui avait aligné ces carottes, telles des quilles, sur le plan de travail de la cuisine parce que, sinon… Eh bien, sinon, l'homme qui avait réussi à percer sa carapace et à reconquérir son cœur ne s'en remettrait pas. Et elle le perdrait définitivement.

À cette pensée, son être tout entier se révolta. Elle était parfaitement immobile, mais son cœur cognait à toute force dans sa poitrine. Trois jours. C'était tout ce qu'il avait fallu pour que Benning reprenne la place qu'il avait occupée quand elle avait reçu cet appel l'informant que le corps de Samantha Perry avait été retrouvé. L'appel qui avait tout changé. Avec le recul, elle se rendait compte qu'elle s'était laissé trop investir émotionnellement, ce qui était l'erreur à ne pas commettre dans son métier – et cela l'avait complètement aveuglée, avait faussé son jugement.

Revenant à l'instant présent, mue par la rage et la frustration, elle repoussa d'un geste un peu trop vif les piles de documents sur le côté de l'îlot central de la cuisine, ce qui tira douloureusement sur les points de suture de son côté. Retenant un cri, elle se cramponna au bord de l'îlot, le temps que le feu s'apaise.

Des mains puissantes glissèrent le long de son épine dorsale et elle se retourna pour repousser Benning, mais ses bras l'encerclèrent, la pressant contre la muraille de son torse. Non. Elle ne pouvait pas craquer… Pas devant lui. La blessure par balle de son épaule se rebella comme elle tentait de se dégager, mais il resserra son étreinte et les larmes jaillirent. Elle agrippa son T-shirt, secouée de sanglots.

— Qu'est-ce qui m'échappe ?

Benning la contempla, sans une once de reproche ni de colère dans le regard, seulement de la sympathie. Et, tout à coup, l'agent impassible qu'elle avait tellement voulu être se désagréga là, au beau milieu de la cuisine. La souffrance, le sentiment de perte, le chagrin, la colère... Tout ce qu'elle s'était imposé jour après jour pendant tout ce temps resurgit d'un coup, brisant l'armure qu'elle s'était construite. Des ruisseaux de larmes inondèrent ses joues comme la vérité qu'elle avait refusé d'affronter pendant si longtemps lui apparaissait.

— Je n'ai pas pu les sauver... Ni ma sœur ni Samantha. J'ai échoué.

— Tu as fait ton possible, Ana, c'est ce qui compte.

Ployant les genoux, il la souleva contre lui. Elle s'aperçut alors qu'il ne portait pas l'écharpe qui soutenait son épaule blessée, ce qui risquait d'aggraver les dégâts, mais son attention tout entière était focalisée sur elle. Comme toujours. Elle vit défiler les murs du couloir tandis qu'il l'emportait vers sa chambre, tout au fond. Il l'étendit doucement sur le lit, puis ses mains se portèrent à ses bottes et les lui retirèrent. Lentement, avec précaution. Comme si elle était en porcelaine. Quelqu'un avait-il jamais pris autant soin d'elle ? Le matelas s'enfonça comme il venait s'allonger à son côté, le regard perdu dans le sien.

— Tu as passé ta vie à vouloir sauver tout le monde. Mais qui sera là pour toi le jour où tu en auras besoin ?

Elle ne sut que répondre, que penser. La Division criminelle tactique – JC, Evan, Smitty, Davis... tous – avait été l'une des principales composantes de sa vie depuis que Jill Pembrook avait demandé sa réaffectation à la DCT, mais il existait des pans entiers de sa vie qu'elle avait cachés à son équipe. À ses parents, ses trois frères, aux amis qu'elle ne voyait plus. Il aurait suffi d'un signe de sa part pour qu'ils accourent. Mais comment aurait-elle pu solliciter leur aide après la façon dont elle s'était comportée ? Du bout de ses doigts rugueux,

Benning suivit la ligne de sa mâchoire et elle s'avisa que, de tous, c'était sans doute lui qui la connaissait le mieux. Mieux, probablement, qu'elle ne se connaissait elle-même. Mieux que personne.

S'inclinant vers elle, il pressa sa bouche sur son front tandis que les doigts d'Ana s'enroulaient autour de son poignet, l'attirant à elle en une invite sans équivoque. Elle ferma les yeux pour mieux savourer le contact de ses doigts sur sa peau, s'enivrer de son parfum de pin et de grand air.

De son front, il glissa jusqu'à sa tempe, qu'il couvrit de tendres baisers avant de descendre vers son oreille, sa mâchoire, sa barbe chatouillant la peau sensible de sa joue, et un tressaillement la parcourut.

— Laisse-moi être celui qui sera toujours là pour toi, Ana. Dis-moi ce que tu veux. Sans réfléchir. Ce que tu veux vraiment… Là, tout de suite.

La réponse vibra sur ses lèvres, mais elle n'eut pas le courage de la formuler. Rouvrant les yeux, elle posa ses deux mains en coupe sur ses joues et approcha son visage du sien. Elle l'embrassa avec une ferveur presque désespérée, la danse endiablée de sa langue cherchant la sienne trahissant l'urgence qui l'habitait. Elle avait l'impression de retrouver sa source d'oxygène après une longue, une interminable apnée. En cet instant, le monde entier se résumait à cet homme. Il n'y avait plus que lui. Ses faiblesses, le manque de preuves, la nuit où elle était partie… Rien de tout cela n'existait plus dans la bulle qu'ils s'étaient créée. Elle le désirait de toute son âme, et plus rien d'autre ne comptait…

Étendant son bras blessé de l'autre côté de sa tête, il remonta de sa main valide le bas de son T-shirt. Des yeux, plus bleus que le ciel lui-même, se promenèrent sur sa peau dénudée et chacune des fibres de son être se mit à palpiter d'anticipation.

— Tu es la femme la plus forte, la plus dévouée et la plus belle que j'ai jamais connue et tu mérites quelqu'un qui te traite comme la reine que tu es. Quelqu'un qui fasse passer tes besoins avant tout le reste et te rende heureuse pour le restant de tes jours.

— Ce quelqu'un, c'est toi.

Les mots étaient sortis tout seuls mais, après tout, quelle importance puisque c'était la vérité ? Les trois mois d'intense passion qu'ils avaient vécus sept ans plus tôt avaient été les meilleurs de toute sa vie... jusqu'à maintenant. Après ces quelques jours passés à son côté, elle avait pu voir quel père attentionné il était pour son étonnante petite fille et à quel point il était soucieux de protéger ses enfants. Et cela avait remué quelque chose de très profondément enfoui en elle. Lui avait ouvert un champ des possibles qu'elle n'avait jamais osé envisager jusqu'alors. Lui avait redonné espoir.

Un lent sourire étira les lèvres de Benning.

— Moi aussi, je suis heureux auprès de toi.

Traçant de ses ongles un chemin dans sa barbe, elle tendit la bouche vers la sienne. Ce que ces aveux mutuels signifiaient pour le futur, si tant est qu'ils en aient un, Ana n'en savait rien, mais un courant d'excitation la parcourut tandis qu'elle se promettait de le découvrir tout en faisant taire la peur que cette perspective suscitait. Elle avait consacré sa carrière à sauver le plus de victimes de violences possible, y avait engagé tout son cœur, toute son énergie, n'hésitant jamais à mettre sa vie entière sur pause pour leur donner une chance de vivre la leur, mais peut-être s'était-elle suffisamment sacrifiée pour racheter ses fautes passées, désormais... Peut-être était-il temps pour elle aussi de saisir la chance que la vie lui offrait ? Avec lui. Avec Owen et Olivia.

— Nous avons la maison toute à nous, nota-t-elle.

— Figure-toi que je ne pense qu'à ça depuis que nous avons fini d'éplucher le registre du personnel de Britland Construction.

L'intonation enjôleuse de sa voix, subitement plus grave, fit courir un délicieux frisson le long de son échine. La soulevant du lit, il l'entraîna vers la salle de bains attenante. Le carrelage gris d'aspect bois se prolongeait jusque dans une grande douche à l'italienne adossée à un mur en parement de pierres. Benning tourna les robinets des deux grandes têtes de douche à effet pluie puis, s'étant rapidement débarrassé de ses vêtements, il se tourna vers elle. Une flamme prédatrice scintillait dans ses yeux. Il était là, tout à elle. Les ombres que sculptait sur son abdomen le vallonnement de ses muscles lui donnèrent l'eau à la bouche.

— Il y a sept ans que j'attends ce moment.

Prenant soin de ne pas réveiller la douleur de ses côtes et de son épaule, il l'aida en douceur à retirer son T-shirt puis il l'entraîna, encore à moitié habillée, sous le jet d'eau. Prise de court, elle rit, repoussant ses mèches mouillées de son visage.

— Tu ne pouvais pas patienter cinq secondes de plus ?

Il étouffa ses paroles de ses lèvres, plaquant lascivement son corps contre le sien.

— Pas quand c'est toi que j'attends, non.

Le sommeil le fuyait. Il ne parvenait pas à détacher ses yeux d'elle. Cette femme merveilleusement belle, intelligente, sûre d'elle, qui était entrée et sortie de sa vie. Mais il ne la laisserait pas partir, cette fois. Il la revit pourchassant Olivia, de la pâte à cookies plein sa cuillère, acceptant de bonne grâce de partager son lit avec sa fille en sandwich entre eux deux, murmurant son nom tandis qu'il redécouvrait son corps, hier soir, dans l'intimité de la douche… C'était comme si elle faisait déjà partie de leurs vies et, bon sang, non, il ne la perdrait pas une nouvelle fois.

L'ombre de ses longs cils dessinait des pointes sur ses joues, mais un changement dans le rythme de sa respiration attira son regard plus bas sur la bande de peau mate et sans défaut qui dépassait du drap.

— Je sais que tu es en train de me regarder. Je le sens.

Un élancement douloureux fusa dans le haut de son bras, au niveau du deltoïde, et il s'avisa qu'il avait pris appui sur le mauvais coude sans même s'en rendre compte pour le seul plaisir de la voir.

— Est-ce que tous les agents apprennent à développer un sixième sens à Quantico ou bien c'est juste toi ?

— Inutile de flirter avec moi…

Les yeux noisette pailletés de vert s'ouvrirent pour se planter droit dans les siens. Calant son coude sur l'oreiller, face à lui, elle posa sa tête sur la paume de sa main. Et la femme qui avait hanté ses pensées lui apparut plus belle, plus fascinante que jamais.

— Tu m'as déjà séduite par tes appas et ton sex-appeal.

— Ah bon, ça ne tenait qu'à ça ? rétorqua-t-il sans pouvoir se retenir de rire. Ça alors… Dommage que je ne l'aie pas su plus tôt… Ça m'aurait épargné bien des déboires et évité de perdre du temps. Mais, attention, les miettes de biscuit gratuites dans le lit et la douche à jet de pluie sont en option.

Passant la main sur son torse musclé, elle se blottit contre lui, effleurant brièvement sa bouche avant de plonger la tête sous le drap où elle déposa un chapelet de baisers le long des reliefs de ses muscles. Le désir le harponna, plus brûlant que jamais, et il s'attendit presque à ce que sa fille vienne subitement interrompre la magie du moment, mais le chalet demeura silencieux.

— Je commence à regretter que nous ayons perdu autant de temps…

Il ferma les yeux.

— Tu sais, je…

Le téléphone d'Ana vibra sur la table de chevet, et elle posa le front contre sa poitrine. La réalité reprenait le pas sur le monde à part qu'ils s'étaient fabriqué depuis le moment-charnière de la veille où, au beau milieu de sa cuisine, il l'avait vue affronter enfin le passé, et il se sentit soudain coupable. À quoi bon se mentir ? Il avait eu besoin de penser à autre chose, de détourner son esprit de l'angoisse obsédante de ne jamais revoir son fils, et, s'il ne regrettait rien de ce qui s'était passé entre eux, ils ne pouvaient ni l'un ni l'autre ignorer plus longtemps leurs devoirs respectifs. Il voulait revoir son fils, et elle devait retrouver le salaud qui le lui avait enlevé.

Elle saisit l'appareil juste au moment où il allait basculer de la table et le porta à son oreille.

— Ramirez.

Se glissant hors des draps, Benning attrapa ses vêtements. Il n'entendait pas la voix de l'interlocuteur d'Ana mais, si celui-ci avait du nouveau concernant le lieu de détention de son fils, elle s'arrangerait pour le lui faire comprendre.

— Tu es sûr ?

Elle pâlit. Son regard se porta sur Benning, et il se raidit. Coinçant l'appareil entre sa joue et son épaule, Ana entreprit de s'habiller à la hâte.

— J'arrive. Demande à la directrice de réessayer de joindre Claire Winston. Je veux qu'elle soit localisée. Immédiatement.

Figé sur place, il la regarda raccrocher, sentant les cheveux se dresser sur sa nuque. Il se passait quelque chose.

— C'était Evan… l'agent Duran. En cherchant à identifier le propriétaire du crâne, le labo a découvert, grâce aux rayons X, que quelque chose avait été coincé entre les dents de la victime.

— Comment ça, « avait été coincé » ?

Qu'est-ce que ça signifiait ? Que quelque chose avait été intentionnellement logé entre ses dents ? Placé de force ? Le ventre noué par l'appréhension, il demanda en la regardant enfiler en toute hâte ses vêtements :

— Qu'est-ce que c'était ?

— Une breloque représentant l'emblème de la justice, en tout point identique à celle qu'on a retrouvée chez toi quand l'équipe scientifique a retiré les restes de Jo West de la cheminée. Donc, maintenant, on a les breloques des deux bracelets. Celle qui appartenait à Samantha et l'autre…

— Celle de sa meilleure amie, Claire Winston.

Bon sang, étaient-ils sur le point de découvrir un autre cadavre ? Les heures qui venaient de s'écouler s'évaporèrent comme si elles n'avaient jamais eu lieu. Benning s'assit au bord du lit, terrassé par la nouvelle.

— C'est pour ça que tu veux que Claire soit retrouvée. Tu

crains qu'elle ne soit une nouvelle victime. Je croyais que ta supérieure avait confirmé sa présence en Afghanistan ?

— Oui, mais on ne sait jamais. Quelqu'un pourrait s'être fait passer pour elle. L'armée ne fait pas toujours preuve de transparence lorsqu'un de ses soldats est porté disparu.

Mais ça n'avait pas de sens. Si la meilleure amie de lycée de Samantha Perry avait été dans le collimateur du tueur, comment aurait-elle su qu'il lui fallait cacher l'endroit où elle se trouvait ? Benning se releva, tous ses instincts en alerte.

— Ils ont trouvé à qui appartient le crâne, n'est-ce pas ?

— Oui, admit-elle, les dents serrées. Ils ont pu établir que l'ADN de la moelle épinière et des dents était celui de Harold Wood.

Il la contempla, pétrifié. Wood, le meurtrier de Samantha. La bouche sèche, il demanda :

— Tu penses que Claire pourrait être mêlée au kidnapping d'Owen ?

— Elle aurait pu vouloir venger la mort de sa meilleure amie. J'ai vu des gens tuer pour bien moins que ça, tu sais. Le fait qu'on ait placé la même breloque que celle que portait aussi Samantha dans la bouche de son assassin indique un mobile personnel. C'est un message, et il est possible que Claire en soit l'auteur.

La voix d'Ana s'abaissa comme l'agent, en elle, reprenait le dessus.

— Mais, si c'est bien Claire Winston qui est derrière tout ça, elle ne travaille pas seule. L'agresseur du chalet était un homme. Très entraîné, peut-être un ancien militaire. Elle disposait d'un large éventail de choix, ne serait-ce que parmi les membres de son unité. Elle aura peut-être réussi à en convaincre un de l'aider à rendre justice à Samantha.

— OK. Donc, Claire tue Harold Wood, cache son corps, ou ce qu'il en reste, sur le site de construction et je tombe sur le crâne. Elle sait que la breloque la désignera comme coupable s'il est retrouvé.

Il se leva, la tension raidissant ses épaules comme les pièces du puzzle commençaient à se mettre en place.

— C'est pour ça que mon fils a été kidnappé ? Parce qu'elle ne veut pas être inculpée du meurtre de l'assassin de sa meilleure amie ?

— Pour l'instant, tout ceci n'est que pure hypothèse, Benning, rappela Ana en se saisissant du sac noir qu'elle gardait toujours à portée de main.

Elle en sortit une boîte de munitions qu'elle posa sur le lit et se mit en devoir de recharger sa nouvelle arme de service. Elle était nettement plus à l'aise que lui avec les armes à feu, Dieu merci. En cet instant, il ne pouvait que s'en féliciter.

— Il faut aller chez Claire. On y trouvera peut-être une preuve de son implication. Mais le temps presse. Maintenant que le crâne a été identifié, celui ou celle qui a enlevé ton fils va tout faire pour nous empêcher de relier la mort de Wood à sa personne.

Benning la regardait faire, stupéfié par l'adresse et la rapidité avec lesquelles elle était capable d'assembler son arme et de la ranger dans son holster, en dépit de l'attelle qui immobilisait son index fracturé. Le souffle soudain suspendu, il s'avisa qu'il aimait éperdument cette femme. Il aimait l'agent intrépide et dangereux qui avait tenu tête à un tueur pour les protéger, sa fille et lui. Il aimait la femme vulnérable qui avait tant de mal à se pardonner ses échecs passés, même si elle s'obstinait à vouloir dissimuler cette facette plus humaine d'elle-même. Oui, il l'aimait. Il l'avait toujours aimée.

— Ana, attends, dit-il, faisant le tour du lit pour la rejoindre.

Il lui avait déjà dit la vérité – son incompréhension et sa souffrance quand elle était partie, son mariage avec Lilly, les enfants qu'ils avaient eus et décidé d'élever ensemble malgré leur incompatibilité conjugale. Il lui avait déjà avoué que son cœur avait toujours été ailleurs. Mais, désormais, quelque chose, au plus profond de lui, sentait confusément que ce qu'il éprouvait là était authentique, et un sentiment d'absolue certitude l'envahit. Il voulait Ana Sofia Ramirez. Il voulait qu'elle fasse partie de sa vie, de celle de ses enfants. Qu'elle soit là, toujours, y compris dans les moments difficiles, comme quand elle baissait sa garde ou qu'elle essayait de le tenir à distance. Et tant pis si cela devait le faire souffrir. L'aimer serait facile. Pour le reste, eh bien, ils trouveraient ensemble le moyen de surmonter les difficultés. Comme une famille. Mais il devait aussi penser à protéger ses enfants.

— Il y a quelque chose que je dois te dire, d'abord.

Son estomac se contracta. Accepterait-elle la responsabilité d'être en couple avec un homme déjà père de deux enfants ? Elle s'était bien entendue avec sa fille parce que celle-ci était obnubilée par la criminologie et admirative du métier d'Ana, mais elle ne connaissait pas Owen. Comment ses enfants accueilleraient-ils l'idée qu'elle vienne vivre avec eux ? Ne la verraient-ils pas comme une simple doublure, le substitut de ce qu'ils avaient perdu en venant au monde ? Son travail ne ferait-il pas courir un risque à Owen et Olivia ? Et, surtout, ne se détacherait-elle pas d'eux si une affaire venait à mal tourner, comme elle l'avait fait avec lui sept ans auparavant ? Il était certain que ce qu'ils avaient partagé n'était pas seulement physique pour elle non plus, mais…

— Benning ? Je t'écoute, dit-elle en lui tendant son arme de secours, qu'elle avait également préparée à son intention.

Prenant son courage à deux mains, il se lança :

— Je veux que tu restes ici quand nous aurons récupéré Owen. Avec moi. Avec nous.

Il vit ses yeux s'arrondir, sa légendaire maîtrise de soi lui faisant tout à coup défaut, et son cœur tressauta dans sa cage thoracique à la vue de l'émotion pure qui se peignait sur ses traits. Elle laissa retomber son bras le long du corps, l'arme pendant au bout, dans sa main.

— Benning, je… Je ne sais pas quoi dire.

— Eh bien, tu n'as qu'à dire que tu t'es enfin pardonné et que tu en as fait assez. Que tu as sauvé assez de vies pour compenser celles qui n'ont pas pu l'être par le passé.

Sa voix s'affermit comme il se sentait plus sûr de lui qu'il ne l'avait jamais été.

— Tu as le droit d'être heureuse auprès de quelqu'un qui t'aime.

Il prit sa main libre dans la sienne.

— Je t'aime, Ana, et je veux vivre avec toi. Je veux que tu sois là pour Owen et Olivia, que tu fasses partie de notre vie au quotidien. Que tu répondes aux appels de l'école, que tu participes à leur éducation, que tu les aides dans leurs devoirs, mais… Il y a une chose…

Il baissa la tête, conscient de ce qu'il s'apprêtait à dire. Elle avait déjà tant fait pour lui et ses enfants. Comment pouvait-il lui demander davantage ?

Du pouce, il caressa la tranche de sa main.

— J'ai besoin de savoir que tu ne feras jamais à mes enfants ce que tu m'as fait, à moi. Que tu ne partiras pas du jour au lendemain, sans prévenir, si tu venais à perdre une victime au cours d'une affaire.

Il s'obligea à la regarder en face. Son insécurité, son anxiété, le besoin de savoir qu'il avait son soutien, tout cela remonta à la surface comme s'il était encore l'homme qui venait de découvrir que la femme avec qui il vivait une folle passion avait demandé sa mutation à Washington.

L'air se bloqua dans sa gorge.

— Je te demande de quitter la Division criminelle tactique.

Elle retint son souffle, sa main tremblant dans la sienne. Les secondes s'égrenèrent, interminables. Une minute passa avant qu'elle n'ouvre la bouche. Elle dégagea sa main et se raidit, sa garde invisible de nouveau en place.

— Tu m'aimes, mais tu veux que je choisisse entre toi et tes enfants et mon devoir, qui est de sauver des vies.

— J'ai conscience que c'est beaucoup demander et que ce n'est pas un choix facile pour toi, mais je dois aussi penser à Owen et Olivia. Je n'ai pas pu empêcher qu'ils soient enlevés, mais je ne les soumettrai pas à une nouvelle épreuve si je peux la prévenir.

Benning vit que sa décision était prise à la soudaine froideur de son expression. La chaleur qu'elle avait fait courir dans ses veines se changea en glace.

— Tu sais pourquoi je fais ce travail, pourquoi il me tient tellement à cœur. Je ne peux pas y renoncer, Benning.

Elle recula d'un pas, et il sentit le monde vaciller sous ses pieds. Entre la DCT et lui et les jumeaux, sa préférence allait à son travail. Elle le quittait. Une nouvelle fois.

— Je suis désolée.

Il hocha la tête, sans trop savoir à quoi il donnait son assentiment, mais là n'était pas l'important. Il lui prit des mains l'arme qu'elle lui avait destinée. Ils avaient une piste, et l'heure n'était pas à se morfondre sur des rêves chimériques et des projections d'avenir fumeuses.

— Alors, je crois que tout est dit, dans ce cas. Quand cette affaire sera terminée, tu rentreras à Knoxville et moi… Eh bien, je pourrai peut-être enfin aller de l'avant.

Il marcha d'un pas résolu vers la porte de la chambre, les muscles de sa mâchoire lui faisant mal tant il serrait les dents. Owen était toujours retenu prisonnier quelque part, et Benning n'aurait de cesse de le retrouver. Avec ou sans Ana.

12

Une large bande de terrain herbeux les séparait de Maplewood Circle. Au signal d'Ana, l'équipe d'assaut du département de police de Sevierville prit position du côté est de la maison tandis que les agents JC Cantrell et Evan Duran traversaient un petit bois pour venir se placer près de la façade opposée. Pas de voiture dans l'allée, pas la moindre indication que Claire Winston n'était pas en Afghanistan avec son unité, mais cela ne signifiait pas pour autant que quelqu'un n'attendait pas son heure, embusqué quelque part – à l'intérieur ou au-dehors.

Le bruit de fond des parasites résonnant dans l'oreillette, Ana s'avança d'un pas déterminé, faisant fi de la douleur de sa cuisse. Elle avait laissé Benning dans le SUV sous la protection d'un officier armé, mais le savoir à l'autre bout de cet émetteur n'en était pas moins déstabilisant. Dire qu'il avait osé mettre en balance lui et ses enfants et son métier ! Comment avait-il pu ? Il n'avait pas le droit de lui demander un tel sacrifice. Sept années durant, elle s'était escrimée à réparer ses fautes passées. Alors, tout lâcher d'un claquement de doigts, pour l'amour de lui ? Oublier tous ceux qui avaient besoin de son aide ?

Elle se força à revenir au moment présent. Quoi qu'il puisse arriver, il serait sous bonne garde, en sécurité. La douleur se réveilla au niveau de sa clavicule comme elle épaulait son fusil, mais ce n'était pas deux balles et un morceau de verre cassé qui allaient l'empêcher de retrouver le fils de Benning.

Le gravier crissa sous les pas de ses équipiers, derrière elle, comme ils émergeaient des arbres.

— La suspecte est formée à l'utilisation d'armes à feu et entraînée au combat et elle possède un Beretta M9 calibre .45 enregistré à son nom.

— Reçu cinq sur cinq, Ramirez, dit JC.

JC et Evan avaient tous deux à leur actif une solide formation militaire. S'il était deux membres de la DCT qui avaient leur place ici, c'était bien eux, mais Ana n'en sentit pas moins la tension grandir en elle tandis qu'ils approchaient de la porte arrière de la maison. Les lattes de séquoia grincèrent sous leur poids comme une bourrasque balayait la partie du patio comprise entre la porte et la balustrade. Ana éleva la main pour stopper l'avancée de ses partenaires. La balustrade se dressait entre leur petit groupe et l'équipe d'assaut, positionnée derrière l'angle arrière est de la maison, faisant obstacle à une intervention immédiate des renforts, et tous ses instincts lui criaient de rebrousser chemin, mais la vie d'Owen était en jeu. Elle n'avait pas le choix. Du menton, elle désigna l'accès arrière de la maison.

— Enfoncez la porte.

L'agent Evan Duran s'avança et testa la poignée. Secouant la tête, il épaula son fusil et, d'un grand coup de talon, fit sauter la serrure. Le battant alla cogner contre le mur. Silence. Pas de sirène d'alarme. Pas de riposte. Rien que les ténèbres qui les attendaient de l'autre côté. Peut-être Claire Winston était-elle vraiment sur le théâtre d'opérations, en Afghanistan, mais elle devait en avoir le cœur net. Le crâne de l'assassin de Samantha Perry n'était pas venu tout seul sur ce chantier, et la seule personne qui avait une bonne raison de ne pas vouloir qu'on le découvre était Claire.

Ana donna le signal de l'assaut. Elle entra dans la maison fermant la marche derrière son équipe. Il lui fallut quelques secondes pour que ses yeux s'accommodent à la pénombre mais, de toute évidence, l'endroit était inhabité depuis un bon moment. Une odeur de renfermé la saisit à la gorge en même temps que des particules de poussière dansaient devant son visage. Elle passa le doigt sur la table de la cuisine, traçant un chemin sur la fine couche de poussière qui la recouvrait.

— Ana ? Ça va ?

La voix de Benning transperça le silence seulement rompu par le battement régulier de son cœur dans l'écouteur. Instantanément, le souvenir de leurs ébats passionnés, de son parfum de pin et de savon, de toutes les promesses muettes qu'elle avait lues dans ses yeux accapara ses pensées, et elle sut.

Malgré tous ses efforts, elle n'avait pas su conserver son objectivité professionnelle et elle serait incapable de revenir en arrière, cette fois. Elle s'était prise d'amour pour lui et sa courageuse petite fille et, désormais, elle ne pourrait plus vivre le restant de ses jours comme le fantôme vengeur qu'elle était devenue. Mais ce qu'il lui demandait, c'était de sacrifier la seule chose qui lui avait permis de tenir la culpabilité à distance pendant toutes ces années. La seule chose qui pouvait la conduire à la rédemption.

— Ana ? répéta la voix, teintée d'inquiétude.

Sa gorge se serra. Non… Elle ne pouvait pas compromettre d'autres vies pour son bénéfice personnel. Elle retira l'oreillette, la jeta par terre et coupa la connexion d'un coup de talon.

JC et Evan s'étaient postés de part et d'autre de la porte menant au sous-sol, attendant son signal.

Ana éleva son arme. La disparition de sa petite sœur – et le trou béant que ce drame avait laissé en elle – avait pesé sur elle sa vie durant. Elle avait vu ce que ce tragique événement avait fait à sa famille, à ses frères qui, tous, avaient juré de découvrir la vérité, à ses parents qui n'avaient pas pu continuer à vivre dans la ville qu'ils aimaient. Toute cette souffrance, cet inconsolable chagrin étaient d'un seul coup remontés à la surface la nuit où son ancien partenaire l'avait appelée pour la prévenir que le corps sans vie de Samantha Perry avait été retrouvé au fond de cette ruelle sordide, et elle avait laissé le trou béant se transformer en gouffre sans fond. À ceci près qu'aujourd'hui il ne lui paraissait plus aussi vide, plus aussi profond. Et tout le mérite en revenait à Benning, à cette façon qu'il avait de la convaincre à coups d'arguments tous plus valides les uns que les autres qu'elle méritait une autre vie. Qu'elle méritait d'être enfin heureuse, pour une fois dans sa vie. Secouant la tête, elle s'arracha résolument à ses pensées.

— Allez, les gars. Prêts ? On a un petit garçon de six ans, retenu en otage quelque part, qui n'attend que nous pour retrouver son père.

— À ton signal, répliqua d'un ton bref JC, la main sur la poignée.

Elle prit une grande inspiration.

— On y va !

La porte s'ouvrit, et ils s'engouffrèrent à la file indienne dans la cage d'escalier, leurs bottes résonnant sur les marches en béton brut. Parvenus en bas, passant devant un lot de planches calées contre le mur, sur leur droite, ils entrèrent dans la cave enterrée qui servait manifestement de chambre froide naturelle pour stocker boîtes de conserve, paquets de farine, pots de confiture et autres denrées alimentaires.

Orientant le canon de son arme vers le plafond, elle actionna l'intensificateur de lumière puis balaya les conduits et câbles qui surplombaient leurs têtes. Écartant les toiles d'araignée, ils longèrent ce qui aurait été un couloir si le sous-sol, en travaux, avait été terminé et débouchèrent dans un espace vide. Par un unique fenestron, la lumière extérieure tombait sur le sol de béton fissuré, en partie recouvert d'un grand morceau de moquette. À ceci près que celle-ci s'enfonçait en son centre comme si elle ne reposait pas sur une surface uniformément plane. Intriguée, Ana orienta le faisceau de lumière vers le sol et en souleva un coin.

— Je crois qu'on a quelque chose par ici.

Deux autres rayons lumineux se braquèrent sur l'endroit qu'elle indiquait comme JC et Evan la rejoignaient. S'accroupissant, elle tira d'un coup sur la carpette… et se figea. Une cavité d'environ deux mètres de long avait été creusée dans les fondations. Au fond, reposait un grand sac en plastique barbouillé de taches brunes. Des mouches s'envolèrent, passant en bourdonnant près de son oreille, et une odeur douceâtre emplit l'air, chassant le parfum de pin de ses narines. Le plastique n'était plus assez transparent pour qu'elle puisse clairement voir à travers, mais elle devinait sans peine la nature de son contenu. Ana se couvrit la bouche du dos de la main, l'estomac retourné par la nausée.

— Nom d'un chien, mais qu'est-ce que c'est que ça ? gronda Evan.

— Les restes du corps de Harold Wood, si tu veux mon avis, répondit Ana, la voix étouffée par sa main.

Mais pourquoi avoir séparé la tête du corps ? Et pourquoi l'avoir retirée de cette fosse après tout ce temps ?

— On va les faire examiner par les techniciens du labo, mais d'abord il faut qu'on finisse de sécuriser les lieux. Remontons.

— Pas la peine de me le dire deux fois, marmonna JC, le bras devant la bouche, en se dirigeant vers l'escalier, Evan sur ses talons.

Quelque chose ne cadrait pas. Même si Claire Winston n'avait rien à voir avec le kidnapping d'Owen et qu'elle se trouvait bien en Afghanistan, il n'en existait pas moins un lien entre cette affaire et celle qui avait ramené Ana à Sevierville. Harold Wood. Elle se tendit subitement en avisant dans un coin de la pièce un petit point rouge qu'elle n'avait pas remarqué avant. Le voyant, d'abord fixe, se mit à clignoter de plus en plus rapidement, et un sentiment d'alarme la submergea. Faisant volte-face, elle s'élança à la suite de ses équipiers en criant :

— Couchez-vous !

L'onde de choc la percuta comme elle se jetait au sol. Elle atterrit brutalement à plat ventre, sonnée, l'arme coincée entre son corps et le béton. Malgré le gilet pare-balles, la douleur l'assaillit. À travers le tintement de ses oreilles, elle perçut vaguement le grésillement de la radio d'Evan. Sa vision se brouilla, et elle lutta pour rester consciente. Où étaient-ils ? JC ? Evan ? Étaient-ils blessés ? Vivants ? C'était elle qui, fermant la marche, avait reçu le gros de l'explosion, mais… Ses yeux se mirent à larmoyer comme une pluie de débris et de poussière retombait autour d'elle. La cave avait été piégée pour les empêcher de récupérer les restes du corps qui y étaient enterrés. Elle toussa.

— Hé... Les gars ? Ça va ?

Rien.

— JC ? Evan ?

Seul le grésillement de la radio lui répondit.

S'appuyant de la main sur le béton, elle réussit à rouler sur le dos. Des lambeaux de plastique, tels de macabres festons, pendaient des poutres et des câbles, au-dessus de sa tête. L'explosif avait dû se déclencher au moment où elle avait retiré le tapis et mis au jour les restes de Harold Wood. Restes qui, à part servir de sinistre ornementation à ce sous-sol, auraient peu de chances d'être d'une quelconque utilité.

Un pas lourd résonna sur le sol comme elle cédait à la tentation de fermer les yeux. L'équipe d'assaut avait forcément entendu la déflagration... Ils arrivaient à la rescousse.

Les paupières closes, elle attendit, des gouttes d'eau s'écrasant sur son gilet pare-balles. Ploc-ploc-ploc. L'un des tuyaux avait dû être percé dans l'explosion.

Les pas se rapprochèrent puis, soudain, le silence. Qu'attendaient-ils pour lui venir en aide ? Pour lui parler ? Elle souleva les paupières et entrevit une haute silhouette familière, au-dessus d'elle. Elle empoigna son arme mais, l'instant suivant, celle-ci lui était arrachée de la main.

— Vous auriez dû laisser tomber quand il était encore temps, agent Ramirez.

Benning bondit hors du SUV comme une sorte d'onde vibratoire faisait trembler le sol.

— Bon sang, c'était quoi, ça ?

— Monsieur, remontez dans le véhicule, commanda l'officier assigné à sa protection en agitant la main, une cacophonie de voix entrecoupées de parasites s'élevant de la radio fixée à son torse. D'après le groupe d'intervention, il y a eu une explosion, peut-être au sous-sol de la maison. Mais ce n'est pas une raison pour...

Une explosion ? Son sang se figea dans ses veines.

— Ana !

Il s'élança, écartant d'une bourrade l'officier qui tentait de lui barrer la route, et fonça droit vers l'arrière de la bâtisse. Il remonta l'allée gravillonnée, courant du plus vite qu'il le pouvait, ignorant les appels qui lui intimaient l'ordre de s'arrêter, ignorant la douleur de son épaule. Si Ana se trouvait en bas quand l'explosion s'était produite... Un étau glacé lui enserra la poitrine. Le cœur cognant à tout va contre ses côtes, il pénétra dans la maison et s'avança vers la porte menant au sous-sol. Un nuage de poussière grise montait d'en bas. Du ciment ?

— Ana !

Pas de réponse.

Il n'était pas agent fédéral et il n'avait pas d'arme ni personne pour le couvrir, mais rien n'aurait pu le retenir. Si le métier d'expert en bâtiment qu'il exerçait depuis deux décennies lui avait appris une chose, c'était que les dommages causés par une explosion ne se limitaient pas à l'onde de choc. L'ensemble de la structure se trouvait fragilisé. Une petite imprudence, et il pouvait se retrouver enseveli sous les décombres. Un gros craquement de bois le figea un instant sur place, aussitôt suivi de pas au-dessus de sa tête. Le groupe d'assaut était entré par la porte principale. Il devait se dépêcher. Sitôt qu'ils en auraient l'occasion, ils l'entraîneraient au-dehors, au besoin par la force, menottes aux poignets. Les semelles de ses chaussures rencontrèrent un sol en ciment. La cave servant à stocker de la nourriture qui s'ouvrait devant lui ne semblait pas trop touchée. Il suivit le couloir incurvé et découvrit l'épicentre de l'explosion.

Une poutre tomba du plafond et s'écrasa avec fracas sur le sol, soulevant un nuage de poussière dont il se protégea comme il put, les mains devant le visage. Il recula d'un pas. Le chambranle de la porte avait résisté au souffle mais, au-delà, c'était le chaos. Cette partie de sous-sol, apparemment destinée à être aménagée en pièce d'habitation, était jonchée de gravats et de débris divers. Il aperçut, à travers la poussière en suspension dans l'air, des conduites cassées, des gaines électriques éventrées d'où dépassaient des fils dénudés. Un bruit d'eau indiquant la présence d'une fuite capta son attention, et il regarda par terre le ruisseau qui se scindait en deux rigoles autour de ses pieds et suivait la pente pour s'écouler dans une évacuation. L'emplacement prévu pour la future salle de bains – l'ex-future salle de bains, au vu de l'état actuel du chantier. Au moins le sous-sol ne risquerait-il pas d'être inondé.

— Ohé ! Il y a quelqu'un ?

Un grognement lui parvint, et il balaya désespérément du regard l'amoncellement de canalisations, de tuyaux et d'étais. Il avait besoin d'aide pour localiser Ana si elle se trouvait là, quelque part.

— Par ici ! tonna-t-il pour être entendu de l'équipe d'assaut qui devait s'employer à sécuriser le rez-de-chaussée.

Le siphon d'évacuation, derrière lui, commençait à refouler l'eau si bien qu'il n'osait plus bouger de peur de heurter du pied la canalisation qui fuyait et d'aggraver la situation.

Bon sang, que faisaient les membres de l'équipe d'assaut ? Et où était Ana ?

— Quelqu'un peut-il couper l'arrivée d'eau principale ?

Des bruits de pas précipités retentirent dans l'escalier. Son appel avait été entendu.

— Vous avez entendu ce qu'il a dit ? lança une voix pleine d'autorité. Toi, trouve le robinet général d'alimentation et ferme-le. Vous deux, venez par ici et aidez-le à dégager ces débris. On a des agents coincés ici, quelque part.

Deux hommes se détachèrent aussitôt du groupe et s'attelèrent à la tâche. Au bout de quelques minutes d'un labeur acharné, ils avaient réussi à ouvrir un chemin parmi les gravats. Bennning vit d'abord des lambeaux déchiquetés de plastique tachés d'une substance brune qui ressemblait à du sang séché, puis il nota le bout d'une chaussure émergeant de l'amas de débris. Son cœur manqua s'arrêter… mais ce n'était pas la botte d'Ana. Écartant précautionneusement bouts de tuyaux et morceaux de bois, il lutta pour ne pas céder à la panique.

Puis un nouveau grognement lui parvint, semblant provenir de l'endroit où la flaque d'eau allait s'élargissant. Soulevant une plaque de placoplatre, Benning se figea. C'était l'agent Duran. S'agenouillant auprès du négociateur de la DCT, il s'efforça de stopper le sang qui s'écoulait de son côté, au-dessous du gilet pare-balles, en comprimant fortement la zone de la main. Du coin de l'œil, il vit deux autres membres du groupe d'assaut dégager l'agent Cantrell, quelques mètres plus loin. OK. Ils étaient vivants, tous les deux. Mais Ana ? Où était Ana ? Elle devait être là… forcément.

Il se pencha vers Duran.

— Où est-elle ? Où est Ana ?

— Le corps de Harold Wood, dans le sac…

Benning vit les muscles de l'agent blessé se tendre comme il s'efforçait de redresser la tête.

— Il était piégé.

Le regard de Benning se porta sur les morceaux de plastique dispersés un peu partout.

Benning s'écarta pour faire place aux ambulanciers qui venaient prendre en charge les deux blessés.

Fou d'inquiétude, il recula pour leur permettre d'évacuer les agents sur des civières. En découvrant le corps de Harold Wood, Ana et ses équipiers avaient déclenché la bombe qui avait tout fait sauter. Mais elle, où était-elle ?

Comme en réponse à sa question muette, l'un des membres de l'équipe d'intervention annonça :

— Ana Ramirez n'est pas là.

Mais elle n'aurait jamais quitté les lieux en laissant ses collègues, blessés, derrière elle. D'autant qu'elle avait dû être touchée dans l'explosion, elle aussi. Il promena son regard autour de lui… Et si quelqu'un s'était tenu à proximité pour appuyer sur le détonateur quand ils avaient découvert le corps ? Il n'était pas du tout impossible que la maison ait été surveillée pour le cas où la DCT identifierait le crâne. Claire Winston

– ou le coupable, si ce n'était pas elle – se trouvait peut-être encore dans les parages si le dispositif avait été actionné à distance. Rebroussant chemin parmi les décombres, Benning gravit rapidement l'escalier et ressortit de la maison par là où il était entré. À peine mit-il le pied dehors, à l'air libre, qu'il sentit les cheveux se dresser sur sa nuque. Il pivota lentement sur lui-même, tous les sens en alerte, scrutant la ligne sombre des arbres qui barrait l'horizon de l'autre côté de la clôture, sur l'arrière de la propriété. Serrant les poings de rage et d'impuissance, il allait se retourner lorsqu'une trace rouge sur une lisse cassée de la clôture captura son regard. Du sang.

Ana. C'était elle, il en était sûr ! On avait dû l'entraîner à travers bois, mais elle s'était arrangée pour laisser un indice. Il hésita, lançant un regard derrière lui, mais le groupe d'assaut et le reste de la DCT étaient toujours occupés sur la scène de crime. Pas le temps d'aller les prévenir. Il devait suivre la piste sans perdre une seconde.

Il brisa du talon deux autres lisses et se glissa de l'autre côté de la clôture. Des flocons froids s'inséraient à l'intérieur de ses chaussures, mais il y remédia en marchant dans les grandes empreintes de pas nettement dessinées dans la surface lisse de la couche de poudreuse qu'avait laissée la dernière chute de neige. Des empreintes de pas masculines, à en juger par la taille. Il redoubla soudain de vigilance en voyant se dresser devant lui une vieille structure métallique d'apparence inutilisée. Un abri pour tracteur ? L'un des battants de la porte latérale était entrouvert. Adossé contre l'autre, il se pencha en avant pour jeter un coup d'œil à l'intérieur. Personne. Pas l'ombre d'un mouvement. Pourtant, c'était bien droit à ce garage délabré que l'avaient mené les traces de pas. Il poussa le battant et entra, sur ses gardes, aussitôt avalé par la pénombre. Pourquoi celui qui avait fui la maison de Claire Winston était-il venu ici ? Aucune trace de pneus récente n'indiquait qu'un véhicule avait été stationné là. Tendant la main vers la paroi, ses doigts rencontrèrent un interrupteur, qu'il actionna. Rien.

Rien si ce n'est…

Ce petit voyant rouge qui se reflétait sur le métal, non loin de lui… Il n'était pas là quand il était entré. Benning appuya de nouveau sur l'interrupteur. La lumière rouge disparut.

L'écho de ses pas sur le ciment froid du sol se répercuta contre les minces parois métalliques, et il leva le bras en direction de l'endroit où le voyant s'était allumé. Là. Tirant d'un coup sec sur le petit boîtier, il se retourna vers la lumière qui entrait par la porte ouverte, les fils arrachés lui chatouillant la paume. Une petite lentille brilla au soleil. Une caméra ? Quel intérêt de placer une caméra dans un… ?

La vidéo, sur le téléphone du tireur ! Elle avait montré Owen dans un local sombre comme celui-ci. Benning pivota sur lui-même, tâchant de déterminer l'emplacement exact où s'était tenu son fils pour que la caméra le filme sous cet angle. Il s'accroupit et toucha la dalle de ciment. Ici, elle était moins froide qu'ailleurs, nota-t-il en tâtant le sol alentour. Sa gorge se noua. C'était ici qu'ils avaient séquestré Owen. Dans un vieil abri pour tracteur glacé. Une rage aveugle remplaça la consternation. Il empocha la caméra et se releva.

— Tiens bon, fiston. J'arrive. Je viens vous chercher, tous les deux.

13

Ses oreilles bourdonnaient encore.

Elle ne pouvait pas bouger les mains et les pieds, n'arrivait pas à respirer librement. Elle avait l'impression d'avoir un éléphant assis sur sa cage thoracique. L'esprit vaseux, elle essaya de rassembler ses souvenirs. Il y avait eu l'explosion au sous-sol, chez Claire Winston. Mais ensuite… rien. Ses équipiers avaient été là, avec elle. JC et Evan. Allaient-ils bien ? Avaient-ils survécu, eux aussi ? *Infierno*, comme elle avait mal quand elle respirait. Elle avait dû se casser une…

— Dis, tu n'es pas morte, hein ? souffla une petite voix.

Tout son être se figea. Dans le silence rompu seulement par le ronronnement continu d'une ventilation, Ana lutta pour ouvrir les yeux tout en tentant de relever la tête. Il faisait un noir d'encre. Donc, elle n'était pas à l'hôpital. D'ailleurs, elle sentait le froid de la surface dure sur laquelle elle était allongée traverser ses vêtements et puis… elle avait les mains et les pieds attachés. Mais elle n'était pas seule. Ses yeux s'accoutumant un peu à l'obscurité, elle discerna vaguement le contour d'une petite silhouette pelotonnée contre elle, la tête sur son abdomen. Sa tête retomba en arrière. Ce n'était pas un éléphant.

— Non, je ne suis pas morte. Et toi non plus.

— Non, mais j'ai froid et puis j'ai mal au ventre. Je veux rentrer chez moi.

Le soulagement l'envahit. Owen était vivant, et elle était avec lui. Elle tira sur les attaches en plastique qui immobilisaient ses poignets et ses chevilles. Où étaient-ils ? Elle se revit, étendue sur le sol, après l'explosion. Il y avait eu un bruit d'eau qui gouttait rapidement... Puis des pas. Elle avait cru que c'était les secours puis elle l'avait vu, se dressant à côté d'elle. L'homme au masque de ski. C'était lui qui avait dû sortir de ce sous-sol pour la conduire ici. Elle distingua des rayonnages à côté d'elle en même temps qu'une odeur de produit chimique lui piquait la gorge. Un détergent industriel ?

— C'est ton papa qui m'a demandé de te retrouver, Owen.

Un mélange d'excitation et d'espoir s'insinua dans la voix enfantine.

— Tu connais mon papa ?

— Oui. On est amis. Il s'est fait beaucoup de souci depuis que tu as disparu et il m'a demandé de l'aider à te retrouver. Je suis là pour te ramener chez toi.

Une vive douleur irradia dans tout le côté de son corps comme le petit passionné de jeux sur tablette et de grignotage au lit prenait appui contre elle pour se redresser.

— Et comment tu vas faire avec les mains et les pieds attachés ?

— C'est une bonne question.

Pas de fenêtre. Un léger relent d'humidité, comme s'ils se trouvaient dans un sous-sol. S'aidant de son coude, elle réussit à s'adosser aux rayonnages métalliques. En une seconde, Owen revint se blottir contre elle. Si elle avait eu les mains libres, elle l'aurait pris dans ses bras, mais tout ce qu'elle pouvait faire c'était poser la joue sur le sommet de son crâne. Une odeur d'essence et de terre émanait de ses cheveux.

— Je ne sais pas encore, mais je vais trouver. Maintenant qu'on est ensemble, ça va aller... Je te le promets.

Les cheveux courts bruissèrent contre son gilet en Kevlar et elle devina qu'il hochait la tête, mais le tremblement qui secouait son petit corps indiquait qu'il fallait faire vite. Renversant la tête contre l'étagère, elle contempla l'obscurité. Bien... Il fallait commencer par le début et se libérer de ses liens. Se rappelant ce que Benning lui avait dit de son fils, elle déclara :

— OK, Owen. D'abord, je veux que tu restes éveillé le plus longtemps possible, d'accord ? Parce qu'on va faire un jeu.

— Quel jeu ?

Il fallait le faire parler et le faire bouger pour empêcher qu'il ne finisse par s'assoupir, vaincu par le froid.

— Une sorte de chasse au trésor… Tu aimes ça, les chasses au trésor ?

Il hocha de nouveau la tête contre le Kevlar.

— Super. Alors, la première chose à trouver, c'est ma lampe de poche. Elle est accrochée à mon gilet…

En moins de temps qu'il n'en faut pour le dire, il détacha la lampe et appuya sur le bouton. Un puissant rayon lumineux troua l'obscurité, dansant sur les murs, et, pour la première fois, elle discerna clairement ses traits. Des joues barbouillées de saleté soulignaient un regard bleu cristal. Le même que celui de son père.

— Voilà. Je l'ai trouvée !

Un coup d'œil à cet adorable petit garçon suffit à Ana pour mesurer à quel point l'isolement dans lequel elle s'était enfermée lui pesait et combien il était épuisant de persévérer envers et contre tout, comme avec des œillères. Coupée de tous ses proches. Présente, mais jamais investie émotionnellement. Elle avait survécu plutôt que vécu, obnubilée par un seul objectif : assurer un avenir à ceux qu'elle était chargée de retrouver. Mais Benning avait raison, ce n'était pas une vie. Elle voulait davantage. Elle voulait… accomplir enfin quelque chose pour elle, et pour elle seule. Il avait tapé dans le mille en mettant en mots tout ce qu'elle avait si soigneusement tu, et cela avait été comme une libération. En lui faisant prendre conscience de tout ce qu'elle avait manqué, et qu'elle pouvait obtenir, il l'avait… révélée à elle-même. Si seulement elle avait eu le courage de renoncer à vouloir à tout prix se racheter… Mais combien de temps et combien de vies sauvées faudrait-il pour y parvenir ? Pendant combien de temps encore comptait-elle jouer les héroïnes pendant que sa propre vie lui passait sous le nez ?

Ana étudia le fils de Benning à la lumière de sa lampe. Il était pâle et son pyjama sale et plein d'accrocs était beaucoup trop mince, mais, mis à part cela, il ne semblait avoir subi aucune violence. Les larmes lui montèrent aux yeux en voyant la fierté transfigurer son expression.

— Bravo. Tu es doué à ce jeu, dis-moi.
— Quel trésor je dois trouver, maintenant ?

L'excitation du jeu ne l'avait pas lâché, mais il grelottait toujours autant. Pas étonnant. Le froid faisait se condenser son souffle devant sa bouche. Et il n'avait ni vêtement chaud ni chaussettes. Où qu'ils soient, elle devait trouver le moyen de les sortir d'ici, et vite.

— Bien. Ce qu'il faut maintenant, c'est trouver quelque chose qui puisse couper les attaches de mes mains et de mes pieds.

S'appuyant des talons contre le sol, elle tourna la tête pour examiner le contenu des étagères. Le rayon de la lampe éclaira tour à tour des produits de nettoyage, des éponges, des rouleaux de papier toilette, des chiffons et de gros rouleaux d'essuie-mains, du genre de ceux destinés aux dévidoirs métalliques des collectivités. Pas d'outils. Rien qui puisse trancher du plastique.

— Tu vois quelque chose, toi ? Moi, je ne vois rien, mais ça ne veut pas dire qu'on ne va pas y arriver. Attends, tu vas voir… Écarte-toi de moi, je ne voudrais pas te blesser accidentellement.

Il obtempéra, le faisceau de la lampe braqué sur elle tandis que, se penchant en avant, elle prenait son élan pour se redresser à genoux et se lever. Elle força sur ses bras pour tendre le lien au maximum et abattit ses poignets sur l'angle de l'étagère métallique. Le plastique lui scia la chair, et elle retint un cri de douleur. Serrant les dents, elle garda le regard fixé sur Owen. Si elle n'arrivait pas à les tirer d'ici, ils étaient voués à une mort certaine. Prenant une grande inspiration, Ana ferma les yeux et renouvela l'opération. Ses bras s'écartèrent brutalement comme le lien cédait sous le choc.

— Waouh ! s'exclama Owen. Comment tu as fait ?

— Mes trois grands frères m'ont appris ce truc quand j'étais petite. Pour que je puisse me délivrer dans ce genre de situation.

Avec un serrement de cœur, elle songea au nombre d'heures qu'ils avaient passées dans le sous-sol de la maison familiale à s'exercer à ce genre de technique, et à la raison pour laquelle ils l'avaient fait. Mais cela avait porté ses fruits. Se baissant prestement, elle fit sauter les liens qui entravaient ses pieds et regarda avec un sourire les languettes de plastique tomber à terre.

— Je t'apprendrai, si tu veux, quand nous serons rentrés à la maison.

— Super, dit l'enfant, l'œil rivé sur les lanières de plastique. J'attacherai ma sœur pour voir combien de temps elle met à se libérer. Elle cache toujours mes affaires dans notre fort pour m'embêter.

— Oui, j'en ai entendu parler. Tiens, enfile ça, enchaîna Ana en retirant son coupe-vent et ses bottes.

Elle l'aida à s'envelopper de la veste et lui tendit ses chaussettes. Tout plutôt que laisser sa température corporelle chuter davantage, songea-t-elle, parcourue d'un frisson. Mais le mieux à faire, c'était de filer d'ici en vitesse. Du rayon de sa lampe de poche, elle fouilla rapidement le reste de leur geôle. Du matériel de nettoyage, des serpillières, des balais, un chariot de ménage. Ils se trouvaient dans le local d'un agent d'entretien. Mais où ? Elle testa la poignée. Verrouillée, évidemment. Le regard attiré vers le plafond par le déclenchement de la soufflerie, elle avisa la large bouche de ventilation d'où tombaient en tourbillonnant des particules de poussière agitées par le brassage de l'air.

— Tiens, dit-elle en tendant la lampe à Owen. Oriente-la vers cette trappe, au plafond.

Promptement, elle prit le seau du chariot et le centra, retourné, au-dessous de la bouche d'aération. Elle le sentit s'enfoncer un peu sous son poids comme elle grimpait avec précaution dessus. Levant lentement les bras, elle promena les doigts sur le contour de la grille, sur les vis de fixation, aux quatre coins. Elle ravala un juron. Les vis la maintenaient solidement en place. Impossible de les faire tourner sans outil.

Pas d'issue. Ils étaient piégés dans ce cagibi.

Puis, soudain, la porte s'ouvrit.

Ana sauta à bas du seau et se plaça devant Owen. Le cœur battant à ses oreilles, la respiration toujours gênée par sa côte cassée, elle vit l'homme au masque se découper dans la lumière.

— Vous…

— Je commençais à craindre d'avoir posé une charge explosive trop importante au fond de cette fosse. J'avais espéré que personne ne retrouverait son corps dans le sous-sol de Claire ni son crâne dans ce mur, sur le chantier. Mais je commence à comprendre qu'il faut plus qu'un plongeon par la fenêtre et une bombe pour vous arrêter, agent Ramirez. Mais c'est vrai que vous avez toujours été tenace… Un vrai pitbull. Vous ne lâchez jamais. Seulement voilà… Moi non plus.

Elle poussa Owen derrière elle, prête à se battre aussi longtemps qu'il le faudrait pour donner une chance au petit garçon de s'évader.

— Qu'est-ce que vous voulez ?

— Toujours la même chose…

D'un geste théâtral, le ravisseur porta la main à son masque et l'enleva. La stupéfaction se peignit sur les traits d'Ana qui le contempla, interdite.

— Finir ce que j'ai commencé.

Les traces de pas s'évanouirent lorsqu'il atteignit la route. Benning jura entre ses dents. Ce fumier avait dû laisser un véhicule ici, ou bien il travaillait main dans la main avec Claire depuis le début. Son fils pouvait être n'importe où maintenant. Il serra entre ses doigts la petite caméra trouvée dans l'abri pour tracteur et tourna sur lui-même, cherchant un indice de nature à lui indiquer la direction qu'avait pu prendre ce salaud. Le signal d'un appareil de ce type ne devait pas être assez puissant pour porter loin. Pour le capter, le ravisseur avait dû rester dans un rayon de quelques centaines de mètres. Un kilomètre ou un kilomètre et demi, tout au plus. *Nom d'un chien*. Ça laissait encore trop de possibilités.

Réfléchis, s'intima-t-il, au désespoir. Il y avait certainement quelque chose… Un signe, une piste. Mais les gouttes de sang s'arrêtaient ici aussi, comme les empreintes de pas. Se pouvait-il que Claire soit derrière tout ça ? s'interrogea-t-il en se déplaçant lentement, scrutant le sol à la recherche d'une trace. Qu'elle ait voulu faire elle-même justice et venger son amie ? Mais il eut beau passer au crible le moindre gravier, la moindre trace de pneus dans la neige fondue du bas-côté de la route, il ne trouva rien. Ana et Owen s'étaient volatilisés.

Il se redressa, démoralisé. Il était expert en bâtiment. Traquer des criminels, retrouver des personnes disparues, ce n'était pas son univers. Son inexpérience constituait indubitablement un gros handicap, mais il ne pouvait pas renoncer. Comment l'aurait-il pu ? Juste au moment où Ana était enfin revenue dans sa vie et où tout commençait à se mettre en place et qu'ils étaient si près de retrouver son fils.

Ana… L'estomac noué, il songea à ce qu'il lui avait demandé. Tenaillé par la peur de perdre son fils, de la perdre, *elle,* il n'avait songé qu'à lui et s'était laissé guider par l'égoïsme. Comment avait-il pu exiger d'elle qu'elle renonce à une part aussi significative de sa vie pour le prémunir, lui, contre l'angoisse qui le rongeait ? Bon sang, quel idiot il avait été ! Ana n'était pas, d'une part, un agent froid et déterminé et, d'autre part, la femme qu'il aimait. Les deux aspects de sa personne se confondaient pour former un tout, et c'était de ce tout qu'il était tombé amoureux. Et, maintenant, elle aussi lui avait été enlevée. La chance leur était offerte de faire en sorte que les choses fonctionnent pour eux et les jumeaux, mais ça n'arriverait pas s'il ne parvenait pas à la retrouver pour le lui dire. Les armes, le sang, la peur… Tout cela, c'était son monde à elle, en effet, mais, sans le savoir, il y avait pénétré à la seconde où il avait extrait le crâne de Harold Wood de ce mur sur le chantier. Il s'était épris d'une femme dangereuse, une femme qui était prête à tout pour que ses enfants et lui se sortent indemnes du pétrin dans lequel il les avait mis. Alors, la moindre des choses était maintenant de se débrouiller pour lui rendre la pareille.

Réfléchis, bon sang.

Tout était lié à cette affaire Samantha Perry. Elle était vieille de sept ans, mais il en avait appris assez par les journaux et par ses conversations avec Ana pour savoir la façon dont les choses s'étaient déroulées. Harold Wood avait été un employé modèle travaillant au lycée de Sevier County, établissement que fréquentaient Samantha et Claire. Samantha avait été une brillante élève, appréciée de tous. Le témoignage de Claire avait été rendu public après la découverte du corps de Samantha au fond de cette ruelle, à Knoxville. Benning contempla l'endroit où les empreintes de pas s'arrêtaient. Qu'avait-elle dit, exactement, dans sa déposition ? Il ferma les yeux. Les deux adolescentes rentraient du lycée lorsque Samantha s'était aperçue qu'elle avait oublié un cahier en classe. Claire avait fait demi-tour et l'avait attendue, dans le parking. Mais, au bout d'une demi-heure, comme elle ne revenait pas, elle était entrée la chercher. Et ne l'avait pas trouvée.

Une bourrasque froide secoua les branches des arbres, faisant naître la chair de poule sur ses bras.

L'école. C'était là que tout avait commencé sept ans plus tôt et c'était là que tout les ramenait aujourd'hui. Oui, c'était ça, il en était sûr. Cette enquête était étroitement liée à la disparition de Samantha Perry et l'école n'était pas loin, probablement à portée de signal de l'abri où avait été placée la caméra. Celui qui était derrière tout ça devait se trouver là-bas.

Il s'élança au pas de course vers l'est, suivant le tracé sinueux de la petite route, ignorant la douleur qui lui martelait l'épaule à chaque foulée. Il allait retrouver son fils. Et il allait retrouver Ana. Ana qui ne s'était jamais ouverte à personne de la culpabilité qui la rongeait. Ni à ses équipiers. Ni à sa patronne. Il était le seul à qui elle s'était confiée. Elle s'était punie pour n'avoir pas sauvé Samantha et l'avait quitté pour cette raison mais, désormais, il serait là pour l'aider à surmonter cette souffrance, à alléger son fardeau. Quel que soit le temps que cela prendrait.

Le passé n'avait plus d'importance. Seul le présent et l'avenir comptaient. Un présent et un avenir dont il espérait de toute son âme qu'elle ferait partie. Elle lui avait tant manqué, et depuis si longtemps. Oui, ce qu'elle serait prête à donner, Owen, Olivia et lui l'accepteraient avec joie.

— J'arrive, ma chérie, murmura-t-il, le souffle saccadé.

Ses muscles protestèrent comme, sans même s'en rendre compte, il allongeait le pas. Enfin, le dôme qui surmontait l'établissement apparut, recouvert d'une épaisse couche de neige, comme tout le paysage alentour, d'un blanc immaculé. Il y avait encore quelques véhicules dans le parking principal, sur l'avant du bâtiment, et la neige avait été trop piétinée pour qu'il puisse reconnaître les empreintes qui l'avaient conduit au garage à tracteur puis jusqu'à la route.

Et, de toute façon, après la centaine de fusillades qui s'étaient produites dans les établissements scolaires du pays en un an seulement, les mesures de sécurité avaient été renforcées dans les écoles sur tout le territoire.

L'homme au masque de ski s'était donc forcément introduit par une entrée de service. D'autant qu'il avait Owen et Ana avec lui.

Se faisant le plus discret possible, Benning contourna au trot le bâtiment par le côté est. Certes, les cours étant terminés depuis un bon moment, la plupart des élèves et enseignants étaient partis, mais il ne voulait pas qu'un retardataire puisse être mis en danger. Il regretta de n'avoir pas pris le temps de prévenir la DCT. Il était livré à lui-même, maintenant.

Parvenu à l'arrière du bâtiment, se plaquant de son mieux contre le mur de briques, Benning testa le bouton de la porte, lequel tourna sans opposer de résistance. Son estomac se contracta. Ils devaient être là. Tirant le battant, il s'engouffra à l'intérieur et la porte se rabattit derrière lui, commandée par le ferme-porte automatique, le plongeant dans l'obscurité.

Une odeur de renfermé et d'humidité le saisit tandis qu'il avançait à tâtons, les mains tendues devant lui. Pas de voix. Pas de bruit. Sa main rencontra une rampe, et il s'engagea dans l'escalier qu'il avait entrevu en ouvrant la porte. La sueur commençait à perler dans le haut de son dos alors même que la température s'abaissait au fur et à mesure qu'il descendait une à une les marches. Le sous-sol. Repoussant nerveusement ses cheveux en arrière, il plissa les yeux comme il arrivait en bas de l'escalier. Le bruit de ses pas sur le ciment se mêla au bourdonnement des gaines techniques tandis qu'il s'avançait, de plus en plus tendu, le long du corridor qui s'ouvrait devant lui. À son extrémité, un vieux tube fluorescent éclairait des murs lézardés, tachés d'humidité. Un bruit d'eau qui gouttait acheva de lui mettre les nerfs en pelote.

Ils devaient être là. Parce que, sinon… Non, il refusait d'envisager qu'il puisse en être autrement. Il ne pourrait pas passer sa vie à se demander ce qu'il était advenu de son fils et de l'amour de sa vie. Il ne supporterait pas de vivre avec l'idée qu'il aurait dû faire davantage, faire mieux. Il ne ferait pas subir à Olivia ce qu'Ana avait fait endurer à ses proches en se coupant de tout et de tous. Il allait mettre un terme à tout ça. Une ombre se dessina fugitivement sur le mur, devant lui.

Il stoppa net, les cheveux se dressant sur sa nuque. Il tendit le bras vers la grande étagère métallique qui était fixée au mur, sur sa droite, et ses doigts se refermèrent sur l'acier froid d'un pied-de-biche. Le poids du métal tira sur les points de son épaule, mais c'était le cadet de ses soucis. L'enjeu était trop crucial.

L'ombre se précisa, au bout du corridor, lui laissant deviner une haute silhouette masculine. L'écho d'un rire assourdi résonna contre les murs de parpaings autour de lui, et Benning affermit sa prise sur le lourd cylindre métallique.

14

Médusée, Ana contempla le regard sombre, familier, qui était fixé sur elle. Ainsi donc, c'était lui… Depuis le début.

— C'est toi qui as kidnappé Owen et Olivia, qui nous as attaqués au chalet. Qui as tué Harold Wood et as caché son corps dans le sous-sol de Claire. C'était toi… Pas elle.

Le partenaire avec qui elle faisait équipe à l'époque de l'affaire Samantha Perry.

L'agent Ericson York.

Elle n'avait plus retravaillé avec lui depuis lors, mais… c'était insensé. Il avait prêté serment, juré de protéger les innocents, il savait de quelles horreurs les monstres comme Harold Wood étaient capables. Ses doigts effleurèrent le bras d'Owen, derrière elle, comme elle s'efforçait de l'éloigner le plus possible d'Ericson. La théorie selon laquelle Claire Winston avait retrouvé Harold Wood afin de le tuer pour venger son amie venait de se désagréger sous ses yeux. Claire avait eu un mobile et les moyens d'exercer sa vengeance, mais le FBI n'avait pas pu localiser Wood en sept ans de recherche. Comment aurait-elle réussi là où le FBI avait fait chou blanc ?

— Cette ordure n'a eu que ce qu'il méritait, Ramirez.

Elle promena son regard sur les vêtements sombres qui dissimulaient les montagnes de muscles et la farouche détermination auxquelles elle s'était déjà colletée une fois. Sa cuisse en portait encore les stigmates. La lumière de l'ampoule nue, au plafond, se reflétait sur le haut de son front, de part et d'autre du profond V que formait la ligne d'implantation de ses cheveux. Comment avait-il pu basculer de l'autre côté de la barrière ? Ils avaient été équipiers, avaient traqué ensemble les criminels, s'étaient mutuellement couverts d'innombrables fois sur le terrain. Elle avait eu confiance en lui et lui, en elle. Mais, après l'affaire Samantha Perry, il avait disparu des radars. Il avait quitté le FBI, n'avait plus répondu à ses appels, avait quitté son appartement. Et, maintenant, elle était le seul obstacle se dressant entre lui et sa volonté de ne pas tomber pour meurtre. Il lança son masque par terre – pour avoir les mains libres, probablement.

— Tu n'étais pas présente. Tu n'as pas vu ce qu'il lui avait fait. Tu étais à cinquante kilomètres de là, avec ce type, cet inspecteur en bâtiment, pendant que, moi, j'étais face à ce carnage.

Il fit un pas en avant, réduisant la distance qui les séparait. La voix d'Ericson s'abaissa, chargée d'une inflexion dangereuse :

— Alors, oui j'ai fait ce qu'il fallait pour le retrouver. J'ai surveillé sa sœur, pour le cas où il chercherait à la joindre, surveillé son appartement pendant des mois entiers. J'ai fait pression sur tous ceux vers qui il se tournait pour tenter d'obtenir des faux papiers. Et tu sais comment j'ai fini par coincer ce salaud ?

Il avança encore d'un pas, et elle retint son souffle. Le petit local dans lequel il les avait enfermés lui parut soudain se rétrécir davantage encore.

— Ce malade a eu le culot d'essayer de s'en prendre à Claire. C'était plus fort que lui. Même avec le FBI et les forces de police à ses trousses, s'il voulait quelque chose, il fallait qu'il l'obtienne. Mais, cette fois, il m'a trouvé en travers de sa route.

L'odeur de voiture neuve emplit l'espace exigu dans lequel ils se faisaient face. Ce type n'était plus l'agent qu'elle avait connu. L'Ericson York dont elle avait gardé le souvenir n'aurait jamais laissé un enfant innocent mourir de froid au fond d'un cachot humide, fût-ce pour résoudre une affaire qui lui tenait particulièrement à cœur.

— Tu avais promis aux Perry de leur ramener leur fille, tu

te rappelles ? Tu leur as menti. Tu as menti au Bureau. À mes yeux, ça te rend aussi coupable que Harold Wood.

— On l'aurait coincé, Ericson. On se rapprochait du but. Mais tu as préféré passer de l'autre côté quitte à devenir toi-même un meurtrier.

Elle secoua la tête.

— Si quelqu'un est aussi coupable que Wood, c'est toi, pas moi. Nous avons prêté serment, toi et moi. Tu…

— Il ne vaut rien, ce serment ! cracha-t-il, un éclair de folie meurtrière flambant dans le regard brun. J'ai passé dix ans, avec le FBI, à pourchasser toutes ces ordures qui volent des vies innocentes, et pour quel résultat… ? Les voir s'en tirer pour vices de forme dans la procédure ou bien avec des réductions de charges obtenues par marchandage avec le procureur ? Les victimes méritent mieux. Samantha Perry méritait mieux. Et quelqu'un a enfin décidé d'y remédier. Moi.

Tous les muscles d'Ana se raidirent. Elle avait déjà remarqué cet aspect de son ex-partenaire – cette obsession farouche difficilement contenue qui, même à l'époque, transparaissait dans son attitude lors des enquêtes ou des interrogatoires. Mais elle avait tiré parti de cette intensité, s'en était servie pour briser la résistance des suspects, pour protéger les victimes. Elle n'en avait jamais été la cible… jusqu'alors. Mais peut-être y avait-il encore une chance qu'ils s'en sortent tous vivants.

— Tu as raison. Je n'étais pas là. Je n'étais pas assez concentrée sur l'enquête, et une adolescente innocente en a payé le prix… et je vais devoir vivre avec ça le restant de mes jours.

L'abîme, en elle, se creusa un peu plus et elle déplaça son poids d'un pied sur l'autre, assaillie comme chaque fois par le remords. Ericson et elle, au fond, n'étaient pas si différents. Cette affaire les avait tous deux marqués si profondément qu'ils n'avaient plus jamais été les mêmes après ça. Ils avaient sombré, chacun à leur façon, à la différence près qu'elle avait retrouvé son chemin. Jusqu'à Benning. S'il n'avait pas fait appel à elle, ne se serait-elle pas retrouvée un jour prochain à la place de celui qui se dressait devant elle ? Dans le rôle d'une justicière masquée prête à tous les crimes, toutes les abjections, pour venger ceux qu'elle n'avait pu sauver ?

— J'ai passé sept ans de ma vie à me punir jour après jour pour n'avoir pas été à la hauteur, dans cette affaire. En me coupant de tout mon entourage, en me surinvestissant dans mon travail jusqu'à ce qu'il occupe toute la place dans ma vie. Mais, quel que soit le nombre de vies qu'on sauvera, rien, jamais, ne pourra ramener Samantha Perry, Ericson. Crois-moi, se refermer sur soi, se rendre hermétique au chagrin ne fait qu'empirer les choses. La seule façon de surmonter ça, c'est de prendre ses responsabilités, de reconnaître ses torts et, ensuite, trouver la force d'aller de l'avant et… de vivre sa vie.

— En oubliant toutes les victimes que des tueurs comme Harold Wood ont sacrifiées ?

— Mais qu'en est-il d'Owen, séquestré ici ? D'Olivia ? De Jo West et de Benning Reeves ? De Claire, qui a été soupçonnée à tort de t'avoir aidé à dissimuler le meurtre de Harold Wood. Ces vies-là n'avaient-elles aucune valeur à tes yeux ?

— Je n'ai jamais voulu les mêler à tout ça.

Il regarda l'enfant de six ans qui se tenait en retrait, derrière elle, et quelque chose de l'agent qu'il avait été passa dans son regard.

En un instant, la barbe qu'il s'était laissé pousser le vieillit de dix ans et un espoir ténu s'insinua en elle. Il disait vrai. Mais cela n'excusait rien de ce qu'il avait fait.

— J'ai su, à la minute où Benning Reeves a fait appel à toi, qu'on en arriverait là, toi et moi. Face à face, chacun dans son camp. Je pensais ce que je t'ai dit, avant de te pousser par la fenêtre. Tu étais un bon agent.

L'infime espoir qui s'était fait jour en elle s'écroula lorsqu'elle le vit carrer les épaules.

— Toi aussi, Ericson. Mais nous savons tous les deux que je ne peux pas te laisser t'en tirer comme ça.

— Je sais. C'est bien pour ça que je vais devoir terminer ce que j'ai commencé, Ramirez, dit Ericson en se rapprochant encore, sa silhouette massive se découpant contre la lumière crue de l'ampoule qui pendait du plafond. Même si j'en suis désolé.

— Laissez-la tranquille ! cria Owen en se précipitant en avant et en agrippant la jambe de pantalon d'Ericson. Je dirai à mon père ce que vous avez fait !

D'un revers de main, Ericson envoya Owen buter contre la collection de balais et de serpillières qui étaient stockés dans l'angle du cagibi, près de la porte.

C'était maintenant ou jamais.

Elle se rua sur son ex-partenaire.

— Va-t'en, Owen ! Cours !

D'un formidable crochet du droit, Ericson la stoppa dans son élan. Elle se sentit basculer en arrière et s'étala de tout son long. Elle essaya de rouler sur le ciment, mais une vive douleur explosa dans son côté comme le pied d'Ericson la clouait sur place. L'attrapant par les cheveux, il la remit brutalement debout et l'attira contre lui. Une lueur féroce brillait dans son regard.

— Maintenant, ça se joue entre toi et moi, partenaire. Et un seul d'entre nous sortira vivant d'ici.

— Oui… Et ce ne sera pas toi, souffla-t-elle en lui balançant un violent coup de coude en plein plexus solaire.

Benning s'élança en avant. Il aurait reconnu cette voix entre mille. Ana avait crié à Owen de s'enfuir. Son fils était là. Ils étaient là, tous les deux, et ils avaient besoin de lui ! Il tourna le coin derrière lequel il lui semblait avoir vu disparaître l'homme masqué, mais ce fut une frêle silhouette haute comme trois pommes qui se jeta dans ses jambes.

— Papa !

— Owen ! s'écria-t-il en tombant à genoux pour serrer son fils contre lui. Je suis là, fiston… Je suis là.

— Papa, reprit Owen qui ne lui avait jamais paru si petit, si fragile. Elle est blessée. Le méchant l'a tapée quand j'ai couru… Il faut qu'on l'aide !

Ana.

Son estomac se tordit comme sous l'effet d'une poigne de

fer. Il ne pouvait pas entraîner son fils de nouveau vers l'enfer auquel il venait d'échapper. Mais Ana avait besoin de lui.

— Owen, écoute-moi, dit-il d'un ton pressant. Je veux que tu trouves un endroit où te cacher, jusqu'à ce que je revienne te chercher.

— Mais je veux rester avec toi.

— Je sais, fiston, mais je ne peux pas risquer de te perdre encore une fois, répondit-il, la gorge serrée par l'émotion, en passant la main dans ses cheveux courts et sales.

Que lui était-il arrivé pendant cette séquestration ? Il n'avait aucune idée de ce que son fils avait dû endurer, s'il avait été maltraité, combien de fois il avait supplié en pleurant son geôlier de le laisser rentrer chez lui. Il ne s'agissait pas de choisir entre ses enfants et celle qui avait risqué sa vie pour eux. Il n'y avait pas de choix du tout.

— Il faut que j'aille porter secours à Ana, Owen. Mais je n'y arriverai pas si je m'inquiète pour toi, tu comprends ? C'est pour ça que tu dois trouver une bonne cachette, d'accord ?

Owen hocha la tête.

— D'accord.

— Super. Alors, viens, j'ai une idée, dit Benning en tournant les talons pour guider son fils jusqu'à l'étagère où il avait pris le pied-de-biche.

Parvenu devant la solide structure métallique, il le souleva et l'installa sur la tablette la plus haute.

— Allonge-toi tout au fond, baisse la tête et, surtout, ne fais aucun bruit. Si tu vois quelqu'un, ne bouge pas, OK ?

— Oui, acquiesça Owen en s'aplatissant contre le métal.

— Bravo, champion, souffla Benning en ébouriffant ses cheveux. Je t'aime, fiston. Je reviens bientôt te chercher, promis.

— Moi aussi, je t'aime, papa. Ne meurs pas, d'accord ?

— Pas question, répliqua-t-il sans pouvoir empêcher un coin de sa bouche de se soulever fugitivement.

Ramassant le pied-de-biche qu'il avait posé pour pouvoir installer Owen dans sa cachette, Benning reprit sa progression dans le lacis de corridors et d'espaces ouverts remplis de vieux pupitres, vestiaires et autres matériels de salle de cours.

Le pied-de-biche pesait lourd au bout de son bras mais c'était sa seule arme, et il avait affaire à un professionnel surentraîné et prêt à tuer pour préserver son impunité. Il poursuivit son avancée, la tension grandissant en lui à chaque pas. Passant la langue sur ses lèvres sèches, il ralentit comme il abordait un nouveau tournant.

Et s'arrêta, sitôt le coude franchi.

Droit devant, une porte ouverte découpait un rectangle de lumière tout au bout du couloir.

Soudain, une silhouette atterrit brutalement sur le sol de ciment dans l'encadrement éclairé. Une silhouette dotée de longs cheveux bruns qui masquaient son visage, mais il la reconnut instantanément.

Ana.

Elle ne bougeait pas, ne se relevait pas.

Le monde cessa de tourner, et son cœur se mit à battre de façon erratique. Il ne pouvait pas être arrivé trop tard. Ce n'était pas possible. S'adossant au mur du couloir, Benning poursuivit son approche sur la pointe des pieds. Il voyait un filet de sang couler du coin de la bouche d'Ana le long de son cou. *Relève-toi ! Seigneur, faites qu'elle se relève.*

— Ça ne sert à rien, Ramirez. Tu ne fais que repousser l'inévitable.

Cette voix…

C'était celle de l'homme au masque de ski. À ceci près que l'homme qui apparut dans la lumière, dressé de toute sa hauteur au-dessus d'Ana, n'était plus masqué. Des cheveux courts, d'épais sourcils surmontant de petits yeux enfoncés. Une barbe fournie garnissait aujourd'hui son visage, mais Benning n'en reconnut pas moins l'ancien partenaire d'Ana, Ericson York. Benning avait regardé ses points presse, écouté ses vibrants appels à témoins. Il avait été le visage du FBI dans cette enquête, sept ans plus tôt. Et, aujourd'hui, c'était ce même homme qui, visiblement, était derrière deux kidnappings, une tentative de meurtre sur la personne d'un agent fédéral et le meurtre de Jo West.

— Du moment… que… tu es coincé… ici… avec moi au lieu de… poursuivre Owen, ça me va, proféra Ana avant de partir d'un rire moqueur qui s'acheva dans une quinte de toux.

Comme elle roulait sur le côté, elle l'épingla de ce regard mordoré, mais elle n'en continua pas moins à se relever.

— Et… tu peux compter… sur moi pour faire durer le plaisir aussi longtemps… qu'il le faudra.

Son adversaire tira une arme de l'arrière de sa ceinture, sous le blouson de cuir, et la pointa sur Ana.

— Ah oui, tu crois ? Voyons combien de temps tu résisteras avec une balle logée entre les deux yeux.

Benning n'attendit pas davantage. Il plongea dans les jambes de l'assaillant au moment où Ericson, son attention attirée par le bruit, retournait l'arme vers lui. Le pied-de-biche tomba avec fracas sur le sol de ciment comme il décochait un grand coup de pied dans le poignet d'Ericson. L'arme vola dans les airs et glissa sur le sol, hors de sa portée, mais le tueur répliqua par un crochet bien senti qui toucha Benning à la mâchoire. Il tituba et secoua la tête pour reprendre ses esprits, mais un second coup, aussi fort que le premier, vint parachever le travail. La douleur irradia dans le côté gauche de son visage, et il chancela. Avant que les étoiles n'aient disparu de son champ de vision, un grondement rageur emplit ses oreilles.

Ana sauta sur Ericson par-derrière, l'étranglant d'une clé de bras. D'un mouvement vif, celui-ci glissa les mains sous les aisselles d'Ana et, se courbant brusquement en deux, la fit voltiger par-dessus sa tête. Elle alla de nouveau heurter durement le sol. Ce fut son cri de douleur qui tira Benning du brouillard dans lequel l'avaient plongé les deux crochets portés coup sur coup. Il ramassa le pied-de-biche et, le brandissant au-dessus de sa tête, l'abattit sur Ericson, mais l'ancien partenaire d'Ana, rapide comme l'éclair, esquiva l'attaque d'un bond en arrière avant de riposter d'un coup de pied dans les reins de Benning. Il tomba, un genou à terre, comme un élancement fulgurant lui faisait de nouveau voir trente-six chandelles. Mais Ana ne lâchait toujours pas pied.

Elle saisit le poignet d'Ericson et le tordit en élevant la main au-dessus de sa tête avant de pivoter brusquement sur elle-même et de frapper violemment son nez du plat de l'autre main. Le cri d'Ericson se noya dans un gargouillis de sang. Profitant de son avantage, elle doubla la mise d'un coup de pied dans la poitrine. Déséquilibré, l'ex-agent chuta.

— Tu peux bien tenter de me tuer tant que tu veux et menacer les gens que j'aime, Ericson, ça ne ressuscitera pas Samantha Perry et ça ne changera rien à tout le mal que tu as fait.

Sa voix trembla, comme si sa gorge s'était subitement rétrécie, et Benning la vit inspirer profondément et desserrer les poings le long de son corps.

— Je suis désolée de ne pas avoir été aussi présente que j'aurais dû l'être sur cette affaire, de ne pas avoir été avec toi quand tu as découvert son corps et de ne pas avoir trouvé le courage d'assister aux obsèques. Mais ce qui me navre plus encore, c'est que tu en sois venu à t'imaginer que c'était le seul moyen de rendre justice à Samantha.

Elle secoua la tête.

— En ce qui me concerne, je crois que je me suis punie pendant assez longtemps. Maintenant, c'est ton tour.

Benning la contempla, abasourdi, pendant un instant. *Elle l'avait fait.* Elle avait réussi à se pardonner. Sa tension baissa d'un cran. Même la pression qui pulsait au niveau de sa tempe s'atténua. Mon Dieu, comme il aimait cette femme.

Alors même qu'il croyait désormais si bien la connaître, elle parvenait encore à le surprendre. Il ne lui restait plus qu'à espérer que lui et les jumeaux sauraient se montrer dignes d'elle, une fois que tout ceci serait terminé. *Si* elle voulait bien lui pardonner.

Mais, pour l'heure, ils n'étaient pas sortis d'affaire, loin de là. Ce qu'Ericson ne tarda pas à confirmer.

— Parce que tu crois que ton petit mea culpa suffit à

t'exonérer de tes fautes ? Tu n'as même pas encore commencé à payer, Ramirez.

Ericson tourna la tête pour cracher le sang qui lui coulait sur les lèvres, puis il ramena son attention sur Ana, la bouche tordue par un sourire cruel.

Un reflet brillant attira le regard de Benning vers la main de l'ex-agent comme celui-ci se redressait d'un bond avec une souplesse de félin. Benning se jeta en avant.

— Ana ! Attention !

Il percuta son adversaire, mais pas assez fort pour le plaquer au sol. Le monde menaça de se dérober sous ses pieds comme une douleur foudroyante lui transperçait l'abdomen. Une seconde... Deux... Il recula en chancelant, l'esprit en proie à une telle confusion qu'il ne se rendit pas tout de suite compte que la lame était toujours enfoncée dans son corps.

— Voilà... Là, tu commences à payer, proféra Ericson d'une voix égale en retirant d'un coup sec le couteau, comme s'il avait fait ce geste des centaines de fois.

Pris de vertige, Benning tomba à genoux.

— Non !

Telle une furie, Ana fondit sur lui et, lui enfonçant l'épaule dans le ventre, le projeta contre le mur en le bourrant de coups. La riposte ne se fit pas attendre, et les coups se mirent à pleuvoir de part et d'autre, les deux anciens partenaires se livrant une lutte acharnée, entrecoupée de grognements, tandis que la femme qu'il aimait mobilisait ses dernières forces pour le protéger.

Le pistolet. Benning aperçut la crosse de l'arme dans la lumière vacillante d'un tube au néon, près de l'entrée.

Il pressa les mains sur son abdomen, le sang coulant entre ses doigts. Serrant les dents, il se remit tant bien que mal debout et, les jambes flageolantes, avança en titubant pour le ramasser. L'arme lui parut incroyablement lourde, mais il se retourna, le pistolet à la main.

— Écartez-vous d'elle ou je tire.

Ericson positionna Ana devant lui, faisant d'elle son bouclier humain. Le regard sombre de l'ex-agent se vrilla sur celui de Benning, et la peur le saisit.

— Je peux la tuer avant que vous n'ayez eu le temps de faire feu, monsieur Reeves. Vous êtes sûr de vouloir courir ce risque ?

— Elle ferait la même chose pour moi.

Et Benning appuya sur la détente.

15

C'était fini.
Enfin.
Ana contemplait la scène depuis l'habitacle de l'ambulance, les flashs rouges et bleus des gyrophares balayant par intermittence son champ de vision. Le battement de son sang lui martelant l'arrière du crâne, elle regardait les officiers et le personnel médical se mouvoir comme au ralenti. Et puis, au milieu de toute cette agitation et de la neige qui s'était remise à tomber, il y avait Benning, installé avec son fils à l'arrière d'une autre ambulance.

Un poids lui comprima la poitrine, mais il n'était pas dû aux deux côtes qu'elle s'était cassées lors de l'explosion, chez Claire Winston. Non. Pour la première fois depuis bien longtemps, elle ne s'était pas battue seule. Benning avait combattu Ericson York avec elle – *pour* elle. Dans les recoins les plus reculés du paysage intérieur aride et désolé qu'elle s'était créé, il avait entretenu une petite braise, qu'il avait réussi à ranimer au point de la transformer en un grand feu. Il lui avait montré comment souffrir, comment assumer cette souffrance, comment guérir et comment s'autoriser à éprouver de nouveau des sentiments. Sans lui, jamais elle n'y serait parvenue.

Le médecin légiste de Sevier County et son assistante traversèrent son champ de vision, s'affairant autour des ambulanciers qui évacuaient sur une civière le corps d'Ericson York, désormais dans un sac en plastique, et le cœur d'Ana marqua un bref à-coup. Son ex-partenaire avait été un bon agent, l'un des meilleurs avec lesquels elle ait fait équipe avant son retour à Washington puis son affectation à la DCT, mais ni lui ni elle n'avaient su gérer les désastreuses conséquences de l'affaire Samantha Perry. La différence entre les chemins qu'ils avaient empruntés avait tenu à une chose : la petite part d'elle-même qui n'avait jamais cessé d'appartenir à Benning Reeves. Et, de cela, elle lui serait éternellement reconnaissante.

Les yeux bleus s'arrêtèrent sur elle, repoussant le cauchemar des dernières heures tout au fond de son esprit, comme Benning répondait à l'officier de la police de Sevierville. Owen était vivant. Déshydraté, choqué, affamé, mais vivant. Elle n'avait pas échoué, cette fois. Benning avait eu raison depuis le début. Se couper de tous comme elle s'y était consciencieusement employée n'avait pas fait d'elle une meilleure enquêtrice. Ce détachement n'avait été qu'une béquille sur laquelle elle s'était appuyée pour tenter de se défaire de cette culpabilité qui la poursuivait depuis la découverte du corps de Samantha. Oh ! elle était toujours là. Elle n'avait pas disparu comme par enchantement, mais elle était moins vive. Comme elle l'avait dit à Ericson, il n'y avait pas de nombre magique de victimes à sauver pour se débarrasser définitivement de la faute qui avait pesé si lourd sur leurs consciences. Il lui faudrait du temps, et de l'aide, pour gommer peu à peu les sept années de châtiment qu'elle s'était infligées. Benning lui sourit depuis le brancard où le médecin achevait de suturer sa plaie, son fils étendu sur une civière, à son côté. Heureusement, elle aurait tout le soutien dont elle avait besoin.

— Je vous avais exhorté à la prudence, mais je constate que mes mises en garde sont restées lettre morte.

Elle tourna la tête. L'épaule calée contre la porte arrière de l'ambulance, Jill Pembrook la regardait, ses cheveux gris tirés en un chignon strict qui était le parfait reflet de sa détermination de fer.

— Ça se solde par quoi, cette fois ? Deux blessures par balle, un morceau de verre planté dans la cuisse et une côte cassée, tout ça en l'espace de quatre jours ?

— *Deux* côtes, rectifia Ana. Et un index fracturé, aussi.

Elle appuya les paumes sur la civière pour se redresser face à sa patronne, mais les antalgiques que lui avaient administrés les urgentistes ne devaient pas encore avoir fait effet. Elle laissa retomber sa tête contre l'oreiller, retenant un grognement de douleur. Le corps-à-corps avec Ericson avait sans doute été le plus rude combat qu'elle ait eu à mener de toute sa carrière, mais il en était allé de sa vie. Et de celles de Benning, d'Owen et d'Olivia. Elle avait été prête à tout pour eux. Parce qu'elle les aimait, tous, comme s'ils avaient toujours fait partie de sa vie. Et elle voulait que ça continue. Elle voulait s'endormir et se réveiller au côté de Benning chaque jour de sa vie, répondre aux appels de l'école quand Olivia aurait encore apporté un animal mort afin qu'il soit autopsié dans le laboratoire de sciences naturelles, brosser les draps du lit d'Owen pour en chasser les miettes de biscuit et se mesurer à lui chaque fois qu'il se prendrait de passion pour un nouveau jeu vidéo. Elle voulait tout. Les bons et les mauvais moments.

Mais elle n'entendait pas renoncer à sauver des vies… ni se laisser mettre sur la touche par la directrice de la DCT pour avoir outrepassé ses ordres et s'être laissé impliquer émotionnellement.

Avalant sa salive pour dissiper la boule qui, soudain, lui obstruait la gorge, elle s'enquit :

— Est-ce que vous avez eu des nouvelles de JC et Evan ?

— L'agent Cantrell souffre d'une légère commotion mais devrait être de retour sur le terrain d'ici à quelques jours. Ce sera plus long pour l'agent Duran. Il est au bloc opératoire en ce moment même, mais le pronostic médical est bon.

Pembrook croisa les bras sur sa veste bien repassée et sa chemise blanche immaculée, l'expression impénétrable.

— D'après ce qu'ils m'ont dit, ils ne seraient pas sortis

vivants de ce sous-sol si M. Reeves n'avait pas bravé l'interdiction d'entrer dans la maison et risqué sa vie pour voler à votre secours.

L'ombre d'un sourire passa fugitivement sur le visage de Pembrook comme elle se redressait et laissait tomber ses bras le long du corps.

— Vous vous êtes tous les deux comportés comme des idiots mais, apparemment, ça vous a porté chance. Il faut croire que vous méritiez de vous retrouver. Quoi qu'il en soit, je vous souhaite un prompt rétablissement et attends votre retour, à vous aussi, sur le terrain aussitôt que possible, agent Ramirez. Les personnes à qui nous venons en aide ont besoin de vous.

— Oui, madame.

Ana réprima elle aussi un sourire en regardant la directrice s'éloigner. Elle alla rejoindre une belle Afro-Américaine en treillis qui se tenait de l'autre côté du ruban délimitant la scène de crime.

Son sourire s'évanouit. Claire Winston. Il y avait sept ans qu'elle n'avait pas vu la meilleure amie de Samantha Perry, mais elle l'aurait reconnue à n'importe quel âge, n'importe où. Dire qu'Ericson York avait forcé cette pauvre femme à revivre le cauchemar de la perte de sa meilleure amie en laissant une breloque à l'effigie du signe de la Balance chez Benning après avoir placé l'autre dans la bouche de Harold Wood. *Infierno*, il avait même poussé le vice jusqu'à enterrer son corps dans le sous-sol de Claire comme une sorte de trophée. Pour autant… ça n'expliquait toujours pas pourquoi il avait séparé la tête de Wood de son corps pour la cacher ailleurs. Claire tendit la main pour saluer Jill Pembrook, et le regard d'Ana s'arrêta sur son poignet.

Elle vit scintiller un bracelet d'argent dans les lumières des gyrophares.

Pas de breloque.

Elle fronça les sourcils.

Claire n'avait-elle pas dit à Pembrook qu'elle avait

précieusement conservé la breloque de son adolescence et la portait systématiquement à son bracelet chaque fois qu'elle était en permission ? Pourquoi, dans ce cas, était-elle absente aujourd'hui ?

— Dis-moi que tu vas bien et que je n'aurai plus besoin de faire usage d'une arme à feu ce soir.

Du coin de l'œil, elle vit Benning approcher tandis qu'Owen, derrière lui, caressait l'un des chiens de la brigade canine sous l'œil vigilant de son maître.

— Aide-moi à me lever.

— Pardon ? se récria-t-il, écarquillant les yeux, l'air catastrophé.

— Claire Winston ne porte pas sa breloque, Benning, répondit Ana à voix basse en se laissant glisser vers l'extrémité de la civière pour descendre de l'ambulance.

Une fois debout, elle prit appui sur lui.

— Pourquoi avoir soutenu le contraire à la directrice de la DCT si ce n'est pour qu'on ne puisse pas établir de lien entre elle et l'une des breloques qu'on a découvertes ?

Il tourna la tête pour regarder Jill Pembrook en train de s'entretenir avec la femme en treillis, juste au-delà du périmètre qui avait été bouclé puis reporta son regard sur Ana.

— Tu penses qu'Ericson et elle étaient de mèche.

— Ericson m'a dit que Harold Wood avait commis l'erreur de s'en prendre à Claire.

Elle glissa sa main dans la sienne sans quitter des yeux l'échange entre les deux femmes.

— De là à en conclure que Claire a pu l'aider à se débarrasser des preuves en apprenant qu'elle était devenue la prochaine victime sur la liste de Wood, il n'y a qu'un pas. Sinon, pourquoi Ericson aurait-il caché ce fichu corps chez elle, dans son sous-sol ?

Parlant tout bas, lui aussi, il répondit :

— Peut-être pour brouiller les pistes et orienter les soupçons du FBI sur elle si jamais il se faisait coincer.

— Ericson lui a sauvé la vie. Il ne lui aurait jamais laissé porter le chapeau pour le meurtre qu'il était fier d'avoir commis et il ne l'aurait jamais dénoncée si elle avait été complice de l'enlèvement d'Owen.

Elle secoua la tête.

— Il avait peut-être perdu les pédales, mais il se souciait suffisamment de Claire pour faire en sorte que Harold Wood ne puisse jamais lui nuire.

— Et comment comptes-tu prouver qu'elle est impliquée ?

— Il faut que je voie le pistolet d'Ericson.

Quelques minutes plus tard, à sa requête, la police de Sevierville lui remettait le scellé contenant l'arme dont Benning s'était servi pour abattre son ancien partenaire. Lâchant la main de Benning, elle retourna le sachet en plastique entre ses mains pour examiner le pistolet.

— C'est un Glock 22, qui tire des balles de calibre .40… l'arme de dotation standard des agents du FBI. Or, Wood a été tué avec un calibre .45, le même que celui des cartouches du Beretta M9 enregistré au nom de Claire Winston.

Elle se tut, toutes les pièces du puzzle se mettant en place dans sa tête, et darda son regard vers les deux femmes, toujours en pleine conversation.

— C'est elle, Benning. Elle a tué Harold Wood, et Ericson a dissimulé le crâne sur le site de construction pour le cas où le corps serait retrouvé. Il était prêt à plonger à sa place… Et, quand tu as découvert le crâne, il a enlevé Owen et Olivia pour t'obliger à le lui rendre.

— Mais pourquoi se serait-il sacrifié pour elle ?

Le regard sombre et luisant de Claire Winston, qui suivait les gestes du médecin légiste supervisant le chargement du corps de Wood dans le véhicule de l'institut médico-légal, se détourna tout à coup pour se planter dans celui d'Ana, comme si la militaire avait senti qu'elle était observée.

En un instant, Ana sut quelle était la réponse à la question de Benning.

— Ericson s'en voulait autant que moi de ce qui était

arrivé à Samantha. Je pense qu'il a cru pouvoir payer sa dette en couvrant Claire.

Les regards d'Ana et de Benning convergeant avec insistance vers elle avaient dû entamer l'assurance de Claire car la peur s'insinua peu à peu dans sa physionomie. Finalement, elle tourna les talons et s'enfuit en courant dans la neige. Mais elle n'alla pas très loin. Sans hésitation, la directrice ordonna aux officiers de l'intercepter. Et Claire Winston se rendit, les mains en l'air.– Tu n'étais pas obligé de faire ça, protesta Ana depuis le porche où ils se tenaient tous deux côte à côte. Le médecin a dit que je pouvais très bien me débrouiller seule du moment que je ne forçais pas.

— Ce n'est pas du tout ce qu'elle a dit, contra Benning. Tu as entendu ce que tu voulais entendre.

Mais ce n'était pas la seule raison pour laquelle il l'avait convaincue de passer sa convalescence à Sevierville au lieu de rentrer à Knoxville. Jetant un coup d'œil derrière lui, il regarda Owen et Olivia qui, le visage collé à la fenêtre, agitaient frénétiquement la main pour dire au revoir à leurs grands-parents.

Peut-être aurait-elle préféré se rétablir, au calme, chez elle, mais il ne pouvait plus faire marche arrière maintenant sous peine de s'exposer à tout un tas de questions et de récriminations de la part des jumeaux. Il avait échafaudé son plan avec eux et, ses beaux-parents repartis, le moment était désormais venu de le mettre à exécution.

— Je sais très bien que tu ne resterais pas longtemps au repos si je ne t'avais pas à l'œil, ici.

Elle ralentit avant de rentrer dans la maison et se tourna vers lui, la main appuyée sur la béquille axillaire qui la soutenait sous le bras. Le regard mordoré se planta dans le sien, suspicieux.

— Tu n'as pas confiance en moi.

— Oh ! je remettrais ma vie entre tes mains les yeux fermés. Mais, pour ce qui est de la tienne, je préfère rester vigilant.

Prenant garde à demeurer à son côté tandis qu'elle traversait – sans assistance – la terrasse glissante en direction de l'entrée, il ouvrit la porte en grand et tendit immédiatement une main à l'intérieur, paume ouverte, pour lui ouvrir la voie et prévenir toute approche un peu trop enthousiaste des jumeaux.

Owen et Olivia, excités comme des puces, regardèrent Ana entrer en sautillant sur place, leurs visages barrés de deux sourires jusqu'aux oreilles. Il ne leur avait pas vu un air aussi réjoui depuis bien longtemps. Owen avait passé trois jours à l'hôpital mais, depuis quelques jours, il redevenait de plus en plus lui-même – à ceci près qu'il semblait moins intéressé par sa tablette, ce dont Benning n'allait pas se plaindre. Olivia avait demandé à dormir dans la chambre de son frère afin, disait-elle, de veiller sur lui et de s'assurer que personne ne viendrait plus le lui enlever. Cela lui avait serré le cœur de voir combien sa fille avait eu peur pour son jumeau, mais Owen était là, maintenant, et tout était rentré dans l'ordre. Ils étaient en sécurité, mais ce n'était pas demain la veille que Benning emporterait de nouveau un crâne trouvé sur un chantier ! Quant à lui...

Le rire d'Ana interrompit le cours de ses pensées. Elle contemplait les enfants, l'air mi-amusé mi-surpris par leur inexplicable état de surexcitation. Mais il ne pouvait pas leur en vouloir de ne pas mieux contenir leur impatience. Il était presque aussi excité – et nerveux – qu'eux à l'idée de la petite mise en scène qu'ils avaient préparée à son intention, si ce n'est qu'il était heureusement plus maître de lui. Encore que, s'agissant d'Ana...

Elle se pencha vers lui pour lui souffler :

— Tu es sûr que tu ne vas pas regretter de m'avoir invitée ici pour ma convalescence ? Je sais que j'ai un côté irréductible, mais je fonds littéralement devant ces frimousses. Autant te prévenir, ça va être le chaos chez toi, le temps de mon séjour. Je serai incapable de leur résister quand ils demanderont quelque chose.

— Je crois que je suis prêt à relever le défi.

Sentant ses joues s'empourprer, il s'empressa de se détourner pour lancer aux jumeaux :

— Les enfants, et si vous emmeniez Ana voir ce que vous avez fait pour elle pendant qu'elle était à l'hôpital ?

Elle roula de gros yeux faussement alarmés.

— Ne me dites pas que c'est encore un crâne ? Ou un pied ou je ne sais quoi ? Je crois que j'ai eu ma dose de corps en pièces détachées pour le moment !

Elle prit appui sur sa béquille, s'apprêtant à les suivre, mais, le temps que Benning ferme la porte d'entrée, Owen et Olivia avaient déjà disparu. Un bruit de cavalcade effrénée leur parvint, et elle se retourna vers lui, les sourcils arqués.

Il haussa les épaules, prenant son air le plus candide.

— Je ne sais pas ce qu'ils ont… Ils sont un peu excités.

Baissant la tête pour éviter de croiser son regard, il lui fit signe de la précéder et lui emboîta le pas tandis qu'elle s'engageait en boitillant dans le couloir.

Parvenue devant la porte ouverte de la chambre d'Olivia, Ana se figea subitement.

— Qu'est-ce que c'est que ça ?

Venant se placer à côté d'elle, Benning vit Owen et Olivia plantés au centre de la pièce. En plein milieu de la scène de crime qu'ils avaient minutieusement agencée ensemble. Après avoir convaincu un des collègues d'Ana de lui donner un rouleau de rubalise, sa fille n'avait pas ménagé ses efforts pour décorer sa chambre de la façon la plus réaliste possible. Et le résultat était à la hauteur de ses espérances : c'était à peine si l'on voyait encore le rose pâle semé de fleurettes du papier peint. Mais le plus impressionnant était le tracé à la craie blanche dont Olivia avait entouré le corps de son frère qui, se prêtant au jeu, avait pris la pose sur la grande bâche bleue rapportée par Benning d'un des chantiers qu'il inspectait. Et les marqueurs de preuves : du ketchup dilué en guise de faux sang, l'un des livres favoris d'Olivia, la tablette d'Owen, un marteau et un petit coffre en velours noir à côté du marqueur portant le numéro Trois.

— Ça a l'air terrifiant, je sais, mais ils ont tenu à tout planifier afin qu'il y ait sur cette scène quelque chose de chacun de nous. D'où le livre, la tablette et le marteau.

— Je vois, énonça-t-elle lentement. Alors… Olivia, c'est le livre, bien sûr. Owen, la tablette et toi… le marteau, j'imagine.

Elle hocha la tête sans qu'il puisse décrypter son expression puis, se penchant légèrement, elle plissa les yeux.

— Et moi ? Est-ce que je suis censée être représentée par le corps, au milieu de cette mare de sang ?

Les enfants ne purent se retenir de pouffer de rire.

Il pointa du doigt le petit écrin noir.

— Je pense que c'est plutôt ça.

Owen se pencha pour ramasser le coffret. Il ouvrit d'un geste solennel le couvercle et le tendit devant elle.

— Ana, tu veux bien nous épouser ?

— Dis oui… S'il te plaît, renchérit Olivia. On veut que tu restes avec nous. Pour toujours !

Interloquée, elle demeura un instant immobile. Benning entendait le sang battre furieusement dans ses oreilles. Elle chassa du dos de la main les larmes qui roulaient le long de ses joues et, affermissant son appui sur sa béquille, elle s'inclina pour prendre le boîtier des mains d'Owen et se tourna vers Benning.

— Je sais que je t'ai demandé de démissionner de la DCT pour protéger les enfants, mais c'était stupide de ma part, et parfaitement injuste.

Il sortit la bague du coffret, espérant que le diamant rond serti dans l'anneau de platine serait suffisamment solide pour résister aux aléas auxquels l'exposeraient ses futures enquêtes.

— Je me suis rendu compte après coup que c'était moi que je cherchais à protéger. Je voulais être certain que tu ne disparaîtrais pas une fois cette affaire terminée mais, te demander de renoncer à ton travail, ce serait comme te demander de cesser d'être la femme que j'aime. Je sais maintenant que je t'aime telle que tu es. Ana Sofia Ramirez…

Il posa un genou à terre et glissa l'anneau autour de son annulaire.

— Acceptes-tu de devenir ma femme ?

Elle passa tendrement son pouce sur ses lèvres, le diamant scintillant à son doigt dans la lumière qui entrait par la fenêtre.

— Je t'ai déjà dit que j'étais incapable de résister à ces frimousses, répondit-elle en jetant un coup d'œil attendri aux jumeaux.

— Est-ce que ça signifie que c'est oui ?

— Oui !

Elle tendit les lèvres comme il se relevait pour l'embrasser, sous les cris et les hourras des enfants.

Mais il les entendit à peine. À cette minute, il n'y avait plus qu'Ana. Son bel agent du FBI. La femme si forte, si déterminée qui non seulement avait sauvé la vie de ses enfants mais avait redonné tout son sens à la sienne.

— Moi aussi, je t'aime. Je t'ai toujours aimé. Tu es toujours resté dans mon cœur et, aujourd'hui, je sais que c'est grâce à toi que je n'ai pas suivi le même chemin qu'Ericson, Benning.

— Je t'aime.

Il prit son visage entre ses mains et l'embrassa avec ferveur.

— Je serai toujours là pour toi, quoi qu'il arrive. Mais, compte tenu de ta profession et du fait que nous avons, ici présents, deux petits êtres dont nous sommes responsables, je pense qu'il est temps que j'apprenne à utiliser correctement une arme.

— Bouh ! Bouh ! C'est nul !

Le rire d'Ana étouffa le chœur de protestations d'Owen et Olivia, propageant en lui une onde de chaleur.

Il joignit son rire au sien.

— Ça, ce n'est qu'un début. Autant te prévenir, il y aura pire… Le jour. La nuit. Dans la salle de bains… Ils sont partout. Ce sera l'enfer !

Elle leva les yeux vers lui, ses lèvres s'incurvant en ce

lent sourire mutin qui lui chavirait le cœur. Benning resserra son étreinte.

— Parée pour cette mission-là aussi, agent Ramirez ?

Elle examina la scène de crime que les jumeaux avaient fabriquée pour elle puis ramena son regard sur lui.

— Je crois que je suis prête à relever le défi.

TYLER ANNE SNELL

Un mensonge si périlleux

Traduction française de
CHRISTINE BOYER

BLACK ROSE

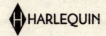

Titre original :
IDENTICAL THREAT

© 2020, Tyler Anne Snell.
© 2021, HarperCollins France pour la traduction française.

1

Lorsqu'il la vit entrer au gala de charité, Desmond Nash eut tout de suite la conviction que cette somptueuse rousse n'était pas de la région. Intrigué, il s'interrogea sur la raison de sa présence en ce lieu.

Faisait-elle partie des généreux donateurs venus soutenir financièrement l'un des organismes caritatifs avec lesquels ils travaillaient ?

Ou était-elle là pour se renseigner sur la façon dont la Second Wind Foundation fonctionnerait maintenant qu'elle avait installé son siège à Overlook, dans le Tennessee ?

À moins qu'elle n'appartienne à la cohorte de journalistes du comté de Wildman chargés de couvrir l'événement ?

Il n'était pas exclu non plus qu'elle soit la petite amie, la fiancée peut-être, de quelqu'un ?

Desmond Nash s'efforçait d'écouter ce que lui racontait le petit groupe d'invités qui se pressaient autour de lui comme s'il était une bête curieuse. Mais il lui était difficile de ne pas suivre l'inconnue du regard. Non seulement elle était ravissante mais, juchée sur ses talons aiguilles, elle fendait la foule avec aisance.

Elle a la beauté d'une sirène, songea-t-il.

Avec ses boucles rousses qui cascadaient sur ses épaules et son dos, elle semblait auréolée de mystère. Ses yeux noirs attiraient Desmond comme des aimants.

Il émanait d'elle une assurance, une grâce, qui le charmaient. Comme les autres personnes conviées à cette réception, elle était habillée avec une rare élégance. Sa robe longue épousait ses courbes féminines et laissait deviner des jambes fuselées. La soie noire de sa tenue contrastait avec sa peau pâle, parsemée de taches de rousseur.

Quelle qu'elle soit, cette inconnue illuminait la soirée par sa seule existence.

Une voix grave derrière lui brisa le charme et tira Desmond de la transe dans laquelle il était tombé dès que la belle rousse était apparue.

— Nous sommes tous si heureux que tu aies décidé de rentrer à la maison, Desmond.

Il se retourna et découvrit Garfield Taylor, l'un des membres du conseil municipal qui avait été un grand ami de Michael, le père de Desmond.

— Depuis que tu as créé Second Wind, tu n'as pas arrêté un instant, poursuivit Garfield. Personne ne te reproche de te consacrer corps et âme à une noble cause, bien sûr, mais peut-être est-il temps pour toi de lever le pied et de souffler un peu, non ?

Le vieil homme avait posé la question d'un ton taquin, une lueur malicieuse dans le regard, avant de reporter son attention sur la sirène rousse. Manifestement, il avait surpris Desmond en train de la dévorer des yeux.

Desmond réprima un soupir exaspéré. Sans le vouloir, il avait donné à Garfield un bon prétexte pour l'interroger sur sa vie personnelle. Il était prêt à parier que son interlocuteur allait bientôt lui lancer la question que sa mère lui avait déjà posée.

« Quand vas-tu te décider à te poser, à te marier peut-être ? »

Desmond regretta de ne pas avoir le sens de la repartie de ses frères. Ces derniers n'avaient aucun scrupule à remettre à leur place en quelques mots assassins les importuns ou les indiscrets.

Il faillit répondre : « Je prendrai le temps de souffler lorsque vous publierez le livre sur lequel vous travaillez depuis près de dix ans. »

Mais il se retint, sourit et opta pour une réponse plus diplomatique.

— Second Wind fait autant partie de ma vie que ce ranch, dit-il. Tant que des gens auront besoin de mon aide, tant que je pourrai faire quelque chose pour eux, je continuerai.

Les personnes qui les entouraient sourirent, certaines se mirent à rire. Tout le monde avait un verre à la main. Garfield n'insista pas. Quelqu'un d'autre prit la parole et, heureusement, lui posa une question d'ordre professionnel. Desmond s'apprêtait à exposer le programme de construction de sa fondation pour la énième fois de la soirée quand une petite main sur son bras l'obligea à détourner la tête.

Sa sœur, un sourire aux lèvres, lança à la cantonade :

— Désolée de vous interrompre, mais puis-je vous emprunter Desmond un instant ? J'ai un mot à lui dire en tête à tête.

Madi savait bien qu'elle n'avait pas besoin d'autorisation pour lui parler. Certes, ce gala était donné en l'honneur de Desmond et destiné à réunir des fonds pour ses activités, mais les habitants de la région connaissaient tous les membres de la famille Nash.

Et en particulier les triplés, Desmond, Madi et Caleb.

Aucun d'eux n'avait demandé cette notoriété, mais il leur était impossible d'y échapper. Le fait que Madi ait quitté le ranch pour se marier et porte désormais un autre nom de famille n'y avait rien changé.

— Bien sûr, dit Desmond. Excusez-moi, les amis, ajouta-t-il à l'adresse de ses interlocuteurs.

Madi l'entraîna vers le buffet. Desmond devina qu'elle avait envie d'un thé glacé. La plupart des invités sirotaient du champagne, mais Madi préférait le thé à tout autre breuvage.

— En réalité, je n'avais rien de particulier à te dire, chuchota-t-elle dès qu'ils furent loin des oreilles indiscrètes, mais j'ai senti que ces gens t'ennuyaient, que tu en avais assez de leur conversation et que tu ne savais pas comment leur fausser compagnie sans les vexer. J'ai vu le regard fourbe de Garfield tandis qu'il s'entretenait avec toi. Sans parler de Missy qui te dévisageait, des paillettes dans les yeux, comme si tu étais la huitième merveille du monde.

Desmond se mit à rire.

— Je n'avais pas remarqué Missy, mais je te remercie de m'avoir permis d'échapper à Garfield. Et c'est vrai, j'en ai un peu assez de rabâcher le programme des travaux de construction. Or le sujet passionne apparemment les foules, et tout le monde m'a bombardé de questions sur ce thème. J'oubliais l'autre sujet phare de la soirée : « Que va faire Desmond Nash maintenant ? » Ce qui signifie, en clair et sans décodeur : « Quand va-t-il enfin se marier ? »

Ce fut au tour de Madi d'éclater de rire. Comme ils approchaient du buffet, Desmond promena les yeux autour de lui.

L'organisation de la garden-party avait été confiée à un traiteur événementiel de Kilwin, ville voisine d'Overlook. En professionnels de la fête, ils avaient réussi à transformer un vulgaire champ en un lieu chic. D'immenses tentes avaient été dressées entre la maison familiale et l'écurie, des guirlandes lumineuses tendues entre les arbres. Sous les étoiles, avec les forêts et les montagnes en toile de fond, le ranch avait à présent un côté féerique. Loin de paraître incongrus, tous ces hommes en costume et ces femmes en robe de soirée étaient en parfaite harmonie avec l'élégance du site.

L'efficacité et l'amabilité des serveurs étaient également remarquables.

Originaires de la région pour la plupart, ils échangeaient volontiers quelques mots avec les invités tout en leur offrant à boire. Matthew Jenkins s'approcha, chargé d'un plateau. Il salua Desmond d'un signe de tête et retira son chapeau pour dire bonjour à Madi. Le contraste entre le charmant jeune homme qu'il découvrait et l'image de Matthew que Desmond avait gardée en mémoire était saisissant. Quelques années plus tôt, Matthew était un adolescent tourmenté qui passait son temps à boire. Un jour, ivre mort, il avait même voulu donner un pourboire à une vache…

— Overlook n'a pas l'habitude des nouveautés, dit Madi,

remerciant d'un sourire le serveur. Et avec toi, elles se multiplient. Non seulement tu es revenu, mais tu as décidé de construire le futur siège de Second Wind au cœur de la ville. Tu as fait le buzz. Tu ne peux pas déclencher un battage médiatique et espérer t'en tirer comme ça, cow-boy.

Madi n'avait pas tort. Overlook était une petite ville tranquille. Certes, elle était prospère mais voilà longtemps qu'aucune entreprise ne s'y était installée, en tout cas pas de l'importance de Second Wind. Il restait deux mois de travaux et, chaque fois qu'il se rendait sur le site pour évaluer les progrès, Desmond y voyait des curieux venus faire la même chose que lui.

La réflexion de Madi à propos du battage médiatique était, elle aussi, fondée. Ces dernières années, Overlook avait traversé une série de chaos. Qu'ils aient tous été liés à la famille Nash ne faisait qu'alimenter les commérages.

— Je sais, je sais, concéda-t-il. Mais j'aimerais bien parler un peu d'autre chose. Déjà, je me sens déguisé dans ce costume. M'user les nerfs à tenter d'esquiver les questions personnelles n'arrange rien.

Son verre de thé à la main, Madi sourit.

— Leur curiosité à ton égard était prévisible, répliqua-t-elle à voix basse alors qu'ils naviguaient entre les tables. Ils se demandent tous pourquoi le plus charmant du trio Nash n'a pas une beauté pendue à son bras.

Le soupir de Desmond la fit éclater de rire.

— Et ne te fais aucune illusion, ajouta-t-elle. Maintenant que tu vas vivre à temps plein à Overlook, toutes les amies de notre mère vont se mettre à envoyer leurs filles à Winding Road sous un prétexte ou un autre. Ou elles viendront carrément sonner à ta porte. Et elles ne se contenteront pas de gros soupirs. Te voilà prévenu.

Desmond se remémora la sirène. Il s'apprêtait à demander à Madi si elle l'avait vue, si elle la connaissait, quand ils tombèrent sur Julian Mercer.

Madi décrivait souvent son mari comme un colosse, et la

description était juste. Desmond était grand et pourtant il devait lever le menton pour regarder son beau-frère dans les yeux.

— Exfiltration réussie, chuchota Madi à son époux d'un air de conspirateur.

— Aucune victime collatérale ? répondit Julian sur le même ton.

— Aucune. À part peut-être, l'amour-propre de Missy.

Julian enlaça Madi et l'attira à lui en souriant. Il souriait toujours quand elle était proche de lui.

Une petite morsure au cœur rappela soudain à Desmond qu'il n'avait pas connu ce genre de complicité depuis longtemps. Second Wind n'était pas seulement son gagne-pain. Au fil des années, cette entreprise était devenue toute sa vie. Il passait la plupart de ses nuits le nez plongé dans des colonnes de chiffres, il n'invitait plus à dîner que des investisseurs potentiels, et ses vacances se résumaient à chercher des idées pour la suite.

Au départ, revenir à Overlook n'avait pas été son choix. Sa famille en avait décidé ainsi.

— Il est peut-être temps de t'intéresser à autre chose qu'à Second Wind, lui avait dit sa mère. Un arbre ne se développe pas sans racines. Tu as besoin de t'attacher quelque part. Pourquoi pas à Overlook ?

À présent, il était là, essayant de garder un œil sur son horizon professionnel tout en laissant des racines invisibles s'enfoncer dans le sol du ranch.

— Vous êtes drôles tous les deux, dit Desmond d'un ton impassible. Avec vous, l'ambiance est assurée.

Sa réflexion fit sourire le couple.

— Nous avons été chargés d'animer la soirée jusqu'au bout de la nuit, lui rétorqua Madi, taquine. Et nous sommes toujours disponibles pour toute festivité : dîners, cocktails, mariages…

L'apparition du shérif d'Overlook, l'aîné de la fratrie Nash, interrompit leurs plaisanteries.

Plus encore que Desmond, Declan Nash avait l'air engoncé dans un costume cravate. Il leur adressa un salut bourru. Il n'était pas l'un des triplés, mais il n'en était pas moins très proche d'eux.

En le voyant, Desmond et Madi demandèrent avec inquiétude :

— Un problème ? Qu'est-ce qui ne va pas ?

Julian, qui n'était pas encore au courant de toutes les subtilités de la famille en matière de communication, se tendit.

Declan soupira. C'était devenu une marque de fabrique.

— Ce n'est rien… Pas de quoi fouetter un chat.

Il s'était passé quelque chose, mais il n'y avait pas mort d'homme, traduisit aussitôt Desmond.

— Si tu te montrais plus précis, je partagerais peut-être ton avis, insista Desmond.

Declan soupira à nouveau.

— Je reviens du chantier. Des vandales ont écrit des graffitis insultants sur l'un des murs extérieurs du bâtiment.

Desmond serra les dents tandis que son frère poursuivait :

— Juste un peu de peinture grise qui s'effacera vite, mais en attendant ces tags se voient de la route. Caleb et moi, nous roulions pour venir au gala de charité quand nous avons été prévenus. Nous sommes allés couvrir l'inscription d'une bâche. Et voilà pourquoi nous sommes en retard.

— Qu'y avait-il d'écrit ?

— Des bêtises, répondit son frère en secouant la tête.

— Il y a des caméras de surveillance sur le site, n'est-ce pas ? s'enquit Julian.

— Des caméras intérieures uniquement. Mais le cabinet d'avocats situé de l'autre côté de la rue en a une pointée vers le bâtiment en construction. Marty McLinnon y travaille. Comme il est ici, je vais lui demander l'autorisation de visionner ces images.

Declan retira son chapeau de cow-boy et se gratta la tête avant d'ajouter :

— Sinon, cela attendra demain. Ne t'inquiète pas.

Il envoya une bourrade à Desmond et se dirigea vers la tente qui abritait le plus d'invités. Mais, avant d'avoir la possibilité d'y entrer, il fut hélé par un groupe d'électeurs.

Desmond était peut-être considéré comme le plus charmant des Nash mais, en tant que shérif, Declan avait ses propres admirateurs.

— Il ne m'a pas dit ce qui était écrit sur le mur, marmonna Desmond.

Le regard de Madi passa par-dessus son épaule.

— Voilà Caleb. Tu lui poseras la question.

Son téléphone portable se mit à sonner pendant qu'elle parlait.

— Je te laisse, dit-elle après avoir vu le nom qui s'affichait sur l'écran. La baby-sitter m'appelle comme prévu pour faire le point. Je suis une mère névrosée, avoua-t-elle.

Madi et Julian s'éloignèrent pour prendre l'appel tandis que Desmond se tournait vers le dernier des frères Nash.

Caleb était un mélange de Declan et de Desmond. Inspecteur de police au bureau du shérif, il avait l'esprit vif. Comme Declan, il avait l'amour de l'ordre et de la justice chevillée au corps. Et, comme Desmond, il souriait à la vie et pratiquait l'humour avec brio. Ce trait de caractère s'était accentué depuis qu'il avait rencontré sa femme, Nina. En le voyant scruter la foule, Desmond devina que son frère la cherchait.

Dommage que lui-même s'apprête à le bombarder de questions qui allaient le ramener au travail.

Le petit orchestre installé dans un coin de la tente principale entonna un slow porté par un morceau au piano. La chanson douce ne se conjuguait pas bien avec les tensions dont il était la proie. Le charme était rompu, et il tenait à interroger Caleb à propos de ces graffitis.

Second Wind signifiait beaucoup plus pour lui que la plupart des gens ne le mesuraient. Au départ, cette fondation avait été une bouée de sauvetage. Et elle l'était toujours

Après tout ce que sa famille avait vécu…

Après le kidnapping.

Après la mort de son père.

Après des années de thérapie.

Après avoir pris conscience que les conséquences de cette histoire ne cesseraient peut-être jamais.

Second Wind avait peut-être pour vocation de financer des associations caritatives qui, à leur tour, aidaient les autres mais, pour Desmond, cette entreprise représentait bien davantage.

En principe, un vulgaire acte de vandalisme qui serait vite effacé par un peu de peinture n'avait aucune raison de le perturber, de lui gâcher la fête.

Pourtant, aussi ridicule que cela soit, c'était le cas.

À tel point que, perdu dans ses soucis, il faillit heurter de plein fouet une invitée qui se trouvait sur son chemin et qui, le nez en l'air, admirait les guirlandes lumineuses.

Desmond dut mettre une main sur son bras pour empêcher la collision.

— Excusez-moi, dit-il.

C'était la sirène.

Surprise, elle écarquilla ses yeux sombres.

— Non, c'est moi qui vous demande pardon, répliqua-t-elle avec un petit rire. Je ne regarde pas où je vais !

En le reconnaissant, son visage s'enflamma. Elle rougit et s'écarta de lui.

— Et vous êtes Desmond Nash, notre hôte, ajouta-t-elle. Je suis désolée de faire votre connaissance d'une manière aussi embarrassante.

— Pour ma part, je suis heureux que quelqu'un d'autre que moi soit impressionné par la beauté du cadre, répondit-il.

Elle avait toujours l'air nerveuse, mais elle lui sourit.

— Eh bien, autant me présenter maintenant, déclara-t-elle en lui tendant la main. Jenna Stone.

Le nom disait vaguement quelque chose à Desmond, pourtant il n'arrivait pas à le resituer.

Une incompréhensible inquiétude assombrit soudain le regard de la jolie rousse. Elle le lâcha et fit rapidement un autre pas en arrière. Desmond eut presque envie de se retourner pour voir si quelqu'un d'autre avait provoqué cette réaction, si elle avait été effrayée pour une raison ou une autre.

— Je vous laisse, lança-t-elle à la hâte. Il est temps que j'aille féliciter l'orchestre, à présent.

Desmond ouvrit la bouche pour dire quelque chose – il ne savait pas quoi.

Mais Jenna disparut avant qu'il n'ait pu prononcer un mot.

2

C'était un mensonge.
Elle n'était pas Jenna Stone. Mais elle devait le prétendre.
Il fallait faire croire à tout le monde qu'elle était Jenna.
Et en particulier *à lui*, à Desmond Nash.

En réalité, elle était Riley Stone, la sœur de Jenna. Sa sœur jumelle, pour être précise. Sa copie conforme physiquement – à l'exception du petit tatouage qui ornait sa cuisse depuis l'université et dont ses parents ignoraient l'existence.

Les sœurs Stone se ressemblaient comme deux gouttes d'eau, et il était presque impossible de les distinguer l'une de l'autre.

Conviée à ce gala de charité, Jenna espérait y nouer des contacts professionnels mais, à la dernière minute, elle avait eu un empêchement. Elle avait donc demandé à sa jumelle de la remplacer. Le temps d'une soirée, Riley devait être sa sœur.

Et voilà pourquoi elle s'était rendue au ranch de la famille Nash pour assister à cette garden-party extrêmement chic, vêtue d'une robe qui ne l'était pas moins, en s'efforçant de limiter au maximum les mensonges qu'il lui faudrait raconter.

Pourtant, sans le vouloir, elle s'était laissé emporter par l'atmosphère et, lorsqu'elle s'était retrouvée nez à nez avec l'homme en l'honneur de qui cette fête avait été organisée, elle avait oublié quelques instants cette petite comédie, et le rôle qu'elle devait jouer.

Desmond Nash ne ressemblait en rien à l'idée qu'elle se faisait de lui en parcourant le site web de sa fondation. Son portrait qui y figurait montrait un homme imposant, voire impressionnant, aux cheveux sombres, aux yeux bleus froids, un homme conscient de sa valeur. Sa biographie comme la longue liste des entreprises qu'il avait dirigées avec succès avant de fonder Second Wind ne faisaient que renforcer son profil d'homme d'affaires brillant qui ne reculait devant aucun défi. Mais, en chair et en os, il perdait le côté intimidant que Riley avait perçu lorsque sa sœur lui avait parlé de lui.

Il portait un costume, mais ses cheveux coiffés à la diable, comme son rire insouciant, balayaient son look de chef d'entreprise accompli et lui donnaient l'air d'un homme chaleureux et sympathique. Quant à son sourire, il l'avait émue. Lorsqu'elle avait failli entrer en collision avec lui, elle avait découvert que ses yeux étaient d'un bleu cristallin.

Desmond Nash ne ressemblait en rien à ce à quoi elle s'attendait et, au premier regard, elle était tombée sous son charme. Avant de se ressaisir. Car il lui était interdit de se laisser émouvoir par cet homme puisqu'elle était Jenna, ce soir.

« Ce que je te demande n'est pas la mer à boire, avait assuré sa sœur. Tu n'auras rien à faire de particulier. Il te suffira d'être là, de faire acte de présence. Mêle-toi aux invités, prends une flûte de champagne, croque quelques petits-fours, souris et échange des banalités avec les uns et les autres. C'est tout. »

Riley aurait voulu réduire sa jumelle en bouillie. Tromper les gens, même pour une bonne cause, n'avait jamais été sa tasse de thé. Et, ces derniers temps, mentir lui devenait insupportable. Or, à cause de Jenna, elle se retrouvait à une fête au milieu de dizaines de personnes qui ne soupçonnaient pas l'imposture.

Ce n'est pas si grave, songea-t-elle pour se rassurer. *Jenna ne pouvait pas venir, alors nous nous sommes fait passer l'une pour l'autre, un grand classique chez les jumeaux. C'est un petit jeu sans conséquence qui n'est pas destiné à nuire à qui que ce soit. Et personne n'en saura jamais rien.*

Ce petit monologue intérieur ne parvint pas à la convaincre totalement de son innocence, mais, refusant de s'appesantir sur sa culpabilité, elle redressa les épaules et se dirigea vers la tente suivante, attirée par un morceau de musique particulièrement envoûtant.

Petite ville rurale du Tennessee, Overlook était très loin d'Atlanta, en Géorgie, où Riley avait vécu ces derniers temps. À des années-lumière de l'animation permanente d'une grande métropole et des gratte-ciel tout en métal et en verre, Overlook aurait pu lui paraître un trou perdu et rasoir. Pourtant, dès son arrivée, l'endroit lui avait semblé magnifique, impressionnant.

Tout comme le ranch au bout de Winding Road.

Les éléments concernant la propriété familiale, trouvés sur Internet, résumaient bien l'essentiel : plus de cent hectares de terres, une grande maison, des écuries, des granges et le Wild Iris Retreat, qui appartenait également aux Nash. Avant de se rendre au gala de charité, Riley s'était connectée sur Google Earth pour zoomer le ranch et avoir une petite idée des lieux.

Des arbres, des champs, des montagnes... Rien de plus banal, en théorie.

Pourtant, en arrivant, Riley avait été émerveillée par tant de beauté.

Niché dans un écrin de verdure, entouré de champs à perte de vue et de grandes forêts, le ranch se fondait à la perfection dans le paysage. La maison familiale était très belle, les bâtiments de ferme et les écuries aussi. Quant à la grange rouge à l'arrière, elle semblait tirée d'une carte postale. Les montagnes au loin, les fleurs alentour, le ciel, tout lui avait paru idyllique. Un vrai paradis terrestre.

Maintenant, elle comprenait mieux pourquoi sa sœur avait voulu s'installer à Overlook.

Ce charmant village était un havre de paix, l'idéal pour se reconstruire après les échecs et les déceptions de leurs vies passées.

Riley n'en était que plus gênée de mentir à tous ceux qui la saluaient, lui souriaient et engageaient la conversation avec elle. Comme dans beaucoup de petites villes, tout le monde se connaissait. Au milieu de cette communauté soudée, elle se sentait comme une intruse. Surtout après sa rencontre impromptue et embarrassante avec Desmond.

Parvenue au bout de la tente et alors qu'elle s'apprêtait à se glisser dans la suivante, un homme attira son attention. Petit, trapu, les cheveux hirsutes, il n'avait pourtant rien de séduisant avec sa veste mal coupée et sa chemise froissée. Il planta les yeux sur elle avant de les promener autour de lui comme pour vérifier que personne ne s'intéressait à eux.

Riley devina que lui aussi était mal à l'aise pour une raison qui lui échappait.

— Belle fête, hein ? lança-t-il en guise de salut. Si quelqu'un en doutait encore, Desmond Nash n'est pas n'importe qui, loin de là. Il assure.

Riley plaqua le sourire commercial de sa sœur sur ses lèvres. *Joue ton rôle.*

— Je suis bien d'accord avec vous ! Cette soirée est vraiment extraordinaire, et je passe un excellent moment.

Un bref instant, il fronça les sourcils. Riley aurait été incapable de déterminer l'origine de ce bref mouvement d'humeur, mais, très vite, il se remit à sourire.

— Vous n'êtes pas la seule. En fait, je m'appelle Brett.

Riley s'attendait à ce qu'il lui serre la main, mais il n'esquissa pas le moindre geste.

— Jenna Stone.

— Et depuis combien de temps vivez-vous à Overlook ? Je ne pense pas vous y avoir déjà vue.

Brett s'avança vers elle. Il était si près que les fragrances d'une eau de toilette bon marché lui chatouillèrent les narines. Elles n'avaient rien d'agréable.

— Depuis trop peu de temps pour connaître grand monde, répondit-elle sans se compromettre.

Si Riley était arrivée à Overlook il y a un peu plus d'un mois, Jenna y avait emménagé six mois plus tôt. Très peu de gens la connaissaient de vue, encore moins de nom. Si Brett ne la reconnaissait pas, Riley n'avait pas l'intention de lui livrer des informations sur sa sœur.

— Et vous ? poursuivit-elle.

Il haussa les épaules.

— Pas depuis longtemps non plus.

Il n'ajouta rien, et un silence pesant tomba bientôt entre eux. Le piano s'était tu, remplacé par une guitare électrique.

— Cette fête est géniale, dit-elle enfin. Tout comme Second Wind. Et manifestement Desmond Nash a un don pour venir en aide aux autres, non ?

— En tout cas, les gens comme lui croient toujours tout savoir sur tout, répliqua-t-il d'un ton méprisant.

Riley commençait à se sentir mal à l'aise. Elle ne connaissait pas cet homme – ni personne à la fête, d'ailleurs –, mais elle devinait que sa sœur n'aurait aucune envie de se lier avec lui. Jenna essayait de développer ses activités de graphiste à Overlook, et Riley ne pensait pas que ce Brett s'intéresse à ce domaine.

— Cette musique est belle, n'est-ce pas ? dit-elle.

Il ne répondit pas et se contenta de la dévisager fixement. Ses yeux étaient rivés aux siens.

Riley ne s'était jamais sentie aussi mal à l'aise.

Il parut s'en rendre compte. Son sourire s'élargit et il hocha la tête.

— Très chouette, oui.

Il se balança sur ses jambes comme s'il envisageait de s'éloigner. Au lieu de quoi, il lui tendit la main.

— On danse ?

Riley avait du mal à comprendre le comportement de Brett. Leur échange lui avait paru décousu, très étrange, déroutant. Bien sûr, tout le monde n'avait pas la faculté de parler en société, de faire des mondanités, elle le comprenait. Son ex-mari, Davies, s'étonnait souvent qu'elle soit capable de discuter avec passion de n'importe quoi avec n'importe qui. Une qualité qui n'était certainement pas universelle, loin de là. Mais quelque chose chez ce Brett la gênait, la dégoûtait presque.

Pourtant, ayant été bien élevée, elle s'efforça de mettre les formes pour décliner son invitation.

Après tout, elle faisait semblant d'être Jenna.

— Un peu plus tard, avec plaisir, déclara-t-elle. Mais, dans l'immédiat, j'aimerais parler à quelques personnes que je suis venue rencontrer. Nous danserons tout à l'heure, d'accord ?

Brett haussa les épaules.

— Comme vous voudrez.

Puis il tourna les talons et s'en alla.

Sans ajouter un mot, sans un sourire.

Riley le regarda disparaître avec stupéfaction. Alors qu'elle s'apprêtait à se rendre dans la tente principale, elle décida de faire demi-tour. Sans oser se l'avouer, elle était déçue de ne revoir nulle part Desmond Nash.

La Second Wind Foundation avait pour but de trouver et de financer des organisations caritatives qui toutes s'efforçaient de venir en aide à des gens qui avaient connu une tragédie. En tout cas, Riley le supposait depuis que sa sœur l'avait briefée sur le sujet. Pourtant, lorsqu'elle s'était mêlée aux groupes d'invités, personne n'y faisait allusion.

En revanche, toutes sortes de ragots alimentaient les conversations. Riley avait eu du mal à suivre, mais elle hochait la tête pour faire croire le contraire. Jenna lui avait appris tout ce qu'elle savait sur Overlook, Second Wind et Desmond Nash, mais apparemment sa jumelle ignorait encore beaucoup de choses.

— J'espère que le bâtiment qui abritera le siège de Second Wind ne sera pas trop laid, dit une femme non loin d'elle. Je trouve déjà qu'ils ont coupé beaucoup trop d'arbres pour dégager le terrain à construire.

La conversation se poursuivit avec le groupe qui l'entourait.

— Combien ont-ils dépensé pour cette fête, à votre avis ? demanda la femme. Et surtout, d'où vient cet argent ? Ne trouvez-vous pas louches tant de dépenses ?

— Avez-vous entendu parler de ce qui est arrivé à Madi l'année dernière ? enchaîna une autre personne. Et à Caleb, il y a quelques années ? Cette famille joue vraiment de malchance.

— Il paraît que Desmond est revenu au ranch parce qu'il ne supportait plus d'être loin de sa mère, dit un homme.

— Il traîne encore beaucoup la jambe, non ? intervint un autre. Cela dit, quand il était enfant, sa boiterie était encore plus prononcée. Croyez-vous qu'il a été opéré ?

— Desmond est-il un cœur à prendre ? lança quelqu'un. Dans ce cas, j'ai bien envie de tenter ma chance…

Cette dernière remarque émanait d'une blonde qui semblait avoir quelques années de moins que Riley qui frisait la trentaine. Quand elle repéra le beau cow-boy à l'autre bout de la tente, la blonde réajusta sa tenue, ébouriffa ses cheveux, redressa les seins et afficha une expression qui se voulait charmeuse. Son grand jeu de séduction fit sourire Riley. Pour sa part, elle avait surtout envie de faire plus ample connaissance avec Claire, la propriétaire du café du centre-ville. Elle s'était montrée très chaleureuse lorsque Riley s'était présentée. Elle avait écouté avec bienveillance son petit laïus appris par cœur, vantant les travaux de graphiste de Jenna, et lui avait même demandé une carte de visite à la fin.

La blonde qui convoitait ouvertement l'homme d'affaires n'avait pas été aussi aimable. Elle lui avait à peine fait l'aumône d'un regard quand Riley lui avait dit bonjour. Elle avait même émis un petit ricanement lorsque Claire avait demandé à Riley si elle avait déjà parlé à Desmond et qu'elle avait reconnu avoir échangé quelques mots avec lui.

Le gala était peut-être destiné à mettre Second Wind et l'homme qui la dirigeait à l'honneur, mais Riley était surprise de l'intérêt de l'assistance pour la vie amoureuse de Desmond. Les spéculations allaient bon train. Elle devait avouer que le sujet attisait également sa curiosité.

Elle était sur le point de céder à la tentation et d'interroger les uns et les autres sur Desmond, mais les invités avaient manifestement fait le tour de la question. À présent, les ragots visaient d'autres citoyens d'Overlook. Riley commençait à se sentir un peu mal à l'aise à l'idée de s'immiscer dans la vie privée d'inconnus quand un texto fit vibrer son téléphone.

Il émanait de Jenna.

Tu es au gala depuis plus d'une heure. Ta BA a assez duré, merci. Rentre à la maison. Je t'attends. PS : J'ai fait des biscuits à la cannelle.

— Eh bien, j'ai été ravie de vous rencontrer, dit Riley à la cantonade, étouffant un petit rire. Mais je pense aller me coucher à présent.

Elle remit discrètement son téléphone dans sa pochette et chercha ses clés de voiture.

En matière de pâtisseries, Jenna et Riley fonctionnaient à l'affectif, tout comme leur mère. Chaque problème avait sa recette. Elles se sentaient stressées ? Des brownies, et leurs angoisses s'envolaient. En colère ? Des cookies aux pépites de chocolat les détendaient. Coupables ? Des biscuits à la cannelle apaisaient leur conscience.

La liste s'allongeait et évoluait avec leurs humeurs, mais elle avait toujours fait rire leur père.

— Quoi qu'il arrive, la maison sent toujours merveilleusement bon, disait-il.

Riley était prête à se régaler des pâtisseries de sa sœur. D'autant que ses pieds commençaient à lui faire mal.

Elle dit au revoir à Claire et aux autres avant de s'éloigner dans la nuit.

Quand Jenna l'avait suppliée de se faire passer pour elle, le temps d'une soirée, Riley avait pensé que sa jumelle était folle. Certes, elles étaient identiques physiquement, mais leurs personnalités étaient très différentes, l'amour pour la pâtisserie excepté.

En tout cas, alors que Riley remontait l'allée éclairée du jardin jusqu'au parking, elle sentit une vague de fierté la soulever.

Elle avait aidé Jenna et, après l'année terrible que cette dernière avait connue, elle était heureuse d'avoir pu lui rendre service.

Elle s'installa au volant de sa jeep, toute contente de s'en aller. Elle songea aux biscuits et balança ses talons hauts sur le siège passager avec entrain. En démarrant, elle lança un dernier regard à la fête. Les tentes éclairées dans la nuit, les guirlandes lumineuses, la musique douce, la lune et les étoiles donnaient à l'endroit une ambiance féerique.

Le ranch de la famille Nash aurait pu illustrer un conte de fées.

Et Riley fut surprise de constater qu'il lui manquait déjà.

Pourtant, cet univers n'était pas le sien, elle le savait. Elle n'était pas comme sa jumelle. Overlook était une étape, mais bientôt elle passerait à autre chose.

Elle comptait rester assez longtemps pour recouvrer ses esprits, remettre les pieds sur terre et aider sa sœur à faire de même. Puis elle s'en irait.

Riley sortit du parking et prit le chemin qui traversait le ranch. Après avoir franchi les grilles du domaine et rejoint la route, elle pressa la touche « Play » du lecteur CD pour écouter les plus grands succès des années 1980, sa passion du moment. Malgré le clair de lune, les alentours étaient plongés dans l'obscurité.

Un sourire aux lèvres, Riley secouait la tête au rythme de la musique, tapotant du pied contre le plancher. Consciente que les réverbères étaient peu nombreux, elle ralentit.

Mais des phares derrière elle se mirent bientôt à l'inquiéter. Quel qu'il soit, le conducteur roulait trop vite et trop près. Ce n'était pas prudent. Et plus insensé encore, alors qu'ils s'engageaient sur la petite route qui descendait la montagne, il accéléra davantage.

Riley agrippa le volant, sa chanson oubliée. Le ventre noué, elle tenta de se rassurer. La voiture derrière elle voulait seulement la doubler, elle en était certaine.

Quand il déboîta, elle poussa un soupir de soulagement. Cet imbécile allait la dépasser et poursuivre son chemin. Il était pressé, voilà tout.

Riley jeta un coup d'œil à son rétroviseur alors que la Buick rouge se rapprochait un peu plus. Le plafonnier était allumé à l'intérieur de la voiture.

En reconnaissant Brett, elle se tendit.
Il sourit en collant son véhicule au sien et se mit à la pousser.
Elle comprit soudain qu'il cherchait à l'envoyer dans le décor et se mit à hurler.

3

Pour une raison inconnue, une légère odeur de cannelle flottait toujours dans l'habitacle de sa jeep. Depuis dix ans qu'elle la conduisait, Riley n'avait jamais compris pourquoi. Ce mystère rendait fou Davies, son ex-mari. De plus, il avait beau vaporiser la voiture avec du désodorisant, ces fragrances ne disparaissaient jamais. Riley en était étrangement venue à aimer ce parfum qui lui donnait maintenant l'impression d'être chez elle. Et la mettait à l'aise.

Mais, bien sûr, l'odeur de cannelle ne parvint pas à calmer la terreur qui la saisit lorsque la Buick heurta avec violence sa petite jeep.

Que fabriquez-vous, Brett ?

Quand un horrible bruit de tôle froissée creva la nuit, Riley poussa un hurlement. Sa voiture dérapa vers le précipice, et elle eut du mal à rester sur la route. Des pierres et des cailloux jaillirent sous ses roues. Brett ne semblait pas s'en soucier. Alors qu'elle essayait de freiner, il manœuvra pour revenir à l'attaque.

Si elle avait espéré qu'il l'avait emboutie accidentellement la première fois, la seconde ne laissa aucune place au doute.

Il s'efforçait sciemment de l'envoyer dans le ravin. Paniquée, Riley écrasa la pédale de frein pour l'éviter, mais Brett eut le temps de percuter la portière côté conducteur avec force.

Ensuite, tout se passa très vite.

Alors qu'elle étreignait son volant avec l'énergie du désespoir, sa jeep quitta la route, bascula dans le vide et fit deux ou trois tonneaux.

Riley se retrouva plongée dans un indicible chaos.

Elle perçut des bruits de verre brisé, de carrosserie écrasée. Quelque chose la frappa au visage. Une brûlure à la poitrine lui coupa le souffle. Par réflexe, elle tenta de se protéger du mieux possible avec ses bras.

Et, soudain, tout se figea.

Elle se rendit compte alors que sa voiture s'était renversée sur le toit et qu'elle-même avait la tête en bas. Le CD des Greatest Hits des années 1980 s'était tu, mais les lumières du tableau de bord brillaient encore.

Pendant un moment, sonnée, Riley fut incapable du moindre mouvement, de la moindre pensée cohérente.

Mais, lorsqu'elle entendit une portière claquer au-dessus d'elle, tout lui revint. Elle se rappela pourquoi elle était en si fâcheuse posture.

Brett.

Brett l'avait volontairement envoyée dans le décor. Il avait essayé de la tuer.

Devinant qu'il n'y avait pas un instant à perdre, elle chercha d'une main fiévreuse la boucle de la ceinture de sécurité. Sans hésiter, elle l'ouvrit. La distance entre son siège et le toit de la jeep n'était pas importante, mais le contact avec la tôle lui arracha un cri de douleur. Elle heurta des éclats de verre et des morceaux de métal tordus mais, par miracle, son visage fut épargné. Ses genoux la faisaient terriblement souffrir. Son côté aussi. Mais elle s'en soucierait plus tard. Dans l'immédiat, elle n'avait pas le temps d'inventorier ses blessures.

L'urgence était ailleurs.

La portière côté conducteur était défoncée, cassée. Riley n'avait pas besoin de davantage de lumière pour comprendre qu'elle ne réussirait pas à sortir par là. Aussi se tourna-t-elle alors vers la portière passager.

Elle rampa vers elle comme si sa vie en dépendait.

Et c'était le cas, non ? Glacée, elle se souvient du sourire sadique de Brett.

Il avait fait exprès de l'emboutir, il l'avait sciemment fait basculer dans le ravin.

Pourquoi ? se demandait-elle avec angoisse.

D'une main tremblante, elle poussa la portière et se laissa tomber sur l'herbe.

Comme elle tentait de se redresser, Brett apparut.

Il souriait toujours.

Et il tenait à la main une batte de base-ball.

Le cœur de Riley s'accéléra dans sa poitrine, le sang rugit à ses oreilles. Par instinct de survie, elle bondit et courut dans les bois plongés dans la pénombre. Les ronces griffaient ses jambes, des branches d'arbres la giflaient au passage. Des racines sur le sol la faisaient trébucher à chaque pas. Elle avait les pieds en sang. Sa belle robe se déchirait au fur et à mesure qu'elle s'enfonçait dans les fourrés.

Elle ne voyait plus la beauté du clair de lune et des étoiles. En proie à une terreur folle, elle ne comprenait pas pourquoi il l'attaquait, mais elle mesurait la précarité de sa situation. Personne ne savait où elle était, elle n'avait même pas eu la présence d'esprit de prendre son sac ou son smartphone avant de s'échapper de sa voiture.

Elle heurta une branche et s'étala de tout son long. Alors, au lieu de se relever et de se remettre à courir, elle se recroquevilla derrière un arbre proche. Elle s'aplatit, priant pour que Brett ne la trouve pas.

— Où êtes-vous ?

Le ventre de Riley se noua. Il était tout près.

— Vous êtes rapide, je vous l'accorde, poursuivit-il. Mais vous vous êtes arrêtée maintenant. Vous allez avoir du mal à vous relever et à repartir sans que je vous voie.

Riley tremblait de tous ses membres, mais son esprit fonctionnait à toute allure. Elle pouvait rester cachée en espérant qu'il finisse par s'en aller. Ou essayer de revenir à la jeep. Elle ne savait pas où menait le bois. Elle hésitait à courir toute la nuit dans le noir au risque de se perdre.

— Montrez-vous, je veux seulement vous parler, lança Brett après un moment.

Riley faillit crier de soulagement. Il s'était éloigné d'elle.

— Sortez de votre cachette ! ordonna-t-il

Riley prit une profonde inspiration. Elle pensa à sa sœur, à Hartley, à ses parents. Elle pensa aussi à son ex-mari, Davies.

S'il n'avait pas menti, je n'en serais pas là, maintenant.

Mais le fait est qu'elle l'était, et que si elle voulait revoir sa sœur et son neveu elle allait devoir bouger en s'arrangeant pour que ce sale type ne la rattrape pas.

Sans perdre de temps, elle retroussa sa robe et se remit à courir. Pourvu que Brett ne l'entende pas.

Si elle parvenait à regagner la route, elle pourrait…

Elle sentit deux bras puissants l'entourer soudain, la serrant comme un étau. Une main se plaqua sur sa bouche, et Riley s'apprêta à la mordre jusqu'au sang.

— Chut. Pas un mot ou il va nous entendre.

Cette voix douce et profonde n'était pas celle de Brett. Riley se tordit pour voir qui était derrière elle, plaqué contre son dos.

Muette de saisissement, elle se figea à la vue de Desmond Nash, son stetson vissé sur le crâne.

— Ne faites pas de bruit, chuchota Desmond à l'oreille de Jenna.

Elle hocha la tête, et il la sentit trembler contre lui.

Il savait qu'il n'était pas au mieux de sa forme. Mais, dès qu'il les avait aperçus sur le bord de la route et les avait vus courir dans les bois, il avait compris que quelque chose n'allait pas. Il s'était alors lancé à leur poursuite. Se frayer un chemin à travers les ronces n'avait pas été une mince affaire, et sa jambe ne lui avait pas facilité la tâche.

Lentement, il relâcha l'étau de ses bras autour de Jenna,

mais il ne se dégagea pas complètement. Il posa les lèvres si près de son oreille qu'elle sursauta quand il parla.

— Est-il armé ?

— Je ne sais pas. Je n'ai vu qu'une batte de base-ball.

À ces mots, le sang de Desmond se glaça. Il fouilla dans la poche de son pantalon pour en tirer son smartphone, veillant à cacher la lumière de l'écran. Certes, ils étaient derrière un arbre, mais il ignorait où se trouvait exactement l'agresseur de la jeune femme.

Il se tourna vers Jenna et lui tendit l'appareil.

— Mon frère est au téléphone, chuchota-t-il. Parlez-lui pendant que je vais discuter avec votre assaillant. De qui s'agit-il ? Le connaissez-vous ?

Grâce à la lueur de l'écran, Desmond voyait les yeux sombres de la jolie rousse. Ils étaient écarquillés de peur. Il avait envie de la réconforter, mais il entendait l'individu s'approcher, piétiner les broussailles en jurant.

Manifestement, il perdait patience.

Le désespoir poussait souvent les gens à des comportements insensés, et Desmond n'avait pas l'intention d'attendre de voir jusqu'où cet homme était prêt à aller pour capturer Jenna.

Sa voix chevrotait, mais elle réussit à répondre.

— Il était au gala. Il m'a dit qu'il s'appelait Brett.

Desmond parcourut mentalement la liste des Brett qu'il connaissait. Il eut vite la certitude de n'avoir parlé à personne de ce nom au cours de la soirée. Un fait troublant, mais il y en avait beaucoup d'autres.

Le clair de lune perçait à peine l'obscurité, mais les yeux de Desmond s'étaient suffisamment habitués à la pénombre pour distinguer la silhouette du dénommé Brett. Il n'était qu'à quelques mètres et se glissait à travers les arbres, la batte de base-ball sur l'épaule.

Il cherchait Jenna.

Au lieu de tomber sur elle, il allait se trouver nez à nez avec lui.

Desmond se déplaça de façon à ce que Jenna ne soit pas

derrière lui. Il ne voulait pas risquer qu'elle soit blessée. Il n'était pas question non plus de laisser son agresseur s'enfuir.

Au premier abord, Brett aurait pu passer pour un quidam s'efforçant d'aider une femme victime d'un accident de voiture. Mais, quand il était arrivé sur les lieux, Desmond l'avait vu poursuivre Jenna dans les bois, armé d'une batte de base-ball. Il était donc évident qu'il cherchait à l'agresser.

La forêt dans laquelle ils se trouvaient s'étirait sur des kilomètres jusqu'à une propriété voisine. Il suffisait de la traverser pour retourner au ranch des Nash. Desmond devait à tout prix l'empêcher de tenter cette manœuvre.

Il décida d'occuper Brett pour le retenir en attendant l'arrivée de Declan et de Caleb…

— J'ai un pistolet, lança-t-il. Un geste et je tire.

Brett s'immobilisa.

Desmond ne mentait pas à propos du pistolet. Il en avait bien un. Mais pas sur lui. Il ne l'avait pas pris pour assister au gala et, quand il avait quitté discrètement la soirée pour se rendre sur le chantier, il n'avait pas pensé à repasser à la maison pour récupérer son arme.

Cela dit, l'obscurité dans laquelle ils étaient plongés jouait en sa faveur. Brett ne pouvait pas voir que Desmond ne tenait pas d'arme, en réalité.

Bien sûr, l'inverse était également vrai. L'homme avait peut-être une batte de base-ball sur l'épaule. Cela ne voulait pas dire qu'il n'avait pas également un calibre à la ceinture…

— Il y a eu un accident, dit Brett d'une voix inquiète. J'ai voulu venir en aide à la conductrice de la jeep qui a fait plusieurs tonneaux, mais elle s'est enfuie. Je ne comprends pas pourquoi. Quelque chose ne tourne sans doute pas très rond chez elle.

— Avez-vous appelé la police ? s'enquit Desmond.

Son interlocuteur ne répondit pas.

Les yeux plissés, Desmond ne le quittait pas du regard.

— Pourquoi avez-vous une batte de base-ball à la main ? poursuivit-il.

Brett ne répondait toujours pas. Desmond serra les poings.

— Vous êtes bien silencieux, l'ami, déclara-t-il. Pourquoi ne pas me dire tout simplement la véritable raison de votre présence ici ?

L'homme s'élança soudain sur lui, sa batte de base-ball brandie, en grognant comme un animal enragé.

Et soudain un souvenir s'imposa à la mémoire de Desmond. Le pire des souvenirs, et qui remontait à son esprit au pire moment.

Il en était conscient, mais il ne put rien faire pour empêcher ce flot d'images de l'envahir.

Il avait huit ans. La chaleur estivale était accablante, et les triplés Nash en avaient assez de tourner en rond au ranch. Ils avaient alors décidé d'aller se balader dans un parc du voisinage.

Ils avaient commencé une partie de cache-cache. Desmond se rappelait leur joie de vivre, leur insouciance, leurs rires. Mais tout à coup Madi s'était mise à crier. Aux prises avec un inconnu, elle se débattait.

Leur ravisseur, qui revenait encore hanter ses cauchemars, certaines nuits, lui avait paru terrifiant. Après avoir agressé Madi, il avait attaqué Caleb.

Pourtant, sans hésiter, Desmond s'était jeté sur lui.

Malgré sa peur, malgré son extrême jeunesse, malgré son désarroi, il s'était jeté sur un homme deux fois plus grand que lui. Sur un homme armé. Sur un homme qui s'en était pris à eux trois pour une raison qu'il ne comprenait pas.

Tout comme le dénommé Brett le faisait maintenant avec sa batte de base-ball.

La douleur dans sa jambe rappela à Desmond à quel point la violence des émotions pouvait changer le cours des événements et mener à la catastrophe.

Brett poussa un cri de bête sauvage en fonçant sur lui. Il leva sa batte, prêt à frapper.

Desmond n'avait pas besoin de lumière pour savoir comment réagir, comment le contrer.

Il attendit le dernier moment pour passer à l'action.

Quand il heurta Brett d'un violent coup de tête, l'homme s'écroula.

Tous deux roulèrent sur le sol.

Brett glapit de fureur. De toute évidence, il n'avait pas l'intention de lâcher sa batte de base-ball sans lutter. Il cogna Desmond au visage, mais reçut une rafale de coups en retour.

Aucun d'eux ne voulait céder.

Quand une petite lumière apparut entre les arbres, à quelques mètres, Brett jeta par réflexe un œil dans cette direction. Desmond profita de sa brève distraction pour le frapper avec force à la mâchoire.

Avec une profonde satisfaction, il vit son adversaire tomber à terre.

Desmond se releva.

Comme à son tour, il se tournait vers le faisceau lumineux d'un smartphone, il s'attendait à voir surgir ses frères.

Il fut surpris d'apercevoir une masse de cheveux roux. Jenna tenait son téléphone dans une main, un gros bâton dans l'autre.

— Je ne voulais pas vous laisser. J'allais l'assommer, ajouta-t-elle avec un petit rire nerveux.

Mais, très vite, son ravissant visage se décomposa.

Il s'avança vers elle juste à temps. Elle tomba dans ses bras, en larmes.

Ils étaient toujours enlacés quand le shérif arriva.

4

Les faisceaux de lampes-torches dansaient entre les arbres éclairant trois personnes sur leur trente et un. Le shérif était toujours dans son costume de gala, comme l'inspecteur Nash qui courait dans les bois aux côtés de son frère. Une femme les suivait. Vêtue d'une belle robe verte qui scintillait à la lueur des téléphones portables, elle avait comme les deux hommes le visage grave.

Tous trois avaient dégainé leurs armes.

Quand ils virent Desmond debout et Brett inconscient sur le sol, ils parurent intensément soulagés, remarqua Riley.

— Tout va bien, je vais bien, dit Desmond au shérif avant que ce dernier n'ait le temps de lui poser la question.

Tous trois reportèrent alors leur attention sur Riley. Toujours blottie contre Desmond, elle jetait de brefs coups d'œil autour d'elle comme une enfant terrifiée. Cela dit, l'étreinte de Desmond n'avait rien de maternel.

Comme elle ouvrait la bouche pour dire quelque chose, les mots restèrent coincés dans sa gorge. Elle tremblait de tous ses membres. Elle ne l'aurait jamais reconnu à voix haute mais, sans Desmond, elle se serait effondrée. Ses jambes ne la portaient plus.

Heureusement, il parla pour elle.

— Nous devons la conduire à l'hôpital.

— Une ambulance est en route, répondit la femme en robe verte.

La jeune inspectrice suivit le frère de Desmond jusqu'à Brett.

Il sortit des menottes de sa veste et tira les bras de l'homme dans son dos avant de refermer les bracelets métalliques autour de ses poignets.

Il se tourna alors vers Riley, le regard adouci.

— Je me présente, Declan Nash. Nous nous sommes entretenus au téléphone il y a un instant, ajouta-t-il en tapotant son badge de shérif.

Riley le savait. Claire lui avait montré le shérif au cours de la soirée. Mais de toute façon elle l'aurait deviné toute seule. Declan Nash dégageait une incroyable autorité naturelle.

— Qui êtes-vous ? poursuivit-il.

Malgré tout ce qui venait de se passer et bien qu'elle soit consciente de s'adresser à un représentant de la loi, Riley ressentit le besoin irrationnel de s'en tenir à la fable qu'elle avait servie aux uns et aux autres toute la soirée.

Pour protéger sa sœur.

— Jenna. Jenna Stone.

Aucune lueur de suspicion ne traversa le regard du shérif. Il se contenta de hocher la tête.

— Eh bien, Jenna, que préférez-vous ? Attendre l'arrivée des ambulanciers ici ? Ou pensez-vous être capable de gravir le ravin pour retourner sur la route ? L'inspectrice Santiago et Desmond vous soutiendront dans cette ascension. L'inspecteur Nash et moi restons ici pour attendre les renforts.

— Je vous porterai, si nécessaire, proposa Desmond.

Ses mots rassurèrent Riley. Elle prit une profonde inspiration pour se calmer. Elle était en sécurité maintenant. Ils l'étaient tous les deux.

— Je suis en état de marcher, assura-t-elle. Et je n'ai pas envie de rester ici. Je veux m'en aller.

Le shérif hocha la tête.

— Je comprends très bien. Je viendrai vous parler dès que tout sera réglé ici. Et toi, es-tu également capable de remonter ? demanda-t-il à son frère.

— Oui, répondit Desmond. Ma jambe en a connu d'autres.

Lentement, il relâcha sa prise sur Riley comme s'il avait

peur qu'elle ne s'écroule dès qu'il s'écarterait d'elle. Riley ne l'aurait jamais avoué, mais elle le craignait aussi. Cependant, quand il recula, elle resta debout. En revanche, la chaleur de Desmond disparut, remplacée par la fraîcheur de la nuit, et elle frissonna.

L'inspectrice Santiago s'approcha d'elle. Elle avait baissé son arme.

Riley s'interdit de regarder Brett, allongé inerte sur le sol. Ou la batte de base-ball jetée aux pieds de Desmond.

Les secours arrivaient au moment où ils émergeaient des bois. Ainsi qu'une foule grandissante. À croire que tous les invités au gala avaient décidé d'abandonner leurs véhicules sur le bord de la route pour s'approcher et regarder la voiture accidentée. Des adjoints en uniforme essayaient de rétablir la circulation. Brett avait laissé sa Buick sur le bas-côté. Quant à sa pauvre jeep, elle était sur le toit au fond du ravin et ressemblait à une canette écrasée.

Riley refoula ses larmes en se dirigeant vers l'ambulance.

Âgée d'une trentaine d'années, l'urgentiste connaissait manifestement Desmond qu'elle examina en premier. Celui-ci était indemne et, satisfaite de le voir sain et sauf, la jeune femme reporta son attention sur Riley. Très vite, son regard s'assombrit et elle lui conseilla de se rendre à l'hôpital. En avisant sa panique, elle sourit et s'efforça de se montrer rassurante.

— Apparemment, il s'agit de blessures superficielles, mais mieux vaut prévenir que guérir. Vous étiez dans la jeep qui a fait plusieurs tonneaux, je suppose ?

— C'est exact.

— Alors je vous encourage vivement à consulter un médecin. Pour être sûre que tout va bien.

Riley hocha la tête et s'allongea sur la civière. L'inspectrice Santiago grimpa dans l'ambulance, prit place à côté d'elle, sur le strapontin, et sortit un bloc-notes de son sac. Le holster qu'elle portait à l'épaule contrastait avec l'élégance de sa robe. Elle posa des questions auxquelles Riley répondit du mieux possible.

Perturbée par l'agitation ambiante, elle ne remarqua pas tout de suite que Desmond s'était volatilisé. Il ne revint pas, et bientôt l'ambulance démarra pour mettre le cap sur Overlook Hospital.

Riley s'interdit de chercher des yeux le cow-boy qui l'avait sauvée et d'interroger les deux autres femmes à son sujet. Pourtant, le fait qu'il ait disparu sans un mot la blessa.

La lumière blafarde des néons de l'hôpital n'était jamais flatteuse. Cela dit, quel que soit l'éclairage, Riley n'avait de toute façon aucune chance de paraître à son avantage après l'accident. Comme elle considérait son reflet dans le miroir des lavabos, elle se demanda ce qui était le plus laid. La grande ecchymose sur sa joue, sans doute provoquée par le déploiement de l'airbag ? Ou les petites coupures de verre sur son front ? Sans parler de son maquillage qui avait coulé sur ses joues quand elle avait sangloté, le nez dans la chemise d'un quasi-inconnu.

L'état de la tenue de soirée de Jenna était pire encore. La magnifique robe bustier à l'échancrure audacieuse était déchirée en plusieurs endroits. Du coup, ses sous-vêtements noirs en dentelle se devinaient au travers. Elle s'en était rendu compte lorsqu'elle était entrée dans le hall des urgences. Après avoir revêtu une blouse d'hôpital, elle se sentait un peu plus décente.

Elle avait oublié dans la jeep ses chaussures ainsi que son sac et son smartphone. Mais elle était consciente de sa chance. Elle n'avait rien de grave. Toutes ses blessures étaient superficielles. Un vrai miracle.

La présence de l'inspectrice Santiago l'avait réconfortée alors qu'elle patientait pour passer une radio. En effet, sa nuque lui faisait mal. En revanche, ressasser ce qui était arrivé avec Brett sur Winding Road et au gala n'arrangeait rien. Il avait voulu la tuer. Pourquoi ? Il ne la connaissait même pas.

Ne pas comprendre l'origine de son désir de meurtre la terrifiait.

Santiago n'avait aucune explication à lui donner, mais la jeune policière lui avait promis d'enquêter, d'aller au fond des choses.

Maintenant, seule dans la salle de bains attenante à la petite chambre qui lui avait été assignée, Riley décida de cesser de s'attarder sur son apparence. À quoi bon se miner le moral ? Après les derniers événements, elle devait se féliciter d'être encore en vie. Le reste importait peu.

Un petit coup frappé sur la porte de la chambre la fit se retourner. Elle sortit de la salle de bains et se remit au lit. Chaque mouvement la faisait grimacer. Après cette course dans les ronces, ses pieds étaient encore douloureux.

— Entrez ! lança-t-elle en rabattant les couvertures sur ses jambes nues.

Desmond Nash apparut, sans son chapeau de cow-boy. Il avait la pochette de soirée de Riley à la main et un sourire sur les lèvres.

— Désolé de ne pas avoir pu venir plus tôt, dit-il après l'avoir saluée. Mon camion était bloqué, celui de Declan aussi. Winding Road n'a pas été conçue pour gérer une foule de badauds et leurs véhicules en plus d'une enquête policière.

Alors que Desmond s'avançait vers elle, Riley remarqua qu'il boitait. Au gala, il se déplaçait en longues enjambées. En le voyant traîner la jambe dans les bois, elle avait imaginé qu'il s'était blessé au cours de son combat avec Brett. Mais maintenant elle se demandait si l'origine de sa claudication n'était pas plus ancienne.

Dans tous les cas, elle n'avait pas l'intention de lui poser la question. Elle ne voulait pas être indiscrète. D'autant qu'elle éprouvait une gratitude sans bornes à son égard et une profonde culpabilité.

Elle lui décocha un grand sourire.

— Merci de m'avoir rapporté ma pochette, dit-elle avec sincérité.

Elle en aurait pleuré de joie. Comme elle avait totalement

oublié où elle avait laissé son téléphone avant l'accident, elle fut soulagée de le découvrir dans son sac.

Elle avait reçu cinq appels en absence. Tous de Jenna.

Elle sentit une autre émotion remonter à la surface.

La culpabilité.

Elle s'était convaincue qu'il valait mieux attendre que le médecin lui confirme qu'elle n'avait rien de grave et l'autorise à partir pour appeler Jenna. Mais, en réalité, elle savait qu'au moment où elle aurait sa sœur en ligne elle s'effondrerait. Comme elle s'était écroulée dans les bois avec Desmond.

Riley ne voulait en aucun cas que sa jumelle s'inquiète davantage pour elle. Mais, avant de lui téléphoner, elle devait gérer une autre source de culpabilité.

Desmond l'observait, les sourcils froncés.

— Comment allez-vous ? demanda-t-il.

— Bien. Mon apparence est impressionnante, mais en réalité, je n'ai rien. Rien de grave, en tout cas.

— J'ai entendu dire que vous aviez passé des radios ?

Elle hocha la tête.

— J'avais mal à la nuque... le coup du lapin. Ce n'est rien. Je suis encore là uniquement parce que les médecins veulent s'assurer que je réagis bien aux antalgiques qu'ils m'ont administrés. Je me sens déjà beaucoup mieux, ajouta-t-elle. Seulement fatiguée.

— Bien, dit Desmond. Tant mieux.

— Et vous ? s'enquit-elle en désignant l'hématome sur sa mâchoire.

Dans l'obscurité, elle n'avait pas vu grand-chose de la bagarre, mais elle avait entendu la violence des coups.

Desmond haussa les épaules.

— Rien qu'un peu de glace ne pourra soulager. Cela aurait pu être pire.

— Surtout pour moi. Si vous n'étiez pas arrivé sur cette route au moment où ma voiture basculait dans le ravin...

Riley n'eut pas besoin d'achever sa phrase. Plus tard,

lorsqu'elle passerait en revue tous les scénarios, elle retomberait en mode panique. Ce n'était pas le moment.

— Merci, merci infiniment. Et pas seulement pour m'avoir rapporté mon sac à main.

Desmond Nash sourit. Mais son sourire s'envola vite.

— Je suis profondément désolé des événements de ce soir, poursuivit-il. Le gala était censé être une fête, un moment de détente, plaisant. Et pourtant vous avez été pourchassée, agressée par l'un des invités. Je suis désolé, Jenna. Sincèrement.

De nouveau, Riley se sentit rougir. Il était temps d'aborder l'autre raison de sa culpabilité.

— Vous n'y êtes pour rien, et je ne vous reproche en aucun cas ce qui s'est passé avec Brett, commença-t-elle. Et en vérité, c'est moi qui vous dois des excuses.

Comme Desmond levait un sourcil étonné, elle s'éclaircit la voix.

— Je vous ai menti. Je ne suis pas Jenna Stone.

Desmond ne l'avait pas vu venir.

Jenna – ou celle qu'elle était en réalité – se détourna, visiblement gênée. Son visage était cramoisi. Quand elle poursuivit, sa voix n'était qu'un murmure.

— En réalité, je suis sa sœur, Riley Stone.

Desmond se plaisait à se considérer comme un honnête homme. Quelqu'un de bien. Après les épreuves que sa famille avait traversées, il avait voulu consacrer sa vie à faire le bien autour de lui, à entourer ses proches et à aider ceux qui en avaient besoin. Il se montrait philanthrope. Et la franchise était une vertu essentielle à ses yeux. Il n'y avait pas de place dans sa vie pour le mensonge ou la tromperie.

Pas après cet après-midi dans le parc quand il avait huit ans.

Pas après les trois jours passés dans ce sous-sol.

Pas après avoir mesuré les conséquences de cet épisode, pas après que l'enquête, inaboutie, avait tué son père à petit feu.

La sincérité, l'honnêteté, étaient des valeurs importantes.

Voilà pourquoi, malgré l'accident dont elle venait d'être victime et le traumatisme qui s'était ensuivi – et qui constituaient sans doute des circonstances atténuantes –, l'aveu de la ravissante rousse assise devant lui le surprit puis l'inquiéta avant de le décevoir profondément.

Cette révélation mit également en évidence un fait qu'il avait fait mine d'ignorer jusqu'à maintenant.

Il ne savait rien d'elle. Elle lui était totalement inconnue.

En principe, il connaissait tout le monde à Overlook. Qu'il ne l'ait jamais rencontrée auparavant et n'ait même jamais entendu parler d'elle aurait dû lui mettre la puce à l'oreille. Avant de se précipiter à l'hôpital pour s'assurer qu'elle allait bien, il aurait sans doute dû s'interroger.

— Je vais tout vous expliquer, se dépêcha de préciser Riley, les joues écarlates. Il y a peu de temps, ma sœur, Jenna, a décidé de s'installer à son compte, de se lancer en freelance comme graphiste. Elle s'est vraiment investie pour y arriver. Ce soir, elle espérait pouvoir enfin nouer des contacts prometteurs avec les entreprises locales de la communauté. Mais Hartley, son petit garçon, ne se sentait pas bien. Elle a paniqué à l'idée de le laisser et a préféré rester avec lui à la maison. Pourtant elle craignait qu'en ne se montrant pas au gala, les gens ne comprennent pas et ne la réduisent à son statut de mère célibataire. Elle n'avait pas envie de perdre ses chances de faire ses preuves.

Riley poussa un gros soupir et conclut :

— Voilà pourquoi j'ai décidé de m'y rendre à sa place.

— Mais vous avez dit à Declan, le shérif, que vous étiez Jenna ! s'exclama Desmond, incapable de dissimuler son effarement.

Elle esquissa une grimace d'excuse.

— J'ai eu tort, je le sais, mais j'étais dépassée par les événements et… Comment vous dire ? Il me semblait important de protéger ma sœur.

Desmond appréciait sa loyauté, même tardive, mais cela

ne retirait rien au fait qu'elle avait menti à sa famille et aux forces de l'ordre !

— Cette imposture pourrait fausser l'enquête. Si l'attaque n'était pas due au hasard, Brett a-t-il voulu vous viser, vous, ou votre sœur ? Cet élément pourrait changer la donne. N'en étiez-vous pas consciente ? Comment avez-vous pu faire preuve d'une telle irresponsabilité ?

Riley était aussi belle que glamour. Il l'avait surnommée la sirène. Mais elle lui avait menti.

Tout à coup, Desmond pensa à son père. Il avait passé sa vie à essayer de résoudre le mystère du kidnapping de ses triplés et il en était mort. Trop de gens lui avaient raconté des histoires et gêné son enquête. Sans le vouloir, ils avaient ainsi précipité son destin, sa fin.

Rationnellement, Desmond savait que les deux situations n'étaient pas comparables, mais il en voulait à cette femme de l'avoir dupé.

— Et les personnes à qui vous vous adressiez n'auraient pas été trompées longtemps. Tôt ou tard, elles auraient remarqué que la femme présente au gala ne ressemblait pas à celle qui se ferait ensuite appeler Jenna.

Riley ouvrait la bouche pour répondre quand des bruits de pas et des éclats de voix dans le couloir attirèrent leur attention. La porte s'ouvrit, et Jasmine – Jazz – Santiago, coéquipière et meilleure amie de Caleb, apparut. Elle paraissait un peu perdue.

— Jenna ? Je crois que quelqu'un vous cherche.

Riley n'eut pas le temps de la corriger, de lui expliquer qu'elle n'était pas Jenna, qu'elle avait menti sur son identité.

Une autre rousse surgit à son tour, un enfant sur la hanche. À la vue de Riley, elle poussa un cri :

— Mon Dieu !

Riley poussa un gémissement et explosa en sanglots. Puis les deux femmes coururent l'une vers l'autre avant de s'étreindre avec force, en larmes.

— Je le savais, cria l'autre femme. Je savais qu'il t'était arrivé quelque chose. Je le *sentais* !

Leurs boucles rousses se mêlaient, s'accordant parfaitement.
Et, soudain, Desmond comprit pourquoi se faire passer l'une pour l'autre était si évident.
Elles étaient jumelles.

5

Bien éclairée, la cuisine était chaleureuse et accueillante.

Riley ne tenait plus debout. Elle était si fatiguée qu'elle avait envie de se laisser tomber par terre et de dormir tout son soûl. Ou même un petit moment.

Malheureusement, Jenna n'était pas d'humeur à la laisser s'en tirer aussi facilement. Depuis leurs retrouvailles à l'hôpital, deux heures plus tôt, elle n'avait pas lâché Riley d'une semelle.

— Si un jour, un psychopathe veut me tuer, qu'il me poursuit en voiture, m'envoie dans le décor et que, après plusieurs tonneaux, je m'en sors avec la tête d'une femme que quelqu'un a confondu avec un punching-ball, nous verrons comment tu gères la situation, avait-elle répliqué lorsque Riley s'était plainte.

Cela dit, Riley n'avait pas été surprise par la réaction de sa jumelle. Pour tout dire, elle n'en avait même pas été contrariée. Toutes les épreuves que Jenna avait vécues l'année dernière la rendaient plus déterminée que jamais à protéger ceux qu'elle aimait. Et, pour Jenna, sa jumelle était un élément essentiel de son existence.

Maintenant, en regardant sa sœur debout devant elle, les mains sur les hanches, Riley devina qu'elle allait avoir droit à un savon.

— Sais-tu qu'en arrivant à l'hôpital j'étais tellement à cran que j'ai été obligée de sortir de la voiture pour hurler comme une folle ? J'avais besoin, physiquement, d'exprimer mon angoisse, ma terreur, pour l'évacuer. Si je n'avais pas pu me calmer un peu, j'aurais été incapable d'expliquer qui j'étais. Et surtout, le personnel m'aurait prise pour une malade et m'aurait internée au lieu de me conduire vers toi, poursuivit-elle d'une voix toujours palpitante de colère.

Hartley dormait depuis que le médecin et le shérif leur avaient donné l'autorisation de quitter l'hôpital. Riley s'était préparée à devoir s'expliquer avec Declan après avoir avoué s'être présentée sous une fausse identité au départ. Mais le frère aîné de Desmond ne le lui avait pas reproché. Il ne lui avait pas non plus passé les menottes ou lu ses droits. Au lieu de quoi, l'un des adjoints l'avait priée de se rendre au bureau du shérif le lendemain matin pour rédiger et signer sa déposition.

— Comme je te l'ai dit, je suis désolée, répondit Riley. Je pensais t'appeler en sortant de l'hôpital. Je ne voulais pas que tu t'inquiètes.

— Tu ne voulais pas que je m'inquiète ? Tu ne voulais pas que *je m'inquiète* ? répéta sa sœur, une main contre sa poitrine. J'étais en train de confectionner tes cookies préférés et je l'ai *senti*, Riley. Là, dans mon cœur. Brutalement, j'ai su qu'un malheur s'était produit. J'en étais tellement sûre que comme tu ne répondais pas à mes appels, j'ai pris la voiture pour me rendre droit au ranch, chez les Nash. Mais je n'y suis jamais arrivée, Riley ? Et tu sais pourquoi, non ?

— Parce que tu as dû t'arrêter, bloquée par l'embouteillage de curieux sur les lieux de l'accident… Et que tu as vu ma jeep sur le toit au fond du ravin.

Jenna hocha la tête.

— Et comme personne n'était en mesure de me dire si tu avais été gravement blessée ou si tu allais bien après avoir été conduite en ambulance à l'hôpital, j'ai dû y foncer. J'avais mon petit garçon de trois ans avec moi et le ventre noué de terreur… Tout cela parce que tu ne m'as pas téléphoné. Pour que je ne m'inquiète pas !

Sur ces mots la voix de Jenna se brisa. Comme Riley, elle avait explosé en sanglots quand elles s'étaient retrouvées. Et maintenant ses yeux étaient aussi rouges et gonflés que ceux de Riley. Et brillants de larmes.

— La prochaine fois, même si j'espère qu'il n'y aura pas de prochaine fois, tu m'appelles, Riley. Un coup de fil, c'est simple, c'est facile et ça change tout. Quoi qu'il t'arrive, tu m'appelles, répéta-t-elle en articulant chaque mot.

Riley hocha la tête.

— Je te le promets, Jen, je le ferai.

Apparemment satisfaite, Jenna serra longuement sa sœur dans ses bras avant de soupirer et d'ouvrir le réfrigérateur.

Elle sortit une assiette.

— Maintenant, il est temps que nous nous régalions enfin de mes biscuits à la cannelle.

L'épuisement de Riley s'envola, remplacé par une faim de loup. Après s'être empiffrée des pâtisseries de sa sœur, elle se sentit un peu mieux.

Il était presque 3 heures du matin lorsque Riley regagna enfin son lit. La maison de Jenna était minuscule mais confortable. Hartley dormait dans son petit lit à barreaux, installé dans la chambre de sa mère.

Exténuée, Riley s'allongea sur le matelas qui occupait presque tout l'espace. La maisonnette ne ressemblait en rien à l'imposant manoir dans lequel Jenna avait vécu des années durant avec son ex-mari, mais Riley s'y sentait beaucoup mieux.

Les pièces étaient remplies de souvenirs, les étagères couvertes de bibelots qui avaient tous une valeur sentimentale. Les meubles n'étaient pas que fonctionnels. Ils avaient jalonné la vie de Jenna et de Hartley, ils appartenaient à leur histoire. L'endroit était chaleureux.

Certes, Jenna avait rétrogradé, niveau standing, mais dans cette petite maison de poupée elle était infiniment plus heureuse que dans la prison dorée où elle avait été enfermée au cours de sa vie conjugale.

Allongée sur le dos, Riley regardait tourner le ventilateur au plafond. Elle avait aidé Jenna à l'installer lorsque sa sœur l'avait accueillie chez elle. Elles s'étaient disputées lorsque

Jenna avait laissé tomber une vis et Riley égaré le tournevis. Hartley, toujours curieux, avait crié depuis son parc. Il voulait attraper ces deux objets et les mettre dans sa bouche. Poser ce ventilateur avait été un véritable défi, mais elles y étaient parvenues. Il était là et il fonctionnait. Maintenant, lui aussi faisait partie de l'histoire de la maison.

Une vieille douleur serra le cœur de Riley. La solitude amoureuse lui pesait. Elle roula sur le côté et laissa échapper un long soupir.

Elle pensa à Davies, à Jenna, à tous les emplois qu'elle et sa sœur avaient exercés, appréciés, et cependant dû abandonner. Elle songea aussi à Brett et, enfin, au séduisant Desmond Nash.

Elle ne le connaissait que depuis quelques heures. Et pourtant, à la vue de sa déception et de sa colère en comprenant qu'elle lui avait menti, elle avait été dévastée.

Sa réaction lui avait fait mal.

Un an plus tôt, la vie était plus simple.

Maintenant, elle devenait de plus en plus douloureuse.

— Tu sais ce que disent les auteurs et les cinéastes quand les articles à propos de leur dernier livre ou de leur dernier film ne sont pas très positifs ? Mieux vaut des critiques négatives que rien du tout. Prends-en de la graine.

Caleb retira sa veste et la jeta sur une chaise de la salle à manger. Son insigne de policier pendait toujours à son cou. Declan avait préféré retourner au bureau du shérif au lieu de rentrer se coucher comme les autres. Il était presque 4 heures du matin, mais il se consacrait corps et âme à son métier.

Caleb essayait d'alléger l'atmosphère, une habitude qu'il avait prise depuis qu'il avait fait la connaissance de sa femme, Nina. L'optimisme naturel de sa jeune épouse l'avait métamorphosé. Désormais, il prenait la vie du bon côté et ne cessait de plaisanter, de sourire.

Desmond soupira.

— Par association d'idées, les événements vont pousser

les médias à revenir sur la prétendue fatalité qui vise les Nash depuis des années. En installant Second Wind à Overlook, l'idée était de donner aux habitants quelque chose de positif à accoler à notre nom, dit-il. Loin de la folie, loin de la violence, associées trop longtemps à notre famille. C'est raté.

Caleb tira une chaise et s'y laissa tomber. Desmond s'assit en face de lui. Tous deux eurent le réflexe de jeter un bref coup d'œil au bout de la table. Parfois, quand ils étaient tous les deux, ils cherchaient leur sœur des yeux sans se concerter, sans même en être pleinement conscients. Ils avaient envie, besoin, de savoir où elle se trouvait. Leur mère y voyait un phénomène lié à leur gémellité de triplés.

— D'abord, ce qui s'est passé ce soir n'est arrivé à aucun des Nash, commença Caleb. Et, surtout, ce n'est pas parce que Mlle Stone assistait à ton gala que tu dois te sentir responsable, ou pire, coupable, de l'agression dont elle a été victime. Bon sang, Desmond, imagine le drame si tu n'avais pas été là pour lui venir en aide. Sans ton intervention, ce type serait peut-être parvenu à ses fins. Bien sûr, la presse se croira sans doute obligée de dresser, une fois de plus, la liste des épreuves que nous avons traversées ces dernières années. Mais ce qu'ils écriront à ton sujet ne changera rien au fait que grâce à toi Mlle Stone s'en est tirée. Et, quels que soient les articles qui paraîtront demain, la vie reprendra bientôt son cours, le chantier de Second Wind se poursuivra, tu retourneras au travail, et dans quelques jours d'autres ragots enverront cette histoire aux oubliettes. D'accord ?

Desmond hocha la tête. Son frère avait raison, il le savait. Le gala était ouvert au public. Il n'y avait eu aucun filtrage des invités à l'entrée. Personne n'aurait pu deviner ce que Brett avait en tête. Ni même savoir qui il était réellement. Quand Desmond avait eu la possibilité de voir son visage en pleine lumière, il avait confirmé à Declan qu'il ne le connaissait pas. En fait, aucun des Nash ne l'avait jamais vu et son nom ne leur disait rien.

— Nous allons l'interroger et découvrir qui il est et pourquoi il a attaqué Riley, ajouta Caleb qui sentait l'inquiétude de son frère. Les hommes comme lui adorent parler d'eux. Il nous suffira d'attendre et de l'écouter.

— Dans des moments comme ceux-là, je regrette un peu de ne pas travailler dans la police, déclara Desmond. Et si, exceptionnellement, Declan et toi m'autorisiez à me laisser assister à son interrogatoire ?

— Cela risque d'être difficile. Dommage que nous ne soyons pas monozygotes. Il nous aurait suffi de prendre chacun la place de l'autre, d'intervertir nos rôles…

Desmond avait le sentiment que son frère lui tendait une perche. Caleb avait visiblement envie de revenir sur la gémellité de Riley et Jenna, gémellité qu'ils avaient découverte à l'hôpital. Aucun des triplés Nash n'avait jamais rencontré d'autres jumeaux, encore moins des monozygotes. Le phénomène émerveillait Caleb. Et, dans des circonstances différentes, la ressemblance sidérante de Riley et de Jenna aurait également fasciné Desmond, il en était sûr.

— C'est comme de voir le reflet de quelqu'un dans un miroir, reprit-il. Chacune est vraiment la copie conforme de l'autre et j'en suis resté sidéré, j'avoue. Mais qu'elles aient essayé d'en jouer me perturbe.

Comme si quelqu'un avait actionné un interrupteur, l'ambiance changea brusquement dans la petite pièce. Caleb se glissa dans son costume d'inspecteur. Il était sur une enquête. Il cherchait des indices. Il arrivait à des conclusions.

Il regarda Desmond.

— Deux heures, dit-il finalement.

Desmond fronça les sourcils.

— Comment cela, deux heures ?

— C'est le temps durant lequel Riley a menti sur son identité. L'imposture n'a duré que deux heures. Elle a eu tort, c'est certain, mais elle ne cherchait qu'à rendre service à sa sœur. Pas à nuire à quiconque. Et si nous étions monozygotes, toi et moi, n'aurais-tu jamais été tenté par ce genre de blagues ? Admets-le : si nous nous ressemblions comme deux gouttes d'eau, tu aurais voulu interroger Brett à ma place, tu viens de le reconnaître. Alors il n'est peut-être pas indispensable d'en faire un drame.

Caleb repoussa la chaise et se leva. Manifestement, l'épuisement le gagnait. Il avait les traits tirés. S'il n'avait pas habité à cinq minutes de route, Desmond lui aurait proposé de rester dormir chez lui.

Il l'accompagna jusqu'à la porte. Son frère ralentit pour ne pas que son Desmond force sur sa jambe.

— Je vais bien, dit-il avant que Caleb ne puisse l'interroger à ce sujet. Des antalgiques, quelques heures de sommeil et il n'y paraîtra plus.

— Bon. Arrange-toi pour que notre mère ne voie pas ta mine demain. Nous avons dû remuer ciel et terre pour l'empêcher de se précipiter à l'hôpital.

— Pour une femme qui prêche l'importance de rester zen en toutes circonstances, c'est un peu surprenant.

— Quand tu as des enfants aussi géniaux que nous, comment ne pas s'inquiéter ?

— Se prétendre génial ne rend pas génial, dit-il.

Caleb lui donna une tape sur l'épaule puis dévala les marches du porche vers son camion. La maison principale, qui se dressait à quelques mètres, était plongée dans le noir. Les enfants Nash y avaient grandi, et maintenant leur mère y vivait seule.

Bien avant que Desmond n'ait accepté de transférer Second Wind à Overlook – ou en ait même eu le projet –, il avait construit sa maison tout près de celle de sa mère, volontairement. Vivre dans la maison de son enfance aurait été compliqué pour lui, mais il n'avait pas envie non plus de laisser sa mère toute seule.

Même s'il n'était revenu à Overlook que depuis peu, il se sentait réconforté de savoir qu'elle n'avait qu'à regarder par la fenêtre pour voir la maison de son fils. Cela dit, maintenant qu'il vivait là-bas à plein temps, Desmond avait constaté à quel point il pouvait être difficile d'être si proche de sa mère.

Alors qu'il avait fait la paix avec le fait qu'il boiterait toute sa vie, elle avait encore du mal à l'accepter.

Il prit une profonde inspiration. La fraîcheur de la nuit emplit ses poumons. Il espérait qu'elle persisterait dans les prochaines heures. Il appréciait un temps plus frais. En fait, avant le début du gala, il s'était surpris à observer les montagnes au loin et à espérer de la neige.

La garden-party semblait remonter à des jours, et non quelques heures.

Desmond retourna chez lui prendre une douche. Il essaya de se vider la tête alors que l'eau chaude cascadait sur son dos et sa jambe douloureuse.

Pourtant, ses pensées revenaient toujours à un enchevêtrement de boucles rousses.

Deux heures.

Voilà le temps durant lequel le mensonge avait duré.

Desmond savait que sa réaction avait été excessive, mais il ne pouvait rien y faire.

Il sortit de la douche, se sécha, enfila un boxer et s'écroula sur son lit.

Ce n'est qu'alors qu'il s'assoupissait que la raison pour laquelle il roulait sur Winding Road quand il avait vu Riley et Brett s'imposa à sa mémoire.

Lorsque Caleb lui avait répété les mots inscrits sur les murs du chantier de construction de Second Wind, Desmond avait quitté discrètement la soirée pour aller les voir par lui-même.

Les graffitis peints à la bombe l'avaient glacé.

Toute envie de dormir envolée, il se remémora l'inscription qui n'était certainement pas l'œuvre de jeunes désœuvrés.

> MÊME PAS CAPABLE DE GAGNER UN SIMPLE JEU DE CACHE-CACHE.

6

Deux semaines s'écoulèrent et, comme il fallait s'y attendre, les médias revinrent tous les jours sur ce qui s'était passé après le gala de Second Wind.

Brett avait été identifié comme Brett Calder, quelqu'un que personne ne connaissait en ville. Un article de journal stipulait qu'il avait des antécédents de violence conjugale et des liens avec un groupe criminel qui sévissait à la périphérie de Kilwin. En ce qui concernait l'attaque de Riley Stone, il s'en était sans doute pris à elle par hasard. Il n'avait en effet aucune raison de la cibler spécifiquement, il l'avait d'ailleurs lui-même reconnu. Il l'avait vue partir seule et l'avait suivie.

Quant à Desmond Nash, célèbre homme d'affaires local, il s'était retrouvé au bon endroit au bon moment. Bien sûr, quelqu'un sur les réseaux sociaux s'était senti obligé de demander pourquoi Desmond avait quitté la fête donnée en son honneur. Et s'interrogeait sur la raison qui l'avait poussé à prendre la route alors que le gala battait son plein. Pire, l'internaute laissait planer un doute sur son éventuelle implication dans les événements qui avaient suivi. Une photo, floue, avait été publiée parmi les commentaires et montrait Desmond quand il était jeune au milieu d'un groupe, non loin de Brett, lui aussi adolescent.

L'auteur de ces accusations à peine déguisées suggérait un complot. Ses propos avaient finalement été supprimés ainsi que le compte qui les avait publiés.

Quelques journaux et chaînes de télévision du comté avaient

repris l'histoire, mais pas pour évoquer l'attaque perpétrée par Brett Calder. Au contraire, il était manifeste que l'intérêt des journalistes concernait l'éventuelle implication de Desmond. Certains ne se contentaient pas de parler de lui. Ils reprenaient des extraits d'anciens reportages relatifs aux agressions dont Caleb et sa femme avaient été victimes, il y a deux ans, ou encore aux tourments de Madeline, accusée à tort d'homicide l'année précédente. Deux articles relataient même le kidnapping des triplés Nash, le plus grand mystère non résolu de l'histoire d'Overlook.

Riley savait que Desmond et sa famille avaient vécu un véritable traumatisme, à l'époque. Il n'avait pas cherché à cacher que le drame de son enfance lui avait, par la suite, donné envie d'aider les autres à travers Second Wind. Mais, jusqu'alors, elle avait ignoré les détails scabreux de ce rapt. En lisant un article sur les réseaux sociaux qui relatait le drame, elle avait été accablée par l'affaire.

Les triplés, alors âgés de huit ans, avaient un jour décidé d'aller jouer dans un parc du coin.

Ils disputaient une partie de cache-cache quand un homme armé avait attrapé Madeline Nash. Comme il tentait d'aider sa sœur, Caleb Nash avait reçu une balle dans l'épaule et Desmond Nash avait eu la jambe cassée par leur agresseur.

Se servant de Madeline, inconsciente, pour faire pression sur les deux garçons, il les avait conduits tous les trois dans un chalet au fond des bois où il les avait séquestrés pendant trois jours dans un sous-sol.

Ils avaient finalement réussi à s'échapper en prétendant que Desmond avait cessé de respirer. En unissant leurs efforts, ils avaient pu maîtriser leur ravisseur alors qu'il se penchait vers le garçon pour l'examiner.

De là, ils s'étaient enfuis dans la forêt et avaient couru jusqu'à ce qu'ils trouvent de l'aide. Lorsque les autorités avaient localisé le chalet, leur ravisseur n'y était plus.

À dater de ce jour, personne n'avait eu aucune information sur leur agresseur ni sur les raisons pour lesquelles il s'en était pris à eux. Pourtant, Michael Nash, père des triplés et l'inspecteur de police chargé de l'enquête, n'avait pas ménagé ses efforts pour retrouver sa trace. Ce drame l'avait miné et quelques années plus tard il avait été emporté dans la force de l'âge, terrassé par une crise cardiaque.

L'histoire émut Riley, mais elle la mit également en colère. Les Nash avaient connu bien plus d'épreuves que la plupart des autres familles. Pour vendre du papier, les journalistes remuaient le couteau dans la plaie, ravivant d'insupportables douleurs. Un constat d'ailleurs souligné avec force par une tribune d'opinion dans le journal local, *L'Overlook Explorer*.

La rédactrice en chef, Delores Dearborn, rappelait à la communauté que la famille Nash faisait beaucoup pour la ville. Elle évoquait le travail du shérif, celui de Caleb en tant qu'adjoint et inspecteur, le dévouement de leur mère, Dorothy Nash, une habitante d'Overlook appréciée de tous depuis des lustres, de Madeline Nash qui s'impliquait elle aussi corps et âme pour la communauté. La rédactrice en chef concluait son papier en affirmant que les Nash avaient contribué à façonner la ville d'Overlook autant que les familles fondatrices, si ce n'est plus.

Sans les Nash et leur ranch bien-aimé, qui serions-nous ? En tout cas, Overlook ne serait pas la ville que j'ai appris à connaître et à aimer, c'est certain.

Delores terminait l'article par une requête. Elle demandait pour la famille Nash le respect et l'intimité qu'ils méritaient. Et exhortait ses lecteurs à se tourner vers l'avenir au lieu de ressasser le passé.

La lecture de ce papier lui avait paru merveilleuse et inspirante. Et avait également touché Jenna. Elles avaient fini par acheter un exemplaire du journal. Elle le posa sur le banc entre elles et poussa un gros soupir.

— Ce qu'elle écrit est vrai, dit-elle. Il faut être indulgent. Tout le monde mène son propre combat.

En ce samedi matin, le soleil brillait haut dans le ciel et elles se promenaient dans un parc d'Overlook non loin de Main Street à la grande joie de Harley. Pour être à l'aise sur le terrain de jeux, Riley avait noué ses cheveux en queue-de-cheval et portait un ample T-shirt. Il appartenait à sa sœur, la plupart de ses affaires étant encore dans des cartons au fond du garage.

Jenna, de son côté avait revêtu une tenue professionnelle et serrait nerveusement un élégant portfolio noir contre elle. Elle ne cessait de regarder en direction de Main Street et du Claire's Café.

— Vas-y, dit finalement Riley. Et ne t'inquiète pas. Claire a accepté de te rencontrer alors qu'elle savait que je t'avais remplacée, le soir du gala. Elle ne t'en veut pas. Ayant élevé seule ses enfants pendant des années, elle a bien compris pourquoi nous l'avions fait.

Jenna hésitait, visiblement pas convaincue.

— Et qui me dit qu'elle ne veut pas seulement me faire la morale, me reprocher d'avoir menti ?

Près d'elles, Hartley escaladait une cage aux écureuils. Sa joie faisait plaisir à voir.

Riley ne put s'empêcher de sourire.

— Écoute, j'ai mon téléphone. Si elle dit ou fait quelque chose de méchant, envoie un SMS. Hartley et moi arriverons immédiatement, je te le promets. Mais ça n'arrivera pas. Tout va bien se passer. File avant d'être en retard.

Enfin décidée à se jeter à l'eau, Jenna embrassa son fils.

— Ne le laisse pas s'approcher seul du toboggan, recommanda-t-elle à sa sœur avant de s'éloigner. La dernière fois, souviens-toi, il a sauté du haut de l'échelle au lieu de se laisser glisser !

Une fois sa jumelle partie, Riley se reconcentra sur le petit casse-cou en question. Avec ses boucles rousses et sa frimousse couverte de taches de rousseur, Hartley était, heureusement, le portrait craché de Jenna et non celui de son père. Le seul trait hérité de son géniteur était ses yeux verts. Riley grimpa sur la cage aux écureuils et s'installa à côté de lui.

Riley espérait que sa sœur pourrait mener à bien sa carrière en free-lance à Overlook. Quant à ses propres objectifs professionnels, elle y réfléchissait toujours. Après son divorce, beaucoup de ses projets de vie s'étaient arrêtés brutalement.

— Bonjour !

La voix aiguë de Hartley la poussa à reporter son attention sur son neveu. Il saluait quelqu'un qui se tenait à quelques mètres de la cage aux écureuils.

— Salut, toi.

La voix était grave et profonde et, pendant un bref instant, Riley espéra qu'elle appartenait à Desmond Nash. Depuis qu'il l'avait aidée à s'extraire des griffes de Brett, elle ne parvenait pas à le sortir de ses pensées. Ce n'était pas tous les jours qu'un homme d'affaires coiffé d'un chapeau de cow-boy venait vous sauver.

Mais, quand elle posa les yeux sur le visage de l'homme qui parlait à l'enfant, elle ne le reconnut pas du tout.

Trapu, vêtu de vêtements décontractés, il promena ses yeux bleus sur Hartley puis sur elle, un grand sourire aux lèvres.

L'instinct de Riley la poussa à prendre la main de son neveu. Le petit, toujours curieux, essayait de s'approcher du nouveau venu.

— Bonjour, lança Riley.

L'aire de jeux sur laquelle ils se trouvaient était destinée aux tout-petits. La cage aux écureuils n'était pas très élevée et elle était à la même hauteur que l'inconnu. Cette proximité la rendit instantanément nerveuse.

Tous les hommes souriants n'étaient pas des Brett Calder, elle le savait, mais sa profonde méfiance ne se dissipa pas.

L'individu s'avança vers elle.

— J'ai, euh, entendu parler de ce qui était arrivé à votre sœur, continua-t-il. J'étais à la soirée de gala de Second Wind et nous avons discuté un peu, elle et moi. C'est fou ce qui s'est passé, non ?

Une sonnette d'alarme se déclencha aussitôt dans la tête de Riley. Il pensait s'adresser à Jenna. Et il mentait.

Elle ne se souvenait pas du tout de lui avoir parlé.

— C'est sûr, répondit-elle, se rapprochant de Hartley.

Le parc était situé près de Main Street et de nombreuses personnes l'empruntaient pour rejoindre la rue principale. Quelques promeneurs se prélassaient autour de la fontaine. Cet homme ne tenterait certainement rien au vu et au su de tous.

Calme-toi, Riley. C'est une petite ville. Il s'agit peut-être d'un habitant sympathique qui aime échanger avec ses semblables. Tu lui as peut-être parlé au gala. Tu as discuté avec tant de gens avant de partir !

Loin de se douter du monologue intérieur de Riley, son interlocuteur continua.

— En fait, je travaille pour le journal local et j'ai entendu dire que l'histoire la plus intéressante était sans doute la vôtre.

Riley ne put s'empêcher de lever un sourcil surpris.

— Vous voulez m'interviewer ?

Il haussa les épaules.

— Pourquoi pas ? J'ai entendu dire que vous étiez designer indépendante, c'est intéressant. J'ai également entendu dire que vous aviez longtemps fait partie d'une entreprise prospère basée à Kilwin, c'est également intéressant. Et que vous aviez été mariée à son directeur financier avant de le quitter brusquement.

L'homme sourit.

Il parlait de Jenna.

Riley se sentit mal.

Sans chercher à se cacher, elle se leva et s'éloigna en entraînant Hartley avec elle.

— Vous avez entendu dire beaucoup de choses, conclut-elle avec un frémissement de colère.

Hartley commençait à se tortiller contre sa hanche, mais Riley refusa de le poser à terre.

— Comment m'avez-vous dit que vous vous appeliez ? reprit-elle.

— Je ne me suis pas présenté.

Il souriait toujours.

Riley était sur le point de s'emparer de son smartphone et d'appeler à l'aide.

Peut-être devina-t-il ce qu'elle était sur le point de faire. Il leva les mains dans un geste de défense.

— Écoutez, je ne veux pas d'ennuis. J'aimerais simplement vous donner la possibilité de faire connaître votre version de l'histoire, madame Stone. Vous savez, à propos de ce qui est arrivé à votre sœur... Et de ce qui s'est passé entre vous et Ryan Alcaster.

Si Riley avait été capable de cracher du feu, l'homme et le nom qu'il prononça auraient tous deux été réduits en cendres.

— Écoutez-moi bien, commença-t-elle. Vous...

— Geordi ? lança une autre voix grave.

Cette fois, Riley reconnut le nouveau venu.

Desmond était habillé d'un blouson et d'un jean qui semblait avoir été cousu sur lui. Un stetson noir et une paire de bottes de cow-boy complétaient sa tenue. Ses yeux bleus qui ressemblaient beaucoup plus au ciel maintenant qu'elle pouvait les voir à la lumière du jour étaient rivés sur le dénommé Geordi. Une jolie blonde coiffée d'une longue tresse sur l'épaule, avec un bébé endormi en écharpe sur sa poitrine, se tenait à côté de lui.

Geordi ne parut pas heureux de les voir.

— Eh bien, que nous vaut la venue du héros du jour ? demanda-t-il avec un manque d'enthousiasme manifeste. Et en compagnie de sa sœur ! ajouta-t-il en regardant Madi.

— Et vous, le soi-disant journaliste qui a réussi à faire du plus beau métier du monde une activité de caniveau, qu'est-ce qui vous amène en ville ?

Desmond prononça les mots avec un sourire, mais il n'y avait évidemment pas une once de gentillesse dans la question.

Geordi répondit avec colère.

— Contrairement ce que vous aimeriez croire, vous n'êtes pas maître de cette ville, cracha-t-il en retour. Non seulement j'ai le droit d'être ici, mais je suis libre de m'adresser à qui je veux.

— Bien sûr, mais Mlle Stone a-t-elle envie de *vous* parler ? C'est toute la question.

— Non, aucune envie, répondit Riley. En fait, j'aimerais partir maintenant.

Geordi laissa échapper un grognement frustré. Desmond n'en fut pas impressionné. Il ne le quittait pas des yeux tout en tendant la main à Riley.

C'était un coup de force, et elle le comprit.

Un coup de force qui lui donnait le moyen idéal de s'éloigner du journaliste.

Mêlant ses doigts à ceux du cow-boy, elle s'en alla, Hartley sur la hanche. L'enfant était resté silencieux, observant leur échange comme un mordu de tennis suivant un match à Wimbledon.

— Et maintenant pourquoi ne pas vous joindre à nous pour prendre un café chez Claire's ? proposa-t-il. Nous traversions le parc pour nous y rendre.

Riley sourit.

— Très bonne idée.

Desmond lâcha sa main et, sans demander d'autorisation, se pencha et ramassa le grand sac contenant les jouets de Hartley.

Il le hissa sur son épaule comme un homme en mission.

Puis il lança froidement à Geordi :

— Si vous l'importunez encore, je n'hésiterai pas à prévenir le shérif. Si vous croyez vraiment que nous, les Nash, dirigeons cette ville, je vous laisse imaginer les problèmes que nous pourrions causer si nous voulions vraiment vous créer des ennuis.

Desmond était furieux.

Geordi Green était un vrai fléau. Un journaliste de caniveau qui se complaisait dans les ragots.

— Geordi dirige un tabloïd en ligne, expliqua Madi alors que tous trois s'éloignaient avec les enfants pour sortir du parc. Il guette les événements susceptibles d'éveiller les pires penchants humains, le moindre scandale, et une fois qu'il a balancé un scoop, de préférence sordide, il revient dessus en boucle et s'en repaît. Vous connaissez l'expression « Le calme avant la tempête » ? Declan dit de Geordi qu'il est « La boue après la tempête ». C'est un agitateur.

— Un agitateur de boue, précisa Desmond.

Comme les yeux sombres de Riley se tournaient vers le journaliste avec inquiétude, Desmond ressentit le besoin de la défendre. Il ralentit, s'arrangeant pour se placer entre elle et Geordi.

Madi lui jeta un regard de biais, et Desmond se rendit soudain compte que les deux femmes ne s'étaient jamais rencontrées.

Il se chargea des présentations.

— Voici ma sœur Madi Mercer et ma nièce, Addison, commença-t-il. Madi, voici Riley Stone.

Riley ne put cacher sa surprise.

— Comment savez-vous que je ne suis pas Jenna ?

Desmond haussa les sourcils. Essayaient-elles à nouveau de se faire passer l'une pour l'autre ?

— Je ne comprends pas la question.

Riley secoua la tête. Elle utilisa sa main libre pour désigner Main Street à quelques mètres de là.

— Je garde le fils de Jenna qui avait un rendez-vous professionnel avec Claire. Je suis très étonnée, ajouta-t-elle en riant. Je peux compter sur les doigts de la main les personnes capables de nous distinguer l'une de l'autre. La plupart des gens supposent que celle qui est avec Hartley est Jenna.

Desmond ne voyait pas comment il était possible de les confondre. Après avoir rencontré la vraie Jenna à l'hôpital, il avait remarqué plusieurs différences entre elles. La première et la plus remarquable étant la façon dont elle se comportait.

Jenna avait l'air grave, sérieuse. Elle semblait porter le poids du monde sur ses épaules. Quand il avait découvert qu'elle élevait seule son petit garçon, Desmond avait supposé que son expression angoissée provenait de là.

Riley, quant à elle, était doté d'une légèreté, d'une gaieté presque enfantine. Quand elle marchait, elle semblait danser. Elle paraissait toujours prête à s'élancer, à foncer. Elle avait peut-être son neveu avec elle, mais Desmond savait, sans l'ombre d'un doute à quelle sœur il s'adressait.

Et, s'il n'en avait pas été sûr et certain, il lui aurait suffi de planter les yeux dans les siens pour dissiper les hésitations.

Après avoir plongé dans les profondeurs sombres des prunelles chocolat de Riley dans les bois, il serait à présent capable de les reconnaître n'importe où.

Cette prise de conscience le mettait mal à l'aise.

Non seulement elle lui avait menti, même si cela n'avait duré que deux heures, mais, surtout, Desmond n'avait pas le temps de s'occuper de quoi que ce soit d'autre que de Second Wind. Surtout quand des gens comme Geordi Green tournaient dans les parages comme des vautours.

Second Wind visait à donner une seconde chance à des personnes qui avaient tout perdu.

Cette fondation était la raison de vivre de Desmond.

Il n'avait pas de place pour autre chose.

Pas même pour une sirène.

7

Geordi regarda Desmond le Magnifique s'éloigner en compagnie de la rousse qu'il avait réussi à embobiner avec ses beaux discours. La présence de la fille Nash dans le sillage de son frère ne l'avait pas surpris. Les Nash avaient l'habitude de tout faire ou presque en famille. Ils vivaient ensemble dans le ranch, presque en communauté.

Geordi ne comprenait pas – et appréciait encore moins – ce côté « famille » poussé à l'extrême.

Il ne comprenait pas davantage l'intérêt de sa cliente pour les jumelles Stone.

Il attendit que Desmond et sa troupe soient hors de vue pour regagner sa voiture. Là, il fut à demi étonné de voir, adossée à la portière, une femme vêtue d'un trench-coat stylé. Avec ses cheveux teints en blond platine, elle ne passait pas inaperçue. Elle souleva ses lunettes de créateur et planta sur lui ses yeux charbonneux.

Geordi s'efforçait toujours de se tenir au courant de ce qui se passait, d'être dans le coup. La seule façon de maintenir son tabloïd à flot était d'être connecté à Internet, il en était conscient. En ligne, scoops et ragots circulaient sans filtre.

Mais, quand cela ne suffisait pas, il lui fallait accepter de se faire payer pour publier un article, comme il s'apprêtait à le faire à présent.

— Si vous aviez voulu échouer dans votre mission en beauté, vous ne vous y seriez pas pris autrement, dit-elle d'un ton mordant en suivant des yeux le petit groupe qui s'éloignait.

Vous étiez censé parler à Jenna, pas lui faire peur et encore moins la jeter dans les bras de ce monsieur-qui-la-ramène-en-permanence.

Geordi sentit la colère le gagner. L'envie de frapper son interlocutrice le traversa, une envie qu'il eut bien du mal à réprimer. De quel droit lui parlait-elle comme s'il avait quatre ans ?

— Je n'y peux rien si la famille Nash se répand comme la peste, grogna-t-il. Il devient impossible de se balader en ville sans tomber sur eux à tous les coins de rue.

La blonde n'avait pas l'air de comprendre le problème. Elle remit ses lunettes de soleil sur son nez.

— Je me suis tournée vers vous pour obtenir des solutions, pas pour que vous me créiez de nouveaux problèmes, déclara-t-elle. Si j'avais su que vous étiez à ce point fasciné par le clan Nash, je me serais adressée à quelqu'un d'autre. À un meilleur journaliste, pour commencer.

S'ils n'avaient pas été dans un endroit fréquenté et en plein milieu de la journée, Geordi aurait laissé éclater sa fureur.

— Rien n'est perdu, assura-t-il, les dents serrées. Je vais me rendre chez elle, voilà tout.

La localiser ne devrait pas être trop difficile. Les nouveaux venus étaient rares à Overlook. Il s'intéresserait aux maisons récemment vendues ou louées. Ou offrirait un verre à Craig Tilly, l'agent immobilier local, pour avoir des tuyaux.

Elle secoua la tête.

— Les sœurs Stone sont déjà sous les feux des projecteurs. Pas question d'attirer l'attention sur nous en leur courant après. Voilà pourquoi je vous avais demandé de la convaincre gentiment de venir se faire interviewer. Vous n'y êtes pas parvenu. Vous n'avez sans doute pas le charisme ou les compétences nécessaires.

Geordi serra les poings.

— Écoutez, je vous conseille de…

La blonde entrouvrit son manteau pour lui montrer le petit pistolet qu'elle portait à la ceinture.

Elle ne voulait pas le tuer. Seulement le menacer.

Elle y parvint.

Geordi se tut.

Elle sourit mais reprit d'une voix tranchante :

— Vous vous étiez engagé à mener à bien cette mission. Et, plus important encore, vous avez pris mon argent. Il vous revient maintenant de tenir votre promesse. Peu m'importe la manière dont vous vous y prendrez, mais je vous conseille d'aboutir. Sinon, la survie de votre blog pathétique sera le cadet de vos soucis. Suis-je claire ?

Geordi mourait d'envie de la planter là, de tourner les talons et de s'en aller. Mais il se souvint de l'argent qu'elle lui avait promis, en plus de celui qu'il avait déjà empoché.

Ce pactole résoudrait l'intégralité de ses problèmes.

— Ne vous en faites pas, dit-il. Je vais la convaincre de me parler.

— Et ?

— Et je m'assurerai que vous assistiez à cette interview.

Satisfaite, elle hocha la tête. Elle tourna les talons mais, avant de s'éloigner, elle lui lança par-dessus son épaule :

— Et ne dites pas un mot de notre petit arrangement à qui que ce soit. Sinon, vous êtes mort.

Geordi en était certain.

La matinée de Desmond avait pris un tournant inattendu.

À la demande de sa sœur, il avait interrompu son travail et convenu avec elle de la rejoindre pour un café. Et il se retrouvait à le boire avec Riley.

En effet, tandis que Jenna et son fils, Hartley, discutaient « enfants » avec Madi et Addison et que Claire s'occupait de ses clients, Desmond et Riley avaient été relégués en bout de table.

Comme Riley portait sa tasse à ses lèvres, ses yeux chocolat croisèrent les siens et elle cessa un instant de faire semblant de s'intéresser à la conversation voisine. Mais, très vite, elle reprit un air lointain.

Desmond avait l'impression désagréable qu'elle évitait son regard.

— Le café est bon ici, n'est-ce pas ?

Si ses frères avaient été présents, ils se seraient moqués de son ouverture pitoyable. Il pataugeait lamentablement. Son bref échange avec Geordi en était sans doute la cause. Le journaliste « people » l'avait exaspéré.

Il devait maintenant se calmer et retrouver son flegme.

Mais Riley ne lui facilitait pas les choses.

Elle hocha la tête. Elle paraissait perdue dans ses pensées. Bientôt pourtant, comme pour revenir au présent, elle prit une profonde inspiration et planta ses yeux dans les siens.

Peut-être ne le fuyait-elle pas, après tout.

— Il est délicieux. Cela dit, pour être honnête, ajouta-t-elle en baissant la voix, je ne suis pas une grande amatrice de café. Du moins, je ne l'étais pas jusqu'à maintenant. Je finis par me demander si Claire n'a pas ajouté un stupéfiant ou quelque chose à mon expresso. Je n'ai pas fini de boire ma tasse que j'en aimerais déjà une autre.

Desmond se mit à rire.

— Bienvenue chez Claire, dit-il. Au ranch, je ne connaissais que le café noir basique mais, dès qu'elle a ouvert les portes de son établissement, elle m'a initié aux subtilités de ce breuvage. J'en suis moi aussi devenu accro. Le sucre y est sans doute pour quelque chose.

— Pour ma part, c'est tout ou rien. Soit je verse la moitié du sucrier dans ma tasse, soit je le prends pur, noir. J'ignore où est le juste milieu.

Desmond vit la perche qu'elle lui tendait pour relancer la conversation. Il savait à présent comment l'entretenir, tout comme il savait ce qu'il devait dire pour la laisser s'éteindre.

Tu viens d'admettre que tu n'avais pas de place dans ta vie pour autre chose que Second Wind, lui chuchota une petite voix intérieure – ange ou démon, il ne le savait pas très bien. *Alors, souris, sors-lui deux banalités et va-t'en.*

Pourtant...

— Avez-vous déjà eu l'occasion de prendre un repas dans l'un des restaurants du coin ? demanda-t-il. Au Red Oak, par exemple ?

— Le Red Oak ? Non, je n'y suis jamais allée.

Un vrai sourire fendit le visage de Desmond.

— Il vaut le détour, croyez-moi. J'ai passé les dernières années à voyager à travers le pays et je n'ai pas trouvé mieux. Leur cuisine est incomparable. Le Red Oak fait vraiment partie des incontournables d'Overlook.

Arrête, souffla sa petite voix intérieure.

Mais Desmond refusa de l'écouter.

— J'avais justement prévu d'y dîner, ce soir. Aimeriez-vous vous joindre à moi ?

Un dîner n'engage à rien, se raisonna-t-il. Quoi de plus banal que deux personnes partageant amicalement un bon repas ?

Pourtant, là encore, Riley Stone n'était pas n'importe qui et n'avait rien de banal. Elle avait quelque chose. Quelque chose qui le faisait se sentir différent.

L'inviter à dîner n'était peut-être pas une si bonne idée, après tout.

Mais, alors qu'il s'apprêtait à rétropédaler, Riley lui décocha un sourire étonnant.

— Avec plaisir, merci.

Qu'il ait eu tort ou non de l'inviter, Riley était ravissante, il ne pouvait plus le nier.

Et son sourire était irrésistible.

— S'agit-il d'un rencard ? D'un rendez-vous amoureux ?

Cette question avait rythmé la journée de Desmond. Sa sœur, qui ne vivait plus au ranch familial, y passait souvent. Et l'avait rabâchée avec ténacité. Elle la lui posa encore alors qu'il s'apprêtait à monter dans son camion pour se rendre au fameux dîner.

— Tu ne m'as pas répondu. As-tu en tête un petit repas en amoureux ou pas ?

Leur mère se tenait sous le porche. Elle aussi ne cessait de harceler Desmond au sujet de ses amours. Là, elle s'occupait d'Addison – pendant que Julian se chargeait du Bed and Breakfast – pour permettre à Madi de poursuivre son interrogatoire.

Aux yeux de sa famille, Desmond était charmant mais ne se servait pas de son charme légendaire pour séduire. De toute façon, il n'avait aucune arrière-pensée en invitant Riley. Dans son esprit, il s'agissait d'un simple dîner amical.

Mais sa sœur insistait :

— Parce que si c'est le cas, j'aimerais te rappeler deux ou trois petites choses avant de te laisser y aller.

Desmond soupira. S'il n'avait pas été aussi agacé par l'indiscrétion de Madi, il aurait pris plaisir à voir son souffle se muer en fumée blanche. Février était un mois imprévisible. Il avait commencé dans la douceur, mais il faisait de nouveau très frais et la pluie menaçait. Il avait dû sortir sa veste en cuir, celle qui avait autrefois appartenu à son père.

Il mit ses mains dans ses poches et attendit que sa sœur arrive à sa hauteur. Elle lui souriait d'un air entendu. Adossé à la portière du camion, il lui rappela :

— Ce n'est pas un rencard. Mais vas-y. Dis-moi ce que tu as envie de me dire.

Madi cessa de sourire et déclara avec gravité :

— Pour avoir une chance de la séduire, essaye d'être détendu, évite de faire la tête.

— De faire la tête ? Comment ça ?

— Comme si tu n'étais pas là, comme si tu n'écoutais pas. Sois présent. Pendant une heure ou deux, oublie ton travail, oublie le chantier, les travaux de construction, oublie les journalistes, y compris Geordi Green…

Elle s'approcha de lui pour réajuster le col de sa veste, un geste maternel qui atténua l'agacement de Desmond.

— Tu peux aider les gens à mieux vivre leur vie tout en vivant mieux la tienne. Que tu aies ou non une petite idée derrière la tête, amuse-toi. Tu as le droit de savourer un bon repas, un moment en bonne compagnie. Compris, cow-boy ?

— Compris, cowgirl. Merci.

Madi hocha la tête, satisfaite. Elle le laissa monter dans le camion avant de faire un dernier commentaire.

— Autre chose, Desmond ! Notre mère et moi avons décidé de ne pas parler aux autres Nash de ce dîner en amoureux qui n'en est donc pas un. Pas avant demain. Profite de ta liberté, ajouta-t-elle en souriant.

Desmond ne le dit pas mais apprécia cette délicatesse.

En quittant Winding Road, il s'engagea sur la route du comté qui menait en ville. Il en traversa le centre pour gagner l'un des quartiers les plus ruraux d'Overlook appelé Willows Way. Les ranchs s'y étendaient à perte de vue sur d'immenses terrains.

Desmond n'était pas retourné à Willows Way depuis des années. Et il n'avait pas dîné avec quelqu'un qui n'était ni une relation professionnelle ni un membre de la famille depuis longtemps également.

Cela le rendait étrangement anxieux.

Était-il nerveux ?

Pourquoi devrait-il l'être ?

Avec un juron, il coupa le moteur devant le 207 Willows Way. *Madi m'a eu*, se dit-il.

La maison des sœurs Stone était minuscule mais ne manquait pas de charme. Pourtant, quand il surprit un mouvement derrière la fenêtre, une poussée d'adrénaline le traversa. Desmond se tendit, et l'envie de sauter du camion pour courir porter secours à quelqu'un qui en avait besoin le tenailla.

Mais, très vite, il se traita d'idiot. Il ne lui fallut pas longtemps pour se rendre compte qu'il avait réagi de manière excessive. Les rideaux bougeaient parce que l'une des jumelles regardait la rue par la fenêtre, voilà tout.

Peut-être était-il un peu plus nerveux à propos de ce dîner qu'il ne voulait le reconnaître.

Desmond prit une longue inspiration et s'ordonna de se calmer.

Parfois, la vie pouvait être simple.

Il n'y avait aucune raison de croire que tout allait forcément mal tourner.

Lorsque son téléphone portable se mit à sonner, Desmond décida de suivre les conseils de Madi. Et d'ignorer l'appel. Il avait envie de profiter de cette soirée en bonne compagnie. Il serait *présent*. Il rappellerait son correspondant, quel qu'il soit, à son retour. Ou demain. Aucun problème.

Mais la curiosité l'emporta. Et, dès qu'il vit le nom s'afficher sur l'écran de son smartphone, il ne put s'empêcher de prendre l'appel.

Pourquoi l'un des avocats de la ville voulait-il lui parler ?

Une main sur la poignée de la portière, il répondit.

— Desmond.

— Salut, Desmond. Ici, Marty McLinnon.

— Salut, Marty, que puis-je faire pour toi ?

Aux bruits en arrière-fond, Desmond devina que Marty se trouvait dans la rue.

— Eh bien, j'étais chez moi quand j'ai reçu une alerte indiquant que l'une des caméras de surveillance de mon cabinet d'avocats, situé comme tu le sais en face de ton chantier, était tombée en panne. Après les événements de l'autre jour, j'avais pointé l'une d'elles en direction du bâtiment en construction. Et comme par hasard, c'est celle-ci qui a brutalement cessé de fonctionner. J'ai regardé le flux des images des autres caméras et j'ai eu l'impression qu'il y avait quelqu'un à l'étage. Pour en avoir le cœur net, j'ai préféré faire un saut sur place. Je me suis garé à l'arrière et… il y a bien quelqu'un sur le site. As-tu laissé un de tes ouvriers là-haut ?

Traversé par une décharge d'adrénaline, Desmond secoua la tête.

— Certainement pas un samedi soir, non.

— C'est bien ce que je pensais. Desmond, ajouta Marty précipitamment, je reçois un double appel. Il faut que je le prenne. Veux-tu que je téléphone à la police ensuite ?

— Je vais prévenir Declan, ne t'en fais pas. Ne monte

surtout pas là-haut, d'accord ? Il s'agit peut-être de jeunes voyous à la recherche d'un mauvais coup. Ou pire.

— Compris. Je ne bouge pas.

— Merci, Marty.

Après avoir raccroché, Desmond sortit du camion, son smartphone à l'oreille et contacta Declan.

— Marty McLinnon se trouve en face de Second Wind, en ce moment. D'après lui, il y a quelqu'un au premier étage, lança-t-il.

— Appelle Caleb, répondit Declan. Je suis... occupé, là. Rappelle-moi si autre chose se produisait.

Et le shérif mit brutalement fin à la conversation.

Desmond suivit le conseil de son frère aîné.

Caleb ne répondit pas, ce qui était inhabituel. Lorsque le téléphone de Jazz le dirigea directement sur la messagerie vocale, les poils sur la nuque de Desmond se hérissèrent.

Il s'était certainement passé quelque chose. Quelque chose de grave.

Il espérait que sa famille allait bien.

En attendant, il décida de n'appeler personne d'autre.

Pas avant d'être sur place. Le chantier n'était pas loin de là où il se trouvait maintenant. Il pourrait recontacter Marty et lui demander des images de ses caméras de surveillance. Si elles avaient filmé l'intrus, il essayerait de l'identifier. De plus, le bureau du shérif n'était pas trop loin du chantier de construction de Second Wind.

Desmond était sur le point de courir jusqu'à la porte des sœurs Stone et d'annuler sa soirée avec Riley lorsque la porte d'entrée s'ouvrit.

À la vue de ces yeux chocolat, encadrés par une chevelure de feu, il comprit, avec une férocité surprenante, qu'il n'avait pas du tout envie d'annuler ce dîner. Son instinct lui ordonnait de courir protéger son bébé, Second Wind.

Mais il sut à ce moment précis qu'il n'irait nulle part sans elle.

8

Jamais Desmond Nash ne saurait quel émoi son arrivée avait provoqué chez les sœurs Stone.

— Il est là ! cria Jenna du rez-de-chaussée de la maison.

Voilà vingt minutes qu'elle était postée à la fenêtre, le nez collé à la vitre, à le guetter. Si Riley avait été surprise par l'invitation à dîner de Desmond, Jenna, elle, en avait perdu la tête.

— Il t'a invitée à dîner, il t'a invitée à dîner ! C'est dingue ! s'était-elle exclamée quand elles étaient remontées dans la voiture après le café chez Claire. En principe, les bruns ne sont pas mon genre, mais ce Desmond est tellement charismatique que, quand il m'a serré la main, j'ai cru que j'allais m'évanouir. Bien sûr, je l'avais vu à l'hôpital l'autre jour, mais j'avais mis mon trouble sur le compte de l'adrénaline et de l'inquiétude. Mais là… c'est un vrai cow-boy et il aime sa famille. Il a tout pour plaire !

Riley n'allait pas la contredire mais, comme elle s'était contentée de hocher la tête, sa sœur avait poursuivi :

— Je comprends donc très bien pourquoi tu as accepté son invitation à dîner. Mais, dis-moi quelque chose, je dois te poser la question : s'agit-il ou non d'un rendez-vous galant ? D'une soirée en amoureux ?

Elles en avaient discuté toute la journée. Riley ne le pensait pas, Jenna le voulait. L'incertitude qui rongeait Jenna avait fini par contaminer Riley qui devenait de plus en plus nerveuse au fur et à mesure qu'approchait l'heure à laquelle Desmond devait venir la chercher.

Dès que Jenna eut annoncé son arrivée, un branle-bas de combat général s'installa dans la maison.

— Que porte-t-il ? demanda Riley.

Le lit de Jenna était recouvert de dix tenues diverses plus ou moins habillées. Elles allaient du jean décontracté à la petite robe noire avec talons aiguilles.

Jenna resta silencieuse.

— Jenna ?

— Il est toujours dans le camion ! Je ne vois pas encore ce qu'il porte !

Riley se sentait un peu idiote en culotte et soutien-gorge, debout devant une pile de vêtements.

— Il sort de son pick-up ! cria finalement Jenna.

Riley se tendit. Impatiente, elle attendit le verdict…

— Mi-habillé, mi-décontracté ! Mets ta tenue numéro trois ! cria Jenna

Riley s'habilla en vitesse. La tenue numéro trois était composée d'un jean skinny, de bottes en daim, appartenant à Jenna, d'un chemisier transparent bleu marine de Riley et d'un blouson aviateur en similicuir.

— Qu'il s'agisse ou non d'un rendez-vous en amoureux, tu es très sexy ! assura Jenna en la voyant réapparaître. Maintenant, souris pour que je vérifie qu'il n'y a pas de trace de rouge à lèvres sur tes dents.

Elle avait ensuite fait bouffer les cheveux. Comme chaque fois que l'une d'elles sortait avec un homme, toutes deux étaient excitées comme des puces.

Comme Riley, qui n'en pouvait plus, allait ouvrir, Jenna s'accroupit derrière un meuble, hors de vue.

Elle chuchota à sa sœur au passage :

— Bonne soirée et n'oublie pas les préservatifs.

Riley rougit. Sa sœur avait vraiment le don de la déstabiliser.

— Bonsoir, Desmond, balbutia-t-elle lamentablement.

Elle se sentait déjà intimidée à l'idée de sortir avec le séduisant Desmond, vêtu d'un jean foncé et d'une veste en cuir usé, mais savoir Jenna cachée dans un coin et à l'écoute l'acheva.

Elle se précipita dehors et referma la porte derrière elle.

Desmond la regarda faire avec étonnement mais n'émit aucun commentaire.

— Ça vous dérangerait-il que nous fassions un saut au chantier avant d'aller dîner ?

Riley, qui avait surtout hâte de s'éloigner des oreilles indiscrètes de sa jumelle, s'avançait déjà vers le pick-up.

— Pas du tout. C'est parfait !

Desmond lui ouvrit la portière puis s'installa au volant.

Il semblait pressé, et elle ne comprenait pas pourquoi.

— Quelque chose ne va pas ? ne put-elle s'empêcher de demander.

Pour toute réponse, Desmond poussa un gémissement.

Cette réaction bizarre la poussa à se tourner vers lui. Il la regardait de biais. Il démarra, mit la main sur le levier de vitesse mais n'enclencha pas la marche arrière.

Tout en posant sur elle ses beaux yeux bleus, il soupira.

— Je viens de recevoir un appel signalant la présence d'un intrus sur le chantier de construction de Second Wind. Il s'agit peut-être du vandale qui a écrit des graffitis sur l'un des murs du bâtiment, la nuit du gala. Le bureau du shérif semble très occupé ce soir, alors j'ai envie d'aller y jeter un œil avant de rameuter la cavalerie. Mais, si vous préférez, nous pouvons aussi reporter notre dîner à demain. Ce n'est pas un problème.

Riley enfonça vigoureusement la boucle de sa ceinture de sécurité dans le fermoir.

— Allons-y vite avant qu'il ne s'échappe !

Surpris, Desmond écarquilla les yeux. Pourtant, sans discuter davantage, il actionna la marche arrière.

— J'ignorais que le chantier avait été vandalisé, poursuivit-elle.

Il semblait peut-être étrange de vouloir s'aventurer en pleine nuit à Second Wind pour voir si quelqu'un s'était introduit sur le site, mais maintenant Riley en ressentait, elle aussi, le désir.

Il sourit.

— Heureusement, les médias n'en ont pas entendu parler. J'en suis content, j'avoue.

— Attendez, est-ce la raison pour laquelle vous étiez sur Winding Road lorsque Brett m'a... Enfin, quand ma voiture a été envoyée dans le décor ?

Il hocha la tête.

— Quand mes frères m'ont alerté sur ces graffitis, j'ai quitté discrètement la soirée pour aller voir l'inscription par moi-même. Second Wind signifie beaucoup pour moi. Voilà pourquoi je préférais me rendre compte en personne. Et sur le chemin du retour, alors que je retournais au gala, j'ai vu votre jeep accidentée.

— Je suis désolée que vous ayez été victime de ce vandalisme, mais je dois dire que pour moi il s'agissait d'une chance. Cette histoire vous a permis d'être au bon moment au bon endroit. Et qui sait, peut-être s'agissait-il d'un mal nécessaire pour vous permettre de faire découvrir à quelqu'un la cuisine de Red Oak, non ?

Un petit sourire se dessina sur les lèvres de Desmond.

— Sans doute parce que leur viande est d'une exceptionnelle qualité. Vous allez vous régaler. À moins que...

Une lueur d'inquiétude passa soudain dans son regard.

Riley se rendit compte, un peu tardivement, qu'elle le dévorait des yeux.

Heureusement, il ne semblait pas s'en soucier.

— À moins que vous ne soyez végétarienne, ou végane ?

Riley se mit à rire.

— Ni l'une ni l'autre.

Desmond poussa un soupir de soulagement.

— Bien sûr, ils ont des salades, mais leurs viandes sont si bonnes que, comme le dit Madi, s'en priver est un péché.

Les tensions dont il était la proie à son arrivée semblaient s'alléger. Riley se détendit, elle aussi, et reporta son attention sur le paysage sombre qui défilait par sa vitre. Seule dans les bois, l'autre soir, tout lui avait paru terrifiant. Mais, bien à l'abri dans le camion avec Desmond, tout semblait beau et réconfortant.

— Tout le monde suppose que les jumeaux ou les triplés sont forcément proches les uns des autres, mais vous avez vraiment l'air de bien vous entendre avec vos frères et sœur, dit-elle. Je dois admettre que je n'avais encore jamais rencontré de triplés auparavant. C'est plutôt excitant.

Quand Desmond éclata de rire, Riley sursauta de surprise.

— L'autre jour, Caleb et moi, nous nous disions à quel point il était fascinant de rencontrer une paire de jumelles monozygotes.

Il reporta son attention sur la route.

— Cela doit être troublant de grandir avec son double. Nous nous ressemblons beaucoup tous les trois, et Madi a souvent eu envie de se teindre les cheveux pour avoir l'impression d'être un individu doté d'une personnalité propre. Mais avoir une sœur qui est votre portrait craché doit être bien plus perturbant.

Beaucoup de gens s'interrogeaient sur la question.

— À l'adolescence, nous avons connu une phase où nous tentions à tout prix de nous différencier, dit-elle. C'est à cette époque que j'ai pris conscience que le style punk ne convient pas à tout le monde.

Desmond se mit à rire. Ils s'engagèrent sur une route encore plus sombre.

— Mis à part cet épisode, avoir une sœur qui est votre copie conforme ne nous a jamais dérangées. Et, pour tout vous dire, j'estime avoir beaucoup de chance que mon double soit une femme comme Jenna.

Une douce chaleur l'emplit alors qu'elle poursuivait :

— Jenna fait partie de ces rares personnes qui ont la capacité d'aimer de façon inconditionnelle, y compris des gens qui ne le méritent pas. Ma jumelle est l'amour incarné. Je ne suis pas seulement heureuse d'être sa sœur, je suis très fière de l'être.

L'enthousiasme soudain de Desmond parut s'émousser, et Riley comprit qu'elle en avait trop dit.

Il se tourna vers elle.

— J'espère ne pas être indiscret, mais cet amour qui n'est pas mérité a-t-il à quelque chose à voir avec le père de Hartley ?

Oui, elle en avait trop dit.

Pourtant, elle répondit.

— Au début, il avait tout du gars parfait. Mais en fait... il ne l'était pas, loin de là.

Riley ne put s'empêcher de serrer les poings sur ses genoux. La culpabilité revint la torturer.

— Jenna est restée avec lui plus longtemps qu'elle ne l'aurait dû. Mais elle craignait de faire souffrir Hartley en divorçant. De plus, elle pensait que tout était sa faute à elle. Il lui a fallu beaucoup de temps pour trouver la force de le quitter. Par la suite, elle est arrivée à Overlook un peu par hasard, mais elle est tombée amoureuse de la ville et s'y est vite installée. Au début, elle imaginait n'y rester que quelques semaines, mais maintenant elle a envie d'y vivre pour de bon.

— Overlook a souvent cet effet sur les gens. Et vous, cette ville vous plaît-elle ? Declan m'a dit que vous habitiez Atlanta avant de venir ici. Vous avez dû vous sentir dépaysée en débarquant dans ce trou perdu au fond du Tennessee.

Riley hocha la tête.

— C'est vrai, admit-elle. C'est très différent. Mais je ne regrette pas d'avoir troqué une métropole bruyante et surpeuplée pour ce charmant village. J'étais chef de bureau dans une entreprise située en plein centre-ville. Me rendre tous les matins au travail était... un cauchemar. Les embouteillages ne me manquent pas, croyez-moi.

— Mais le reste, la vie citadine, je veux dire ?

Riley y avait beaucoup réfléchi depuis son arrivée chez Jenna.

— Le rythme trépidant me manque parfois, reconnut-elle. Je m'étais habituée à voir tous les gens s'agiter, aller et venir pour faire tant et tant de choses. Ici, tout le monde prend le temps de vivre... C'est reposant.

Elle aperçut à nouveau son petit sourire en coin.

— Vous avez déjà vu un robinet qui goutte ? demanda-t-il.

Une goutte qui tombe puis une autre… Cette image illustre bien le rythme qui règne à Overlook.

Riley avait envie de lui faire remarquer que, alors qu'elle était arrivée depuis peu, elle avait pourtant eu le temps d'être pourchassée par un inconnu armé d'une batte de base-ball, puis approchée par un journaliste qui avait manifestement enquêté de façon approfondie sur sa vie et celle de Jenna.

Au lieu de quoi, elle se mit à rire.

— Une fuite vaut mieux qu'une inondation, je suppose.

Un petit silence tomba entre eux. Riley ne savait pas comment le combler. Elle voulait en savoir plus sur Desmond Nash.

Bien sûr, il était très séduisant. Pourtant, cet homme était bien davantage que son apparence. La tragédie qu'il avait vécue, enfant, l'avait façonné. Il avait fait de cette douleur un levier, un tremplin dont il s'était servi par la suite pour créer une fondation. Une fondation qu'il installait dans la ville même où il avait vécu cette tragédie.

Elle devinait un poids chez Desmond.

Riley ne pouvait pas l'expliquer. Elle l'avait senti dans ses yeux, cette nuit-là dans les bois, elle l'avait senti en voyant sa colère contre elle à l'hôpital, et elle le sentait maintenant, assise à côté de lui.

Desmond Nash était une question à laquelle elle voulait répondre, et une réponse qu'elle voulait analyser. Tout à la fois.

Le chantier de construction de Second Wind se trouvait à cinq minutes du centre-ville d'Overlook, sur le bien nommé Business Boulevard où plusieurs entreprises avaient leur siège social. Il était situé sur un grand terrain bordé de pins. Un cabinet d'avocats était installé de l'autre côté de la rue ainsi qu'un fleuriste, un peu plus bas.

Desmond roula lentement, tous phares éteints, jusqu'au moment où il repéra la Honda de Marty McLinnon, garée devant le cabinet d'avocats.

— Je ne vois personne, dit Riley qui observait les alentours plongés dans l'obscurité. Vous croyez que votre ami Marty vous attend dans son bureau ?

Desmond défit sa ceinture de sécurité. Un frisson d'excitation parcourut son échine.

— Allons voir.

Ils sautèrent du camion et se dirigèrent vers l'immeuble de bureaux. La porte était verrouillée. Desmond frappa mais n'obtint aucune réponse.

Il sortit son téléphone et appela Marty.

Au bout d'un moment, Riley lui toucha le bras. Elle pointa du doigt l'angle du bâtiment.

— Entendez-vous ce que j'entends ?

Desmond baissa son smartphone. Il lui fallut un moment pour identifier les notes d'un petit air de musique, quelque part dans la nuit. Le son était faible, mais il reconnut la sonnerie d'un téléphone portable.

Se guidant au bruit, ils longèrent le bâtiment jusqu'au coin de l'immeuble.

Ils étaient maintenant à l'arrière du chantier de Second Wind. C'est de là que provenait la sonnerie.

Lorsqu'elle s'arrêta, la messagerie vocale de Marty s'enclencha.

— Rappelez-le pour vous assurer que c'est bien son téléphone que nous entendons, dit Riley.

L'excitation que Desmond avait perçue dans la voix de Riley à leur arrivée s'était envolée, remplacée par l'angoisse.

— Vous lui aviez pourtant recommandé de pas s'aventurer sur le site, n'est-ce pas ? ajouta-t-elle.

Desmond recomposa le numéro de son ami.

— Oui, mais Marty est têtu comme un âne. C'est ce qui fait de lui un bon avocat.

Dès qu'il rappela, la petite musique se refit entendre à l'intérieur du bâtiment en construction.

— Le simple fait de lui conseiller de ne pas y aller l'a peut-être convaincu de faire le contraire.

— Aurait-il pu se confronter avec l'intrus ?

— C'est possible.

Riley se retourna, et il réalisa à quel point ils étaient proches. Un parfum de lavande lui chatouilla les narines.

— Que voulez-vous faire ? demanda-t-elle.

Riley Stone ne mesurait pas la puissance de son regard. Sombre, envoûtant, il le fascinait.

La vue de ses prunelles chocolat déclencha un cocktail d'émotions en lui. Et surtout un élan de courage, de témérité.

— Je vais aller voir qui s'est permis de pénétrer sur le site.

Un faible sourire se dessina sur les lèvres de Riley. Elle hocha la tête.

— Je vous accompagne.

Desmond ouvrit la bouche pour protester, mais Riley leva la main pour lui signifier l'inutilité de toute tentative pour l'empêcher de le suivre.

Elle ouvrit le sac qu'elle portait en bandoulière. Ce qu'elle en sortit fit rire Desmond.

— Une bombe lacrymogène ?

— Gouverner, c'est prévoir, cow-boy. Maintenant, allons-y.

Desmond leva son chapeau.

— Bien, m'dame.

Le Business Boulevard était éclairé par des réverbères récents mais peu nombreux. Quant au chantier de construction, il bénéficiait de quatre projecteurs. Ils inondaient le site d'une lumière en principe suffisante pour dissuader les voleurs ou les vandales potentiels.

Desmond ouvrit la voie.

— Si quelqu'un est au premier ou au deuxième étage, il est impossible de le voir, murmura Riley à ses côtés.

Elle était si proche à nouveau que ses cheveux frôlaient son bras et son dos.

Perturbant.

Mais pas autant que le malaise grandissant au creux de son ventre.

Second Wind n'était encore qu'un squelette de poutres et de murs partiellement construits. Des bâches et des piles de matériaux s'étendaient partout. Un escalier qui n'était pas terminé permettait aux ouvriers d'accéder aux étages supérieurs.

Devant eux maintenant, sur le mur extérieur, se trouvait l'endroit où avaient été écrits les graffitis auparavant.

MÊME PAS CAPABLE DE GAGNER UN SIMPLE JEU DE CACHE-CACHE.

Ces mots avaient été recouverts de peinture.

Il n'y avait aucun mouvement visible. Desmond appela à nouveau Marty. Et, cette fois, il tomba directement sur sa boîte vocale. Il échangea un regard avec Riley, et son instinct se mit à lui envoyer de grands signaux.

Il aurait dû l'écouter.

Au lieu de quoi, ils franchirent l'ouverture qui menait au rez-de-chaussée du bâtiment en construction.

Riley sortit son smartphone et actionna l'application « lampe de poche ». Le faisceau lumineux fit scintiller les ombres sur le béton.

— Il n'y a personne.

Desmond secoua la tête.

Où était Marty ?

Et l'intrus qu'il avait aperçu ?

S'agissait-il d'une mauvaise blague ?

D'une autre attaque visant Desmond ?

— Desmond ?

Alors qu'il s'apprêtait à appeler le bureau du shérif, il s'interrompit en voyant l'expression de Riley.

Ses yeux chocolat étaient écarquillés par la peur.

Elle lui désigna l'escalier du doigt.

Desmond suivit son regard. Il n'y avait personne, mais une tache brillait sur le ciment, au pied des marches.

Il s'approcha prudemment.

Du sang.

Le faisceau lumineux du smartphone de Riley balaya les traînées écarlates au moment où Desmond comprenait de quoi il s'agissait.

— Appelez le 911.

Au lieu d'obéir, Riley orienta son téléphone vers le haut de l'escalier.

— Le sang vient de là-haut, murmura-t-elle. Marty est peut-être blessé.

Desmond attrapa sa main, celle qui tenait la petite bombe lacrymogène.

— Nous ne savons pas si…

Une large silhouette sauta soudain du premier étage et atterrit devant eux sur la dalle en béton du rez-de-chaussée. Avec un cri de surprise, Riley recula.

Desmond eut du mal à en croire ses yeux.

Il s'agissait d'un homme.

Et cet homme n'était pas Marty McLinnon.

Quel qu'il soit, l'individu se releva d'un bond et s'enfuit dans la nuit.

9

Desmond s'élança à sa poursuite.

Riley l'aurait sans doute suivi si elle n'avait pas entendu un bruit curieux auquel il n'avait pas prêté attention.

Et qui venait du haut de l'escalier.

Desmond était déjà loin. Il poursuivait l'homme qui avait sauté du premier étage – et qui n'était donc sans doute pas son ami Marty.

Riley n'avait pas l'intention de lui crier de revenir. Mais elle n'avait pas non plus l'intention de l'attendre, les bras croisés.

Ne se sentant pas très rassurée, elle plaqua son sac contre elle comme un bouclier et resserra sa prise sur sa petite bombe lacrymogène. Le faisceau lumineux de son smartphone faisait briller le sang répandu sur la dalle de béton.

Elle prit soin de ne pas marcher dessus tandis qu'elle gravissait l'escalier quatre à quatre.

Le premier étage n'avait que trois murs extérieurs. L'endroit où se trouverait le second était encore à ciel ouvert et offrait une vue imprenable sur le cabinet d'avocats, situé en face, de l'autre côté de la rue.

Un réverbère proche éclairait l'espace.

Un homme était debout au milieu.

La façon dont il était habillé sidéra Riley. Sa tenue semblait totalement incongrue. La présence d'un individu vêtu d'un élégant costume trois-pièces gris sur un chantier de construction, en pleine nuit, paraissait surréaliste. Ses cheveux blonds étaient bien peignés. Il avait les mains dans ses poches comme s'il attendait l'arrivée d'un client. Il considéra Riley comme si c'était avec elle qu'il avait rendez-vous.

Et qu'elle était en retard.

Lorsqu'il parla, son ton était légèrement réprobateur, mais les mots qu'il prononça étaient terrifiants.

— Marty McLinnon, père de quatre enfants, est au troisième étage de ce bâtiment et se bat pour rester en vie.

Il fit un signe de tête vers sa gauche.

— S'il y avait une fenêtre à cet endroit-là, vous verriez une chaîne sur une poulie suspendue à une poutre métallique. En principe, ce système est destiné à hisser du matériel de construction depuis l'extérieur. Mais j'ai eu l'idée d'utiliser ce dispositif autrement. Quand vous arriverez à l'étage au-dessus, vous découvrirez Marty McLinnon inconscient et accroché à cette chaîne. Elle le traîne lentement mais inexorablement vers le bord.

Il la dévisagea un moment avant de poursuivre :

— McLinnon va bientôt se retrouver en très mauvaise posture. Tôt ou tard, le mécanisme le fera basculer dans le vide. Il en résultera une chute de deux étages. Je vous laisse imaginer les dégâts…

De nouveau, il se tut comme pour donner plus de poids à ses paroles.

— Pour lui permettre d'échapper à ce cruel destin, il faut au plus vite sectionner la chaîne qui le retient prisonnier et qui le conduit à une mort certaine…

Riley ne parvenait pas à y croire. Elle s'attendait à ce que son interlocuteur éclate de rire et lance :« Je rigole ! Je suis Marty McLinnon. Avez-vous vu le fou qui a sauté du premier étage ? »

Mais il ne le fit pas.

Au lieu de quoi, il se pencha pour ramasser un outil sur le sol. Il s'agissait d'une scie électrique. Riley avait souvent vu son père utiliser un appareil similaire pour bricoler chez eux en Géorgie.

— Bien sûr, il vous faudra au préalable la brancher mais,

ainsi équipée, vous devriez réussir à couper la chaîne, ajouta-t-il. Si vous voulez cette scie, lâchez votre bombe lacrymogène et votre smartphone. Je vous la donnerai alors. Sinon, je la jetterai dans le vide et nous l'entendrons exploser sur la dalle de béton du rez-de-chaussée. Avant que M. McLinnon ne s'écrase sur cette même dalle. Faites vite. Si vous ne vous décidez pas rapidement, il sera bientôt trop tard pour ce malheureux… À vous de choisir.

Riley n'avait jamais vu cet homme. Elle ne le connaissait pas. Il faisait nuit, et l'endroit où ils se trouvaient était mal éclairé. La lumière du réverbère provoquait des illusions d'optique. Tantôt l'inconnu en costume trois-pièces avait l'air plus jeune qu'elle, tantôt il paraissait au contraire beaucoup plus âgé.

En tout cas, il ne plaisantait pas. De cela, elle était sûre.

Riley laissa tomber son téléphone et son petit spray au poivre. Ils se fracassèrent avec bruit sur le béton.

— Qui êtes-vous ? demanda-t-elle.

L'homme secoua la tête. Visiblement, il n'avait pas l'intention de répondre. En revanche, il montra l'escalier.

— Ce sang sur les marches est celui de Marty McLinnon, vous l'avez compris. Plus vous discutez, plus vous perdez du temps et plus son espérance de vie s'amenuise.

Riley courut vers lui et lui prit la scie des mains.

— Dépêchez-vous, le temps presse, mademoiselle Stone.

Desmond avait envie de hurler. La douleur à sa jambe était insupportable et gênait ses mouvements. Mais l'homme qu'il poursuivait semblait boiter, lui aussi. Il s'était sans doute tordu la cheville en sautant du premier étage.

— Arrêtez ! cria Desmond.

Comme il fallait s'en douter, le gars n'obéit pas.

Tout de noir vêtu, il courait sur Business Boulevard comme s'il voulait rejoindre le parking du cabinet d'avocats. Il trébucha sur le trottoir, mais parvint à se relever et reprit sa course. Bien qu'il ait considérablement ralenti.

— Arrêtez ! répéta Desmond.

Au lieu d'obéir, il tourna la tête pour jeter brièvement un œil vers Desmond avant d'accélérer encore.

Qu'il ait choisi de s'enfuir par la route surprit Desmond. S'il avait voulu semer quelqu'un, il se serait dirigé plutôt vers les arbres dans l'espoir de s'y cacher. Pourtant, il resta sur le macadam, à découvert.

Dans ces conditions, Desmond comprit qu'il avait intérêt à lui donner la chasse au volant de son camion. Il n'était pas en état de courir longtemps, il en était conscient. Mais, s'il était motorisé, il avait une chance de le rattraper.

Il se précipita vers son véhicule, grimpa dans la cabine et démarra.

Les pneus hurlèrent lorsqu'il actionna la marche arrière. Avant d'enclencher la première, il frappa le numéro de Declan et le mit sur haut-parleur.

Son frère semblait occupé.

— Desmond, puis-je te rappeler...

— Nous avons trouvé du sang sur le chantier de construction, puis un homme entièrement vêtu de noir a sauté du premier étage et s'est enfui, le coupa Desmond. Je le poursuis au volant de mon camion parce que, par chance, il court sur la route et non dans les bois.

De nouveau, le gars jeta un coup d'œil par-dessus son épaule. Ses yeux s'écarquillèrent dans le faisceau des phares. Comme s'il comprenait enfin où était son intérêt, il quitta la route et se jeta dans l'herbe. Pourtant, il ne se dirigeait toujours pas vers les arbres.

— Est-il armé ? s'enquit Declan d'un ton sec.

— Pas que je sache. Mais Marty n'était nulle part en vue, ça m'inquiète. Je n'ai pas l'habitude de te déranger pour rien, vieux. Je n'avais encore jamais appelé la cavalerie. Mais là, elle paraît indispensable...

Declan jura.

— Attends un instant, dit-il.

Il se mit à parler à quelqu'un.

Desmond se rapprochait de l'homme en noir.
— Je suis sur le point de le rattraper, dit-il à son frère.
Il accéléra et braqua le volant pour barrer le passage au fuyard avant de piler.
L'homme en noir s'arrêta brusquement et se retourna. Manifestement, il s'apprêtait à s'enfuir vers les arbres, un endroit où le camion ne passerait pas.
Mais il trébucha à nouveau et cette fois il ne se releva pas.
Desmond bondit sur le sol.
L'homme essaya de se redresser. Le souffle court, il haletait.
Desmond avait beaucoup de questions.
Il commença par la plus urgente.
— Où est Marty McLinnon ?
Avant que l'autre n'ait la possibilité de répondre, un hurlement fendit la nuit.
Ils se retournèrent tous les deux.
C'était Riley.
Et elle l'appelait à l'aide.

Riley tirait de toutes ses forces sur la chaîne pour tenter de retenir le corps inerte du malheureux Marty qui glissait inéluctablement vers la mort.
Mais elle avait les mains en sang et ne parvenait pas à enrayer le mouvement.
— Non ! cria-t-elle, paniquée, en mesurant l'inutilité de ses efforts.
En voyant Marty se rapprocher aussi dangereusement du bord, elle laissa échapper un hoquet étranglé. Une boule de glace explosa dans son ventre et se répandit dans ses veines.
Elle n'avait plus le temps de trouver une prise pour brancher la scie électrique, elle n'avait plus le temps de briser la chaîne.
À la vitesse à laquelle le malheureux glissait sur le ciment, elle n'y arriverait pas.
Elle avait appelé Desmond à l'aide, mais il n'était pas revenu. Peut-être ne l'avait-il pas entendue.

Était-elle sur le point de voir ce pauvre homme passer par-dessus bord et s'écraser deux étages plus bas ?

Ce n'était pas possible.

— Non, non, non, non, non.

Les yeux clos, l'avocat continuait de ramper lentement vers le vide. Quand il arriva à sa hauteur, elle s'assit par terre et attrapa son bras.

Prenant appui contre un pilier, elle s'arc-bouta pour tenter de le retenir.

— Restez avec moi, je vous en supplie, dit-elle, désespérée.

Il était inconscient, ce qui valait sans doute mieux. Il ne se doutait pas qu'il vivait ses derniers moments.

C'est alors qu'elle entendit le camion approcher. Les freins crissèrent, les pneus dérapèrent pour s'arrêter devant le bâtiment, une portière claqua.

Puis une voix s'éleva, une voix qui chassa aussitôt le froid qui glaçait ses veines.

— Riley ?

C'était Desmond qui l'appelait du rez-de-chaussée.

— En haut, cria-t-elle. Au troisième étage ! Vite !

La chaîne continuait de tirer Marty vers le bord. Riley resserra son emprise sur le bras du malheureux, s'efforçant de résister. Mais elle n'y parvenait pas, la traction était trop forte.

— Non !

Le bras de Marty lui échappait, et elle dut déplacer sa prise, lui attraper le poignet. Elle avait les mains moites, glissantes, ce qui compliquait encore la manœuvre.

Des pas dans l'escalier annoncèrent l'arrivée de Desmond.

Elle tourna la tête vers lui. Elle n'avait pas le temps de tout lui expliquer mais espéra de tout son cœur qu'il savait se servir d'une scie électrique.

— Trouvez une prise de courant, lança-t-elle. Et branchez la scie qui est là-bas. Vite !

Le mouvement de la poulie tirait inexorablement Marty vers le vide. Riley tentait avec l'énergie du désespoir de contrecarrer le mécanisme. Elle n'osait imaginer la douleur que ressentait Marty ainsi écartelé.

Desmond, qu'il soit béni, réagit aussitôt.

Il saisit la scie électrique et la brancha à toute vitesse.

Une interrogation terrible s'imposa alors à Riley.

Et si le cordon n'était pas assez long pour atteindre la chaîne ?

— Ça va marcher, dit Desmond, répondant à sa question muette sans le savoir.

Les bruits de moteur de la scie lui parurent magnifiques. Le grincement de ses dents métalliques sur la chaîne, magique.

Cependant, le processus lui semblait lent, terriblement lent.

Tandis que Desmond s'efforçait d'entailler les anneaux d'acier, elle retenait Marty, tentant de toutes ses forces de l'empêcher de basculer dans le vide. Elle avait les mains en sang.

— Dépêchez-vous, hurla-t-elle. Je ne vais plus tenir longtemps !

Desmond ne répondit pas. Il continuait à scier la lourde chaîne.

Riley ferma à nouveau les paupières. Quelques instants supplémentaires s'écoulèrent, et soudain elle sentit le poids de Marty lui échapper.

Il était trop lourd.

Elle était en train de lâcher prise.

— Au secours ! Je vais…

Avant qu'elle ne puisse finir sa phrase, la main de Marty McLinnon lâcha la sienne.

Riley écarquilla les yeux. Horrifiée, elle comprit qu'elle allait regarder, impuissante, un homme s'écraser sur une dalle de béton et mourir.

Mais, au lieu de cette scène cauchemardesque, elle vit Desmond saisir le poignet de son ami et le tirer vers eux. La chaîne coupée gisait sur le ciment.

Il avait réussi.

Marty avait cessé de glisser vers le vide…

Desmond avait des questions à lui poser, et elle des réponses à lui donner.

Mais, quand il laissa tomber la scie et se précipita vers elle, elle fut incapable d'exprimer autre chose que son immense soulagement.

— Je suis désolé d'être parti…, commença Desmond.

Mais, dès qu'il fut à portée de main, Riley l'attira à elle et l'étreignit avec force.

Surprise par sa propre audace, elle captura ses lèvres. Elle noua les bras autour de son cou comme s'il était une bouée de sauvetage et qu'elle était au bord du gouffre.

Le baiser fut violent, mais il éveilla quelque chose en elle, quelque chose dont elle n'avait pas conscience auparavant.

Riley mit fin au baiser aussi rapidement qu'elle l'avait initié.

Puis elle regarda Desmond dans les yeux.

— Merci, dit-elle, le souffle court.

Merci d'être revenu, d'être intervenu.

Merci de ne pas avoir laissé un homme mourir parce que je n'arrivais plus à le retenir.

Merci de ne pas avoir posé de questions et d'avoir agi.

Merci d'être là.

Riley laissa tomber sa tête contre Desmond, mesurant soudain à quel point elle était fatiguée. Il l'étreignit en silence pendant quelques instants.

Puis elle se souvint pourquoi elle était là.

— Il y avait un homme vêtu d'un costume à l'étage en dessous, dit-elle. Pour me donner la scie, il m'a obligée à laisser tomber mon téléphone et ma bombe lacrymogène. Il m'a dit que Marty était sur le point de mourir.

Le front soucieux, Desmond sortit son smartphone de sa poche. Il appela Declan et le mit sur haut-parleur.

— Nous y sommes presque, cria le shérif. Une ambulance nous suit.

Desmond prit le poignet de Marty pour chercher son pouls.

— Marty est vivant, dit-il au téléphone. Je… *Nous* partons chercher l'intrus pour nous assurer qu'il ne va pas s'échapper.

Desmond aida Riley à se mettre sur ses pieds et lui prit la

main. Sans un mot, ils montèrent dans son camion garé près du chantier et démarrèrent.

Riley s'apprêtait à lui demander où ils allaient quand elle vit une silhouette sur le bord de la route.

Desmond suivit son regard.

— Je l'ai ligoté avec une corde que j'avais dans mon pick-up, dit-il quand ils s'arrêtèrent.

Les phares éclairaient l'homme en noir allongé sur le ventre dans l'herbe, les bras, les poignets et les chevilles attachés dans le dos.

— Je n'étais pas sûr que mes nœuds tiendraient. J'ai dû faire vite.

Comme il bondissait sur le sol, le prisonnier se tourna vers eux.

Riley blêmit.

Desmond perçut sa réaction.

— Qu'y a-t-il ? demanda-t-il, la voix teintée d'inquiétude.

Sidérée, Riley resta un instant silencieuse.

Ce n'est pas possible...

— Riley ?

Riley regarda ces yeux bleu cristal, si clairs qu'elle aurait pu s'y noyer et dit quelque chose qu'elle n'aurait jamais pensé dire à Overlook.

— Je le connais. C'est mon ex-mari.

10

Frapper sur quelque chose pour évacuer sa colère semblait trop théâtral et injuste. Et surtout, puéril. Après tout, les murs du bureau du shérif du comté de Wildman n'avaient rien fait à Desmond et n'avaient pas à subir sa frustration.

Hurler sa fureur n'était pas non plus une solution.

Declan et les adjoints qui étaient accourus sur le chantier en savaient maintenant autant que lui. Les agonir d'insultes n'aiderait personne. Et serait grossier.

Et ne serait pas digne du prétendu « plus charmant membre du trio Nash ».

Tout le monde s'attendait probablement à ce qu'il se comporte avec sang-froid, salue les uniformes avec un sourire et leur laisse le champ libre.

Mais Desmond était incapable de réagir ainsi.

Dans l'immédiat, en tout cas.

Assise sur une chaise à côté de lui, Riley semblait minuscule et fragile. Elle avait les mains bandées. Quand elle surprit son regard, elle esquissa un faible sourire.

Depuis qu'elle lui avait révélé que l'homme en noir était son ex-mari, ils n'avaient pas eu la possibilité de se retrouver en tête à tête. Encore moins de se parler. Maintenant, Declan leur ayant demandé d'attendre dans son bureau, Desmond aurait sans doute dû en profiter. Il n'aurait peut-être pas d'autres occasions d'évoquer avec elle la situation.

Pourtant, s'il avait la réputation d'être le plus doux de la fratrie, il se rendit compte qu'avec Riley il était incapable de prendre des gants, de lui servir des expressions toutes faites ou des formules de politesse.

Avec elle, il ne jouait pas le rôle du gentil garçon. Il se montrait tel qu'il était.

Et là, il se sentait perdu et son désarroi était presque palpable.

Alors qu'il s'apprêtait à briser le silence, Riley le devança.

— Pouvons-nous reporter notre dîner au Red Oak à un autre jour ?

Desmond lui sourit.

— Ça vaut sans doute mieux, oui.

Riley hocha la tête.

— Merci.

Le silence retomba entre eux.

Du coin de l'œil, Desmond regardait ces lèvres… qui avaient capturé les siennes sur le chantier.

Ce n'était vraiment pas le moment, ni l'endroit pour y penser. Pourtant, le souvenir de ce baiser le hantait. Il aurait voulu que Riley se jette de nouveau à son cou. Tout à l'heure, il n'avait pas eu la présence d'esprit de lui rendre son baiser. Parce que, sincèrement, il avait été trop surpris.

Il ne l'était plus.

Et maintenant il mourait d'envie de l'embrasser.

Ce n'était pas le moment.

La porte s'ouvrit, et Declan entra. Il avait retiré son chapeau dès qu'ils étaient arrivés dans son bureau. Il l'enlevait toujours pour travailler.

— L'inspectrice Santiago est à l'hôpital avec Marty, dit-il en se laissant tomber sur son fauteuil. Il est blessé, mais en principe il devrait s'en tirer. Il semble qu'il ait été assommé assez durement avant votre arrivée. Il a une plaie profonde sur le cuir chevelu qui explique tout ce sang. Les blessures à la tête saignent toujours beaucoup.

— Et ses jambes ? demanda Riley.

Comme Declan ne savait manifestement pas quoi répondre, Desmond prit la parole.

— Le pire pour lui aurait été de basculer dans le vide et de faire une chute de deux étages. Il serait mort, à présent.

Riley lui lança un regard teinté de culpabilité, et il ajouta :

— Je connais Marty. Quelle que soit la gravité de ses blessures, elles lui paraîtront préférables au destin qui l'attendait si tu n'étais pas intervenue. Tu lui as sauvé la vie.

Après ces heures de stress intense et ce baiser de folie, ils se tutoyaient, à présent.

Riley prit une longue inspiration.

Le shérif hocha la tête et revint sur l'enquête :

— Quant à l'individu en costume, nous avons lancé un avis de recherche grâce à la description que vous avez donnée de lui. Et Caleb est en train de visionner les images des caméras de surveillance du cabinet d'avocats.

Declan laissa échapper un soupir.

— Ce qui nous ramène au seul des trois hommes susceptible de nous raconter ce qui s'est passé là-bas.

Riley se raidit.

— Davies, dit-elle avec colère.

Son ex-mari.

Desmond sentit la morsure de la jalousie brûler son cœur. Il s'efforça de se rappeler que Davies n'était que son ex. Mais le simple fait d'imaginer Riley avec un autre le mettait en rage.

Ce n'est vraiment pas le moment, se dit-il une fois encore.

— Davies est son nom de famille, non ? s'enquit Declan.

Elle acquiesça.

— Il déteste le prénom Evan, et voilà pourquoi tout le monde l'a toujours désigné par son patronyme. C'est également la raison pour laquelle je n'ai pas pris son nom lorsque nous nous sommes mariés. Il m'a expliqué qu'il aurait eu l'impression que je lui volais une partie de son identité.

Desmond serra les dents.

Pour sa part, il se sentirait très fier que Riley porte son nom si elle le souhaitait.

Declan lui lança un regard étrange et se leva.

Il se tourna vers Riley.

— J'aimerais vous demander quelque chose que je ne fais jamais, normalement. Mais Marty est un membre bien établi d'Overlook et un ami. Nous nous posons beaucoup de questions sur ce qui s'est passé, ce soir, dit-il. Bref, j'apprécierais que vous suiviez l'interrogatoire de ce Davies. Vous le connaissez mieux que n'importe lequel d'entre nous, vous êtes donc susceptible de surprendre quelque chose qui nous échapperait.

Riley se mordilla les lèvres. Visiblement, elle hésitait.

— Il ne pourra pas me voir, n'est-ce pas ?

— En aucun cas. Vous serez derrière un miroir sans tain. Il ignorera votre présence dans les locaux.

Declan ouvrit la porte et fit signe à un adjoint de venir.

— Pouvez-vous conduire Mlle Stone dans la salle des identifications ? Nous vous y rejoignons dans un instant.

Comme l'adjoint invitait Riley à le suivre hors de la pièce, Desmond se leva mais n'essaya pas de lui emboîter le pas. Son frère le dévisageait avec un air qu'il ne parvenait pas à décrypter, ce qui était rare entre les Nash.

— Qu'y a-t-il ?

Declan referma son bureau. Il avait son expression « grand frère ».

— Je ne suis pas du genre à blâmer les victimes, dit-il. Mais j'aimerais te rappeler amicalement que Riley est peut-être ravissante, charmante, drôle, vive d'esprit... Mais le fait demeure que tu ne les connais pas, elle et sa sœur. Personne ne les connaît.

Desmond sentit ses instincts protecteurs se réveiller.

— Qu'insinues-tu, Declan ? Penses-tu qu'elle soit derrière tout ça ?

— Non, mais indéniablement il se passe quelque chose de bizarre. Brett Calder l'attaque, sans doute par hasard, et tu la sauves. Bon. Mais moins d'un mois plus tard tu arrives à temps pour empêcher Geordi Green de la harceler. Et maintenant, le soir où tu l'invites à dîner au restaurant, son ex-mari surgit sur le chantier de construction de ta fondation au milieu d'une scène plus que bizarre…

Declan soupira.

— Bref, chaque fois que tu es avec elle, il se passe quelque chose… Et je ne comprends pas pourquoi et comment ces événements se produisent. La première fois, cela pouvait être un hasard, la seconde un manque de chance. Mais à la troisième, je m'interroge. Qui tire les ficelles ? Où cela va-t-il s'arrêter ? Que risques-tu à continuer à la fréquenter ?

Desmond s'apprêtait à détruire les arguments de son frère un à un quand l'expression de Declan s'adoucit.

Il posa une main sur l'épaule de Desmond et ajouta :

— Écoute ton cœur, mais n'oublie pas d'écouter aussi ta tête. D'accord ?

Desmond opina, surpris de son désir stupéfiant de se battre pour défendre Riley et son innocence.

— D'accord, dit-il.

— Jenna a rencontré Ryan Alcaster dès la sortie de l'université.

Riley se tenait devant le miroir sans tain et essayait de ne pas regarder un homme qu'elle méprisait profondément.

Declan et Desmond l'avaient rejointe.

Desmond, adossé au mur près de la porte, lui faisait face, tandis que Declan était assis près de la fenêtre, un bloc-notes sur les genoux.

Il leva les yeux de son calepin d'un air interrogateur.

— Je pensais que nous parlions d'Evan Davies, non ?

Riley soupira. Elle aurait voulu oublier chaque mot de l'histoire qu'elle s'apprêtait à leur raconter.

— Il m'est impossible de vous parler de mon ex-mari sans vous parler de celui de Jenna.

Riley jeta un coup d'œil à Desmond, puis baissa la tête. Ce qu'elle était sur le point de leur dire lui faisait horreur.

Pourtant, il y avait des choses bien pires que de raconter cette sordide affaire.

La vivre à la place de Jenna, par exemple.

— Ryan Alcaster est le directeur financier de Macklin Tech, une société informatique d'Atlanta spécialisées dans les cartes mémoire et les disques durs. Beaucoup d'autres entreprises ont développé ce genre d'activités, mais celles de Macklin ont toujours été florissantes. Quoi qu'il en soit, avant que Jenna et Ryan ne fassent connaissance, j'ai rencontré Davies. Lorsque nous avons commencé à sortir ensemble, nous avions tous les deux du mal à trouver du travail. Nous envisagions d'ailleurs de quitter Atlanta pour ne pas dilapider nos petites économies. Là-dessus, Ryan a obtenu à Davies un entretien d'embauche chez Macklin. En clair, Ryan a permis à Davies d'y entrer. Tous deux sont vite devenus amis. Davies le considérait comme une sorte de mentor. Leur amitié était liée à leurs carrières. Lorsque Davies a été embauché chez Macklin, j'étais sur le point de lancer en free-lance un site de marketing en ligne. Davies m'a convaincue d'y renoncer et d'accepter un poste de responsable informatique chez Macklin, moi aussi. Certes, ce travail de bureau ne correspondait pas à mes rêves, mais il fallait bien gagner sa vie, payer les factures. De plus, je pensais vraiment que nous avions de la chance de trouver si vite un emploi stable. Nous nous sommes mariés, nous sommes devenus le couple légitime au bureau. Bien sûr, les embouteillages étaient un enfer, mais au moins nous pouvions bavarder dans la voiture.

Desmond déplaça son poids sur son autre jambe. Declan continuait de noter ce qu'elle disait. La climatisation créait un bruit de fond constant.

Riley poursuivit son récit, évitant leurs regards.

— Peu de temps après la naissance de Hartley, Macklin Tech a ouvert une succursale à Kilwin, poursuivit-elle. Cet établissement n'était en rien comparable à celui d'Atlanta, mais il était stratégiquement bien placé pour développer les activités du groupe dans une autre région du Sud. Du coup, Jenna a dû déménager pour s'installer avec Ryan à Kilwin. Davies et moi sommes restés à Atlanta, d'autant que Davies venait de décrocher une promotion. Encore une fois, être séparée de ma jumelle n'était pas idéal, mais Jenna et moi sommes restées en contact étroit. Nous discutions quotidiennement par vidéo ou au téléphone. Nous parvenions à nous sentir toujours proches… du moins, au début. Mais, peu à peu, tout a changé.

Riley se mit à se mordiller nerveusement l'index.

— Jenna a cessé de vouloir discuter par vidéo. Par la suite, nos échanges téléphoniques se sont raréfiés. Je n'arrivais jamais à la joindre. J'ai commencé à m'inquiéter, mais Davies a tenté de me rassurer. Selon lui, Jenna avait seulement besoin de s'habituer à son nouveau rôle de mère et à vivre dans une nouvelle ville. Il m'a conseillé de lui donner de l'espace. Alors, je l'ai fait. Mais un jour elle s'est présentée à ma porte. Elle se comportait de façon bizarre, et je ne comprenais pas pourquoi… Jusqu'au moment où j'ai vu les bleus et les marques rouges sur son dos.

— Ryan la battait, dit Desmond.

Elle hocha la tête.

— Elle niait le problème, minimisait la gravité de la situation. Elle se sentait responsable de la violence de son mari et prenait exemple sur nos parents pour justifier la nécessité de rester avec lui.

— Sur vos parents ?

Riley croisa enfin les yeux bleus de Desmond.

— Nous avons eu une enfance très heureuse, et nos parents nous ont toujours dit que la solidité de leur union, leur amour sincère et leur respect mutuel en étaient la cause. Il est certain que leur couple était solide et nous a apporté de la stabilité.

— Et Jenna pensait que si elle quittait Ryan, Hartley en souffrirait, devina-t-il.

Encore une fois, Riley hocha la tête.

— Elle est retournée chez elle, et pendant des semaines j'ai essayé de la convaincre de le quitter. Quand elle m'a finalement dit d'arrêter de lui parler de sa situation conjugale parce que sinon elle changerait de numéro, j'ai cédé. Et ce soir-là, j'ai tout raconté à Davies.

Maintenant encore, le simple souvenir de la réaction de son mari la glaçait et suffisait à la mettre en colère. Sur le moment, elle avait eu du mal à y croire.

Riley se tourna vers le miroir sans tain pour observer l'homme qu'elle avait juré d'aimer jusqu'à ce que la mort les sépare. Elle avait été idiote.

— J'imagine que j'aurais dû comprendre que je ne lui en avais pas parlé plus tôt parce que d'instinct je me doutais que sa réaction serait décevante. J'étais tellement inquiète de ce qu'il dirait que je tremblais en lui déballant toute l'histoire. Ryan était son ami, son mentor, à l'origine de sa réussite professionnelle. Critiquer Ryan, lui reprocher son attitude, mettrait en péril l'avenir de Davies chez Macklin et risquait de ruiner tous ses efforts, tout son travail depuis des mois. Mais savez-vous ce qui s'est passé quand je lui ai tout dit ?

Le visage de Desmond était impassible.

C'était une question de pure forme, il le savait.

Pourtant, Riley marqua une pause pour ménager son effet. Elle voulait – avait besoin – que quelqu'un d'autre ressente l'impact de ce qui s'était passé ensuite.

— Je n'ai vu aucune surprise dans ses yeux. C'est à ce moment, à ce moment précis, que j'ai cessé d'aimer Evan Davies.

Desmond attendit un moment avant de parler. Riley avait le souffle court. Visiblement, elle était en colère.

D'une manière ou d'une autre, elle comprit que Desmond partageait ce qu'elle avait alors éprouvé.

— Il savait, dit-il avec douceur. Il savait que Ryan frappait Jenna.

Riley hocha la tête, le cœur serré.

— Il m'a dit que même si elle était ma jumelle, ma sœur, je n'avais pas le droit de me mêler de ses problèmes de couple. La vie conjugale de Jenna ne me regardait pas J'aurais demandé le divorce le lendemain si je n'avais pas reçu un appel de l'hôpital de Kilwin. J'ai sauté dans le premier avion, cette nuit-là, et j'ai trouvé un hôtel. Le lendemain matin, j'ai emmené ma sœur meurtrie et brisée chez elle pour l'aider à empaqueter ses affaires avant que Ryan ne rentre à la maison.

— Et comment a réagi son mari ? demanda Declan en colère.

— Il avait un avocat, un homme connu et talentueux, paraît-il. Il a passé un marché avec Jenna. Il lui laissait la garde de Hartley sans discuter et en échange elle s'engageait à garder le silence sur sa violence. Sinon, il la détruirait. Il prendrait Hartley et la laisserait sans rien. Elle a accepté le deal. C'est là qu'elle est arrivée à Overlook. La ville semblait paisible. Je suis retournée à Atlanta pour rassembler mes affaires et je l'ai rejointe ici, une fois mon divorce prononcé.

Riley désigna le miroir sans tain. Davies continuait de fixer sa tasse, ignorant les émotions que son histoire provoquait dans la pièce voisine.

— Davies a tenté de me joindre plusieurs fois depuis mon départ, mais j'ai changé de numéro. Personne ne sait que je vis avec Jenna, excepté nos parents. Je ne comprends pas pourquoi il est ici. Il n'a rien à y faire.

Desmond se décolla du mur. Il se dirigea vers Riley et se tint si près d'elle que leurs bras se touchaient. Il regarda par la fenêtre, en proie à une colère palpable.

— Alors découvrons pourquoi il est venu, dit-il. Et faisons-lui quitter la ville au plus vite.

11

Evan Davies était plus grand que Desmond. Mince et musclé, il fréquentait sans doute avec assiduité les salles de sport. Sa photo de profil Facebook montrait un homme à l'air insouciant aux cheveux ébouriffés, avec une barbe courte et soignée, des yeux sombres et expressifs.

Séduisant.

Inoffensif.

Mais capable de se défendre dans une bagarre.

Voilà en tout cas l'impression que Desmond aurait eue de lui dans d'autres circonstances.

Pourtant, comme souvent, les apparences étaient trompeuses.

— Je ne vous dirai rien sans avocat.

Depuis que Declan était entré dans la salle d'interrogatoire, Davies répétait cette phrase en boucle. Sans jamais le regarder en face. Il semblait fasciné par le gobelet de café qui lui avait été apporté et par les menottes qui le maintenaient à la table métallique. Il avait perdu le sourire et l'air décontracté qu'il avait sur les photos de son profil.

Maintenant, son attitude comme son expression reflétaient sa lâcheté et sa culpabilité.

Du moins, Desmond en avait-il l'intuition tandis qu'il observait Declan essayant de convaincre Davies de leur donner quelque chose, au moins un indice, sur ce qui se passait.

En vain.

Davies garda la tête baissée et refusa de dire ce qu'il savait.

Son comportement était exaspérant.

Devant son manque de coopération, Riley, le visage fermé, serrait les dents. Quant à Desmond, il ne cessait de marmonner dans sa barbe, incapable de réprimer sa colère. Cet homme savait ce qu'il était arrivé à Marty et avait peut-être participé à l'agression. Marty était un ami, quelqu'un de bien. Il n'avait cherché qu'à lui rendre service en se rendant sur le chantier. Qu'il ait frôlé la mort mettait Desmond hors de lui.

Le fait que Davies était l'ex-mari de Riley et qu'il se trouvait comme par hasard dans la ville où les sœurs Stone s'étaient récemment installées et où lui-même n'avait rien à faire n'arrangeait rien.

Harcelait-il Riley ?

Et, si oui, qu'était-il venu faire sur le site de Second Wind ? Il n'avait pas pu deviner que Desmond et Riley y viendraient…

De ne pouvoir obtenir la moindre réponse de cet individu rendait Desmond fou.

Comprenant que Davies ne dirait pas un mot, Declan renonça à l'interroger. Il garda son sang-froid jusqu'au moment où il les rejoignit dans la salle d'identification. Là, il laissa éclater sa colère et poussa un juron.

— Je suis désolé de ne pas avoir réussi à lui tirer les vers du nez. Bien que je n'en sois pas étonné non plus. Il est doué pour garder le silence.

Riley ne détourna pas les yeux du miroir sans tain. Les dents serrées, elle était visiblement accablée.

Mais Declan poursuivait :

— Nous allons enquêter, mais mieux vaut ne pas trop compter sur les éventuelles déclarations à venir de ce crétin. Son avocate sera là demain matin et nous verrons bien.

— Que va-t-il se passer d'ici là ?

C'était la première fois que Riley prenait la parole depuis ses révélations sur son passé.

— Nous allons le conduire en cellule, répondit Declan. Nous en avons assez pour le mettre en garde à vue. Quant à vous deux, vous êtes libres de partir. J'aimerais seulement dire un mot à Desmond avant qu'il s'en aille.

— Je t'attends dehors, dit Riley à Desmond. J'ai besoin de prendre l'air.

— Oui, bien sûr.

Il lui donna les clés du camion avant de lancer un œil interrogateur à son frère.

Dès que Riley eut quitté la salle, il ajouta :

— Sois bref. Je n'ai pas envie de la laisser trop longtemps seule pour le moment.

— Je comprends, mais je ne voulais pas t'annoncer ce que j'ai à te dire devant elle.

Declan l'entraîna vers le mur, loin du bureau de l'adjoint le plus proche.

— Ce que je vais te confier ne doit pas sortir de cette pièce, ajouta-t-il. Nous sommes d'accord ?

C'était le shérif qui parlait.

Desmond hocha la tête.

— Entendu.

— Brett Calder est mort.

— Quoi ? Comment ? Je pensais qu'il était en prison ?

— Il l'était, répliqua Declan. Et c'est là qu'il a été tué, par un codétenu. D'après ce qui m'a été rapporté, une bagarre a éclaté dans la cour pour une raison qui reste à établir. Lorsque tu m'as appelé plus tôt, je m'entretenais à ce sujet avec le directeur.

— Avec le directeur de Jones Correctional ? demanda Desmond.

Il fit un rapide calcul mental.

— C'était il y a un peu moins d'une heure, non ? ajouta-t-il.

Il n'était pas possible que Declan soit allé là-bas. Il n'aurait pas eu le temps de faire l'aller et retour.

— Il est venu ici.

— Pour t'annoncer que Brett Calder avait été tué, poursuivit Desmond impassible.

Ce n'était pas la procédure normale.

— L'important, ce que le directeur tenait à me dire en face, ce n'était pas que Brett avait été tué. Mais par qui il avait été tué et ce qu'ils avaient découvert ensuite.

297

— D'accord.

— Un homme porteur d'un tatouage de scorpion l'a tué et, lorsqu'il a examiné le cadavre, le médecin légiste a trouvé le même tatouage de scorpion sur Brett.

Maintenant, Desmond comprenait mieux pourquoi son frère avait voulu lui apprendre la nouvelle en privé.

Les tatouages de scorpion signifiaient…

— Brett était un Fixer ?

Les Fixers, les Professionnels… Ce n'était pas le titre officiel de l'organisation criminelle basée à Kilwin. Mais le mot décrivait bien l'activité principale des hommes et des femmes avec un tatouage de scorpion. C'étaient des prestataires de services de haut niveau. Ils se faisaient embaucher par les gangs pour effectuer le sale boulot, pour nettoyer les scènes de crime avant l'arrivée de la police et effacer toute trace de leurs auteurs mais aussi pour mener à bien des missions trop difficiles ou trop compliquées pour la plupart des malfrats. Et quand une opération s'était mal déroulée, que tout partait en vrille, les Fixers passaient à l'action. Ils étaient les meilleurs pour arranger tout ce que leurs clients avaient raté.

Les Nash connaissaient leur existence parce que deux Fixers avaient ciblé Madi, l'année précédente.

— À mon avis, Brett était une nouvelle recrue, dit Declan. Et pas un bon élément. L'homme qui l'a tué avait sans doute été envoyé dans cette prison pour l'assassiner. Les Fixers l'ont éliminé parce qu'il s'en était ouvertement pris à Riley. Sans oublier qu'il s'est fait attraper par la police. Les Fixers agissent dans l'ombre et aiment la discrétion, en général.

— L'homme en costume avec qui Riley s'est entretenue sur le chantier était-il également un Fixer, d'après toi ?

Les Fixers étaient aussi connus pour être toujours tirés à quatre épingles.

— Je ne l'exclus pas, mais il l'a laissée partir alors qu'elle a vu son visage. Il ne lui a pas non plus confisqué son smartphone. Cela ne ressemble pas à leur façon de faire habituelle.

S'il s'agit d'un Fixer, je ne sais pas quelle est leur mission actuelle mais cela n'augure rien de bon.

Son frère ne voulait pas dire qu'il était inquiet parce que Riley était saine et sauve, Desmond le savait. Il était inquiet parce que rien ne collait. Ils restèrent un moment silencieux, perdus dans leurs pensées.

Puis Desmond posa une autre question.

— Pourquoi le directeur est-il venu vers toi ? N'aurait-il pas pu t'appeler pour te dire ce qui s'était passé ?

L'expression de Declan s'adoucit.

— C'est un vieil ami de papa. Il savait que Brett avait mis la famille sous le feu des projecteurs et il a supposé à juste titre que sa mort produirait le même effet, surtout avec l'implication des Fixers. Par correction, il préférait me prévenir en personne.

Desmond ne put s'empêcher de sourire.

— Papa est mort depuis des années et il trouve toujours des moyens de nous aider.

Declan était d'accord.

Ils terminèrent cet échange en se donnant rendez-vous le lendemain, après la visite de l'avocate de Davies. Declan embrassa Desmond avant de disparaître dans son bureau.

L'air de la nuit frappa Desmond alors qu'il poussait la porte pour sortir dans la nuit glacée. Il fut surpris de voir Riley adossée à la portière du camion. Lui-même aimait la fraîcheur, mais il ne savait pas s'il serait resté longtemps dehors sans bouger par ces températures polaires. Comme il gagnait le parking, Riley tourna la tête vers lui. Elle ne fit aucun mouvement pour ouvrir la portière. Desmond s'arrêta devant elle.

Des fragrances de lavande chatouillèrent ses narines. Elle avait le visage soucieux, le regard sombre.

Desmond se demanda ce qu'elle éprouvait.

— Ça va ?

Riley secoua la tête. Elle finit par planter ses beaux yeux chocolat dans les siens.

— J'étais heureuse, mariée et j'avais de nombreux projets pour l'avenir. Mais, quand j'ai fini par ouvrir les yeux et par comprendre qui j'avais épousé, tout a changé. Je suis rentrée dans une grande colère, j'ai divorcé, j'ai quitté Atlanta. Lorsque je me suis retrouvée à Overlook, j'ai pris conscience qu'il me fallait repartir de zéro. Certes j'étais plus heureuse qu'autrefois, mais je devais me reconstruire. Ce n'était pas facile. Et l'agression de Brett m'a déstabilisée. Tout aurait pu très mal se terminer. Mais j'ai eu beaucoup de chance, j'en suis consciente. Finalement, rien de cette histoire n'est grave. Ces péripéties ne m'empêcheront pas d'aller de l'avant.

Elle haussa les épaules.

— En revanche, la présence de mon ex-mari à Overlook n'est pas anodine. Elle est incompréhensible et inquiétante. Il ne devrait pas être ici. Il n'a rien à y faire. Ma nouvelle vie ne le concerne en rien. Davies est intelligent. Débrouillard et rusé s'il le faut. Que faisait-il sur le chantier ? Qui était l'homme en costume ? Comment vais-je pouvoir en parler à Jenna sans remuer le couteau dans la plaie ? Davies est-il l'agresseur de Marty ? Comment ai-je pu épouser un type comme lui ? Qu'est-ce que cela révèle de moi ?

Sa voix était rauque, Desmond devinait sa détresse. Il suivit son instinct. Il prit le visage de Riley entre ses mains. Quand il lui souleva le menton, il vit ses beaux yeux teintés de douleur, de peur, de confusion.

Il ne connaissait que trop bien ces émotions.

— Ce qui t'arrive prouve que tu vis ta vie comme elle doit être vécue, répondit-il avec sincérité. Tu es tombée amoureuse d'un homme, tu lui as fait confiance, tu as pris un risque. Tu t'es trompée, tu t'en es rendu compte, tu as survécu et maintenant tu peux te payer le luxe de te demander ce que l'avenir te réserve. En réalité, à moins d'être devin, personne n'en sait rien. Rien ne te garantit que ta nouvelle vie sera toujours facile, tout comme rien ne te dit qu'elle sera toujours difficile. Nous découvrirons ce qui se passe. Ensemble. Je te le promets, d'accord ?

Riley hocha la tête.

— D'accord.

Desmond regarda les lèvres de Riley Stone.

Il n'avait pas le temps de faire beaucoup de choses, mais avait-il celui de l'embrasser ? Peut-être, oui.

Mais ces lèvres qu'il imaginait contre les siennes esquissèrent un sourire. Visiblement, Riley s'efforçait de ne pas éclater de rire.

— Quoi ? demanda-t-il

— Tu m'as demandé comment je me sentais, et je ne t'ai pas vraiment répondu, dit-elle. Si tu veux tout savoir, je ressens surtout une faim de loup. J'imagine que le Red Oak est fermé à cette heure-ci, non ? Il est plus de minuit.

Desmond se mit à rire et s'écarta d'elle.

— En effet, il est fermé. Mais si ça te dit, je connais quelqu'un qui fait les meilleurs sandwichs au beurre de cacahuète de ce côté du Mississippi.

À sa grande surprise, elle hocha la tête avant qu'il ne s'explique.

Declan, Caleb et sa femme, Desmond et leur mère vivaient tous au ranch au bout de Winding Road, chacun dans sa maison. Pourtant, comme ils roulaient sur la route goudronnée à travers la propriété Riley avait eu du mal à l'imaginer.

Tout était si calme. Si paisible.

Maintenant, assise en face de Desmond à la table de sa salle à manger, elle se sentait vraiment mieux.

— Tu ne plaisantais pas. Je me suis rarement régalée de sandwichs au beurre de cacahuète aussi délicieux, dit-elle.

Desmond en préparait déjà d'autres. Modeste, il haussa les épaules.

— Je suis un homme aux multiples talents.

Il lui lança un sourire qui éclaira son visage et illumina la pièce.

— En tout cas, tu sais me faire me sentir mieux, lâcha-t-elle.

Aussitôt, elle sentit ses joues s'embraser.

— Ce que je veux dire, ajouta-t-elle précipitamment, c'est

que je comprends pourquoi tout le monde t'apprécie. Tu aimes les gens, tu t'investis beaucoup pour leur venir en aide et tu as l'air d'être heureux de le faire.

— Je ne fais que ce que n'importe qui ferait dans ma situation.

Riley secoua la tête.

— Tu as de l'argent et visiblement tu es assez riche pour être libre de faire ce que tu veux ou presque.

Elle montra d'un geste la pièce autour d'eux.

— Mais tu as choisi de vivre ici, à deux pas de ta mère, dans une ville que tu aurais pu quitter sans jamais y revenir. De plus, rien ne t'obligeait à fonder Second Wind. Mais tu l'as fait.

À ce stade, Riley aurait pu orienter la conversation sur un autre sujet. Elle aurait pu complimenter Desmond pour sa maison – aux murs blanchis à la chaux et aux poutres apparentes, parfaite pour un cow-boy – ou lui demander quels livres il aimait lire ou quelle musique il aimait écouter…

Pourtant, la curiosité fut la plus forte et elle décida de continuer sur sa lancée.

— Pourquoi as-tu fondé Second Wind ?

12

Lorsque Desmond reposa son sandwich à peine entamé sur l'assiette, Riley eut peur d'avoir dépassé les bornes, pourtant il prit un air pensif. Le tic-tac d'une horloge quelque part dans la maison faisait écho au ronronnement de la chaudière qui s'était allumée dès qu'ils avaient franchi la porte d'entrée.

Riley allait apprendre quelque chose d'important sur Desmond Nash.

— Quand j'étais enfant, j'ai vécu un traumatisme majeur, commença-t-il. Dire que ce drame m'a changé serait un euphémisme. Il a eu un profond impact sur tous les Nash. Et même sur tous les habitants de la ville.

Riley essaya de garder un visage impassible, mais Desmond lui lança un regard entendu.

— Tu sais certainement pourquoi tout le monde connaît le nom des Nash à Overlook et dans ses environs, n'est-ce pas ?

— Après ce qui s'est passé la nuit du gala, j'ai lu quelques articles qui relataient l'événement, oui, reconnut-elle.

Desmond ne semblait pas du tout ennuyé, ni même surpris, mais Riley se sentit rougir. Elle avait fait preuve d'indiscrétion et en était consciente.

— Le kidnapping des triplés Nash reste le plus grand mystère non résolu d'Overlook, poursuivit-il. Et il nous a rendus célèbres malgré nous. La tragédie a profondément secoué la communauté et brisé à jamais la famille. Nous avions huit ans et nous nous étions aventurés seuls dans un parc du coin. J'ai lu et entendu plusieurs versions de l'histoire mais, comme toujours, certains éléments ont échappé aux journaux et aux ragots.

Il sourit, mais ce sourire s'envola rapidement.

— Le hurlement qu'a poussé Madi quand l'homme l'a saisie, un pistolet à la main, est le cri le plus glaçant que je n'ai entendu à ce jour. Parfois, il hante encore mes cauchemars. Il me poursuivra sans doute jusqu'à la fin de mes jours.

D'instinct, Riley eut envie de lui caresser la joue, de le réconforter, mais elle se l'interdit. Desmond se confiait, mais il risquait de cesser de s'épancher si elle l'interrompait. Elle devait se contenter d'écouter.

— Les faits ont souvent été déformés par la suite, continua-t-il. Comme souvent, des gens qui n'y étaient pas ont imaginé comment ils auraient réagi à notre place et fini par se persuader qu'il s'agissait de la réalité. Voilà ce qui s'est vraiment passé : Madi a riposté, frappé son agresseur à la gorge. De son petit poing et aussi énergiquement qu'elle l'a pu. Honnêtement, si elle avait été plus âgée, plus forte, elle aurait sans doute réussi à lui échapper. Mais nous n'avions que huit ans. Il l'a assommée de la crosse de son arme puis il a fait feu sur Caleb et sur moi. La balle a touché mon frère au bras. La blessure n'était pas très profonde, mais tout ce sang était impressionnant. Alors, j'ai…

Jusque-là, Desmond s'était exprimé d'une voix posée. Il racontait l'histoire de manière concise et neutre. Maintenant, son émotion était palpable.

Ses épaules se tendirent, il serra les mâchoires. Mais Riley le laissa faire. Elle ne voulait pas insister davantage.

Quand Desmond reprit la parole, il semblait la proie d'une profonde colère.

— J'ai voulu moi aussi me battre contre ce type, mais j'ai perdu cette bataille. Je me devais de protéger mon frère et ma sœur. Ou du moins, d'essayer.

Il déplaça sa jambe sous la table. Celle qui boitait.

— Caleb et moi, nous nous sommes jetés sur l'homme mais nous ne faisions pas le poids. Il a frappé ma jambe du pied jusqu'à ce qu'elle se brise. Après quoi, Caleb était le seul à rester debout. Comme il était blessé, il a pris une sage décision. Au lieu de tenter de s'enfuir ou de se battre, il obéirait aux ordres du type. Il est donc resté avec Madi et moi. C'est ainsi que nous nous sommes retrouvés au sous-sol d'un chalet, le Well Water Cabin.

Il but une gorgée de bière avant de reprendre son récit.

— L'homme nous a gardés dans ce sous-sol pendant trois jours. Il nous apportait de la nourriture, ne parlait que pour nous menacer avant de disparaître.

— Ta jambe était cassée, dit Riley. Cela ne le préoccupait-il pas ?

Desmond secoua la tête.

— Rien ne semblait le préoccuper, mais ensuite, quand nous avons mis au point notre plan d'évasion, il a été obligé de s'en soucier.

Riley ne put s'empêcher de se pencher vers lui. Son cœur se serrait en songeant à la terreur qu'avaient dû éprouver ces enfants. La situation aurait été une épreuve pour n'importe qui, mais pour des gamins de huit ans ? Riley n'avait aucun mal à imaginer leur détresse.

— Le troisième jour, je n'allais vraiment pas bien, reprit-il. Nous savions tous que j'avais besoin d'aide. Et vite. Nous devions faire quelque chose ou nous courions le risque très réel que je succombe à mes blessures. Nous avons donc décidé de faire comme si j'avais cessé de respirer. Caleb et Madi ont pleuré et crié. Ils avaient si peur pour moi qu'ils pensaient peut-être que j'étais vraiment sur le point de mourir. Quoi qu'il en soit, leurs cris étaient convaincants. L'homme est entré, s'est penché sur moi pour m'examiner. Et à ce moment-là, la force des triplés s'est déployée.

— La force des triplés ? répéta Riley sans comprendre.

Un petit sourire passa sur les lèvres de Desmond.

— C'est ainsi que Declan l'appelait. Nous agissions alors en tant qu'unité, en équipe. Nous n'étions plus trois enfants, nous ne formions qu'un seul esprit, qu'un seul corps doté de six bras et de six jambes. Nous avons maîtrisé le type, réussi à verrouiller la porte derrière nous et à nous enfuir dans les bois. Nous avons couru et fini par trouver de l'aide. Je suis allé à l'hôpital, et Caleb a montré à la police le chalet où nous avions été retenus prisonniers.

— Et personne n'a retrouvé le ravisseur.

— Et personne n'a retrouvé le ravisseur, répéta-t-il. Ni su pourquoi il nous avait enlevés ni quel était son objectif. Mon père, policier à l'époque, a mené l'enquête. Sa détermination à comprendre est vite devenue une obsession. Il se consacrait corps et âme à cette affaire. Elle a provoqué pendant des années et des années tant de stress que son cœur l'a lâché à la fin. Il était bien trop jeune pour mourir.

Riley secoua la tête, ravagée par tout ce qu'il avait enduré.

Desmond la surprit avec un petit rire.

— Rassure-toi, ma réponse à ta question initiale à savoir pourquoi j'ai lancé Second Wind est moins longue.

Il commençait à se détendre à nouveau sur sa chaise.

— Nous avons survécu à cette histoire, et je pense que nous ne retrouverons jamais notre ravisseur. Mais j'ai pris conscience qu'il ne me serait pas aussi simple de retrouver le cours de ma vie, de me remettre à vivre comme autrefois. Au cours de mes études, j'avais placé mes économies à droite à gauche et j'ai eu de la chance. Ces placements avaient été plutôt bénéfiques. Grâce à ces gains, j'ai fondé plusieurs organismes caritatifs. Mais j'ai vite compris que mes bonnes intentions ne suffisaient pas. Embaucher des experts et d'autres personnes qui avaient la formation et l'expérience nécessaires pour aider les autres était plus dans mes cordes. C'est alors que j'ai eu l'idée de créer une fondation dont le but serait de soutenir des organisations charitables destinées à aider les personnes ayant traversé de graves traumatismes et des tragédies. Je voulais aider ceux qui aident les autres.

— Pour leur permettre de trouver un second souffle, un Second Wind, murmura Riley comprenant soudain l'origine du nom.

Desmond hocha la tête.

— Le nom n'est pas très subtil, mais il indique clairement l'objectif et j'en suis fier.

Il revenait au présent, se remettait à sourire. Son histoire était terminée.

— Tu peux l'être, en effet, dit Riley avec sincérité.

Desmond termina son sandwich et emporta leurs deux assiettes dans la cuisine. Riley se leva et s'étira. Elle était fatiguée, mais elle se sentait en même temps agitée, une vraie pile électrique. Du coup, elle n'avait pas envie de rentrer tout de suite chez elle, sachant qu'elle aurait sans doute du mal à trouver le sommeil.

Les décharges d'adrénaline qui l'avaient traversée toute la soirée, la peur et l'inquiétude concernant le sort de Marty expliquaient sans doute sa nervosité. La réapparition soudaine de Davies et sa crainte qu'il soit venu lui créer des ennuis n'y étaient peut-être pas étrangères non plus. Sans parler du baiser de Desmond et de sa propre audace. Faire le premier pas n'était pas son genre. En général, elle était d'un naturel discret et réservé.

Elle l'avait embrassé dans un moment d'intense émotion, mais avait-elle envie de recommencer ? Maintenant que Davies était de retour, traînant dans son sillage d'horribles souvenirs, y avait-il encore de la place dans sa vie pour une relation amoureuse ?

Riley prit soudain conscience qu'elle éprouvait un puissant désir pour Desmond. S'en rendre compte la troubla.

Pour qu'il ne remarque pas son émoi, elle quitta la cuisine. La maison de Desmond était grande et confortable. Le salon, en particulier, était immense. Un canapé faisait face à un écran plat. Des bibliothèques tapissaient les murs, remplies de livres et de portraits encadrés. L'ensemble donnait à la pièce une chaleur, le sentiment qu'il s'agissait bien d'un foyer.

Sur la plupart des photos sur lesquelles figurait Desmond, il y avait au moins un de ses frères ou sa sœur avec lui. Les événements marquants de la famille avaient été immortalisés. Les remises de diplômes, les anniversaires, la prestation de serment de Declan le jour où il était devenu shérif, une photo de Dorothy et Michael Nash souriants, le jour de leur mariage, une autre représentant Caleb et sa jeune épouse, et une autre de Madi et son mari. Plusieurs portraits des enfants Nash à tous les âges étaient disséminés entre les livres. Desmond et Declan n'avaient jamais personne à leurs côtés, remarqua-t-elle.

La dernière photo représentait Desmond sur un magnifique cheval, son stetson noir sur la tête, un sourire ironique sur les lèvres.

— C'est ma jument Winona, dit-il, suivant son regard. Si tu cherches le mot « sauvage » dans le dictionnaire, il y aura une photo d'elle pour illustrer la définition.

Riley jeta un œil à son smartphone. Il était presque 1 heure du matin. Elle avait déjà envoyé des textos à Jenna pour l'informer des événements lorsqu'elle était au bureau du shérif. Elle l'avait également prévenue qu'elle se rendait ensuite chez Desmond. En réponse, elle avait reçu une série d'émojis aux grands yeux et des allusions peu subtiles à propos des préservatifs.

Riley se doutait qu'elle ne parviendrait pas à rentrer discrètement chez elles sans réveiller à la fois sa sœur et son neveu.

Elle glissa un œil vers Desmond.

Cette fois, ce fut elle qui loucha sur ses lèvres.

Elle soupira.

Desmond lui lança soudain :

— Aimes-tu les défis ? Relever les défis ?

La question la prit complètement au dépourvu. Après la soirée qu'ils avaient passée, elle avait peut-être du mal à recouvrer ses esprits. Mais elle ne comprenait pas de quoi il lui parlait.

— Pardon ?

Desmond lui montra l'écran plat.

— Ma mère prêche pour une vie sans stress, mais, en ce qui concerne la Roue de la Fortune, elle est tout sauf zen. Non seulement elle me force à enregistrer les émissions pour être sûre de n'en manquer aucune, mais elle me met au défi de répondre aux énigmes avant elle. Je suis devenu très fort à ce jeu, mais aimerais-tu essayer de me battre avant que je te ramène chez toi ?

Riley n'hésita pas.

— Seulement si tu es bon perdant.

Desmond ouvrit lentement les yeux.

Il se demanda où il était. Pas dans son lit, en tout cas.

Il faisait nuit, pourtant.

Il battit des paupières, confus.

Puis il reconnut le plafond. Sa sœur et sa mère avaient décidé de le peindre en vert bouteille, une couleur originale, mais, après avoir consulté la presse spécialisée, elles lui avaient assuré que cette teinte mettrait les poutres en valeur. Il avait cédé et, s'il ne l'avait jamais admis, le résultat lui plaisait.

Mais il ne comprenait pas pourquoi il le voyait.

Quand les brumes du sommeil se dissipèrent, il se rendit compte qu'il était dans son salon, sur le canapé. Et qu'il n'était pas seul.

Riley était nichée près de lui, la tête sur son épaule, une jambe repliée sur lui.

Et lui avait son bras passé autour d'elle. Il l'enlaçait.

Desmond s'efforça de se remémorer la fin de la soirée.

Ils avaient regardé un épisode de la Roue de la Fortune. Les énigmes avaient été un jeu d'enfant pour Riley. Elle avait résolu deux des quatre phrases et promettait de le battre à plates coutures lors de l'épisode suivant. Pourtant, pendant la pause publicitaire, elle s'était endormie d'un coup contre lui.

Desmond avait, bien sûr, eu l'intention de la réveiller et de la reconduire chez elle, mais la vue de son ravissant visage, détendu dans le sommeil, l'avait attendri. Riley avait vécu beaucoup d'épreuves au cours des dernières vingt-quatre heures. Il pouvait bien la laisser dormir quelques instants.

Il avait attrapé le plaid à côté de lui, l'avait mis sur elle et avait essayé de résoudre seul les énigmes du jeu télévisé.

Mais, sans s'en apercevoir, lui aussi s'était assoupi.

Il se pencha pour saisir la télécommande et éteindre la télévision. Puis il resta un moment immobile sur le canapé.

Riley sentait la lavande.

Avant de revenir vivre à Overlook, Desmond avait eu son lot de relations amoureuses. Une multitude de femmes au physique très différent lui avaient plu, et beaucoup avaient fini dans son lit. Pourtant, il leur manquait à toutes quelque chose. Quelque chose qu'il ne pouvait pas mettre en mots mais qu'il ressentait.

Allongé sur ce canapé, avec une masse de boucles rousses étalée sur son torse, il ne pouvait s'empêcher de penser que Riley Stone, dotée de courage, d'un esprit vif et d'une réelle compassion, avait peut-être ce quelque chose qu'il cherchait.

Il sourit, étrangement calme à cette prise de conscience qui aurait dû le terrifier. Quand, soudain, Riley commença à se mouvoir. Desmond se figea, mais elle continua de bouger. Elle se pelotonna plus étroitement contre lui et finit par s'allonger sur lui dans son sommeil.

Lorsqu'elle y parvint, la nouvelle position tira un gémissement des lèvres de Desmond.

Ce fut au tour de Riley de se figer.

Pendant un instant, tous deux retinrent leur souffle.

Puis les boucles rousses bougèrent et deux prunelles chocolat se posèrent sur lui.

Desmond s'efforça de rester impassible.

Riley blêmit.

— Mon Dieu.

Desmond gémit de nouveau tandis que Riley essayait de s'écarter en vitesse. Conscient de la présence de la table basse à proximité, il se précipita pour l'empêcher de la heurter.

En fin de compte, tous deux se retrouvèrent sur le sol.

Cette fois, Desmond était au-dessus.

Riley, rouge comme une pivoine, le regarda sans un mot.

Desmond sourit.

Puis Riley éclata de rire.

— Jenna ne me croira jamais, dit Riley quand elle parvint de nouveau à respirer.

À la lumière du jour, Desmond ressemblait moins à un homme d'affaires et plus à un adolescent espiègle. Mais peut-être Riley avait-elle cette impression parce qu'elle se sentait comme une lycéenne avec son amoureux, tous deux enlacés sur le canapé familial et essayant de ne pas se faire surprendre par leurs parents.

Desmond Nash était littéralement au-dessus d'elle et, elle devait bien l'avouer, elle adorait qu'il soit dans cette position.

Il se pencha vers elle :

— Qu'est-ce qu'elle ne croirait pas ?

— Que nous nous sommes endormis sur le canapé en regardant un épisode de la Roue de la Fortune, dit-elle avec un autre éclat de rire.

— Je reconnais que c'est une façon assez médiocre de courtiser une femme.

Riley gloussa.

— Hé, ça n'a pas si mal marché. J'ai passé la nuit avec toi, non ?

Tout en le disant, elle rougit, sidérée par sa propre audace.

Pourtant, sa petite blague n'eut pas l'effet escompté. Au lieu de s'esclaffer à son tour, Desmond prit au contraire une expression grave. Son front se plissa, ses yeux bleus s'assombrirent et son sourire s'envola.

Sa chaleur était si contagieuse qu'elle la ressentit aussitôt et un long frisson la parcourut.

Il la dévisagea longtemps et, quand il se pencha vers elle pour capturer ses lèvres, elle devina que ce baiser aurait un goût de folie et lui ferait toucher le ciel.

13

Si regarder le séduisant cow-boy qu'était Desmond était excitant, l'embrasser fut euphorisant.

Lorsque leurs langues entamèrent une danse sensuelle, Riley poussa un gémissement. Qu'il l'embrasse enfin la remplissait d'un vrai soulagement. Et d'un intense plaisir.

Les bras autour de son cou, elle s'accrocha à lui pendant qu'il manœuvrait pour une meilleure position. Il roula sur le côté et l'étreignit contre lui.

Du coup, elle eut plus d'espace pour bouger et en profita pour se plaquer plus étroitement contre lui.

Comme les mains de Desmond caressaient son dos, elle glissa les siennes sous sa chemise. Alors que ses doigts se promenaient sur sa peau nue, une douce chaleur l'envahit.

Elle s'aventura à tirer sur le tissu pour lui faire comprendre qu'elle en voulait davantage. Qu'elle avait envie d'aller plus loin.

Desmond reçut cinq sur cinq le message. Pour répondre à sa requête muette, il interrompit un instant leur baiser. Puis il déboutonna à la hâte sa chemise tandis que Riley retirait la sienne avec le même empressement.

Mais, au moment où elle s'apprêtait à la jeter au loin, un bruit retentit dans la maison, un bruit qui cassa brutalement l'ambiance.

Celui de la sonnette.

Tous deux se figèrent.

Le souffle court, Riley prit pourtant le temps de remarquer la beauté du corps de Desmond. La largeur de ses épaules comme son torse musclé prouvaient que s'il avait beaucoup travaillé dans le monde des affaires, ces dernières années, il n'en était pas moins un homme actif et sportif.

Quel que soit l'importun qui venait de presser la sonnette, Riley espérait qu'il allait vite s'en aller. Elle avait envie de continuer à découvrir, à explorer et surtout à savourer chaque parcelle de peau du séduisant cow-boy.

Mais un autre bruit anéantit tous ses espoirs.

Il s'agissait d'un rire. Et pas de n'importe quel rire.

Mais d'un rire spécifique qu'elle aurait reconnu n'importe où. Le rire de Jenna.

— Mon Dieu, c'est ma sœur, chuchota-t-elle d'un ton affolé. Je ne comprends pas. Comment a-t-elle su où me trouver ? Elle n'est jamais venue ici.

Desmond, qui jusque-là, avait fait preuve d'un sang-froid extraordinaire, commençait visiblement à le perdre. Il fronça les sourcils.

De nouveau, la sonnette retentit.

Il jura.

— Dix dollars qu'elle est avec ma mère.

Riley blêmit. En un temps record, digne d'une médaillée olympique, elle s'arracha des bras puissants de Desmond pour se réfugier dans le couloir, loin des fenêtres du salon et de la porte d'entrée.

Elle ne se demanda pas comment Desmond avec sa chemise ouverte allait réagir. À ce stade, c'était chacun pour soi.

Dès qu'elle fut hors de vue, Riley remit de l'ordre dans ses vêtements. Avec ses cheveux, l'entreprise était sans espoir, elle n'avait aucune chance d'y parvenir, elle le savait. Mais elle passa la main sur son visage comme pour tenter ainsi d'effacer la trace de leurs baisers.

En deux enjambées, Desmond la rejoignit et l'entraîna vers la cuisine.

— Plus nous tarderons à répondre, plus la situation sera gênante.

Riley l'examina de haut en bas et émit un petit rire nerveux.

— Ta chemise est ouverte, murmura-t-elle.

Desmond considéra sa chemise et entreprit de la reboutonner en vitesse. Il regarda Riley.

— Tes lèvres sont rouges et gonflées par nos baisers…

Une pluie de coups sur la porte empêcha Riley de répondre. Desmond sourit.

— Nous sommes fichus.

Une note d'humour teintait sa voix, mais Riley, pour sa part, n'avait aucune envie de rire. Elle le suivit jusqu'à l'entrée, prête à affronter sa jumelle et à nier l'évidence.

Mais, à l'instant où Desmond ouvrit la porte en grand, elle comprit qu'il était inutile d'essayer.

En effet, Jenna se trouvait bien sous le porche, mais elle n'était pas seule. Elle tenait Hartley sur une hanche et une quinquagénaire l'accompagnait. Riley reconnut celle-ci pour avoir vu sa photo sur le site web du ranch.

Dorothy Nash.

En les découvrant tous les deux, Jenna porta la main sur ses lèvres, s'efforçant visiblement d'étouffer un ricanement. Dorothy Nash se montra un peu plus affable. Pas beaucoup plus.

— Bonjour, maman, dit Desmond. Que puis-je faire pour toi ?

Rouge comme une pivoine, Riley ne s'était jamais sentie aussi embarrassée.

Vêtue d'une salopette à fleurs et chaussée de bottes en caoutchouc, Dorothy Nash semblait sortir tout droit d'une revue de jardinage. Souriante, elle paraissait sympathique, accessible et chaleureuse.

Pourtant, quand elle prit la parole, elle ne mâcha pas ses mots.

— Heureuse de te voir en bonne santé, mon fils. Nous sommes nombreux à avoir tenté en vain de te joindre, ce matin. Aussi, quand cette charmante jeune femme et son petit garçon ont débarqué vers 9 heures, j'ai préféré venir m'assurer que vous alliez bien tous les deux. Au risque d'interrompre un petit déjeuner dont vous avez négligé de parler à qui que ce soit. Vous avez manifestement perdu l'un et l'autre toute notion du temps et oublié l'existence du reste du monde.

— Nous nous sommes endormis devant la Roue de la Fortune, lâcha Riley.

Jenna la dévisagea en secouant la tête.

— La Roue de la Fortune ? C'est une expression codée ? demanda-t-elle en s'esclaffant.

Riley aurait voulu disparaître dans un trou de souris.

Dorothy émit un petit rire. Desmond poussa un gros soupir. Quant à Riley, elle se dirigeait déjà vers la voiture.

— Je crois qu'il est temps que nous partions Je suis vraiment désolée pour le… le dérangement, madame, ajouta-t-elle à l'attention de Dorothy. Sincèrement, Il ne s'agissait que d'un… petit moment d'égarement. Au revoir.

Jenna lui emboîta le pas. Elle ne cessait de rire. Elle ne perdait rien pour attendre, songeait Riley, furieuse.

— Attends !

Desmond disparut dans la maison pour réapparaître quelques instants plus tard avec le sac et la veste de Riley.

— C'était si bon que tu allais en oublier tes affaires, lui chuchota Jenna à l'oreille.

En trois enjambées, Desmond parcourut la distance entre eux. Il avait l'air amusé.

— Tiens.

— Merci. Cela peut m'être utile, dit Riley avec un rire qui sonna faux à ses propres oreilles. Et merci encore pour les sandwichs.

— De rien.

Jenna s'étranglait presque de rire, mais Riley décida de l'ignorer. Elle sourit à Hartley, innocent de la troupe, et prit le coude de Jenna.

— Mademoiselle Stone ?

Riley et Jenna se retournèrent dans un bel ensemble.

La mère de Desmond poursuivit, s'adressant à Riley.

— Ce soir, nous partageons notre dîner familial hebdomadaire. J'aimerais beaucoup que vous vous joigniez à nous, tous les trois. Voilà longtemps que nous n'avons pas eu de nouvelles têtes autour de la table.

Riley cherchait avec frénésie une bonne raison pour décliner l'invitation. Elle était réellement gênée d'avoir été surprise dans les bras de Desmond.

Mais, une fois de plus, Jenna répondit à sa place.

— Avec plaisir. Nous sommes ravies d'être des vôtres !

Riley croisa le regard de Desmond. Manifestement agacé, il soupira et se frotta la nuque. Elle en voulut à sa sœur d'avoir accepté alors qu'il était visiblement contrarié.

Mais, très vite, il sourit à nouveau.

Riley se concentra sur ses lèvres.

Celles qu'elle avait goûtées.

Et dont elle espérait retrouver bientôt la saveur.

— Venez à 17 heures si vous avez envie de voir Desmond monter à cheval, dit Dorothy.

— Maman ! s'écria-t-il avec un gémissement.

— C'est parfait, déclara Jenna. À plus tard !

Riley réussit enfin à gagner la voiture. Ce n'est qu'alors qu'elles roulaient vers Winding Road qu'elle prévint sa sœur.

— Pas un mot, Jenna. Je parle sérieusement.

Jenna, bien sûr, n'en tint pas compte.

— Ce n'est pas idéal, c'est vrai.

Il était presque 16 heures, et Desmond s'apprêtait à faire remarquer à Caleb que ce qu'il venait de dire était plus qu'évident.

Voir sa mère se présenter à sa porte au petit matin et le surprendre en compagnie d'une jeune femme n'avait rien d'idéal, non. C'était un cauchemar.

Devoir ensuite supporter cette même mère chez lui, à lui faire subir un interrogatoire en règle sur ses intentions au sujet de ladite jeune femme, sur ses sentiments et ses projets avec elle, n'avait rien d'idéal non plus. Et tout d'une épreuve.

Et, quand après avoir réussi non sans mal à raccompagner à la porte cette mère trop curieuse, se rendre compte qu'il commençait à se poser ces mêmes questions était même profondément déstabilisant.

Caleb lui fit part alors d'une nouvelle catastrophique, et Desmond eut l'impression de toucher le fond.

— Comment ? Evan Davies a été libéré moins de vingt-quatre heures après son arrestation ! Ce n'est pas possible ! C'est une parodie de justice, asséna-t-il.

Caleb laissa échapper un long soupir.

— Je n'ai pas été heureux de l'apprendre non plus, mais le juge était coincé. L'avocate de Davies est douée. Elle a fait témoigner Marty. Il a reconnu que son agresseur était l'homme en costume et qu'il n'avait même pas vu Davies. Dans ces conditions, nous ne pouvions pas faire grand-chose.

Les deux frères se tenaient dans l'écurie entre leurs chevaux. Winona était prête pour sa balade quotidienne tandis qu'Ax, le hongre de Caleb, revenait de la sienne. Les deux hommes avaient troqué leurs vêtements de travail pour une chemise en flanelle, un jean, des bottes et un stetson. Au ranch, il n'y avait pas de tenue dans laquelle ils se sentaient plus à l'aise.

— L'histoire de Davies ne tenait pas debout, répliqua Desmond. Il a prétendu être venu ici pour prendre des nouvelles de Riley après avoir appris dans le journal ce qui lui était arrivé. Et, comme par hasard, il passait devant Second Wind quand il a vu Marty se faire agresser. En nous voyant débarquer sur le chantier, il aurait eu peur, on se demande bien pourquoi, et aurait sauté de l'étage pour nous éviter. Du grand n'importe quoi. Il ment, c'est évident.

Caleb haussa les épaules.

— Je sais, mais cela ne change rien au résultat. Se comporter bizarrement n'est pas un crime et nous ne pouvons pas prouver qu'il ait fait quoi que ce soit de répréhensible.

Le besoin de crier une bordée d'insultes souleva Desmond. Pourtant il réprima cette pulsion.

— Écoute, nous ne l'avons pas libéré sans rien dire, précisa Caleb. Declan a pris sa voix de shérif pour lui conseiller de quitter Overlook. Il a peut-être menti sur la raison de sa présence à Second Wind, mais je suis certain qu'il suivra les conseils de Declan.

Cette certitude n'apaisa pas l'angoisse de Desmond. Il devinait que Riley serait malade d'apprendre la libération de Davies.

Caleb poursuivit :

— De plus, Jazz et son mari ont suivi discrètement Davies jusqu'aux portes de la ville. Il est parti. Et maintenant, sais-tu qui ne devrait plus tarder ? ajouta-t-il avec un grand sourire. La jolie rousse que tu as tenté de séduire avec un épisode de la Roue de la Fortune et des sandwichs au beurre de cacahuète. On peut dire que tu n'as pas lésiné pour mettre toutes les chances de ton côté. Tu lui as sorti le grand jeu !

Son frère le bombarda de petites piques taquines, se moquant de sa façon de faire la cour à une femme. Par association d'idées, il se remémora les ricanements de Jenna, ce matin. Avoir des frères et sœurs n'était pas toujours une sinécure, et leur côté pénible n'était pas réservé à la famille Nash.

Caleb rentra chez lui pour se doucher tandis que Desmond se hissait sur le dos de Winona. Avant le kidnapping, il n'était pas un mordu d'équitation comme l'étaient déjà Caleb et Declan. Dès qu'il avait été en âge de monter en selle, son père avait essayé de lui transmettre sa passion pour le cheval mais sans grands résultats.

Mais, après avoir eu la jambe gravement blessée par leur ravisseur, il avait subi une lourde opération. Après des mois de rééducation, il avait peu à peu compris qu'il ne remarcherait sans doute plus jamais comme avant.

Cette prise de conscience avait généré de terribles crises d'angoisse, des crises qui le submergeaient et qu'il ne savait pas gérer.

Un jour, en s'aidant de ses béquilles, il s'était rendu dans ce champ où gambadaient des chevaux. Son père l'y avait rejoint. Contrairement à Dorothy Nash, qui estimait que toute vérité n'était pas bonne à dire, le patriarche de la famille préférait parler vrai, quitte à être dur, parfois.

Il avait asséné la vérité à son jeune fils.

— Il est possible que ta jambe ne soit plus jamais comme avant, fiston. Mais cela ne signifie que tu seras privé de toute joie, de tout bonheur, avait-il ajouté. Chacun de nous a de multiples rêves, et personne ne peut espérer les concrétiser tous. La vie est trop courte. Mais nous avons tous la possibilité de faire de quelques-uns une réalité. Alors choisis les rêves qui comptent le plus pour toi et vis-les à fond.

Depuis qu'il avait entendu ce conseil de son père, Desmond avait vu la lumière briller au fond du tunnel. Et, alors qu'il n'avait que neuf ans, il s'était senti profondément adulte.

— Si tu ne peux plus marcher comme tu veux, choisis de faire autre chose. Quelque chose que tu pourras faire sans restriction, sans entrave, avait poursuivi son père en regardant les chevaux. Et fais-le de tout ton être.

Voilà comment Desmond avait réussi à canaliser ses frustrations et ses peurs. Et l'équitation qui avait été jusqu'alors un agréable simple passe-temps était devenue pour lui une véritable passion. Encore maintenant, sentir la puissance d'un cheval sous lui, le rythme des sabots contre la terre et le vent dans ses cheveux le remplissait d'un sentiment de liberté et d'une joie sans égale.

Quand il grimpait sur sa jument, il oubliait l'enfant terrifié à l'idée de ne plus pouvoir marcher, l'adolescent inquiet de voir son père se rendre malade à force d'enquêter sur le rapt sans jamais aboutir. Il laissait également derrière lui le jeune homme ravagé par la mort de son père et effrayé par ce que sa disparition provoquerait au sein de la famille. Et, sur sa jument, il cessait un instant de se demander comment aider d'autres familles à surmonter une tragédie ou un traumatisme, son obsession d'adulte.

Alors qu'il galopait, il n'était plus qu'un gamin qui riait au vent. Un adolescent qui s'émerveillait de sa vitesse. Un jeune adulte qui se sentait invincible. Un homme heureux.

Et parfois, Desmond regardait la barrière où se tenait son père ce jour-là.

Souriant à son fils qui avait enfin compris.

14

Hartley avait envie de bouger.

Dès que Riley le sortit de son siège auto, il se dirigea vers la boutique de Mimi d'un pas assuré.

Attendrie, Riley sourit tout en se dépêchant de le rattraper pour lui prendre la main.

Comme ils poussaient la porte du magasin, des petites cloches qui y étaient accrochées tintèrent.

La vendeuse qui, à en croire le badge sur son corsage, se prénommait Patricia, fondit à la vue de l'enfant.

— Ce petit bonhomme a l'air de savoir ce qu'il veut ! s'exclama-t-elle.

Riley haussa les épaules.

— En général, pourtant, il n'est pas fan de shopping, loin de là. Mais il doit être dans un bon jour.

Avec un sourire, Patricia montra d'un geste son commerce.

— Et sa maman sait-elle ce qu'elle cherche ?

Si la vitrine était celle d'une boutique de vêtements, Jenna avait assuré à sa sœur qu'une grande variété d'articles y était proposée.

— En fait, sa maman a la migraine, alors j'ai décidé de jouer mon rôle de tante, précisa Riley. Et je me demande si vous auriez des boîtes de biscuits à offrir ?

La vendeuse posa sa revue et contourna le comptoir.

— J'ai exactement ce qu'il vous faut. Venez avec moi, je vais vous montrer.

Quelques instants plus tard, Riley acheta une boîte métallique ronde décorée d'une scène de ranch. Un thème un peu banal, certes, mais Riley la trouvait jolie. Elle espérait surtout que Dorothy Nash n'était pas lasse des boîtes ornées de chevaux.

Patricia les raccompagna à la porte.

— Belle journée. À plus tard, jeune homme !

Quand Hartley répondit d'un « Bye ! » très affirmé, toutes deux échangèrent un sourire.

— Tu es une vraie rock star, lui dit Riley un peu plus tard alors qu'elle l'attachait dans le siège auto.

— Non, je suis un tombeur, répliqua-t-il.

Riley éclata de rire.

À tel point qu'elle n'entendit pas l'homme s'approcher par-derrière. Lorsqu'elle eut fini de sécuriser son neveu, elle se retourna et se retrouva nez à nez avec lui.

— Davies ?

Riley avait fait la connaissance de son ex-mari par une belle journée d'été. Ils s'étaient tous deux rendus à une fête autour d'une piscine, chez des relations communes.

Riley l'avait tout de suite remarqué. Très séduisant, souriant et drôle, Davies semblait sûr de lui, une qualité rare chez la plupart des amis de Riley qui sortaient à peine de l'université. Plus que le reste, son assurance l'avait attirée comme un papillon de nuit vers une flamme.

Il savait ce qu'il voulait.

Et comment l'obtenir.

Si sa stratégie ne fonctionnait pas, il l'améliorait et repartait à l'attaque.

Et maintenant ?

Il avait tellement changé qu'elle hésitait à le reconnaître. Il portait le costume qu'elle lui avait offert pour sa première grosse promotion. À l'époque, cette tenue allait de pair avec sa confiance et sa détermination. Maintenant, il ressemblait à un adolescent qui aurait emprunté le costume de son père pour avoir l'air d'un adulte. Mais peut-être avait-il toujours joué un rôle, toujours été déguisé. En tout cas, à en juger par ses cernes et à son teint livide, il manquait de sommeil ces temps-ci.

Il n'était plus que l'ombre de lui-même, et Riley en éprouva une certaine tristesse.

Evan Davies avait autrefois été un homme plein de potentiel. Il était devenu une loque en costume.

— Où est-elle ? commença-t-il sans prendre la peine de la saluer.

— Pardon ?

— Où est-elle ? répéta-t-il à voix basse.

Riley secoua la tête. Se pouvait-il réellement qu'il la prenne pour Jenna ?

Elle n'arrivait pas à y croire.

— Quitte cette ville où tu n'as rien à faire, je n'ai rien d'autre à te dire.

Elle se mit devant Hartley pour qu'il ne puisse pas voir l'enfant. Davies redressa les épaules, la colère tendait ses muscles.

Il jeta un bref regard vers la boutique où Riley avait fait ses emplettes. Patricia se tenait devant la vitrine et suivait la scène.

Il reporta son attention sur Riley avant de détourner la tête.

— Il se passe beaucoup de choses que tu ne comprends pas, dit-il, toujours en chuchotant. Des choses graves, des choses qui se reproduisent et…

Riley n'avait pas peur de Davies. Elle mesurait très bien, à présent, l'étendue de sa lâcheté. Pourtant, son rythme cardiaque s'accéléra à la vue de la fureur dont il était la proie.

— J'essaye seulement d'arranger la situation, dit-il. C'est…

Les clochettes de la porte de la boutique de Mimi tintèrent.

— Tout va bien ? lança Patricia.

La colère de Davies s'évapora aussi vite qu'elle était venue.

— Je suis désolé, dit-il avant de s'éloigner.

Riley se tourna vers Patricia qui avait son téléphone en main.

— Ça va, madame ? répéta-t-elle.

Riley entendit le claquement d'une portière et le moteur d'une voiture qui démarrait.

— Maintenant, oui, répondit-elle. Merci.

Plusieurs membres de la famille Nash avaient déjà rejoint la maison principale du ranch lorsque Riley arriva. Un peu déçue que Desmond ne soit pas parmi eux, elle s'approcha de Declan.

— Je ne pense pas que ce qui s'est passé ait des conséquences, mais je préfère vous prévenir, dit-elle avant de lui parler de sa rencontre avec Davies.

Il parut contrarié d'apprendre que ce dernier était revenu en ville et il s'éloigna pour téléphoner.

Riley s'en voulut d'avoir assombri sa journée.

Elle alla ensuite saluer Dorothy et Madi Nash. Dorothy parut ravie de la boîte de biscuits et Madi heureuse de revoir Hartley.

— Addison est en train de jouer à l'intérieur, dit-elle à l'enfant. Aimerais-tu que nous allions la retrouver ?

Riley portait une robe bleue et ses bottines en daim, une tenue sur lesquels elle avait reçu plusieurs compliments auparavant. Elle en était la première surprise mais, en se préparant, elle n'avait cessé de penser à un certain cow-boy de sa connaissance…

— Cela semble une bonne idée, dit-elle à son neveu. As-tu envie d'y aller ?

Hartley hocha la tête avec enthousiasme, et les deux jeunes femmes l'emmenèrent à l'intérieur où Addison l'attendait au milieu de ses jouets.

Le garçonnet était une véritable éponge. Très intuitif, il devinait et partageait les émotions ou les sentiments de son entourage. Mais peut-être cette empathie était-elle commune aux tout-petits.

La maison principale était un bel édifice, plus récent que ce à quoi s'attendait Riley. Chaleureux, lumineux, le salon était plein de photos de famille.

— Je suis désolée que Jenna ne se sente pas bien, dit Dorothy qui les avait suivies. Elle semblait si heureuse de voir les chevaux.

Riley lui décocha un sourire ironique.

— En effet, à l'idée de voir les chevaux, elle ne tenait plus en place.

Elles échangèrent un regard avant d'éclater de rire. C'était bien sûr Desmond, le séduisant cow-boy, que Jenna avait très envie de voir, elles le savaient toutes les deux. Et, surtout, Jenna espérait profiter de cette petite réception pour multiplier les sous-entendus et les moqueries à propos de ce qui se passait entre sa jumelle et lui.

Voilà d'ailleurs pourquoi Riley décida de rester à l'intérieur. Elle ne voulait pas se ridiculiser à scruter la route, à guetter l'arrivée de Desmond. Elle l'attendait, mais elle ne l'aurait avoué pour rien au monde.

Elle passa un bon moment à discuter avec Dorothy et Madi de Hidden Hills, le Bed and Breakfast dirigé par Madi et Julian. Riley se surprit à échanger avec naturel avec ces femmes qu'elle connaissait pourtant à peine. Elles étaient chaleureuses, aimables, faciles d'approche.

Cependant, aucune ne lui précisa quand Desmond arriverait. Riley était sur le point de poser la question lorsque la porte s'ouvrit, et il apparut.

Ses cheveux étaient ébouriffés, son jean terreux. Quand ses beaux yeux se rivèrent sur elle, Riley sentit une douce chaleur l'envahir. Vu l'endroit où ils étaient, la situation était un peu gênante.

Hartley attira l'attention de Desmond avant qu'il ne puisse rejoindre les trois femmes.

— Regarde mon chien, dit le garçonnet en brandissant sa peluche.

Desmond s'approcha de lui. Il lui parla avec une telle gentillesse que Riley en fut remuée.

— Desmond adore les enfants, expliqua Madi à ses côtés. Pour que vous le sachiez.

Riley détourna la tête avec un sourire et essaya de reprendre la conversation, de prouver qu'elle était capable de s'intéresser à autre chose qu'à Desmond, mais elle n'y parvint pas. Elle ne pouvait s'empêcher de regarder d'un œil attendri le cow-boy et le petit garçon.

Une pensée terrible la traversa soudain.

Et si Desmond la prenait pour Jenna ?

Geordi les avait confondues, Davies aussi. Et peut-être Desmond avait-il eu de la chance l'autre jour, au parc ?

Comment lui en vouloir, si c'était le cas ? Riley et Jenna avaient refusé d'adopter des looks différents qui auraient pourtant permis aux gens de les différencier facilement. Leurs cheveux avaient à peu près la même longueur, elles avaient la même silhouette, les mêmes goûts en matière de vêtements et de maquillage.

Lorsque Hartley reporta son intérêt sur un jouet, Desmond se tourna finalement vers elle.

Il lui sourit.

Desmond avait parfaitement le droit de la prendre pour Jenna. Mais Riley espérait qu'il savait qu'il s'adressait à elle.

— Où est Jenna ? demanda-t-il en promenant les yeux autour de lui.

Declan était dehors au téléphone. Caleb et Nina ne s'étaient pas encore présentés.

Riley s'éloigna de Madi et de leur mère pour le rejoindre. Elle lui sourit.

— Elle souffre de migraine, rien de grave. Elle ne voulait pas me laisser Hartley parce qu'elle craignait qu'il soit dans nos jambes, mais elle avait besoin de se reposer. Et cela ne me dérange pas de m'occuper de Hartley.

— Je suis désolé pour Jenna, mais je peux t'assurer que le gamin n'est pas un problème.

Il rit et espéra que ce qu'il allait dire ensuite ne serait pas mal interprété.

— J'adore les enfants. J'ai toujours voulu une grande famille un jour. Et toi ? Aimerais-tu être mère ?

Comme par un fait exprès, à l'instant précis où il posa la question, le silence tomba dans le salon au point qu'on aurait entendu une mouche voler.

Riley rougit comme une pivoine au moment où Madi et sa mère se tournèrent vers eux.

Madi écarquilla les yeux. Visiblement, elle était sur le point d'éclater de rire.

Une fois de plus, Desmond se félicita que ses frères ne soient pas à l'intérieur. Ils s'étaient moqués de son idée de la Roue de la Fortune pour la séduire. Qu'auraient-ils dit s'ils l'avaient entendu demander à brûle-pourpoint à une femme qu'il connaissait à peine si elle rêvait comme lui d'une grande tribu ?

Et il voyait que Riley se sentait très mal à l'aise sous le feu des projecteurs.

— Je m'exprime mal, dit-il précipitamment, s'efforçant ainsi de rattraper sa bévue. Je voulais savoir si les familles nombreuses te dérangeaient ?

Les dieux eurent pitié de Desmond car, un instant plus tard, la porte d'entrée s'ouvrit. Caleb et sa jeune épouse entrèrent.

— Ton fils préféré est là, maman, cria-t-il en guise de salutation.

Sa femme, Nina, rit derrière lui et le poussa dans la maison pour permettre à Declan et elle de passer.

Declan leva les yeux au ciel.

— Être le plus bruyant ne fait pas de toi l'enfant préféré.

Le colosse qu'était le mari de Madi arriva à son tour, referma la porte derrière lui et déclara :

— Quant à moi, je suis le gendre préféré et personne ne discutera ce fait.

— C'est sûr, insista leur mère.

— En même temps, tu es son *seul* gendre, remarqua Madi.

Leur mère tapota affectueusement le ventre de Julian.

— Il sera toujours numéro un dans mon cœur.

— Tu ne fais que nourrir son ego déjà surdimensionné, maman, protesta Madi dans un éclat de rire.

— Continuez à me donner des petits-enfants et je continuerai à nourrir son ego autant qu'il le voudra, répliqua-t-elle.

Cela fit rire tout le monde. Même Riley qui ne rougissait plus quand elle répondit :

— Moi aussi, j'adore les enfants.

La famille s'installa autour de la grande table dressée sous le porche arrière. La fraîcheur était agréable. Assise entre Desmond et Madi, Riley avait Hartley sur les genoux. Le garçonnet réclamait sans cesse les bras de Desmond qui en était très heureux.

Il se rendit compte qu'il appréciait la compagnie de Riley et souhaitait passer plus de temps avec elle mais aussi avec Jenna et son petit garçon.

En prendre conscience le surprit et le perturba durant tout le dîner.

Ce n'est que lorsque Madi, Julian et Addison partirent puis que sa mère rentra à l'intérieur pour répondre à un coup de fil, que la conversation prit une autre tournure.

— Je suis vraiment désolé pour ce qui s'est passé plus tôt, Riley, commença Declan.

Le front plissé, il semblait accablé. Desmond l'avait rarement vu ainsi.

— Ce n'est pas votre faute, dit-elle.
— De quoi parlez-vous ? s'enquit Desmond.

Declan échangea un regard avec Riley.

— Je me suis arrêtée à la boutique de Mimi en venant ici, dit-elle, et Davies a surgi sans crier gare.

Desmond sentit aussitôt sa tension monter en flèche. Mais Riley se voulut rassurante :

— Il ne m'a rien fait. Nous avons échangé quelques mots, puis je suis partie. Manifestement, il me prenait pour Jenna. Je lui ai dit de s'en aller, qu'il n'avait rien à faire à Overlook. À mon arrivée ici, j'en ai touché un mot à Declan, uniquement pour que les forces de l'ordre soient au courant de sa présence en ville.

Declan soupira.

— Jazz l'a vu partir, mais elle n'est pas restée à camper aux portes de la ville pour s'assurer qu'il ne reviendrait pas.

— Il n'aurait pas dû revenir, grommela Desmond.

— S'il recommence à vous approcher, je peux le verbaliser pour harcèlement, dit Declan. En tout cas, si je les revois, lui ou son avocate avec ses cheveux bizarres, je leur dirai ma façon de penser.

— Avec ses cheveux bizarres ? répéta Riley, perplexe.

Declan hocha la tête.

— Ils sont blond platine mais tellement brillants qu'ils ont l'air faux.

— C'est probablement une tactique de diversion, dit Caleb.

— Quoi qu'il en soit, Davies est défendu par une femme talentueuse et bien payée, à en juger à sa tenue, dit Declan. J'ai surpris quelques-uns de mes adjoints en train de la dévorer des yeux. À les voir, vous auriez pu croire qu'ils n'avaient jamais croisé une si belle avocate.

— Quel âge a-t-elle, à votre avis. Est-elle jeune ?

La question semblait anodine, mais le ton sur lequel Riley la posait ne l'était pas.

Desmond fronça les sourcils.

Quelque chose perturbait sa sirène.

— Euh, oui, plutôt, répondit Declan. Je dirais la trentaine. Voilà pourquoi je la trouve talentueuse. La facilité avec laquelle une jeune femme forcément peu expérimentée a fait libérer Davies m'a impressionné, j'avoue.

Un grand froid envahit Riley.

Même Hartley, assis sur ses genoux, leva les yeux vers elle pour essayer de comprendre l'origine de son malaise.

— Quel est le nom de cette avocate ? s'enquit-elle.

— Maria Wendell.

Riley repoussa sa chaise mais ne se leva pas. À leur tour, tous les hommes Nash se mirent en alerte.

— Davies ne cessait de demander où elle était, dit Riley

Ces grands yeux chocolat, profondément inquiets trouvèrent ceux de Desmond.

— Et si Brett ne m'avait pas attaquée par hasard ? lança-t-elle. Si c'était bien moi qu'il ciblait ? Ou plutôt Jenna. Après tout, elle était censée être au gala, pas moi. Geordi m'a prise pour Jenna quand nous étions au parc. Comme Davies a toujours eu du mal à nous distinguer l'une de l'autre, j'ai supposé qu'il pensait s'adresser à Jenna, d'autant que j'étais avec Hartley… Mais peut-être savait-il vraiment à qui il parlait.

Les tripes de Desmond se tordirent.

— Il demandait où était Jenna, conclut-il.

Riley tourna son regard vers Declan.

— La dernière fois que j'ai vu Maria Wendell, c'était chez Macklin Tech, peu avant de quitter l'entreprise, poursuivit-elle. Jenna et moi sentions alors qu'elle avait une liaison avec Ryan.

Riley secoua la tête, et il devina sa terreur.

— L'autre soir, l'homme en costume sur le site de construction de Second Wind t'a appelée « mademoiselle Stone », pas « Riley », ajouta Declan.

— Oh ! mon Dieu, murmura Riley.

De nouveau, elle se tourna vers Desmond.

Une décharge d'adrénaline le traversa alors qu'elle exprimait à voix haute la conclusion à laquelle ils venaient tous d'arriver.

— Et si tout ce qui m'était arrivé n'était pas dû au hasard, à un manque de chance ou à une succession de coïncidences ? Et si tout visait bien Jenna ?

15

Les hommes du clan Nash quittèrent si vite le ranch que Desmond aurait pu croire qu'ils avaient franchi le mur du son. Il avait pris le volant et fonçait sur Winding Road pendant que Declan et Caleb passaient des appels sur les sièges avant et arrière.

Desmond se concentra sur la route pour ne pas penser à la terreur qui l'avait saisi aux derniers mots de Riley.

« Quand j'appelle Jenna, je tombe directement sur sa messagerie vocale. C'est curieux, elle n'éteint jamais son portable, d'habitude. »

Ces mots avaient déclenché un branle-bas général.

Declan et Caleb avaient aussitôt rameuté leurs adjoints. Et maintenant tout le bureau du shérif convergeait vers Willows Way.

— Nous serons les premiers sur place, annonça Declan après quelques instants. Il y a eu un accident sur la route, à une vingtaine de kilomètres. La plupart de mes hommes ont été retenus là-bas.

— Jazz aurait dû arriver avant nous mais, vu la vitesse à laquelle conduit Desmond, elle n'a aucune chance de nous devancer, ajouta Caleb.

Tendus, ils ne dirent plus un mot jusqu'à ce que la maison apparaisse. Une lumière était allumée à l'intérieur. Par souci de discrétion, Desmond se gara un peu plus loin.

— Faisons le tour des lieux avant de faire irruption, déclara Caleb en sortant son arme de service.

Declan lui emboîta le pas. Ils sautèrent du camion, en prenant soin de fermer sans bruit les portières et se déployèrent. Caleb contourna la maisonnette vers la gauche. Declan vers la droite.

Quant à Desmond, il se dirigea droit vers la porte d'entrée. L'arme au poing, il la déverrouilla à l'aide des clés de Riley.

Il n'allait pas attendre.

Pas alors que Jenna était peut-être en danger.

La maison était silencieuse. Il perçut du bruit à l'intérieur, dans une pièce du fond, mais ne parvint pas à identifier de quoi il s'agissait.

Il prit une profonde inspiration. Il n'avait jamais tiré sur quelqu'un, mais il se sentait prêt à le faire si nécessaire.

Au plus profond de son être, il savait que Riley avait raison. Ils avaient trop longtemps considéré les événements comme une succession de coïncidences, au lieu d'y voir un ensemble cohérent. Non que Desmond puisse dire exactement de quoi il retournait, quelle était la situation, mais maintenant, au moins, ils y voyaient une série d'événements liés entre eux.

Il ne s'agissait pas d'une accumulation de malchances.

Il y avait un dessein.

Parvenu dans le hall, Desmond surprit un mouvement au fond du couloir. Il levait son arme lorsqu'il entendit quelque chose tomber.

Le bruit venait de l'extérieur.

Tournant les talons, il ressortit en courant.

Dans le jardin, il faillit crier de soulagement à la vue de Jenna qui enjambait une fenêtre. Elle tentait manifestement de s'enfuir.

Desmond glissa son arme à sa ceinture et se précipita pour l'aider. Jenna, qui s'apprêtait à sauter, l'entendit. Terrifiée, elle essaya de retourner à l'intérieur.

— Jenna, murmura Desmond en tendant la main.

Elle voulut voir qui l'appelait, mais son pied ripa. Avec un hurlement étranglé, elle perdit l'équilibre et bascula en arrière. Desmond la rattrapa au vol.

Même après l'avoir reconnu, elle tremblait de peur, les yeux écarquillés.

— Quelqu'un est entré dans la maison, chuchota-t-elle. Je l'ai entendu briser une vitre.

Desmond la posa et sortit son arme.

Il voyait à travers la fenêtre que la lumière qu'ils avaient aperçue de la route provenait du couloir.

Une silhouette surgit soudain à la porte de la chambre dont elle venait de sauter.

Un coup de feu claqua avant que Desmond ne puisse identifier la menace.

Puis tout se passa très vite.

Jenna hurla. Si fort que Desmond ne put s'empêcher de se remémorer le hurlement de Madi dans le parc, le jour du kidnapping.

Il devait la protéger, mais une balle l'avait atteint.

Il riposta. Et tira à deux reprises.

L'ombre dans l'embrasure de la porte gémit.

Desmond s'apprêtait à faire feu de nouveau quand des cris se firent entendre dans la maison.

Declan et Caleb se jetèrent sur l'intrus. Desmond attendit que ses frères le maîtrisent pour baisser son arme.

— Comment ça va ? demanda-t-il en se retournant pour examiner Jenna qui semblait évanouie. Jenna ?

— Desmond, cria-t-elle d'une voix blanche. Vous avez été touché, vous êtes blessé !

Desmond regarda son bras en sang. En effet, une balle l'avait atteint.

Riley fixait la route qui menait à la maison principale avec angoisse. Maintenant, elle savait que Jenna allait bien. Sa sœur lui avait passé un bref coup de fil pour la rassurer. Pourtant, elle ne parvenait pas à dissiper la terreur qui l'avait envahie quand les frères Nash s'étaient levés comme un seul homme et étaient partis en courant.

Elle ne s'inquiétait pas seulement pour sa jumelle, mais aussi pour Desmond et sa famille. Plus elle les connaissait, plus elle les aimait. Leur gentillesse, leur dévouement, leur loyauté les uns envers les autres étaient réconfortants.

Jenna et elle avaient un besoin vital de ces valeurs après les nombreux déboires qui avaient parsemé leurs vies, ces dernières années.

Quand le camion de Desmond apparut, elle retint son souffle, le cœur serré. En voyant Jenna et Desmond à l'intérieur, elle faillit fondre en larmes.

— Riley !
— Jenna !

Elles coururent l'une vers l'autre et s'étreignirent avec force.

— Je vais bien, lui assura Jenna. Desmond est arrivé à temps.

Riley recula d'un pas pour examiner sa sœur. La dernière fois qu'elle l'avait vue, Jenna était en pyjama. Maintenant, elle était habillée d'un pantalon et d'une veste. Elle portait un gros sac de voyage à l'épaule.

Devant l'air interrogateur de sa jumelle, Jenna sourit.

— Desmond a insisté pour que nous restions chez lui, ce soir, expliqua-t-elle J'ai décidé d'accepter son offre. Nous serons plus en sécurité ici. Je t'ai aussi pris quelques affaires.

Jenna se tourna vers la maison principale. Manifestement, elle cherchait son fils.

— Il dort dans le salon, dit Riley. Dorothy lui a lu une histoire et il s'est assoupi.

Jenna poussa un soupir de soulagement et s'éloigna pour aller le récupérer.

Riley se tourna vers la deuxième personne pour qui elle s'inquiétait. Desmond sortit lentement de son camion, mais il souriait.

— J'espère que ça ne te dérange pas de dormir chez moi...

Riley n'avait pas de longues jambes, mais elle parcourut la distance entre eux en un temps record.

Elle se blottit contre lui et l'embrassa.

— Merci, merci de l'avoir sauvée.

Desmond n'émit pas de commentaire à propos du baiser ou du compliment.

Il retira son chapeau.

— De rien, m'dame.

Ils reportèrent leur attention vers un autre camion qui remontait la route. La porte de la maison principale s'ouvrit, et Nina, l'épouse de Caleb, apparut. Elle courut vers son mari et se jeta à son cou. Riley se sentit rougir alors que Nina se pressait contre Caleb, comme elle-même s'était pressée un instant plus tôt contre Desmond.

Quand ils se séparèrent, Caleb fit un signe de tête vers la maison.

Desmond soupira.

— Il est temps de mettre tout le monde au courant, dit-il.

Blotti sur les genoux de sa mère, Hartley ne bougea pas pendant que les adultes s'installaient dans le salon et commençaient à discuter. En revanche, Riley, Dorothy et Nina avaient du mal à ne pas réagir à ce qu'elles entendaient.

— Pensez-vous vraiment que Geordi Green ait pénétré par effraction dans la maison pour enlever Jenna ? demanda Riley après avoir appris que Green avait brisé une vitre pour entrer par une fenêtre à l'arrière. Je sais que vous ne l'aimez pas beaucoup, mais un tel comportement ne lui ressemble pas. Il ne me semble pas du genre téméraire.

Desmond serra les mâchoires.

Caleb se chargea de répondre.

— Il s'agirait en effet d'un tournant dans sa carrière. Publier des horreurs sur nous est une chose, entrer par effraction en est une autre. De plus…

Desmond s'éclaircit la gorge. Jenna se tendit.

Caleb secoua la tête, renonçant à dire ce qu'il était sur le point d'annoncer.

— Honnêtement, je ne sais pas ce qui lui arrive mais,

compte tenu de ce qu'il vous a dit au parc, nous avons une piste que nous avons l'intention de suivre dès demain matin.

Riley haussa les sourcils et croisa le regard de sa sœur. Jenna se tendit davantage.

— Ils pensent que tout pourrait être lié à Ryan, étant donné que Davies et Maria sont également en ville, lui expliqua Jenna dans un murmure. Je ne comprends pas pourquoi il aurait décidé de s'en prendre à moi après tout ce temps. Mais il est indéniable qu'il me déteste plus que tout au monde.

Devinant sa détresse, Riley lui prit la main et la garda.

— Quoi qu'il se passe et quelle que soit la personne qui tire les ficelles dans cette histoire, nous irons au fond des choses, assura Caleb. Quant à Geordi, dès qu'il sortira du bloc, il lui faudra s'expliquer avec Jazz.

À ces mots, Riley se sentit un peu mieux.

Mais Desmond reprenait.

— En attendant, il est grand temps que tout le monde se repose, dit-il. Riley et Jenna, jusqu'à ce que nous ayons compris ce qui se passe, considérez-vous comme chez vous au ranch des Nash.

Riley n'aimait pas la situation dans laquelle elles se trouvaient, mais elle ne pouvait pas nier que l'invitation de Desmond la rassurait.

La demi-heure suivante fut consacrée à se dire au revoir – même si personne dans la maison ne quittait réellement le ranch – et à se rendre chez Desmond.

Dorothy avait aimablement proposé que les jumelles s'installent chez elle, mais Riley savait déjà où elle voulait être.

Et, à ce stade, tout le monde semblait avoir compris que les sœurs Stone formaient un tout avec Hartley.

Desmond prit le petit garçon endormi dans ses bras pour le porter jusque chez lui. Il se montrait si tendre et si protecteur qu'elle se remémora la question qu'il lui avait posée dans la soirée.

Si elle voulait beaucoup d'enfants...
Elle sourit dans l'air de la nuit.

Elle ne le lui aurait jamais avoué à ce moment-là mais, oui, avoir une grande famille avait toujours été son souhait. Avec Davies, elle n'avait jamais trouvé le bon moment pour devenir mère. Son cœur s'était peut-être arrangé pour qu'il en soit ainsi afin de la protéger.

Et maintenant ?

En regardant le cow-boy aux cheveux ébouriffés serrer contre lui un petit rouquin qu'elle aimait de tout son être, elle se surprit à imaginer un enfant aux cheveux bruns et aux yeux bleus.

— A-t-il des abdos dignes de ce nom ?

La question de Jenna derrière elle fit sursauter Riley.

— Pardon ?

— Je te demande s'il a des abdos dignes de ce nom, répéta-t-elle en désignant Desmond. Quand je suis tombée de la fenêtre de la chambre de Hartley, il m'a rattrapée et, vraiment, sa force m'a impressionnée. Tu m'as dit que tu n'avais pas couché avec lui mais tu l'as vu torse nu, non ?

En temps normal, Riley aurait refusé de répondre. Mais elle sentit une émotion dans la voix de Jenna. Une petite hésitation. Et elle comprit que sa jumelle ne posait pas la question pour la taquiner.

Jenna avait peur.

Être attaquée chez soi était déjà terrifiant, mais que Ryan puisse y être mêlé était pire que tout.

Riley ne lui reprochait pas son angoisse. Elle la partageait.

— Tu te souviens quand nous avons regardé Magic Mike pour la première fois, tu disais qu'il s'agissait sûrement d'images de synthèse, qu'aucun homme en réalité ne pouvait être aussi musclé ? chuchota Riley.

Les yeux de Jenna s'écarquillèrent. Un petit sourire passa sur ses lèvres.

— Et ?

Riley hocha la tête, d'un ton neutre.

— Desmond l'est autant que le dénommé Mike.

Quand elles éclatèrent de rire, Desmond leur lança un regard surpris par-dessus son épaule. Heureusement, il ne leur demanda pas la raison de leur hilarité.

Riley, Jenna et Hartley choisirent de partager la même chambre d'amis à l'étage. Celle de Desmond se trouvait à l'autre bout du couloir tout comme une autre pièce où Madi avait vécu avant d'ouvrir le Bed and Breakfast. Les jumelles n'avaient pas voulu être séparées.

Desmond ruminait sa déception. Après leur baiser, il espérait que Riley voudrait passer la nuit avec lui.

Mais, respectueux de sa liberté, il les laissa et prit une douche dans sa salle de bains pendant qu'elles utilisaient celle du couloir pour se préparer à aller au lit.

Avant de leur souhaiter une bonne nuit, il promit de les tenir au courant dès qu'il aurait du nouveau.

Il se déshabilla et entra dans la cabine de douche. Bien sûr, quelque part, il regrettait de ne pas partager son lit avec la jolie rousse. Mais d'un autre côté il préférait que Riley ignore qu'il avait été pris pour cible.

Tout comme ils avaient tous convenu avant de rentrer au ranch qu'ils n'en diraient rien à leur mère.

Il savait que demander à la jumelle de Riley de garder un secret vis-à-vis de sa sœur n'avait aucun sens. Et il devinait que Riley serait capable de gérer la nouvelle.

Mais il n'avait pas envie de l'inquiéter inutilement.

Il nettoya le sang et pansa sa blessure.

Quand il eut fini sa toilette, il enfila un boxer. Il envisageait de mettre une chemise sur sa blessure, inquiet de voir du sang sur ses draps, lorsque quelqu'un frappa à la porte.

— Un instant, dit-il, essayant de repérer sa robe de chambre.

Avant qu'il n'ait la possibilité de l'enfiler, la porte de la chambre s'ouvrit.

Riley entra. Elle portait un T-shirt géant qui lui arrivait à mi-cuisse, orné d'un dessin de frites en train de danser.

Elle le regarda avec colère.

Desmond comprit alors que la laisser dans l'ignorance avait été une mauvaise idée, une très mauvaise idée.

— Tu es blessé ? Tu as été touché ?

16

Riley chuchotait, mais Desmond l'entendit comme si elle avait crié. Quand elle referma la porte derrière elle, il comprit que les ennuis allaient commencer.

Il essaya de se justifier, de minimiser la situation.

— Écoute, ce n'est rien, à peine une éraflure, dit-il en levant les mains en signe de reddition.

Le mouvement lui fit mal.

— Cette blessure n'a vraiment aucun caractère de gravité, assura-t-il. Je ne voulais pas t'inquiéter pour trois fois rien.

Les poings sur les hanches, Riley s'approcha de lui.

— Pour trois fois rien ? répéta-t-elle. Jenna m'a dit que non seulement tu avais pris une balle qui lui était destinée, mais que tu avais également tiré deux fois sur Geordi. Cela n'avait rien d'anodin, il s'agissait d'une fusillade.

Elle secoua la tête comme si elle avait du mal à intégrer les événements.

— Tout ça est grave, Desmond. Très grave. Et tu ne m'as rien dit !

Il soupira.

— Tu as déjà traversé beaucoup d'épreuves. Je ne voulais pas en rajouter à moins d'y être obligé.

L'expression de Riley s'adoucit. Mais, quand ses yeux se posèrent sur le pansement qu'il portait au bras, elle changea de couleur.

— Voilà ce que je voulais éviter, ajouta-t-il. Ce regard terrifié…

— Lorsque quelqu'un est pris pour cible, il est normal que ses blessures génèrent de l'inquiétude. As-tu très mal ? ajouta-t-elle en touchant légèrement son bras.

Le geste de Riley était innocent, il le savait, mais le désir qu'il provoqua en lui ne l'était pas.

Il s'efforça de se maîtriser.

— Non.

Sa voix rauque le trahit. Même à ses oreilles, elle avait une tonalité différente. Riley le remarqua. Elle baissa les yeux sur son torse nu, puis recula aussitôt en rougissant.

— Pardonne-moi d'avoir fait irruption dans ta chambre sans prévenir, balbutia-t-elle avec un rire nerveux. Je suis vraiment désolée. Jenna vient juste de tout me raconter et cette histoire m'a bouleversée. Je pensais attendre demain matin pour t'en parler… Bien que je n'aie pas à m'en mêler, en fait. Tu es majeur et vacciné. Mais je n'arrêtais pas d'y penser, j'ai compris que je ne parviendrais pas à…

Desmond écrasa sa bouche contre la sienne. Et les mots qu'elle s'apprêtait à dire moururent entre leurs lèvres. Desmond comprit qu'il n'était plus très loin du point de non-retour. Il s'obligea pourtant à interrompre ce baiser pour préciser quelque chose avant d'aller plus loin.

— Chaque fois que nous nous sommes embrassés, tu t'en es excusée ou tu m'en as remercié, dit-il. Alors, sache que tu ne me dois rien, que tu n'as pas à demander pardon ni à prendre des gants avec moi en ce qui concerne tes désirs. Quand tu as envie de quelque chose, tu le dis, simplement. D'accord ?

Riley hocha la tête, écarlate.

Il eut un sourire taquin en continuant.

— Et comme je m'accorde la même liberté, je vais te confier tout de suite ce que je veux, moi. Et si cela t'intéresse, dis-le-moi.

Il lui caressa la joue. Et, quand il posa les yeux sur ses lèvres, il comprit que cette femme magnifique avec ses cheveux de feu et son T-shirt trop grand sur lequel dansaient des frites avait le pouvoir de faire de lui ce qu'elle voulait d'un simple claquement de doigts.

— Riley Stone, j'ai vraiment très envie de passer un bon moment avec toi. Là, maintenant, tout de suite. Dans mon lit. Qu'en dis-tu ?

Pendant un instant, il pensa qu'elle allait refuser, le gifler peut-être.

Au lieu de quoi, elle fit ce qu'elle savait faire de mieux.

Elle pressa les lèvres contre les siennes avec détermination.

Il en conclut que l'idée lui plaisait.

Le T-shirt trop grand de Riley fut arraché, lancé au loin et fusa dans la pièce.

Quand les lèvres de Desmond se promenèrent dans son cou, glissèrent jusqu'à ses seins, Riley frissonna de plaisir.

Encouragé, Desmond tomba à genoux et lui retira le bas de son pyjama. Riley en gémit presque.

Elle crut qu'il allait se jeter sur elle et la prendre sans autre force de procès.

Mais il ne se montra pas aussi direct.

Avec une sorte de grognement primitif, il se remit sur pied et allongea doucement Riley sur le lit.

Elle dut faire appel à toute sa volonté pour ne pas crier : « Prends-moi ! Je te veux ! »

Mais elle retint son souffle en regardant le beau cow-boy ramper sur les draps et se coucher sur elle.

Contrairement à ce qui s'était passé dans le salon, devant le jeu télévisé, il ne fit preuve d'aucune hésitation, d'aucune maladresse.

Il avait clairement indiqué qu'il la désirait.

Et elle le désirait aussi.

Riley enroula les jambes autour de sa taille et captura ses lèvres avec avidité. Sans se laisser démonter, il réagit en approfondissant leur baiser et en l'étreignant plus étroitement contre lui.

Puis il les retourna tous les deux.

En se retrouvant au-dessus de lui, Riley laissa échapper un petit rire de surprise. Quand Desmond rompit leur baiser, elle craignit de l'avoir offensé avec son rire mais elle le vit sourire.

Ce sourire craquant.

Les sourires de Desmond Nash la faisaient toujours fondre.

Ils n'étaient à nul autre pareils et avaient sur elle un effet magique.

Tandis qu'il finissait de la déshabiller, elle lui retira son boxer.

Une fois nus, ils partirent à la découverte sensuelle l'un de l'autre. Leurs bouches se goûtaient, se savouraient et s'excitaient.

Sous ses caresses, Riley devenait folle de désir.

Quand il lui écarta les cuisses et la pénétra, elle gémit de bonheur. Il commença à aller et venir entre ses reins pour l'entraîner vers le ciel. Elle se mit à crier.

Au milieu des plaintes, des mots sans suite et des draps froissés, ils s'envolèrent vers l'extase. Il accéléra le rythme jusqu'à l'orgasme. Lorsque les vagues de plaisir déferlèrent sur leurs peaux brûlantes, ils s'étreignirent, comblés, le souffle court.

Leur histoire avait commencé par hasard. Quoi de plus banale qu'une rencontre fortuite lors d'un gala de charité ?

Mais, alors que Riley se pressait nue dans ses bras, elle prit conscience qu'elle était en train de tomber amoureuse...

Au départ, Overlook ne devait être qu'une étape, une escale, un moment de répit. Une transition.

Dès que Jenna irait mieux, elle reprendrait la route.

Pour tracer ailleurs son propre chemin.

Elle n'avait jamais imaginé faire carrière, fonder une famille, s'établir, vivre à Overlook.

Pourtant, en écoutant les battements précipités du cœur de Desmond Nash contre son oreille, Riley se rendit compte qu'elle était dangereusement sur le point d'inclure le beau cow-boy dans chacun de ses plans.

Ils avaient ri ensemble. Ils avaient pris une douche ensemble. Ils s'étaient recouchés ensemble. Et ils s'étaient rendormis, tendrement enlacés l'un contre l'autre.

Desmond n'avait pas partagé une telle une intimité avec une femme depuis très longtemps et n'avait pas pensé la vivre avant un bon moment.

Pourtant, lorsqu'il se réveilla dans la nuit et découvrit que Riley était à ses côtés, il fut heureux qu'elle soit là.

Dans la mythologie grecque, les sirènes séduisaient les marins par leurs chants magiques. Elles les déroutaient à dessein pour les perdre. Quand, désorientés, les malheureux laissaient leurs bateaux se fracasser contre les récifs, ces enchanteresses les dévoraient.

Mais Riley était une sirène bienfaisante. Au lieu de l'égarer, elle l'avait entraîné vers des abîmes de volupté et, avec elle, il s'était noyé dans un océan de plaisir.

La lumière tamisée de la lampe de chevet baignait le visage détendu de la jolie rousse qui dormait à ses côtés. Les fragrances de lavande qui émanaient de sa somptueuse chevelure avaient un effet apaisant sur lui, constata-t-il.

Desmond roula sur le dos. Il venait de se réveiller, mais il était encore épuisé. Il ne dormait pas très bien, ces derniers temps. Pas depuis le soir du gala, en vérité.

Pas depuis qu'il avait vu les graffitis sur le chantier de Second Wind.

Mille questions perturbaient son sommeil.

Si Ryan Alcaster essayait de s'approcher de Jenna ou, pire, de l'enlever, que venait faire le chantier de construction dans cette histoire ?

S'agissait-il de faire diversion ?

Et comment Brett Calder et peut-être aussi les Fixers s'intégraient-ils dans le scénario ? Quels rôles y jouaient-ils ?

Desmond referma les paupières. Il détestait ne pas comprendre et serra les poings de frustration. Madi répétait souvent que le destin semblait s'acharner sur les Nash. Et, en effet, les coups du sort se multipliaient dans la famille.

Mais sans tous ces problèmes, tu n'aurais jamais fait connaissance avec elle, pensa Desmond une fraction de seconde plus tard. *Il n'y aurait pas de Riley dans ton lit.*

Et cela serait vraiment dommage.

Desmond décida de se lever tôt, de préparer un petit déjeuner aux Stone, de boire une tasse de café géante et de réfléchir pour tenter de résoudre ces énigmes. Il était en plein brouillard, mais il leur fallait comprendre ce qui se passait pour espérer trouver la paix.

Il entendit soudain du bruit dans la cuisine qui se trouvait sous sa chambre. Et il se rendit compte qu'il ne s'était pas réveillé tout seul.

Quelque chose l'avait tiré du sommeil.

Il s'empara de son smartphone. Il n'avait reçu aucun message ou appel. Et, après tout ce que les Nash avaient connu ces dernières années, personne ne se serait permis de faire irruption chez lui sans prévenir.

L'horloge de son téléphone indiquait 4 h 05. Certes, les Nash se levaient aux aurores, conscients qu'ils avaient un immense ranch à gérer, mais personne ne commençait sa journée si tôt.

Qui tentait de s'introduire chez lui par effraction ?

Brett était mort, Geordi à l'hôpital. Restait Davies ?

Desmond bondit du lit. Riley remua dans son sommeil alors qu'il enfilait son jean en un temps record. Il jura en se rendant compte qu'il avait laissé son arme au bureau du shérif. Il en avait une autre dans le coffre, seulement il était en bas, inaccessible.

— Desmond ?

Riley se dressa sur le lit en bâillant, mais, en devinant son inquiétude, elle écarquilla les yeux.

— Il y a quelqu'un en bas, murmura-t-il. Ce n'est peut-être rien, cependant je préfère en avoir le cœur net.

Riley se leva sans bruit et se hâta vers la porte. L'humour des frites sur son T-shirt contrastait avec la gravité de son expression.

— Je dois m'assurer que Jenna et Hartley vont bien, chuchota-t-elle.

Desmond comprit sa réaction. Il aurait eu la même.

Sa famille était pour lui aussi une priorité.

— D'accord, mais laisse-moi sortir de la chambre en premier et descendre. Si, une fois en bas de l'escalier, je ne te crie pas de me rejoindre, appelle Caleb. Il habite un peu plus bas sur la route.

Il lui mit son téléphone dans la main.

— Ne descends pas, ajouta-t-il.

Il soutint son regard jusqu'à ce qu'elle hoche la tête.

Il l'embrassa, ouvrit la porte, et ils se séparèrent. Riley gagna sur la pointe des pieds la chambre d'amis, située au bout du couloir, et Desmond se dirigea vers l'escalier. Tout en descendant les marches sans bruit, il se reprochait d'avoir négligé de garder une arme dans sa chambre.

Comme il y avait des invités chez lui, qui ne connaissaient pas la maison, il avait laissé une lumière allumée au-dessus de l'évier de la cuisine et une autre dans le salon. Le reste du rez-de-chaussée était plongé dans la pénombre, mais il n'avait pas besoin de luminosité supplémentaire pour comprendre que personne de sa famille n'était chez lui.

Et indéniablement quelqu'un se trouvait en bas.

Desmond se plaqua contre le mur pour s'avancer discrètement.

Une femme se tenait dans la cuisine, une femme qu'il ne reconnut pas. Mais, à la vue de ses cheveux blond platine, il comprit qu'il avait affaire à l'avocate dont ses frères lui avaient parlé.

Maria Wendell.

Que fabriquait-elle chez lui à 4 heures du matin ?

Tournée vers la porte d'entrée, elle semblait détendue comme si sa présence chez lui était normale.

Elle n'était pas armée.

Quelque chose n'allait pas.

Pourquoi était-elle là ?

Un mouvement derrière lui le surprit. Il n'eut même pas la possibilité de bouger, de réagir.

Un homme surgit, brandissant un pistolet.

Il était en costume trois-pièces.

— Si vous vous jetez sur moi, j'aurai quand même la possibilité de tirer au moins un coup de feu, dit-il à Desmond d'une voix calme. Compte tenu de notre proximité, ce tir vous blessera gravement ou vous tuera. Et comment aiderez-vous alors Mlle Stone ? Allons dans le salon, ajouta-t-il en lui indiquant la direction d'un signe de tête.

Desmond grommela un juron, mais suivit les instructions. Ils avaient fait du bruit exprès pour le réveiller. Tout comme Maria s'était mise là pour faire diversion.

Quand Desmond passa devant elle, elle secoua la tête.

— Je n'arrive pas à croire que cela ait marché, dit-elle à l'homme en costume avant de palper brièvement Desmond. Et tu avais raison, il n'est pas armé.

Le truand haussa les épaules.

— Il a donné son pistolet à son frère après avoir tiré sur Geordi. Il en a un autre dans son coffre-fort, mais il est loin.

— Qui êtes-vous ? lança Desmond.

Il ignora la question et s'adressa à Maria.

— L'une des jumelles est sans doute en train d'appeler le frère Nash qui vit tout près. Tu as moins d'une minute devant toi pour aller la chercher. Je te suggère d'y aller sans tarder.

Maria sortit un petit pistolet de la poche de son manteau.

— Très bien. Arrange-toi pour qu'il ne me touche pas ou je lui tire dessus. Pigé ?

L'homme en costume répliqua avec colère.

— Si tu le tues ou si tu tues qui que ce soit dans cette maison, je serai ton seul et dernier problème. Pigé ?

Desmond ne comprit pas cet ordre, mais Maria se calma un peu.

— Qu'allez-vous faire d'elle ? demanda-t-il.

Maria le toisa avec mépris.

— Vous pensez que le simple fait de me poser une question

suffira à me faire parler ? Je ne peux pas vous tuer, alors ne comptez pas sur moi pour vous dire quoi que ce soit.

Desmond se jeta sur elle.

Il s'attendait à ce qu'un coup de feu éclate aussitôt, mais l'homme en costume surgit derrière lui et l'assomma d'un coup de crosse.

Desmond s'écroula.

Desmond regarda le plafond. Vert bouteille.

Il reconnut son salon.

Sa maison.

Une vive douleur lui arracha un gémissement.

Son corps, sa tête, tout le brûlait.

Des bribes de souvenirs revenaient de façon décousue à sa mémoire.

Un cri l'obligea à tourner la tête.

— Desmond ?

Le visage de Caleb, plein d'inquiétude, et son arme apparurent.

Son frère s'accroupit devant lui.

— Mon Dieu, tout ce sang, dit-il en touchant la tête de Desmond. Que t'est-il arrivé ?

Desmond se releva, trébucha mais se mit debout.

— Maria et l'homme en costume sont venus pour enlever Jenna, expliqua-t-il. Il m'a assommé.

Desmond détestait avoir à le dire.

Presque autant qu'il détestait l'homme qui l'avait assommé.

Une angoisse terrible lui glaça soudain les veines.

Il bondit brusquement.

— Riley ? Jenna ? hurla-t-il.

Il grimpa les marches quatre à quatre, Caleb sur les talons.

Personne ne répondit à son appel. Mais il continua de le faire jusqu'à la chambre d'amis. Elle était déserte, mais il ne pouvait cesser de crier.

Une voix de femme se fit soudain entendre :

— Desmond !

— Ma chambre, dit-il en se retournant. Elle est dans ma chambre.

Ensemble, ils s'y précipitèrent.

Quelqu'un tambourinait le placard de l'intérieur.

Quand Caleb l'ouvrit, ils découvrirent un amas de boucles rousses auréolant un visage marbré de larmes. Le T-shirt trop grand et orné de frites contrastait avec la terreur de son regard.

— Oh ! Desmond, dit-elle d'une voix brisée. Elle a pris ma place.

Hartley sortit à son tour du fond du placard. Effrayé, il se précipita vers sa mère.

Desmond se tourna vers son frère et murmura d'une voix blanche :

— Ils ont enlevé Riley.

17

Les heures passaient.
Les heures.
Et Desmond ressentait chacune d'elles comme une éternité.
Comme tous les Nash.
Non seulement Maria et l'homme en costume avaient enlevé Riley, mais ils avaient perpétré ce crime alors qu'elle se trouvait au ranch, chez eux.
Personne ne les avait vus entrer sur la propriété et personne ne les avait vus partir. Pas même Caleb qui avait pourtant sauté dans son camion dès que Riley l'avait appelé.
Desmond était la proie d'une inquiétude croissante. Ne pas savoir quoi faire, être incapable d'agir, le rendait fou. Il ne s'était jamais senti aussi impuissant.
— Elle vous a entendus parler et m'a expliqué qu'il nous fallait nous cacher, avait raconté Jenna en larmes. Puis elle… elle m'a dit que si Ryan était derrière tout ça, nous… nous devions nous faire passer l'une pour l'autre. Elle a voulu que nous échangions nos pyjamas parce qu'il connaît ce T-shirt. J'ai commencé par refuser, mais elle m'a dit de penser à mon fils… À Hartley. Alors, j'ai cédé.
Hartley serré contre sa poitrine, elle avait du mal à ne pas exploser en sanglots.
— Elle m'a ordonné de me taire pour protéger Hartley, avait-elle ajouté. Puis elle m'a poussée dans le placard et elle a fermé la porte à clé. Je n'ai pas pu l'ouvrir. Puis j'ai reconnu ta voix, Desmond.

Desmond ne connaissait pas Jenna aussi bien que sa sœur, mais il l'avait prise dans ses bras, dans l'espoir de la réconforter.

— Nous allons la retrouver, avait-il promis. Nous allons la retrouver.

Maintenant, des heures plus tard, Desmond était au bureau du shérif, attendant que leur seule piste aboutisse. À en juger à l'expression de Caleb à sa sortie de la salle d'interrogatoire, il n'y avait pas lieu de sauter de joie.

— Davies exige de nouveau un avocat, lança-t-il.

— Un avocat ? Tu veux dire qu'il veut être défendu par la femme qui a enlevé Riley ? demanda Desmond, les mains sur ses hanches. Alors qu'il nous dise où elle est et nous irons la chercher.

Malheureusement, Maria Wendell avait disparu. Personne ne savait où elle était.

Pas même Ryan Alcaster.

Declan était en train d'interroger ce dernier, à Kilwin, en présence de *son* avocat. Sans aucun résultat jusqu'à présent.

Il ne leur restait donc que Evan Davies pour tenter d'avancer. Declan l'avait localisé dans un motel en périphérie de Kilwin et il avait réussi à le faire revenir au poste.

Son interrogatoire ne donnait rien.

— Je ne pense pas qu'il mente lorsqu'il déclare tout ignorer des derniers événements, dit Caleb après un moment. Il semblait vraiment surpris.

— Mais il sait *quelque chose* et il est trop lâche pour dire quoi que ce soit.

Caleb hocha la tête.

— D'après ce que nous avons appris sur lui, il semble n'avoir réussi que dans l'univers professionnel. Pour le reste, dans la vraie vie, il a toujours eu peur de son ombre. Ou de celle de Ryan Alcaster ou peut-être de celle de l'homme en costume. En tout cas, il est terrifié par celui qui tire les ficelles.

Desmond grogna de mécontentement.

— J'ai déjà rencontré des hommes comme lui. J'ai juré que Second Wind n'emploierait jamais quelqu'un dans ce genre.

Desmond passa la main dans ses cheveux, l'air songeur. Comme une idée le traversait, il baissa la voix.

— Mais parce que j'ai déjà rencontré des hommes comme lui, je sais comment il pense, comment il fonctionne.

Caleb leva un sourcil interrogateur mais comprit vite où son frère voulait en venir.

— Tu aimerais lui parler, expliqua-t-il.

— Je tiens à retrouver Riley et, si Davies refuse de discuter avec les représentants de la loi, peut-être se confiera-t-il à un chef d'entreprise.

Caleb referma la porte derrière lui. Il allait surveiller le déroulement de l'interrogatoire derrière le miroir sans tain parce qu'il était un bon frère, mais surtout parce qu'il savait que Riley signifiait quelque chose pour Desmond.

Ce dernier ne lui avait rien dit, mais il l'avait compris.

Et ils manquaient de temps pour la sauver.

Voilà pourquoi ils devaient enfreindre les règles et voilà pourquoi Desmond ne quitterait pas cette pièce avant d'avoir obtenu des réponses.

— Inutile de m'interroger, dit Davies en se redressant. Je ne dirai rien à personne tant que je n'aurai pas un avocat avec moi.

Desmond savait deux choses. D'une part, qu'il ressemblait à un brave garçon de la campagne avec son jean usé, sa chemise en flanelle froissée, ses bottes crottées et son stetson. À la vue de son chapeau, les citadins avaient souvent l'impression qu'il n'était pas très malin. En tout cas qu'il était moins intelligent qu'eux. D'autre part, il savait – et Davies n'allait pas tarder à le découvrir –, qu'il ne le lâcherait pas avant d'avoir le moyen de retrouver Riley.

Il enleva son chapeau, le posa sur la table métallique et prit le siège que son frère avait laissé.

Davies le regarda avec défi.

Desmond n'en fut pas impressionné.

— Quoi que vous vous apprêtiez à dire, je vous arrête tout

de suite, commença Desmond. Je ne fais pas partie des forces de l'ordre. Je n'ai jamais été policier, shérif ou assimilé. Ce qui signifie que, légalement, je n'ai aucune obligation à votre égard et certainement pas celle de vous fournir un avocat.

— Si vous n'êtes pas flic, vous n'avez rien à faire ici, répliqua Davies.

— Écoutez, je comprends votre position. Vous avez envie d'être tranquille, que je vous fiche la paix. Et à votre place, je réagirais comme vous. Je détesterais être ici. Une fois que vous avez été cuisiné dans une salle d'interrogatoire, même peu de temps, les gens vous regardent autrement. Tous. La plupart seront convaincus que si vous avez été interrogé ainsi, c'est parce que vous avez quelque chose à vous reprocher. Que vous avez commis un crime. Et avec vous, c'est pire parce que, en moins de quarante-huit heures, vous avez été interrogé *deux fois* par le shérif ou l'un de ses adjoints. Autant dire que pour tout le monde, vous êtes non seulement coupable mais gravement coupable.

— Je n'ai rien fait, déclara Davies, élevant la voix.

— Exactement, répondit Desmond. Vous n'avez rien fait. Et quand on vous a demandé ce que vous saviez à propos de l'implication de Ryan Alcaster, de Maria Wendell et de l'homme en costume dans l'attaque et l'enlèvement de votre ex-femme, vous n'avez rien dit et rien fait. Et ça, tôt ou tard, tout le monde finira par le comprendre.

Davies ne put s'empêcher de tressaillir. Desmond devina qu'il y avait déjà pensé.

Avec inquiétude.

Desmond se pencha en avant et poursuivit :

— Saviez-vous que mon père avait été inspecteur de police ? Et un bon, à ce que j'ai entendu dire. Quand mes frères et sœur et moi étions plus jeunes, comme tous les gosses, nous étions intrigués par les différents aspects de son travail. Mais, pour ma part, j'étais surtout curieux de comprendre comment il réussissait à faire parler les suspects. Je me demandais comment il parvenait à amener des criminels endurcis à lui dire ce qu'il avait besoin de savoir. Alors, un jour, je lui ai posé la question.

Desmond changea de position.

— Ce qu'il m'a dit m'a vraiment marqué. Il a dit : « Tu sais, Desmond, tout le monde sur terre a envie de parler, de raconter son histoire. Cela fait partie de la nature humaine. Et, de même que tout le monde a envie de s'épancher, tout le monde a quelqu'un auprès de qui il a envie de se confier. Le tout est de devenir cette personne. » Et c'est ce qu'il faisait. Jour après jour, enquête après enquête, il était devenu le quelqu'un dont l'autre avait besoin pour parler.

Desmond se tourna vers la porte.

— Mes frères, l'un est inspecteur et l'autre shérif, ont repris le flambeau familial, la suite de notre père. Ils sont devenus eux-mêmes des représentants de la loi. Mais pas moi, non. J'avais compris que je pouvais aider les gens simplement en les écoutant. J'ai retenu la leçon. Je suis devenu le charmant garçon du trio parce que je connaissais le secret de la réussite. Tous… les investisseurs, les donateurs, les membres des conseils d'administration, les équipes juridiques, en passant par les membres du club de lecture de ma mère… Ils veulent tous la même chose. Ils veulent ce que veulent les criminels endurcis comme les innocents accusés à tort. *Parler.* Je n'avais donc plus qu'à apprendre à écouter.

Desmond se pencha à nouveau, les coudes sur la table.

— Je suis patient et prêt à rester ici longtemps dans l'espoir que vous finirez par me raconter votre histoire.

Davies le fixait, incapable de détourner les yeux.

— Mais vous pouvez nous faire gagner du temps et me confier simplement ce que vous savez. Si vous avez aimé Riley un jour, vous lui devez bien ça.

Un silence tomba entre eux. Davies soutint son regard.

Puis, tout d'un coup, il poussa un soupir de défaite, tout son corps s'affaissa.

Et il parla enfin.

— Je vous jure que j'ignore où elle se trouve, comme j'ignore le rôle que jouent Maria Wendell ou l'homme en costume dans cette histoire. Je ne sais même pas si Ryan Alcaster est vraiment derrière tout ça…

— Mais ?

Davies laissa échapper un autre gros soupir.

— Mais, s'il est impliqué, je sais pourquoi. Je connais le mobile.

— Et quel est-il ?

La porte s'ouvrit. Caleb entra et la referma derrière lui.

Apparemment, il était dans la salle de visionnage.

Davies le regarda mais poursuivit ses aveux.

— Ryan n'est pas parti de rien. Il n'a pas bâti un empire à la seule force de ses petits bras musclés. Il doit sa fortune et son succès à sa famille. Lorsqu'il a rejoint Macklin Tech, il vivait déjà grâce à l'argent de son père. *Sam* Alcaster avait hérité d'un de ses oncles lorsque ce dernier avait compris que lui-même n'aurait jamais d'enfants. Sam était très fier à l'idée de transmettre un jour à son tour cette fortune, qu'il avait fait prospérer, à son fils.

Davies avait l'air mal à l'aise. Il bougea sur son siège.

— Quelques semaines après le divorce, Ryan est venu un jour au bureau d'Atlanta visiblement bouleversé. Maria qui travaillait alors au siège s'en est rendu compte, elle aussi. Nous étions ses amis, alors nous nous sommes isolés dans une salle avec lui pour comprendre ce qui n'allait pas. J'aurais dû savoir à ce moment-là que quelque chose ne tournait pas rond chez lui.

— Vous auriez dû le comprendre dès que vous avez découvert qu'il battait sa femme.

— Et qu'est-ce qui n'allait pas chez lui ? s'enquit Caleb.

— Apparemment, son père avait effectué des recherches sur les termes du divorce, poursuivit Davies. Il voulait savoir pourquoi Jenna avait obtenu la garde exclusive du petit et avait rompu toute relation avec Ryan.

— Laissez-moi deviner, intervint Desmond. Il a découvert quel homme était son fils.

Davies hocha la tête.

— Il avait engagé un détective privé. Qui a enquêté et trouvé des enregistrements, des vidéos et des photos de Jenna lorsqu'elle était hospitalisée pour coups et blessures. Le vieux a alors modifié son testament.

Ryan avait enlevé Riley pour de l'argent. Toute cette histoire avait pour origine une sordide question d'argent.

Desmond aurait dû s'en douter.

— Il a déshérité Ryan ?

— Sam a en effet décidé de léguer toute sa fortune à Hartley… Une fortune qui serait gérée par le tuteur légal de Hartley jusqu'à ses vingt-deux ans.

Pendant un instant, personne ne parla.

Desmond échangea un regard avec son frère. Ni l'un ni l'autre n'aimaient ce qu'ils venaient d'entendre.

— Donc, Ryan voulait obtenir la garde de Hartley, sa seule chance de récupérer son héritage, conclut Caleb. Mais Jenna n'avait pas porté plainte pour coups et blessures. Elle n'avait pas dénoncé la violence de Ryan, parce que, en échange de son silence, elle avait obtenu la garde exclusive de Hartley, comprit Desmond. Si Ryan avait tenté de remettre en cause leur accord et de demander la garde du petit, elle n'aurait pas continué à se taire. Elle aurait porté plainte.

Desmond poursuivit le raisonnement écœurant qu'avait tenu Ryan. Et que connaissait Davies.

— À moins qu'il n'arrive quelque chose à Jenna, ajouta-t-il. Il a donc chargé successivement Brett Calder, le Fixer, du sale boulot, puis Geordi et Maria. Il ne se salit jamais les mains, il délègue.

— En fait, il n'a jamais dit qu'il allait faire quoi que ce soit, mais il a bien compris que sa seule chance de toucher son héritage était Hartley, dit Davies. Je pensais qu'il passait beaucoup de temps avec Maria parce qu'elle l'aidait à défendre ses intérêts, à monter un dossier pour saisir le juge aux affaires familiales ou quelque chose comme ça. Mais ensuite, quand j'ai vu dans le journal ce qui s'était passé après le gala, que

Riley avait échappé de peu à la mort, j'ai eu peur que Ryan n'ait mis au point un plan plus malveillant encore.

Desmond devenait fou de colère.

— Pourquoi ne l'avez-vous pas prévenue alors ? Pourquoi ne pas avoir averti les flics ? Pourquoi vous êtes-vous rendu sur le chantier ?

— Je ressentais le besoin de protéger mes arrières, dit Davies. Tout est ma faute. C'est vrai, je savais que Ryan battait sa femme et je n'ai rien dit. J'ai sacrifié mon mariage pour garder ce secret… parce que je croyais que mon travail, ma carrière, étaient plus importants que tout. Vous l'avez dit vous-même, être charmant et apprécié de tous peut être un atout. Mais aussi une arme. Savez-vous combien Ryan a d'amis ? Combien de personnes il a propulsées professionnellement au fil des ans ? Ce n'est pas quelqu'un que vous affrontez en face, à moins d'être suicidaire. Avec lui, il faut ruser. Pour l'arrêter, il faut le prendre en flagrant délit, la main dans le sac sans qu'il s'en doute. Alors j'ai essayé. Je lui ai dit que j'avais trouvé le moyen de lui obtenir ce qu'il voulait. Et je lui ai proposé de nous retrouver dans un endroit où nous pourrions aboutir. J'ai choisi le chantier parce que les médias semblaient beaucoup s'intéresser aux Nash. Je voulais enregistrer ses aveux à son insu. Et j'ai pensé que si les choses se passaient mal, les journaux en parleraient plus vite et plus longuement si tout s'était déroulé là-bas. Mais, quand je suis arrivé, j'ai été abordé par l'homme en costume. Il a dit qu'il avait été envoyé pour me parler. Il n'a jamais précisé spécifiquement qu'il s'agissait de Ryan, mais lui seul savait que j'allais là-bas.

— Puis Marty est arrivé.

Davies secoua la tête.

— Je n'ai jamais vu Marty. Il devait déjà être au troisième étage. Je le jure, se dépêcha-t-il d'ajouter. Quand je vous ai entendus arriver, j'ai paniqué et j'ai essayé de m'enfuir.

— Et le lendemain, Maria Wendell était l'avocate chargée de vous défendre, dit Caleb avec dégoût.

— Il faut comprendre, Maria est une vieille amie. L'appeler

ne semblait pas absurde, à ce moment-là. J'ignorais qu'elle était impliquée dans les projets diaboliques de Ryan.

Desmond posa sur Davies un regard qu'il espérait blessé.

— D'accord... Vous connaissez Ryan, mieux que quiconque, dit-il. Et maintenant vous allez tout nous dire.

Desmond ne lui demanda pas s'il comprenait à quoi il faisait allusion.

Parce que ne pas comprendre n'était pas une option.

Desmond devait retrouver Riley.

18

La climatisation était très bruyante.

Le moteur ronflait tellement que Riley craignait qu'il ne finisse par exploser. Chaque fois qu'il s'arrêtait, elle avait l'impression qu'il allait rendre l'âme. Elle en venait à l'espérer pour profiter d'un peu de silence mais, très vite, il se remettait en marche.

Ce bruit incessant la rendait folle.

Comme les liens qui la retenaient prisonnière sur cette chaise. Maria avait peut-être l'apparence d'un mannequin, mais sous son maquillage sophistiqué et ses vêtements élégants se dissimulait un véritable démon.

Sans parler de sa maîtrise surprenante des nœuds. Ils étaient impossibles à défaire.

Alors que la climatisation reprenait, Maria laissa échapper un gros soupir. Riley ne prit pas la peine de la regarder par-dessus son épaule.

Depuis qu'elles étaient entrées dans cette chambre, la blonde s'était affalée sur l'un des deux lits jumeaux avec son smartphone qu'elle ne cessait de consulter.

Apparemment, elle attendait l'appel de quelqu'un.

En vain.

Sa patience était visiblement mise à rude épreuve parce que cette fois, au lieu de se contenter de soupirer, elle poussa un gémissement. Certes, il n'était pas assez fort pour transpercer les murs de la chambre d'hôtel, mais Riley se tendit.

Elle savait très bien ce qu'elle faisait lorsqu'elle avait

convaincu Jenna de se faire passer pour elle. Elle avait alors en tête d'éloigner Maria et l'homme en costume le plus loin possible du ranch et de tenter ensuite de leur échapper. Elle les avait entendus parler dans le salon.

Pour une raison qu'elle n'avait pas comprise, Maria n'avait pas été autorisée à tuer qui que ce soit d'entre eux.

Mais Riley ne comptait pas sur la pérennité de cet accord verbal. Dès qu'elle était montée dans la voiture avec eux, elle avait commencé à imaginer un plan pour leur fausser compagnie dès qu'ils s'arrêteraient.

Lorsqu'ils s'étaient garés devant un motel à la périphérie de Kilwin, l'homme en costume s'était retourné pour lui lancer deux mots qui l'avaient glacée.

« Bonne chance. »

Ces mots avaient balayé l'espoir de Riley de s'échapper. Quand il était ensuite sorti de la voiture et que Maria s'est retournée vers elle, son pistolet pointé sur sa poitrine, Riley avait compris qu'elle ne parviendrait pas à filer.

— J'ai fait carrière parce que j'ai toujours obtenu des résultats, avait dit Maria. Si vous faites l'erreur d'essayer de vous enfuir, je ne vous raterai pas. Vous voilà prévenue.

Le motel était un long bâtiment de deux étages en forme de L. Elles s'étaient dirigées vers le bureau d'accueil. À l'extérieur, devant la porte, étaient assises une quadragénaire et une adolescente autour d'une table de jardin. Elles sirotaient quelque chose.

— Cette femme s'appelle Abela, avait expliqué Maria. C'est la directrice du motel et elle élève seule sa fille Dina, installée en face d'elle. Elles me connaissent et me font confiance. Voilà pourquoi je n'aurai aucune difficulté à m'approcher d'elles et à tirer à bout portant sur Abela. Je la tuerai avant que l'une ou l'autre n'ait l'idée de réagir.

Riley en avait eu le souffle coupé. Maria avait levé son autre main pour la faire taire.

— Il vaut mieux que vous me suiviez jusqu'à ma chambre

sans faire d'histoires. Une fois là-haut, nous nous installerons pour attendre un appel.

Riley avait jeté un coup d'œil à Abela et Dina puis à la route très fréquentée qu'elles venaient de quitter. Maria avait sans doute deviné ce qu'elle avait en tête parce qu'elle avait ajouté :

— Ne me sous-estimez pas sous prétexte que je suis une femme. Si vous tentez de vous enfuir, je n'essayerai pas de vous abattre, je n'essayerai pas non plus de vous poursuivre. Je m'approcherai de ces deux-là et buterai Abela d'une balle en pleine tête devant sa fille.

— Vous êtes ignoble, avait lancé Riley.

Maria avait souri.

— Je sais ce que je veux et je n'ai qu'une parole. Je vous ai donné deux options en vous précisant les conséquences attachées à chacune d'elles. Maintenant à vous de choisir. Allez-vous me suivre calmement jusqu'à ma chambre ou êtes-vous prête à faire de cette gamine une orpheline traumatisée ?

Riley l'avait alors regardée en face. Et à la vue de ses yeux cruels, impitoyables, elle avait compris que Maria ne plaisantait pas. Et n'aurait aucun état d'âme à mettre ses menaces à exécution.

Elle avait donc renoncé à ses plans d'évasion.

— Allons-y.

Plusieurs heures s'étaient écoulées depuis cet échange, et Maria attendait toujours cet appel. L'avocate semblait murée dans le silence. Cela dit, ne plus lui parler ne dérangeait pas Riley. La blonde était méchante et l'attente ne faisait qu'exacerber sa cruauté.

De plus, Riley voulait donner à Desmond le plus de temps possible pour la retrouver.

Parce qu'elle savait qu'il se démenait pour la récupérer.

— Pourquoi est-ce si long ?

Maria frappa le lit du pied d'un geste rageur. Elle ressemblait à Hartley lorsque sa mère ou sa tante lui refusait une glace. Riley l'observa par-dessus son épaule. Le comportement de l'avocate lui devenait de plus en plus pénible.

— Ne me regardez pas comme ça, gronda Maria en se figeant.

— Comme quoi ? ne put s'empêcher de répliquer Riley. Comme si j'étais attachée à une chaise ? Comme si j'étais injustement retenue captive ? Êtes-vous en train de dire que je devrais plutôt vous sourire ?

Maria bondit du lit pour se mettre en face de Riley qu'elle toisa du haut de ses stilettos.

— Ne me regardez pas comme si vous ne saviez pas pourquoi vous êtes dans cette situation.

Elle se pencha, posant les mains sur les accoudoirs de la chaise pour être tout près d'elle, pour l'impressionner. Riley refusa de tressaillir.

— Si vous n'aviez pas menti, pour commencer, rien ne serait arrivé. Vos mensonges ont causé votre perte. Tout est votre faute.

Depuis le départ, Riley avait l'intuition que Ryan était derrière toute cette histoire. Mais jusqu'ici il ne s'agissait que d'une hypothèse. Les propos de Maria confirmaient qu'elle avait vu juste.

— Ryan méritait, et a finalement eu, bien mieux que vous, poursuivit Maria.

— Un homme qui bat sa femme ne mérite que la prison !

La gifle arriva si vite que Riley n'eut pas le temps de réagir. La douleur irradia la moitié de son visage. Maria perdait tout sang-froid, et sa cruauté reprenait le dessus.

— Il a tout fait pour vous, et comment l'en avez-vous remercié ? En prétendant qu'il vous battait. Vous mentiez. Vous savez aussi bien que moi qu'il n'a jamais levé la main sur vous.

— J'ai été hospitalisée, s'écria Riley, qui n'oubliait pas qu'elle se faisait passer pour sa sœur. Et il y a des photos et des témoins pour authentifier mes dires !

— Avoir une sœur qui ment pour corroborer vos affabulations n'a rien d'une preuve. Cela signifie qu'elle est aussi menteuse que vous, voilà tout.

Riley se sentait bouillir de colère. Ryan continuait de salir leur vie.

— Il ne s'agissait pas de mensonges, et tôt ou tard vous le découvrirez. Il était gentil avec moi aussi, au début.

Riley vit venir la deuxième gifle. Avant que la main de Maria ne s'écrase sur sa joue déjà brûlante, elle ferma les yeux. Pourtant, elle refusa de se taire.

— Si je comprends bien, vous êtes en couple avec Ryan. Mais alors, expliquez-moi : si vous êtes si heureuse avec lui et si sûre qu'il est un homme formidable, injustement accusé, pourquoi suis-je ici ? Pourquoi être venue jusqu'à Overlook pour me retrouver ? Pourquoi m'avoir enlevée ?

Maria croisa les bras sur sa poitrine. Elle avait retiré son trench ridicule. Sa jupe crayon, son corsage et sa veste cintrée sortaient visiblement des mains de grands couturiers. Sa tenue intriguait Riley. Si elle avait voulu kidnapper quelqu'un, elle se serait habillée de façon un peu moins voyante.

— Parce que même si vos dires ne sont qu'un tissu de mensonges, ils ont profondément affecté Sam. Mais, dès que tout aura été clarifié, nous pourrons enfin reprendre notre vie.

Riley s'appliquait à rester impassible, mais elle s'interrogeait. Sam Alcaster ? Le grand-père de Hartley ? D'après ce que lui avait dit Jenna, Sam était un brave homme très attentionné. Il lui arrivait même d'appeler pour bavarder avec Hartley au téléphone.

— Que voulez-vous dire ? demanda Riley. Quoi que vous me fassiez, cela ne retirera rien au fait que les autorités savent maintenant que vous m'avez kidnappée. Votre seule chance de reprendre votre vie est de me laisser partir et de vous rendre.

Maria sourit, imperturbable.

— Ne cherchez pas à imaginer mon avenir, vous n'avez aucune chance d'y parvenir.

Le smartphone de Maria se mit à vibrer. Les deux femmes regardèrent l'appareil danser sur la couette.

Riley ne réussit pas à voir l'identifiant de l'appelant, mais Maria saisit son téléphone et un grand sourire éclaira son visage.

Ryan.

— Bonjour, chéri.

Elle répondit au téléphone avec des petits cœurs dans les yeux et du sexe dans la voix. Riley comprit que l'avocate était folle amoureuse de Ryan.

Elle eut presque pitié d'elle. La pauvre allait au-devant de grosses déceptions.

Et peut-être plus tôt qu'elle ne s'y attendait. Le visage de Maria se ferma soudain. Elle pivota sur ses talons aiguilles et se dirigea vers la salle de bains.

— Ce n'est pas mon… Mais je… Je ne…

Riley s'efforça de tendre l'oreille, mais Maria referma la porte de la salle de bains derrière elle.

L'envie d'en profiter pour tenter de s'enfuir traversa Riley. Si Maria n'avait pas le pistolet sur elle, elle aurait essayé. Mais Riley ne pouvait pas risquer la vie de la mère et la fille, attablées à quelques pas.

Riley était certaine que Maria n'hésiterait pas à s'en prendre à deux innocentes pour se libérer de sa colère si Riley lui échappait.

Elle refusait de les mettre en danger.

Pour un appel téléphonique que Maria avait attendu pendant des heures, il fut étonnamment bref. Une minute ou deux seulement s'écoulèrent avant qu'elle sorte de la salle de bains. Elle semblait sur le point d'exploser de fureur.

— Vous n'avez pas entendu ce que vous aviez envie d'entendre ? demanda Riley, préparant ses arguments pour lui prouver que Ryan n'était pas un homme bien. Je vous l'ai dit. Ryan n'est pas…

— Il nous attend, l'interrompit Maria.

Riley avait mal interprété la colère peinte sur le visage de l'avocate quand elle était sortie de la salle de bains. L'avocate n'était qu'agacée à la perspective d'avoir à effectuer un travail supplémentaire.

L'estomac de Riley se noua.

Maria sortit son pistolet.

— Je vais vous libérer de vos liens et ensuite les mêmes règles s'appliqueront, dit-elle. Une gamine verra sa mère mourir sous ses yeux sauf si vous vous dirigez calmement vers la voiture et y montez. Et, au cas où vous vous imagineriez avoir une chance de filer quand nous serons sur la route, je vous signale que quelqu'un sera là pour assurer mes arrières. Et ce quelqu'un est très motivé pour vous tuer, ajouta-t-elle en souriant.

Maria se tut. Elle ne détacha pas Riley tout de suite. Des minutes qui semblaient des heures s'écoulèrent jusqu'à ce que le claquement d'une portière de voiture fasse tourner la tête des deux femmes vers la fenêtre.

— Enfin, murmura Maria en s'élançant pour écarter le rideau et jeter un œil dans la cour.

Elle s'adossa au mur près de la porte jusqu'à ce que quelqu'un frappe.

Le cœur de Riley s'accéléra dans sa poitrine.

Si ce n'était pas Ryan, de qui s'agissait-il ?

De l'homme en costume encore ?

— Il est temps que tu arrives, dit Maria après avoir laissé entrer leur visiteur. Je te laisse la libérer pendant que je rafraîchis un peu mon maquillage. Dieu sait que l'air conditionné ne lui réussit pas.

Maria prit son sac à main et disparut dans la salle de bains, sans un regard pour Riley.

Ce qui valait mieux parce que celle-ci avait bien du mal à garder son sang-froid.

Evan Davies s'accroupit près d'elle. Il ne broncha même pas en la voyant ligotée.

— Que fais-tu ici ? lança Riley.

Il considéra les nœuds qu'on lui avait ordonné de défaire, refusant de croiser son regard.

— Je suis censé te conduire auprès de Ryan.

Si Riley en avait eu la possibilité, elle l'aurait bourré de coups de pied.

— Je ne peux pas y croire, grogna-t-elle. Je ne peux pas croire que tu…

Davies s'approcha et baissa la voix. Finalement, il dit très vite :

— Nous pensons que Ryan veut tuer Jenna afin d'obtenir la garde de Hartley, ce qui lui permettra ensuite de toucher son héritage.

Riley sentit son cœur manquer un battement. Davies continua dans un murmure :

— Ryan a tout organisé de manière suffisamment intelligente pour que rien ne le relie à lui. Il a mis au point un crime parfait.

Davies regarda la porte de la salle de bains avec inquiétude.

— Et voilà pourquoi Desmond veut lui tendre un piège.

À la mention de son cow-boy, Riley reprit espoir.

Davies poursuivit.

— Pour lui permettre d'aboutir, tu dois jouer le jeu, obéir.

— Maria a menacé de tuer la gérante du motel si je ne coopère pas, grommela Riley.

— Ne t'inquiète pas, nous allons nous charger de Maria. Elle ne blessera personne.

« Ne t'inquiète pas » était un conseil difficile à suivre alors qu'elle était ligotée dans une chambre de motel. D'autant qu'il lui était donné par un homme en qui Riley n'avait plus confiance.

Davies s'en rendit compte.

— Tu ne me crois pas, je le comprends, dit-il rapidement. Mais je pense que tu as confiance en Desmond.

— Qui me dit que tu ne m'as pas menti à son sujet ? fit-elle remarquer.

— Voilà pourquoi il m'a dit de te dire qu'ensuite vous pourriez tous les deux regarder la Roue de la Fortune en vous empiffrant de sandwichs au beurre de cacahuète.

Riley poussa un soupir de soulagement.

— D'accord, dit-elle. Expose-moi vite le plan.

19

Riley n'avait pas su grand-chose du plan de Desmond, mais, moins d'une heure plus tard, elle comprit qu'il ne s'était pas déroulé comme prévu.

Tout avait mal tourné.

Seul point positif : elle avait retrouvé sa sœur.

Un violent orage avait éclaté. Il pleuvait des cordes et toutes deux avaient bien du mal à courir sous ce déluge. Leurs vêtements étaient trempés. Leurs habits ruisselants de pluie se plaquaient contre leurs jambes et rendaient difficile leur fuite à travers les arbres.

Elle avait un point de côté, Jenna boitait.

Toutes deux étaient à bout de forces, mais il n'était pas question de ralentir, encore moins de s'arrêter.

Tant que Ryan était encore en liberté, elles devaient à tout prix tenter de lui échapper.

— Caleb t'a dit que ce chalet se trouvait par ici ? demanda Jenna, le souffle court.

Elles atteignaient un ruisseau. Une main en visière, Riley regarda au loin.

— Oui, à deux cents mètres environ vers la gauche.

Jenna grogna. Elle prit le bras de Riley, et toutes deux traversèrent le cours d'eau pour gagner la rive opposée. Puis elles s'élancèrent vers les arbres.

Riley avait mal partout, mais son cœur lui ordonnait de continuer de courir.

Pour sauver Jenna.

Sa sœur était la raison de sa détermination à trouver ce chalet de location, quoi qu'il en coûte.

Si Ryan rattrapait Jenna, il la tuerait.

Elle l'avait compris dans la grange.

En se remémorant les coups de feu et les cris, Riley se demanda si elle parviendrait à dormir un jour sans que cette scène épouvantable ne revienne hanter ses cauchemars.

— Là, hurla soudain Jenna. Il est là, je le vois !

Elle tira Riley si fort que celle-ci faillit tomber dans la boue.

Elle pointait du doigt une maisonnette en bois nichée sous les arbres.

— C'est une location de vacances. Elle est inoccupée actuellement, leur avait expliqué à la hâte Caleb. Cassez une vitre pour entrer, cachez-vous à l'intérieur et regardez si vos smartphones fonctionnent. Malheureusement, le réseau mobile n'est pas très fiable là-bas. Aussi, s'il n'y a pas de ligne fixe, repartez dès que vous pourrez le faire en sécurité. Maintenant, allez-y, foncez !

Le chalet était probablement un refuge pour les vacanciers. Situé sur un flanc de montagne, en retrait de la route qui menait en ville, et entouré de bois, il était un lieu d'évasion idéal mais isolé.

Elles auraient été ravies de l'être si elles étaient venues y passer quelques jours de vacances. Mais, alors qu'elles montaient la volée de marches jusqu'au porche couvert, le silence leur sembla inquiétant.

Comme Jenna s'approchait de la porte arrière, Riley lui prit la main pour l'entraîner vers l'une des fenêtres latérales.

— Puisque nous allons entrer par effraction, mieux vaut nous attaquer à une ouverture discrète, loin de la route. Inutile d'attirer l'attention.

Elle ramassa une grosse pierre dans l'allée et la jeta contre la vitre. Le verre explosa. À l'aide d'une branche, Jenna en retira les plus gros morceaux et dégagea le reste du pied.

— Sois prudente, dit-elle à Riley qui enjambait la fenêtre cassée pour pénétrer dans le chalet.

Des éclats de verre jonchaient le plancher et craquaient sous ses chaussures.

Même si Riley n'éprouvait aucun sentiment positif pour Maria, elle se félicitait que cette dernière l'ait forcée à se changer dans la voiture, avant d'entrer dans le motel. Elle lui avait prêté un tailleur-pantalon. Et, indéniablement, Riley se sentait plus à l'aise dans cette tenue qu'en pantoufles et en pyjama.

Ses vêtements étaient trempés et ses chaussures plates trop petites mais, en pyjama, tout aurait été pire.

— Regarde sur ton téléphone s'il y a une couverture réseau, dit-elle à Jenna dès qu'elles furent à l'intérieur.

La pièce dans laquelle elles se trouvaient était grande et meublée à neuf. Jenna sortit son smartphone et composa un numéro pendant que Riley allait tirer les rideaux dans l'espoir que la fenêtre cassée soit moins visible de l'extérieur.

— Zéro barre, annonça Jenna après un moment. Il n'y a pas de réseau.

— Continue d'essayer et cherche un téléphone fixe !

La douleur à son flanc lui rappelait qu'elle avait été blessée. Elle se précipita vers l'arrière, vers un petit couloir qui menait au salon. Elle jeta un coup d'œil par la fenêtre. La pluie avait cessé, et le soleil commençait déjà à réapparaître entre les nuages.

Riley fut surtout soulagée de n'apercevoir personne dans les alentours.

— Je monte voir ce que ça donne à l'étage, déclara Jenna.

— Dépêche-toi !

Une fois seule, Riley s'appuya contre la porte et ferma les paupières. Elle luttait contre l'envie de fondre en larmes.

Depuis que Desmond l'avait prévenue à 4 heures du matin que quelqu'un s'était introduit chez lui, elle vivait un enfer. Bien sûr, elle voyait des lueurs poindre au milieu de ce cauchemar. Elle espérait qu'ils parviendraient à capturer Ryan et que ce sinistre individu finirait par payer pour ce qu'il avait fait et passerait le reste de sa vie derrière les barreaux.

Cet espoir avait pris forme lorsque Davies les avait emmenées, Maria et elle, jusqu'à une grange située dans un coin isolé et qu'elle y avait vu Desmond.

En le découvrant à genoux, le visage ensanglanté et une arme pointée sur lui, Riley avait senti son cœur se serrer. Elle avait eu peur que Davies ait menti.

Puis elle avait reconnu l'homme qui menaçait Desmond d'un pistolet.

Julian s'était déguisé et grimé pour paraître encore plus impressionnant qu'il ne l'était en réalité. L'effet était d'ailleurs réussi. Il avait l'air absolument terrifiant.

À ce stade, Riley avait vraiment cru que leur plan fonctionnerait. Lorsque Maria avait posé les yeux sur le beau-frère de Desmond, elle avait bien sûr pensé qu'il était de son côté, tout comme l'homme en costume chez Desmond.

Tout comme elle avait cru que Davies était sincère.

Mais alors…

Alors Ryan était entré en scène.

Et tout était parti en vrille.

Des larmes brouillèrent la vision de Riley mais, en entendant les pas de Jenna dans l'escalier, elle se redressa. Elle ne voulait pas l'inquiéter, mais sa sœur ne fut pas dupe.

Jenna lui décocha un sourire encourageant avant de lui annoncer la mauvaise nouvelle.

— Caleb avait raison. Il n'y a pas de réseau et il est impossible d'appeler qui que ce soit à l'aide. Mais j'ai envoyé des SMS aux smartphones de Dorothy et de Madi. Peut-être passeront-ils à un moment ou à un autre. Je n'ai trouvé nulle part de ligne fixe.

— Dorothy et Madi savent donc que tu es ici ?

Jenna prit l'air coupable.

— Personne ne le savait, je n'en ai pas parlé, avoua-t-elle. Et Desmond a failli avoir une crise cardiaque quand il m'a découverte sur sa banquette arrière alors qu'il quittait le ranch.

Riley ouvrit la bouche pour accabler sa sœur de reproches, mais Jenna se mit devant elle.

C'était la première fois qu'elles avaient la possibilité d'avoir une vraie conversation depuis que Maria et l'homme en costume l'avaient enlevée chez Desmond.

— Je comprends pourquoi tu as voulu intervertir nos rôles. Et maintenant j'aimerais que tu comprennes pourquoi je devais me rendre dans cette grange.

Jenna posa la main sur son cœur. Riley et elle n'avaient pas eu un moment pour parler du plan ou de la grange où elles s'étaient retrouvées avant que tout capote.

— Hartley et toi êtes ma vie, mon cœur, Riley. Sans vous deux, je ne suis rien. Voilà pourquoi rien ni personne sur terre ne m'aurait empêchée de participer à la chasse de l'homme qui t'avait enlevée. Je t'aime, Riley, et si tu as imaginé que j'allais laisser tomber, tu es stupide.

— Et Hartley ?

— Il est avec Madi. Je n'ai peut-être pas su me défendre dans ma relation avec Ryan mais, dès qu'il s'agit de Hartley, je suis capable de tout. Lorsque Desmond et Davies m'ont expliqué ce que Riley avait en tête, j'ai convaincu Madi de me laisser enregistrer une vidéo sur son téléphone... au cas où. Non seulement j'ai détaillé tout ce que Ryan m'avait fait subir, les coups et les blessures, les brimades et les humiliations, mais j'ai surtout raconté qu'il ne s'était jamais intéressé à Hartley, qu'il ne s'était jamais soucié de lui. Et que s'il m'arrivait quelque chose, et à toi aussi, il faudrait confier sa garde à nos parents. Madi m'a juré qu'en cas de malheur, toute la famille Nash veillerait à ce que ces instructions soient suivies à la lettre, dit-elle avec un sourire. Et, je vais être honnête, je crois en effet qu'ils se battraient pour nous avec la même énergie que si nous étions de leur famille.

— As-tu appelé les parents ? demanda Riley, même si elle connaissait déjà la réponse.

Jenna secoua la tête.

— Ils auraient sauté dans le premier avion, tu les connais. Si tout allait de travers, je ne voulais pas risquer qu'ils se retrouvent au milieu d'une fusillade.

— Tu as bien fait, dut reconnaître Riley. D'autant que tout *est* allé de travers.

De nouveau, les larmes emplirent ses yeux.

Cette fois, Jenna l'enlaça.

— Ne désespère pas. Il va s'en sortir, je suis sûre qu'ils vont tous s'en sortir.

Mais Riley perçut la peur dans sa voix.

Caleb avait perdu trop de sang. Il était livide, et cette pâleur n'avait rien à voir avec le froid ou ses vêtements trempés. Ils avaient marché sous une pluie torrentielle et ils avaient dû traverser la rivière.

Julian échangea un regard inquiet avec Desmond. Ils étaient remontés sur la rive et portaient Caleb à travers les arbres.

Apparemment, personne ne les avait suivis.

Cela dit, Ryan et ses sbires avaient tiré tant de balles dans leur direction qu'ils pensaient sans doute les avoir tués. Et, sans la protection de leurs gilets pare-balles, ils l'auraient été, en effet.

Ils avaient réussi à s'enfuir et à se jeter à l'eau.

Mais ils avaient été blessés.

Julian avait une plaie à la tête qui saignait abondamment. L'un des hommes de Ryan l'avait frappé par-derrière. Il avait perdu tant de sang que Desmond n'avait pas remarqué que sa propre blessure s'était rouverte et que sa chemise était rouge.

Mais, comparés à Caleb, tous deux ne souffraient que d'égratignures.

Caleb avait été gravement touché.

Julian lui déchira son pantalon.

Voir la jambe de son frère dans cet état glaça Desmond. L'entendre crier lui donna la nausée.

Julian, qui avait été marine, l'examina.

Sa voix était calme quand il parla.

— Donne-moi ta ceinture. J'ai besoin de faire un garrot. Sinon il va se vider de son sang.

Desmond la lui tendit, sentant le poids terrible de l'impuissance peser sur ses épaules.

Julian l'ajusta autour de la cuisse de Caleb.

— Maintenant, je vais la serrer. Tiens-le pendant l'opération. Cela va lui faire mal, il risque de se débattre.

Desmond hocha la tête et prit Caleb dans ses bras.

Son frère poussa un hurlement affreux alors que Julian tirait la ceinture.

— Il va peut-être s'évanouir mais tant pis, dit Julian. L'important est de stopper l'hémorragie.

Desmond sentit soudain le corps de son frère devenir mou. Julian devina sa peur et assura :

— C'est la douleur. Il a perdu beaucoup de sang, mais ce garrot devrait l'aider à tenir le coup. Cela dit, il a besoin de soins médicaux. En urgence.

Julian sortit son smartphone. Il était humide.

— Voyons si cet appareil est réellement étanche comme le prétendent les publicitaires.

Desmond désigna les arbres derrière eux pendant que Julian composait le numéro.

— La route est à huit cents mètres. Si tu peux le porter jusqu'à là-bas, l'ambulance gagnera un temps précieux.

Julian hocha la tête, visiblement déconcerté à l'idée de porter un homme inconscient et gravement blessé à travers les bois et sous la pluie. Mais il n'hésita pas. Il était leur colosse, le gentil géant des contes.

Il se tourna vers Desmond.

— Et toi, tu vas au chalet de location dont Caleb a parlé aux jumelles ? demanda-t-il, mettant déjà le téléphone entre son oreille et son épaule et se positionnant pour prendre Caleb.

— Bien sûr. Il n'est pas question d'attendre l'arrivée des renforts.

Julian soupira.

— S'il s'agissait de Madi, je ne laisserais personne me dire de ne pas y aller. Fais attention à toi, Desmond, et si tu en as la possibilité, sors-les une par une, sans te faire remarquer. Lorsqu'elle est utilisée correctement, la discrétion est la meilleure arme pour vaincre l'ennemi.

Après avoir échangé quelques mots au téléphone, Julian jeta Caleb par-dessus son épaule comme une poupée de chiffon et partit en courant.

Desmond n'avait pas non plus de temps à perdre. Il s'élança vers la rivière et la suivit. Les herbes hautes lui permirent de s'approcher discrètement jusqu'à la grange. Il grimpa sur le talus avec difficulté. La pluie avait transformé le terrain en océan de boue.

Il frissonna à la vue des impacts de balles, des véhicules abandonnés et des cadavres.

Si Desmond n'avait pas fait partie de la petite comédie qui avait permis à Riley et Jenna de disparaître dans les bois, il aurait été bouleversé par la scène qu'il découvrait.

Un inconnu gisait sur le sol. Il était en pantalon et blazer. Près du cadavre, Maria, les yeux ouverts, fixait le ciel. Davies était presque affalé sur elle.

Desmond s'arrêta près d'un des cadavres pour s'emparer de son arme.

Le SUV que Ryan et les trois hommes avaient conduit était toujours garé au bord de la route. Eux étaient nulle part en vue.

Ce qui signifiait qu'ils avaient dû suivre Riley et Jenna dans les bois.

Desmond partit en courant, tant pis pour sa jambe et sa douleur.

20

Riley était tellement terrifiée, furieuse et frustrée qu'elle ne savait pas quelle émotion dominait les autres.

— Nous aurions dû prendre l'une de leurs armes, dit-elle à Jenna alors qu'elles grimpaient quatre à quatre les marches de l'escalier. Cela nous aurait aidées à nous défendre.

— J'en avais une mais, quand Ryan a tiré sur Maria, je…

Jenna ne termina pas sa phrase. Aucune d'elles n'avait jamais porté la jeune avocate dans son cœur, mais voir une balle la frapper en pleine poitrine les avait glacées. Et, plus encore, peut-être, le sentiment de trahison peint sur le visage de la malheureuse en comprenant que l'homme qu'elle aimait avait tiré.

Non seulement il l'avait tuée, mais il avait souri en pressant la détente. Se faire assassiner par son amant adoré était une mort affreuse pour n'importe qui.

Riley devinait que cette image les hanterait, Jenna et elle, pendant longtemps.

Dans l'hypothèse où ce fou furieux ne les retrouverait pas et ne les tuerait pas à leur tour…

— Il faut absolument nous cacher, dit-elle en se dirigeant vers le couloir.

— Difficile à faire alors que nous sommes trempées comme des soupes. Nous laissons des traces de boue à chacun de nos pas, murmura Jenna.

Riley regarda derrière elles.

Sa sœur avait raison.

Lorsque Ryan s'était garé devant la grange, il ne tombait que quelques gouttes de pluie. Au cours de la fusillade, des coups de tonnerre avaient éclaté et un vrai déluge avait suivi.

Ce temps de fin du monde avait aggravé le chaos ambiant, rendant la situation plus terrifiante encore.

Les déflagrations, les hurlements avaient résonné à leurs oreilles, glaçants.

Puis, aussi vite qu'il était apparu, l'orage était allé se faire entendre ailleurs.

Un grand silence était alors tombé, rompu uniquement par le bruit de la pluie.

Mais, après les tonnes d'eau qui s'étaient déversées sur elles, leurs longs cheveux roux ruisselaient, leurs vêtements étaient trempés et leurs chaussures boueuses, ce qui compliquait encore les choses.

— Si Ryan et ses sbires parviennent à entrer dans la maison, ils sauront exactement où nous sommes. Ils n'auront qu'à nous suivre à la trace.

— Il faudrait déjà qu'ils réussissent à nous localiser.

— Ce chalet est la seule habitation à des kilomètres à la ronde, répliqua Riley. Bien sûr qu'ils vont le repérer et bien sûr qu'ils y entreront.

Une petite flaque d'eau se formait déjà à leurs pieds pendant qu'elles parlaient.

Riley eut soudain une idée.

— Déshabille-toi, dit-elle, tout en retirant le chemisier de Maria et ses chaussures. Ils finiront peut-être par nous retrouver, mais nous n'allons pas leur faciliter la tâche.

Avant que sa jumelle ne puisse donner son avis, un bruit terrifiant se fit entendre au rez-de-chaussée.

Un bruit de verre brisé.

Les yeux de Jenna s'écarquillèrent.

En un éclair, elle enleva sa chemise.

D'après son beau-frère, il devait faire preuve de discrétion.
Une qualité que Desmond n'avait pas l'habitude de déployer.

Il découvrit des empreintes de pas dans le sol boueux. Elles venaient du cours d'eau et allaient jusqu'au porche du chalet de location. Les voir était à la fois rassurant et inquiétant.

Rassurant parce qu'il lui serait du coup plus facile de pister les tueurs et de les arrêter. Mais, à la vue de deux séries d'empreintes plus petites, il comprit que les bandits n'auraient, comme lui, aucun mal à suivre la trace des jumelles.

Desmond s'assura que son pistolet était chargé.

Contrairement à Julian, Desmond n'était pas bâti comme une armoire à glace, pourtant, si Riley ou Jenna était blessée, il n'hésiterait pas à foncer dans le tas pour leur venir en aide.

Personne ne l'arrêterait.

Desmond ralentit alors qu'il se dirigeait vers l'angle de la maison. Aucune trace de pas n'était visible dans l'allée.

Il se remémora les mots de Julian : « Lorsqu'elle est utilisée correctement, la discrétion est la meilleure arme pour vaincre l'ennemi. »

Un conseil que Desmond avait bien l'intention de suivre.

Il longea le porche à la hâte. La pluie s'était arrêtée.

Il tendit l'oreille, cherchant à capter tout mouvement à l'intérieur.

Quelqu'un parlait. Un homme.

Desmond s'accroupit près de la volée de marches qui menaient à la porte d'entrée, ignorant la douleur dans sa jambe. Il ramperait s'il le fallait, mais rien ne l'empêcherait d'entrer, d'intervenir.

Il retint son souffle.

La porte d'entrée était ouverte, la vitre de l'une des fenêtres latérales cassée. Desmond devinait un mouvement à travers.

Au moins l'un des hommes armés de tout à l'heure se trouvait à l'intérieur du chalet.

Desmond se tendit, prêt à s'élancer. Quand soudain une haute silhouette surgit de l'autre côté de la maisonnette.

Il reconnut l'homme en costume qui avait enlevé Riley, à l'aube, chez lui. Même trempés, ses vêtements restaient impeccables. Ce qui rendait l'arme qu'il pointait sur lui encore plus impressionnante.

Il posa un doigt sur ses lèvres pour intimer le silence à Desmond.

Desmond s'apprêtait à tirer plus tôt que prévu lorsque l'homme leva la main pour l'arrêter. Puis il baissa son pistolet.

— J'ai besoin de vous parler, dit-il, assez fort pour que Desmond l'entende mais pas assez pour inquiéter les personnes à l'intérieur.

Desmond était prêt à faire feu. Il n'avait pas oublié que ce type l'avait assommé, qu'il avait ensuite perdu connaissance et n'avait rien pu faire pour empêcher l'enlèvement de Riley.

Pourtant, une petite voix intérieure l'exhortait à attendre.

Tandis qu'il décryptait le langage corporel de l'homme en costume, il se souvint que ce dernier avait empêché Maria de tirer sur lui ou sur Riley ce matin, au ranch.

Il prit surtout conscience que son interlocuteur n'était pas calme et posé comme il l'était chez lui.

Il était en colère.

Et ce n'était pas contre Desmond.

L'homme s'approcha et s'arrêta à quelques pas des marches du porche.

— Ryan Alcaster est à l'intérieur avec deux de mes gars, dit-il.

Il y avait de la fureur dans ses paroles.

— Et personne d'autre ? lança Desmond, qui cherchait à savoir s'il connaissait Riley et Jenna.

— Et une paire de jumelles qui sont beaucoup plus courageuses que je ne le pensais.

Desmond serra les mâchoires. Son doigt sur la gâchette le démangeait.

— Vous effacer du paysage a donc toutes les chances de me faciliter les choses, alors.

L'homme répliqua d'un ton professionnel.

— Je suis là pour vous aider à déminer le terrain, pas pour en rajouter.

Desmond regarda la porte et secoua la tête.

— Je ne vous crois pas.

Cette réponse agaça visiblement son interlocuteur.

— Ryan Alcaster a rompu les termes de notre accord, dit-il avec un grognement. La personne pour laquelle je travaille n'a pas du tout apprécié.

— Cela signifie quoi pour lui et pour les sœurs Stone ? Dois-je croire que vous allez me laisser entrer dans ce chalet et tirer sur vos hommes ?

Dans le ciel, le soleil était de retour. Le vent avait balayé les nuages. La maisonnette était inondée de lumière. Et Desmond distingua mieux le visage de l'homme au costume.

Grand, bien bâti et élégant, il avait les cheveux bien coupés. Ses mouvements rapides et fluides témoignaient de sa jeunesse, mais il avait le regard méfiant. Ses yeux étaient gris foncé, un peu comme le ciel avant la tempête.

Desmond ne le reconnut pas.

Cet individu ne lui disait rien.

Mais, soudain, il vit la cicatrice sur sa main.

Et brutalement il eut à nouveau huit ans.

L'homme qui les avait kidnappés autrefois avait la même cicatrice. Un X gravé sur la peau entre le pouce et l'index. L'un des rares détails dont les triplés s'étaient souvenus à propos de leur ravisseur.

Caleb, en particulier, avait été tellement affecté par cette cicatrice qu'il avait avoué un jour à Desmond que pendant des années il n'avait cessé de la chercher sur chaque inconnu qu'il rencontrait.

Et Desmond la revoyait pour la première fois depuis qu'il était cet enfant terrifié en plein cauchemar.

Pourtant, l'individu, s'il portait la même cicatrice, n'était pas le même homme.

Manifestement, il vit le lien que Desmond venait d'établir. Il jeta un coup d'œil à sa main et la leva pour désigner le petit chalet.

— Le gars que vous avez réussi à descendre près de la

grange était un imbécile, mais mes deux sbires ne sont pas du même acabit. Ce sont d'excellents tireurs et voilà pourquoi M. Mercer et vous êtes toujours en vie. Ils savaient qu'ils ne devaient pas vous tuer, ajouta-t-il.

Un éclair de colère traversa son visage.

— Ryan a tiré sur votre frère Caleb et enfreint du même coup mes consignes. Alors, maintenant, à vous de choisir. Vous pouvez vous asseoir ici et me bombarder de questions. Puis me tuer et essayer de descendre deux tueurs entraînés en espérant ainsi neutraliser le fou avant qu'il ne tue votre petite amie et sa sœur. Ou vous me laissez entrer pour me permettre d'aller récupérer mes hommes. Dans tous les cas de figure, décidez-vous vite. Nous manquons tous les deux de temps. Je sais que vos renforts sont en route, et vous savez que Ryan est dans cette maison depuis plus de deux minutes. Une éternité.

Il laissa à nouveau tomber sa main à ses côtés. Desmond regarda la cicatrice en forme de X.

— Alors que décidez-vous, Desmond ? Que voulez-vous ? Moi ou les jumelles ?

Le kidnapping des triplés Nash hantait chaque membre de la famille Nash depuis ce jeu de cache-cache qui s'était mal terminé.

Desmond avait donné à Riley une version édulcorée des événements, mais il ne lui avait pas tout raconté.

Il ne lui avait pas dit que ce drame avait brisé un mariage destiné à résister à toutes les tempêtes et à traverser les décennies.

Ni que cette histoire avait anéanti un homme bon et honnête, et lui avait fait perdre la foi dans le monde qui l'entourait. Son père avait commencé à voir des fantômes là où il n'y en avait pas jusqu'au moment où ses propres démons avaient précipité sa fin.

Il ne lui avait pas dit non plus comment ce rapt avait convaincu Declan qu'il était coupable de tout et l'avait poussé à épouser une profession qui le rendait responsable de tout le malheur du monde. S'il avait longtemps été un garçon heureux souriant à l'avenir, Declan était devenu un homme obsédé par la recherche de la vérité et de la justice comme leur père.

Il ne lui avait pas dit comment cette tragédie avait plongé Madi dans une indicible rage qui l'avait tenue éloignée des autres pendant des années, la conduisant peu à peu dans un isolement total.

Ni que Caleb avait inconsciemment poursuivi l'œuvre de leur père et s'était donné pour objectif dans la vie de trouver la réponse à chaque mystère, quoi qu'il en coûte.

Il ne lui avait pas dit que lui-même s'était lancé dans les affaires au départ dans l'espoir de gagner suffisamment d'argent pour acheter le monde. Pour racheter *leur* monde et avoir les moyens de découvrir la vérité sur ce qui s'était passé.

Parce que les triplés Nash et Declan n'avaient jamais avoué à personne une terrible vérité : ils attendaient la suite, ils attendaient de se faire à nouveau attaquer, enlever, et que le ciel leur tombe une nouvelle fois sur la tête.

Certes, ils avaient grandi, mais ils étaient restés quelque part ces enfants effrayés et ils le seraient probablement toujours. Du moins, tant qu'ils n'auraient pas retrouvé leur ravisseur.

L'homme à la cicatrice à la main.

Desmond n'avait rien dit à Riley de tout cela mais, à ce moment-là, alors qu'il regardait le premier indice qu'ils avaient eu depuis plus d'une décennie, il se rendit compte qu'il avait déjà prévu de le lui dire un jour.

À l'avenir. Dans *leur* avenir.

Il regarda l'homme en costume dans les yeux. Il n'avait jamais été aussi sûr de *sa* décision.

— Je choisis les jumelles.

Aucune surprise ne passa sur le visage de son interlocuteur mais, sans perdre de temps en vaines paroles, il se leva, baissa son pistolet et gravit les marches du porche.

Desmond le suivit, l'arme au poing. Ils franchirent la porte d'entrée ouverte comme s'ils arrivaient dans ce chalet pour des vacances.

Un homme vêtu d'un blazer noir se retourna pour leur faire

face. Desmond craignait d'avoir fait une erreur à la vue de son arme. Pourtant, à la seconde où ses yeux se posèrent sur l'homme en costume, il la baissa.

Un autre sbire, bien habillé également, sortit du fond de la pièce.

— Nous partons, leur dit l'homme en costume.

Desmond jeta un coup d'œil autour de lui pour voir si Ryan était là.

Ce n'était pas le cas.

Son ventre se noua.

— Il n'était pas censé tirer sur qui que ce soit, dit l'un des tueurs en se rapprochant.

Il ressemblait à un enfant effrayé qui parlait à un autre enfant pour éviter d'avoir des ennuis.

— Nous lui avons dit de ne pas faire usage de son arme, mais il n'a pas écouté.

L'homme en costume hocha la tête.

— C'est pourquoi nous partons. Maintenant.

Le sbire ne protesta pas. Il se dirigea aussitôt vers la porte d'entrée. Comme son compagnon s'apprêtait à le suivre, Desmond l'arrêta.

— Où sont les jumelles ?

Le tueur regarda son patron qui fit un rapide signe de tête.

— Cachées quelque part dans la maison. Alcaster les cherche.

Desmond n'osait pas ressentir de soulagement. Pas avant d'avoir pu voir Riley. De l'avoir touchée, de la savoir en vie et sécurité.

Avant de disparaître avec ses sbires, l'homme en costume lança :

— La seule façon d'empêcher un type comme Alcaster de nuire est de le tuer.

Puis il partit.

21

Leur plan était simple.

Deux des chambres à l'étage étaient reliées par une salle de bains partagée. Quand Ryan et ses sbires entreraient dans la première chambre, Riley et Jenna se réfugieraient dans la salle d'eau. Elles se glisseraient ensuite dans l'autre chambre pour gagner le couloir et filer.

Si les tueurs se séparaient pour inspecter les deux chambres à la fois, elles se cacheraient dans la salle de bains.

Mais si les intrus décidaient de fouiller la salle de bains en même temps que les chambres, leur retirant de fait toute possibilité de fuir…

Eh bien, dans cette hypothèse, elles étaient fichues.

Leur plan était simple mais avait donc de grandes chances de mal finir.

Cela dit, Riley et Jenna n'avaient pas vraiment l'embarras du choix. Leurs options étaient peu nombreuses.

Elles n'avaient pas la possibilité de sauter du premier étage sans se tuer. Et elles n'avaient rien à leur disposition qui leur permette de se défendre, de se battre… Aussi avaient-elles adopté un plan qui avait l'avantage d'être simple mais l'inconvénient d'être facile à déjouer.

Après s'être déshabillées, elles étaient donc en petite tenue. Riley se félicitait d'avoir pris le temps de remettre sa culotte et son soutien-gorge après s'être douchée avec Desmond. Elle avait eu alors peur que la mère de ce dernier ne revienne.

Elles avaient dissimulé leurs vêtements trempés et leurs

chaussures crottées dans un coin avant de se cacher dans la chambre la plus éloignée dans le couloir.

La gorge serrée, elles attendaient. Riley avait collé son oreille sur la porte de la salle de bains, Jenna sur celle du couloir. Toutes deux retenaient leur souffle.

Quand Jenna entendit des pas de l'autre côté du battant, elle fit signe à Riley et toutes deux se précipitèrent sans bruit dans la salle de bains.

Le cœur de Riley battait à tout rompre dans sa poitrine quand elle referma la porte derrière elles. Contrairement à celle des chambres, celle de la salle d'eau avait un verrou. Cela n'arrêterait pas les balles mais les freinerait sans doute. Riley actionna la poignée, et toutes deux se ruèrent vers la chambre voisine.

Mais elles tombèrent alors nez à nez avec Ryan qui les y attendait, l'arme au poing.

— Un geste et je tire sur l'une de vous, annonça-t-il, un sourire mauvais aux lèvres. À ce stade, je me fiche de savoir laquelle je tuerai. Alors je vous conseille, à l'une comme à l'autre, de ne rien tenter de stupide pour ne pas risquer la vie de sa jumelle bien-aimée.

Ryan leur montra en riant la porte qu'elles venaient de franchir.

— Je m'attendais à ce petit tour de passe-passe. Lorsque tu jouais à cache-cache avec Hartley, tu l'utilisais souvent. Et, tu vois, je ne l'avais pas oublié.

Il s'adressait à Jenna sans hésitation, ce qui surprit Riley. Ryan dut voir son étonnement parce qu'il lui montra sa cuisse tatouée.

— Et merci d'avoir eu l'idée de ce déshabillage. En petite tenue, il m'est beaucoup plus facile de vous distinguer l'une de l'autre.

Riley n'avait jamais regretté à ce point de s'être fait tatouer, mais l'heure n'était pas aux lamentations.

Ryan avait toujours eu la langue bien pendue. Où qu'il soit, il se considérait toujours en terrain conquis et avait l'habitude de donner des ordres. Tout comme il avait voulu imposer sa loi à sa femme au cours de leur vie conjugale. Et même maintenant, alors qu'il était à des lieux d'une salle de conférences ou d'un cocktail mondain, il ne pouvait s'empêcher de chercher à capter l'attention.

De se pavaner.

De faire l'intéressant.

De s'écouter parler.

Riley n'en revenait pas d'avoir un jour trouvé la moindre qualité chez cet homme. Jadis, il lui avait paru assez séduisant avec ses cheveux épais et ses yeux vert émeraude. Elle avait surtout été impressionnée par son assurance inébranlable et son intelligence. Et, bien sûr, elle avait apprécié qu'il soit aux petits soins pour sa sœur jumelle.

Maintenant qu'elle avait ouvert les yeux, elle le voyait dans sa triste réalité. Ryan était un pauvre type. Il n'avait rien pour lui, rien pour plaire.

— Les dernières semaines ont été un peu dures, je dois l'avouer, poursuivit-il. Je ne me doutais pas que vous aviez une telle capacité de nuisance, toutes les deux, ajouta-t-il en secouant la tête. Savez-vous combien il m'en a coûté pour donner à tout le monde l'impression que Maria était devenue folle ? Beaucoup, beaucoup d'argent.

— Si je comprends bien, tu voulais me tuer et faire porter le chapeau à ta maîtresse ? lança Jenna d'un ton mordant.

Le sourire de Ryan devint narquois.

— Oh non, ma chère Jenna. Ce que tu décris était le plan C. Comme Riley a cru intelligent de se faire passer pour toi et que Brett était un imbécile de première, j'ai dû signer un nouveau contrat avec mes amis bien habillés. Mais, alors que je pensais que tout s'arrangeait, ton ex-mari en mal d'amour a essayé de saboter mes plans. Davies n'a jamais été capable de regarder la réalité en face. Quand tu l'as largué, il n'a pu l'accepter et il a continué à te courir après comme un petit chiot. Pathétique.

— Alors tu as manipulé Maria pour qu'elle fasse exactement ce que tu avais besoin qu'elle fasse, devina Riley.

— Maria avait de nombreuses qualités que j'appréciais. La principale était son aptitude à obéir sans poser de questions. Un trait de caractère que tu n'as jamais possédé, reconnais-le, Jenna, ajouta-t-il.

Riley prit le bras de Jenna pour l'empêcher de sauter à la gorge de cet ignoble individu et pour s'interdire, du même coup, de lui arracher les yeux. Si elles l'attaquaient, il n'hésiterait pas à tirer, elle le savait.

Si la balle atteignait Jenna, elle ne s'en remettrait pas. De même, Jenna ne supporterait pas qu'elle-même soit tuée. Voilà pourquoi il les tenait. Elles étaient coincées.

— Alors, quel scénario avais-tu en tête ? Ta petite amie devenait folle, terrorisait ton ex-femme et tuait plein de gens ? demanda Riley.

— C'était l'idée. Jusqu'à ce que Davies ne saute du train en marche et ne décide soudain de faire équipe avec les Nash.

— Alors, tu l'as abattu ainsi que Maria.

Riley se remémora la scène, l'estomac noué.

Ryan était sorti pour discuter avec Maria, Julian, et Desmond qui jouait le rôle du prisonnier. Le plan, pour autant que Riley puisse en juger, était de prendre Ryan en flagrant délit au moment où il s'apprêtait à tuer Jenna et Desmond sous les yeux de Julian, Davies et Caleb, dissimulés derrière les voitures.

Mais Ryan les avait tous surpris en abattant froidement ses complices, les deux personnes qui avaient toujours été de son côté.

Si Jenna n'avait pas jailli à temps pour écarter Riley, il l'aurait également éliminée.

— Il y avait trop de joueurs dans le match, répondit Ryan avec un haussement d'épaules. J'ai donc déboursé un peu d'argent pour financer une équipe prête à jouer exclusivement pour moi. Je l'ai chargée de nettoyer le terrain. Le synopsis était simple. Ma maîtresse devait abattre mon ex-femme. Ton ex-mari devait te descendre et tuer dans la foulée ton nouvel amant. Honnêtement, les crimes étaient parfaits. Certes, quelques imprévus ont modifié la donne, mais le script est toujours en cours d'écriture. Par exemple, il ne serait pas très compliqué d'intervertir les rôles respectifs de Maria et Davies, non ? Dans tous les cas, il s'agit d'ex tuant des ex. Et un tel scénario se tient, non ?

Il promena les yeux autour de lui.

— Peu importe comment l'histoire se terminera pour les différents protagonistes. En ce qui me concerne, elle finira bien. Je n'apparais nulle part, personne ne pourra me relier à aucun des meurtres et rien ne permettra de m'incriminer. Je suis intouchable. Et, dès que j'aurai récupéré la garde de mon fils, je toucherai le jackpot.

Riley resserra son emprise sur Jenna.

— Si tu penses que tu auras un jour Hartley, tu rêves ! hurla cette dernière. Jamais, je ne te le laisserai. Jamais !

La rage éclaira le visage de Ryan qui serra plus fort son arme.

— Écoute-moi bien, espèce de petite…

— Un geste et je tire.

Desmond avait surgi derrière Ryan. Le visage fermé, il pointait son pistolet sur lui.

Riley prit la main de sa sœur.

Curieusement, la colère de Ryan contre Jenna tomba aussitôt.

Une réaction inquiétante.

— Si j'en juge par l'expression de Riley, Desmond Nash est derrière moi, non ? dit-il.

Desmond ne lâchait pas Ryan des yeux.

— Tout ce que vous avez besoin de savoir est que je n'aurai aucun problème à vous tirer dessus pour les sauver.

Ryan esquissa un sourire narquois. Son arme était toujours levée. Maintenant, il la tournait vers Riley.

— Je suis si près d'elles que si vous tirez, votre balle aura toutes les chances de me traverser et d'atteindre également l'une des jumelles. Il faudrait qu'elles reculent. Mais, à l'instant où elles le feront, je ferai feu. Vous m'abattrez immédiatement, je n'en doute pas, et cela tuera probablement celle que je n'ai pas tuée. Vous voyez, en voulant les sauver, vous allez les perdre.

Ryan avait raison. Elles étaient trop proches de lui. La manœuvre était trop risquée.

— Vous êtes coincé, conclut Ryan en ricanant.

Desmond croisa alors le regard de Riley. Quoi qu'il advienne, il savait toujours avec certitude s'il avait Riley ou Jenna en face de lui.

Il pencha la tête vers la gauche, message que Riley reçut cinq sur cinq. Elle serra plus fort la main de Jenna.

Peut-être parce qu'elles étaient jumelles, peut-être parce qu'elles se connaissaient mieux que personne ou peut-être simplement parce qu'elles étaient deux femmes en mauvaise posture, Jenna comprit tout de suite ce que sa sœur s'apprêtait à faire.

Elle adressa un petit signe à Desmond.

Un signe que Ryan intercepta. Il lança :

— On dirait que j'ai trouvé celle que je vais…

Desmond ne le laissa pas finir sa phrase. Il se jeta sur lui.

Aussitôt, Riley se précipita vers la gauche pour se réfugier dans la salle de bains tandis que, dans le même mouvement, Jenna s'élançait vers la droite pour se cacher sous le lit.

Quant aux deux hommes, ils se battirent dans le couloir.

Le ventre de Riley se tordit en voyant que Ryan avait toujours son arme mais pas Desmond.

D'un coup de pied, Ryan se dégagea de l'emprise de Desmond. Il se tourna alors vers Riley. Maintenant, il avait tout le temps nécessaire pour la mettre en joue et presser la détente.

Riley prit une profonde inspiration. Sa dernière heure avait sonné.

Elle ferma les yeux et se prépara à mourir.

Elle pensa à sa sœur, à ses parents, à Hartley. À la famille Nash, à Marty McLinnon et même à Davies.

Pourtant, très vite, une personne s'imposa dans son esprit :

Desmond Nash avec son chapeau de cow-boy et ce sourire craquant qui faisait battre son cœur plus vite.

Riley croyait qu'elle allait mourir mais, quand un coup de feu claqua, elle ne ressentit rien.

Un peu déconcertée, elle battit des paupières. En voyant Desmond s'écrouler sur le sol, elle comprit que Ryan avait tiré sur lui.

Elle poussa un hurlement :

— Non !

Oubliant toute prudence, tout instinct de survie, elle se jeta sur son ex-beau-frère. Lorsqu'il leva de nouveau son arme sur elle, elle ne ralentit même pas.

Jenna la surprit alors. Sans crier gare, sa sœur surgit derrière elle, brandissant l'arme de Desmond. À la vue de sa jumelle visant son ex-mari, Riley resta pétrifiée.

Ryan s'enfuit pour s'enfermer dans l'une des chambres.

Riley se jeta aux côtés de Desmond, les larmes aux yeux. Terrifiée, elle le prit dans ses bras.

Quand il posa sur elle, ses yeux bleus, elle faillit hurler de soulagement.

Il était vivant.

— Prends mon pistolet dans… dans mon holster à la cheville, balbutia-t-il. Ne le laisse pas filer.

Jusque-là, Riley se sentait prête à tuer Ryan pour sauver sa sœur et son neveu. Maintenant, il s'agissait aussi de sauver Desmond.

Encouragée par sa demande, Riley s'empara du petit pistolet. Elle se retourna et croisa le regard de Jenna.

Elles n'eurent pas besoin de se parler, elles se comprirent. Se déplaçant de manière parfaitement synchronisée, elles coururent vers les chambres puis jusqu'aux portes ouvertes de la salle de bains.

Debout près de la baignoire, Ryan Alcaster comprit qu'il était coincé. Entre les jumelles qui pointaient l'une et l'autre une arme sur lui, il n'avait aucune chance de s'en tirer.

Il blêmit, son assurance envolée.

Quand Jenna prit la parole, elle ne put s'empêcher de prendre un ton ironique.

— Qu'est-ce qui ne va pas, mon cher ? Tu vois double ?

Le véritable Ryan, le manipulateur cruel et violent ouvrit la bouche pour répliquer quelque chose. Puis il y renonça. À court de mots.

Desmond s'approcha alors et prit l'arme des mains de Riley.

— J'espérais vraiment que quelqu'un dirait quelque chose d'intelligent à propos de la gémellité. Mais sans doute ne faut-il pas espérer d'un imbécile qu'il fasse une réflexion intelligente.

Sidérée, Riley le regarda, se demandant par quel miracle il était debout. La balle avait déchiré sa chemise, mais il n'y avait aucune trace de sang.

— Comment se fait-il… ? réussit-elle à bredouiller.

Desmond sourit.

— Nous n'avions pas voulu faire participer Declan au cas où tout se passerait mal, mais il nous avait équipés. Nous nous étions préparés.

— Tu portes un gilet pare-balles ! s'exclama Riley.

Il hocha la tête.

Riley se jeta à son cou. Il ne laissa pas tomber l'arme, mais il poussa un gémissement.

— Attention, mon amour ! J'ai quelques côtes cassées, je crois.

Riley le lâcha aussitôt.

— Tu as pris une autre balle pour nous, comprit-elle.

Desmond sourit.

— Et je l'aurais prise sans gilet pare-balles.

Comme Ryan émettait un bruit agacé, la colère ressaisit Desmond.

— Quant à vous, vous allez croupir en prison pendant très, très longtemps, dit-il.

Ryan se mit à rire, d'un rire jaune.

— Les gens comme moi ne vont pas en prison, répliqua-t-il. J'ai de l'argent, les moyens d'acheter des témoins, des juges… ma liberté.

Cette fois, Desmond éclata de rire.

— Mon frère et moi en avons parlé. Vous vous en êtes toujours bien tiré dans la vie grâce à votre argent, oui. Vous avez graissé la patte de beaucoup de gens. Mais tout a une fin, et cette fois vous aurez plus de mal à faire croire en votre innocence. Riley, peux-tu prendre mon smartphone dans ma poche ?

Riley obéit, un peu perplexe.

Jusqu'à ce qu'elle voie ce qu'il y avait à l'écran.

— Avant de nous rendre à la grange, nous avons installé une application sur nos smartphones qui permet d'enregistrer les longues conversations, poursuivit Desmond. À l'origine, elle était destinée aux étudiants pour leur permettre de conserver des cours de plusieurs heures. Cette application présente non seulement l'avantage de fonctionner sans limites de temps mais également sans Internet. Riley, mon téléphone nous enregistre-t-il toujours ?

— Oui, toujours.

Jenna s'effondra en larmes.

Ils l'avaient eu.

Ils avaient eu Ryan.

Et il le savait.

Il n'ajouta rien.

Desmond, cependant, ne put résister à une dernière pique.

— Je crois que vous êtes un vrai geek, non ? Vous aimez la haute technologie. Je sens que maintenant vous allez l'adorer encore plus !

Épilogue

— Desmond ?

La maison était silencieuse. Riley regarda le lit, l'estomac noué.

— Desmond ? répéta-t-elle.

Cette fois, sa voix lui parvint de la cage d'escalier.

— Attends ! Je ne sais pas encore comment elle est habillée ! Elle n'est pas sortie de sa voiture !

Riley se concentra sur les différentes tenues étalées sur le lit du cow-boy. La première, composée d'un jean et d'une chemise blanche à petits boutons, se voulait décontractée, « casual ». La dernière, un corsage à manches courtes, une jupe crayon et une veste, très élégante. Trois chapeaux de cowgirl de différentes couleurs recouvraient les oreillers, gracieusement prêtés par les Nash.

Riley trépignait d'impatience. La climatisation dont elle s'était félicitée le mois dernier plongeait la pièce dans une fraîcheur désagréable. Il faut dire qu'elle était en culotte et soutien-gorge.

Juin s'achevait à Overlook, et l'été était déjà très présent. Au cours des cinq mois écoulés depuis l'arrestation de Ryan, beaucoup de choses avaient changé.

Et d'autres n'avaient pas bougé.

Comme ces papillons qui dansaient dans son ventre chaque fois que Desmond lui souriait ou que, comme à présent, elle l'entendait crier du rez-de-chaussée :

— Tenue numéro deux ! Tenue numéro deux !

Il grimpa ensuite les marches quatre à quatre pour la rejoindre à l'étage. Il entra dans sa chambre qui, dès la semaine prochaine, deviendrait la leur quand Riley aurait fini d'y installer ses affaires. Desmond était doué dans de nombreux domaines, mais, lorsqu'il s'agissait de déménager les livres de Riley ou ses vêtements d'hiver, il devenait presque ronchon. Que Jenna l'ait arrêté un nombre incalculable de fois pour ouvrir le carton qu'il portait afin d'y soustraire un objet ou deux n'avait rien facilité.

— Elle porte un jean foncé et un haut à volants, annonça Desmond. Un peu comme celui que tu portais la semaine dernière lorsque nous sommes allés au Red Oak avec Marty et son mari.

Riley hocha la tête, touchée que Desmond se souvienne de ce détail. Elle enfila en vitesse un joli jean et l'un des chemisiers rouges de Jenna qu'elle avait réussi à lui voler avant de s'en aller.

— Et était-elle chaussée de ballerines ou…
— De bottes de cow-boy.

Riley courut jusqu'au placard et en sortit les bottes que Madi lui avait offertes pour son anniversaire. Jenna en avait reçu une paire identique. Elles étaient si belles que dans l'intimité de la chambre de Jenna, quand elles les avaient enfilées, toutes deux s'étaient mises à danser en criant de joie. Hartley, bien sûr, en avait également.

Une fois habillée, Riley se tourna vers Desmond.

— Alors, qu'en penses-tu ? De quoi ai-je l'air ? demanda-t-elle.

Pour toute réponse, il lui décocha ce sourire qu'elle aimait tant. Celui qu'il arborait chaque fois qu'il l'entraînait pour passer un bon moment avec elle sous la couette.

— Tu prétends que la perfection n'existe pas et que je ne peux donc pas te qualifier de parfaite, mais je ne trouve tout simplement pas d'autre mot.

Il la prit dans ses bras pour l'embrasser avec passion. Elle se mit à rire puis se libéra de son étreinte pour retrouver son sang-froid.

— Mais ma tenue dit-elle : « Embauchez-moi pour gérer vos réseaux sociaux et votre site web parce que j'ai de bonnes idées, les compétences, le talent et que je travaille avec ma sœur qui est designer » ? C'est ça l'important !

Desmond se mit à rire. On sonna.

— Claire t'a déjà embauchée, ma chérie, lui fit-il remarquer. Et elle tenait à venir ici pour échanger avec toi, pour te parler de ses projets, de ce qu'elle aimerait. Mais elle a déjà décidé de te confier la mise en œuvre de son site. Tu n'as pas besoin de t'inquiéter.

Riley laissa échapper un long soupir.

— Je sais, mais je ne peux pas m'en empêcher.

Desmond l'embrassa de nouveau. Puis il se dirigea précipitamment vers la porte.

— Si tu veux vraiment l'impressionner, mets le stetson gris, lança-t-il par-dessus son épaule. Tu sais, celui qui me rend fou !

Riley ne put s'empêcher d'en rire. Elle considéra son reflet dans le miroir au-dessus de la commode, lui sourit pour se donner du courage et quitta à son tour la chambre à la suite de Desmond.

Après avoir enfoncé le chapeau de cowgirl sur sa tête.

Galoper, les cheveux au vent, était agréable. La compagnie de son frère aussi.

Desmond, qui montait Winona était en tête. Declan les suivait sur son pur-sang Rocky.

Ils avaient chevauché à travers le ranch en silence, mais maintenant ils éprouvaient le besoin de parler. Si la plupart du temps les deux hommes aimaient monter en solitaire, une balade fraternelle n'avait rien pour leur déplaire.

— J'ai vu Claire arriver au ranch, tout à l'heure, commença Declan. Il paraît qu'elle s'apprête à devenir cliente de Riley ?

Desmond hocha la tête avec fierté.

— Oui. En fait, Claire est sa troisième cliente à Overlook jusqu'à présent. Apparemment, le bouche-à-oreille fonctionne bien dans notre petite ville. Après avoir vu le travail qu'elle et Jenna ont fait sur le site de Second Wind, tout le monde a eu envie de faire appel à leurs talents.

— Je suis heureux qu'elles fassent ce qu'elles aiment. J'ai croisé Jenna en ville tout à l'heure, et elle semblait rayonner de bonheur.

Desmond hocha la tête.

Jenna avait sangloté de soulagement lorsque Declan et ses adjoints étaient arrivés au chalet. Les jumelles avaient réussi à empêcher Ryan de s'enfuir. Les enregistrements, ainsi que leurs témoignages à propos de ce qui s'était passé à la grange, suffisaient pour envoyer Ryan en prison à vie. Il n'avait aucune chance d'être relâché et encore moins d'avoir un jour la garde de Hartley.

Cette arrestation avait libéré Jenna. Le fait d'être entourée de personnes qui l'aimaient et la respectaient lui avait finalement permis de commencer à guérir des mauvais traitements de Ryan.

À son tour, Riley avait réussi à tourner la page de son histoire avec Davies.

Si Ryan avait tué Maria, Davies, en revanche, avait survécu à ses blessures. Riley était restée avec lui à l'hôpital jusqu'à l'arrivée de sa sœur aînée. Durant ce laps de temps, il avait finalement exprimé ses regrets à propos de son comportement. Il se reprochait sincèrement son silence à propos de Ryan et Jenna.

Il avait même accepté de venir témoigner à la barre pour dénoncer la violence de Ryan, les coups qu'il avait infligés à Jenna. Après un long procès, Ryan avait donc été lourdement condamné. Ses tentatives pour corrompre les jurés n'avaient pas abouti.

Après quoi, la vie à Overlook était redevenue aussi normale que possible. Caleb suivait avec assiduité des séances de rééducation et voyait son état s'améliorer de jour en jour. Nina et lui n'avaient pas caché à quel point ils vouaient une reconnaissance éternelle à Julian. Son beau-frère lui avait sauvé la vie, Caleb en était convaincu.

Quand ils avaient annoncé que Nina était enceinte d'un petit garçon, ils avaient également déclaré que l'enfant recevrait comme deuxième prénom celui de l'homme qui avait sauvé son père.

Julian avait été très touché par cet honneur. Madi en avait presque pleuré.

Depuis cinq mois, Desmond passait son temps à convaincre sa sirène rousse qu'il l'aimait et était fou d'elle. L'emménagement de Riley au ranch n'était qu'une étape, le début d'une grande aventure.

Elle ignorait encore que Desmond avait l'intention de lui demander sa main.

Il avait prévu d'en parler à Jenna plus tard dans la soirée, après le dîner. Parce qu'il savait avec une certitude absolue qu'il n'était pas possible de passer la bague au doigt de l'une des jumelles sans avoir reçu la bénédiction de l'autre.

Desmond adorait ce côté chez elles parce qu'il ressentait exactement la même chose quand il s'agissait de sa famille, en particulier des deux autres triplés.

Quant à son frère aîné, qui chevauchait à ses côtés, il semblait porter le poids du monde sur ses épaules. Desmond était un peu inquiet. Tout finissait bien pour tout le monde, mais Declan ne faisait que s'absorber de plus en plus dans son travail.

Même maintenant, alors que le soleil brillait et qu'une petite brise soufflait, il semblait préoccupé et Desmond ignorait pourquoi.

Alors, il décida de le lui demander.

— Tu sais, je te trouve inquiet depuis le jour où nous avons capturé Ryan Alcaster. Pourquoi ? Qu'est-ce qui ne va pas ? Nous l'avons eu.

Declan ne prit pas la peine de nier ses tourments.

— Nous avons eu Ryan, Maria et *un* homme en costume. Mais nous nous ne savons pas si c'était lui, *notre* ravisseur...

En effet. L'homme sur qui Desmond avait tiré à l'extérieur

de la grange avait finalement succombé à ses blessures. Il avait emporté dans la tombe tous ses secrets.

Declan hocha la tête. Il était submergé de questions auxquelles il n'avait pas trouvé de réponses, Desmond le voyait bien.

Mais, pour l'instant, son grand frère essaya un sourire.

— J'ai peut-être seulement besoin d'une pause, reconnut-il. Je me laisse totalement submerger par mon travail. J'en suis conscient. Je commence à reprendre les habitudes de papa, les mauvaises. Il est peut-être temps pour moi de m'octroyer quelques vacances. Ne serait-ce que pour recharger mes batteries.

— Cela me semble une excellente idée.

Un mouvement attira leur attention sur la barrière à côté de l'écurie. Quelqu'un y était assis et souriait. Tout comme son père le faisait autrefois.

Cette fois, un autre genre d'amour avait touché Desmond. Celui qui vous saisit aux tripes, au cœur et à l'âme. Celui qu'il ressentait pour sa future épouse. La mère de leurs futurs enfants. La femme avec qui il se sentait prêt à passer le reste de sa vie.

Une masse de boucles rousses vola autour de la tête de Riley alors qu'elle agitait la main.

Desmond lui fit signe, incapable de ne pas sourire.

— Leur entretien a dû bien se passer, dit-il. Ce qui signifie que je vais l'emmener à Red Oak pour fêter l'événement, ce soir.

Desmond se tourna vers son frère. Declan souriait.

— Va la rejoindre, dit-il.

Desmond rejeta la tête en arrière en riant de tout son cœur.

Puis il salua son frère de son chapeau alors que Winona recommençait à galoper.

Il entendit le rire heureux de Riley avant même d'atteindre la clôture.

CARLY BISHOP

Un témoin en danger

Traduction française de
STÉPHANIE SCUDIERO

BLACK ROSE
HARLEQUIN

Titre original :
NO BRIDE BUT HIS

Ce roman a déjà été publié en 2015.

© 2000, Cheryl McGonigle.
© 2015, 2021, HarperCollins France pour la traduction française.

Prologue

Flash spécial sur CNBC.

Il est 13 h 14, et nous retrouvons notre correspondant local à Seattle, devant la Cour supérieure du comté de King :
« *Oui, c'est l'agitation des grands jours, ici, comme vous pouvez le constater derrière moi. Ross Vorees, un policier de Seattle, est jugé pour le meurtre de Burton Rawlings.*

L'affaire, très compliquée, a commencé il y a cinq ans et a connu de multiples rebondissements.

À l'époque, une photographe du département de la justice, Kirsten McCourt, enquête sur une organisation secrète, les Diseurs de vérité. Cette organisation s'est fixé pour but de saboter nos institutions judiciaires. Elle est alors dirigée par un certain Chet Loehman.

En enquêtant sur ce Chet Loehman et en le suivant, Kirsten McCourt le filme un jour alors qu'il est en train de tuer un jeune fermier.

Évidemment, elle apporte cette preuve accablante à son supérieur, l'adjoint du procureur, John Grenallo.

Ce qu'elle ne sait pas alors, c'est que Grenallo fait lui-même partie des Diseurs de vérité. Grenallo détruit donc la preuve, puis se suicide, quelque temps plus tard.

Grenallo pensait certainement avoir détruit les seules preuves de l'assassinat du fermier par Chet Loehman.

Mais ces preuves ont mystérieusement réapparu dans les mains du dénommé Burton Rawlings. Dès que les Diseurs de vérité l'ont appris, ils ont enlevé le fils de Kirsten McCourt et fait chanter Rawlings : les preuves en échange de la vie du petit garçon.

Rawlings a cédé : il a rendu les preuves. Mais on l'a retrouvé mort peu de temps après.

C'est pour ce meurtre que comparaît aujourd'hui Ross Vorees, policier à Seattle. Il n'en serait d'ailleurs pas à son premier crime.

L'État du Wyoming l'a récemment condamné pour le meurtre de Chet Loehman et c'est donc depuis la prison qu'il va suivre son propre procès. De toute évidence, Ross Vorees est un membre des Diseurs de vérité et il a probablement tué Chet Loehman pour le remplacer à la tête de cette organisation secrète.

Ce procès est donc suivi par beaucoup, ici.

Ce matin, on a entendu le témoignage d'une ancienne collègue de Ross Vorees, détective au département de police de Seattle : Ann Calder.

C'est une jeune femme rousse au regard d'acier. Elle était présentée par l'accusation, son témoignage était donc à charge.

Mais cet après-midi, elle devra affronter les questions de la défense.

1

Ann prit place sur le banc des témoins et s'obligea à respirer profondément. Un silence glacial régnait dans la salle, tous les regards étaient tournés vers elle.

Le matin même, elle avait témoigné à charge contre Ross Vorees.

L'avocat de celui-ci s'avança vers elle.

— Bien, madame Calder. Soyons clairs, voulez-vous ? Sur quoi portait votre témoignage, ce matin ?

Morton Downey était un des avocats les plus réputés du pays, et cette affaire n'était certainement pas la plus compliquée pour lui, songea Ann. Les preuves étaient minces, et le dossier du procureur presque vide.

Certes, elle avait vu Ross Vorees sur le stand d'entraînement de la police avec une arme de poing très spéciale, d'un modèle et d'une apparence identiques à celle du crime. Mais ça ne suffisait pas pour l'accuser.

Elle n'avait pas d'autre choix que de jouer le jeu.

— En quoi puis-je vous aider, monsieur Downey ?

L'avocat fit un pas de plus vers elle.

— Quand Kirsten McCourt est venue signaler qu'elle avait entendu des menaces de mort dans le babyphone de son fils Christo, est-ce vous qui avez pris sa déposition ?

— Oui. C'est bien moi qui ai enregistré la déposition de Kirsten McCourt.

— Et vous avez déclaré, madame Calder, que vous vous étiez rapidement rendu compte qu'il pourrait y avoir un lien entre cette menace de mort et l'affaire des Diseurs de vérité et de Chet Loehman, cerveau de la prétendue organisation vigilantiste. Abstraction faite de toute logique hasardeuse...

— Il n'y avait là rien de hasardeux, monsieur Downey. Je savais...

— Madame Calder, l'interrompit-il, vous saviez que vous seriez dans l'obligation de confier cette affaire au détective Vorees, n'est-ce pas ?

— Je préfère que l'on m'appelle moi aussi « détective », monsieur Downey.

— Et moi je préfère que l'on réponde à mes questions.

Elle redressa les épaules. Elle ne mesurait pas plus d'un mètre soixante-deux pour cinquante-deux kilos, et même si elle avait déjà mis à terre des hommes qui faisaient trois fois sa taille, les criminels et les avocats la sous-estimaient régulièrement.

Si Downey voulait l'intimider, il allait être déçu. Elle soutint son regard furieux et accusateur.

— J'ai soumis le cas au prévenu. En effet.

Il était hors de question qu'elle emploie le terme de « détective » pour désigner un assassin. Vorees avait été relevé de ses fonctions après son inculpation.

Elle poursuivit :

— Je savais que le prévenu devrait à son tour remettre Mme McCourt aux hommes du procureur général infiltrés chez les Diseurs de vérité.

— Qui étaient ?

— Garrett Weisz, Matt Guiliani et...

Soudain, sa gorge se serra, elle vacilla presque.

J. D. Thorne.

Son nom seul suffisait à la rendre vulnérable. Il avait risqué sa vie pour son ami Garrett et soulagé Kirsten de son insoutenable inquiétude.

Elle n'avait jamais rencontré une personne capable d'une telle loyauté. Un dévouement pareil était tellement rare de nos jours, tellement d'une autre époque. Et si différent de son histoire à elle, jonchée de liens brisés.

J. D. l'avait embrassée et elle lui avait rendu son baiser. Une seule fois. La nuit où Christo McCourt avait été arraché des mains des Diseurs de vérité qui l'avaient enlevé. Mais depuis quelque chose avait changé en elle. Elle n'était plus elle-même. Et elle ne le serait plus jamais...

Depuis le début, il avait posé sur elle un regard plein d'une admiration à couper le souffle, comme s'il pouvait, d'un simple regard, exprimer l'enfer par lequel elle était passée dans sa vie.

— Et ? insista Downey.

— Et J. D. Thorne, conclut-elle enfin.

— Et vous n'aimiez pas à quel point tout cela était mal, à quel point tous ces hommes étaient mauvais, n'est-ce pas ?

— Pardon ?

Perdue dans ses pensées, elle n'avait pas écouté la question.

— Épargnez-moi cette attitude, madame Calder, rétorqua Downey d'un ton brutal, prenant sûrement sa distance pour du mépris. Vous ne vouliez pas soumettre ce cas au détective Vorees. Après tout, c'est vous qui aviez flairé l'affaire.

Il était hors de question qu'elle tombe dans ce piège...

— Oui, j'avais flairé l'affaire, mais non, je n'éprouve aucun ressentiment à...

— La vérité est que vous éprouvez un fort ressentiment et tout particulièrement à l'égard du détective Vorees...

— C'est faux.

— ... et à l'égard des hommes en général, n'est-ce pas madame Calder ?

— Non, monsieur Downey. Il n'en est rien.

— Non ? demanda-t-il, d'un air moqueur. Vous avez quoi... trente-deux ans ? Etes-vous mariée, madame Calder ? L'avez-vous déjà été ?

— Non.

— En couple ?

— Pas récemment.

— Vous voyez quelqu'un, madame Calder ?

— Harcèlement de témoin totalement inutile, Votre Honneur ! protesta le procureur Warren Remster. La vie privée du détective Calder n'est pas…

— Retiré ! aboya Downey. Nous y reviendrons bien assez tôt. À présent, madame Calder, pouvez-vous me dire quand vous avez eu l'occasion d'examiner l'arme du crime pour la première fois ?

— Au laboratoire de balistique.

Downey haussa les sourcils.

— Vous êtes allée l'examiner ?

— Oui.

— Étiez-vous affectée à cette affaire ? Aviez-vous une quelconque raison officielle pour aller examiner cette arme ?

— Non.

— Non. En fait, vous avez appris par le bouche-à-oreille que l'arme était un Colt 357 Magnum, n'est-ce pas ?

Ann acquiesça de la tête.

— Je suis désolée, madame Calder. Je n'ai pas entendu votre réponse.

— J'ai dit oui.

Puis elle enchaîna sur les spécificités qu'elle avait relevées sur l'arme en question : la longueur du canon, la technique de bleuissement et le caractère unique de sa crosse incrustée d'ivoire.

— C'était une arme bien particulière, monsieur Downey. Assurément. Du haut de gamme, pas un modèle de base.

— Mais une fois de plus, vous pourriez très bien tenir ces détails du bouche-à-oreille. Cela rend le temps que vous avez mis à communiquer les informations en votre possession un peu suspect, non ?

Elle avait elle-même évoqué avec l'équipe du procureur cette faille dans le dossier. Elle avait bien vu Ross Vorees se servir de cette arme, ou de sa réplique exacte, sur le stand d'entraînement, mais c'était elle qui avait fait la démarche d'aller délivrer cette information — ce qui, du point de vue de Morton Downey, la rendait suspecte.

Si les détectives chargés de l'enquête étaient venus la voir pour lui demander si elle connaissait quiconque possédant un 357 Magnum personnalisé *avant* que l'on apprenne que c'était l'arme du crime, les choses auraient été bien plus simples.

— Cherchiez-vous un moyen de coincer mon client, détective Calder, ou était-ce seulement pour profiter de...

— Objection ! hurla Remster. Votre Honneur...

— Rejetée ! riposta furieusement le juge. Maître, il est impossible que vous n'ayez pas eu connaissance des informations que votre témoin détenait. Et pourtant vous l'avez fait venir à la barre. J'ai l'intention de laisser la défense mener son interrogatoire comme elle l'entend.

— Votre Honneur, protesta le procureur, l'intégrité du témoin est irréprochable.

— Parce qu'elle est de la police ? demanda le juge en secouant la tête. Peut-être est-ce le cas dans un autre monde, mais pas dans ma salle d'audience...

Il détourna le regard comme s'il voulait signifier à Downey qu'il pouvait reprendre, mais reprit :

— Depuis deux ans, la ville a été ébranlée par des affaires de corruption dans la police. Comme la détective Calder a contribué à mettre au jour le rôle de John Grenallo dans l'enlèvement de Christo McCourt, vous pensez que sa crédibilité est solide comme un roc, mais je ne partage pas cet avis.

Devant une telle charge, Ann fut désarçonnée.

— Faites court, monsieur Downey, conclut le juge.

L'air content de lui, l'avocat de la défense reprit.

— Madame Calder, vous vivez dans un immeuble de trois étages dont vous êtes propriétaire et qui fait office de foyer de transition pour femmes battues et...

— Enfants fugueurs, oui, en effet.

— On peut dire que c'est un peu comme une communauté, n'est-ce pas ?

Elle soupira intérieurement. Downey ne connaissait certainement rien aux femmes battues et aux enfants fugueurs.

— Oui, monsieur Downey, on peut dire ça.

— Avec une cuisine et une pièce à vivre communes ?
— Oui. Mais j'ai un logement personnel...
— Comment ? la coupa Downey. Soixante...
— Soixante-cinq mètres carrés à moi ? intervint brusquement Ann.

Elle voyait exactement où il voulait en venir.

— Oui, monsieur Downey, voilà comment je vis.

Il approcha de la barre des témoins.

— Donc, madame... excusez-moi, *détective* Calder, dites-moi, je vous prie : vous accueillez ces pauvres âmes maltraitées sous votre toit, pas de façon occasionnelle, mais officielle.

S'il le désirait, ce type pourrait faire passer même Mère Teresa pour une folle.

— Vous vivez en permanence confrontée aux conséquences de la violence perpétrée par des hommes sur des femmes et des enfants. J'ai du mal à imaginer comment vous faites. Comment parvenez-vous à supporter cela ? Comment pouvez-vous garder un cœur si pur pour n'éprouver aucun ressentiment à l'égard des hommes ?

Ann releva le menton. Il pouvait bien se moquer d'elle jusqu'à la saint-glinglin, elle n'aurait jamais honte. Elle n'allait pas se flétrir et devenir poussière sous le poids du regard des autres. Elle en avait décidé ainsi avant même d'être capable de le formuler.

— Contrairement à vous, monsieur Downey, je suis capable de séparer...

— Je vous demande de ne pas tenir compte de cette réponse, le témoin ne répond pas à la question, l'interrompit Downey en crachant ses mots.

— Je vous demande de ne pas tenir compte de l'intégralité de ce contre-interrogatoire, renchérit le procureur en se levant de son siège. L'avocat de la défense est-il sérieusement en train de suggérer que la façon de vivre du détective Calder puisse avoir une incidence sur le fait qu'elle ait vu l'arme du crime en possession de l'accusé ?

— Monsieur le procureur, dit le juge d'une voix à la

douceur pernicieuse, nous parlons ici d'une arme *ressemblant* à l'arme du crime. Et je pense avoir été suffisamment clair sur ce point. La défense a le droit d'interroger votre témoin sur ce qui l'a poussé à faire part des informations qui étaient en sa possession. D'autre part, monsieur Downey... dit-il en se tournant vers l'avocat de la défense, ma patience commence sérieusement à s'étioler. Que le détective Calder vienne en aide à la communauté en offrant son toit comme foyer de transition ne fait pas d'elle une personne qui hait tous les hommes sur cette terre et n'implique pas non plus qu'elle ait mené une vendetta contre votre client.

Downey baissa la tête.

— Votre Honneur, les motifs de madame Calder...

— Les motifs du *détective* Calder, maître, l'interrompit le juge, peuvent à présent être examinés par le jury. Il ne vous reste plus qu'une seule question à poser à ce témoin et c'est moi qui vais le faire, conclut-il en se tournant vers Ann.

— Détective, je vous rappelle que vous êtes sous serment. Saviez-vous, avant d'apprendre que cette arme avait été utilisée pour le meurtre de Burton Rawlings, que votre collègue, Ross Vorees, en possédait une semblable ?

— Oui, répondit Ann en se redressant.

Le juge hocha la tête.

— Avez-vous quelque chose à rajouter, monsieur Downey ? demanda-t-il d'un ton dissuasif.

L'avocat la dévisagea un long moment, puis ajouta :

— Voilà donc votre histoire ?

— Oui.

— Et vous vous en tenez à ça ? ironisa-t-il.

Elle fut presque désolée pour lui. Comment aurait-il pu savoir qu'à l'âge de quatre ans elle avait dû affronter toute une assemblée d'adultes bien plus sévères qu'il ne pourrait même le concevoir ?

Son « histoire » n'en était pas une, mais même si elle avait menti effrontément, il n'aurait pas réussi à la déstabiliser.

— Oui, monsieur Downey. C'est mon histoire et j'entends bien m'y tenir.

J. D. suivait le contre-interrogatoire d'Ann Calder sur le moniteur de surveillance de son bureau et, malgré les rires dans la salle d'audience, tout cela ne l'amusait pas.

Il avait essayé de garder son sens de l'humour. Vraiment. Ne pas perdre son sang-froid… Il devait se répéter vingt fois par jour, chaque heure, qu'à une époque, au coude à coude avec Garrett Weisz, il avait voulu être chargé des opérations d'infiltration des Diseurs de vérité.

Depuis, il avait atteint son objectif, même si l'on ne pouvait plus vraiment parler d'« infiltration », et Dieu devait bien se marrer. Ses prières avaient été exaucées et il était devenu le policier le plus craint et le plus évité de toute la section des enquêtes internes.

Il croyait en ce qu'il faisait. Les membres de l'organisation vigilitantiste qui manipulaient les ficelles à pratiquement tous les niveaux de l'application de la loi devaient être identifiés, soumis à une enquête approfondie, relevés de leurs fonctions et inculpés. Il fallait les arrêter.

Plus il progressait dans l'enquête, plus les liens se resserraient. On racontait que John Grenallo avait préféré se pendre plutôt que d'avouer devant sa femme, ses enfants, Dieu et la communauté qu'il servait depuis neuf ans, qu'il avait aidé à l'enlèvement d'un garçon de quatre ans.

Et puis, il y avait les agents de police appartenant à l'organisation et qui appliquaient leur propre justice, enchaînant les assassinats de criminels ayant échappé au système. La présomption d'innocence à l'envers…

Si son oncle, la seule figure paternelle qu'il ait jamais connue, n'avait pas été traduit devant la cour martiale et tout ça pour être innocenté au bout de quinze années insoutenables, peut-être ne prendrait-il pas cela pour une offense personnelle.

Ou peut-être que si. Son oncle Jess était un marine, et J. D. avait été élevé à la dure.

Semper Fi[1].

À la lueur de l'enquête, une question nauséabonde lui était venue à l'esprit : quand il en aurait fini, resterait-il un seul flic debout ?

Même quand il avait été la cible du *Sun Times,* qui l'avait caricaturé en fanatique affublé d'une mâchoire carrée jetant le bébé avec l'eau du bain — la moins injurieuse d'une demi-dizaine de caricatures politiques —, J. D. avait gardé son sens de l'humour.

Cependant, le découragement le gagnait chaque jour un peu plus. Si on lui avait dit qu'un jour viendrait où il n'aurait plus le cœur à faire son métier, il aurait rigolé.

Mais là, les yeux rivés sur le moniteur, il n'avait pas envie de rire. Le visage d'Ann lui nouait les tripes comme jamais.

Après qu'elle eut fini de témoigner, il saisit sa veste en peau de mouton sur le dossier de sa chaise et l'enfila en sortant de l'immeuble. Il passa les postes de contrôle, sortit, évita un groupe de journalistes et regagna sa Camaro retapée vert-jaune qu'il aimait tant, juste à temps pour échapper aux journalistes les plus collants.

Il s'élança hors du parking et se faufila dans le trafic automobile, mais il n'avait que peu d'espoir d'échapper à ses propres pensées.

Il n'avait pas vu Ann depuis des mois, mais n'était pas sans nouvelles. Elle allait parfois dîner avec Garrett et Kirsten et elle amenait souvent Christo au cinéma. Le garçonnet était tombé si éperdument amoureux de ses grands yeux gris et de sa chevelure rousse — beaucoup trop indisciplinée pour le chignon années 1940 qu'elle portait sur la nuque — qu'il avait l'intention de l'épouser quand il serait grand.

Et Matt Guiliani, le troisième membre de l'équipe de choc

---

1. Abréviation du latin *Semper Fidelis* : devise des corps des marines américains, « toujours fidèle ».

à avoir sauvé Christo, passait chez elle deux fois par semaine. Après quoi, il appelait toujours J. D. pour le lui dire…

Et puis, il y avait ce foyer de transition. Il ne comprenait pas pourquoi, mais elle mettait tout ce qu'elle avait et gagnait dans ce lieu. À tel point qu'elle avait gagné la confiance de toutes les femmes et de tous les enfants qu'elle avait abrités chez elle. Certains gamins étaient devenus adultes et venaient toujours lui donner un coup de main. Toutes les personnes qu'Ann croisait devenaient de bons amis.

Toutes sauf lui, s'emporta J. D.

Ils ne pouvaient pas *être* vraiment amis, ni juste amis. Pas avec toute cette tension dans l'air quand ils se retrouvaient en présence l'un de l'autre. Il se passerait des millénaires avant que leur baiser échangé après avoir retrouvé Christo soit oublié.

Il mesurait un mètre quatre-vingt-huit et elle un mètre soixante-deux, mais il l'avait soulevée et le profond frisson qui avait parcouru ses seins ronds et pleins, écrasés contre son torse, le contact de ses petites mains douces sur son visage, avaient été le seul préambule.

Pour donner libre cours à sa frustration, il zigzagua au cœur du trafic, passant d'une file à l'autre. Ce qui n'aurait dû être qu'un vague souvenir sur le point de disparaître restait comme une braise ardente et rougeoyante, trop brûlante pour être touchée, trop inflammable pour être enfermée dans la boîte ô combien pratique portant l'étiquette « amitié », et tous deux en avaient eu conscience avant même que leurs lèvres se séparent.

Ce soir-là, Ann avait fait machine arrière et s'était tirée d'affaire en le suppliant de ne pas s'approcher d'elle quand ils seraient de retour à Seattle.

Mais l'infime moment d'hésitation qu'elle avait eu avant de prononcer son nom ne lui avait pas échappé.

Pas même dans des millénaires, Ann…

Cette pensée lui procurait un plaisir indéniablement pervers. Cet unique baiser enfiévré le déchirait depuis des semaines. Il se languissait, en redemandait. Les yeux d'Ann étaient sa rédemption pour ce qu'il était. Elle ne voulait pas de lui, mais lui la désirait de tout son être.

S'il ne s'était agi que du baiser, il aurait pu oublier, mais ce n'était pas le cas. Il y avait chez elle une douceur, une intégrité, ainsi qu'une force et une compassion qui invitaient à la confidence et devaient tout autant attirer à elle les hommes que les femmes qu'elle abritait.

Il y avait encore autre chose qui l'attirait. Quelque chose de dur et sans pitié, quelque chose qui lui rappelait l'impitoyable salaud qu'il était lui-même. Quelque chose qui lui faisait penser qu'elle savait de quel bois il était fait. Qu'elle savait, comprenait et *pensait* que certaines choses étaient impardonnables.

Ce baiser était plus qu'un simple instant d'attirance insurmontable.

Ce baiser était celui de deux âmes forgées dans des flammes plus brûlantes que les feux de l'enfer et qui s'élevaient toutes deux des cendres.

2

Avec le trafic dense de l'après-midi, J. D. mit presque une heure pour atteindre Mercer Island. Son plus vieil ami, Martin Rand, y vivait dans une luxueuse propriété en front de mer.

Mais un crossover était garé à l'autre bout de l'allée, à moitié caché par les épais buissons de fougères et de conifères.

Bon sang ! Qui cela pouvait-il bien être ? J. D. s'enfonça dans son siège et coupa le contact de la Camaro, puis il tapa le numéro d'immatriculation sur l'unité portative reliée au réseau informatique d'État.

Quelques secondes plus tard, un nom apparut.

L'honorable juge fédéral du district, Martin Rand, en congé sabbatique pour trois mois, recevait Douglas Andrew Ames.

J. D. et Rand avaient grandi avec lui et Kyle Everly au Kansas.

Des quatre, Everly était le plus tranquille, mais il savait très bien récolter l'argent pour leurs turbulentes virées.

Rand manipulait les adultes et s'attirait leurs faveurs comme un chef mafieux.

J. D. envisageait toutes les perspectives au cas où ils se feraient prendre et Ames…

Ames était le jeune délinquant, le cinglé de service, surtout après que sa mère fut morte asphyxiée lors d'un dîner qu'elle donnait. Ames serait toujours un électron libre, même s'il s'était réincarné en magnat de l'immobilier après avoir travaillé pendant des années pour le lobby des armes à feu du district de Washington.

J. D. poussa un soupir. Il était venu parce que Rand lui prêtait toujours une oreille attentive et avait le don d'aborder les choses sous un angle différent du sien. Le genre de conversation qu'il était impossible d'avoir en présence d'Ames.

Au fond, il n'aimait pas Ames. Peut-être même qu'il ne l'avait jamais aimé.

Il était sur le point de repartir quand Rand ouvrit la porte d'entrée magnifiquement sculptée de sa demeure et sortit avec Ames.

J. D. descendit de la Camaro comme s'il venait d'arriver et remonta l'allée. Le beau visage enfantin d'Ames, les dents serrées sur un cigare non allumé, s'éclaira.

— J. D. ! En voilà une surprise ! Je savais pas que tu te montrais en public ces temps-ci. Comment vas-tu ? s'exclama-t-il en lui décochant un coup de poing dans l'épaule.

Irrité, J. D. lui rendit son geste faussement amical.

— J'ai pas à me plaindre.

— Vraiment ? Pour être honnête, faire le flic ne m'a jamais semblé attrayant, plaisanta Ames. Et si j'étais toi, ajouta-t-il avec un clin d'œil, je ramperais dans un trou et m'y enfermerais, si tu vois ce que je veux dire.

— Pas vraiment, non.

Ce n'était qu'une petite provocation, rien de plus, pourtant l'énervement montait en J. D.

— Tu pourrais être plus clair ?

Ames rougit et commença :

— Quand on s'amuse à titiller des bêtes sauvages du bout de son bâton, il vaut mieux savoir que tôt ou tard l'une d'elles va…

— Laisse tomber, Ames, l'interrompit Rand en s'interposant entre les deux hommes.

— Toi aussi J. D., poursuivit-il, tout le monde s'inquiète pour ta sécurité. Ce n'est un secret pour personne qu'il y a des flics qui n'attendent qu'une chose : te planter une lame dans la tête juste pour pouvoir s'en vanter.

— Écoute, dit Ames, en lui montrant les paumes de ses mains en signe de trêve. Y a pas de mal, O.K. mon pote ? Allez J. D. Nous nous connaissons depuis pas mal de temps.

Je disais justement à Rand que je donnais une partie de poker sur ma péniche la semaine prochaine. Pourquoi tu ne viendrais pas ? Ça te ferait du bien de te changer les idées.

Une pluie froide se mit à tomber, une bruine désagréable. La colère de J. D. s'apaisa un peu. Il n'avait pas vraiment une dent contre Ames. Rien à l'ordre du jour, juste un passif.

— Je ne pense pas venir, mais merci.

Ames mordit trop fort son cigare et l'arracha de ses lèvres d'un geste vif en crachant des bouts de tabac.

— Tu as changé, J. D.

— Vraiment ?

— Ouais, répondit Ames en ôtant un morceau de tabac collé à sa lèvre. Il fut un temps où tu savais qui étaient tes amis. À présent… Bon, je m'en vais.

Puis il s'éloigna dans l'allée à grandes enjambées. Mais avant d'ouvrir sa portière, il se retourna et cria :

— Fais attention à toi, J. D. Tu fais fausse route.

Puis il monta dans son véhicule et redescendit la rue en trombe. J. D. n'avait rien à ajouter. Parce que Doug Ames n'était pas loin du compte ?

Sans dire un mot, lui et Rand prirent la direction de la maison. Rand ouvrit la porte, traversa le vestibule et se dirigea vers le bar en teck du salon. La pièce regorgeait de trésors orientaux. Le tapis turc égayé de couleurs différentes à chaque angle qui reposait sur le parquet sombre et verni devait à lui seul coûter une petite fortune. Rand jouait du violon avec un prestigieux ensemble de musique de chambre, et un archet reposait sur un pupitre ancien pour tirer les meilleures notes de son Stradivarius.

— Encore à te battre contre des moulins à vent, J. D. ? demanda-t-il en ouvrant deux bières à l'aide d'un ouvre-bouteilles au manche d'ivoire. C'est quoi ton problème ?

J. D. prit la bière qu'il lui tendait. Pourquoi Rand et Ames étaient-ils toujours sur la même longueur d'ondes ? se demanda-t-il de nouveau. Parce qu'Ames était à la botte du pouvoir de Rand ? Ou parce que Rand était fasciné par l'amoralité vacillante de son vieil ami ?

Probablement un peu des deux.

— À part de ce procès bidon, tu parles de quoi exactement, Rand ?

— De moulins à vent, répondit celui-ci en levant sa bouteille. À la santé de Don Quichotte ! Que son esprit vive à jamais.

— Pour l'éternité, renchérit J. D.

Il descendit d'une traite la moitié de sa bière. Rand était toujours la réplique de Sean Connery jeune, et ses cheveux bruns commençaient à peine à se parer de touches argent. Il donna un coup de pied pour se débarrasser de ses sandales hors de prix et s'enfonça dans un fauteuil club, ses pieds nus posés sur le verre de sa table basse.

— Tu ne crois pas que Burton Rawlings a droit à la justice ?

— Est-ce qu'un homme mort peut obtenir justice ? Le témoignage d'Ann…

— Tu as dit Ann ?

— Euh… oui.

Rand et lui se connaissaient depuis l'époque où ils n'étaient que deux adolescents en rut qui échangeaient des cartes de base-ball contre des pin-up de magazines de charme. Aussi Rand acquiesça en silence, un sourire moqueur sur les lèvres.

— Le témoignage de Calder, rectifia J. D., peut être considéré comme une tentative désespérée.

— Pour perdre ?

J. D. fronça les sourcils.

Avait-il bien entendu ?

— Que dois-je comprendre ?

— Allons, J. D., fit Rand en se concentrant un instant sur ses ongles manucurés qui grattaient l'étiquette de sa bière. Rassure-moi, tu as compris que désormais tout n'allait faire qu'empirer.

— En clair ? demanda J. D. Les procureurs ont la trouille ?

— Possible.

— Ou pas. Warren Remster a un ego…

— L'ego du procureur, l'interrompit Rand, n'entre pas en ligne de compte. Dans ce procès, Remster aura assuré ses arrières à tous les niveaux. Alors que toi, tu ne fais que te cogner la tête contre un mur de briques qui s'endurcit toujours un peu plus au fur et à mesure que le procès de Vorees s'éternise.

— Je n'ai pas l'intention de laisser tomber, Marty. C'est hors de question.

— Et pourquoi ? demanda brusquement Rand en se redressant. Pour une poignée d'accusations à dix sous ?

— Les accusations à charge ne sont que la partie visible de l'iceberg. Nous parlons d'enlèvement, de meurtre, d'extorsion. Si Remster ne les poursuit pas, alors les fédéraux le feront.

— Tu as beau savoir que Vorees est derrière l'enlèvement de Christo McCourt, tu ne peux pas le prouver et c'est le seul point sur lequel les fédéraux peuvent intervenir. Maintenant, écoute-moi, J. D., parce que tu dois entendre ce que j'ai à te dire. Warren Remster continue les poursuites parce que c'est un *loser*. Pour rien d'autre. Et si tu n'es pas idiot, tu vas te sortir de là tant que c'est encore… possible.

La différence qui existait entre leurs situations respectives n'avait jamais dérangé J. D. Il avait toujours été à la place qu'il avait voulu occuper, à faire le boulot pour lequel il était taillé. Rand n'était pas plus ambitieux, mais beaucoup plus politisé. Et pour la première fois, cela semblait creuser un fossé entre eux.

— Tu n'es pas sérieux, Marty.

— Je ne plaisante pas. Pas une seconde, répondit Rand en portant la bouteille à ses lèvres. Crois-moi.

— Il reste toujours le racket, répliqua J. D. Réfléchis un peu, ça colle assez bien aux agissements des Diseurs de vérité et…

— Il ne se passera rien. Les fédéraux n'interviendront pas. C'est fini, J. D. *C'est fini.* Si Remster poursuit Vorees c'est seulement pour que, une fois que l'affaire aura capoté, sa décision de ne pas poursuivre les Diseurs de vérité passe pour un choix sensé, réfléchi, et pour le plus grand bien de la communauté.

J. D. connaissait par cœur la section du Code pénal qui

s'y rattachait. L'avocat de l'accusation était habilité devant la loi à refuser de mener des poursuites même lorsqu'il y avait suffisamment de preuves pour le faire. Il fallait seulement que le procureur pense que des poursuites ne serviraient aucun intérêt public, ou que cela mettrait en échec l'objectif des lois en question. Ou, et tout était là, si le résultat des poursuites pouvait nuire au respect de la loi. Ainsi, les Diseurs de vérité n'avaient plus qu'à se réfugier sous leur bannière. Ils existaient pour restaurer le respect de la loi, pour rétablir la justice dans un système devenu indulgent envers les prédateurs et les criminels.

J. D. réprima un juron. Jusque-là, il n'avait jamais entrevu comment cet aspect pourrait être exploité. Il aurait presque pu comprendre si les procureurs avaient eu peur pour leur vie en continuant les poursuites, mais ça... c'était autre chose.

Mon Dieu... Et si c'était l'honorable Martin Rand en personne qui avait soufflé cette stratégie à Warren Remster ?

Il s'avança sur le canapé de cuir rouge sang et posa sa bouteille vide sur un sous-verre de cuivre avec une précaution infinie, comme pour contenir une furieuse envie de faire exploser quelque chose.

— Tu te souviens quand tu as appris avant tout le monde que le Sénat avait voté en faveur de ta nomination à la cour fédérale du district ? Tu avais cette même expression du mec content de lui et je t'ai dit : « La cour est à toi, n'est-ce pas ? » et tu te souviens de ce que tu m'as répondu ?

— Ouais, rétorqua Rand avec un sourire nostalgique. Je t'ai dit que je pouvais te donner les résultats du vote, mais qu'après je serais obligé de te tuer.

— Peut-être le feras-tu en fin de compte, ajouta J. D. d'un ton neutre.

— Ne sois pas idiot, répliqua Rand en devenant blême.

Mais les suspicions faisaient leur chemin dans l'esprit de J. D. Que son plus vieil ami puisse être derrière tout ça, tirer les ficelles derrière la conspiration des Diseurs de vérité le rendait malade.

— Parle-moi du suicide de John Grenallo.

Des rides se dessinèrent sur le front noble de Rand.

— Que veux-tu que je te dise, J. D. ? Grenallo était un mégalo qui s'est fait prendre la main dans le sac, et un lâche par-dessus le marché. Il s'est pendu parce qu'il ne pouvait supporter l'idée que sa femme et ses fils sachent qu'il avait lui-même jeté le petit Christo McCourt dans la gueule du loup.

— Non, commenta J. D. en secouant la tête. Je pense que Grenallo était trop intelligent pour payer les pots cassés. Il aurait facilement pu faire porter le chapeau à Ross Vorees pour la fuite sur la cachette de Christo McCourt.

— C'est ridicule, rétorqua Rand en se levant pour aller se chercher une autre bière. Grenallo a tout avoué dans sa déposition.

— Ce qui me pousse à me demander quelles autres informations il était prêt à lâcher, confia J. D.

Rand se retourna brusquement et le regarda droit dans les yeux. Il était sérieux, la mâchoire crispée par la colère.

— Arrêtons de tourner autour du pot et jouons cartes sur table, J. D. Es-tu en train de suggérer que je puisse avoir quoi que ce soit à voir avec le suicide de Grenallo ?

Oui. Il y avait quelqu'un d'encore plus puissant derrière John Grenallo, mais il voulait encore croire à l'innocence de Rand.

— C'est le cas ?

— Non.

— Pourquoi est-ce que je n'arrive pas à te croire, Marty ? Pourquoi ai-je le sentiment que tu me donnes un dernier avertissement ?

— Parce que tu as des problèmes, J. D., riposta Rand. De *gros* problèmes. Et je ne t'apprends rien. Cent contre un que, même là, tu portes un gilet pare-balles. Tu sais que ta vie ne vaut plus un clou. Laisse tomber, mec ! Réfléchis ! Est-ce que le jeu en vaut la chandelle ? Est-ce que toi, Weisz et Guiliani n'en avez pas fait assez ? Tous les membres des Diseurs de vérité que vous vouliez sont soit morts, soit derrière les barreaux.

Mais les félicitations de Rand sonnaient aussi creux que du bois mort.

Quand Ann arriva chez elle, la pluie avait cessé, mais le froid de février était toujours aussi piquant et la nuit, déjà tombée. Elle se gara à sa place habituelle, sous le lampadaire, et frappa à la porte de devant.

Par sécurité, elle avait interdit l'accès à la porte de derrière à tout le monde, y compris elle-même, mais elle ne pouvait la condamner. Avec vingt-cinq femmes et enfants en permanence sous son toit, les règles de protection incendie exigeaient la présence d'une seconde issue.

Quelqu'un approcha d'un pas traînant. Bizarre… En général, le soir, Joel attendait pour lui ouvrir. Mais là, il avait une fillette de quatre ans, Keely, accrochée à sa jambe, faisant son possible pour ne pas être vue.

Oui, bien sûr. Évidemment. Elle aussi, quand elle avait le même âge, elle avait eu sa période où elle voulait passer inaperçue. Même si elle n'avait jamais été battue comme Keely, elle n'avait jamais été épargnée, on l'avait toujours surveillée comme du lait sur le feu, elle et le moindre de ses délits, qui se résumaient pour la plupart à des pensées vagabondes.

Ann était crevée et n'attendait qu'une chose : se glisser sous une douche chaude. Mais il y avait encore du monde au rez-de-chaussée. Elle adressa un clin d'œil à la mère de Keely qui était assise sur le sofa à s'occuper d'un autre bébé, puis elle se tourna vers Joel :

— Merci de t'être occupé de la maisonnée en mon absence.

Le QI de Joel était en dessous de la moyenne, mais il pouvait flairer le danger à des kilomètres. Il ne mesurait pas plus d'un mètre soixante-cinq, semblait aussi large que haut et avait un doux visage qui reflétait son état d'esprit. Malgré tout, il savait mieux que quiconque « verrouiller » la maison et actionner l'interrupteur du dispositif de sécurité grâce auquel il n'aurait qu'à patienter neuf petites minutes pour avoir du renfort.

Elle sortit deux cordons de réglisse du paquet qu'elle avait au fond de sa poche et en tendit un à la fillette et l'autre à Joel. Une petite main surgit et s'empara vivement de la confiserie.

Ann se mit à jouer avec elle tout en inspectant les ecchymoses sur ses bras et son cou.

— Mais où a bien pu passer ce bonbon ?
— De quel bonbon parlez-vous, m'dam Ann ? demanda Joel en bougeant la jambe, la fillette à cheval sur son pied.

Ann resta au rez-de-chaussée jusqu'à ce que la dernière mère soit allée se coucher, puis elle alla se chercher un verre de lait dans la cuisine. L'électroménager industriel en inox étincelait et toutes les tables de style cafétéria étaient prêtes pour le petit déjeuner.

Quand le téléphone retentit à minuit moins cinq, elle était en sous-vêtements et venait juste d'ouvrir le robinet de son minuscule coin douche coincé entre sa coiffeuse et un ficus. Elle coupa l'eau et se rua sur le lit pour attraper son portable au fond de son sac.

— Calder à l'appareil.
— Ann, c'est...

C'était lui... Il avait prononcé l'unique syllabe de son prénom comme une prière...

— Thorne ? J. D. ?
— Oui.

Sa réponse était empreinte de lassitude avec, lui sembla-t-il, une pointe de plaisir, peut-être parce qu'elle avait reconnu sa voix.

Cette nuit dans le Wyoming... elle s'était endormie la tête posée sur ses genoux...

— Où es-tu ?
— De l'autre côté de la rue. Dans la cabine. Au coin.

Elle éloigna le téléphone et enfila la robe pull qu'elle venait d'ôter.

— Le coin de *ma* rue ?
— Regarde par toi-même.

Les pieds nus, elle s'approcha sans bruit de la fenêtre et

écarta les rideaux de dentelle. Une Cadillac argentée passa lentement en direction de l'est et lui bloqua la vue. Suivie d'un fourgon noir qui passa en sens inverse sur la voie d'en face.

J. D. était appuyé contre la cabine rétro, éclairée par le néon « Hollywood » de la boutique de vidéo. Il la regardait. Au bord du trottoir était garée sa Camaro vert-jaune, en stationnement illégal.

Elle eut le souffle coupé.

Le diable en personne lui faisait face, vêtu d'un jean et d'une veste en peau de mouton. Son regard brun pesait sur elle. Le sourire effronté qui se dessinait lentement sur ses lèvres était-il seulement le fruit de son imagination ?

Il ne devait pas avoir eu de raison de sourire depuis des semaines. Elle n'allait donc pas lui reprocher de le faire, sauf si elle était à l'origine de ce sourire. Elle l'avait prévenu, non ? Il ne devait pas venir dans le coin. Il n'avait rien à faire au coin de sa rue.

— Tu n'as pas de portable ?
— Je m'en suis débarrassé.
— Pourquoi ?
— Je ne voulais pas qu'on sache où j'étais. Où j'allais.

Un silence s'installa. Elle le laissa volontairement s'étirer pour voir à quel point il était sous pression.

— Tu sais, reprit-il finalement, avec un portable ils n'ont qu'à passer un coup de fil pour te localiser.

Il avait raison. L'intimité n'existait plus. Elle n'y échappait pas, elle pas non plus. Mais qui voulait-il éviter ?

— Tu n'aurais pas dû venir ici.
— C'est ce que je n'arrêtais pas de me dire.
— Tu as promis.
— Je sais.

Son sourire s'évanouit. Elle eut un pressentiment. Pourquoi maintenant ? Pourquoi l'appelait-il alors qu'il avait tenu sa promesse pendant toutes ces semaines ? Soit il avait bu, soit il avait des problèmes.

Il se passa la main sur la nuque.

Un couple d'ados sortit de la boutique de vidéo derrière lui, suivi d'une femme d'âge moyen.

Un agent de sécurité privé en uniforme entra pour s'assurer que la fermeture du magasin se passait bien. Excès de zèle, songea Ann. Le quartier était calme.

— Alors j'ai menti, avoua-t-il. Je veux te voir, Ann.

Comment pouvait-elle lui demander de partir quand quelque chose de plus fort qu'un simple désir de rébellion la poussait à le faire entrer ?

Mais la faiblesse n'était pas ce qui la caractérisait le mieux…

— Thorne, ce n'est pas une bonne…
— Ann…
— Oui ?
— Ne fais pas ça. Ne me demande pas de partir… J'ai besoin de parler. Ça se gâte… Je n'ai personne d'autre…

Était-ce du désespoir dans sa voix ?

L'agent en uniforme verrouilla la boutique. Un crissement de pneus se fit entendre à l'angle de la rue. C'était le fourgon noir qui était passé quelques instants plus tôt.

Mon Dieu non…

Une rafale de balles s'abattit sur la cabine. La paroi vitrée explosa en mille éclats et J. D. disparut de son champ de vision en une fraction de seconde.

— Couche-toi ! hurla-t-elle dans le téléphone.

L'agent de sécurité sortit de la boutique, dégaina son arme et se laissa tomber sur un genou. À l'abri derrière sa voiture, il se mit à tirer sur le fourgon, puis tomba lourdement sur le sol.

Sans perdre un instant, Ann enfila ses sabots, saisit son arme et sortit en courant. Une autre rafale retentit tandis qu'elle dévalait les escaliers, puis une autre, et une quatrième. C'était sûrement le gardien… Le moteur d'un véhicule vrombit en s'éloignant, puis plus rien.

Elle trébucha contre Joel. Les yeux exorbités, il bloquait la seule porte de sortie.

— Vous n'allez pas d'hors, m'dam Ann. Vous appelez des secours.

— Joel, tout va bien. Les tirs ont cessé. J'ai besoin que tu montes chercher mon sac dans ma coiffeuse. Tu veux bien faire ça, Joel ? J'ai besoin de mon badge et de mes clés.

Quelques secondes s'écoulèrent avant que Joel ne se décide à hocher la tête et à s'écarter.

— Fais en sorte que tout le monde reste à l'intérieur !

Elle se glissa au-dehors, tous les sens aux aguets. Elle leva son arme, son poignet en appui dans son autre main, attentive à la fois au danger qui menaçait toujours et à l'agent de sécurité qui égrenait son chapelet de jurons. Elle l'appela :

— Ohé, je fais partie de la police, moi aussi !

Puis elle se précipita de l'autre côté de la rue, sur J. D.

Elle devait rester professionnelle... Faire abstraction coûte que coûte de ses sentiments pour évaluer ses blessures. Il saignait à la tête, au cou et aux mains, à cause des éclats de verre ; mais rien de mortel, pas de grosse hémorragie.

Cependant une balle avait traversé sa chemise pour venir se loger dans son gilet pare-balles, au niveau du plexus solaire. Il avait été projeté contre la paroi de la cabine et avait une vilaine bosse de la taille d'un œuf sur le crâne.

Il était couché sur le sol, une partie du corps dans la rue, son beau visage incliné selon un angle anormal contre le cadre en métal de la paroi vitrée dévastée. Même étourdi et presque inconscient, il cherchait encore à s'emparer de l'arme qu'il n'avait pas eu le temps de dégainer.

Elle prit son visage épuisé, mal rasé et couvert de sang entre ses mains et se mit à lui parler avec vigueur. Il avait l'air tellement épuisé...

Elle devait être prudente, l'agent de sécurité pouvait être un Diseur de vérité...

— C'est fini. Reste tranquille. Je vais trouver une solution.

Il clignait des yeux.

— Ann ?
— Oui.
— Que fais-tu là ?

Il avait du mal à articuler. Ses irrésistibles yeux sombres papillonnaient.

— Tu ne dois pas rester ici…

— Je sais, répondit-elle, les yeux embrumés de larmes.

C'était lui qui encourait un terrible danger, un homme condamné à mort par les siens, blessé, en sang et en train de divaguer, et pourtant il voulait la mettre *elle* hors de danger.

— Je veux nous sortir d'ici tous les deux…

— … dois y aller… dois attraper ces salauds avant que…

— Je sais, je sais.

Elle écrasa ses larmes. Ce n'était pas le moment de se laisser aller… Ce ne serait d'aucune utilité.

Elle n'avait aucun plan, personne sur qui compter, pas de refuge, rien d'autre que son bon sens pour avancer et, là, son bon sens lui faisait défaut, il avait volé en mille morceaux.

— Je t'en prie, ne bouge pas. Juste une minute, O.K. ?

— Hé ! lui brailla l'agent de sécurité. J'ai besoin d'aide. Je m'appelle Waltham. Je suis à terre… J'ai pris une balle dans la jambe. J'ai dû laisser cette putain de radio dans la voiture. Je pense que je vais pas pouvoir l'atteindre.

— J. D., tu ne bouges pas, hein ? Je vais voir.

Elle courut près de Waltham. Il fallait qu'elle réfléchisse sans perdre de temps, sans commettre d'erreur. Elle devait trouver un moyen de disparaître avec un homme blessé, en sang et recherché, sans en laisser un autre, mort, derrière eux.

Joel traversait la route en grommelant dans leur direction, ses énormes mains encombrées par son sac, son portable et des rouleaux de gaze. Dans sa précipitation, il se laissa tomber à côté d'elle.

— Je vais appeler une ambulance, promit-elle à Waltham.

Elle ouvrit deux paquets de gaze et les lui appliqua sur la jambe.

— Joel, tiens-les, et ajoutes-en suffisamment pour ne pas être en contact avec le sang. Ne bouge pas jusqu'à ce que l'ambulance arrive. O.K. ?

Joel hocha la tête et se concentra sur sa mission.

— Vous ne pouvez pas quitter une scène de crime ! hurla Waltham. Hé ! Vous ne pouvez pas faire ça ! Revenez !

Il avait lu dans ses pensées… Mais elle était déjà de retour auprès de J. D. Elle ouvrit un autre paquet de gaze et le lui enroula autour de la tête pour bien faire pression sur l'hématome.

— Hé ! cria de nouveau Waltham. Vous devez appeler les renforts ! J'ai besoin d'une ambulance. Vous n'avez pas le droit…

— Cet homme est un témoin sous protection, siffla-t-elle par-dessus son épaule.

Il fallait improviser. Tout sauf craquer et perdre le contrôle.

— Cela n'aurait jamais dû arriver, poursuivit-elle. Il n'est pas dangereux, mais il a échappé à ses gardiens. Il n'est plus sous protection et, si je ne le sors pas de là, il ne passera pas la nuit. Contentez-vous de rester calme et je m'occupe de votre satanée ambulance.

Mon Dieu, je vous en prie, faites qu'il ne soit pas l'un d'eux.
Faites qu'il ne soit pas l'un de ces meurtriers de l'ombre.

3

Ann coinça le bout ensanglanté de la gaze sous le bandage qu'elle venait de faire et s'accroupit à côté de J. D.

— Il faut que tu te lèves, Thorne, et *maintenant* ! Tu n'oserais pas me faire le coup de tomber dans les pommes ?

Mais la tête de J. D. retomba en arrière. Il clignait des paupières et ses yeux se fermaient. Elle allait le perdre. Il n'y avait plus qu'une solution. Elle le gifla de toutes ses forces.

Il reprit connaissance et la fusilla du regard. Mais elle n'en avait que faire. Elle devait le soulever.

Pourvu que je réussisse...

Elle passa la bandoulière de son sac à sa main au-dessus de sa tête, fourra son arme à l'intérieur, puis, ainsi désencombrée, passa un bras sous les épaules de J. D. et poussa sur ses jambes.

Dieu qu'il est lourd !

Elle étouffa un juron.

— Bouge, Thorne. Concentre-toi. Reste avec moi. Tiens bon !

À quelques mètres, Waltham vociférait.

J. D. protesta faiblement.

— Ann, tu ne peux pas faire ça, ils vont...

— Arrête.

Elle ne laisserait pas tomber. Elle ne pouvait pas. Il fallait qu'elle continue.

— Ne me dis pas ce que je peux ou ne peux pas faire, Thorne.

Enfin, il réussit à se mettre debout et elle le soutint jusqu'à ce qu'ils atteignent sa Honda de 1986. Elle se contorsionna pour ouvrir la portière arrière, puis l'aida à s'allonger sur la banquette.

Une sirène retentit dans le lointain. Quelqu'un avait dû appeler la police. Au moins, elle n'aurait pas à le faire.

Elle enfonça sans ménagement les pieds ballants de J. D. dans le véhicule, claqua la portière et saisit ses clés dans son sac. Elle eut juste le temps de monter dans la Honda et de disparaître à l'angle de la rue : les voitures de patrouille arrivaient en hurlant.

J. D. essaya de s'asseoir.

— Reste couché. Nous ne sommes pas au bout de nos peines.

Il disparut de nouveau sur la banquette. Sûrement évanoui. Non seulement elle n'était pas au bout de ses peines, mais elle n'avait aucune idée de ce qu'elle devait faire ni où elle devait aller.

Elle n'alluma ses phares qu'au septième pâté de maisons, s'engagea sur l'autoroute et se mêla aux quelques véhicules présents à une heure aussi tardive.

En fait, si. Elle savait où l'emmener.

Il y avait un endroit où il serait en sécurité, un lieu où les étrangers n'étaient pas admis et où les flics n'avaient jamais été appelés ni accueillis. Seul problème : elle n'était pas, elle non plus, la bienvenue dans la communauté des frères de Cold Springs, dans le Montana.

Mais elle ne devait pas penser à ça.

Cold Springs était à plusieurs centaines de kilomètres — ce qui n'était pas pour autant une garantie, vu que les Diseurs de vérité étaient disséminés dans tout le pays. Mais au sein de la communauté, ils seraient en sécurité. Personne ne gardait un secret comme les frères.

Les touristes étaient tout juste tolérés, la violence, en horreur et les armes, inconnues. Et même si Cold Springs était au cœur du réseau vigilitantiste des Diseurs de vérité, personne ne viendrait chercher J. D. Thorne dans le *Bruderhof*, ni ne chercherait à soutirer des informations à un membre de la communauté.

Elle suivit l'autoroute pendant une heure, luttant pour surmonter sa fatigue. Sur la banquette arrière, J. D. ne rompait le silence qu'épisodiquement par un grognement qui faisait s'emballer son cœur à un point qu'elle n'aurait jamais pu imaginer. Et chaque fois, elle devait se faire violence pour se concentrer sur ce qu'elle avait à faire.

Elle allait devoir abandonner la Honda. Il y avait plusieurs endroits où elle pourrait la laisser et il faudrait plusieurs jours avant que quiconque ne fasse attention à un véhicule aussi usé et déglingué. Mais ses chances de réussir sa fuite seraient décuplées si elle parvenait aussi à laisser croire qu'elle était partie dans une autre direction.

Elle avait besoin d'aide.

Elle mit son clignotant pour prendre la bretelle de sortie, passa sous la voie aérienne et reprit l'autoroute dans la direction d'où elle venait. Personne ne la suivait.

J. D. grogna et essaya de se relever, mais il s'évanouit de nouveau avant même qu'elle ait eu le temps de le prévenir.

Elle suivit l'autoroute jusqu'au cœur de la ville et n'en sortit que pour rejoindre l'un des quartiers les plus miteux. C'était là qu'elle avait passé ses premières années dans la police de Seattle. Au cœur de ce haut lieu du crime au nord-ouest de la côte Pacifique. L'argent de la drogue y coulait à flots. Les voitures qui circulaient dans le voisinage coûtaient plus cher que les immeubles eux-mêmes, et les caïds faisaient la loi.

À l'époque, son capitaine n'avait pas cru qu'elle s'en sortirait. Il avait eu tort. Il ignorait ce qu'elle avait traversé pour en arriver là. Mais il avait eu l'élégance de reconnaître qu'il s'était trompé et s'était assuré qu'elle soit mutée à la section des enquêtes.

Ann se pinça les lèvres et une larme coula sur sa joue.

Elle était sur le point de tout sacrifier, toute sa carrière. Inutile de se leurrer. D'ici à quelques heures, plus rien ne serait comme avant. J. D. s'était fait de puissants ennemis parmi les flics véreux et la lie des politiciens. Et aucun homme n'était plus arrogant, virulent ou vindicatif qu'un policier ou un politique qui avait basculé de l'autre côté. Ils n'admettaient qu'un seul « côté » : le leur.

Mais peu importait. Elle n'allait pas abandonner le seul qui luttait pour les libertés… et qui était si cher à son cœur. Elle ne laisserait pas mourir J. D. Thorne.

Quel que puisse être le prix à payer.

Elle traversa trois intersections et tourna pour s'engager dans une ruelle sombre. Cette partie du quartier ne comptait qu'un seul immeuble. Elle se dirigea vers l'atelier clandestin que dissimulait la troisième porte de garage de l'entrepôt. Elle éteignit ses phares, alluma le plafonnier, descendit sa vitre et donna un léger coup de Klaxon.

Le portail bien huilé s'ouvrit dans un ronflement. Manny Cordova se tenait sur le côté. Dans le quartier, on l'appelait le Démolisseur. Cinquante-sept ans, ravagé et balafré, prêt à descendre le premier étranger osant resquiller. Dans l'obscurité quasi totale, il braquait sur elle simultanément sa Kalachnikov et une torche qui l'éblouissait.

Cordova était un homme dangereux. Elle déglutit difficilement. Pourvu qu'il la reconnaisse…

— Manny, c'est Ann. Ann Calder, dit-elle à voix haute.

Ses balafres les plus importantes résultaient de brûlures récoltées six ans plus tôt lors de l'explosion de bombes incendiaires visant à le rayer du circuit. Ann l'avait sorti des flammes et lui avait sauvé la vie. Il lui était redevable et le savait. Pour autant, il n'avait pas l'air heureux de la voir.

Il baissa sa torche et lui fit signe d'entrer avec sa Honda.

La porte du garage se referma derrière elle. La seule source de lumière était une lampe tempête posée sur une vieille table de jeu à l'autre bout du garage. Deux potes de Manny y étaient assis, blottis contre un radiateur à siroter une bouteille de Jack Daniel's.

Sans compter sa Honda, il y avait onze véhicules dans l'atelier, toutes plus ou moins démontées pour ne plus pouvoir être identifiées, ni par les autorités ni par leurs propriétaires.

Elle coupa le contact et descendit. Manny abaissa son arme et regarda à l'intérieur de la guimbarde.

— Il vaudrait mieux que ce ne soit pas un piège...

— Ce n'en est pas un, assura-t-elle en refermant sa portière. Je ne te ferais pas ça, Manny.

— Pourquoi tu viens à une heure pareille ?

Il puait l'alcool et la marijuana, et n'avait certainement pas pris de bain depuis des lustres.

— Et qui c'est le macchabée derrière ?

— Manny, j'ai besoin d'aide.

— Je viens de te poser une question, dit-il d'une voix traînante. C'est qui le macchabée ?

— Un ami. Ce n'est pas ton problème. Tu n'as rien à craindre de lui. Il est dans les vapes. Tu veux bien m'aider ou non ?

— Ça dépend de ce que tu attends de moi.

Un ricanement parvint de la table de jeu. Manny se retourna brusquement :

— Fermez-là, vous deux !

Puis lui tournant le dos, il ajouta :

— Dans mon bureau.

Elle avait laissé son arme dans la Honda. Se retrouver ainsi sans défense n'était pas génial, mais un « excuse-moi, je dois d'abord récupérer mon flingue » n'était pas envisageable. Il n'y avait rien à faire. C'était trop tard. Elle suivit Manny, traversa le garage et passa devant la table de jeu. Comme elle franchissait la porte du bureau, les deux acolytes de Manny lui emboîtèrent le pas. Ils étaient effrayants.

Peut-être qu'elle avait fait une grossière erreur en laissant J. D. tout seul.

J. D. tendit la main pour éteindre le plafonnier de la voiture et, du pied, ouvrit la portière. L'effort était tel qu'il manqua de perdre de nouveau connaissance.

Sa tête lui faisait souffrir le martyre. Il pouvait à peine bouger. Il avait pris une balle en plein dans son gilet pare-balles, mais que s'était-il passé exactement ? Ann était là. Il était en train de lui parler et puis… Quoi ?

Avait-il rêvé qu'il lui parlait ? Mais non… Son corps sur cette banquette arrière. La douleur lancinante sous son bras. Les bombes qui résonnaient dans sa tête. Et cette voix douce… C'était la sienne ? En train de négocier avec quelque voyou qui lui manquait de respect.

Il devait rêver… Sauf que la portière s'ouvrit quand il la poussa et qu'il manqua de succomber à l'assaut de la douleur une fois de plus. Tout était donc bien réel…

Mais que s'était-il passé ? Ann n'avait pas à parlementer avec des gangsters… Non…

Il se glissa péniblement hors du véhicule et se laissa tomber sur le sol. Une odeur de graisse et de saleté l'assaillit. Il se recroquevilla, l'esprit embrumé.

L'endroit était miteux, jonché de pièces automobiles et de véhicules en partie démontés. Un atelier clandestin…

Ann, mais que fais-tu ?

D'instinct, il chercha son arme dans son étui d'aisselle.

Elle était poisseuse. La tête lui tournait. Il sortit son revolver. Sa main était maculée de sang. Son propre sang. Il provenait de la douleur lancinante sous son bras. Il refoula une montée de bile. Il allait vomir ses tripes.

Il s'efforça à quitter sa planque et suivit la voix de l'ange.

Il parvint au bureau sans être vu. Un radiateur rougeoyant dirigé vers une table de jeu. Des restes de joints, trop de cigarettes. Une bouteille de Jack Daniel's aux trois quarts vide. Trois verres. Il s'appuya contre le mur pour ne pas tomber à genoux.

Ils étaient trois. Il était seul.

Mais que se tramait-il de l'autre côté de ce mur ?

— Aucun marché ne sera conclu tant que je ne saurai pas exactement qui est le macchabée dans ton tas de ferraille, ma douce Ann. Les macchabées, ça me connaît, tu sais bien. Ne me fais pas perdre de temps.

— Manny, je te l'ai dit. Il n'a rien à voir avec toi. Il n'est pas mort, juste blessé. Gravement blessé. J'ai besoin d'une camionnette ou d'un break.

Ann, que fais-tu ? Bon sang !

L'ange était en train de négocier avec le diable. Et le macchabée, c'était lui.

— Il y avait un pick-up marron et blanc là-bas, continua Ann, ça ferait l'affaire.

— Dommage. Je pensais le garder pour moi.

J. D. déglutit. Il avait passé pas mal d'années à côtoyer la pègre. Quel que soit le véhicule qu'Ann choisirait, ce serait celui que ce sale type voudrait justement pour lui. Mais qu'était-elle en train de fabriquer là, à parlementer avec le diable, et tout ça pour lui… Mais que s'était-il donc passé ?

— Vous pourrez l'avoir quand j'en aurai fini, proposa Ann. Une pause.

— C'est tout ?

— Non. Il me faut des plaques du Montana et aussi quelqu'un pour conduire ma voiture jusqu'à la côte.

— Impossible. Nos plaques sont réglo.

— Même pas…

— Non. Même pas…

Les ateliers de clandestins ne donnaient pas dans le trafic de fausses plaques, J. D. le savait.

Le malfrat reprit :

— Je pourrais faire en sorte qu'un de mes pantins aille passer son dimanche sur la côte avec ta voiture… Mais pour la camionnette et les plaques, c'est grillé, mon cœur.

Retour aux négociations… songea J. D.

Comment ce salaud pouvait-il lui manquer autant de respect ?

Il serra ses poings, dont l'un tenait son arme.

Il devait faire abstraction de la douleur et se rappeler ce qui s'était passé pour ne pas faire une bêtise. Plus grosse encore.

On l'avait pris par surprise. Il n'avait rien pu faire et s'était laissé tirer dessus, en pleine poitrine. Quelqu'un l'avait descendu. Mis hors-jeu.

Et d'une façon ou d'une autre, il avait contraint Ann à

mendier auprès de ce truand pour le mettre hors de danger. C'était lui qui avait attiré Ann dans ce cauchemar.

Il en avait encore plus mal et un nouveau haut-le-cœur le gagna.

Il avait voulu la voir, être avec elle. Mais pas de cette manière. Il fallait qu'il parte d'ici, qu'il se mette hors de danger jusqu'à ce que la douleur dans son crâne se calme et qu'il puisse enfin réfléchir.

Il pouvait toujours se laisser retomber sur le sol. Ça, il connaissait. Il avait appris à se planquer derrière les genoux de son oncle Jess.

Son aisselle était en feu. Sa poitrine nouée. Il dodelinait de la tête comme si celle-ci allait se détacher de ses épaules. Pourtant, il allait sortir d'ici et se cacher sans entraîner Ann. Il le devait !

Il fallait qu'il la sorte de ce cauchemar et sans plus attendre, avant qu'elle s'y enfonce encore plus. Avant qu'elle devienne elle aussi une cible. Il ne pourrait pas supporter qu'il lui arrive quelque chose par sa faute.

Elle insistait. Ne cédait pas. Manny accepta à contrecœur. Marché conclu. On bougea. Une chaise grinça sur le sol.

Il inspira. Expira. L'adrénaline montait en lui.

Il se colla dos au mur, son arme dans sa main gauche, levée au niveau de son épaule.

La douleur avait soudain disparu. Il pouvait y arriver.

Manny sortit et prit la direction de l'entrepôt en ronchonnant. Ann le suivait.

J. D. attendit que le second larbin ait franchi le seuil de la porte, puis lui asséna un coup de crosse sur le crâne et glissa un bras autour de son cou. L'homme se raidit, et J. D. l'entraîna avec lui contre le mur pour ne pas s'effondrer sous l'onde de douleur qui secouait son corps.

Manny s'était retourné brusquement vers Ann et hurlait de rage.

J. D. pointa son arme vers lui et tira, atteignant le béton

encrassé aux pieds du gangster. La balle ricocha sur le sol. Le premier larbin partit en courant.

Le visage haineux et balafré de Manny se figea. Ann s'était réfugiée derrière l'aile du pick-up marron et blanc. Elle était livide. L'inquiétude se lisait sur ses traits.

J. D. resserra son bras autour du cou du loubard. Il était pratiquement assommé par la douleur, il n'avait plus le temps de faire dans le subtil.

— Tire-toi, bébé. C'est moi qui prends les choses en main maintenant.

Il fallait que Manny croie que c'était lui et lui seul qui était derrière tout ça.

Ann se releva lentement.

— Ne fais l'idiot, tu ne peux pas…

— Je peux faire ce que je veux, gronda-t-il.

Il fallait qu'elle joue le jeu.

— Tu n'es plus dans le coup, Ann, O.K. ?

— C'est quoi ce bordel ? cracha Manny. Tu as dit que ce n'était pas un coup monté ?

— Elle a menti, répliqua J. D. Tu vois, elle avait pas envie de crever, alors elle a fait ce que je lui ai demandé.

Il fallait que Manny gobe ce mensonge. Comme ça, quand les flics viendraient, et ils viendraient, en masse même, tout le monde penserait qu'Ann n'était que son otage, et pas son sauveur. C'était la seule façon de la mettre hors du coup et de la protéger.

Mais la douleur le paralysait, c'était abominable. Allait-il pouvoir marcher et *a fortiori* conduire ?

Du fond de son brouillard, il n'était certain que d'une chose : Ann avait compris son plan.

Et elle se sentait sûrement trahie.

Furieuse.

Si les regards avaient pu tuer, elle aurait terminé le travail, mais ils n'avaient pas ce pouvoir et c'était bien là le problème. Qu'elle vive avec sa rage.

Au moins elle serait en vie.

Il fallait qu'il en termine.

De son arme, il désigna à Manny le coffre ouvert d'un pick-up.

— Monte dedans ! lui ordonna-t-il.

Manny s'exécuta en jurant ses grands dieux.

J. D. poussa le larbin vers le véhicule.

— Ferme le coffre, et puis barre-toi !

Le loubard tremblait comme une feuille, mais abaissa la porte du coffre.

— T'as entendu ? hurla J. D. Barre-toi ! Si tu t'arrêtes, tu prends une balle dans le dos !

L'homme se précipita sur la porte qui jouxtait le grand portail automatisé du garage et disparut.

J. D. soupira lourdement. Il ne lui restait qu'Ann à affronter. Il s'accrocha au rétroviseur du pick-up pour éviter de tomber la face en avant et lui jeta un regard pour la dissuader d'intervenir. Elle avait un avantage sur Manny et ses larbins.

Elle savait qu'il ne tirerait pas sur elle.

Elle avança vers lui. Le feu de ses yeux gris devint de l'argent en fusion, mais sa voix était toujours aussi douce qu'un chœur d'anges.

— J. D. tu vas t'endormir derrière le volant. Je t'en prie, ne fais pas ça.

Plus elle approchait, plus ses forces l'abandonnaient. Elle était Samson et lui Dalila.

— Je ne pouvais pas laisser faire...

— Être sauvé par une femme, c'est ça que tu veux dire ?

— C'est idiot, gronda-t-il.

— Ah. Alors tu as voulu me sauver de moi-même ? C'est ça ?

Pas loin.

Son cœur battait la chamade, accentuant le saignement chaud qui s'écoulait sur son flanc.

Il l'avait doublée, se l'était mise à dos... Et il allait mourir devant elle.

— Reste où tu es, Ann, dit-il, les dents serrées. C'est fini.

— Non. Ce n'est pas fini. Tu n'as fait que prouver...

Sa voix se brisa. Elle déglutit et brandit ses poings.

— ... qu'à présent tu n'es même pas capable de sauver ta peau.

Elle avançait toujours. Était-elle dangereuse ? Non, ce n'était que la confusion de son esprit. Elle n'était pas une menace. Pourtant, il se méfiait d'elle et de toute cette situation.

— N'approche plus.

Elle continua à approcher. Elle déglutit de nouveau et des larmes se mirent à briller dans ses yeux. Contre toute attente, la dureté céda le pas à la douceur et à la lumière.

— Tu perds beaucoup de sang. Tu es *blessé*, J. D. Ne fais pas ça. Tu ne peux pas tenir le coup. Tu n'y arriveras pas seul.

— Si. Sors de mon...

Mais le bras qu'il avait glissé autour du rétroviseur céda et elle se précipita en avant, le retenant de son corps contre la portière du pick-up.

Il défaillit. Pourtant le visage délicat d'Ann, la finesse de ses traits, se dessinait avec une étonnante clarté. Son front. Ces yeux vifs à la beauté époustouflante, la frange de ses cils, ses taches de rousseur.

La colère se lisait sur ses lèvres.

Il fronça les sourcils. Il ne voulait pas ça. Pas du tout. Comment cette affaire avait-elle pu dégénérer à ce point ?

Quelqu'un avait essayé de le tuer. Bon sang, mais comment avait-il pu laisser une chose pareille arriver ?

— Ann, laisse-moi partir, dit-il d'une voix pâteuse.

Mais elle s'ancra davantage contre lui, écarta les revers de sa veste en peau et se glissa à l'intérieur, épousant son corps.

— Prends-moi !

Prends-moi...

Il y avait fort parier qu'ils ne pensaient pas tous les deux à la même chose... Cruelle ironie...

Dans le lointain, Manny tapait et hurlait pour qu'on le laisse sortir du coffre. L'immense garage se réduisit soudain. Il n'y avait plus qu'Ann. Ann dont les seins doux effaçaient sa douleur. Ann qui, de ses lèvres, lui effleurait la mâchoire. Le contact de sa langue chaude et frémissante contre son cou.

Il en eut des vertiges. Une onde de chaleur déferlait en lui, l'emportait, l'enivrait.

Contre toute attente, il durcit, sa tête était moins lourde tout à coup. C'était ce qu'elle voulait… comprit-il. Une ruse vieille comme le monde…

Il en aurait presque ri.

4

Ann s'installa au volant du pick-up marron et blanc. Elle avait une dernière chose à faire avant de quitter Seattle avec J. D. Prévenir les services sociaux de son absence, pour que quelqu'un supervise son foyer de transition. La batterie de son portable étant vide, elle s'arrêta dans une cabine téléphonique, puis elle prit la route pour de bon.

Toute la nuit.

Onze heures pour traverser les montagnes menant de la I-90 à la I-15 en direction du nord.

Elle était épuisée, mais il n'y avait pas le choix.

Dans sa négociation avec Manny, elle lui avait donné les cinq cents dollars qu'elle gardait cachés derrière l'autoradio de sa voiture, ainsi que sa carte de crédit pour payer l'essence de la Honda. Il ne pourrait de toute façon pas faire grand-chose avec les mille dollars qu'elle avait sur son compte.

À mi-chemin, elle fit une halte pour faire le plein. Elle en profita pour acheter une bouteille d'alcool et la versa sur la blessure de J. D. pour la désinfecter. Ensuite, elle coinça une compresse faite de serviettes en papier dans l'emmanchure du gilet pare-balles.

Peu avant midi, à une trentaine de kilomètres de Cold Springs, elle quitta l'autoroute. Elle approchait du foyer qu'elle avait quitté quinze ans plus tôt.

Elle ne pouvait arriver à un plus mauvais moment qu'au milieu de la journée. Tous les adultes seraient rassemblés pour le repas de midi, tout ouïe, à la dévisager.

Que l'humiliation d'Ann commence…

La ferme était nichée sur les contreforts des Rocheuses. Elle était entièrement recouverte de neige à l'exception des sentiers qui serpentaient entre la dizaine de bâtiments : les appartements, la cuisine commune, l'enclos du bétail et les étables, l'école, la cabane du relieur, l'atelier mécanique et les quartiers du pasteur.

Rien n'avait changé. C'était toujours le même endroit, le même bastion contre un monde souillé par les péchés.

Une violente impression de familiarité la caressa, une peur de revenir presque insurmontable. Il fallait qu'elle soit plus forte que ça. La vie de l'homme qui gisait inconscient sur sa banquette arrière en dépendait.

Elle prit le dernier virage et s'arrêta dans la cour, à mi-chemin entre l'endroit où exerçait le pasteur et le réfectoire.

Elle sauta du pick up, avança difficilement sur la neige dure avec ses sabots et gravit les marches du pasteur. Ce dernier prenait toujours son repas de midi seul pour que son travail et sa contemplation ne soient pas perturbés. Elle frappa à la porte.

Micah Wilmes ouvrit la porte, une serviette de table immaculée coincée dans son col.

— C'est pour quoi ? demanda-t-il d'un ton brusque.

L'homme n'appréciait visiblement pas d'être dérangé… Mais, dans son travail à la police, il ne se passait pas un jour sans qu'elle vienne frapper à la porte d'une personne mécontente. Il n'était pas différent des autres après tout. Il se tenait debout devant elle et la dévisageait en plissant les yeux. Si, il *était* différent. Avec les cinq autres membres qui dirigeaient la communauté, il détenait le pouvoir de lui accorder l'asile pour J. D. ou de la refouler.

Elle avait pensé qu'il n'aurait qu'à regarder ses cheveux pour la reconnaître. Mais non.

— Père, je suis Annie Tschetter.

Calder était son nom dans le monde extérieur. Tschetter lui était venu naturellement, comme si elle l'employait chaque jour.

— J'ai besoin de votre aide. J'ai besoin d'un abri pour un homme blessé…

— *Gott im Himmel !*[1]

Il eut un mouvement de recul et l'incrédulité la plus totale se dessina sur son visage étroit et sévère.

— Tu oses…

Mais il referma sa mâchoire dans un claquement, secoua sa serviette et dévala les marches en passant à côté d'elle pour rejoindre ses quartiers. Il se retourna, pointa sur elle son index osseux et, dans le dialecte allemand que parlait la communauté, lui intima l'ordre de descendre de ses marches.

Il n'avait pas traversé la cour menant au réfectoire que des hommes vêtus de jeans noirs, de lourds manteaux et portant des barbes effrayantes s'étaient levés de table pour venir s'occuper d'elle.

Les femmes et les enfants n'étaient pas tenus de s'en mêler, mais des visages s'étaient agglutinés derrière les fenêtres de l'école pour voir d'où venait cette agitation.

Bientôt, toutes les femmes et tous les enfants apprendraient que cette sauvage de fille d'Hannah et Peter Tschetter était revenue. Elle avait l'audace de venir implorer les faveurs de la communauté qu'elle avait déshonorée !

Les hommes s'écartèrent en deux groupes pour laisser passer le responsable de la colonie.

Elle reconnaissait plus de la moitié de tous ces visages. De nombreux noms lui échappaient. Mais pas celui de l'homme qui avançait vers elle. C'était son frère, son aîné de vingt et un ans.

Timothy.

Sans dire un mot, les traits plus durs que du granit, il s'arrêta à trois mètres d'elle. Wilmes se tenait à ses côtés. Le vent soufflait fort dans la cour.

1. Dieu du ciel !

— J'ai besoin d'un asile pour un homme blessé, expliqua-t-elle d'une voix forte pour contrer les lamentations du vent.

La veille, au tribunal, elle s'était fait la réflexion qu'elle en avait déjà affronté de plus farouches que l'avocat Morton Downey... Mais là, son frère lui faisait face... Il était assez âgé pour être son père, grand, robuste. Sa barbe brune grisonnait et ses yeux étaient implacables. C'était vers lui qu'elle courait chaque fois qu'on lui avait tapé sur les doigts, quand elle avait été mise à la porte ou conduite chez le pasteur. De tous ses frères, Jacob, Johannes, Martin, Andreas ou Georg, qui se tenaient derrière lui, Timothy avait toujours été celui qui la comprenait le mieux.

Mais après toutes ces années, il était devenu le plus sévère des chefs de communauté, et l'espace d'un instant toute volonté la quitta. Comment avait-elle pu avoir le courage, la volonté de tous les défier ? De défier un mode de vie en société qui ne tolérait aucune forme d'individualité.

Timothy croisa les bras.

— Tes cheveux ne sont pas attachés.

Son accusation résuma en une seule constatation l'inventaire de ses péchés. Elle était une femme, par conséquent un être faible qui avait besoin d'être guidé, émotionnellement, spirituellement et intellectuellement.

Elle n'avait rien à faire dehors, dans le monde, seule. Rien ne justifiait qu'elle fasse entrer ici ses ennuis impurs du monde extérieur. Avec son entêtement et ses manières de dévergondée, elle ne montrait aucun respect, ni pour elle-même, ni pour eux. Voilà ce que ses cheveux roux qui volaient au vent annonçaient à tous ces hommes.

Elle déglutit, blessée. Elle était à peine sortie du ventre de sa mère qu'elle avait été cataloguée comme fautrice de troubles à cause de la couleur de ses cheveux. La douleur, bien qu'ancienne et obsolète, la déchirait comme au premier jour.

Si elle avait eu les cheveux châtains...

Si sa mère n'était pas morte en la mettant au monde, si elle avait été comme les autres, et non regardée et traitée comme une création du diable, son destin aurait-il été différent ? Se serait-elle sacrifiée avant même de savoir ce qu'elle abandonnait ? Serait-elle restée et aurait-elle épousé Samuel ?

Elle attrapa ses cheveux soulevés par le vent et les maintint sur sa nuque.

— Je ne voulais pas manquer de respect, Timothy.

Le regard de son frère parcourut son corps. La position qu'elle avait en maintenant ainsi ses cheveux était indécente. Le vent cinglant et froid qui la transperçait plaquait sa robe pull en mohair bordeaux contre ses jambes et ses seins.

— Tu empestes le manque de respect.

Elle relâcha ses cheveux et serra les dents.

— L'homme qui se trouve dans le pick-up est gravement blessé. Acceptes-tu de lui offrir l'asile ?

— Le fidèle accepte-t-il, en toute connaissance de cause, de donner prise au diable ? intervint Wilmes.

Toujours à aboyer au nom du Seigneur, celui-là… Dans le cœur austère du révérend Wilmes, il n'y avait pas de place pour la compassion, mais ce n'était pas le moment de lui en faire part… Ni maintenant. Ni jamais.

Quelques murmures d'approbation aux propos de Wilmes se firent entendre. Samuel était là… derrière Andreas et Georg. Il était là, rasé de près, au milieu des barbus.

Un frisson parcourut Ann. Il ne s'était jamais marié, sinon il porterait lui aussi la barbe. Elle l'avait humilié en partant, et personne ne l'oublierait jusqu'à ce qu'il emporte son visage glabre dans la tombe.

Elle étouffa un soupir. Elle avait demandé l'asile. Le pasteur s'était prononcé. Ne manquait plus que la réponse de son frère.

— Emmène-le à l'hôpital, dit-il enfin.

Puis il lui tourna le dos comme s'il repartait à table.

— Je ne peux pas, Timothy, cria-t-elle.

Son frère fit volte-face, manifestement surpris qu'elle ose insister.

— Pourquoi ?

— Il souffre de blessures par balle. Les hôpitaux signalent

toujours à la police les blessures par armes à feu. Et si cela se produit, ils vont le retrouver et ce coup-ci ils ne le manqueront pas.

Les hommes rassemblés se mirent à commenter à voix basse.

— Qu'entends-tu par *ils* ? ironisa son frère.

Les remontrances sans fin de son professeur résonnaient comme si elle était encore une enfant.

Annie, de deux choses l'une : soit tu es dans l'Arche, soit tu n'y es pas.

Pour Timothy comme pour toute la communauté, *ils* désignait quiconque vivait hors de l'Arche, tous les impies, les hommes mauvais qui tiraient sur tout ce qui bougeait avec leur arme, s'entre-tuant, répandant la mort et la destruction comme de la mauvaise herbe.

— Éclaire-moi, veux-tu ? Qu'entends-tu par *ils* ?

Elle s'était préparée à cette question, mais pas au sarcasme.

— Des hommes comme ceux qui ont brûlé vos silos et vos granges l'année dernière, Timothy. Des hommes comme eux. Ils se font appeler les Diseurs de vérité.

Une onde d'agitation traversa le groupe. Ce nom ne leur était pas inconnu...

Un an plus tôt, elle avait appris aux informations que la Communauté des frères de Cold Springs, dans le Montana, avait conclu un accord pour acheter des terres afin d'aider une colonie située à une soixantaine de kilomètres plus au sud. Que les Diseurs de vérité soient responsables ou non de l'incendie volontaire qui avait alors dévasté leurs récoltes, elle avait touché une corde très sensible et le savait. La mentalité de l'organisation ne différait en rien de celle des incendiaires, ils voulaient faire leur propre justice.

Leurs visages furieux confirmèrent ce qu'elle pensait : même dans leur monde reclus, ces hommes connaissaient et redoutaient les persécutions des Diseurs de vérité.

— Remonte dans ton pick-up et pars d'ici. Nous ne sommes pas avec toi, déclara Timothy.

Ses mots l'atteignirent comme des coups. Il ne pouvait être plus clair.

— Il va mourir, Timothy. Sans votre aide…

Il n'était pas encore reparti…

— Les gens au-dehors ne sont pas tous mauvais, insista-t-elle. Certains d'entre nous luttent…

— Qui est l'homme dans le camion ? l'interrompit-il sèchement. Qui est-il pour toi ?

— C'est mon mari.

Le mensonge était sorti tout seul. Un mensonge désespéré dans l'espoir vain que le fait qu'elle se soit mariée puisse changer quelque chose à leurs yeux. Elle qui avait juré ne jamais le faire…

— C'est un homme bon et honnête, Timothy. Un homme honorable qui se bat contre les Diseurs de vérité et tout ce qu'ils représentent, supplia-t-elle.

Le pasteur ricana. C'était perdu d'avance. Il fallait qu'elle trouve une autre solution.

Mais alors la porte du pick-up s'ouvrit dans un craquement et J. D. tomba lourdement sur le sol recouvert de neige. Une tache de sang rouge vif commença à maculer la surface vierge.

À la vue de cet homme qui perdait son sang, son frère et le pasteur cédèrent.

— Nous lui accordons l'asile, soupira Timothy.

Ann retint un cri de soulagement.

— Et vous pourriez changer nos plaques d'immatriculation ? tenta-t-elle.

Timothy pointa un doigt sur elle :

— Vous ne verrez ni ne parlerez à personne. On vous portera vos repas et des vêtements décents.

Et il ajouta presque dans le même souffle :

— Tu te couvriras la tête !

Cinq hommes transportèrent J. D. au fond de la cabane du relieur et l'étendirent sur un grand lit. Peu après, deux adolescents robustes apportèrent du matériel de premiers secours et un chaudron d'eau chaude, puis ils allumèrent un chauffage à gaz et entrouvrirent la fenêtre.

Ensuite, une sage-femme arriva pour aider Ann à enrayer l'hémorragie. J. D. empestait le whiskey qu'elle avait versé sur sa plaie à la station-service quelques heures plus tôt, et la femme se pinça les narines. Elle ne parlait pas, sauf pour donner des ordres.

Ann se débrouilla pour faire rouler J. D. d'un côté, puis de l'autre et lui ôter sa veste. Pour sa chemise en flanelle grise, ce fut plus compliqué : à cause du sang séché, elle était collée au gilet pare-balles, lui-même collé au T-shirt et à la chair en dessous.

En découvrant la blessure, Ann faillit défaillir. Une balle était venue se glisser dans l'emmanchure du gilet pare-balles et, déchirant la chair, s'était logée dans les muscles de l'aisselle.

La sage-femme serra les dents et retira la balle à l'aide de forceps en métal. Le saignement reprit. Ann déglutit difficilement et monta sur le lit pour appuyer sur l'artère située au-dessus de la blessure pendant que la femme désinfectait et recousait les chairs déchiquetées de J. D.

Matt Guiliani se frotta les yeux et se leva de son bureau pour prendre une tasse de café. Il approchait du but. Cela faisait douze semaines qu'il épluchait des piles de dossiers, des rames entières de documents, des agendas, des calendriers, des notes internes et externes ainsi que le contenu de l'ordinateur de l'ancien adjoint du procureur fédéral, John Grenallo.

Et avant ça, il avait consacré trois semaines à passer au peigne fin tous les textes et les graphiques des ordinateurs de la secrétaire de Grenallo, Tess Arubio, et de ses deux assistantes.

Il avait tout fait tout seul, refusant de faire confiance à qui que ce soit.

Son bureau était presque une chambre forte. Pas de fenêtre,

une seule entrée, vidéo de surveillance vingt-quatre heures sur vingt-quatre et porte fermée par verrous high-tech.

Et puis le matin même, pendant qu'il était à la salle de sport, il était tombé sur le bulletin d'informations de 6 heures. Apparemment, J. D. Thorne avait été la cible d'une fusillade et gravement blessé.

Sur les images à la télé, il avait reconnu la boutique de vidéo située en face de chez Ann et la Camaro vert-jaune de J. D. La cabine téléphonique avait littéralement volé en éclats.

Le journaliste avait fait son travail et mis au jour le nom de la propriétaire du foyer, et à partir de là émis l'hypothèse que la femme ayant fait disparaître Thorne n'était autre qu'Ann Calder. Un officier qui faisait des extra pour une compagnie de sécurité, Darrel Waltham, avait été témoin de la scène.

Quand il était arrivé à son bureau une heure plus tard, Matt avait réussi à accéder au serveur du département de police de Seattle à partir des ordinateurs du ministère de la Justice. Il n'avait même pas eu à jouer les pirates. Il savait comment procéder, et on lui avait donné carte blanche pour chercher partout où son flair le conduirait au cours de son enquête sur l'affaire Grenallo.

Il avait foncé droit sur le rapport du témoin visuel, mais avait seulement appris que Waltham affirmait avoir ouvert le feu pour riposter et qu'il avait été blessé à son tour. Le gardien n'avait pas réussi à relever les numéros de la plaque d'immatriculation. Il ignorait à quel point les blessures du gars dans la cabine téléphonique étaient graves, il savait juste que Calder lui avait dit que l'homme était un témoin placé sous protection et qu'elle devait l'éloigner de la scène du crime pour le cacher. Waltham n'avait appris qu'après coup que la victime était J. D. Thorne.

Matt avait immédiatement compris le dilemme auquel Ann avait été confrontée. Pour elle, seul comptait le fait que le garde était sur les lieux de la fusillade : soit pour donner l'impression d'être hors du coup, soit pour finir le travail si les tireurs manquaient leur cible. Elle avait brillamment improvisé, mit

J. D. sur pieds, puis dans sa voiture — Waltham avait relevé ce numéro de plaque —, et disparut dans la nuit.

On n'avait pas retrouvé son véhicule et aucune blessure par balle n'avait été signalée par un médecin ou un hôpital dans un rayon de huit cents kilomètres.

Matt inspira profondément, but une gorgée de son café et s'adossa à son siège. Ann avait préféré conduire J. D. en lieu sûr et s'occuper elle-même de ses blessures plutôt que l'amener à l'hôpital et l'exposer ainsi à d'éventuels assassins.

Où était-elle partie ? Il n'en avait pas la moindre idée, mais il avait confiance, elle avait du flair et était pleine de ressources. Il l'avait vue en action. Et également regarder J. D. comme s'il était un don de Dieu à la gent féminine.

Pourtant, il se sentait nerveux et il n'aimait pas trop ça.

En fin de compte, J. D. avait dû creuser un peu trop en enquêtant sur les Diseurs de vérité. Il fallait qu'il disparaisse. Où qu'il soit, quel que soit l'endroit où Ann l'avait emmené, cela ne suffirait certainement pas. Ces salauds étaient partout.

Matt s'apprêtait à se remettre au travail quand son bip sonna. Il le décrocha de sa ceinture et consulta l'écran. Le numéro affiché était inconnu. Dans des moments comme ça, il regrettait d'avoir refusé un téléphone personnel avec identificateur d'appel.

Il pressa la touche pour obtenir une ligne extérieure et composa le numéro en question.

— Oui ?
— Guiliani à l'appareil. Quelqu'un à ce numéro a appelé…
— Matt, oui. C'est Martin Rand.

Martin Rand ? Le juge fédéral du district ?

Tiens, tiens…

Matt garda le silence.

— L'ami de J. D., ajouta Rand d'un ton trahissant son espoir que Matt le remette enfin.

Oui, J. D. et Rand se connaissaient, il le savait. Mais autant faire comme s'il n'était pas au courant…

— Je suis désolé, je ne…

— Nous avons grandi ensemble. Je pensais qu'il aurait mentionné mon nom.

— Oh oui, bien sûr. Excusez-moi, mentit-il.

Telluride…

Il avait lu ce nom dans la multitude de documents qu'il avait parcourus ces dernières semaines…

— À Telluride, c'est bien ça ?

— Exactement, répondit Rand. Écoutez, je sais que vous êtes proche de J. D. et je m'inquiète pour lui.

— La fusillade…

— Oui. C'est un cauchemar. Je lui ai dit. J'ai essayé de le prévenir que ça allait arriver…

— Quand ça ? demanda Matt.

— Il est venu chez moi hier après-midi.

— Vous êtes donc la dernière personne à l'avoir vu.

— J'en doute. Il est parti vers 17 heures. Et d'après ce que j'ai compris, la fusillade a eu lieu aux alentours de minuit. Je n'ai aucune idée de l'endroit où il a pu aller après son départ, mais… Je peux être franc avec vous ?

Matt but une dernière gorgée de café, son détecteur interne de foutaises en alerte rouge.

— Bien sûr. Continuez.

— C'est… difficile. J. D. et moi, ça fait une paye. Mais je veux l'aider et il est impossible d'y parvenir en fermant les yeux… Je pense qu'il a trop tiré sur la corde. Il s'est laissé gagner par la pression. Pour être honnête, je ne crois pas qu'il avait les idées claires même quand il est venu chez moi, et je m'inquiète…

— Et qu'est-ce qui pourrait bien vous faire penser cela ?

— Il m'a demandé si j'avais quelque chose à voir avec le suicide de Grenallo. Ce n'est pas le raisonnement de quelqu'un qui réfléchit rationnellement — certainement pas celui de J. D.

Matt s'enfonça lentement dans son fauteuil, soufflé par le flair de J. D. Il avait été dit dans la presse que Grenallo s'était pendu pour éviter l'arrestation, ne pas affronter les poursuites et épargner sa famille. Les médias avaient rendu public, mot pour mot, le rapport d'autopsie signé par le légiste.

Ce rapport était monté de toutes pièces, Matt le savait. Mais seules deux autres personnes étaient au courant : le légiste, Vince Boyd, et le remplaçant de Grenallo.

En fait, Grenallo était mort d'un choc anaphylactique, une réaction allergique massive. Quelqu'un avait mis dans sa nourriture un allergène inconnu, mais extrêmement puissant. Et ensuite, il avait été pendu dans son garage. Tout cela à peine une heure après avoir accepté d'être mis en garde en vue…

Matt hocha silencieusement la tête.

Que J. D. ait posé cette question à Martin Rand indiquait qu'il suspectait que Grenallo s'était au minimum pendu sous la contrainte.

Quelqu'un avait eu tout intérêt à ce que Grenallo ne parle pas.

C'était donc là que J. D. avait un peu trop creusé… La personne qui avait tué Grenallo avait désormais des raisons de penser que J. D. approchait de la vérité.

Martin Rand était-il cette personne, ou le commanditaire ? se demanda Matt.

Pour autant qu'il le sache, le juge n'avait rien à se reprocher. Son nom n'était jamais ressorti comme ayant un quelconque lien avec Grenallo ou n'importe quel autre Diseur de vérité, qu'il soit avéré ou suspecté de l'être.

Mais comment J. D. avait-il découvert cela ? Grâce à des indices ? Ou par un brillant raisonnement ? Et où ailleurs que chez Rand avait été évoquée l'hypothèse du meurtre de Grenallo ?

Il fallait jouer serré, songea Matt.

Il était resté silencieux trop longtemps. La seule solution était donc d'attendre que Rand perde patience. Ce qui ne fut pas long…

— Vous êtes toujours là ?

— Ouais. Je me demandais comment J. D. avait pu en venir à une telle conclusion. Il est loin d'être idiot.

— Je suis tout à fait d'accord avec vous.

— Pour que tout soit clair, que lui avez-vous répondu ?

— Je trouve cela insultant, Guiliani, s'indigna Rand. Je suis juge fédéral au tribunal de district et...

— Je suis au courant, monsieur. John Grenallo faisait également partie des personnes les plus haut placées au ministère de la Justice. Pourtant, il était mouillé jusqu'aux oreilles.

— Vous marquez un point, rétorqua Rand sèchement. Mais maintenant, il s'agit de retrouver J. D. Il n'a pas toute sa tête.

Au contraire, pensa Matt. Si J. D. avait deviné que la mort de Grenallo n'était pas un suicide, il raisonnait parfaitement bien. Mais autant laisser Rand continuer...

— Même s'il n'est pas gravement blessé, il peut tomber dans un piège, poursuivait le juge. Si vous savez où il est, je peux faire en sorte que les marshals fédéraux le ramènent dans l'heure.

— Oui, mais je l'ignore.

— Aucune idée d'un endroit où il pourrait s'enfuir ? Où irait Ann Calder ?

— Je n'en sais rien non plus.

Et même s'il le savait, l'honorable juge Martin Rand était désormais en tête de sa liste des personnes les moins dignes de confiance.

En rentrant chez lui quelques heures plus tard, Matt se souvint pourquoi Telluride était resté ancré dans sa mémoire pour ne resurgir qu'au moment où Rand avait mentionné cette ville. C'était un autre lien avec J. D. et Rand : un fermier du Wyoming, originaire de Telluride dans le Colorado, qui s'appelait Kyle Everly. Le nom de ce gars était apparu dans l'agenda où la secrétaire de Grenallo notait les rendez-vous de son patron. Étonnamment, le rendez-vous avait été barré.

Matt ne put retenir un soupir. Il ne pouvait rien faire pour aider J. D., mais il ne pouvait pas non plus se pencher sur le cas de l'honorable juge Rand sans tirer la sonnette d'alarme.

D'un autre côté, Garrett pourrait peut-être trouver des détails intéressants. Et de toute façon, J. D. savait comment entrer en contact avec l'un ou l'autre s'il avait besoin d'aide.

À moins qu'il ne soit trop gravement blessé pour penser à utiliser le stratagème qu'ils avaient mis au point : utiliser une carte de crédit pour appeler à l'aide.

Il jeta un coup d'œil dans le rétroviseur.

On le filait.

Pas cool...

Bon sang, où pouvait bien être J. D. ?

Il tourna ici et là pour confirmer ses doutes et finit par se laisser filer. Ce rigolo avait voulu le suivre, eh bien il allait s'ennuyer à en mourir.

Une chose était sûre, J. D. ne pouvait être en de meilleures mains que celles d'Ann. Cupidon avait vraiment des façons de faire à la fois terribles et merveilleuses...

5

J. D. se leva de son lit et s'approcha de la fenêtre. Depuis des jours, il alternait les périodes de conscience et de perte de connaissance. Le soleil se couchait, le soleil se levait, une cloche tintait dans la semi-obscurité. Les heures passaient. Le temps filait entre les doigts et il dormait dans un lit de plumes d'une autre époque.

Un autre siècle.

Avec la main, il essuya la buée qui s'était formée sur le carreau de la fenêtre. Des enfants traversaient la cour. Les filles, vêtues de longs manteaux sombres et de robes austères, coiffées d'un fichu à pois blancs, et les garçons portant pantalons, chaussures et chapeaux noirs marchaient avec peine dans la neige pour rejoindre la petite école aux murs de briques.

Ce monde était coupé de tout, détaché de la réalité. Rien n'y avait de sens.

Lentement, il regagna son lit.

De toute façon, plus rien n'avait de sens. Il était fiévreux, malade, à bout de forces.

Une femme aux cheveux flamboyants était allongée sur le lit à son côté, penchée sur lui, assise près de lui ; elle lui donnait la soupe et le porridge à la cuillère, le lavait avec un linge qu'elle trempait dans une cuvette en porcelaine remplie d'eau bouillante. Elle lui faisait sa toilette à la lueur faible et vacillante d'une lanterne à gaz. À moins que tout cela ne soit qu'une hallucination.

Ann.

Oui, peut-être qu'il hallucinait. Mais de toute son existence, il n'avait jamais rien rencontré de plus érotique que les contours de son dos nu, ou l'ombre de ses seins rebondis projetée sur le mur.

Même dans la lueur du jour, même dans son délire semi-conscient, il ne pouvait croiser ce mur vide et blanchi sans que ces images ne resurgissent. Il devait alors laisser retomber ses paupières lourdes et se rappeler, lors de rares instants de lucidité, ce qu'il faisait là.

Régulièrement, des fragments de souvenirs l'assaillaient, brutaux. Un bruit de vitres qui explosaient, une averse soudaine, la sensation qu'on lui enfonçait la poitrine à coups de bélier. Des larmes qui brillaient et tombaient sur lui. Sa voix. La voix d'Ann. L'odeur de la graisse de moteur et du whiskey.

Même la confrontation avec Ann sur ce qu'ils devaient faire.

Une menace pesait sur sa vie. On l'avait mis en garde. Mais c'était la nature de cet avertissement qui lui échappait. Il savait qui il était, ce qu'il avait fait, combien les ennemis qu'il s'était faits étaient puissants, qu'il connaissait la vérité sur trop de tartufes, mais ça non.

Ni quand ni comment ni par qui il avait été mis en garde. Une attaque était imminente. Mais comment l'avait-il appris ?

Chaque fois qu'il reperdait connaissance, il espérait avoir la réponse à son réveil, mais chaque fois qu'il émergeait des profondeurs du néant, il se retrouvait au même point.

Découragé, il se laissa gagner par le sommeil.

Quand il émergea de nouveau, un homme barbu et bien bâti, vêtu de vêtements de travail sombres et portant des bretelles, était assis contre le mur blanc, à le regarder en silence, ses bras puissants croisés sur la poitrine.

Ann était sagement assise à côté de lui, silencieuse. Elle avait revêtu une robe en tissu écossais sombre avec des poignets et un col blancs. Elle était coiffée du même fichu à pois blancs que les écolières.

Pourquoi ?

Son cerveau était comme une bouillie épaisse, semblable

au porridge qu'Ann lui avait fait manger. C'était comme si son bras reposait sur une clôture en fer barbelé et qu'on lui martelait sans cesse la poitrine.

Il posa ses mains sur le lit de plumes et se souleva pour appuyer sa tête contre le mur derrière lui. Son torse était nu, mis à part le bandage qui s'étirait depuis l'arrière de son cou pour passer sous son bras et autour de son omoplate. Ça et l'ecchymose.

Mais où était donc son arme ?

L'homme à la barbe avait les mêmes yeux qu'Ann.

— Je suis venu voir qui était l'homme à qui Annie Tschetter avait accepté de se donner.

Annie ? Tschetter ? Se donner ?

Son esprit fonctionnait tellement au ralenti qu'il lui fallut un long moment pour comprendre. Avait-il seulement bien compris ?

Tu n'aurais pas quelque chose à me dire, Annie Tschetter ?

Elle le regarda droit dans les yeux.

— J. D. Thorne, je te présente mon frère, Timothy, le responsable de la communauté.

Mais de quoi parlait-elle ? Une communauté ?

— Elle vous a parlé de nous ? insista l'homme.

Les mots de Timothy, tout comme son attitude, excluaient complètement Ann.

J. D. gratta sa barbe de plusieurs jours. Il avait la tête qui tournait et, par moments, il pouvait à peine reprendre sa respiration.

— Je suis désolé, mais là où j'ai été élevé, il est impoli de parler d'une femme comme si elle n'était pas là.

— Et où cela pourrait-il bien être ?

— Dans le Colorado.

Timothy fronça les sourcils.

— Ici, une femme sait se tenir à sa place.

— Vous voulez dire, dans la… colonie, c'est ça ?

— Oui.

— Là-bas, une femme n'est pas qu'une simple pièce de mobilier, ajouta J. D. en haussant les épaules.

Timothy se raidit.

— Est-ce l'image qu'elle vous a donnée de nos femmes ?

Les choses se précisaient…

— Non, c'est l'image que vous me donnez, vous. Vous vous comportez comme si votre sœur n'était pas dans cette pièce.

Timothy s'éclaircit la voix.

— Elle a dit que vous étiez un homme bon et honnête. Un homme honorable.

Elle avait dit ça ? Que pouvait-il ajouter ? « Ouais, c'est bien moi » ?

— Elle a également dit que vous étiez recherché. Que vous vous étiez fait beaucoup d'ennemis parmi les Diseurs de vérité.

— C'est vrai, acquiesça J. D.

Timothy hocha la tête.

— À présent, je dois vous demander si vous pensez que la colonie court ou non un danger pour vous avoir accueilli.

Voilà pourquoi Ann avait insisté pour avoir le pick-up, comprit J. D. Par la fenêtre de sa chambre, il n'avait aperçu que des véhicules utilitaires. N'importe quel véhicule de tourisme aurait considérablement détonné. Elle avait pris ses précautions.

— Ann ne ferait rien qui puisse vous faire courir le moindre danger, répondit-il finalement. Je suis certain qu'elle vous l'a déjà dit.

— Le point de vue d'une femme ne peut en aucun cas rassurer Timothy, intervint Ann d'une petite voix.

Le cou de taureau de son frère vira à l'écarlate.

— Ce sont des hommes dangereux. C'est une affaire sérieuse.

— Inappropriée pour une femme, c'est bien ce que tu veux dire ? demanda-t-elle.

— Dieu m'est témoin que ma réponse est *non*. Ce n'est pas une affaire de femme, riposta-t-il. Ni d'homme, ni même d'animal ! Je ne te comprends pas ! Il fallait que tu t'en ailles, bien. Pas un seul jour n'a passé sans que je me dise, *il fallait qu'elle s'en aille*. Je me disais qu'ici tu étais comme un oiseau en cage, même si la cage était la croix qu'il t'avait été donné de porter. Je me disais qu'ici tu dépérissais même si je restais persuadé que tu serais mieux dans les bras de notre Père céleste qu'au-dehors, dans un monde capable d'infliger une telle violence à un homme bon et honorable, conclut-il en désignant J. D. d'un geste brusque.

Il semblait lutter pour retrouver son calme. Il continua d'une voix basse et gutturale :

— Annie Tschetter, si ta question est : est-ce approprié et convenable pour une femme ? Ma réponse est non. Mais pas seulement pour une femme. Cette affaire n'est même pas digne de chiens sauvages ou fous.

Un long silence s'abattit. Ann ne disait rien. Seul le tremblement à peine perceptible de son menton trahissait ses sentiments, nota J. D. Il agrippa le bandage autour de sa poitrine. La brèche s'ouvrait un peu plus, il y voyait plus clair.

Vous vivez dans un immeuble de trois étages dont vous êtes propriétaire et qui fait office de foyer de transition pour femmes battues et... enfants fugueurs, oui.

On peut dire que c'est un peu comme une communauté, n'est-ce pas ?

Oui, monsieur Downey, on peut dire ça.

Avec une cuisine et une pièce à vivre communes ?

Oui.

Ann s'était donc enfuie de cet endroit, de cette... colonie, puis elle l'avait recréée à sa façon avec ce foyer de transition pour femmes et enfants. Un endroit où les hommes n'étaient pas acceptés. Combien on devait se sentir seul dans une ville comme Seattle quand on avait grandi dans un endroit comme celui-ci !

Que lui avait-il pris de revenir ici tout en sachant l'accueil qui lui serait réservé ?

Ou de mentir à son frère en laissant entendre que d'une certaine façon elle s'était donnée à lui.

Ou de rester là, assise, si stoïque, en n'essayant même pas de répondre.

Il ne voulait pas la doubler, mais quelle attitude devait-il adopter dans tout ça ? Devait-il prendre sa défense ou cela ne ferait-il qu'envenimer les choses ?

Timothy se redressa de toute sa hauteur et posa son regard sur ses grandes mains calleuses, puis lui jeta le gant :

— Etes-vous un homme qui pense qu'une femme est à sa place dans un monde comme le vôtre ?

Il voulait voir à qui il avait affaire… déduit J. D. Il jeta un regard à Ann : elle était suspendue à ses lèvres. Ce qu'il avait fait pour elle dans l'atelier clandestin était plus parlant que n'importe laquelle des réponses qu'il pourrait donner à son frère. Sa dernière pensée avant et sa première pensée après sa perte de connaissance avaient été de la garder hors de danger. Quelle autre réponse pourrait être plus explicite ?

Son sang battait à ses tempes. Il ouvrit la bouche. Mais que dire ?

— Vous voulez savoir s'il ne serait pas préférable qu'Ann soit morte plutôt que de vivre dans mon monde ? Non, je ne pense pas. Pensez-vous que votre sécurité en ce lieu, votre intimité, votre droit de vivre comme vous l'entendez… vous pensez cela possible sans jamais en payer le prix ?

— Nous prenons soin de nous. Nous ne demandons rien…

— Mais si, Timothy, le contredit Ann.

Enfin, elle prenait la parole !

— Vous demandez que l'on vous laisse tranquilles. Vous *exigez* que l'on vous laisse tranquilles.

— En quoi cela les concerne, *eux* ? demanda-t-il. Ou vous ?

— Mais, Timothy, est-ce qu'on vous laisserait tranquilles et en paix sans les lois et les personnes qui les font respecter ? Dois-je te réciter notre histoire ? Combien de fois avons-nous dû fuir la persécution ? Ou nous démener pour éviter le service militaire obligatoire ? Combien de fois nos maisons ont-elles été brûlées et les fidèles traqués à mort ? N'est-ce pas la raison pour laquelle nous sommes venus en Amérique ?

Timothy lui jeta un regard terrible, mais elle continua :

— Tu peux t'agenouiller chaque jour pour prier ! Tu es

libre de le faire ! Mais si j'étais toi, Timothy... je jugerais un peu moins et je prierais un peu plus. Je rendrais grâce qu'il y ait des gens comme nous, là-bas dehors, qui font le nécessaire pour protéger tout ça pour vous !

Son menton tremblait de nouveau, nota J. D.

— Nous ne jugeons pas, répliqua Timothy. C'est à Dieu de le faire.

— Mais vous rejetez...

— Silence ! *Behaf di !* Nous ne sommes pas ingrats, Annie. Mais nous sommes encore la cible d'esprits étroits et de cœurs vides. Et tant que vous serez ici, à vous protéger du genre d'hommes capables de faire ça à ton mari, nous serons en danger.

Sur ce, Timothy sortit.

Après le départ de son frère, Ann resta un long moment devant la fenêtre, immobile.

— Ann ?

La voix de J. D. la sortit de ses pensées. Elle retira le fichu à pois, défit ses nattes et se tourna vers lui.

Même après avoir veillé sur lui vingt-quatre heures sur vingt-quatre pendant des jours et des nuits, elle ne pouvait toujours pas s'habituer à ce qu'il soit allongé ainsi, à moitié nu, son torse large couvert de bleus avec cette toison brune offerte à son regard.

On aurait dit qu'elle n'avait jamais quitté la colonie. Qu'elle n'avait jamais vu d'homme nu. Qu'elle n'était plus celle qui l'avait séduit intentionnellement et sans détour dans le garage de Manny. Qu'elle avait seulement douze ans et non trente-deux...

Mais son corps savait. Ses mains aussi. Et son cœur...
Assez !
Elle le regarda dans les yeux.

— Tu devrais te reposer à présent.

— Pourquoi fais-tu cela ?

— Pourquoi je fais quoi ?

— Attacher tes cheveux.
— C'est ce qu'on fait ici. J'ai promis de respecter les règles.
— Et après tu as menti à notre sujet ? Ann ?

Il n'y avait qu'une seule issue : l'humour.

— J'ai promis de suivre les règles *après* avoir menti.
— As-tu vraiment dit à ton frère que nous étions mariés ?
— Oui, je lui ai dit que tu étais mon mari.
— Tu aurais dû m'en parler.

Il esquissa un sourire rapide.

— Nous avons déjà perdu trop de temps.

Elle se rassit sur la chaise à côté du lit. Le chauffage à gaz était baissé, et ils étaient si proches que la chaleur de son corps masculin la gagnait. Le silence... Son odeur... Ce corps lavé au savon fait maison... Au fond, elle n'avait pas perdu tant de temps que ça, elle avait même pris quelques libertés...

Elle avait dévoré des yeux son corps svelte, musclé et tellement viril.

Elle avait laissé ses mains épouser son torse sous prétexte de vérifier les battements de son cœur ou la taille de cette ecchymose, de la largeur de sa paume.

Elle avait laissé courir ses doigts sur la proéminence osseuse de son pelvis...

Et toujours cette petite voix au fond d'elle qui la rappelait à l'ordre : *Quel est ce péché de chair, Annie Tschetter ? À quel jeu dangereux es-tu en train de jouer ? Et si, à son réveil, il se souvenait de tout ?*

Et plus souvent encore : *Cela est impossible.*

Cette voix ne l'avait jamais ainsi rappelée à l'ordre ces dernières années.

— Vas-tu me dire pourquoi ? demanda-t-il en l'arrachant à sa voix intérieure.

Elle déglutit.

— Nous devrions parler de ce qui s'est passé l'autre soir, J. D. De celui qui t'a tiré dessus...
— Réponds-moi, Ann, insista-t-il d'une voix rauque de douleur. Pourquoi as-tu dit ça ?

— Pour rien.

Son regard était brûlant.

Es-tu en train de mentir à présent, Annie Tschetter ?

— Timothy avait déjà refusé deux fois de nous accueillir. Il m'a dit de t'amener à l'hôpital. Je lui ai dit que c'était impossible...

Elle s'arrêta un instant, puis reprit :

— J'étais fatiguée et désespérée. Je n'arrivais pas à croire que j'insistais encore. Alors quand il m'a demandé qui tu étais pour moi, c'est sorti tout seul. Peut-être ai-je pensé que si je lui disais que tu étais quelqu'un d'important pour moi, cela pourrait faire une différence. Que cela pourrait le faire changer d'avis. Alors je lui ai répondu ça.

Il s'appuya sur le lit pour se redresser.

— Ça a pas mal marché, hein ?

— Thorne...

— Pourquoi es-tu partie de cette communauté ?

— C'est très... compliqué.

Elle avait toujours lutté avec ses sentiments. Elle voulait désespérément être aimée, mais elle ne l'était pas, pas pour elle-même en tout cas, pas pour ce qui la rendait différente et qui l'excluait de la vie de la colonie. Et elle voulait tout autant qu'on la libère. Au début, cette idée était si singulière, puis au fil du temps si terrifiante, qu'elle avait renoncé et tâché de nouveau de gagner leur amour, quel qu'en fût le prix.

En vain.

— Ann ? l'appela-t-il en plongeant ses beaux yeux marron, brillants de douleur, dans les siens. Dis-moi.

Il voulait savoir... songea-t-elle.

À la colonie, on ne tolérait pas des pensées aussi intimes, aussi complaisantes et encore moins des conversations. Mais J. D. ne se reposerait pas tant qu'il ne saurait pas, elle le savait. Il ne la lâcherait pas tant que cette question resterait en suspens entre eux. Il ne voulait pas la croire quand elle lui disait qu'elle le décevrait tôt ou tard. Et elle ne pouvait continuer à voler ses doux et sensuels petits instants de liberté sans finir l'âme déchirée. Il fallait qu'il comprenne.

— Je ne sais pas comment te décrire ce qu'est la vie ici.

Elle n'avait jamais essayé de l'expliquer. Pas une seule fois durant toutes ses années passées dans le monde extérieur, elle n'avait parlé de son ancienne vie.

— Les femmes de la communauté te diraient qu'elles sont beaucoup mieux ici qu'au-dehors. Elles se partagent le travail, n'ont jamais à se soucier de faire garder leurs enfants et, quand elles se marient, elles n'ont pas à s'inquiéter de savoir si leur époux pourra subvenir à leurs besoins puisque la colonie le fera. Ici, il y a toujours de la nourriture sur la table. L'endroit où elles vivront, les vêtements qu'elles porteront, le travail qu'elles feront, tout est prévu pour elles. L'intimité et les biens privés n'existent pas — rien qui aurait sa place dans un coffre. Personne n'a de voiture, ni de vêtements à son goût. Ici, personne ne grandit ni ne vit pour devenir pompier, astronaute, médecin ou avocat. Personne ne demanderait à un enfant ce qu'il voudrait faire une fois adulte. Il ne comprendrait même pas la question. Ce qu'il veut, c'est arriver à l'âge de pouvoir conduire un tracteur. Et ce que les filles apprennent, c'est qu'elles sont inférieures en tout point et qu'elles se doivent d'obéir aux hommes. Et s'il y a trop d'Anna ou de Mary, on met devant le prénom du père. Jakob Anna, Joseph Anna, Peter Anna.

Voilà, elle était lancée, et elle avait du mal à s'arrêter. Peut-être parlait-elle ainsi pour repousser le plus possible le moment où elle aborderait le plus important à ses yeux.

Il réajusta l'oreiller derrière sa tête, mais malgré la douleur, son attention ne faiblissait pas, elle le sentait.

— Et tellement d'autres choses encore… Je n'ai jamais été à ma place ici. Je n'ai jamais pu. C'est comme si Dieu leur avait joué un tour en m'envoyant à eux. Je ne peux pas leur en vouloir. Ils sont aussi heureux dans leur foi et dans leur communauté qu'ils peuvent espérer l'être sur cette terre. Si tu demandes à n'importe lequel d'entre eux combien de bons amis il possède, il te répondra « des centaines ». Pour eux, c'est ainsi. Ils dépendent les uns des autres pour tout. Ils n'ont aucun doute, ne se posent aucune question. Ils savent que leur récompense les attend au paradis. Mais pas la mienne. Ils pensent que pour moi, c'est sans espoir, mais c'est ce qu'ils ont toujours souhaité.

Elle laissa retomber ses mains si loquaces sur ses genoux. Les larmes lui piquaient les yeux. Comment se pouvait-il qu'elle se sente encore aussi vulnérable après toutes ces années ?

— Je…

— Ann… qu'est-ce qui se passe ?

Il se redressa un peu, les plis autour de ses yeux trahissant l'effort que cela lui demandait.

— Ce n'est pas ton genre de tourner comme ça autour du pot. Vas-y, parle.

— D'accord.

Elle se redressa, s'efforça de le regarder dans les yeux et mit de l'ordre dans le tourbillon de ses pensées pour se concentrer sur l'essentiel.

— Eux aussi, ils voulaient me sauver de moi-même.

Il la scrutait, plus intensément encore.

— J'ai dû manquer un épisode, Ann. Tu vois, il me semblait que là-bas dans l'atelier clandestin c'était toi qui me sauvais de moi-même.

Il essaya de s'asseoir, mais laissa vite échapper un long soupir. Ses yeux chavirèrent sous l'effet de la douleur et ses paupières tressautèrent pour se fermer.

— Je crois, commença-t-il en essayant d'attraper le bandage près de son aisselle, je crois que j'ai dû me refaire saigner.

Elle s'inclina sur sa chaise en s'approchant du lit, puis se hissa sur l'édredon près de lui pour voir ce qu'il en était. La tache de sang frais apparut sans même avoir ôté le bandage.

— Oui, tu saignes. Attends. Allonge-toi et ne bouge pas. Je reviens.

Elle attrapa de la gaze et un désinfectant dans le buffet juste derrière la chaise de bois et rampa de nouveau sur le lit.

Pendant qu'elle enlevait le bandage, elle dut l'empêcher

de l'aider. C'était ce genre de mouvement qui devait avoir provoqué ce nouveau saignement. Elle découpa la gaze au lieu d'essayer de la lui passer par-dessus la tête et repéra l'endroit où un point avait lâché, sous son bras, près de sa toison.

Assise, sa hanche contre J. D. et les jambes repliées sur le côté, elle maintenait un épais tampon de gaze sur le saignement à l'aide de sa main gauche et avait posé la droite de l'autre côté du corps de J. D. pour garder l'équilibre. Il ferma fort les yeux, sa mâchoire crispée par la douleur.

Elle appuya sur la compresse pendant plus de deux minutes, puis relâcha pour découper un bandage propre. Une fois qu'elle l'eut enroulé pour faire une sorte d'écharpe bien serrée, il put enfin baisser le bras et son visage se détendit.

Le soigner ne la dérangeait aucunement. Mais il était impossible de le faire sans finir avec les larmes aux yeux devant sa souffrance. Il était passé si près de la mort !

Tu vois, il me semblait que c'était toi qui me sauvais...

Elle s'inclina légèrement sur la gauche, pour faire contrepoids et libérer sa main droite. Elle se mit à lui caresser le front en repoussant ses cheveux vers l'arrière tout en fredonnant des paroles de réconfort pour l'apaiser.

— Ann.

Il leva la main droite, comme s'il voulait toucher son bras tendu. Mais il effleura son sein et elle oublia de respirer. La douleur disparut de ses sourcils et ses lèvres s'entrouvrirent. Une petite veine se mit à battre sur son front. Elle n'avait qu'à baisser le bras, cesser de caresser ses cheveux, pour mettre un terme à ce geste accidentel, mais le désir né de ce contact embrasait littéralement le sang dans ses veines.

Il n'y avait rien à faire... Le souvenir de leur baiser, de longs mois auparavant, après que Christo McCourt eut retrouvé son père, la consumait d'envie. Un souvenir qu'elle avait réussi à bannir quand elle était à Seattle, mais pas là, pas en vivant avec lui comme elle le faisait, comme s'ils étaient mari et femme, vingt-quatre heures sur vingt-quatre.

Là, dans cette chambre, dans cette communauté où elle

avait grandi, elle n'était plus Ann Calder la policière dégourdie et blasée que rien ne faisait rougir, mais Annie Tschetter, la fille que l'on n'arrivait pas à façonner pour satisfaire les aînés. Celle que l'on ne pouvait convaincre de renoncer à ses rêves, ni à son sens de l'individualité. Celle qui voulait quelque chose pour elle seule.

Et c'était ça qu'elle voulait. La sensation de la main de J. D. sur son sein, qui le caressait, épousait ses formes, le soulevait à travers les couches de tissu, si lentement, avec tant de délicatesse, de sensibilité et d'érotisme qu'elle aurait pu en mourir.

Pour supporter ce contact, elle se forçait à fixer un point par-dessus la tête de J. D., sur le mur blanc et austère. Sa main était toujours sur lui, sur son visage, et aussi longtemps qu'elle garderait le bras tendu, rien ne s'arrêterait.

Faites que cet instant ne s'arrête jamais…

— Regarde-moi, Ann. Regarde-moi.

Elle contempla sa main puissante, puis ses lèvres, et enfin ses yeux marron. Il faisait glisser l'ongle de son pouce sur le tissu. Un frisson parcourut ses seins, ses tétons réagirent délicieusement sous ses vêtements. Ils se dressèrent, durcirent. Le plaisir déferlait en elle, sombre et profond, tellement intense qu'elle ne pourrait plus le contenir très longtemps.

— Laisse-nous une chance, Annie Tschetter, souffla-t-il. Laisse-nous une chance.

Elle avait encore sa main sur lui, et il la lui prit, la posa plus bas sur son corps, sur la seule partie qu'elle ne s'était pas permis d'explorer.

Elle gémit.

Il se tourna, glissa sa main derrière sa nuque et l'attira dans les baisers les plus tendres, enfiévrés et humides de désir qu'elle ait jamais connus.

Laisse-nous une chance, Annie Tschetter.

6

Le froid saisit J. D. En six jours, il n'était sorti de sa cabane qu'une seule fois pour aller à la remise, mais depuis sa fenêtre il avait étudié toutes les allées et venues.

Il releva son col, se fia à ses observations et prit la direction du bâtiment central. Son bras n'était plus en écharpe, son corps commençait tout juste à guérir et il avait besoin de vraie nourriture. Tout de suite. Et Ann était introuvable.

Sur son chemin, un vague sentiment d'indignation l'accompagna. Il comprenait Ann, pourquoi elle avait quitté cet endroit. Si l'altercation avec Timothy ne l'avait pas totalement renseigné, les explications embrouillées qu'elle avait données sur sa vie dans la communauté avaient bien mis en lumière la situation : elle ne voulait pas qu'on la sauve d'elle-même. Ni eux, ni lui. Elle ne voulait ni être rabaissée, ni que son intelligence soit étouffée, ni troquer son droit de penser par elle-même contre quoi que ce soit. En tout cas, pas contre une place dans l'Arche du Seigneur sur cette terre, ni la certitude d'un merveilleux au-delà.

Ce qu'il avait encore du mal à comprendre, c'était son refus de s'abandonner à ses sentiments. Manifestement, succomber, suivre ce qu'elle désirait, non plutôt *prendre* ce qu'elle désirait, revenait à « se donner à un homme » comme Timothy l'avait si curieusement exprimé.

Sa liberté n'était pas négociable. Ce qu'elle éprouvait pour lui, ce qui se passait entre eux, n'avait donc aucune chance. Pour elle, de telles choses étaient fugaces, aussi inconsistantes que le givre sur la vitre près de son lit dans la cabane du relieur.

Elle pensait qu'un jour il attendrait certaines choses d'elle et qu'elle le décevrait parce qu'elle serait incapable de répondre à ses attentes.

De toute façon, il avait besoin de temps loin d'elle, pour réfléchir, pour décider ce qu'il allait faire, parce qu'ils avaient des problèmes qui allaient bien au-delà d'eux et de la cabane du relieur où les bibles, les hymnes et les livres de classe en allemand attendaient désespérément d'être réparés.

Il n'arrivait toujours pas à se souvenir de ce qui précédait la fusillade.

C'était tout ce dont Ann voulait parler.

Qui avait-il vu ? Qu'avait-il fait ? Où était-il allé ? Pourquoi ce soir-là et pas les précédents ?

Elle l'avait interrogé, avait essayé de le stimuler, avait eu recours à des jeux d'association, n'importe quoi pour réveiller ses souvenirs d'avant la fusillade...

En vain.

Il ne savait que peu de choses. Qu'il avait rejeté des personnes qu'il avait respectées par le passé. Qu'il avait violé le code dont personne ne parlait, mais qui était connu de tous : un flic ne balançait jamais un autre flic.

Jamais. Il n'y avait aucune excuse valable. Si un flic était pris la main dans le sac ou se grillait en se comportant comme un idiot, alors il méritait ce qui lui arrivait.

J. D. pensait autrement : les ripoux qu'il avait dénoncés comme appartenant aux Diseurs de vérité s'étaient sabordés tout seuls. Ils n'auraient pas pu être relevés de leurs fonctions sans raison, et la barre était haute. Il avait réussir à recueillir suffisamment de preuves, mais il n'appartenait qu'à la petite minorité de flics qui y croyaient.

Il y travaillait depuis des mois, et les personnes qui se trouvaient dans sa ligne de mire étaient au courant. Si l'un d'eux avait dû le supprimer, il l'aurait fait avant de se retrouver hors du coup et sans revenu.

J. D. ne croyait pas aux coïncidences, ce qui les amenait Ann et lui à la conclusion suivante : pendant les heures précédant la fusillade, il avait tiré un signal d'alarme et fâché une personne très influente.

Alors la veille, ils s'étaient enfin décidés. Il était temps d'agir et, puisque la mémoire de J. D. faisait défaut, il fallait qu'ils découvrent par un autre moyen le fin mot de l'histoire. Ann était donc partie dans le bureau de son frère Timothy chercher un téléphone portable et le lui avait tendu, revenant une fois de plus sur ce qu'ils avaient convenu.

— Es-tu certain qu'appeler Matt ou Garrett serait une erreur ?
— Sans aucun doute. Quiconque essaie de m'avoir les surveillera tous les deux.

La même logique s'appliquait aux amis d'Ann, aux personnes en qui elle avait confiance. Laisser quiconque savoir où ils se trouvaient serait lui faire endosser une dangereuse responsabilité.

— Rand reste la meilleure solution alors ? avait-elle demandé.

Mais elle connaissait déjà la réponse, ils avaient déjà envisagé toutes les possibilités. J. D. avait grandi avec Martin Rand et, en tant que juge fédéral du district, Rand était très bien placé pour les aider. Et mis à part Matt et Garrett, personne ne savait que J. D. était ami avec un magistrat fédéral.

Mais la position haut placée de Rand pouvait également poser un problème. Sur le plan professionnel, Rand devait se tenir en retrait, à distance de toute implication dans des intrigues pouvant avoir un lien avec le système judiciaire.

Bon sang, il ne se souvenait toujours de rien...

— Quel jour sommes-nous ? avait-il demandé à Ann.
— Mercredi.
— Alors, Rand est sûrement au tribunal.
— Je te rappelle, J. D., que ton ami a pris un congé et que tu peux donc l'appeler chez lui.

Elle avait ajouté :
— Nous devons vraiment savoir ce qu'il se passe, s'ils ont attrapé le tireur ou s'ils ont une piste. Rand doit sûrement suivre l'affaire. Il doit s'inquiéter pour toi.

— Peu importe ce qu'il nous dira, Ann, nous devons élaborer un plan pour sortir d'ici.

Rand avait décroché à la troisième sonnerie.

— Martin Rand à l'appareil.

— Martin, c'est J. D.

Après un instant de silence, Rand avait demandé :

— Où es-tu ?

— En lieu sûr pour le moment.

— Dieu soit loué, tu vas bien ? Il y avait tellement de sang...

— Je vais mieux, ne t'inquiète pas... J'ai dû attirer l'attention de quelqu'un, mais je n'ai pas la moindre idée de qui cela peut être. Qu'est-ce que j'ai fait avant la fusillade ?

— Tu as passé un moment à la maison, en milieu d'après-midi. On a descendu quelques bières. Tu te rappelles ?

— Non. De quoi avons-nous parlé ?

— De l'inutilité du procès... principalement. J. D., enfin ! Nous savions tous que ce serait comme si tu avais une cible tatouée dans le dos ! Tu dois te placer sous protection. Dis-moi où tu es. Je peux organiser...

— Marty ? Non. Et pas seulement non, mais jamais de la vie !

— J. D., bon sang ! Allons ! Tu n'as pas les idées claires. N'agis pas comme un idiot. Les hommes du marshal ne t'attendent pas devant la porte pour t'embarquer.

— Est-ce que les flics ont arrêté quelqu'un ?

— Non, personne. J'ignore même s'ils ont des pistes, mais qu'est-ce que cela peut bien faire ? Tant que tu seras dehors, tu seras une cible facile.

Mieux valait être une cible facile de son propre chef qu'au beau milieu d'un stand de tir avec les compliments des marshals fédéraux, songea J. D.

— Tout ce dont j'ai besoin, Marty, c'est de connaître la situation de l'intérieur. Si je savais qui a fait ça, je pourrais peut-être deviner pourquoi. Tu peux m'obtenir cette information ?

— Bien sûr, mais cela peut prendre un jour ou deux. Pourrai-je te joindre à ce numéro ?

Marty avait l'identification d'appels sur son téléphone…, pesta J. D. Que quelqu'un puisse savoir où il se trouvait, même son plus vieux copain, lui nouait l'estomac.

Presque personne ne savait que Rand et lui étaient amis, ou que Rand l'avait aidé pour qu'il passe l'entretien qui l'avait fait entrer dans l'équipe d'infiltration des Diseurs de vérité.

Comme eux deux, Ames et Everly remontaient à l'époque de Telluride, donc ils savaient, tout comme Garrett et Matt.

Mais comme disait le proverbe : trois personnes peuvent garder un secret si deux d'entre elles sont mortes. Et les Diseurs de vérité semblaient inévitablement mettre au jour des ramifications obscures, des informations souterraines, des détails parlants qui leur permettaient de mettre leurs plans en application.

À moins que ce ne soit de la parano totale ? s'était demandé J. D.

— Je te recontacterai moi-même, Rand, avait-il conclu. Je ne sais pas où je serai dans vingt-quatre heures.

Et puis il avait raccroché. Mais un mauvais pressentiment le tenaillait depuis.

Soit il était vraiment parano, soit Rand…

Il s'arrêta net : cette même méfiance l'avait déjà envahi.

Mais quand ? Quand il était assis chez Marty à boire des bières ?

Avec la morsure du froid, sa tête tapait comme jamais. S'il devenait paranoïaque, c'était qu'il avait des raisons. La blessure sous son aisselle le brûlait à chaque mouvement et il avait encore des difficultés à respirer. Il commençait à guérir, mais c'était la première fois que son seuil de tolérance à la douleur était aussi bas et son cerveau si embrouillé.

Mon Dieu… Mais il avait faim. Dès qu'il aurait quelque chose de consistant dans l'estomac, il pourrait mieux réfléchir.

Il atteignit la porte du bâtiment central et inspira profondément. À quoi devait-il s'attendre ? Même dans un endroit aussi salutaire que cette ferme, il fallait rester sur ses gardes.

La porte ouvrait directement sur une cuisine. On aurait

dit une cafétéria scolaire. Plusieurs filles, de jeunes femmes, qui avaient peut-être entre quinze et vingt ans, finissaient le repas en papotant gaiement. L'une d'elles se tourna vers lui, elle tenait un torchon et des ustensiles dans les mains.

En l'apercevant, elle laissa tout tomber sur le sol. Il y eut un grand fracas, et toutes les jeunes femmes le regardèrent, avec un mélange de curiosité et de crainte.

Manifestement, il leur avait fait une peur bleue.

— Je suis désolé. Je ne voulais pas vous faire sursauter.

Il se dirigea vers l'adolescente qui avait fait tomber ses affaires. Rouge de confusion, elle était en train de les ramasser.

— Laissez-moi vous aider…, proposa-t-il.

— Non ! fit-elle en s'agrippant les mains comme si elle espérait une intervention divine. Non… je vous en prie. Je peux le faire seule.

Elle ramassa rapidement les objets, sans cesser de jeter des coups d'œil dans sa direction et vers les autres filles. Comme si le diable en personne était entré dans leur cuisine, songea J. D.

Il se pencha et récupéra une grande fourchette qui avait volé sur le linoléum jaune pâle, hors de la portée de la jeune fille. Celle-ci la lui prit des mains avec un sourire nerveux.

S'il lui rendait son sourire, elle risquait de tomber raide morte. Aussi, il se contenta de demander :

— Serait-il possible que je me fasse un sandwich ?

— Oh non, lâcha-t-elle, l'air encore plus bouleversé. Je… Les hommes ne…

— Je vous en prie, intervint l'une des plus âgées.

Elle s'avançait vers lui, mais en évitant son regard.

— Je vais vous préparer un sandwich si vous voulez bien attendre dans… là-bas.

Elle désigna une porte qui ouvrait sur des tables de cafétéria parfaitement alignées.

— Bien sûr, répondit J. D en hochant la tête. Je suis désolé. Je ne voulais pas…

— Il n'y a pas de problème. Là-bas, dit-elle en pointant de nouveau le doigt. Les tables du fond, pas celles de devant.

Il acquiesça une fois de plus. Des coups de tonnerre résonnaient dans sa tête. Il n'était tellement pas à sa place que c'en était absurde.

Il se dirigea vers l'endroit qu'on lui avait indiqué et s'assit sur un banc. Ce devait être le coin réservé aux hommes. Dans la cuisine à côté, le groupe de filles chuchotait à tout-va. Il avait violé un territoire.

En prenant soin de ne pas croiser son regard, la plus courageuse lui apporta deux sandwichs au jambon dont le pain avait été généreusement tartiné de beurre ainsi qu'une grande portion de compote de pommes.

— Ça ira ? demanda-t-elle.
— Oui, merci beaucoup.

Il fallait qu'il sorte d'ici.

— Je ne veux pas vous déranger plus longtemps. N'y a-t-il pas un endroit chaud où je puisse aller ?
— Il y a l'écurie, répondit Timothy.

Il se tenait sur le seuil de la porte, arborant une expression meurtrière.

— Vous reprenez la porte par laquelle vous êtes entré. Cent pas vers le sud.

J. D. se leva, l'assiette de sandwichs, la compote et une cuillère à la main, et sortit par où il était entré, frôlant le frère d'Ann.

Avec peine, il traversa l'enceinte et gagna l'écurie. L'odeur du foin, des chevaux et du cuir... Son enfance... Pas toujours gaie.

Appuyé contre la porte de l'écurie, il attendit que les vertiges passent.

Pourvu qu'ils passent...

Il s'assit sur une meule de foin à côté des stalles et mangea ses sandwichs à la faible lueur des fenêtres, finissant la compote avec ses doigts. Il aurait bien mangé deux ou trois sandwichs de plus, mais il était hors de question qu'il retourne dans cette cuisine pour avoir du rab.

Il resta un moment ainsi, s'imprégnant du bruissement calme et doux du souffle des chevaux, pour oublier sa faim. Mais un souffle d'air glacé passait sous la porte et il chercha de quoi se réchauffer. Des couvertures pour chevaux étaient posées sur une étagère près de la fenêtre. Il en attrapa une et l'étendit sur le foin, puis retira son arme de poing de la ceinture de son jean.

De nouveau assis sur la meule, il commença à démonter méthodiquement son arme. D'ordinaire, il lui fallait moins de soixante secondes pour la désosser et la remonter, mais là, il prenait son temps.

Ce rituel l'aidait à se concentrer. Pour autant, ses souvenirs ne remontaient pas à la surface…

Mémoire ou pas, il allait falloir agir. Et vite.

Timothy avait raison : tant qu'ils resteraient ici, la colonie était en danger.

Le téléphone de Matt sonna, et il décrocha sans consulter le numéro.

— Giuliani ? C'est Martin Rand. Je vous dérange ?

Matt se cala dans son fauteuil.

— Pas du tout. Du nouveau ?

— Oui, la voiture d'Ann Calder a été retrouvée à l'abandon le long de la route 101, au sud de Tillamock, dans l'Oregon.

— Des indices ?

— Le sang retrouvé sur la banquette arrière correspond au groupe et au rhésus de J. D. Thorne, et il n'y avait pas que les empreintes d'Ann Calder sur le volant : celles d'un criminel au casier judiciaire de deux pages !

Matt remercia le juge, puis raccrocha, songeur.

Ann et J. D. n'avaient pas pu partir vers le sud, cela n'avait aucun sens. Il n'était pas plus probable que le gangster ait volé la voiture d'Ann : c'était une vieille Honda, sans intérêt. Ne restait qu'une option : le truand avait été généreusement rétribué pour conduire la Honda le plus loin possible dans la direction opposée à celle que Ann et J. D. avaient empruntée. Cette mise en scène n'était qu'un leurre. Ann et J. D. étaient donc en sûreté. Il n'y avait pas à s'inquiéter.

Matt pouvait être tranquille.

Jusqu'à ce que Rand lui téléphone de nouveau…

Il était chez lui, en train de se préparer des lasagnes.

— Guiliani à l'appareil.

— Matt, c'est Rand.

À en juger par le bruit de verres et le volume sonore des voix, Rand se trouvait dans un bar ou dans un restaurant.

— J. D. m'a appelé cet après-midi.

— Alors il va bien ?

— En tout cas, il est en vie.

— Où est-il ?

— Dans une ferme aux abords de Cold Springs, dans le Montana.

— C'est lui qui vous l'a dit ?

— Oui.

Matt acquiesça, mais ça ne collait pas. Il avait travaillé avec J. D. pendant quatre ans, et celui-ci n'aurait jamais fait ça, n'aurait jamais confié une telle information, même à sa propre mère. De toute évidence, il y avait un gros problème.

Rand reprit :

— Je veux envoyer les marshals fédéraux. Mais J. D. a refusé. Alors j'ai besoin de vous, Guiliani.

— C'est-à-dire ?

Tous les voyants étaient passés au rouge dans la tête de Matt, mais il devait faire semblant.

— Vous allez appeler J. D. et le rassurer : vous lui direz que ce sont de vrais policiers qui vont venir, pas des Diseurs de vérité déguisés en flic. Il peut avoir toute confiance.

Matt n'en revenait pas : il devait se porter garant de personnes qu'il ne connaissait pas ? Alors que J. D. et Ann étaient en danger de mort ? Non, pas un instant, ce n'était envisageable. Encore moins si Martin Rand le lui demandait.

Mais il allait devoir agir, et vite. Le temps que J. D. apprenne que Rand n'avait pas renoncé à son plan, il serait peut-être trop tard.

Assis dans l'écurie à peine éclairée, perdu dans ses pensées, J. D. saisit le canon de son arme et fit glisser son doigt sur toute la longueur. Une poignée d'adolescents se glissèrent alors à l'intérieur de la grange par une porte qu'il n'avait même pas remarquée. Il ne manquait plus que cela…

Les garçons s'agglutinèrent autour de lui avant même qu'il n'ait pu rabattre un des bords de la couverture sur son arme. Aussi identiques avec leur pantalon noir, leur chemise blanche et leur manteau noir que les filles l'étaient avec leur robe, ils fixaient, ou plutôt admiraient, les pièces du revolver.

L'un d'eux se pencha. Il ressemblait beaucoup à Timothy, le frère d'Ann.

— C'est un vrai ?

— Tout ce qu'il y a de plus vrai.

— Il est cassé ? Parce que d'habitude je sais comment remonter les choses.

— Non, il n'est pas cassé. Je suis certain que tu saurais le remonter, mais je ne pense pas que ce soit une bonne idée. En fait, ce n'est sûrement pas non plus une bonne idée que vous soyez là, les gars.

— Ouais. On va recevoir une bonne correction !

Les six garçons hochèrent la tête à l'unisson, mais aucun ne semblait vouloir partir.

— C'est pas bien grave.

— Ah bon ?

Lui aussi, souvent, n'en avait fait qu'à sa tête tout en sachant que son oncle Jess allait lui tanner le cuir.

Ils s'assirent tous en tailleur et se présentèrent. Un seul n'était pas un Tschetter.

— Josh et moi on a vu ce film, *L'Arme fatale* il s'appelle, il passait à la télé du supermarché. Personne n'est au courant, à part vous maintenant. Vous êtes policier, vous aussi ?

— Oui. Mais ça ne se passe pas comme dans les films.

— Vous avez dû faire des trucs super cool, dit Michael, le plus petit, avec une voix pleine d'admiration. Vous avez un revolver.

Comme si le fait de posséder une arme rendait cool. Ces enfants n'étaient pas si innocents que leurs aînés voulaient bien le croire, même si ce n'était rien de plus que la fascination qu'avaient tous les gamins pour les armes. Il allait leur donner une réponse d'adulte, émousser un peu leur admiration, d'autant que Timothy ne tarderait sûrement pas à apparaître de nouveau.

Cette perspective lui donnait le vertige, surtout pour Ann.

— Une arme, ça n'a rien de cool.

Mais ses mains qui rassemblaient les pièces de l'arme se mouvaient avec une telle aisance et une telle rapidité que le mot « cool » se lisait dans tous les regards qui l'observaient, et peu importait ce qu'il pourrait bien dire.

Il glissa son arme dans la poche de sa veste. Le dernier truc cool qu'il pouvait faire avec... Il fallait qu'il trouve autre chose...

— Un jour, j'ai attrapé des pilleurs de banque. Et l'embuscade que nous leur avons tendue dans les montagnes était super cool.

Leurs regards déçus parlaient pour eux... Ce qu'il leur donnait en pâture n'était rien comparé aux explosions d'immeubles et aux accidents de voiture spectaculaires de Danny Glover et Mel Gibson.

— Dans la vraie vie, ce n'est pas plus excitant que ça.

— Y avait combien d'argent ? demanda Michael, le petit.

— Un demi-million et des poussières.

Paul siffla entre ses dents de devant.

— On pourrait acheter notre ferme avec ça.

— Pas loin, répondit J. D. même si en réalité une pareille somme n'aurait pu acheter que les machines.

Parce que, même si la famille d'Ann rejetait le monde extérieur, ils n'avaient visiblement rien contre les équipements modernes.

— Alors comment vous avez fait ? intervint Josh.

— Une vieille ruse d'Indien. Avec des miroirs.

— N'importe quoi ! Les Indiens n'avaient pas de miroirs, se moqua Paul.

— Non, mais ils avaient du mica, de l'argent, des choses brillantes comme ça.

— Ils faisaient quoi ? Ils s'amusaient à s'éblouir avec le soleil ?

— Exactement. Ils utilisaient tout ce qu'ils trouvaient pour renvoyer les rayons du soleil et signaler leur présence à de grandes distances.

Il prit quelques brins de foin et dessina un piège que les Indiens tendaient aux convois de colons qui s'aventuraient dans les montagnes.

— On peut réussir à tendre une embuscade de plusieurs façons, mais quelle que soit la méthode employée il faut boucler toutes les issues. Dans ce cas-là, si d'un côté les mecs descendent avant que les autres soient prêts à l'autre bout, ils laissent la voie libre pour s'échapper.

— Et c'est comme ça que vous avez attrapé les voleurs ? s'enquit l'un des garçons, les yeux écarquillés.

— Oui, c'est exactement comme ça que nous les avons eus. Et en plus, nous avions des chevaux, et pas eux. Ils comptaient s'enfuir à pied et disparaître avec le…

Le bruit de la porte l'interrompit. Deux silhouettes apparurent à contre-jour : un homme à la carrure imposante et Ann. Le soleil d'hiver, dur, faisait scintiller des mètres et des mètres de neige aveuglante. Les garçons se recroquevillèrent sur le sol l'un après l'autre, dans un silence de mort, leurs visages transformés en masques de résignation et de malheur.

Le malaise était évident. Ann semblait bouleversée. Pourtant rien de mal n'avait été fait, songea J. D. Il n'avait jamais vu une chose pareille. Quel genre d'enfants pouvait rester ainsi, courbés au sol, sans même penser à fuir ?

— Tu vois à présent ? demanda une voix mesquine et malveillante. C'est comme ça que tu nous remercies ?

L'homme attrapa Ann par le haut du bras et, la poussant et la traînant à la fois, l'attira dans la pénombre de l'écurie. Les hommes de la colonie suivirent dans un silence presque total.

— Voici le genre d'homme que tu amènes parmi nous, un

homme qui s'assied dans le noir comme le diable et répand des histoires de l'extérieur pour appâter nos jeunes. Un homme qui donne du mal une image captivante et excitante pour leurs yeux innocents ?

— Samuel...

— C'est ce que tu veux, Peter Annie ? demanda-t-il comme sur le point de la secouer. Nous détruire tous ? Est-ce cela que tu veux ?

— Samuel, arrête, siffla-t-elle, essayant en vain de se libérer de son emprise. Il ne voulait faire aucun mal, rien de ce genre...

— Excusez-moi, intervint J. D. en se levant, furieux. Samuel, n'est-ce pas ? Veuillez avoir l'obligeance d'ôter votre main de ma femme.

Samuel le défia en arborant une expression féroce, mais il laissa retomber sa main.

— Que se passe-t-il ici ? demanda Timothy, en s'avançant. Samuel ?

— Les garçons ne sont pas retournés en cours d'anglais après leur *récréation*.

Il lâcha le dernier mot avec un mépris non dissimulé.

— Je les ai trouvés ici, avec lui qui leur montrait son arme et leur remplissait la tête de...

— Timothy, c'est ma faute, intervint Ann. Il ne connaît pas nos... nos coutumes. Je ne lui avais pas expliqué que tu...

— Ann, c'est ridicule ! l'interrompit J. D.

Pourquoi endossait-elle la responsabilité de tout ça ? Et pourquoi avait-elle laissé Samuel la malmener ainsi ?

— Tu n'as rien à voir avec tout cela.

— Tu ne comprends pas, rétorqua-t-elle en lui lançant un regard enragé.

— Je comprends quand c'est ma responsabilité qui est engagée.

— Non. Cela ne te concerne pas. Cela n'a rien à voir avec toi.

— À quoi devons-nous nous attendre ? cracha Samuel. Il n'a même pas le contrôle sur sa femme.

— Silence ! ordonna Timothy. Je l'ai envoyé ici pour manger dans un endroit chaud et calme. Et tu n'es personne pour te permettre de juger les intentions d'autrui.

Samuel se rembrunit. Sa pomme d'Adam bondit frénétiquement lorsqu'il pointa de nouveau Ann du doigt.

— C'est elle la responsable !

— Toi seul es responsable de ta propre peine, Samuel, décréta Timothy. Tu te refuses à abandonner. C'est une femme. Tu devrais être capable de mieux que de te complaire dans cette attitude nombriliste. Tu te donnes en spectacle. C'est toi qui, jour après jour, année après année, t'entêtes à te faire passer pour un martyr. Pars maintenant !

Tremblant de rage, Samuel se tourna et traversa à grandes enjambées le petit attroupement d'hommes coiffés de chapeaux noirs et arborant tous le même visage sévère.

Au moment où les hommes s'écartèrent, le regard d'Ann se posa sur l'un d'eux, remarqua J. D. Il était beaucoup plus âgé que les autres, avait le visage émacié par les ans, portait une barbe blanche qui trahissait les tremblements de son menton. Il fixait Ann du regard. Elle se raidit et devint aussi pâle qu'un fantôme. Son père... sans aucun doute... Il était là, face à elle, pour la première fois depuis tant d'années.

L'affrontement silencieux s'éternisait...

Voilà donc d'où elle tenait son côté dure-comme-un-roc et impitoyable.

Comment croire en un dieu capable de laisser un père détester sa fille à ce point ? C'était impardonnable...

Elle restait là, debout, à braver ce jugement silencieux et cinglant.

— Monsieur Tschetter, lâcha-t-il, à bout.

Le vieil homme détourna son regard accusateur d'Ann pour le poser sur lui.

— Personne ne regarde ma femme de cette façon.

7

O.K, pensa J. D., il se servait du mensonge d'Ann à des fins qu'elle n'avait pas envisagées. Elle allait être folle de rage qu'il prenne ainsi sa défense. Tant pis. Il ne pouvait permettre que quiconque la traite ainsi.

— Peut-être que vous aimeriez passer votre colère sur moi, reprit-il. Et pour ce qui est des garçons...

Ann intervint :

— Thorne, non !

Mais son frère aîné prit la parole.

— Toi, dit-il en se tournant vers elle, tu n'as rien à dire que nous voulons entendre. Et vous non plus, monsieur. Ce n'est pas votre rôle de répondre d'elle. Ni de la désobéissance de nos fils.

J. D. croisa le regard d'Ann. Il n'y avait plus rien à faire. Sauf laisser le désastre se jouer.

Ce qui s'était passé avec Samuel était étrange... Il devait y avoir un lien avec Ann... Une vieille histoire... Mais Ann avait raison : il n'y comprenait rien.

Timothy s'adressa aux garçons, sans colère mais avec résignation, comme s'il mesurait à quel point il leur avait été difficile de résister à la tentation.

— Retournez en classe. On s'occupera de vous plus tard.

Les garçons se relevèrent tel un seul homme et sortirent en file indienne. Les hommes les suivirent comme s'ils obéissaient à un ordre silencieux. Tous, sauf Timothy et le pasteur

Wilmes. Celui-ci semblait absorbé dans ses pensées, puis il releva brusquement la tête.

— Tu vois, Peter Annie, les ennuis qui nous pleuvent dessus quand nous laissons entrer le monde extérieur ? Tu dois partir, et tu dois le faire aujourd'hui.

Ann protesta, mais Timothy se redressa et lui intima de se taire d'un seul regard.

— Non, dit-il. Nous ne voulons pas avoir votre sang sur les mains. Il n'y aura aucun ultimatum. Mais tu dois regarder dans ton cœur, Annie Tschetter, et voir quel mal ta présence apporte ici, même si ce n'est pas ton intention. Utilise le téléphone de mon bureau. Prends d'autres dispositions. Il y a sûrement dans ton monde des hommes d'honneur qui peuvent vous aider à vous sortir de là.

L'un des plus jeunes hommes, qui ressemblait beaucoup à Timothy, revint dans la grange.

— Timothy...

Le pasteur et le frère d'Ann se tournèrent vers lui.

— C'est Samuel, dit-il. Il est parti sur la route. Tu veux que je le suive ?

Ann regarda son frère attentivement, mais une fois de plus, ce dernier baissa la tête.

— Non, je suis fatigué de m'occuper de lui. Samuel fera ce qu'il fait toujours, et il en connaîtra bientôt les conséquences.

Timothy jeta un dernier regard implorant à sa sœur, puis sortit de l'écurie, son bras autour des épaules du pasteur.

Ann allait s'approcher de J. D. quand un de ses frères fit son retour dans l'écurie. Andreas. Timothy en plus jeune et plus menu. Sa barbe n'était pas encore parsemée de gris, et ses yeux étaient encore dénués de sévérité.

— Andreas, tu devrais y aller, toi aussi, lui dit Ann doucement.

— Annie... je sais. Je suis désolée pour Papa. Et pour

Samuel. Si je peux faire quelque chose pour vous aider tous les deux…

Il s'interrompit, regarda J. D., s'avança et lui tendit la main.

— Je suis Andreas Tschetter, un frère d'Ann.

— J. D. Thorne. Le…, commença J. D. en lui serrant la main.

— … mari d'Ann. Je sais.

— C'était votre père, alors ?

Andreas hocha la tête.

— Chaque jour, l'absence de barbe sur le visage de Samuel rappelle à Papa ce qui s'est passé.

— Lui rappelle quoi ? demanda J. D.

Ann et son frère échangèrent un regard.

— Je n'ai rien dit à J. D. au sujet de… de Samuel, bafouilla Ann.

— Peut-être que tu devrais, remarqua Andreas.

— Je vais le faire, oui. Mais toi, tu devrais y aller maintenant, avant qu'il n'y ait encore plus d'histoires, O.K. ?

— Si tu as besoin de quoi que ce soit, viens me voir. Je ne ferai rien à l'encontre de Micah, ni de Timothy, mais si je peux vous aider à partir d'ici, viens me voir. J'ai des amis au sud depuis mon expédition.

— C'est quoi ça ? s'enquit J. D. en fronçant les sourcils.

Andreas sourit.

— C'est comme ça qu'on dit quand nous quittons la colonie un certain temps. La plupart d'entre nous partent une année ou plus.

— La plupart des garçons, précisa Ann à voix basse.

Andreas hocha la tête, l'air un peu penaud.

— On se lâche un peu, on s'imprègne de ce qu'est la vie à l'extérieur. Parfois on se fait des amis avec qui on garde le contact. Ceux dont je parle sont des gens bien, rien à voir avec les Diseurs de vérité, et je sais qu'ils vous aideraient.

Andreas serra Ann contre lui. Il était raide, maladroit et ému. Puis il se retourna pour partir, mais quand il atteignit la porte, une pensée dérangeante vint à l'esprit d'Ann.

— Andreas ?

— Où Samuel va-t-il aller ?

— Il va sûrement descendre en ville, pourquoi ? répondit Andreas en haussant les épaules.

— Que fait-il en ville ? Pourquoi Timothy a-t-il dit qu'il en avait marre de s'occuper de lui ?

— Il boit jusqu'à plus soif...

La crainte se lut sur le visage d'Andreas et il revint vers elle.

— Oh ! Ann. Je suis désolée. Il pourrait bien être dangereux pour vous.

Ann déglutit.

— Il ne faudrait pas qu'il raconte ce qui se passe à la colonie.

— Tu sais, un homme qui a autant bu ne se contrôle plus. Et ces dernières années, Samuel s'est plusieurs fois soûlé au point de ne plus tenir debout. S'il révèle que vous êtes ici, Dieu seul sait où cela pourra nous mener. Cela pourrait avoir des répercussions, même après votre départ.

J. D. se rassit sur la meule de foin.

— Même s'il parle de nous, les clients du bar ne connaissent pas nos noms.

Andreas hocha la tête.

— Je vais quand même parler à Timothy.

Ann secoua la tête négativement.

— Ne t'en fais pas, insista Andreas. Timothy ne sera pas contre. J'irai chercher Samuel. Je te le promets, Ann. J'irai le chercher.

Il lui prit le menton entre ses doigts.

— Merci, dit Ann en l'embrassant sur la joue.

Il posa sur elle un regard plein de tendresse : elle lui avait beaucoup manqué, comprit-elle.

Elle faillit en pleurer.

— Allez, vas-y, Andreas. Et encore merci.

— Ce n'est rien.

Après qu'il fut parti, J. D. se prit la tête dans les mains et ne releva les yeux vers elle qu'au bout de quelques secondes.

— Tu t'entends bien avec Andreas ?

— Nous étions les plus proches en âge. Il avait cinq ans

quand je suis née. C'était toujours lui qui veillait sur moi. Timothy était plus un père pour moi que mon père ne l'était.

— Et ta mère ? Et tes sœurs ?

— Ma mère est morte à ma naissance. Et pour ce qui est de mes sœurs...

Une boule se forma dans sa gorge. Elle avait également sept sœurs, mais elle ne se rappelait même plus à quoi elles ressemblaient.

— Elles sont toutes parties. Quand une femme se marie, elle part vivre dans la communauté de son époux.

Elle devait refouler cet accès d'émotions inutiles, elle n'aimait pas les plis d'inquiétude qui se dessinaient sur le front de J. D.

— Andreas tiendra sa promesse, J. D.

— Il n'y a sûrement pas de quoi fouetter un chat.

— Tu penses vraiment ce que tu dis ?

— Personne ne sait où nous nous trouvons. Il faudrait vraiment que ce soit une énorme coïncidence. À moins que...

Il poussa un profond soupir.

— En allant aux cuisines, je me suis rappelé que Martin Rand avait un identificateur d'appel... Je ne sais plus trop à qui je peux faire confiance...

— C'est donc de là que tout est parti ?

— Je suis désolé, Ann. Quand je me suis réveillé, j'avais tellement faim que mon estomac gargouillait. Tu étais partie et je ne savais pas où. Si j'avais imaginé dans quelles histoires j'allais me retrouver...

— Tu n'as pas à t'excuser, J. D. Vraiment. Si ça n'avait pas été ça, ç'aurait été autre chose. Les garçons auraient de toute façon trouvé un moyen de te parler même s'ils avaient dû attendre devant ta porte.

Elle s'approcha et s'agenouilla sur le sol à côté de la meule de foin, à ses genoux.

— Tu es blanc comme un linge, tout va bien ? s'enquit-elle.

— J'ai des vertiges. La plupart du temps, j'arrive à faire abstraction de la douleur sous mon bras, mais ma tête n'arrête pas de tourner.

Les coudes sur les genoux, il gardait la tête posée sur les mains.

Elle le prit dans ses bras et posa ses lèvres sur ses cheveux.

De toute évidence, il voulait que ce cauchemar cesse. Elle voulait seulement changer la donne. Jour après jour à satisfaire ses moindres besoins, à le nourrir, à frotter le sang de sa veste, à laver, plier et recoudre ses vêtements… à jouer au papa et à la maman avec lui, troquant de longs regards passionnés contre des baisers et des moments d'intimité, posant sa main là, savourant ses lèvres ailleurs.

Mais ils ne vivaient pas au paradis, et une fois hors de la colonie, ces moments ensemble ne seraient plus qu'un lointain souvenir. Ce n'était qu'un mirage, des instants volés dans la foulée de la fusillade.

J. D. essayait bien de cacher sa frustration mais elle le connaissait : il voulait se rappeler ses heures qui échappaient à sa mémoire, il avait besoin de savoir ce qui avait mis le feu aux poudres. S'il parvenait à découvrir cela, il avait une bonne chance d'échapper à la menace qui pesait sur lui. Et s'il n'y arrivait pas…

Elle refusait d'y penser. L'échec n'était pas une option, le mot ne faisait même pas partie de son vocabulaire.

La bosse qu'il avait derrière la tête ne faisait plus que la taille d'un poing d'enfant. Cela pouvait prendre plusieurs jours avant qu'il ne recouvre la mémoire et que les élancements dans son crâne ne cessent. S'il retrouvait un jour la mémoire…

Mais il avait déjà de la chance d'être en vie.

Elle posa les mains sur ses épaules, s'assit à genoux, sa jupe en cercle autour d'elle et leva les yeux vers lui. Les quelques instants passés dans ses bras semblaient avoir soulagé sa douleur, son visage était moins pâle.

— J. D., tu veux parler avec Andreas au sujet de ses amis ? Tu veux rappeler Rand ? Essayer de joindre Matt ou Garrett ?

Il secoua la tête négativement. Peut-être était-ce pour cela qu'il était venu dans l'écurie, pour essayer de réfléchir ?

— Raconte-moi ce qui s'est passé ici, demanda-t-il.

C'était donc l'histoire avec Samuel qui l'intéressait…

Elle baissa les yeux et observa ses mains posées sur ses genoux.

— Samuel Pullman est une poudrière, une étincelle folle. Quand je t'ai coupé la parole pour te dire que tu ne comprenais pas, ce que je voulais dire c'est que je ne voulais pas que l'un d'entre nous dise quoi que ce soit pouvant encore plus contrarier Samuel.

— Tu y es pour quelque chose, Ann ? Il a une vieille rancune à ton égard ?

Elle hocha la tête.

— Mon père avait arrangé mon mariage avec lui. Quand j'ai refusé, il…

Elle s'interrompit et haussa les épaules.

— Il n'était pas content. Il se sentait humilié aux yeux de toute la colonie… et c'était le cas même si j'ai essayé de lui dire que le problème ne venait pas de lui, que je ne me marierais jamais. Ici, refuser de pardonner quelqu'un qui a péché contre toi est un péché de la pire espèce, et il pense que c'est ce que j'ai fait. Se montrer obstiné et s'accrocher à ses griefs est même un motif de bannissement, mais il n'a apparemment jamais réussi à passer outre. C'est pour cela qu'il se rase. Les hommes mariés ou ceux de l'âge de Samuel qui ne se sont jamais mariés pour une raison ou pour une autre portent normalement la barbe.

— C'est ce qu'Andreas voulait dire quand il a dit que Samuel le rappelait chaque jour à ton père ?

— Oui, le visage glabre de Samuel est pour mon père un reproche perpétuel.

— Alors quand tu leur as dit que j'étais ton mari…

— Je n'ai pas réfléchi. Quand j'ai pris la décision de venir ici, je n'aurais jamais imaginé que Samuel soit encore célibataire. Pas un instant, je n'ai pensé à lui. Et puis, quand je suis arrivée ici, et que tu étais là, dans la voiture à te vider de ton sang, j'ai vu Samuel avec les autres. Rasé de près, il aurait été impossible de le manquer. C'est sûrement pour cela que je l'ai reconnu. Si j'avais réfléchi, je me serais rendu compte de l'outrage que cela pouvait représenter pour lui. Je suis partie en jurant sur tout ce qui était saint que je ne me marierais jamais, et je reviens…

Il acquiesça, l'air compréhensif.

— Il a terriblement vieilli, ajouta-t-elle.

J. D. la couvait littéralement du regard. Elle s'interrompit. C'était un regard qui voulait dire : « Tu m'appartiens. »

Il posa la main sur sa joue, elle tressaillit. Elle désirait tellement ce contact et le redoutait encore plus… Une onde de plaisir parcourut sa colonne vertébrale. Elle frissonna.

— Il était de toute façon trop vieux pour toi, dit-il.

Certes, mais c'était justement parce qu'il était si vieux et veuf que Samuel avait accepté de l'épouser en dépit de tous les péchés qu'elle avait commis.

Du pouce, J. D. lui caressa la lèvre inférieure. Même si elle s'était un peu habituée à l'intensité qui se dégageait de sa personne, ses craintes n'avaient pas disparu. Elle redoutait la force de ses propres sentiments, ces recoins dans son âme où le pardon n'avait pas sa place.

Il retira son foulard, glissa ses doigts autour de son cou, puis l'attira à ses lèvres d'un simple regard. Leurs bouches n'eurent qu'à se toucher. Elle relâcha un profond soupir. Ses défenses l'avaient abandonnée et l'espoir de contenir son désir aussi.

Elle voulait le désirer.

— Annie Thorne, je suis heureux que vous ayez refusé de l'épouser, dit-il sans décoller ses lèvres.

Puis il pressa sa bouche plus fort contre la sienne et de sa langue l'empêcha de protester parce qu'il l'avait appelé « Thorne ».

Alors, elle plongea profondément et de façon irréversible en lui, dans son désir de cet homme.

Elle lui rendit la caresse soyeuse et érotique de sa langue, l'exploration de ses lèvres. Sa barbe rugueuse contre son cou embrasa tant son corps qu'elle dût interrompre leur étreinte sous peine de mourir étouffée par son désir d'en vouloir toujours plus.

Elle appuya son front contre le sien.

Dans le silence de la grange obscure qui sentait le foin, seule résonnait leur respiration rendue saccadée par le désir.

Plus tard dans la soirée, le bruit d'un pick-up fit sortir Ann de la cabane, J. D. à sa suite. Au même moment, Timothy surgit hors de son appartement, l'air énervé et remonté à bloc. Il était avec une femme emmitouflée dans un édredon en duvet.

Tous se retrouvèrent dans la cour alors qu'Andreas sautait du véhicule et ouvrait la portière du passager. Samuel s'écroula, ivre mort, sur le sol gelé, les maudissant tous.

La femme accourut aux côtés d'Andreas, qui passa un bras rassurant autour de ses épaules. C'était donc sa femme, comprit Ann.

— Je suis désolé, soupira Andreas.
— Que s'est-il passé ? demanda J. D.
— Je me suis rendu directement en ville et j'ai fait le tour des bars. Mais Samuel n'était nulle part. Il avait un peu d'avance sur moi, mais pas tant que ça. Je pensais qu'il était allé à Great Falls, c'est donc là que je suis allé en premier. Le temps que je fouille les bars, il était à Cold Springs et je l'ai trouvé bourré comme un coin parlant à tort et à travers à qui voulait bien l'écouter.

Timothy s'agenouilla près de Samuel et pria.

— Andreas, aide-moi à le porter. Mary, pars devant et prépare le lit de Samuel. Ann, prends ton mari et allez dormir.

Mary s'éloigna en silence, mais Andreas ne bougea pas d'un pouce.

— Je vais avoir besoin de parler à Ann et J. D., Timothy.
— Il n'y a pas besoin de parler, parler, toujours parler, répondit sèchement Timothy. S'il y a quelque chose à dire, je le ferai demain matin.

Andreas s'éclaircit la voix. Son corps élancé fut secoué

d'un frisson, nota Ann. Était-ce le froid glacial ou la peur ? Il enfonça profondément les mains dans les poches de son manteau.

— Timothy, ce qui se passe n'est pas bien. Cela pourrait leur être utile d'entendre ce que j'ai vu.

Timothy restait là à le dévisager froidement, visiblement stupéfait par son obstination. Il secoua la tête et se pencha pour relever Samuel. Andreas glissa un bras puissant sous les genoux de celui-ci et le souleva.

J. D. trembla à son tour, Ann se pencha vers lui.

— Retourne à l'intérieur, je vais nous faire du café.

Mais il refusa de bouger.

— J. D. retourne à l'intérieur, je t'en prie, insista-t-elle, inquiète. Tu vas t'épuiser et rechuter. Nous n'avons pas besoin de ça.

Cette fois-ci, il hocha légèrement la tête, se retourna et partit en traînant les pieds sur le sol gelé et couvert de neige.

Elle se rendit aux cuisines et revint quelques minutes plus tard dans la chambre avec le café et trois tasses. Andreas était déjà là, en grande conversation avec J. D.

Il la remercia pour le breuvage chaud qu'elle lui tendait et enroula les doigts glacés autour de la tasse. J. D. prit son café et, comme il n'y a pas assez de chaises, lui fit signe de venir s'asseoir sur son genou.

La chaleur lui monta au visage, mais Andreas se contenta de boire son café, comme si de rien n'était.

— J'étais juste en train de dire que je ne savais pas vraiment à quel point Samuel avait déversé sa bile. Il était déjà excité comme une puce quand je suis arrivé. Le fait est, J. D., qu'il a parlé de vous.

Ann tapa du poing sur la table.

— Je n'arrive même pas à croire que j'aie pu être aussi bête ! Il aurait été si simple d'inventer un faux nom avant d'arriver ici.

J. D. intervint à son tour.

— Sois un peu indulgente envers toi-même, Ann. Tu es

venue ici parce que tu pensais que rien de tel ne pourrait arriver. Andreas, avez-vous eu l'impression qu'une personne s'intéressait particulièrement à ce que Samuel racontait ?

Andreas poussa un profond soupir et réfléchit, le front plissé par la concentration.

— C'est difficile à dire. Les péquenauds du coin trouvent tous extrêmement drôle de faire picoler l'un de nous. Ça les fait marrer.

— Des étrangers ? demanda J. D. Un Diseur de vérité ?

Andreas haussa les épaules.

— Nous ne fréquentons pas les bars, je ne vois pas comment je pourrais connaître qui que ce soit. J'ai juste reconnu deux paumés du coin, mais ils ne semblaient pas s'intéresser à Samuel. Je ne connais pas de Diseurs de vérité. Nous avons seulement entendu beaucoup de rumeurs. On nous a dit qu'ils étaient partout. Qu'ils avaient des yeux et des oreilles, vous comprenez ? Quoi qu'il en soit, Samuel n'avait certainement pas de quoi se payer deux bières, alors encore moins de quoi être rond, il y a forcément eu quelqu'un pour payer la note. Peut-être pour s'amuser un peu ou alors pour lui faire dire ce qu'il savait.

J. D. resta un instant silencieux, l'air perdu dans ses pensées, remarqua Ann. Il lui traçait de petits cercles dans le bas du dos. Ce geste devait probablement l'aider à se détendre autant qu'il l'apaisait elle.

Elle ne devait pas s'attendre à ce qu'Andreas ait remarqué des choses que leurs yeux avertis à J. D. et à elle auraient pu d'emblée percevoir. Qui était tranquillement assis à écouter ? Qui s'était levé et à quel moment ? Qui incitait Samuel à poursuivre ou au contraire essayait de le faire taire ? Ils devaient interroger Andreas comme un témoin civil.

Elle commença l'interrogatoire dans les règles.

— Andreas, est-ce que tu as observé les gens avant d'entrer ?

— Ouais, répondit son frère. Et il y avait une ambiance bizarre. Un gars posait une question idiote pour agacer Samuel et un autre lui coupait la parole comme pour essayer d'attirer l'attention.

— Tu saurais les décrire ? demanda J. D.

— Peut-être. Le gars aux questions idiotes mesurait autour d'un mètre quatre-vingts et devait peser dans les quatre-vingt-quinze kilos. Les cheveux châtain clair, le teint rougeaud. J'aurais pu penser que c'était un fermier, mais il portait un de ces treillis kaki et une chemise de soie vraiment sympa.

— Et l'autre ?

— Il avait les cheveux foncés, je dirais même qu'ils étaient noirs. Une barbe de plusieurs jours. Mince, le genre de mec à l'air mauvais que l'on voit dans les films, sauf qu'il était complètement défait, il était là, à pleurer dans sa bière, pire que Samuel.

Ann fit la moue. Ces descriptions ne les avançaient pas à grand-chose et J. D. semblait penser la même chose. Cependant, le nom de J. D. était sorti. Elle pivota légèrement sur son genou pour lui faire face.

— Tu penses que nous devrions essayer de partir ce soir ?

— Écoutez, intervint Andreas, vous seuls décidez de ce que vous avez à faire. Mais s'il y avait bien des Diseurs de vérité dans ce bar, ils vont vite vous attendre à la sortie.

— Je sais, Andreas, répondit Ann. Mais Timothy a raison, la colonie est en danger à présent. Nous ne pouvons pas rester ici indéfiniment.

— Là, Timothy pèterait vraiment un câble, tu crois pas ? demanda Andreas en souriant. J. D., vous êtes sûr que vous ne voulez vraiment pas intégrer notre communauté ? La vie ici n'est pas mal.

J. D. se mit à rire.

— Je serais tout à fait à ma place ! Un flic infiltré. Qui a une fois joué les prêtres pendant deux mois. Ça pourrait sûrement marcher, dit-il en pinçant les fesses d'Ann. Qu'est-ce que tu en dis, chérie ? On laisse tout tomber et on reste ici ?

Elle ne pouvait même pas lui taper sur les doigts pour avoir fait ça, ils étaient mari et femme…

— Très drôles tous les deux. C'est irrésistible. Je suppose que les deux comédiens que vous êtes vont bientôt trouver un moyen pour nous sortir d'ici.

— J'en sais rien, confia J. D. d'une voix traînante. Je commence à bien aimer ce style de vie. Avoir une petite femme qui s'occupe de moi. Ça peut être plaisant pour un mec, non ?

Elle le dévisagea, puis se tourna gentiment vers Andreas.

— Ça te fait combien maintenant ? Trente-sept ans ?

— Le 4 janvier.

— Mary et toi, vous avez combien d'enfants ?

— Douze. On travaille au treizième, précisa-t-il avec un petit sourire.

— Ce serait pas sympa, J. D. ? demanda-t-elle en faisant la moue. Mais je parie que ta petite Camaro vert-jaune te manquerait…

— Ho ! Doucement. Même pas. Lève-toi jeune fille, ma jambe est en train de s'endormir.

— Rêve…

Andreas riait tant qu'il manqua tomber de sa chaise.

Ann se leva. La jambe de J. D. tremblait, il commençait à être fatigué.

— Ça mettrait un peu de vie si vous restiez ici tous les deux, ajouta Andreas en se reprenant. Mais j'ai une suggestion à vous faire.

— Oui ? demanda J. D.

Il aimait bien Andreas, se réjouit Ann, ça se voyait.

— Et si vous attendiez jusqu'à demain soir ? De toute façon, si vous empruntez les routes principales, vous ne serez pas en sécurité. On a un chariot que l'on peut équiper de patins. Il faut un peu de temps pour les installer, mais à la nuit tombée on peut y atteler deux chevaux et vous conduire à Walden à travers champs. Tu t'en souviens, Annie ? Là où le vieux gars nous donnait de la glace quand nous achetions le maïs.

— Oh oui ! Je me souviens de lui.

— Pourquoi devrions-nous aller à Walden ? s'enquit J. D.

— Pour faire un tour en traîneau bien sûr, plaisanta

Andreas. Non, sérieusement, tous les vendredis soirs vers 11 heures un bus va jusqu'à Billings et un autre passe par là en direction du nord environ une heure plus tard. Si quelqu'un attend, le chauffeur s'arrête toujours. À part ça, l'endroit est mort. Et personne ne penserait une seconde que vous passez par là. Autre avantage, il est impossible d'être vu sans voir.

J. D. émit un sifflement approbateur.

— Ça marche pour moi. Ann ?

— C'est une idée géniale, Andreas.

— On n'a pas beaucoup d'occasions de sortir de la routine dans le coin. J'ai pensé à ça en rentrant avec Samuel qui vomissait ses tripes tous les trois kilomètres. Ça me faisait une occupation quand je m'arrêtais pour cet ivrogne.

Soudain, il redevint sérieux.

— Ann, je suis désolé pour tous tes problèmes, et encore plus désolé que nous en soyons la cause.

— Vous n'êtes responsable de rien, dit J. D. en fronçant les sourcils.

— C'est notre façon de penser, J. D., expliqua Andreas. C'est quelque chose que vous devriez savoir sur ma petite sœur, si vous ne le savez pas déjà. Vous voyez, à partir du moment où nous sommes hauts comme ça, on nous éduque ainsi. Toujours rejeter le blâme sur nous en premier. Le vieux truc de la paille dans l'œil du voisin. Et tout particulièrement si tu es une fille, ajouta-t-il en adressant un clin d'œil à sa sœur.

— Oh mon Dieu, Andreas, tu m'as tellement manqué. Je ne m'étais pas rendu compte à quel point, reconnut Ann, sur le point de pleurer.

Andreas leva les yeux au ciel, mais fut aussi prompt qu'elle à se lever pour la serrer dans ses bras.

— J'aimerais tant que tu sois là, ma chérie. Ici, c'est plutôt triste sans toi.

Elle soupira. Une partie d'elle regrettait encore cet endroit dans lequel elle n'avait jamais pu s'intégrer, avait toujours été le vilain petit canard.

— Nous avons aussi le problème de l'argent, reprit-elle.

J'avais du liquide planqué dans la Honda, mais je l'ai donné à Manny et…

J. D. lâcha un juron.

— Je ne sais pas où j'ai la tête ! Garrett, Matt et moi avons une carte de crédit sous la même fausse identité. On ne peut pas retirer plus de cent cinquante dollars avec, mais le but est de toujours savoir où se trouvent les autres en cas de problème.

Ann sourit. J. D. était en train de recouvrer la mémoire !

— Donc si l'un de vous utilise la carte, les deux autres sont prévenus ?

— Voilà, répondit J. D. en hochant la tête. Ou si l'un de nous a été mis hors-jeu et sa carte volée. Quoi qu'il se passe, les deux autres seront toujours au courant.

— Comme les miettes de pain, s'enthousiasma Ann. J'adore ça.

— J'aurais davantage adoré si je m'en étais souvenu avant, confia J. D. en secouant la tête de dépit. Donc nous avons un plan ?

— Nous avons un plan, renchérit Andreas en tendant la main à J. D.

Celui-ci la serra.

Andreas arbora alors un visage admiratif :

— Je veux vous dire une chose au cas où je n'en aurais plus l'occasion. Ann a bien fait de suivre ses propres règles et de se marier avec vous.

Sur ce, il sortit.

Sans réfléchir, J. D. se déshabilla et se mit au lit. Quel idiot de n'avoir pensé plus tôt à cette carte ! Il avait eu une commotion cérébrale. Très bien. Mais il avait recours à ce genre d'astuces depuis tant d'années qu'il n'avait aucune excuse.

Certes, sa tête le faisait souffrir, mais cela durait depuis tellement longtemps qu'il s'y était habitué et arrivait à réfléchir malgré cela. Bon, jusque-là, il avait été incapable de se souvenir de quoi que ce soit d'important, et maintenant ?

Et puis il y avait ses sentiments aussi. Il jeta un œil à Ann : elle se détachait les cheveux.

Il avait besoin d'elle. Il la désirait. Il avait pensé la taquiner, lui faire remarquer, après les paroles qu'Andreas avait prononcées en partant, qu'il faudrait très bientôt penser à consommer ce mariage.

Ils partageaient le même lit depuis leur arrivée, mais elle dormait sur les couvertures et rabattait les bords pour se couvrir.

Ah, mon Dieu…

Chaque matin, il l'observait tresser ses cheveux, enrouler les mèches, une dessous, une dessus. Suivre ses doigts agiles accomplir leur triste tâche… Ce devait sûrement être comme assister à l'écriture d'un poème. Être une rime, isolée, sous la main d'Ann, une strophe à façonner…

Quand elle tressait ses cheveux, il se dégageait d'elle une telle sensualité…

Et quand elle les dénouait…

Il avait du mal à garder les yeux ouverts, mais la contempler libérer ses cheveux était comme la vouloir entièrement offerte dans ses bras, dans son cœur et dans son esprit.

Il ne pouvait détacher ses yeux de cette banale tâche féminine qui consistait à défaire ce qu'elle avait créé afin de ne plus susciter de désir chez l'homme. Elle le regarda.

— Thorne ?

Il soupira. Que lui répondrait-elle s'il lui demandait de le rejoindre sous les couvertures ?

Mais avant même de songer à exprimer cette envie, la fatigue lui asséna le coup fatal et il s'endormit.

8

Cette nuit-là, il fit un drôle de rêve : il était allongé dans les bras d'un ange à la chevelure de feu. Il se laissait porter par elle, c'était absolument divin.

Il ouvrit un œil une heure avant que le jour se lève. Chaque partie de lui était douloureuse. C'était comme si le reste de son corps avait attendu que sa tête et sa blessure par balle aient commencé à guérir pour libérer la douleur.

Ann se réveilla presque en même temps.

— Tu aimerais prendre un bain minéral chaud ? lui demanda-t-elle.

Il se releva sur un coude et attrapa son aspirine sur la table de chevet.

— Je pourrais tuer pour un bain chaud, répondit-il.

Elle s'assit près de lui, vêtue de sa robe de chambre en flanelle grise, et se mit à lui caresser les cheveux tandis qu'il s'allongeait de nouveau.

— Ce sont des bains publics, mais personne ne viendra nous déranger. Ici, en général on se baigne le samedi. Ça te dérange ou…

— C'est seulement le fait de devoir traverser l'Antarctique pour y aller…, dit-il en grimaçant un peu.

— Bon, alors tu vas faire une bonne trempette, répondit-elle en lui souriant tendrement.

— Le temps de te faire couler l'eau et je reviens te chercher.

Elle commença à se lever mais il lui attrapa le poignet et l'attira dans ses bras pour l'embrasser.

Comment se pouvait-il que son parfum ou le simple contact de ses seins nus sous ses vêtements ne suffisent pas à le guérir de tous les maux ?

Elle s'attarda dans son baiser plus longtemps qu'il n'aurait osé l'espérer.

Elle s'habilla hors de sa vue, noua ses cheveux sans les tresses règlementaires, enfila le lourd manteau que son frère lui avait apporté et sortit dans l'obscurité.

Il se leva, se couvrit lui aussi pour affronter le froid, et quand elle revint le chercher, il la suivit jusqu'aux bains. Cinq anciennes baignoires à pieds, actualisées avec de la plomberie moderne, étaient alignées, éclairées par une lampe à huile.

Un nuage de vapeur s'élevait de celle qu'Ann avait remplie et recouvrait les petites fenêtres.

J. D. se déshabilla en hâte, grognant presque d'anticipation.

Ann s'assit sur le rebord de la baignoire, s'appliquant à jeter de petites poignées de sels minéraux dans l'eau chaude.

La faible lumière de la lanterne projetait une lueur dorée dans l'obscurité.

Ils étaient seuls dans cet endroit destiné à toute la communauté.

La vapeur, la brume, la chaleur, le corps de J. D. abîmé, contusionné et douloureux, mais pourtant si puissant, tout venait saturer ses sens, l'imprégner de son propre désir. Ce désir qu'elle avait si longtemps gardé sous silence et sous contrôle et qui menaçait de se réveiller.

C'était cette soif et cette conscience d'elle-même et de ce qu'elle désirait que les membres de la communauté n'avaient jamais pu discipliner. C'était son péché, cette nature charnelle qu'elle ne parvenait pas à concevoir comme mauvaise, mais seulement comme l'aboutissement de tout ce qu'il existait de bien et de merveilleux entre un homme et une femme.

Elle n'osait pas respirer, incapable de détacher ses yeux de son corps, des longs muscles fins qui descendaient de ses hanches, de son sexe dans la pénombre. Son corps était une véritable œuvre d'art, une sculpture façonnée par un maître.

Cet instant de chasteté et de sexualité envoûtantes viendrait sans cesse hanter ses nuits, elle le savait déjà.

Elle n'avait jamais envisagé de ne pas partager son lit, mais désormais elle ne pourrait plus penser autrement. Sa solitude l'aiderait seulement à se rappeler que sa liberté était bien trop précieuse pour être troquée contre une chose aussi éphémère que le désir.

Il entra dans la baignoire et se laissa d'abord glisser jusqu'à ce que l'eau lui arrive au cou, puis descendit encore jusqu'à ce que sa tête soit submergée.

Quand il remonta pour reprendre son souffle, un sourire de gratitude se dessina lentement sur ses lèvres. Il gardait les yeux clos.

— Je crois que je suis mort et que je suis au paradis.
— Ça ne va pas beaucoup mieux ainsi ?
— Mmm…
Elle voulait rester là, mais il fallait qu'elle parte…
— Je vais revenir dans un petit moment. Si ça refroidit trop…
— Reste.
— J. D. …
— Je t'en prie.
Il ouvrit les yeux. Dans l'obscurité, elle pouvait à peine lire leur expression.

— Ann. Je suis tombé amoureux de toi, Annie Thorne. Je pensais juste qu'il fallait que tu sois au courant.

Les secondes passèrent et elle ne parvenait toujours pas à respirer. Elle frissonnait et avait chaud à la fois, était paniquée et excitée, figée et plus vivante que jamais.

J. D. replongea sous l'eau et émergea en arborant un sourire indolent.

— En plus, chaque fois que tu me laisses seul, j'ai des problèmes.

Il faisait voler en éclats toutes ses défenses.

— Il faut reconnaître que tu es doué pour ça, lâcha-t-elle. Je…

Elle s'interrompit et tendit l'oreille. Il se passait quelque chose à l'extérieur. Peut-être était-ce les garçons les plus âgés qui sortaient pour accomplir quelques corvées avant le petit déjeuner ? Elle ne voulait pas alarmer J. D., mais quelque chose n'allait pas…

— Je vais rester. Contente-toi de te reposer et de laisser l'eau chaude faire son travail.

Il hocha la tête et parut se détendre enfin.

Elle se leva, se dirigea vers une fenêtre, dessina un petit cercle de la main dans la buée et l'ouvrit à peine. Les garçons avaient l'air étrangement pressés. Timothy apparut rapidement lorsqu'ils frappèrent à sa porte et les fit tous entrer.

Voilà donc le pourquoi de toute cette agitation… Dans l'obscurité, deux berlines et au moins un, peut-être deux fourgons utilitaires vinrent s'arrêter au milieu de la cour, tous phares éteints. Toujours en silence, tous les quatre allumèrent leurs lumières rouges et le véhicule de devant ses projecteurs.

Mon Dieu…

Elle jeta un coup d'œil vers J. D. Il avait senti son malaise.

Mais il ne bougeait pas. Pas d'un cil. Il n'était jamais plus calme et discipliné que quand une situation glissait hors de contrôle ou devenait critique, désespérée. Elle l'avait déjà remarquée à maintes reprises.

— J. D., j'ignore ce que va faire Timothy…

— Même s'il nous livre, ils ne vont pas m'abattre devant une centaine de témoins, marmonna-t-il. Dis-moi ce qu'il se passe.

Elle étouffa un juron. L'invraisemblable s'était produit. Peu importait qu'il y ait eu un ou dix Diseurs de vérité assis dans le bar la veille. Peu importait qu'un ou plusieurs se soient réunis à Cold Springs parce que Martin Rand avait trahi J. D. ou seulement laissé échapper ce qu'il savait, ou que Rand ait lui-même été trahi en essayant de les aider. Dans tous les cas, c'était Samuel qui leur avait ouvert en grand la porte de leur repaire.

J. D. s'allongea de nouveau dans la baignoire. De toute façon, songea Ann, ni lui ni elle ne pouvait faire quoi que ce soit pour sauver leur peau. Ils pouvaient seulement attendre et voir ce qui allait se passer.

Elle obéit et se mit à lui décrire la situation.

Six hommes sortirent en désordre des quatre véhicules sans vaine démonstration de force ou d'armes. Les voix poussées par le vent lui parvinrent par la fenêtre entrouverte.

— Timothy Tschetter ! Je suis le shérif Sinclair. Pouvons-nous parler ?

— Il sort, murmura Ann.

Son frère avait ouvert la porte de son appartement, il mettait son manteau en descendant les marches d'un pas traînant. Il ne dit pas un mot avant d'arriver au niveau du groupe d'hommes. À sa façon, il passait à l'offensive.

— Je n'ai pas vu ça depuis quarante ans, shérif. Et j'espère que je ne le reverrai pas de ma vie.

— Non, n'en venez pas trop vite aux conclusions, Timothy. Ce n'est pas un problème…

— Non, acquiesça calmement Timothy. C'est un outrage. Venir chez nous avant même le lever du soleil, comme des voleurs en pleine nuit.

— Ce n'est rien de tout ça. Calmez-vous. Il y a ici un homme à qui je dois parler au plus vite, et rien d'autre.

Il montra du doigt un homme vêtu d'un long manteau noir qui se tenait à sa gauche.

— Nous sommes ici à la demande d'un marshal fédéral, Timothy, et vous me feriez une faveur personnelle en nous laissant simplement parler à cet homme.

Ann et J. D. échangèrent des regards à la lueur de la lampe à huile. Un marshal fédéral ? Ça sentait Rand à plein nez… Finalement, peut-être que Samuel n'avait pas été le seul à les trahir. L'interprétation la plus plaisante était que Rand avait pris les choses en mains, malgré le refus catégorique de J. D. d'être placé sous protection. De deux choses l'une : soit Rand était lui-même un Diseur de vérité, soit il s'était fait berner.

Sauf que Rand n'était pas du genre à se faire berner…

Sans un bruit, J. D. se releva de la baignoire et commença à se sécher.

Le marshal s'avança et se présenta.

— Monsieur Tschetter, mon nom est Carson. Sandy Carson.

Ann jeta un nouveau coup d'œil à J. D. Visiblement, ce nom ne lui disait rien à lui non plus.

— Je m'excuse pour le dérangement, monsieur. Nous sommes venus chercher J. D. Thorne et Ann Calder pour les placer sous protection, expliqua Carson. Nous ne faisons rien d'autre que leur porter secours, c'est pour leur bien. Nous avons choisi de venir à une heure aussi indue pour ne pas attirer d'attention malvenue, donc…

— De quel genre d'attention malvenue pourrait-il s'agir ? l'interrompit Timothy.

— Timothy, vous m'avez bien compris ? demanda Carson en fronçant les sourcils.

— Ai-je déjà été incapable de comprendre ce qui m'a été dit ? lança à son tour Timothy.

— Non. Donc… Bon… Alors…

— Je ne peux rien faire pour vous.

— Vous ne pouvez pas, Timothy, ou vous ne voulez pas ? intervint un homme plus jeune.

Tout en observant, Ann décrivait toujours la scène à J. D. Timothy se retourna vivement vers l'insolent inconnu.

— Le shérif Sinclair et moi, c'est une longue histoire. Nous sommes, ou du moins jusqu'à cet instant, nous avons toujours été des amis qui nous appelions par nos prénoms respectifs. Mais pour vous, je suis monsieur Tschetter.

Le marshal et Sinclair prirent ensemble la parole pour apaiser les tensions, puis le shérif se tut.

— Monsieur Tschetter, ceci n'est pas une arrestation, et personne ici n'a de problème. Tout ce que je vous demande est de faire savoir à monsieur Thorne et madame Calder que nous sommes ici pour leur offrir une protection.

— Je ne peux rien faire pour vous, se contenta de répondre Timothy.

— S'ils arrivent dans une impasse avec Timothy, ils ont perdu, dit Ann à voix basse.

— Pour le moment…, répondit J. D.

Il enfila des vêtements propres qu'Andreas lui avait donnés.

— Y en a un qui va être bien ennuyé s'ils repartent sans nous, ajouta-t-il.

Le shérif reprit :

— Timothy, maintenant écoutez-moi, nous sommes de vieux amis et ce, depuis longtemps. Vous savez que Samuel était en ville hier soir et il a laissé échapper plus que leurs noms. J. D. Thorne et Ann Calder sont ici. Ou plutôt, je présume qu'Annie Tschetter et Ann Calder sont la même personne vu la réaction de Samuel. Ne s'agirait-il pas de votre petite sœur, Timothy ?

Timothy haussa les épaules.

— Ça fait longtemps qu'elle est partie maintenant. En plus, on ne sait pas pourquoi Samuel se met dans des états pareils. S'il a fait des dégâts, nous paierons. Si vous voulez l'enfermer dans l'une de vos cellules, vous avez ma bénédiction. Samuel Pullman ne sait plus ce qu'il dit.

J. D. s'était habillé et il approcha de la fenêtre. Il tremblait, remarqua Ann.

— Pense-t-il vraiment ce qu'il dit ?

— Non, il bluffe, mais Sinclair ne peut pas le savoir, murmura-t-elle.

— Il n'est pas question de dégâts, monsieur, répondit le marshal. Ni de ce que l'une de vos ouailles sait ou ne sait pas. Nous savons que Thorne et Calder sont ici. S'ils pensent être en sécurité ici avec vous, bien, dans ce cas nous allons repartir comme nous sommes venus.

Lui aussi, il bluffait, songea Ann. Le fédéral n'avait nullement l'intention de partir sans eux. Deux contre un qu'il allait bientôt mettre la crainte de Dieu sur le tapis.

— Monsieur, nous pensons qu'ils encourent un grave danger. Ils sont blessés, sans aucun moyen pour se protéger ni eux, ni toute votre communauté d'ailleurs, quand — et pas si — les problèmes se présenteront.

— Je ne peux rien pour vous, répéta une fois de plus Timothy, l'air parfaitement stoïque.

— Et si nous nous débrouillions tout seuls alors ? Si nous

nous contentions de jeter un coup d'œil dans le coin ? aboya le shérif. C'est comme ça que vous voulez que les choses se passent ?

— Il faudrait que je voie une ordonnance du tribunal, répondit Timothy. Vous en avez une ?

— Monsieur Tschetter, intervint le marshal d'un ton suppliant. Nous sommes ici pour offrir notre protection, et non pour fouiller vos locaux.

— Et si nous faisions sortir tout le monde ? demanda le shérif.

— Ça, acquiesça Timothy, je serais heureux de le faire pour vous.

Ann porta vivement une main à ses lèvres. Mais à quoi pensait-il ? J. D. l'entoura de ses bras et ils restèrent là tous les deux, appuyés contre le mur à quelques centaines de mètres à peine des hommes de loi.

Le marshal accepta et Timothy se dirigea vers la cloche pour rameuter toute la colonie de trois coups brefs qui s'évanouirent subitement dans les airs.

Les familles commencèrent à sortir de leurs logements ; des hommes, des femmes, des enfants de tous âges vinrent former un grand cercle solennel tout autour des projecteurs.

— Je ne vois pas Samuel Pullman, dit le shérif.

Timothy répondit quelque chose, mais avec tout ce monde autour, Ann n'entendait pas bien.

Deux adolescents bien bâtis sortirent du cercle.

— Tu sais ce qu'il se passe ? demanda J. D.

— Ils vont vers l'appartement de la sœur de Samuel. Timothy a dû leur demander d'aller le chercher.

— Pendant ce temps, poursuivit le shérif à voix haute, je voudrais que, les autres, vous me disiez où nous pouvons trouver J. D. Thorne et Ann Calder, que vous connaissez sous le nom d'Annie Tschetter. Nous sommes ici pour les aider.

Nous sommes ici pour éviter à votre colonie de subir des actes de violence pour leur avoir offert un endroit où se cacher.

Il se mit à appeler les hommes qu'il connaissait.

— Andrew Wurz ?

Silence.

— John Kleinsaster ?

À chaque appel, il n'obtenait pour réponse qu'un silence presque sinistre.

Ann croisa les bras autour de sa taille. Les larmes lui montaient aux yeux. Ils étaient tellement loyaux envers elle. Elle, qui leur avait tourné le dos.

Quelques jeunes enfants se mirent à pleurer. Le froid sûrement... Et la tension aussi.

J. D. prit une inspiration décidée.

— Ça suffit, Ann. Je ne vais pas me cacher derrière des femmes et des enfants.

Il la frôla pour sortir, mais elle le retint par le biceps.

— Si tu sors maintenant, J. D., ils auront fait tout ça pour rien. Je t'en prie, dit-elle à voix basse.

— Non. Et de toute façon, Samuel va tout balancer.

Ann protesta :

— Timothy peut faire en sorte que Samuel se taise. Sinon, il ne l'aurait jamais fait venir.

— Il n'avait pas le choix, Ann.

— Attends et tu verras. Je t'en prie. Ne réduis pas à néant ce qu'ils font pour nous.

Après les adultes, le shérif s'adressa à des enfants pris au hasard.

— Toi, ma petite...

— Et toi, fiston ?

J. D. écoutait, figé, les mâchoires serrées, l'air en colère.

Ann le comprenait parfaitement. Par leur faute, on avait fait sortir de chez eux des femmes et des enfants dans un froid glacial pour les interroger.

Samuel descendit enfin les marches de chez sa sœur en

trébuchant. Le cercle s'ouvrit pour le laisser passer. Il avait l'air effrayé et rebelle à la fois.

Timothy l'interpella à voix haute :

— Samuel Pullman veut s'excuser pour avoir bu et eu un comportement honteux en ville hier soir.

Ann déglutit, se revoyant à la place de Samuel. Elle connaissait ce genre de colère collective, cette pression, la contrainte de s'incliner, de ne former qu'un avec la communauté de croyants qui représentaient la volonté du Tout-Puissant.

Samuel n'était pas assez fort pour y résister, il ne ferait qu'acquiescer et garder le silence.

En effet, le shérif n'obtint rien d'autre de lui que des excuses pour son incursion dans leur monde, où le péché n'était pas le péché et la honte n'était pas la honte, sauf pour lui. Il s'était soûlé et avait proféré un faux jugement sur ses voisins, et même quand on l'interrogea directement sur Ann et J. D., sur les choses qu'il avait dites la veille devant tant de témoins, il n'avoua rien.

Toute la colonie, jusqu'au plus petit enfant, refusait de parler. J. D. se laissa tomber contre le mur, manifestement soulagé.

Ann observait toujours le cercle des croyants qui commençaient à se retirer jusqu'à ce que son frère se retrouve de nouveau seul face au shérif, au marshal et à leurs subalternes.

— C'est une erreur, Timothy, le prévint le shérif. Ces gens que vous abritez — votre *sœur* — risquent beaucoup, et vous n'aidez pas non plus la colonie. Je ne crois pas que vous compreniez bien le genre d'hommes…

— Capables d'en tuer un autre ? Vous avez raison. Mais les voies du Seigneur sont impénétrables, lui rétorqua Timothy. Vous voyez, nous savons que la souffrance sera notre lot sur cette terre. Et l'adversité nous lie encore plus ensemble dans l'amour du Seigneur.

À midi, le chariot avait été transformé en traîneau, mais ils ne pouvaient pas encore mettre leur plan à exécution. Il était impossible de passer inaperçu en plein jour et aucun bus ne passerait avant tard dans la nuit. À la surprise de J. D., l'incursion matinale des policiers avait rendu les membres de la colonie plus unis et moins anxieux qu'avant, ils étaient presque gais. Quelle que soit la menace d'un éventuel retour du shérif avant la fin de la journée avec les documents nécessaires pour mener une fouille, cela ne faisait visiblement que les amuser. Ann analysait cela comme une preuve de la mentalité « nous contre eux » inhérente aux membres de la colonie. Ce genre d'intrusion du monde extérieur ne faisait que renforcer en eux la conviction que leur choix de vie était nécessaire et justifié.

À deux reprises, des avions les survolèrent à basse altitude. Une reconnaissance aérienne… et il était peu probable que ce soit la police du coin. Aucun juge n'autoriserait de mandat pour fouiller une communauté, se rassura J. D. Ann et lui n'avaient commis aucun crime, et ce n'en était pas un de les héberger.

De plus, il était impossible que les Diseurs de vérité soient partout à la fois. Avec Chet Loehman assassiné par Ross Vorees, et Vorees déjà condamné à perpétuité sans liberté conditionnelle, l'organisation n'avait plus de leader et devait être dans la débandade, se réduisant à rien de plus qu'un groupe disparate de fanatiques prônant tous l'ordre public sans véritable plan d'action. Mais durant tous les mois où il avait travaillé à mettre au jour les membres de l'organisation clandestine dans les rangs de la police, il leur avait lui-même fourni un point de ralliement.

Il était devenu leur ennemi commun.

Il devait en discuter avec Ann pendant le déjeuner, il y avait trop de paramètres à considérer.

— Je ne pense pas que la visite du marshal et du shérif prouve quoi que ce soit, objecta-t-elle. D'après ce qu'ils ont dit, ils savaient que nous étions ici parce que Samuel avait parlé. Ils n'ont pas mentionné Rand. S'il avait décidé d'envoyer les fédéraux en dépit de ton refus d'être protégé, ne se serait-il pas assuré que le marshal mentionne son nom pour te convaincre que tu serais en sécurité si tu allais avec eux ?

Elle coupa un bout de sa cuisse de poulet.

— Si, sûrement, admit J. D. en repoussant son assiette qui ne contenait plus que des os.

— Et l'autre chose à laquelle je pensais, continua Ann, est que nous n'avons aucune preuve que les Diseurs de vérité sont impliqués. Il suffirait que quelques flics du Montana aient été au courant de la tentative d'assassinat contre toi et qu'ils aient pris un verre dans le même bar que Samuel.

— Oui, pourquoi pas... soupira-t-il. Le seul problème, c'est que le shérif et le marshal sont arrivés dans les huit ou dix heures qui ont suivi. C'est impossible sans une sérieuse coordination.

Ann acquiesça de la tête.

— Des flics ordinaires auraient sûrement ramené Samuel à la colonie, et en tant que collègues ils t'auraient immédiatement prévenu, J. D., que ta planque avait été ébruitée. D'un autre côté, les Diseurs de vérité veulent ta mort. Mais ils n'auraient pas pu envoyer un tueur isolé sans bien connaître la colonie. Nous forcer à sortir était donc leur seule option.

J. D. passa les dernières heures avant leur départ à faire les cent pas dans la petite cabane, occupé à ressasser les quelques détails qu'il avait pu rassembler du jour où on lui avait tiré dessus. Il avait suivi le témoignage d'Ann au tribunal sur l'écran de surveillance de son bureau. Il était ensuite allé voir Rand, à Mercer Island. Selon Rand, ils avaient parlé du procès. Mais en partant de chez son ami, un sentiment de malaise l'avait envahi.

Pourquoi ?

Et qu'est-ce qui l'avait poussé à rompre la promesse qu'il avait faite à Ann et à aller chez elle ? À lui parler depuis la cabine téléphonique ?

Il avait dû se sentir bien mal pour faire une chose pareille...

Vraiment désespéré même... Rand l'avait manipulé... mais comment ?

Les trahisons n'avaient plus de secret pour lui. Mais le nom de Rand ne collait pas avec l'idée de trahison...

D'un autre côté, si les Diseurs de vérité étaient mêlés à l'incursion du marshal et du shérif, leur échec les pousserait à se montrer moins diplomates la prochaine fois.

Dès qu'ils arriveraient là où leur voyage les mènerait, il faudrait qu'il rappelle Rand. La seule façon d'avoir la certitude que ce dernier était bien lié aux Diseurs de vérité était de lui donner une information qui ne pourrait venir que de lui-même. Mais laquelle ?

Après le déjeuner, Ann s'attela à faire disparaître toute trace de leur passage. À quoi bon puisque tout le monde était au courant de leur présence ? Mais elle avait besoin de faire quelque chose de concret.

Le conseil de la communauté qui se composait de sept hommes — Timothy, le pasteur, Andreas, un autre de ses frères et trois autres croyants — s'était réuni et n'était pas encore sorti... Tout le monde savait qu'il se tramait quelque chose et, dans une communauté où les gens vivaient dans une telle promiscuité, elle ne pouvait mettre en doute leur certitude. Non seulement quelque chose clochait, mais c'était assez grave pour qu'il faille à ces hommes tout un après-midi pour prendre une décision.

Elle se pencha par la fenêtre juste au moment où le conseil sortait du bureau de Timothy. Mais la cloche du dîner retentit et on leur apporta leur repas dans la cabane.

À 18 heures, alors que la nuit était tombée depuis longtemps, Andreas et sa femme frappèrent à la porte.

J. D. les fit entrer. Ils ôtèrent tous deux leurs manteaux et s'installèrent sur les chaises, tandis que Ann était assise sur le lit et que J. D. la rejoignait.

Andreas leur présenta sa femme, Mary, qu'ils avaient aperçue la veille et en vint au vif du sujet :

— Annie, nous devons parler. Il y a des choses au sujet de Samuel que J. D. et toi devriez savoir.

— Il a fallu toute la journée pour décider qu'il y avait des choses sur Samuel que je devais savoir ?

— Il y a des choses dont il ne nous est pas facile de parler, Annie, murmura Mary. Des choses qu'il vaut mieux oublier, vraiment, sauf qu'elles ne le sont pas... oubliées.

Mary approchait de la quarantaine et malgré le fait qu'elle ait donné naissance à douze enfants, elle faisait plus jeune, pas aussi usée qu'Ann aurait pu l'imaginer.

J. D. lui prit la main et la posa sur sa cuisse, la recouvrant de la sienne.

— Je suppose que le conseil a décidé que nous devions être mis au courant ?

Andreas acquiesça de la tête.

— Annie, veux-tu...

Il semblait dans l'impossibilité de continuer. Il recommença. On aurait dit que la présence de J. D. le mettait soudain mal à l'aise. Il inspira profondément et baissa la tête.

— Il y a des années de ça, après que tu es partie, nous n'avions aucune idée, ni même aucun moyen de savoir ce que tu étais devenue, mais c'était comme ça. Nous t'avions perdue et nous pensions... nous croyions que nous n'entendrions plus jamais parler de toi. Mais Samuel nous a quittés à peu près à la même époque. Nous pensions que sa fierté s'était interposée entre lui et le Seigneur et qu'il ne pouvait plus vivre ici... après ce qu'il s'était passé.

— Après que je l'ai rejeté ? demanda Ann.

Andreas et Mary hochèrent la tête. Où voulait donc en venir son frère ?

— Continue, Andreas.

— Tu ne t'en souviens sûrement pas, mais Samuel a sept ans de plus que moi et il n'est jamais parti d'ici. Ce n'était tout simplement pas son genre. Il était bien avec nous. Il n'avait aucune envie d'aller voir au-dehors. Jamais. Il a été baptisé à dix-huit ans.

— C'est rare ? intervint J. D.

— C'est tôt, répondit Andreas en haussant les épaules. La plupart d'entre nous ne sont pas baptisés avant vingt ou vingt-cinq ans. Et il n'est pas rare d'attendre d'avoir des projets de mariage.

— Alors quand il est parti…, insista Ann.

— Quand il est parti, et que nous pensions qu'il ne pourrait jamais plus nous regarder en face, nous ne nous attendions pas à ce qu'il revienne. Certains pensaient qu'il irait dans une autre communauté.

— Mais il est revenu.

— Oui, Annie. Environ six mois plus tard. Comme tu le sais, il ne pouvait réintégrer la colonie qu'à la condition de confesser tous les péchés commis à l'extérieur. Pour être de nouveau accepté, il faut renoncer une fois de plus à tout ça.

Andreas déglutit et posa sur elle un regard désolé.

— C'est là que nous avons appris qu'il était allé à Bozeman, dit-il en la regardant comme s'il lui demandait la permission de continuer.

C'était donc ça…, songea Ann. Voilà pourquoi Andreas était soudain mal à l'aise… On était sur le point de déballer toute sa vie, ici et maintenant. Et son frère avait bien fait de penser que J. D. n'était au courant de rien. Sa main se crispa sous celle de J. D.

— Alors Samuel m'a suivie ?

— Oui. Et puis, il t'a, comme tu dirais sûrement, « espionnée » pendant tous ces mois à Bozeman. C'est un bon mécanicien. Il n'a eu aucun mal à trouver du travail, ni à, semble-t-il, payer quelqu'un pour savoir où tu étais allée, où… où tu vivais, qui prenait… qui prenait soin de toi. Les noms, les dates, l'adresse, Annie. Tout.

Andreas s'interrompit, manifestement incapable de poursuivre, et Mary prit la relève.

— Nous avons toujours su ce que tu étais devenue, Annie. Nous étions…

Sa voix se brisa, elle aussi, sous le coup de l'émotion.

— Nous étions si tristes, reprit-elle avec peine. Cela nous a tous brisé le cœur. Et puis les années ont passé. L'été est revenu et la tristesse a commencé à s'apaiser. Mais tu es revenue et nous… La plupart d'entre nous pensaient que tu devais savoir que nous savions. Sauf que Timothy a imposé qu'aucun de nous ne te parle et le conseil l'a approuvé.

Un frisson parcourut Ann. Quel froid… Figée dans le temps… Une fille de seize ans effrayée et misérablement seule, prise à la gorge par toutes les mauvaises décisions qu'elle avait pu prendre. La main de Thorne n'était plus posée sur la sienne.

— Alors pourquoi maintenant, Andreas ? demanda-t-elle.

— Laisse-moi deviner, lança J. D. d'une voix pesante. Samuel a parlé du bébé devant tout le monde.

Il avait tout compris, pensa Ann. Il avait lu entre les lignes et compris qu'il y avait un autre danger.

9

Ann ne put retenir un soupir. Son fils, ce précieux petit bébé qu'elle avait emporté dans son ventre quinze ans plus tôt en quittant la colonie. L'enfant qu'elle avait donné à adopter à l'homme et à la femme qui l'avaient accueillie…

Son fils offrait aux ennemis de J. D. tout l'ascendant dont ils avaient besoin. Que feraient-ils quand ils sauraient que l'adolescent des Zimmer était son fils illégitime ? Le simple fait d'étaler le scandale dans la presse suffirait à ruiner leurs vies.

— Je… je dois prévenir les Zimmer, bafouilla-t-elle.

— Je vais chercher le portable de Timothy, proposa J. D. en se levant.

— Peut-être vaudrait-il mieux qu'Andreas y aille à ta place, avança-t-elle.

— J'en suis certain, l'interrompit-il en posant sur elle un regard dur.

Il enfonça d'abord son bras blessé dans une manche de sa veste, puis l'autre.

— Mais un peu de marche me fera du bien…, ajouta-t-il d'une voix basse, pleine de tension.

Il franchit la porte et la referma doucement derrière lui. Andreas se redressa sur sa chaise en relâchant son souffle.

— Annie, je suis tellement désolé.

— Tu n'as rien à te reprocher, Andreas.

À vrai dire, ce n'était pas vraiment non plus sa faute à elle. Elle pourrait s'en vouloir, mais elle avait prévenu J. D. plus d'une fois. Il n'avait aucun droit de lui demander, ni de s'attendre à ce qu'elle lui révèle tous les détails de sa vie — des détails qu'elle n'avait jamais confiés à personne durant toutes ses années à l'extérieur.

Et qu'il la trouve monstrueuse parce qu'elle avait abandonné son enfant, ou qu'il soit seulement déçu parce qu'elle ne lui avait pas tout raconté, il faudrait qu'il vive avec la déception qu'elle lui avait prédite.

Et elle aussi.

Elle aurait voulu qu'il ne la regarde jamais ainsi, et cette faculté à tenir tête qu'elle avait apprise prématurément ne faisait qu'accroître sa détresse.

Peu importait qu'elle ait le cœur brisé à l'idée de ce qu'aurait pu être leur relation. Si elle avait fait partie de ses femmes qui ne savaient pas, qui n'avaient pas appris qu'elles avaient droit à leur liberté, elle pourrait connaître l'amour, mais avoir les deux était impossible. Et peu importait qu'elle l'aime, ou qu'elle ait pris conscience de ses sentiments pour lui de longs mois plus tôt, quand il avait risqué sa vie pour sauver celle de son meilleur ami, rapprochant Garrett et Kirsten et leur rendant leur fils. Dès que l'on voulait quelque chose, on n'était plus libre.

Rien de tout cela n'importait. Elle l'avait prévenu.

Elle s'était elle-même mise en garde trop de fois pour pouvoir les compter. Dans tout ça, Andreas et Mary n'étaient que d'innocents spectateurs, ils ignoraient même que J. D. n'était pas réellement son époux.

— Je vous en prie, ne vous en voulez pas. Tout est de ma faute.

Si seulement elle n'était pas revenue, si seulement J. D. n'était pas venu vers elle, si seulement on ne lui avait pas tiré dessus... mais c'était arrivé.

Et désormais c'était son propre enfant, cet être innocent, qui allait payer.

Mary et Andreas se levèrent et l'étreignirent avec force, puis remirent leurs manteaux.

En atteignant la porte, Andreas se retourna.

— Il est inutile de partir trop tôt. Vous ne feriez qu'attendre plus longtemps dehors, à vous geler. Je vais faire atteler les chevaux et nous partirons à 20 heures.

Elle resta quelques instants sur le seuil de la porte, dans le froid piquant à chercher J. D. du regard. Comme il ne se montrait pas, elle rentra pour se couvrir et partit à sa recherche.

Il était appuyé contre le mur d'une grange, à l'abri du vent, le regard perdu dans les Rocheuses et les mains enfoncées dans les poches de sa veste en peau.

La lune et les étoiles étincelaient, faisant scintiller les champs couverts de neige et le paysage glacé. Chaque épine de pin brillait et chaque ombre était plus sombre encore. En observant cet éclat dans la nuit, elle souhaita encore plus être quelqu'un d'autre, autre que la version adulte d'Annie Tschetter, qui ne pouvait pas avoir à la fois ce qu'elle voulait et être aimée.

Peut-être ferait-elle mieux de tout lui expliquer ?

Peut-être allait-il partir et apprendre à vivre loin d'elle, le cœur à moitié brisé, mais il s'en remettrait…

Elle avait l'habitude de traiter avec des hommes, des vrais, mais dans l'obscurité de la nuit sa mâchoire barbue le rendait encore plus viril, plus puissamment masculin. Elle en était troublée, déstabilisée.

Une chouette hulula. Le vent gémissait sur les forêts de pin. Il déglutit bruyamment. Sûrement ravalait-il sa déception et son amertume, songea-t-elle. Mais il la prit dans ses bras. Elle passa les siens autour de sa taille et posa sa tête contre son large torse musclé et blessé.

Du réconfort…

Un moment de répit…

Il posa sa joue sur le sommet de sa tête et ils restèrent ainsi l'espace d'un moment à la fois trop long et trop bref.

Il bougea. Elle recula. De nouveau seule. Il remit ses mains dans ses poches, elle fourra les siennes sous ses bras croisés et prit la parole :

— Tu veux bien que nous marchions un peu ?

Après quelques secondes d'hésitation, il hocha la tête.

Elle se fraya un passage parmi les congères sur une centaine de mètres dans le bosquet enneigé. Il la suivait. Elle ne se retourna pas. Le souffle court, elle arriva enfin à une petite clairière où se trouvait un étang gelé et autour de laquelle se dressaient d'immenses pins centenaires.

Elle ouvrit le chemin jusqu'à une petite prairie, enjamba un tronc, essuya la neige et s'assit face à l'étang. J. D. s'installa à califourchon à côté d'elle.

— Pourquoi nous as-tu amenés ici, Ann ? demanda-t-il d'une voix triste.

— Parce que c'est là que tout est arrivé.

— Que quoi est arrivé ?

— Mon ultime disgrâce. Ma vision personnelle de l'Eden.

— Que veux-tu dire ?

Comment lui faire comprendre ?

— Quand j'avais cinq ou six ans, nous passions chaque matin une heure assis dans la classe d'allemand avant l'arrivée de notre professeur d'anglais. À cette époque, Micah Wilmes était le professeur d'allemand et l'assistant du pasteur. Souvent, très souvent, les garçons restaient assis à jeter des boulettes et Wilmes demandait aux filles, à moi en général : « Comment était l'Eden, Peter Annie ? Qui est-ce qui a cueilli la pomme, Peter Annie ? Qui est-ce qui a dit à Eve de goûter la pomme ? Qui lui a dit de ne pas le faire ? Qu'arriverait-il, Peter Annie, si elle cueillait quand même la pomme ? »

Elle n'avait pas repensé à ces heures épuisantes depuis des années, mais les souvenirs faisaient resurgir en elle des émotions intactes.

— Je connaissais les réponses. Je les avais entendues au jardin d'enfants depuis l'âge de trois ans. On nous apprenait à répéter sans comprendre, pas pour notre connaissance mais pour nous façonner.

Elle marqua une pause. Ce n'était pas le moment de perdre le fil.

— Eve voulait la connaissance. Elle voulait être intelligente, connaître la différence entre le bien et le mal, c'est pourquoi elle a désobéi au Père céleste et croqué malgré tout la pomme. C'est ce qui s'est passé ici, tant d'années plus tard. Je voulais…

Les larmes lui montèrent aux yeux.

Comment pouvait-elle expliquer l'éveil à la sexualité d'une jeune fille à un homme dont elle était tombée amoureuse, une jeune fille a qui l'on avait également appris que le désir devait être vaincu, que Dieu ne fermait les yeux sur l'amour physique que quand il s'agissait de procréer au sein d'un mariage ?

— Je voulais savoir que faire de tous ses… sentiments.

— Que s'est-il passé ici, Ann ? demanda J. D.

— Quand j'avais quinze ans, le propriétaire du ranch qui jouxte notre propriété, M. Murphy, a été tué dans un accident de voiture. Lui et sa femme avaient trois enfants qui n'avaient pas cinq ans, et elle était enceinte de presque six mois quand c'est arrivé. C'était en été, à la fin de la moisson. Le neveu de madame Murphy est venu l'aider. On m'a également envoyée vivre chez elle pour l'aider avec les enfants et le bébé quand il est né.

— Donc, c'est avec son neveu, alors, que tu… que le bébé… est arrivé ?

Elle acquiesça de la tête. Comment une fille qui avait assisté à la naissance d'une demi-douzaine d'enfants pouvait-elle encore être à ce point innocente ? Et pourtant, elle l'était.

— Il avait vingt-trois ans. Nous avons flirté tout l'été. C'était nouveau pour moi. Je n'avais aucune expérience, je ne m'étais même jamais retrouvée seule avec un garçon.

— Ce n'était pas un garçon, Ann.

— Je sais. Mais… les adultes m'avaient rejetée pour mes nombreux péchés. Quand on grandit dans une communauté, être laissé seul ou être mis en isolement apparaît comme la pire des punitions. Mais pour moi ce n'était pas le cas. Je devais m'occuper des enfants Murphy et faire la conversation avec Mme Murphy à n'importe quelle heure du jour et de la nuit. Et avec lui… avec lui non plus je n'avais pas le sentiment d'être une petite fille.

Comment lui faire comprendre combien ce qu'elle ressentait alors était fantastique ? Comment elle en était venue à se laisser séduire, à avoir des relations sexuelles avec cet homme.

— *Spécial*, je crois que c'est le mot. Je sentais la chaleur en moi, j'étais excitée, comme embrasée. Quand il a posé ses mains sur moi, je me suis dit, c'est *ça* l'amour. Ça ne peut pas être condamnable. Je me disais que je n'avais sûrement pas bien compris ce qui était mal et ce qui était juste et pieux, et je pensais que personne d'autre au monde n'avait jamais ressenti ce que je ressentais.

Sa gorge se serra. Elle avait été bonne à cueillir, une adolescente rebelle et sensuelle qui n'avait pas plus conscience de ce qui allait se passer ou des conséquences de son acte qu'une enfant de cinq ans.

— Nous sommes venus ici le soir avant son départ. Nous nous sommes déshabillés, nous avons nagé et joué dans l'eau, et puis il a commencé à me toucher. Bref, j'ai laissé les choses arriver, J. D. J'ai laissé les choses arriver parce que je désirais trop découvrir ce qu'étaient ses sentiments.

— Tu ne l'as jamais revu ?

— Non. Le lendemain, comme prévu, il était parti. Quand j'ai quitté Cold Springs, madame Murphy avait vendu le ranch et était partie elle aussi.

J. D. resta silencieux un long moment, les yeux rivés sur l'étang gelé.

— Ann, dit-il finalement, tu pensais que cela ferait une différence pour moi ? Que cela changerait ce que je ressens pour toi ?

Il y avait de la déception dans sa voix. Cela la bouleversa.

— Je ne savais pas comment tu prendrais les choses, J. D. Je ne me suis jamais posé la question. J'ai simplement oublié de te parler de ce bébé. Et je n'avais pas l'intention de le faire. Il n'en était même pas question.

— Je ne saisis pas.

Elle l'avait blessé, comprit-elle. Son cœur se serra.

— Je sais, J. D.

— Je suis sérieux, Ann. Tu penses être la seule à avoir un passé ? Tu penses que tu as le monopole des regrets ?

Il semblait presque en colère.

— Non…

— Alors pourquoi…

— Parce que je t'ai déjà déçu ! Tu ne le vois pas ? Je n'ai pas été à la hauteur de tes attentes ! Tu aurais voulu que je te dise tout quand tu m'as demandé pourquoi j'étais partie. Tu voulais que je te fasse suffisamment confiance…

Il jura.

— Est-ce trop demander, Ann ? Que tu puisses me faire confiance ? Est-ce que j'ai dit ou fait quelque chose…

— Non, ce n'est pas trop, J. D.

Elle s'interrompit, la voix brisée.

— Tu as droit à ma confiance et à tellement plus, reprit-elle après quelques instants. Mais pour moi il n'a jamais été question de confiance. Pour moi, il est question de m'autoriser à vouloir ce que tu veux pour nous ! La leçon que j'ai tirée de tout cela est que tout ce que je désirais était très dangereux.

Et ce qu'elle désirait en ce moment même l'était également. Elle ne souhaitait rien de plus que laisser les larmes emplir son cœur et couler de ses yeux, rien autant que faire de J. D. l'objet de tout son amour et de toute son attention. Personne ne l'avait jamais aussi bien comprise, et personne ne l'avait jamais désirée avec autant de sincérité et de tolérance que lui. Il venait de le prouver une fois de plus. Mais elle ne ferait que le quitter comme elle avait quitté toutes les personnes qu'elle avait aimées parce qu'elle avait trop peur de sacrifier ne serait-ce qu'une once de cette liberté pour laquelle elle avait tout perdu.

— J'ai appris ce que cela coûtait d'avoir ce que je désirais, et ce n'est pas très reluisant.

— Les choses ne sont pas forcément ainsi, Ann.

— Elles *sont* ainsi, tu ne le vois pas ? Je devais partir. Je n'aurais pas pu rester. Mais partir ainsi était pire que tout ce que j'aurais pu imaginer. Et puis j'ai donné mon fils, et c'était encore plus terrible, mais j'avais peur que, si je le gardais, la communauté découvre tout. Je pensais qu'ils viendraient le chercher, qu'ils l'emmèneraient loin de moi, et qu'il grandirait dans la même misère et dans la même incompréhension que moi. Je ne pouvais pas laisser faire cela. Je ne le voulais pas.

Un petit cri lui échappa.

— Dieu seul sait ce qui va lui arriver à présent.

Elle ne pleurerait pas. Il était hors de question qu'elle s'apitoie sur elle-même.

— Tu as été chercher le portable de Timothy ?
— Pas encore, répondit-il.
— Nous devrions y retourner alors.

Elle se leva. Elle devait quitter cet endroit, en finir avec cette conversation qui ne pourrait apporter aucun réconfort à l'homme qu'elle aimait.

— On ne va pas tarder à partir et je dois appeler les Zimmer.

— Que va-t-il arriver, Ann ? demanda-t-il d'une voix tendue et glaciale. Je veux dire entre nous... Que va-t-il se passer ?

Elle ouvrit la bouche. Elle devait lui dire. Mais les mots restèrent bloqués dans sa gorge.

Il se leva à son tour.

— Si tu me dis qu'il ne se passera rien entre nous, Annie Tschetter, je l'accepterai...

— J. D. ...

— Rien ne se passera entre nous, répéta-t-il en lui prenant les mains. Dis-le, Ann.

Un frisson la parcourut. Elle voulait répéter les mots après lui, mais aucun son ne sortait de sa bouche.

Il l'attira contre lui, comme il l'avait fait lors d'une autre soirée glaciale dans le Wyoming, de longs mois auparavant. Il l'embrassa si passionnément qu'elle ne put retenir ses larmes.

Alors ils quittèrent le bord de l'étang.

De retour dans la cabane, il lui tendit le téléphone. Elle appela les renseignements du Montana et demanda le numéro de John et Edith Zimmer, Meadowlark Lane, à Bozeman.

L'opérateur contacta le numéro demandé, mais l'appel sembla renvoyé. Une voix hachée et impatiente lui répondit, bien loin de celle de l'homme bien éduqué qui l'avait accueillie et avait adopté son fils.

— Allô !

Sa gorge se serra. Elle n'allait jamais arriver à parler. Quelque chose n'allait pas…

— Je cherche à joindre John Zimmer.

— Bien, ici le département de police de Bozeman.

Elle trembla. Il se passait quelque chose. J. D. s'approcha d'elle et écouta également.

— Un crime a eu lieu dans cette maison, ajouta la voix impatiente à l'autre bout. Qui est à l'appareil ?

— Mon nom est Ann Calder, du département de police de Seattle, récita-t-elle comme un automate. Que s'est-il passé ?

— Que je vous dise ce qui s'est passé ? demanda sèchement son interlocuteur. Un monstre d'adolescent a incendié la maison de ses parents. Ils sont morts. Le gosse est en cavale. En quoi cela regarde la police de Seattle ?

De stupeur, elle laissa retomber le téléphone. Un désarroi indicible déferlait sur elle.

J. D. récupéra le portable par terre et prit Ann dans ses bras.

Il s'était attendu à ce que les Diseurs de vérité fassent quelque chose, quoi que ce soit pour les faire sortir de leur cachette, mais, à ce point, une manœuvre aussi monstrueuse, il ne l'aurait jamais imaginé.

Ce ne pouvait être une coïncidence. Les Diseurs de vérité avaient agi contre lui en utilisant le fils d'Ann avec une rapidité foudroyante et une précision destructrice. Rien n'aurait pu être plus sûr, plus prémédité, pour attirer son attention, le faire sortir de son trou et riposter.

De douloureux souvenirs l'envahirent brusquement

Un autre incendie, une autre époque, les années 1980… La mère de son meilleur ami morte d'atroces brûlures et d'intoxication à trente-cinq ans.

Se pouvait-il qu'ils soient au courant ? Comment ?

Peu importait au fond ! Ils savaient.

D'une façon ou d'une autre, les Diseurs de vérité savaient toujours.

Il n'aurait jamais pu concevoir une mise en scène plus écœurante. Incendier la maison d'un couple innocent et faire porter le chapeau à un adolescent !

Au fond de lui, une vieille voix rationnelle l'enjoignit au calme.

Ne pas tirer de conclusions hâtives et insensées.

Mais non.

Il les connaissait trop bien. Pour eux, la fin justifiait toujours les moyens. La seule chose qu'ils voulaient était rétablir la prétendue vraie justice.

Se forcer à retrouver son calme, et improviser, avec prudence…

Il s'assit sur le lit avec Ann en tenant le téléphone de façon à ce qu'elle puisse entendre et se présenta sous le faux de sa carte de crédit.

— Bozeman, ici Hank Altman du bureau du shérif de Shelby. Vous avez une piste pour le gamin ?

— Je croyais que la femme avait dit Seattle, répondit le policier d'un ton suspicieux.

Ann serra le poing et le porta à ses lèvres.

— C'est bien ce qu'elle a dit, reconnut J. D., mais elle est ici, à Shelby, sur une autre affaire. Nous venons d'être informés de votre situation là-bas…

— C'est plus un spectacle désolant qu'une situation !

— Je comprends. Voilà. Est-il possible que le gamin ait une voiture ? Qu'il ait filé jusqu'à la frontière canadienne ?

— Il est impossible qu'il ait pu arriver si loin depuis qu'il a mis le feu.

— Non ?
— Impossible. Il n'a que quinze ans et pas de voiture. Les véhicules des parents sont garés dehors. Nous allons l'avoir. Il n'a aucun moyen de s'en sortir.

Le policier au bout du fil avait déjà fait à deux ou trois reprises des déductions erronées, mais il parlait, et plus il parlerait, plus ils auraient de chances d'apprendre quelque chose d'utile.

— Vous avez une idée de ce qui a bien pu pousser le gamin à faire ça ?

— Selon les témoignages, il a passé sa vie de bâtard à donner du fil à retordre. Il a fait quelques séjours en maison de redressement. L'épicier du coin chez qui il travaillait dit que ce n'est pas son genre de faire une chose pareille, mais de nos jours ils disent tous ça des gamins qui pètent un câble.

Ann se raidit.

— Je connais cet épicier, chuchota-t-elle.

J. D. hocha la tête et leva le pouce.

— Oui, en effet. Je ne vais pas vous retenir plus longtemps. Nous allons avoir ce gamin à l'œil. Si nous pouvons faire quelque chose, faites-le-nous savoir, d'accord ?

— Merci pour votre proposition.

Le policier posa la main sur son combiné pour faire part du sujet de la conversation à quelque supérieur et reprit :

— Nous allons l'avoir ce petit salaud, ne vous inquiétez pas pour ça.

Une fois raccroché, J. D. jura.

— Pas si j'ai quoi que ce soit à voir avec ça…

Une heure plus tard, ils glissaient sur le sol recouvert de neige dans le silence de la nuit. Andreas conduisait les chevaux d'une main experte, nota J. D.

Le rythme régulier des sabots donnait à la nuit un étrange sentiment d'urgence, le temps passait, de précieuses secondes s'écoulaient pour un adolescent pris dans un impitoyable jeu du chat et de la souris.

Pendant tous leurs préparatifs de dernière minute et les au revoir, Ann n'avait pas versé une larme. Peut-être craquerait-elle plus tard, songea J. D. Mais pas avant d'avoir sauvé la vie de son fils. Il la connaissait assez pour en être certain.

Jamais une femme n'avait autant compté pour lui. Il s'était dit qu'elle ne le laisserait pas s'intéresser à elle et, en effet, elle avait tenté de l'en dissuader, en l'assurant qu'elle ne pourrait que le décevoir. Mais elle avait franchi le point de non-retour, il le sentait. Il comptait pour elle. Ce qu'il y avait entre eux — au-delà de l'attirance physique inassouvie — comptait pour elle. À un moment ou à un autre, elle finirait par baisser les armes.

Il la tenait dans ses bras. Une larme coula le long de sa joue. Mon Dieu, il pourrait mettre la terre entière en lambeaux pour que plus jamais quiconque ne la fasse pleurer.

Il la serra plus fort. Il fallait qu'il pense à autre chose… Avec la reconnaissance aérienne qui reprendrait au plus tard à la mi-journée, les traces des chevaux et des glissades menant à Walden seraient visibles. Andreas avait décidé de les déposer et de continuer en direction de l'ouest à travers la forêt. Si leurs poursuivants étaient malins, et ils l'étaient, ils ne seraient pas dupes bien longtemps. Dans le meilleur des cas, ils n'auraient que douze heures d'avance, et tout dépendrait entièrement de ce qu'Ann apprendrait de Roy Burgess, le vieil épicier. L'idéal serait qu'elle parvienne à contacter le vieil homme avant qu'ils ne prennent le bus en direction du sud. Si son fils était parti vers le nord, ils allaient perdre du terrain. Il était trop risqué d'aller trouver Burgess à l'épicerie ou chez lui, mais Andreas n'était pas sûr qu'il y ait un téléphone public à Walden.

S'il n'y en avait pas, ils continueraient en bus en direction du sud, puis de l'est vers Bozeman, jusqu'à ce qu'ils trouvent une ville où ils pourraient acheter une voiture sans trop attirer l'attention. Et après, ils retrouveraient le fils d'Ann.

Ensuite il pourrait affronter son ennemi, celui des Diseurs de vérité pour lequel il s'était montré trop menaçant et dont le nom et l'identité lui échappaient toujours. Et ce pourri allait savoir ce que c'était d'essayer de baiser J. D. Thorne…

Une secousse le réveilla. Il avait dû s'assoupir.

Ils étaient arrivés, et il lança à Andreas :

— Ne t'embête pas à donner une fausse piste en allant dans la forêt. Fais demi-tour et rentre directement chez toi !

Personne ne se ferait avoir par cette manœuvre et Andreas tremblait de froid. Il était presque en hypothermie. Même s'il s'endormait, les chevaux rentreraient tous seuls à la ferme et il serait en sécurité.

Andreas effleura le front de sa sœur en repoussant des mèches de cheveux.

— Fais bien attention à toi.

Puis il sortit de son manteau une casquette de ski bleu marine.

— Cacher tes cheveux ne serait pas un mal, ma chérie. Les méchants vont te voir venir à des kilomètres.

Elle cligna des yeux pour chasser ses larmes et retira l'écharpe de laine noire avec laquelle elle s'était couvert la tête pour coiffer la casquette.

— Je t'aime, Andreas.

— Et je t'ai toujours aimée, Annie, répondit-il, visiblement ému.

Puis il serra la main de J. D. et remonta sur le chariot, talonna les chevaux et repartit sur ses traces sans se retourner.

Trop glacée pour réfléchir, Ann se laissait diriger par J. D. et tous deux se mirent à faire des allées et venues pour se réchauffer en attendant le bus. Il arriva avec vingt minutes de retard. Tous deux étaient transis de froid.

Pendant un bref arrêt, Ann essaya d'appeler Burgess, le vieil épicier. Pas de réponse. Soit il n'était pas chez lui, soit il filtrait les appels.

À 8 heures du matin, ils s'engouffrèrent tous deux dans une cabine téléphonique. Ann utilisa la carte de crédit de J. D. et composa le numéro de la fille de Burgess. Cette dernière ne l'avait jamais aimée et l'avait toujours snobée durant les mois où elle avait travaillé à l'épicerie quand elle attendait Jason, mais ils n'avaient pas d'autre solution. Ils ne pouvaient pas approcher du lieu de l'incendie, ni de l'épicerie. La fille de Burgess répondit à la seconde sonnerie.

— Gloria ?
— Oui, qui est-ce ?
— Gloria, c'est Ann… Annie Tschetter. Vous vous rappelez, je travaillais pour votre père…
— Annie ? Non. Vous avez dû vous tromper de numéro.
— Gloria, je vous en prie, ne raccrochez pas. Je… C'était il y a des années. Seize ans. Je vivais chez les Zimmer. J'ouvrais le magasin pour que votre père puisse aller pêcher.
— Ann… Oh doux Jésus. Vous étiez enceinte. Le garçon de John et Edith est… Oh mon Dieu. Mais qu'a-t-il fait ? Il devrait brûler en enfer. Vous ! Comment osez-vous m'appeler ?
— Gloria, je vous en prie écoutez-moi. Je sais que Jason…
— Vous voulez dire Jaz ? C'est comme ça que ce petit truand veut se faire appeler, comme s'il était quelqu'un de spécial alors qu'il n'est rien d'autre qu'un jeune délinquant.

Ann retint un soupir. Si elle essayait de dire à Gloria que Jaz avait été piégé, celle-ci allait sans aucun doute lui raccrocher au nez. Ce qu'elle allait sûrement faire d'un moment à l'autre, de toute façon.

J. D. avait lui aussi entendu la voix stridente proférer ces accusations. Il posa la main derrière la tête d'Ann et l'approcha pour murmurer à son oreille libre :

— Dis-lui que tu dois retrouver Jaz avant qu'il ne fasse de mal à quelqu'un d'autre.

Elle hocha la tête en répétant ce qu'il venait de lui dire et demanda :

— Votre père va bien, Gloria ?
— Il est à bout, voilà. Il est parti s'enfermer dans ce motel pourri sur l'autoroute qui va à Clyde Park. Avec tous ces flics dans le quartier, ce vieux schnoque aurait pu se faire un tas de pognon s'il était resté et avait laissé ce foutu magasin ouvert. Il

ne répond même pas à ce putain de téléphone. Il dit à la police que le gamin n'a rien fait et puis il se barre et fait l'autruche.

— Personne n'ira le déranger là-bas…

— J'ai bien envie d'appeler les services sociaux et de le faire embarquer. Tenez ce mioche éloigné de mon père ou je m'occupe de lui à coups de fusil. Et je le pense, Annie Tschetter.

10

Ann aurait voulu pouvoir attraper cette horrible femme par le fil du téléphone.

— J'en suis persuadée, Gloria. Et si vous le faites, laissez-moi…

— Dis-lui au revoir, Ann, la prévint doucement J. D. Ne lui donne pas une excuse pour aller trouver son père avant nous.

Elle hocha la tête et essuya rageusement une larme sur sa joue du revers de la main.

— Je suis certaine que tout ira bien pour votre père, Gloria. J'ai entendu dire que la police pensait que Jaz avait sauté dans un bus pour Billings. Je voulais juste m'assurer que vous alliez bien. Au revoir.

Elle raccrocha et se réfugia dans les bras de J. D., tout contre son torse. Même dans les pires heures de son existence, elle ne s'était jamais sentie aussi démunie, aussi vulnérable. Des sons terribles et étranglés sortaient de sa gorge. Elle se mit à trembler sans pouvoir s'arrêter.

Il l'enveloppa de ses bras et lui caressa les cheveux.

— Ann, nous allons retrouver Jaz. Je te le promets. Il faut juste que tu tiennes encore le coup.

Elle se redressa, hocha la tête et essaya de lutter contre la sensation d'étranglement qui la menaçait. Si elle n'était jamais partie de la ferme, rien de tout cela ne serait arrivé à Jaz, mais ce n'était pas le moment de s'effondrer dans la culpabilité.

— Ne t'en fais pas pour moi, J. D.

— Bravo ! Ça, c'est ma Annie.

Il déposa un baiser sur son front et la fit remonter dans le bus. Le temps qu'ils atteignent la ville suivante, il serait presque 9 heures, calcula-t-elle. Ils pourraient donc essayer de trouver une voiture à vendre.

Ils descendirent du bus pour la dernière fois une demi-heure plus tard.

Ils traversèrent la petite rue principale en trottant vers ce qui semblait être le tableau d'affichage local. Il n'y avait qu'un seul véhicule en vente, une vieille Jeep des années 1980. D'après l'annonce, on pouvait la voir au coin de la Troisième et de la rue E.

Il leur fallut cinq minutes pour traverser les sept pâtés de maisons.

La carrosserie de la Jeep n'était pas loin du tas de rouille mais les pneus étaient en bon état. J. D. ouvrit la portière et actionna le Klaxon. Un homme en surpoids avec des joues rondes et qui devait avoir la quarantaine sortit tranquillement de la porte grillagée d'une toute petite maison.

— Ouais, ouais, ouais. Vous achetez ou vous regardez ?

— Elle marche ?

Il descendit péniblement trois petites marches.

— Elle n'est pas très souple à conduire, mais elle vous emmènera partout.

— Alors j'achète, mais je ne suis pas d'humeur à marchander, donnez-moi votre meilleur prix et nous verrons si c'est une affaire.

— Cinq cents, et elle est à vous.

— Marché conclu.

J. D. piocha dans les mille dollars qu'Andreas lui avait donnés.

— Les clés ?

Le propriétaire sortit un porte-clés de sa poche et le lança à J. D. Puis il ouvrit la portière du passager, attrapa un papier miteux sous le tapis de sol et y inscrivit le nom d'emprunt de J. D : Hank Altman.

Ils se mirent en route et s'arrêtèrent au motel situé sur l'autoroute du nord vers Clyde Park.

L'établissement comptait dix chambres. J .D. en loua une, remit sa nouvelle carte de crédit Altman et les inscrivit, lui et Ann, sur le vieux registre sous les noms de M. et Mme Hank Altman.

Puis il se pencha vers la propriétaire du motel et la flatta outrageusement.

— Vous ressemblez à cette actrice qui jouait l'amoureuse de John Wayne dans *Une bible et un fusil*. Comment s'appelait-elle déjà ? Barbara Stanwyck ? Kate Hepburn ?

La petite femme au physique d'oiseau se rengorgeait et Ann regarda ailleurs pour ne pas rire.

Personne d'autre ne s'était inscrit sur le registre depuis trois jours, mais la clé de la neuf manquait au tableau. Avec un peu de chance, Roy Burgess y était.

La femme tendit à J. D. la clé de la chambre numéro deux.

— Ce ne serait pas possible d'avoir plutôt la neuf ? tenta Ann. C'est mon nombre porte-bonheur, c'est pour ça.

— La neuf n'est pas à louer, marmonna la propriétaire. Vous avez la deux. C'est à prendre ou à laisser.

— Je prends, dit J. D. en attrapant la clé.

Il fit un clin d'œil à la vieille bonne femme et recommença son numéro de charme.

— Vous êtes sûre que vous n'êtes pas de la famille d'Hepburn ?

Comme il ouvrait la porte de la chambre, Ann fronça les sourcils.

— Tu devrais avoir honte.

— Avec un peu d'imagination, je suis sûr que tu verrais toi aussi la ressemblance.

Elle s'assit sur le lit et s'emmitoufla dans son manteau. J. D.

ôta sa veste, sa chemise en flanelle et son maillot de corps et alla directement se mettre longuement la tête sous l'eau.

Il sortit de la salle de bains avec une serviette enroulée autour de la tête. Il avait la chair de poule sur le torse et les épaules. La blessure sous son bras était encore affreuse même s'il était en voie de guérison.

— Tu vas crocheter la neuf ou j'y vais ? demanda-t-il.
— Je pensais frapper d'abord.

Impossible d'ignorer son torse musclé, ni sa chair qui frissonnait, ni l'effet du froid sur la toison de son torse et ses tétons.

— Comment peux-tu rester comme ça ?
— Je suis un rude. Toi, t'es une lavette. Vas-y et frappe. Eliminons ta méthode et passons à la mienne.

Elle lui jeta un regard qu'elle voulait sévère et non fasciné tout en sortant quelques épingles à chapeau d'une petite pochette de soie dans son sac.

— Tu devras aller te sécher un peu plus la tête. Ta tenue n'est pas convenable.

Il s'essuya le visage une fois de plus avec sa serviette-éponge ridicule et la fit glisser le long de son torse. Comment pourrait-elle affirmer qu'il ne se passerait jamais rien entre eux ?

— Je ne crois pas que ce soit ma tenue qui te rende toute chose. As-tu faim, Annie Tschetter, ou ce sont juste tes yeux ?

Elle leva le menton. Une seule solution : le défier. Faire preuve d'indifférence avec lui était inenvisageable.

— Il va falloir que tu arrêtes de m'appeler comme ça.
— Annie Thorne, rectifia-t-il en se débarrassant de la serviette, révélant ainsi son torse.

C'était les boutons de ce jean qu'elle aurait mieux fait d'envoyer valser...

— Ann. Juste... Ann. Ou Calder si tu préfères.

Mais elle n'avait pas le temps de rester assise là. Dehors, son garçon de quinze ans, injustement accusé d'un crime odieux, fuyait pour sauver sa peau.

— Tu t'habilles. Je vais voir si M. Burgess est là.

Elle sortit de la chambre en refermant doucement la porte

et se retrouva dans le froid mordant qui lui aurait été si salutaire quelques instants plus tôt. Même si le soleil brillait, les températures n'avaient pas dépassé moins cinq. Et avec ce vent, on pouvait encore enlever dix ou quinze degrés. Si Jaz était dehors, il avait des problèmes.

Elle se rendit en hâte à la neuf et frappa à la porte.

— Monsieur Burgess ? Roy ? Vous êtes là ?

Pas de réponse.

Elle frappa de nouveau et appela.

Elle tourna la poignée. Verrouillée…

— Fichez le camp d'ici. Je ne répondrai plus à aucune de vos foutues questions !

Enfin une réponse. Il avait du mal à articuler. On aurait dit qu'il avait bu.

Elle se mit à lui parler pour détourner son attention pendant qu'elle essayait d'ouvrir avec ses épingles. À peine avait-elle fait basculer les gorges de la serrure que J. D. apparut près d'elle. Elle coinça les épingles dans sa bouche et ouvrit la porte. Elle ne céda que d'une dizaine de centimètres. Burgess avait mis la chaîne de sécurité.

J. D. donna un coup sec dans la porte et brisa l'entrave. Burgess se mit à beugler. Ils se faufilèrent rapidement à l'intérieur. Le vieil homme corpulent essaya tant que mal de se relever de son lit, mais ne réussit qu'à renverser sa vodka.

Ann referma la porte.

J. D. rattrapa la bouteille avant que tout son contenu n'ait le temps de se répandre.

— Roy, calmez-vous. Il n'y a pas lieu de vous mettre dans cet état.

Il aida le vieil homme à s'asseoir. Il avait l'air plus handicapé que soûl.

— Nous ne sommes pas flics, mentit J. D. Et nous ne sommes pas non plus journalistes. Nous sommes ici parce que nous vous croyons quand vous dites que Jaz n'est pas responsable de l'incendie, Roy, et nous avons besoin de votre aide.

— Oui, vous et tous ces fichus Pierre, Paul, Jacques !

Accroupie au pied du lit branlant, Ann croisa le regard de J. D. et frissonna violemment. Même s'il évoquait vraiment la presse, Roy Burgess pouvait très bien avoir parlé aux Diseurs de vérité. Mais comment savoir ?

— J'en ai marre de répondre à des questions, grogna-t-il en portant la bouteille de vodka à ses lèvres d'une main tremblante.

J. D. lui saisit le poignet gentiment mais avec fermeté. Les deux hommes s'affrontèrent du regard.

— Roy, si vous vous inquiétez pour ce garçon, vous devez nous aider.

— Sacrebleu. Je connaissais ce môme avant même qu'il naisse, alors n'allez pas croire que je me fous de ce petit con.

J. D. l'interrogea du regard, mais le vieux Roy commençait à piquer du nez, assis sur le lit. J. D. le secoua.

— Roy, cette femme qui est assise, là ? Vous vous souvenez d'elle ?

Le vieil épicier la regarda comme s'il avait oublié sa présence.

— Pourquoi ? Je devrais ?

— Pour cette simple raison, monsieur Burgess, déclara-t-elle en enlevant sa casquette et en libérant sa chevelure rousse. Jaz était mon fils.

— Sacrebleu !

Les larmes se mirent à jaillir des yeux marron et chassieux du vieil homme et à inonder sa moustache blanche.

— Annie ? La petite Annie qui était enceinte ?

— Oui, c'est moi, monsieur Burgess. Souvenez-vous, John et Edith étaient à une réunion d'église quand il a fallu m'amener à l'hôpital. C'est vous qui m'y avez conduite. Vous avez même attendu que Jaz soit né...

— Pour voir si nous allions avoir une petite fille ou un petit garçon.

D'une main hésitante, il posa la bouteille sur la table de chevet.

— Tu n'aurais jamais dû laisser ce garçon, Annie. Que le Seigneur veille sur ces braves gens, mais Jaz ne s'est jamais fait aux Zimmer, et cette Edith était incapable de dire non ni de contrôler ce garçon.

Il se remit à pleurer.

— Où es-tu partie ?

Les larmes lui brouillaient la vue, le vieux Burgess n'était plus qu'une masse noyée.

— Je ne… je n'aurais jamais dû faire ça, bafouilla Ann.

J. D. la regarda avec un air de reproche. O.K., ce n'était pas le moment de se laisser aller.

— Roy, tonna J. D., vous devez écouter maintenant. Dites-nous qui d'autre est venu vous voir et vous a dit qu'il cherchait Jaz.

— Ils le cherchaient tous, répondit le vieillard.

Il semblait reprendre un peu ses esprits.

— Les flics et tout. Ils croient qu'il a mis le feu chez lui. Ce garçon a bien besoin qu'on lui remette les points sur les i, mais il n'a pas pu faire ça. J'en mettrais ma main au feu, et c'est vai… euh, vrai.

Il s'extirpa péniblement du lit

— J'dois aller aux chiottes !

J. D. l'escorta jusqu'à la salle de bains, puis revint et alluma la petite télévision noir et blanc posée sur la table abîmée.

Les informations de la mi-journée étaient sur toutes les chaînes. Jaz faisait les gros titres.

J. D. mit la station avec la meilleure réception, à temps pour qu'ils aperçoivent la maison à moitié brûlée et le trottoir qu'Ann avait emprunté des centaines de fois. Elle déglutit, horrifiée.

Le journal diffusait les images de l'incendie filmé à la fois depuis le sol et depuis l'hélicoptère de la chaîne. Une photo de classe de Jason Adam Zimmer apparut à l'écran, il était en troisième.

Depuis la salle de bains, Burgess éructait, vomissant ses tripes.

Ann faillit faire pareil. Son bébé était accusé non seulement d'incendie criminel, mais aussi du meurtre de ses parents adoptifs.

Jason.

Elle porta ses doigts à ses lèvres pour essayer d'en contrôler le tremblement.

Sur les photos en noir et blanc, il avait ses cheveux à elle et les yeux de son père. Ses traits étaient fins et encore juvéniles. Ils laissaient deviner le séduisant jeune homme qu'il serait d'ici quelques années.

S'il vivait jusque-là.

Mais comment pouvaient-ils proférer de telles choses sur son enfant ?

La voix de J. D. la sortit de ses sombres pensées.

— Ce sont les informations, Ann. Il ne faut pas que ça te touche.

Il s'assit à côté d'elle sur le lit et l'attira contre lui.

L'interview de Roy Burgess se limitait à une seule phrase.

Jaz a fait de nombreux séjours en maison de redressement.

Il avait visiblement été coupé au montage.

Puis l'envoyé spécial résuma la situation :

Actuellement, la police ne dispose pas de plus d'éléments que dans les heures qui ont suivi l'incendie. Celui-ci s'est produit hier, en fin d'après-midi. Les enquêteurs pensent que le garçon n'avait peut-être pas l'intention de causer de tels dommages dans la maison de ses parents.

— Ou peut-être que le garçon n'a rien fait du tout, s'emporta Ann.

— Il pourrait très bien s'agir de l'œuvre d'un pro déguisée en travail d'amateur, murmura J. D.

Puis le journaliste conclut :

Selon des sources proches de l'enquête, Jason Zimmer aurait pris la fuite en direction de la frontière canadienne.

— Je me demande d'où cette idée a bien pu venir ! éructa J. D.

Il alla éteindre la télé, l'air dégoûté.

— J'ai évoqué cette possibilité avec le policier, et voilà que ça devient la vérité dans les médias !

Ann ne répondit pas. Elle était transie jusqu'à l'os. Les

Diseurs de vérité cachaient très bien leur jeu. Pourquoi n'avaient-ils pas informé la presse que Jason était son fils ? Quel était leur intérêt ? Et comment savoir de quelle façon ils allaient exploiter ce détail croustillant ?

— Tu crois que Jaz a pu aller en direction du nord ?

J. D. jeta un regard mauvais vers la porte de la salle de bains.

— Burgess est le seul qui puisse le savoir. Je vais aller lui rafraîchir les idées.

— Il est âgé, protesta Ann, et il a été tellement gentil avec moi.

— Ann, je parlais au figuré… Je ne vais pas lui faire du mal !

— Je suis désolée. Je le sais. C'est juste que…

Elle avait honte. Comme avait-elle pu…

— Je sais, Ann. Moi aussi.

Il secoua la tête de frustration.

— Cet incendie…

Le bruit de la chasse retentit et Roy fit couler de l'eau dans le lavabo de la salle de bains.

J. D. se rassit à côté d'Ann et lui caressa le dos.

— Je les déteste, dit-il dans un souffle. Je n'arrête pas de revoir l'incendie d'un petit restaurant dans la ville où j'ai grandi. La propriétaire était la mère d'un ami. Elle est morte de ses brûlures et des émanations de fumée. Je ne peux pas imaginer de pire façon de mourir.

— Tu crois que la personne qui a fait ça était au courant de cette histoire ? Que cette…

La voix d'Ann se brisa.

Elle serra les dents et reprit, une main posée sur le biceps de J. D.

— Que cette attaque a été calculée pour attirer ton attention ?

— Cela ne me surprendrait pas du tout, confia J. D.

— Je suis toujours étonnée de voir tout ce que ces salauds de vigilitantistes peuvent savoir.

Dans la pièce à côté, l'eau s'arrêta de couler et Roy ouvrit la porte. Il sortit et posa un regard insistant sur Ann comme s'il voulait s'assurer qu'il ne rêvait pas ou n'était pas victime de délires dus à l'alcool. Pendant toutes ces années, elle ne l'avait jamais vu boire et n'avait jamais entendu le moindre mot sur le fait qu'il puisse être alcoolique. Peut-être qu'il avait craqué et s'était mis à boire parce qu'il s'inquiétait pour Jaz.

Ils durent tous deux se lever pour que Roy puisse passer dans l'espace étroit entre le bout du lit et la table. Il se laissa tomber lourdement sur la petite chaise danoise au bois griffé, située à côté de la porte à la chaîne brisée.

J. D. se leva et alla s'asseoir sur le lit en face de lui.

— Roy, avez-vous une idée de l'endroit où nous pourrions trouver Jaz ?

— Ouais, dit-il en posant de nouveau sur Ann un regard accusateur.

— Tu n'aurais pas dû le perdre de vue, ma fille.

— Je veux l'aider à présent, Roy.

Ils n'avaient pas de temps à perdre en discussions.

— Quoi que vous nous direz, Roy, nous nous en servirons pour l'aider, je vous le promets.

J. D. renchérit :

— Nous avons une idée sur l'identité de celui qui a mis le feu. Il a fait en sorte que l'on croie que Jaz était responsable. Ce sont des gens très dangereux, Roy. S'il existe une possibilité pour que l'un d'eux soit après Jaz, alors nous n'avons pas une minute à perdre.

Roy fit claquer sa langue contre ses dents pendant quelques secondes.

— Le gamin a pris une voiture chez moi. Dans l'allée à côté de l'épicerie. Tu te souviens de la T-Bird que j'avais ?

Ann hocha la tête.

— Celle dans laquelle vous m'avez conduite à l'hôpital ? Je pense, oui. Elle était jaune, non ?

— Celle-là même. Elle a passé cinq ans derrière l'épicerie. Je n'ai jamais rien fait pour l'entretenir, mais Jaz avait des vues sur elle depuis deux-trois ans. Il a dû la réparer en piquant à gauche à droite. Il y tâte pas mal du tout en mécanique.

— Elle est toujours jaune, monsieur Burgess ? intervint J. D.

Il acquiesça.

— Et vous avez une idée de l'endroit où Jaz a pu aller ? demanda Ann. Vous pensez qu'il a pu se rendre au nord, à la frontière ?

— Non, cela ne lui correspond pas. Pourquoi ferait-il ça ? rétorqua Roy d'un ton moqueur.

— Il peut l'avoir vu à la télévision, suggéra J. D.

— Impossible. Il n'a pas l'habitude de regarder ces bêtises. *Tombstone*. Voilà ce qui lui plaît. *Butch Cassidy*. Les westerns, vous voyez. *Danse avec les loups*. Des trucs comme ça. Si vous voulez mon idée, il est allé du côté d'Outlaw Canyon, au sud dans les monts Big Horn. Dans la région du *Hole-in-the-Wall*, à côté de Kaycee.

— Dans le Wyoming alors ? avança J. D.

— D'après moi.

— Monsieur Burgess, vous nous avez été d'une très grande aide.

Ann hocha la tête également. Cette information dépassait toutes leurs espérances, même si le territoire menant au tristement célèbre Hole-in-the-Wall était terriblement étendu…

— Vous avez dit cela à quelqu'un d'autre ? s'inquiéta-t-elle.

— Un gars. Il m'a dit qu'il était prof au collège de Jaz. Il a dit qu'il était vraiment désolé de ce qui arrivait au gamin… À bien y réfléchir, il m'a plutôt bien eu.

— Comment ça ? lança J. D.

— Il a dit : « Où irait un garçon comme Jaz ? » « Les flics le croient coupable, qu'il a dit, ils ne vont pas être tendres avec lui, c'est certain. Il vaut mieux qu'il débarrasse le plancher, qu'il sorte du territoire ou il va passer à la casserole. Un peu comme Butch Cassidy et le Kid. »

— C'est ce que ce gars vous a dit, monsieur Burgess ?

— Lui, ouais, acquiesça Roy en se remettant à pleurer.

— Alors, fit J. D., est-ce vous ou ce prof qui avez parlé du Hole-in-the-Wall en premier ?

— C'est moi, j'en suis sûr. Mais c'est assez bizarre, la façon dont il a mis Butch Cassidy sur le tapis.

— Et cet enseignant a-t-il eu d'autres idées brillantes ?
— Plutôt des nulles. Il a demandé si Jaz pourrait essayer de sauter dans un train pour la Californie ou... voyons... il a demandé s'il venait chez moi ou s'il avait des amis qui pourraient le cacher. Des trucs comme ça...

Ann jeta un coup d'œil à J. D. Il pensait comme elle : le vieil homme s'était fait cuisiner par un pro. Il n'y avait rien d'étrange, et ce n'était non plus une coïncidence si ce type avait parlé de Butch Cassidy et du Hole-in-the-Wall. Il avait juste procédé par élimination, en faisant parler Burgess, jusqu'à ce qu'il trouve le filon. Et cela n'avait pas dû lui prendre plus de temps qu'à eux pour faire parler le vieillard.

— Vous pensez que c'était vraiment un des professeurs de Jaz ? demanda Ann.
— Je n'ai pas appelé au collège, mais ce que je peux vous dire c'est que, quand il est parti, il est monté dans un pick-up immatriculé en Californie.

Il se remit à pleurer.

— Je n'ai pas relevé le numéro. J'y ai pas pensé. Je ne pensais pas que ça pourrait servir, vous comprenez ?

J. D. hocha la tête respectueusement.

— De quelle couleur était ce pick-up ?
— Marron je crois. Il avait l'air plutôt récent. Un peu bronze.
— Et y a-t-il une raison particulière pour que vous ayez remarqué ses plaques, monsieur Burgess ?
— Eh bien, le prof a regardé discrètement au coin de la rue avant de s'en aller. Je l'ai vu faire. Il a sûrement dû voir où était garée la T-Bird, il devait y avoir la trace dans la neige et les marques des pneus. Après, il a traversé la rue pour aller chez les voisins. Je ne lui ai rien dit pour la voiture, mais s'il a posé la question, les voisins ont dû lui dire quel véhicule était garé là.

Ann était de plus en plus mal, alternant entre le feu de la colère et le froid de la peur pour son fils innocent. Cet incendie n'avait eu pour but que de les faire sortir de la communauté de Cold Springs, mais les Diseurs de vérité n'auraient jamais négligé d'envoyer quelqu'un pour coincer Jaz s'il s'enfuyait. Ils escomptaient certainement que J. D. se livre en échange de Jaz.

— Roy, ça m'embête que vous restiez ici, déclara J. D.

— Je ne veux pas rentrer chez moi. Ici, les gens de la télé ne me trouveront pas.

— Je crains qu'ils y parviennent malgré tout. Si nous vous avons trouvé, d'autres ne doivent pas être loin derrière. Vous voulez bien que je vous emmène dans un petit hôtel sympa à Billings pour une semaine ou plus ?

— Je n'en vois vraiment pas l'intérêt.

— Roy, nous voulons seulement que vous soyez en sécurité, insista Ann. À l'écart de personnes qui pourraient être capables de vous faire du mal pour savoir ce que vous nous avez dit.

Le temps qu'ils prennent une petite douche et qu'ils arrivent à Billings, le soleil commençait à décliner. Ils déposèrent Roy Burgess dans une suite de l'un des meilleurs hôtels d'une enseigne nationale et réglèrent d'avance quinze cents dollars pour dix jours avec la carte de crédit Altman qui alerterait Matt et Garrett.

Ils avaient choisi cet hôtel dans l'annuaire de Billings parce qu'il était situé non loin d'un surplus militaire dans lequel ils achetèrent l'équipement de base pour faire de la randonnée en hiver et du matériel de camping. Ils prirent des jumelles, une lanterne électrique, deux sacs de couchage conçus pour des températures polaires, des jeans, des pulls et plusieurs paires de sous-vêtements longs. J. D. réussit à tout caser dans un grand sac à dos.

Ils s'arrêtèrent en périphérie de la ville pour faire le plein, achetèrent une demi-douzaine de burritos ainsi qu'une carte du Wyoming.

Ann déballa les burritos et se mit à étudier la carte pendant que J. D. prenait la direction de la I-90. Heureusement, les routes étaient sèches, il n'avait pas plu. Mais le canyon du Hole-in-the-Wall devait s'étirer sur au moins quatre-vingts kilomètres depuis l'extrémité sud des monts Big Horn...

Après avoir bien examiné la carte à la lueur d'une petite lampe électrique, Ann poussa un soupir. Retrouver Jaz dans cette région serait aussi difficile que dénicher une aiguille dans une meule de foin. Savait-il seulement se débrouiller pour survivre dans ces contrées sauvages ?

Pire, le gars au pick-up marron était à ses trousses. Et ce Diseur de vérité pouvait faire coup double, songea Ann avec effroi. Trouver Jaz et les attirer, elle et J. D., dans un guet-apens. Il suffisait pour cela de disséminer des indices qui les mettrait soi-disant sur la piste de Jaz...

Ann repoussa ses angoissantes perspectives et releva la tête. Ils se trouvaient à huit kilomètres au sud de Hardin, dans le Montana.

— Y a-t-il d'autres itinéraires possibles dans le Wyoming ? demanda J. D.

Elle ralluma la lampe pour étudier les possibilités qui s'offraient à eux.

— Je ne sais pas ce qui est le pire : traverser la frontière de l'État en prenant l'autoroute ou en empruntant une route secondaire. Il n'y a qu'une seule autre route. Une départementale on dirait. Elle suit une rivière puis traverse la frontière de l'État. Si tu veux, on peut quitter la I-90 à Lodge Grass. C'est bientôt. Qu'est-ce que tu en penses ?

— Il y a plus de risques de rencontrer un barrage sur l'autoroute.

Elle s'était tellement consumée d'inquiétude pour Jaz qu'elle en avait presque oublié pendant un temps les risques encourus par J. D. Quelqu'un voulait sa mort, et il la voulait tellement qu'un incendie impitoyable ayant coûté la vie à d'innocentes victimes n'était pour lui qu'une ruse cruelle destinée à attirer J. D.

— Tu crois qu'ils feraient cela ? Qu'ils seraient prêts à

arrêter une à une toutes les voitures sur l'autoroute pour nous chercher ?

— Ils n'ont pas le choix, Ann. Ils ignorent où nous sommes et où nous allons.

— Comment peux-tu en être sûr ?

Pour toute réponse, il lui jeta un regard sceptique.

O.K. ... Il avait raison. S'il avait été repéré, on lui aurait déjà tendu une embuscade et il serait mort.

— D'accord, mais on peut dire la même chose des routes secondaires. Je ne vois pas de meilleur endroit pour une embuscade qu'une petite route déserte...

— Moi non plus, approuva-t-il en lui adressant un petit sourire complice. Ça te dit d'être ma partenaire de crime ?

— Et toi, tu serais qui ? s'enquit-elle en jouant le jeu.

— Un desperado, bien sûr !

— Tu as la tête de l'emploi, le taquina-t-elle. Tu as l'intention de te raser de nouveau un jour ?

— Non.

— Au moins c'est clair.

— Il fallait que je m'adapte à la colonie, non ?

— Nous ne sommes plus au Kansas à présent, Toto.

J. D. sursauta presque au volant de la Jeep. *Kansas...*
Le salon de Martin Rand...

Son ami qui disait que la partie plaignante dans le procès de Vorees avait l'intention de tout faire pour perdre. Il avait pensé qu'il n'avait pas bien entendu, *ou alors il n'était plus au Kansas...*

— Qu'y a-t-il, J. D. ? demanda Ann.

— Je viens juste d'avoir une vision de l'après-midi chez Rand.

— Cet après-midi-*là* ?

Il hocha la tête.

— Ça m'est revenu quand tu as dit le mot *Kansas*.

Les lignes blanches qui séparaient les voies semblaient se fondre pour n'en former une, mieux définie, à mesure que le souvenir se précisait dans son esprit.

— Ce jour-là, j'ai suivi ton témoignage au tribunal sur le moniteur de surveillance.

Oui, il l'avait regardée, il avait pensé à elle… L'avait désirée. S'était souvenu, une fois de plus, combien son baiser avait laissé son empreinte au plus profond de son âme.

Il détourna son regard des lignes blanches et la dévisagea à la faible lueur verdâtre du tableau de bord.

— Ann, je n'allais pas bien. Je me demandais comment j'avais pu être assez stupide pour te promettre que je ne viendrais pas te voir quand nous serions de retour à Seattle.

Il contempla son profil, la ligne délicate de sa gorge qui sursautait à ses mots.

— Je…

— Tu n'as pas à dire quoi que ce soit, Ann.

Il aurait mieux fait de ne pas entamer cette conversation, là, sur cette autoroute, dans cette Jeep pour laquelle il n'avait pas de permis, en chemin pour aller secourir un adolescent obstiné mais innocent, un fils qu'elle n'avait jamais connu.

— Juste pour que tu saches que, même avant d'avoir été chez Rand, je pensais à toi. À nous deux.

Elle baissa brusquement la tête.

— Et qu'est-ce que Rand t'a dit d'autre ?

Il s'éclaircit la voix et se reconcentra sur sa conduite et sur l'hypnotisante ligne blanche.

— Je ne… Il avançait des arguments…

Il s'interrompit et jura à voix basse.

— Il m'a rappelé l'existence de cette loi selon laquelle les procureurs ont le droit de ne pas mener de poursuites en dépit de preuves accablantes s'ils estiment que porter une affaire devant les tribunaux risquerait de « nuire au respect de la loi ».

— Tu es en train de me dire que tout le travail que tu as fait pour dénicher les flics faisant partie des Diseurs de vérité va être enterré dans l'*intérêt* de l'application de la loi ?

Elle avait presque crié.

Il hocha la tête. Comme il avait eu envie de fracasser sa bouteille de bière vide quand Rand lui avait dit ça !

— Je me souviens que j'ai pensé que Rand avait probablement lui-même servi cette stratégie au procureur sur un plateau d'argent.

— J. D. … Est-ce que Rand est l'un d'eux ? C'est ce que tu es en train de me dire ?

Il se frotta la tempe.

— Cela expliquerait beaucoup de choses, non ? Pourquoi je suis venu chez toi. Pourquoi il y avait justement des gens présents pour écouter Samuel raconter sa vie dans ce bar.

— Est-ce que cela pourrait expliquer la fusillade ?

— Oh mon Dieu, souffla-t-il, comme soufflé par la clarté incontestable et brutale de son raisonnement.

Rand.

11

J. D. agrippa le volant pour tenter d'évacuer l'intensité brute et rageuse de ses sentiments. En regardant les choses sans parti pris, sans les œillères de l'amitié et de la loyauté incontestée, Rand pouvait parfaitement être l'instigateur de la tentative d'assassinat contre lui.

Cela pouvait même être plus diabolique que ça. Rand avait pu le faire venir à Seattle et le faire entrer dans l'équipe chargée d'infiltrer les Diseurs de vérité, en prévoyant le coup d'après.

Sauf que J. D. n'avait pas lâché l'enquête sur les Diseurs de vérité et que Rand s'était senti menacé.

— Aveugle, loyauté *stupide*…, pesta-t-il.

— J. D. nous ne *savons* rien. Il y a probablement d'autres explications…

— Ah ouais ? Comme quoi ?

— Peut-être que quelqu'un d'autre t'a rattrapé, ce soir-là. Quelqu'un qui pensait que, si tu étais mort, ton enquête disparaîtrait. Tu ne peux exclure aucun des flics ou des avocats qui ont été suspendus pendant l'enquête de Warren Remster.

Elle désigna les panneaux indiquant la sortie d'autoroute menant à la départementale.

— Tu préfères rester sur l'autoroute ?

— Ce serait aussi bien.

Il hocha la tête et continua tout droit.

— L'autre chose, souligna-t-elle, est que même si c'est Rand qui a soufflé l'idée à Remster, est-ce que Rand se sentirait menacé par ce que tu as découvert au point d'essayer de te faire tuer ? D'après ce que tu m'as dit, je n'ai pas l'impression qu'il se sente tant que ça en danger.

— Il ne l'est pas.

— Alors peut-être que Rand a appelé le bureau du marshal avec la seule intention de t'aider…

— De me sauver de moi-même ? Ça te va bien de parler de ça, Ann.

Elle le regarda comme s'il venait de la frapper. La culpabilité s'abattit sur lui sans prévenir. Il fallait être un salaud de premier ordre pour lui avoir jeté ça à la figure.

— Je suis désolé. C'était tout à fait déplacé de ma part.

— Tu as raison, Thorne. Je ne connais même pas Martin Rand. Mais il est possible que l'idée vienne de Remster seul pour éviter des conflits prolongés avec la police. Comme pour Samuel, il est tout à fait possible que des Diseurs de vérité se soient justement trouvés dans le bar, ce soir-là.

Il tendit le bras et lui prit la main, mêlant brutalement ses doigts aux siens, plus petits. Il ne devait pas s'en prendre à elle parce qu'elle plaidait la possibilité que Martin Rand ne soit pas un traître.

Sa mâchoire le faisait souffrir tant il la serrait, et pour la première fois depuis plusieurs heures, peut-être même depuis une journée entière, les élancements dans sa tête reprirent. Des flammes léchaient les abords de son esprit, les images d'une vieille télévision noir et blanc à Clyde Park, et d'autres plus anciennes. Beaucoup plus anciennes.

— Tout ce que je dis, Ann, c'est que ce ne serait pas la première fois que j'aurais laissé ma loyauté interférer dans mon jugement.

— Je ne pense pas que tu la laissais interférer ! C'est mon point de vue. As-tu appelé Rand pour lui en parler ? Lui as-tu demandé s'il avait dit à Remster comment il pouvait en finir avec ces poursuites ?

J. D. soupira. Il n'aurait jamais laissé passer ça. Il n'en serait jamais venu aux mains avec Rand, mais il n'arrivait pas à se rappeler lui en avoir parlé.

Elle referma ses doigts sur les siens.

— Tu commences à te souvenir de choses. Plus qu'hier, ajouta-t-elle avec une note d'espoir dans la voix.

Il garda le silence alors qu'ils traversaient la frontière pour entrer dans le Wyoming. Comment faire pour lui prouver que ses espoirs étaient vains ? Son argument selon lequel Rand ne se sentait pas en danger n'allait pas à l'encontre des éléments contre lui mais les renforçait au contraire.

Rand savait ce qu'il faisait. Il l'avait toujours su. Il fallait avoir cette espèce de foi dans ses propres décisions pour exercer dans des tribunaux fédéraux.

Les kilomètres défilaient. La I-90 traversait la rivière Tongue, tournait à l'est de Sheridan et continuait en direction du sud-est.

Ann était assise sans dire mot depuis trop longtemps. Le silence entre eux ne le dérangeait pas, mais il lui rappelait leur dernière venue dans le Wyoming quand c'était la vie du fils de Kirsten et Garrett qui était en jeu.

— Tu veux en parler ? demanda-t-il enfin.
— Je ne faisais que réfléchir…

Elle s'éclaircit la voix.

— Peut-être que tu as raison et que tu laisses vraiment ta loyauté prendre le dessus sur ton jugement.

Il doutait vraiment d'avoir envie d'entendre ça.

— Crache le morceau.
— Très bien.

Cette résolution de fer qu'il lui connaissait, qu'il avait admirée en elle, n'était peut-être qu'une bannière qu'elle brandissait haut et fort.

— Tu n'as pas à faire ça. Tu ne devrais pas faire ça.

Là, ce n'était vraiment pas ce qu'il voulait entendre.

— Pas faire quoi, Ann ?
— Aller chercher Jaz.
— J'étais sûr que t'allais dire ça !
— Je suis sérieuse, J. D. … Je ne plaisante pas… Tu ne m'écoutes pas…
— Non ! la prévint-il.

Pas une autre syllabe...

Mais sa bannière continuait à s'agiter.

— J. D., tu plonges tout droit dans leur piège au nom d'une loyauté aveugle ou de ton sens du devoir envers moi.

— C'est ce que tu penses ?

— Oui ! C'est ce que tu es et c'est ce que tu fais ! C'est pourquoi je suis tombée à ce point...

Elle s'interrompit, pressant son petit poing contre ses lèvres, le regard rivé sur la nuit noire.

— Tombée quoi ? Amoureuse de moi ?

Il avait envie de freiner violemment, de la tirer hors de la Jeep et de rester là, sur le bord de la route, dans le froid glacial, jusqu'à ce qu'elle ait prononcé les mots. Mais l'enfer aurait probablement le temps de geler avant qu'elle ne le fasse.

— De quel côté de moi, Ann ? Le côté loyal ou l'aveugle ? Parce que tu sais, je suis réellement incapable de séparer les deux, alors peut-être...

— J. D., arrête ! Tu sais ce que je veux dire. Peut-être que tu es loyal envers une méprise. Peut-être que je suis amoureuse de toi. Non, souffla-t-elle d'une voix qui semblait venir du plus profond de son être, soyons absolument clairs : je *suis* amoureuse de toi. J'aime tout en toi ! Mais jouer entre leurs mains, jouer leur jeu, c'est *insensé*. Et si tu n'allais pas le chercher. Et si je...

— Et si tu quoi Ann ?

Il serra les dents. Ce qu'elle venait de lui dire, il aurait été prêt, une heure plus tôt, à vendre son âme pour l'entendre. Il ne comprenait que maintenant le courage qu'il lui fallait pour être capable d'une telle déclaration d'amour dans le seul but d'interférer entre lui et ses décisions erronées et insensées.

— Vas-y seule alors ! Ça devrait marcher ! Et si tu leur demandais : « Je vous en prie, messieurs, puis-je retrouver mon fils ? » C'est à ça que tu penses ?

— Ce n'est pas...

— Point final, fin de la phrase. Ce que ça n'est *pas* doit être tranché, cria-t-il. Inscris bien la sincérité sur mon compte, et la loyauté aveugle, Ann, parce que je continue. À Cold Springs, je suis resté là à regarder pendant que ta famille et tes amis tenaient tête à ces salauds, et il est hors de question que ça se reproduise. Pas sous ma gouverne. C'est *moi* qu'ils veulent. C'est *ton* fils qu'ils ont. Que crois-tu qu'il va se passer si je les ignore ?

En réponse, elle émit un petit son étrange, rien qui ne ressemblait à des mots. Il savait se montrer aussi brutal qu'elle pour asséner des vérités. Peu importait que son cœur saigne à force de croire qu'il pourrait mourir pour lui rendre son fils.

— Si tu crois qu'ils ne vont pas le tuer, Ann. Réfléchis-y à deux fois. Si tu n'as pas encore compris de quoi ces salauds sont capables, je ne sais pas ce qu'il te faut.

Elle garda de nouveau le silence pendant un long moment.

Il passa Piney Creek, prit la sortie 51 menant au lac De Smet et arrivait en haut d'une colline quand les feux arrière d'un autre véhicule en direction du sud attirèrent son attention.

Une berline Lexus, haut de gamme. La voiture sembla accélérer sur environ huit cents mètres puis ralentit brutalement.

— Mais qu'est-ce qu'il fabrique ? demanda Ann.

— Soit il est bourré, soit il a un gros problème.

Il mit son clignotant pour doubler la luxueuse berline, mais elle accéléra de nouveau en se déportant sur la gauche. J. D. appuya plus fort sur l'accélérateur, mais se ravisa brusquement : des projecteurs étaient montés près de la vitre du conducteur.

C'était une voiture de police banalisée. Et elle ralentissait. J. D. dut redescendre à soixante-dix kilomètres à l'heure pour se rabattre derrière elle.

C'était ça ou se suicider en lui rentrant dedans.

Deux 4x4 surgirent alors derrière eux à vive allure. Des flics. Leurs lumières clignotaient dans la nuit noire.

Il ordonna sans ménagement à Ann de rabattre son siège. Mais la Jeep n'était pas équipée pour ça. Elle rabattit le siège en arrière, aussi loin que possible, dégaina son arme et glissa au sol tandis que J. D. donnait un violent coup de volant d'un côté puis de l'autre, faisant tanguer le véhicule, à un souffle de partir en tonneau.

D'un moment à l'autre, songea-t-il, des munitions allaient faire exploser son réservoir et enflammer la Jeep.

Mais non.

Ils voulaient sûrement essayer de le descendre seul.

Il n'allait pas leur faciliter les choses, il ne tomberait pas en emportant Ann dans sa chute et il était hors de question de faire foirer tout ce qu'ils avaient accompli cette nuit à cause d'une putain d'embuscade.

— Tiens bon !

Son cœur cognait, son esprit s'emballait, ses instincts carburaient à plein régime. Brusquement, il freina à fond. L'arrière de la Jeep chassa sur la chaussée et franchit en trombe l'excavation qui longeait l'autoroute. La Jeep bondit pour s'arrêter net perpendiculairement à la voie de circulation, à cheval sur la tranchée.

D'un côté, deux hommes descendirent et se positionnèrent derrière la berline pour tirer, à gauche un autre, et derrière encore un autre.

J. D. sortit son arme de son étui, tira sur la poignée, se jeta sur la portière et se laissa tomber au sol par l'interstice. Il s'étira et roula sous la Jeep. Une fois à plat ventre il se mit à tirer sur les pneus de la berline à droite et du 4x4 à gauche, faisant exploser en cinq salves de munitions les pneus avant et arrière droit des deux véhicules les plus proches et le pneu arrière du dernier.

Des cris désespérés résonnèrent dans un porte-voix :

— Thorne, pour l'amour de Dieu, arrête de tirer !

Au-dessus de lui, la chaleur du moteur, en dessous la terre, et tout autour l'odeur de l'huile chaude et de la gomme de pneus brûlée.

Ann... Ann... Ann...

Elle pouvait très bien prendre soin d'elle toute seule, mais si la Jeep prenait feu...

Pas de tir rendu, pas d'explosion, pas de menace, aucune riposte à contrer…

Que se passait-il ?

— Thorne ? appela la voix dans le porte-voix. Rosebud, tu m'entends ?

Ce surnom, « moumoune » dans le jargon des ados de Telluride, le projeta des années en arrière.

— Everly ? Kyle ?

— Non. Hanifen. Shérif du comté de Jonhson, Dex Hanifen. Everly m'a envoyé pour vous protéger. Vous escorter. Et si vous posiez votre arme et que nous discutions comme des hommes civilisés ?

J. D. sortit de sa cache et négocia jusqu'à ce que Hanifen accepte de monter avec eux dans le seul 4x4 du comté encore en état de marche, sans arme et sous la garde d'Ann. Les cinq autres furent abandonnés sur l'autoroute avec les armes et leurs clés enfermées dans le coffre de la Lexus hors d'usage.

Le ranch du Bar Naught n'était qu'à une quinzaine de kilomètres de Buffalo en remontant l'autoroute 116, c'était là que Kyle Everly avait demandé à Hanifen de les conduire.

Quand J. D. arrêta l'Explorer sur les graviers de l'allée, un homme grand et costaud qui devait avoir la cinquantaine approcha en trottant. Le shérif lui lança :

— Il y a des hommes à récupérer sur l'autoroute !

Puis un homme vêtu d'un long manteau sortit de l'énorme bâtisse de pierre et descendit tranquillement les marches devant la véranda pour venir les saluer.

Ce devait être Everly, songea Ann. Elle ne savait pas grand-chose sur lui, sauf qu'il avait grandi lui aussi à Telluride. Toutes ces soi-disant coïncidences étaient réellement étranges… Rand avait fait venir J. D. à Seattle et l'avait peut-être trahi. Everly venait du même endroit. Même époque, mêmes amis, et d'une façon ou d'une autre Rand s'était débrouillé pour se trouver à la bonne place au bon moment avec suffisamment d'influence et d'argent pour mettre J. D. « en sécurité ».

Vêtu d'un élégant manteau de vison, Everly se tenait devant eux, exhalant des nuages de buée dans l'air glacial et affichant un éblouissant sourire d'excuses.

— Mon détachement personnel, pour ainsi dire…

Elle s'était déjà retrouvée en présence d'hommes à la beauté hors du commun, elle maîtrisait le sujet, connaissait leur vanité. Kyle Everly était de faible corpulence, il faisait une tête de moins que J. D. mais avait des traits remarquables, des yeux sombres et une chevelure blonde impeccable.

Mais ni le « détachement personnel », ni le charme d'Everly ne semblaient amuser J. D.

D'ailleurs, le terme « détachement » la dérangeait aussi, il faisait trop référence à la justice vigilitantiste, et ce qui la gênait encore plus était qu'à première vue Everly n'avait pas l'air d'être du genre inconsidéré ou indifférent.

— On peut tuer des hommes avec de telles méthodes, Kyle, dit J. D.

— Seulement si on a la gâchette facile, rétorqua Everly.

Il jeta un coup d'œil au shérif… Il devait sûrement vouloir avoir confirmation qu'aucun de ses hommes n'avait tiré sur J. D., pensa Ann. Hanifen hocha la tête, mais Everly ne renchérit pas.

— Ça te donne un os à ronger, Thorne, tonna-t-il. Regarde autour de toi, tu as réussi à sauver ton cul, non ?

Les deux hommes se tenaient nez à nez.

— J'ai en effet un os à ronger, mais je suppose que si tu étais capable de comprendre cela, tu ne serais tout simplement plus toi.

— Allons, mec. Déride-toi. Si je ne savais pas à quel point tu étais bon, comment tu peux sans problème réussir à filer entre les doigts de deux ou trois mecs, je n'en aurais pas envoyé six. Je réglerai la note pour les pneus, on ne peut pas dire qu'ils soient en super état. Tu avais besoin d'aide et tu vas en avoir. Allons à l'intérieur et…

— Le truc, c'est que je ne me rappelle pas avoir demandé de l'aide.

— Vraiment ? Eh bien, ce n'est pas ce que Rand m'a laissé entendre.

Ann mourrait d'envie de lui demander ce que Rand lui avait exactement dit, mais le froid n'était plus supportable. Les températures devaient être négatives et elle avait un besoin urgent à satisfaire.

— Nous pourrions en effet rentrer pour continuer cette conversation, intervint-elle.

— Pardon, fit Everly. Je suis désolé, madame. Il est évident que nous devrions rentrer. Qu'en dis-tu, J. D. ?

Pour toute réponse, J. D. tourna les talons et partit à grandes enjambées en direction de la maison. Everly lança un regard dans la direction de son ami et offrit élégamment son bras à Ann. Elle déclina l'offre.

— Merci, mais ça va. Je…

— Détective Ann Calder, je présume. La femme du moment.

— Je ne suis pas au courant de ça.

— N'en doutez plus. Je suis Kyle Everly.

Il s'inclina vers elle tandis qu'ils avançaient sur la neige qui crissait sous leurs pas. Il se mit à lui parler d'une voix basse, sur le ton de la confidentialité.

— Vous allez devoir vous montrer patiente. J. D. et moi sommes comme chien et chat depuis de longues années. Il est vraiment choqué, non ?

Ils gravissaient les larges marches de la véranda.

— Je pense que quiconque le serait à sa place, quand il y a des vies en jeu et plus personne à qui faire confiance.

— Ne rien lâcher, dit-il en souriant.

— Pas de charité, répliqua-t-elle sans un sourire.

Il fit une moue qui aurait presque pu être charmante.

— Dans ce cas, peut-être que je peux vous aider. C'est ce que j'avais l'intention de faire, de toute façon.

Hanifen tenait la porte entrouverte. Everly l'ouvrit franchement pour la laisser entrer dans un immense vestibule. Le sol était recouvert d'un parquet à la patine sombre et brillante. Il n'y avait ni trophées de têtes d'animaux aux murs, ni somptueux fusils exposés, juste de l'art occidental du meilleur goût. Une paire de tableaux de Georgia O'Keefe et de nombreux bronzes. L'ensemble transpirait la richesse sans être tape-à-l'œil ni surfait, jugea Ann.

La gouvernante d'Everly suspendait le manteau de J. D. dans un placard refermé par une porte coulissante élégamment sculptée. Everly ôta le sien et prit celui d'Ann pendant que Hanifen accrochait son chapeau.

Il lui indiqua la direction des toilettes et lui montra l'imposante bibliothèque où ils allaient s'installer.

Le temps qu'elle revienne, la gouvernante avait servi des grogs. Ann en prit un et alla s'asseoir sur un canapé moelleux à côté de J. D.

Everly et Hanifen prirent place dans une paire de bergères en cuir rouge sang de première qualité.

— O.K. Alors ? Qu'a dit Rand ? s'enquit J. D. en s'avançant sur le canapé.

Everly coupa l'extrémité d'un cigare, l'alluma et en exhala lentement la fumée. Ann écarquilla les yeux. Elle n'avait jamais vu quiconque fumer avec un tel allant.

— J. D., Rand a téléphoné, il y a deux ou trois jours. Et c'était justifié, tu en conviendras, ajouta Everly en haussant ses sourcils parfaitement dessinés.

— Ça dépend de ce qui l'inquiétait.

— Pour commencer, le fait qu'on ait essayé de te tuer. Mais comment as-tu donc fait pour t'en sortir ?

J. D. haussa les épaules.

— Juste un coup de chance, je suppose.

— Tu te souviens de ce que mon paternel disait ?

Il se tourna vers Ann.

— Mon père a eu tous les accidents possibles et imaginables. Il a fait des tonneaux avec deux ou trois voitures. Une année, il s'est mis le feu dessus en allumant le bouquet final d'un feu d'artifice, ce genre de trucs…

Il parut hésiter, marqua une pause.

— Les gens lui disaient toujours combien il avait de la chance d'en sortir plus ou moins intact.

Il regarda J. D. de nouveau.

— Papa disait toujours que s'il avait vraiment eu de la chance, ces choses-là ne seraient pas arrivées. Le fait est, Thorne, que tu t'es peut-être sorti de cette fusillade, mais je ne peux pas vraiment dire que tu as eu de la chance ces derniers temps.

— Alors Rand t'a mis au courant du reste ?

— Oui.

— Pourquoi tu ne m'expliques pas tout en commençant par le début ? Que j'aie une idée de ce qui se passe.

Everly tenait tranquillement son cigare entre l'index et le majeur, les cendres voletant librement au-dessus d'un cendrier en cristal au plomb.

— Au début, il ne m'en a pas dit tant que ça. Juste que tu subissais beaucoup de pression avec les enquêtes sur les affaires internes. Comment tu appelles ça ?

— La SEI. La section des enquêtes internes, répondit Ann à voix basse. Mais elle est rattachée au département de police de Seattle. Vous saviez que J. D. n'en faisait pas partie ?

— Bien sûr. C'était du ressort du bureau de Grenallo, n'est-ce pas ? L'adjoint du procureur qui s'est suicidé ?

J. D. regardait ses mains, l'air pensif.

— Vous êtes très bien informé, continua-t-elle.

— Pour un péquenaud du Wyoming ? C'est ce que vous voulez dire ? demanda-t-il en esquissant lentement un sourire.

— Je dirais plutôt, pour quelqu'un qui ne fait pas partie de la police. Ou qui vit loin de Seattle.

— Je préfère ça, admit Everly. Mais entre le kidnapping et les meurtres, vos affaires ont été très largement relayées chez nous.

Elle n'aurait pu trouver meilleure explication, reconnut-elle intérieurement. Pourtant, cela sonnait faux. Trop facile.

— Alors, Rand a dû te rappeler ? reprit J. D.

— Plusieurs fois oui.

Il écrasa son cigare à moitié fumé et s'avança sur son siège, comme J. D.

— Je vais être franc avec toi, Thorne. Personnellement, je trouvais que Rand s'emballait un peu. C'est vrai : tu as survécu durant des années à des situations risquées sans son intervention. Ni la mienne, d'ailleurs.

— S'emballait comment ? demanda J. D.

— Dans le sens de paniquer. Il ne savait pas où tu étais. Ann, apparemment les flics de l'Oregon ont retrouvé votre voiture abandonnée au large de ce qu'on appelle ici l'autoroute de la côte Pacifique. Ils ont retrouvé les empreintes digitales d'un criminel connu, ce qui les a conduits à supposer que vous vous étiez tous deux volatilisés dans une autre direction.

— Et puis, je l'ai appelé, dit J. D.

— Oui, il a apparemment un identificateur d'appels. Du coup, il a pu localiser ta cachette. Il a dit qu'il avait essayé d'envoyer des marshals pour t'offrir une protection, mais que tu avais refusé. Ta décision l'inquiétait, et c'est sur ce point que je trouvais qu'il exagérait. Ce que je veux dire, c'est que cette histoire des Diseurs de vérité censés se trouver à tous les coins de rue est un peu exagérée. Ou du moins, c'est ce que je pensais jusqu'à ce que la maison du pauvre petit Zimmer soit incendiée et ses parents tués.

Il se tourna vers Ann.

— Je ne peux vous dire à quel point je suis désolé. Ces fanatiques sont hors de contrôle.

— Comment savez-vous qu'il existe un lien avec moi ?

Everly se tourna vers le shérif.

— C'est là que Dex Hanifen, ici présent, entre en jeu. Lui et moi sommes plutôt proches. Nous faisons du ball-trap ensemble et nous appartenons au même club d'aviation. Ce genre de trucs…

— Voilà des années qu'Everly me parle de vous avec beaucoup d'estime, Thorne, intervint Hanifen.

Il ajouta en levant les yeux au ciel :

— Mon ami J. D. ceci, mon ami Rosebud cela. Il m'a dit que vous bottiez des culs dans l'équipe de foot de l'université du Kansas, à l'époque où je me faisais bousiller la clavicule pour la énième fois dans l'équipe de Washington.

— Et donc, pour les Zimmer ? demanda J. D. qui n'avait visiblement aucune envie de papoter.

La décontraction de Hanifen s'évanouit sur-le-champ.

— J'ai un ami qui travaille dans la patrouille d'autoroute du Montana. Ils essaient de faire en sorte que les médias ne sachent rien. Si la presse a vent de l'info, y a des têtes qui vont sauter. Les rumeurs qui circulent disent que la mère du fils biologique des Zimmer n'est autre que la détective qui s'est précipitée pour sauver la vie de J. D. Thorne des mains de tireurs inconnus. Vous voyez, votre réputation vous a précédés tous les deux, conclut-il en retrouvant le sourire.

— Si les rumeurs disent vraiment ça, alors ne serait-il pas logique que l'idée d'incendier la maison des Zimmer ne vienne pas du gamin ? demanda J. D.

— Bon sang, vous me posez la question *direct*, reconnut Hanifen. Y a pas moyen que le gamin ait fait ça. C'est l'œuvre de quelqu'un qui voulait attirer votre attention — ou celle d'Ann. C'est ce que vous pensez aussi ?

— Etes-vous en train de me dire que les flics du Montana savent cela ? lança J. D.

— Pas du tout. Je sais juste que sans les faits ça coulerait de source.

— Les faits ? Quels faits ? demanda Ann.

— Il y a un témoin visuel. Un voisin, comptable respectable, aucun intérêt dans l'affaire, pas une vieille bonne femme myope comme une taupe qui passe son temps à espionner. Et plusieurs amis du gamin racontent qu'il projetait de faire un truc comme ça depuis plusieurs semaines.

— Trouve-moi un seul adolescent qui n'en est pas à ce stade-là la moitié du temps, intervint brusquement Everly. Bon sang, Thorne et moi nous avons fait brûler un appentis une fois, et si nous ne nous étions pas fait prendre, on aurait continué.

— Tu veux dire, toi et Ames, rectifia J. D. d'un ton glacial. Et peut-être Rand aussi.

— Oh ! Tu repasseras, Thorne, protesta Everly. Si tu n'étais pas là cette fois-là, tu y étais de nombreuses autres.

— Ce que nous pensons tous, intervint Hanifen en regardant tour à tour Everly et J. D., c'est que le garçon a des problèmes. Et que vous êtes dans le merdier jusqu'au cou, mon ami, dit-il en regardant J. D. droit dans les yeux.

C'était un homme de forte corpulence, vigoureux, malgré son ventre qui retombait sur sa ceinture, pas du genre à se laisser intimider mais à en imposer lui-même, nota Ann. Même lorsqu'il gardait le silence.

— Si vous avez une idée de l'endroit où le gosse peut se trouver, vous feriez mieux de me le dire et de nous laisser prendre les choses en mains. Vous savez, c'est le conseil que vous donneriez vous-même à n'importe quel citoyen dont l'enfant se trouve dans une telle situation.

— Comment avez-vous su où nous intercepter ? demanda J. D., sans tenir compte de l'offre.

— Nous avons supposé que vous alliez suivre le gamin, répondit Hanifen sans broncher. Il a été vu pour la dernière fois au routier sur la I-90. Puis il s'est volatilisé. Il allait en direction du sud, vous ne pouviez pas être bien loin derrière.

J. D. se raidit.

— Quelqu'un a rejoint Jaz ?

— C'est ce que j'ai pensé, confirma le shérif, je ne vois pas comment un gamin de quinze ans au volant d'une T-Bird rouillée pourrait passer inaperçu bien longtemps. L'engin est toujours au routier et le môme a tout bonnement disparu. Tout ce que nous savons, c'est qu'il a fait du stop et est monté dans un semi-remorque. Quoi qu'il en soit, votre ami Rand était convaincu que vous aviez deviné où Jaz allait, et comme apparemment c'était dans le sud, Everly et moi pensions qu'une sorte d'avis de recherche officieux avait été lancé pour vous retrouver. Et ce d'autant plus que votre tête semble mise à prix.

Everly ralluma son cigare et se pencha en avant.

— J. D., si tu as la moindre idée de l'endroit où le gamin pourrait se trouver, laisse Dex s'en occuper.

Il jeta un regard circulaire sur la pièce luxueuse, puis ajouta :

— Rien de tout cela n'a d'importance si je ne peux pas venir en aide à un ami dans le besoin.

J. D. cligna des yeux.

— Le fait est, Kyle, que je ne sais pas où est le petit Zimmer. Et en plus, je commence à sérieusement en avoir marre que mes amis veuillent m'aider.

— Si tu veux parler de Rand...

— De Rand. Et de toi. Le garçon, les Zimmer, la fusillade, les avertissements. Tu veux que je continue ?

— Rand m'avait prévenu, dit Everly en serrant les dents sur son cigare.

— Je n'en doute pas, l'interrompit J. D. Ce que je veux savoir, c'est si vous êtes tous les deux aussi louches que Rand, ou si vous êtes crédules à ce point.

Le visage angélique d'Everly se durcit.

— Je ne pense pas que tu aies envie de perdre tes amis, J. D. Pas avec des ennemis comme ceux que tu as en ce moment.

— Très drôle, répliqua J. D. J'étais justement en train de me dire que mes neurones avaient dû se court-circuiter lors de la fusillade et que depuis je confondais amis et ennemis.

12

Épuisée par ces longues heures sans sommeil, Ann luttait pour garder son sang-froid. Si J. D. pensait vraiment qu'Everly et son acolyte de shérif étaient aussi douteux que Rand, pourquoi les défiait-il ainsi, sur leur propre terrain ?

Ce ne pouvait être par imprudence, elle le connaissait trop bien pour croire ça. Il devait avoir ses raisons, un plan en tête, pour se lancer dans une telle confrontation verbale. Mais elle n'en pouvait plus justement de cette joute.

— Arrêtez ! Tous ! Tout cela est tellement pathétique, tellement indigne de vous ! Quelque part dehors, il y a un adolescent accusé à tort d'avoir assassiné ses parents. Un adolescent qui se trouve sûrement entre les mains de cinglés. Et tout ce que vous trouvez à faire est de rester là à celui qui crachera le plus sur l'autre ! Vous me rendez malade, dit-elle en se levant.

Everly se radossa à son fauteuil. J. D. ne baissa pas les yeux, mais modula sa voix.

— Si tu veux nous aider, Everly, ramène-nous à la Jeep. Nous pensons que le gamin est descendu à Cheyenne.

La capitale était située dans le coin sud-est du Wyoming, le long de l'autoroute.

— C'est la direction que nous suivions…

— Pourquoi Cheyenne ? demanda brusquement Hanifen.

— Apparemment, l'un de ses amis est parti vivre là-bas il y a deux ou trois ans, répondit J. D.

Il improvisait, comprit Ann.

— Et d'où savez-vous cela ?

— Nous avons parlé à l'un de ses professeurs du collège, mentit J. D. en regardant Hanifen droit dans les yeux.

Ann les observait. Rien. Aucune réaction ni de l'un ni de l'autre. Pas même la question pourtant évidente qui aurait consisté à demander comment ils étaient tombés sur l'un des professeurs de Jason, et de surcroît aussi bien informé.

— Chaque minute passée assis ici à débattre est une minute perdue, conclut J. D. en grimaçant.

Everly acquiesça rapidement.

— Je serais ravi de te prêter l'Explorer. D'après ce que j'ai compris, votre Jeep ne doit pas être très confortable. Ou si vous ne voulez pas attendre que mon homme le ramène, il y a aussi un pick-up. Avec quatre roues motrices.

Le shérif jeta à Ann un regard plein de compassion.

— Cela vous aiderait si nous alertions les autorités le long de la I-25 qui traverse le Wyoming et le Colorado vers le sud ?

— Pas si l'on doit faire passer Jaz pour un dangereux criminel, répondit-elle en levant le menton.

— J'y veillerai personnellement, Ann, promit Everly.

Elle se dirigea vers la sortie et récupéra leurs manteaux dans les mains de la gouvernante. La tension entre les hommes était étouffante. Everly et Hanifen les suivirent au-dehors.

Comme ils descendaient les marches, le malabar de gardien d'Everly entra au volant de l'Explorer dans le garage conçu pour dix véhicules. Il descendit de voiture en jetant avec une facilité manifeste le sac à dos contenant leurs provisions et leur équipement.

Everly réitéra son offre pour l'Explorer.

— N'importe laquelle, J. D. Tu n'as qu'à choisir. Le garage est équipé d'un système d'alarme, les clés sont sur le contact.

J. D. reprit le sac à dos des mains de l'employé et alla le remettre dans l'Explorer. Ann enfonça profondément les mains dans ses poches et remercia Everly pour le prêt.

— Je suis désolée de m'être énervée et que vous vous soyez brouillés, J. D. et vous.

Everly la regarda sans ciller.

— C'est un homme bien, Ann. Je ne lui enlèverai aucune de ses qualités, mais il a besoin de reconsidérer les choses un peu mieux.

Il lui adressa un autre sourire parfait, bien que pensif.

— Ne lui dites pas que je vous ai dit ça, confia-t-il sur le ton de la plaisanterie.

Le frisson qu'elle avait réussi à contenir toute la soirée parcourut son corps, il n'était pas dû au froid mais plutôt à quelque chose dans les traits trop parfaits d'Everly.

Elle s'installa dans le véhicule aux côtés de J. D.

— Tu penses qu'ils ont vraiment cru que nous allions à Cheyenne ? s'enquit-elle.

— C'est à pile ou face. Là, ils vont attendre et observer.

La vraie question était de savoir ce qu'ils allaient faire. Même si personne ne les suivit lorsqu'ils quittèrent le ranch d'Everly et s'engagèrent sur la I-25, il n'y avait aucune ville dans tout le comté de Johnson où il pourrait laisser l'Explorer d'Everly sans que personne ne le remarque, songea Ann.

D'un autre côté, J. D. semblait persuadé qu'Everly ne leur aurait jamais prêté un véhicule dépourvu d'un dispositif électronique permettant de les localiser. En tout cas, l'Explorer était équipé de toutes les options haut de gamme et s'avérait plus que confortable.

— Tu crois que ma réaction est disproportionnée ? reprit J. D. Que je suis paranoïaque ?

— De penser que d'une façon ou d'une autre, ils sont tous impliqués dans l'affaire ? demanda Ann.

Il hocha la tête.

— Je n'ai jamais pensé que tu étais parano, répondit-elle.

Il semblait à la fois surpris et ravi de ce témoignage de confiance absolue. Il tendit le bras et lui prit la main pour la poser sur sa cuisse, mêlant ses doigts aux siens, son pouce caressant doucement sa paume.

Ce geste prude lui rappela les libertés qu'elle avait prises sur son corps blessé et le regard qu'il avait eu quand, allongé sur le lit dans la cabane, il l'avait observée détacher ses cheveux.

Une vive chaleur la traversa, elle était avide de faire ce qu'elle n'avait pas fait avec un homme depuis seize ans. Ce qu'elle n'avait d'ailleurs jamais fait avec un homme qu'elle aimait, respectait et honorait.

Elle s'éclaircit la voix et chercha une question susceptible de la faire redescendre sur terre.

— Pourquoi es-tu tellement sûr qu'Everly est impliqué ?

— Parce qu'ils s'embrouillent, Ann. Everly et Hanifen. Tous les deux.

Il pivota sur le siège-baquet de sorte à n'avoir plus qu'une seule main posée sur le volant.

— Je crois qu'ils ont perdu la trace de Jaz, et ça les rend nerveux.

Elle avait trop peur pour son fils pour placer tous ses espoirs dans cette éventualité.

— Je ne comprends pas, dit-elle en haussant les épaules.

— Ils n'auraient pas eu à se livrer à cette petite mascarade s'ils savaient où Jaz était allé.

— Dans tous les cas, à quoi bon cette comédie alors ? Si le seul but de cet incendie était de te faire sortir pour pouvoir t'atteindre, pourquoi n'ont-ils rien fait sur l'autoroute ? Ils auraient pu nous tuer tous les deux, J. D., et sans prendre aucun risque. Mission accomplie.

— Ils le pourraient encore. Je ne sais pas à quoi ils jouent, Ann, mais si Jaz leur a échappé, ils doivent s'inquiéter d'avoir quelqu'un sur le dos en train de les observer.

Il scrutait l'obscurité au-delà des phares.

— Tu crois que Jaz s'est enfui tout seul ? Ou que quelqu'un l'aide ?

— Je ne sais pas, reconnut-il.

En conduisant, il jetait régulièrement des coups d'œil aux rétroviseurs.

— Un gamin de quinze ans est plein de ressources. Si j'étais lui et que je me savais suivi, j'aurais sauté à l'arrière du premier

561

camion qui venait. Ce qui m'inquiète, c'est qu'il puisse être devenu aussi dangereux que moi pour les Diseurs de vérité. S'il a vu qui a incendié la maison, ou quelqu'un en train de fuir lorsque le feu a pris, ou s'ils l'ont attrapé et qu'il a réussi à se sauver... Dans tous ces cas, qu'il s'agisse de l'incendie, du meurtre des Zimmer ou de son propre enlèvement, il est devenu un témoin potentiel.

Ann hocha la tête en silence. La peur l'étouffait au point de l'empêcher de prononcer le moindre mot. Mais non, elle pouvait parler...

— Et c'est sûrement le cas, non ? Maintenant, ils doivent nous tuer tous les trois. Nous sommes donc en sursis jusqu'à ce que nous les conduisions jusqu'à Jaz.

Il posa leurs deux mains sur sa cuisse à elle par-dessus le levier de vitesse.

— Nous n'avons qu'à les semer et nous aurons peut-être tous les trois une chance de nous en sortir.

— Tu as un plan ?

— Je pense que nous devrions refaire la même chose que pour ta Honda. Et peut-être cette fois-ci louer une dépanneuse pour descendre l'Explorer jusqu'à Cheyenne. Alors, tu prends le pari qu'ils ne vont pas mettre de guetteurs le long de la I-25 ?

— Ce n'est pas vraiment un pari. Nous guetter sur l'autoroute serait trop risqué. Si nous passons par Casper, ça nous dévie de combien de kilomètres ?

La carte qu'elle avait achetée était restée dans la Jeep. Elle fouilla la boîte à gants et en trouva une autre. À vue de nez, Casper était à mi-chemin des frontières nord et sud de l'État, à une centaine de kilomètres. Trop loin, songea Ann. Cependant, Casper était assez grande pour qu'ils puissent les semer et il ne leur faudrait qu'une heure pour remonter à Kaycee, juste à l'est de la région du Hole-in-the-Wall.

Comme elle finissait de lui faire part de ses réflexions, ils arrivèrent à Kaycee, qui n'était rien de plus qu'un élargissement de la chaussée.

J. D. resta sur l'autoroute et dépassa la sortie menant aux autoroutes 190 et 191, filant à l'ouest dans les montagnes.

— Tu as raison, Ann. Si quiconque nous surveille ou si l'Explorer est équipé d'un système de localisation, dépasser Kaycee est une bonne idée. De toute façon, nous ne pourrons pas commencer à rechercher Jaz dans les montagnes avant le lever du jour.

À minuit, ils arrivèrent à Casper et trouvèrent un distributeur. J. D. y retira deux mille dollars. Puis il mit l'Explorer hors d'usage et contacta un service de remorquage ouvert vingt-quatre heures sur vingt-quatre.

J. D. embobina le dépanneur : il fallait emmener le véhicule chez un concessionnaire Ford à Cheyenne pour trouver quelques obscures pièces et faire les réparations.

Pour huit cents dollars, l'homme accepta d'emporter la voiture jusqu'à Albuquerque. Et pour cent de plus, il mit à leur disposition un vieux pick-up pour trois jours.

J. D. lui tendit l'argent liquide, ajouta cinq cents dollars pour le remercier de sa bonne volonté et sortit le sac à dos de l'Explorer pour le mettre dans le pick-up.

Si l'Explorer était équipé d'un système de localisation, on penserait qu'ils étaient allés à Cheyenne, se réjouit Ann.

Mais avant de prendre la direction du nord, J. D. passa le sac à dos au peigne fin afin de s'assurer que l'homme d'Everly n'avait pas glissé une balise électronique dans leurs affaires.

Une heure plus tard, il quittait l'autoroute jusqu'à un endroit caché par un bosquet de cèdres et de peupliers de Virginie, près d'une rivière, juste au sud de Kaycee.

Ils installèrent les sacs de couchage à l'arrière de la voiture et dormirent en cuillère jusqu'à l'aube.

Au petit matin, tout engourdis par le sommeil et le froid, ils allèrent en ville prendre un petit déjeuner chaud. Ann venait juste de terminer son repas, elle jeta un œil par la fenêtre. Un violent frisson la parcourut aussitôt.

— Qu'y a-t-il ? s'enquit J. D.
— Le pick-up du prof, murmura-t-elle. Il est garé dans l'angle au nord-est de l'intersection. Bronze, avec des plaques californiennes.

— Allons-y, dit J. D.

Il piocha vingt dollars dans son portefeuille et sortit devant. Le pick-up stationnait dans la rue, près d'une station-service et de deux aires de service déjà ouvertes.

J. D. s'approcha de la première porte de garage et appela. Ann arrivait à son niveau quand un vieux schnoque en bleus de travail s'avança d'un pas lent en essuyant ses mains noires d'huile sur un chiffon presque aussi sale.

— J'peux vous aider ?
— Oui, s'il vous plaît, répondit J. D. Pouvez-vous me dire à qui appartient ce pick-up californien garé dans la rue ?
— C'est pas mon problème, commença-t-il.

Puis il aperçut Ann et se raidit.

— Vous connaissez cette femme ? demanda J. D.
— Non, m'sieur. J'la connais pas. J'l'ai jamais vue. Mais si vous êtes venus chercher un môme, le mec dans le pick-up avec lui a dit de dire à la première rouquine qui se présentait qu'elle était sur la bonne piste pour aller faire une randonnée sur le chemin montant à Outlaw Cave.

Ann attrapa la manche du manteau de J. D. pour garder l'équilibre. En mangeant ses flocons d'avoine, elle pensait justement combien ses chances de retrouver Jaz étaient minces, qu'ils n'auraient peut-être pas dû le chercher puisque la seule chose qu'ils feraient serait de se réunir tous les trois et faciliter ainsi le travail des Diseurs de vérité. Et là, d'une façon ou d'une autre, bonne ou mauvaise, ils tenaient leur première véritable information.

— Vous l'avez vu ? lança-t-elle. Le garçon ?
— Pas de près…
— Il allait bien ?

— Eh bien, ça dépend ce que vous entendez par aller bien. L'avait l'air en bonne santé, si c'est c'que vous voulez dire, mais j'peux pas dire que c'était un joyeux campeur.

J. D. mit son bras autour des épaules d'Ann.

— Nous étions supposés les retrouver, dit-il, sérieux. C'est la mère du garçon. Nous ne sommes arrivés que ce matin. Nous n'avons même encore décidé si nous allions faire le Hole-in-the-Wall ou Outlaw Cave.

Il fallait que leur histoire semble anodine, comprit Ann. S'ils laissaient entendre que Jaz avait été kidnappé ou qu'il fuyait, cela pourrait inciter le vieil homme à appeler les flics du coin.

— Ils ont dû se décider, et comme vous avez dit, ils sont partis devant.

J. D. se gratta la tête.

— Comment sont-ils montés au canyon si leur voiture est toujours là ?

— Parce que j'les ai conduits et j'l'ai ramenée ici.

— Mais bien sûr ! C'est évident ! répondit J. D. d'un ton détaché. Ils comptent redescendre avec nous.

Ann déglutit, assaillie par ses craintes pour Jaz et J. D. Celui qui tenait son fils voulait tellement qu'ils le suivent qu'il aurait presque laissé une flèche avec leurs noms inscrits dessus pour leur indiquer le chemin. Pour avoir une chance de retrouver Jaz, ils allaient devoir marcher droit vers ce qui ne serait peut-être qu'une embuscade.

— Un autre gars devait peut-être nous rejoindre. Quelqu'un d'autre a posé des questions sur le gamin ? poursuivit J. D.

— Personne. J'aurais rien dit de toute façon, à moins qu'y ait une rouquine comme celle-là, dit-il en désignant Ann du menton.

— Auriez-vous une bonne carte du secteur ? demanda J. D.

Les rides sur son visage se creusèrent davantage et il émit un petit bruit qui ne laissait que peu de doutes sur ce qu'il pensait des randonneurs qui s'aventuraient dans une région sauvage avec une organisation à la noix.

— J'en ai une à moi, vous pouvez la regarder, mais je m'en sépare pas. Ils n'en font plus des comme ça.

La carte en question était accrochée au mur avec un ruban adhésif jaune qui devait dater de plusieurs décennies, juste à côté d'une licence d'exploitation au nom d'Ike Hanscomb, lut Ann.

L'homme fit glisser son doigt crasseux le long de l'autoroute 191, puis suivit la fourche centrale de la rivière Powder jusqu'à une nouvelle bifurcation.

— Vous n'avez qu'à suivre cette route-là. Ne vous laissez pas désorienter et partir vers le nord jusqu'à la fourche Rouge.

Le vieux Hanscomb n'aurait pas donné une carte qui avait dû coûter vingt-cinq cents à l'époque, mais, dans un soudain élan de solidarité masculine, il tendit à J. D. un GPS de la taille d'un téléphone portable.

— Je l'utilise pour mémoriser les points de pêche du lac De Smet. Je vais vous programmer la longitude et la latitude d'Outlaw Cave.

Ann le remercia et ils se mirent en route.

À l'entrée de la forêt, J. D. abandonna le pick-up loué à Casper et, avec Ann, s'engagea dans des zones qu'aucun 4x4 ne pouvait emprunter.

Il faisait froid et le terrain était aussi accidenté qu'enneigé. La marche s'annonçait rude, pensa J. D. Toutefois, le soleil brillait dans un ciel sans nuages.

Il avait espéré pouvoir repérer des empreintes de bottes dans la neige, mais il n'y avait rien. Ils ne leur restaient plus qu'à suivre leur GPS et croiser les doigts pour que tout se passe bien, ce qui revenait à chercher une aiguille dans une meule de foin à l'aide d'un aimant.

Face à la configuration de la zone, J. D. changea de plan : emprunter le chemin le plus direct serait trop risqué, ils seraient à découvert, exposés et vulnérables aux tirs de fusils. Ils allaient donc devoir monter plus haut à travers les arbres surplombant la profonde crevasse qui fendait les prés, pour aborder la grotte par l'arrière.

Deux heures plus tard, ils s'arrêtaient près d'un énorme rocher de granit. La neige avait fondu sur sa surface exposée. J. D. détacha la ceinture dorsale du sac à dos et l'ôta d'un mouvement d'épaules, puis sortit une poignée de barres énergétiques de la poche extérieure.

Ann retira ses gants et en mangea deux, l'air perdue dans ses pensées.

— Qu'y a-t-il, Ann ?

— J'étais juste en train de me demander... Pourquoi as-tu réagi comme ça quand Everly a parlé de l'appentis ravagé par les flammes ?

Il ne put retenir un soupir.

— Il fut un temps où J. D. était synonyme de « délinquant juvénile ». Everly, Ames, Rand et moi avions tout le temps des problèmes. On pétait des vitres avec des sarbacanes, on piquait la voiture du paternel pour se faire une virée ou on faisait des fusées avec des canettes vides, des petites conneries du genre... Mais je connaissais la limite entre ce qui me vaudrait une bonne déculottée et ce qui me conduirait en prison. Le jour où ils ont mis le feu à l'appentis, je n'étais pas là. J'étais en train de poncer une terrasse en cèdre parce que j'avais une fois de trop dépassé le couvre-feu.

— Et ils se sont retrouvés en prison ?

— Pas la première fois, quand j'y étais aussi, mais pour ce qui est de la troisième, bien sûr !

— Alors pourquoi tu t'es autant emporté quand il a parlé de ça ?

— Je ne sais pas.

Il fronça les sourcils en froissant l'emballage de sa barre énergétique.

— C'était Everly et Ames qui mettaient le feu. « Pyromanes et fiers de l'être », comme disait Everly. Peut-être que je suis *vraiment* paranoïaque, Ann. Mais, tu sais, depuis que j'ai vu le reportage de l'incendie des Zimmer, je n'arrête pas d'avoir des images qui me reviennent du restaurant de la mère d'Ames, rasé par les flammes et qui fumait encore trois jours après l'incendie. Tu t'en souviens ?

— Oui, tu pensais que les Diseurs de vérité avaient utilisé ce stratagème pour attirer ton attention.

— Exactement. Ce que je ne pensais pas, à l'époque du moins, c'était qu'ils puissent être courant de cet épisode parce que Rand serait l'un des leurs. Et puis, c'est toi qui m'as aidé à faire le rapprochement entre Rand et ma tentative d'assassinat.

Il leva la main pour l'empêcher de contester.

— Je sais que ce n'était pas ton intention. Tu n'es même pas convaincue que Rand soit du mauvais côté dans cette affaire. Mais tu crois vraiment qu'Everly aurait glissé ses anciens exploits dans la conversation par hasard pour justifier le fait que Jaz était sur le point de mettre le feu chez ses parents ? Ça me hérisse le poil !

— N'y a-t-il pas une grosse différence entre faire brûler des appentis et mettre le feu au restaurant de sa propre mère ?

— Ouais, pour des gamins comme les autres peut-être. Mais Ames était capable de tout. Il y avait cette dynamique malsaine entre nous quatre. Everly avait un an de moins. Il avait sauté une classe au collège. Ce n'était pas du tout le chef, mais il avait cette… « suffisance » de croire qu'il en savait davantage que quiconque. C'était souvent le cas. Et Ames voulait toujours l'impressionner.

— Es-tu en train de dire que c'est Everly qui a incité Ames à faire brûler le restaurant de sa propre mère ? Ou qu'Everly fait partie des Diseurs de vérité et qu'il a ordonné que les Zimmer subissent le même sort pour t'y faire penser ? S'il n'est pas l'un d'eux, je ne vois pas pourquoi il ferait ça.

— S'il l'est, Ann, il est tellement protégé que pendant toutes ces années d'enquête nous n'avons jamais entendu, ne serait-ce que murmuré, son nom.

Il se leva, s'étira et lui tendit la main pour qu'elle fasse de même.

— Je sais. Mais…, dit-elle en se relevant. Cela ne veut pas forcément dire qu'Everly n'a pas soufflé l'idée à Rand, tout comme Rand l'a lui-même soufflée au procureur pour mettre un terme à d'éventuelles poursuites contre les Diseurs de vérité.

Et là, debout au soleil, sur le granit sec, entouré par les feuillages persistants et surplombant les champs de neige, il se mit à souhaiter ne pas la voir comme son frère Timothy la voyait. Comme une femme destinée à être une épouse, une mère, la partenaire bien-aimée de toute une vie. Ni comme il la voyait lui quand ils n'étaient qu'un homme et une femme, ensemble, et non occupés à décortiquer les stratégies impitoyables d'esprits criminels. Une femme aux doigts si longs et si gracieux qu'il ne pouvait oublier leur contact sur son corps ni cesser de l'espérer. Une femme qui avait la grâce et le cran de refuser qu'on la sauve d'elle-même. Comment pouvait-il aimer jusqu'à cet aspect d'elle qui allait l'éloigner de lui une fois que tout cela serait terminé ?

Il étudiait son visage, gravant dans sa mémoire chaque nuance d'ombre et de lumière que le soleil dessinait sur sa peau.

Elle déglutit et baissa la tête. Son souffle se fit plus rauque.

Du bout de l'index, il lui releva le menton et approcha ses lèvres des siennes.

Elle le dévisagea avec de grands yeux, délicieusement conscients et pleins de désir. Une onde de plaisir, violente et absolue, déferla en lui, durcissant son sexe, recourbant ses orteils, et submergeant son cœur. Il n'y avait plus qu'elle.

Quand leurs lèvres se rencontrèrent, il ouvrit la bouche. Elle suivit l'exemple, et sa langue douce et chaude osa la première incursion. Une nouvelle onde le traversa, mille fois plus violente, plus puissante que la première. Sa réaction fut d'une telle intensité qu'il ne pouvait plus bouger, sinon il l'aurait allongée, aurait ôté leurs vêtements et lui aurait fait l'amour à même le granit.

Mais comme il ne parvenait pas à esquisser le moindre mouvement, leur baiser en resta là, ses mains sur ses épaules, et ce fut la chasteté de leur langage corporel qui, par contraste, fit de ce baiser le plus intime qu'il ait jamais connu jusque-là. Jamais.

Un bruit de pas sur la neige vint interrompre cette apothéose.

Il frissonna et son cœur s'arrêta net, glacé. Il était trop tard pour réagir, trop tard pour rattraper de longs, prenants et stupides moments d'inattention.

— Thorne, Calder, vous m'avez gâché mon plaisir ! dit une voix familière sur un ton geignard et revêche.

13

Ann se retourna d'un seul mouvement. Matt Guiliani se tenait contre un arbre, d'un air nonchalant, suçant un cure-dents.

— J'ai un morceau de miroir cassé, vous voyez, et je comptais m'en servir pour attirer votre attention en remontant de la vallée.

Mais Ann ne s'intéressait pas au miroir. À quelques pas derrière Matt se tenait Jaz : les mêmes cheveux roux qu'elle, et de grands yeux gris trahissant le scepticisme de son âge.

— Matt ! s'écria J. D.

Il s'avança vers lui et tous deux se serrèrent la main.

Ann, elle, était sous le choc. Terrorisée à l'idée de dire un mot de travers et émerveillée à la vue de ce grand garçon, beau, élancé et furieux. Son bébé.

Le sien.

Elle ne l'avait jamais imaginé autrement.

Elle arrivait à peine à respirer, ses lèvres étaient encore humides du baiser de J. D., son cœur battait toujours à tout rompre et son corps frissonnait encore d'un désir trop longtemps et trop violemment réprimé.

Mais Jaz balaya ses émotions en se détournant. Il ne daignait pas la regarder, comprit-elle.

— Tu dois être Jaz, intervint J. D. en faisant un pas vers lui.

Son fils cligna des yeux. Sa pomme d'Adam s'agita nerveusement, trahissant son émotion, mais sa voix retentit, méprisante.

— Et vous, vous devez être Thorne.

Il donna un coup de coude à Matt et ajouta :

— Il a dit que vous étiez vraiment un malin. Que vous pouviez prendre soin d'elle, mais je suppose que c'était faux, nous n'avons même pas eu à faire gaffe à ne pas faire de bruit pour approcher pendant que tu te l'envoyais.

L'accusation frappa Ann en plein cœur. Le prix à payer de de ses erreurs s'annonçait élevé.

J. D. avait baissé la tête, l'air embarrassé.

— Est-ce que vous avez tous l'intention de rester là sans rien dire ? poursuivit Jaz.

J. D. releva le menton.

— T'as raison. J'ai merdé pour ce qui est de veiller sur ta mère…

— Ce n'est pas ma mère, répliqua Jaz avec la lèvre inférieure saillant férocement. Quelle mère abandonnerait son enfant ?

— Et si tu la mettais en sourdine jusqu'à ce que tu connaisses le fin mot de l'histoire, riposta J. D.

Jaz le défia du regard.

— Ça ne changera pas qu'elle en a eu marre de moi.

J. D. se raidit, prit un air plus menaçant.

— Laisse-le, Thorne, trancha Ann.

Elle aurait pu mourir. Face au refus cinglant de son fils de seulement poser les yeux sur elle, elle voulait mourir.

Matt s'éclaircit la voix et saisit le cure-dents à ses lèvres.

— Et si nous allions dans un endroit plus sûr pour discuter. En vous attendant nous avons traîné dans une grotte à deux cents mètres environ en haut de la colline.

Jaz fit demi-tour et partit. Matt prit Ann par le bras.

— Ne t'en fais pas. Il va changer d'avis, Ann. Mais là, il est pas mal secoué.

— Qui ne le serait pas ? dit-elle en essuyant une larme du revers de la main.

— Exactement.

Elle prit un mouchoir en papier dans sa poche.

— Je n'arrive pas à croire que ce soit toi qui étais avec Jaz. Nous étions tellement paniqués à l'idée que les Diseurs de vérité aient mis la main sur lui.

— Ils ont failli, Ann. Ces sales types l'ont suivi jusqu'à Billings. Ils n'étaient pas loin de le coincer quand je me suis arrêté par hasard à Ranchester pour faire le plein. Et la T-Bird jaune était là.

— Alors c'était toi le prof qui a parlé à Roy Burgess ?

— Moi et moi seul, acquiesça Matt.

J. D. fit semblant de lui tirer une balle dans la tête avec son doigt.

— Nous savions que le vieux bonhomme avait été cuisiné par un pro. J'aurais dû deviner que c'était toi. Alors lui aussi tu leur as soufflé sous le nez ?

Matt sourit.

— Il se pourrait bien que oui. Allez, viens ! On peut continuer à parler en remontant.

Ann ramassa leurs gants, J. D. le sac à dos, et ils se mirent à gravir la colline derrière Jaz. Elle ne pouvait pas attendre.

— Comment est-ce que... Comment l'as-tu retrouvé ? Comment as-tu fait pour chercher ? Qu'est-ce...

— C'est une longue histoire, l'interrompit Matt en lui tendant la main pour l'aider à franchir une portion glissante de la pente.

— La version courte, résuma-t-il, c'est que Rand m'a appelé en espérant que je sache où vous étiez allés, puis il m'a rappelé pour que j'aide des marshals à vous faire sortir du trou. Il m'a dit exactement où vous étiez.

Ann échangea un regard avec J. D.

— Pourquoi aurait-il dit à Matt où nous étions s'il ne voulait pas réellement t'aider ?

J. D. laissa échapper un soupir de frustration.

— Je n'ai plus d'indice.

Ils se frayèrent un passage par-dessus les racines d'arbres et les rochers enterrés dans la neige puis parvinrent à la grotte.

À l'intérieur se trouvait une lanterne à piles et du charbon qui rougeoyait légèrement, les restes d'un petit feu allumé au centre d'un cercle de pierres.

— Nous n'avons allumé le feu que le soir pour que la fumée

ne nous dénonce pas, précisa Matt. Tous les deux, vous ne vous en êtes pas mal sortis non plus pour nous retrouver. J'espère que les emmerdeurs ne seront pas aussi bons.

Jaz se laissa tomber sur le sol et se mit à bouder contre le mur le moins éclairé. Ann retira son manteau, vint s'accroupir près de lui.

— Jaz..., dit-elle la gorge serrée.

Il ne la regardait toujours pas. Elle eut envie de pleurer.

— Je suis désolée pour ce qui est arrivé. J'espère que tu pourras me pardonner un jour, mais je ne te le demanderais pas maintenant. Le fait est que nous devons collaborer parce que les hommes qui ont incendié ta maison et tué tes parents...

— Eux non plus n'étaient pas mes parents, l'interrompit-il.

Elle acquiesça, elle ne se souvenait que trop bien de la douleur des remords et du manque, de s'enfuir, se coupant de sa famille et de sa colonie, du seul amour qu'elle avait jamais connu.

— Je sais ce que...

— Tu sais que dalle ! la coupa-t-il, l'accusant également du regard, de son premier regard.

— Toi non plus, Jaz, tu ne sais que dalle sur moi, mais que tu me croies ou non, je t'ai toujours aimé. Tu ne veux pas l'admettre à présent, et je ne t'en veux pas. Tout ce que je veux te dire, c'est que si nous ne travaillons pas tous ensemble, aucun de nous n'en sortira vivant.

— J'en ai rien à faire...

— Tu veux dire, je *n'en* ai rien à faire ?

Elle lui adressa un sourire qu'il ne lui rendit pas.

— Si, Jaz. Tu peux nous dire ce qui s'est passé, et peut-être que nous trouverons qui a fait ça et comment nous protéger.

— Je ne sais pas ce qui s'est passé.

Elle avait envie de le prendre dans ses bras comme elle l'avait fait avec des centaines d'enfants de son foyer depuis des années, mais il était toujours plein d'une colère bien compréhensible à son égard, et cela pourrait durer encore longtemps.

Sa gorge se serra de nouveau. Les larmes n'étaient pas loin...

Mais elle ne voulait pas craquer, elle ne voulait pas se poser en victime de ses propres méfaits, quand c'était Jaz qui avait souffert pendant des années avec des parents qui n'étaient pas les siens.

— Tu veux t'asseoir avec nous pour que nous essayions de comprendre ?

— Bien.

Il se leva d'un bond et se dirigea vers l'entrée de la grotte, près de la lumière naturelle, où Matt et J. D. les attendaient en silence.

Ann s'assit sur le sac de couchage que J. D. avait sorti pour elle. Les deux hommes restèrent accroupis. Elle relâcha son souffle, tandis que J. D. lui traçait des cercles dans le bas du dos.

— C'est donc Rand qui t'a mis sur notre piste ? récapitula J. D.

Matt hocha la tête.

— J'ai décidé d'aller à Cold Springs de moi-même. Il n'était pas difficile de deviner où ces péquenauds de Diseurs de vérité créchaient.

Ann le comprenait parfaitement. Après tant d'années passées à suivre les Diseurs de vérité et à négocier avec eux, J. D., Garrett et Matt avaient développé un sixième sens pour les repérer.

— Je me trouvais donc dans le brouhaha de ce bar quand ce mec bizarre est entré.

— Samuel ? demanda J. D.

— Je ne connais pas son prénom. C'est Pullman ?

— Oui, acquiesça Ann.

— Bien, les rustauds du coin s'amusaient à le faire boire. Il a commencé à parler et il ne m'a pas fallu bien longtemps pour comprendre l'essentiel de son histoire. Quand j'ai entendu le nom « J. D. », j'ai su qu'Annie Tschetter devait être Ann et qu'elle t'avait amené dans la communauté d'où venait Pullman. J'ai essayé de faire parler deux clients pour voir ce qu'était cette colonie. Au bout d'un moment, Pullman s'est mis à parler d'une Annie qui l'avait trahi et s'était enfuie à Billings pour avoir l'enfant d'un autre.

Ann jeta un œil à Jaz. Il gardait le regard rivé sur l'entrée de la grotte, mais n'en perdait certainement pas une miette.

— Quand je suis arrivé chez les Zimmer, la maison brûlait déjà, poursuivit Matt. Si seulement j'étais arrivé trente minutes plus tôt, j'aurais pu éviter ce carnage.

Après avoir retrouvé Jaz et semé les Diseurs de vérité qu'il pensait avoir sur les talons, il avait suivi le plan de Jaz qui voulait rejoindre la région du Hole-in-the-Wall.

Cependant, Jaz ne savait pas grand-chose. Il n'avait rien vu ni personne. Il regardait la télé chez un ami quand il avait appris par un flash info sur la chaîne locale qu'un incendie venait de se produire et qu'il était lui-même suspecté d'avoir fait le coup.

— Bon sang, si seulement je pouvais comprendre ce qui a déclenché tout ça ! s'emporta J. D.

Matt fit la grimace.

— Es-tu en train de me dire que tu ne le sais pas ?

— Matt, intervint Ann, J. D. a été très gravement blessé. Il a pris une balle qui est passée par l'emmanchure du Kevlar. Et pour couronner le tout, il a été projeté contre la paroi de verre de la cabine téléphonique. Il avait une bosse de la taille d'un poing d'enfant sur la tête. Une commotion terrible. Il ne commence à se souvenir des événements précédant la fusillade que depuis vingt-quatre heures.

Matt dévisagea J. D.

— De quoi te souviens-tu à présent ?

— J'ai été voir Rand...

— Il me l'a dit quand il a appelé, confirma Matt.

— Et il t'a dit que je l'avais presque accusé de saboter les poursuites contre les Diseurs de vérité ?

Matt secoua la tête négativement. J. D. continua en expliquant la stratégie de Rand.

— Mais comme Ann l'a souligné quand j'ai commencé à penser qu'il était derrière tout ça, il est impossible que Rand se sente menacé par le fait que je sache qu'il avait montré l'issue de secours au procureur. Maintenant tu m'apprends que c'est lui qui a t'a révélé où nous étions, il ne l'aurait pas fait s'il n'avait pas réellement voulu nous aider.

— C'est assez vrai, reconnut Matt. Mais écoute un peu ça : ce que Rand m'a dit — et rappelle-toi que je n'ai jamais rencontré ce gars et que je me souvenais à peine que ce juge du tribunal du district était l'un de tes amis —, c'est que tu l'avais accusé d'être mêlé au suicide de Grenallo. Comme si... ce n'était pas du tout un suicide. Ce que je veux te dire est que Grenallo ne s'est pas suicidé. On lui a fait avaler un puissant allergène, il a fait un choc anaphylactique et en est mort. On l'a ensuite suspendu dans son garage pour faire croire à un suicide.

J. D. se balança en arrière sur ses talons et siffla doucement.

— Qui était au courant ?

— En plus du tueur ? demanda Matt. Nous le savions tous les trois. Le médecin légiste, notre nouveau patron — l'adjoint au procureur qui a remplacé Grenallo —, et moi. Quand Rand m'a dit ça, sachant à quel point tu étais paranoïaque et combien ton raisonnement était perturbé, j'ai pensé que tu étais tombé sur une preuve accusant Rand. Et tu me dis que, quoi que tu aies pu dire à Rand, c'était un coup d'épée dans l'eau ?

— Oui, c'est bien ça.

Matt le dévisagea de nouveau, puis regarda Ann en inclinant la tête en direction de J. D. La stupéfaction se lisait sur son fascinant visage de *latin lover*.

— Tu penses que ce type saura un jour s'attribuer le mérite de son instinct de barracuda ?

— Ouais, c'est tout moi, geignit J. D. Dis-moi en quoi j'ai fait preuve d'un instinct fabuleux quand j'ai ramené tout ce bordel devant la porte d'Ann.

— Elle t'a sauvé la vie, n'est-ce pas ? répliqua Matt. Quoi que ce soit qui te garde en vie est par définition brillant.

— Je crois qu'y a des mecs qui montent ici, ils suivent vos traces, intervint Jaz.

Matt et J. D. se retrouvèrent instantanément sur pied. J. D. sortit rapidement les jumelles d'une poche du sac à dos et les pointa dans la direction que Jaz lui indiquait. Ann se redressa tant bien que mal et commença à plier le sac de couchage.

Matt jeta une gamelle d'eau sur les braises restantes en demandant :

— Tu vois quelque chose ?

— Ouais, Jaz a raison. Ils sont au moins trois, à peut-être une demi-heure de marche.

— Il y a aussi un hélicoptère, ronchonna Jaz. Vous l'entendez ?

Matt jura dans sa barbe.

— Je n'ai rien dit, Thorne. Qu'est-ce t'as foutu ? Tu leur as laissé des miettes de pain ?

J. D. lui jeta un regard perçant.

— Quelques brillantes idées sous la main, monsieur le conseiller en image ?

— Je sais comment sortir d'ici, lança Jaz.

Tout en remontant la fermeture Éclair de sa veste, Ann l'encouragea d'un hochement de tête.

— Comment, Jaz ?

— Il y a une sortie derrière. Je l'ai découverte en faisant le tour hier soir.

— Un point pour toi ! lui dit-elle avec un large sourire.

Il haussa les épaules, comme s'il n'acceptait pas les compliments.

— Ça coule de source. Tu sais c'est la région des hors-la-loi. Ils ne pouvaient aller s'enterrer dans un trou dont ils ne pourraient pas sortir.

Mais le bruit assourdissant des hélices de l'hélicoptère se rapprochait.

— On finira dehors, dit J. D. Montre-nous le chemin, Jaz.

L'adolescent attrapa une lanterne et partit au trot dans l'obscurité, éclairant le chemin. Ils le suivirent tous trois à travers un labyrinthe tortueux de cavités et de passages étroits. J. D. tenait Ann par la main. Heureusement, car la progression fut longue et désagréable.

On aurait dit qu'ils ne faisaient que s'avancer de plus en plus profondément dans une obscurité impénétrable de laquelle ils ne parviendraient jamais à sortir.

— Tu es sûr de toi, Jaz ? demanda Matt au bout d'un moment.
— J'ai su revenir, non ?

Ce n'était pas du tout la même chose… songea Ann.

Mais tandis que Jaz se mettait de profil pour franchir un passage particulièrement étroit, la lumière se réduisit à néant, cessant d'éclairer les profondeurs de la caverne ; tout autour d'eux l'air semblait faire raisonner jusqu'au bruit de leur respiration. Ann commença à avoir du mal à respirer.

Une panique noire et dévastatrice s'emparait d'elle comme jamais. Elle retira vivement sa main de celle de J. D. et se laissa tomber sur le sol dur et froid, près du bord de la corniche.

— Ann ?
— Toi, continue, ordonna-t-elle d'une voix brisée. Je vais retrouver mon chemin. Je vais…

Elle scruta le passage obscur.

Bon sang, Ann, vas-y !

En vain. C'était au-dessus de ses forces. Elle ne parvenait plus à bouger, ni à respirer.

— Je ne peux pas faire ça, s'étrangla-t-elle.
— Je ne te laisserai pas ici, Ann. Alors tu lèves tes fesses, tu me donnes la main et tu avances, ordonna J. D.

Elle ne pouvait plus regarder devant elle.

— J. D. je t'en prie, vas-y ! le supplia-t-elle. Ça va aller. Tu avances. Bon sang, J. D. continue ! Vous prenez Jaz et allez-y !
— Alors, je ne continue pas moi non plus, déclara Jaz sur un ton de défi.

Non, c'était impossible. Elle releva la tête brusquement et observa Jaz par-dessus ce qui semblait un gouffre sans fin à ses pieds. À la lueur de la lanterne qu'il posa à côté de lui, les yeux du garçon étaient brillants de larmes.

— Non, la prévint-il, le menton tremblant de colère et de

quelque chose qui ressemblait à de l'amour. Pas si tu ne viens pas. Tu m'as *abandonné*, dit-il en pleurant, et inutile de croire que je vais t'abandonner, *toi* ! Je vaux mieux que ça !

Elle plaqua sa main devant sa bouche pour réprimer un cri, mais cela ne suffit qu'à moitié... Même le silence résonna après que son sanglot avorté s'évanouit.

Elle scruta de nouveau l'impossible rebord étroit, puis son fils et J. D., qui lui proposa de nouveau sa main dans une prière silencieuse, pleine d'amour. Encore de l'amour...

— Pour Jaz, murmura-t-il. Ann, fais-le pour Jaz.

Elle s'efforça de se relever, luttant contre le vertige et la honte qui la submergeaient. Ce qu'elle avait fait depuis quinze ans l'avait menée ici, dans cette situation désespérée, et son seul recours se trouvait devant elle, non derrière.

Un violent frisson la saisit, mais elle serra les dents et donna la main à J. D.

— C'est bien. Tu peux le faire, Ann. Tu peux le faire. Pose ton autre main contre le mur derrière toi. Je ne laisserai rien de mal t'arriver.

Elle fixa le rebord. Sa bouche s'asséchâ, sa langue était de bois. D'interminables secondes s'écoulèrent.

— Allez m'man ! Tu peux le faire, cria Jaz d'une voix brisée.
M'man. Allez m'man. Tu peux le faire.

Son cœur se pulvérisa, puis se recomposa de lui-même avec cette force qui rend les mères capables de tout, quels que soient le temps, le moyen et l'endroit, pour leur enfant.

Elle s'éclaircit la voix comme si c'était susceptible de l'aider et entreprit le long voyage de la jeune fille qui avait abandonné son magnifique petit garçon vers la femme, la mère.

Une fois franchie la corniche qui ne s'étendait que sur trente ou quarante pas, Jaz l'attira dans ses bras et la serra aussi fort qu'elle n'aurait jamais pu l'espérer.

— Je suis désolé de troubler cette petite réunion, ironisa Matt, mais nous devons sortir d'ici, et plus vite que ça !

Tous les quatre se dispersèrent dans l'étroit canyon où les ombres étaient telles que même avec l'hélicoptère qui faisait des vols de reconnaissance, il était impossible de les voir.

Matt et Jaz partirent vers l'est. À la tombée de la nuit, ils utiliseraient le portable de Guiliani pour appeler la station-service d'Hanscomb et demander qu'on vienne les chercher.

Ann et J. D. prirent la direction de l'ouest pour s'enfoncer dans les monts Big Horn, au soleil. Il fallait éviter d'être repérés jusqu'à ce que Matt puisse rallier l'aide de Garrett et affronter la menace, quelle qu'elle soit, qui pesait sur elle et J. D. Tout ce qu'ils avaient à faire était de rester en vie suffisamment longtemps pour trouver un repaire sûr et laisser leurs coordonnées GPS sur la boîte vocale de Matt.

Mais, comme ils escaladaient pour s'enfoncer toujours plus haut, l'hélicoptère resurgit comme sorti de nulle part et se mit à raser les arbres, effectuant toujours les mêmes parcours de recherche, passant à trois reprises si près d'eux que, même s'ils étaient cachés dans la forêt, ils durent se plaquer les mains sur les oreilles.

À 17 heures, comme les derniers rayons de soleil venant de l'ouest donnaient aux nuages une vive teinte orangée, l'hélicoptère fit demi-tour.

Au bord de l'épuisement, ils se trouvaient à une centaine de mètres d'un sommet où les arbres ne poussaient plus.

Des coups de feu retentirent à la limite des arbres dans une explosion d'écorce, et comme l'hélicoptère s'aventurait plus bas encore, l'angle des tirs vint frapper les troncs tout autour d'eux. Ils avaient été repérés !

J. D. attrapa la main d'Ann et, malgré son sac à dos de vingt kilos, l'entraîna plus profondément au cœur de la forêt.

14

Soudain, Ann glissa sur une plaque de glace. Sa main échappa à celle de J. D., elle se tordit violemment le bras en tombant en avant et boula dans la pente. Un fourré de broussailles de chêne vert stoppa sa chute, lui égratignant méchamment le visage et les mains.

Les bruits de l'hélicoptère ne faiblissaient pas, mais ses efforts pour recouvrer son souffle étaient plus sonores encore.

Les balles déchiraient l'air, mordaient les arbres, ricochaient sur les rochers de granit qui affleuraient.

L'air avait été si violemment expulsé de ses poumons par le choc, la douleur si vive, qu'elle suffoquait.

— Ann, cria J. D. en se précipitant vers elle.

Il se laissa tomber sur ses fesses et la prit délicatement dans ses bras en se recourbant au-dessus d'elle pour la protéger des balles qui pleuvaient autour d'eux.

— Ann.

Une fois de plus, son prénom résonnait comme une prière dans la bouche de J. D. Quelques lignes de la Bible, du Cantique des cantiques, lui revinrent à la mémoire.

Je suis à mon bien-aimé et son désir est pour moi...
Pose-moi comme un sceau sur ton cœur.

Le désir, la luxure, mais beaucoup plus encore... La tendresse et le respect, l'admiration et la rage en son nom, l'amour durable... Si un jour elle devait devenir l'épouse d'un homme, elle serait la sienne et seulement la sienne. Si seulement... si jamais...

Il retira doucement la main qu'elle tenait sur son visage et examina ses blessures. Son menton se mit à trembler de façon incontrôlable, les larmes envahirent ses magnifiques yeux bruns.

— Ann…
— Je vais bien, J. D.

Si elle devait mourir, ce visage barbu tant aimé était la dernière vision qu'elle voulait avoir.

— Ça va aller. Ça ne fait pas si mal que ça.

Par miracle, le soleil se coucha le temps de deux battements de cœur. Les balles arrêtèrent de voler et le battement assourdissant des hélices de l'hélicoptère commença à s'évanouir.

J. D. hocha la tête et l'aida à se relever.

Tant bien que mal, elle tenait sur ses pieds. Il la guida dans une descente plus lente, néanmoins impitoyable, de la montagne.

— Nous devons trouver un abri pour la nuit, annonça-t-il. Sinon, nous ne résisterons pas au froid et au vent.

Ann acquiesça en tremblant.

Au cœur de la forêt, à un endroit où naissait une clairière, une sorte d'appentis apparut dans la lumière de la lune. Même s'ils ne disposaient que de cette mince protection, ils allaient devoir faire avec. La neige leur arrivait aux hanches. Ils avancèrent de quelques pas et poussèrent un immense soupir de soulagement. C'était en fait une petite cabane, un abri de bois que les fermiers utilisaient pour protéger et stocker leur équipement dans les hautes terres.

Du toit de celle-ci sortait le tuyau d'un poêle… Elle était sûrement équipée d'une petite cheminée ou d'un poêle à bois.

Et elle n'était pas fermée !

En moins d'une demi-heure, J. D. trouva du bois coupé derrière la cabane, alluma un feu dans le poêle et fit chauffer dessus une casserole de neige. Ils quittèrent leurs vêtements mouillés pour ne garder que les secs — leurs sous-vêtements et un petit caraco pour Ann. Puis J. D. étala les sacs de couchage sur le sol de bois, s'installa en tailleur sur l'un d'eux et la prit entre ses genoux. Il plongea un linge dans l'eau chaude et commença à nettoyer les égratignures sur son visage.

Il l'adorait du regard et sa tendresse fit s'envoler les derniers remparts qui subsistaient en elle. Durant de longs moments, la pièce chatoya d'un lien plus rare que la lune bleue qui brillait par la seule fenêtre, juste en face du poêle.

Elle appuya la tête contre son torse chaud et nu. Il caressa son cou, son pouce suivant la courbe de sa mâchoire blessée. Sa cheville l'élançait mais elle en souffrait à peine, et les égratignures sur son visage semblaient à vif mais le contact plein d'amour de son immense main et de son pouce calleux lui apportait une paix étrange, à l'orée d'un désir qu'elle pouvait à peine maîtriser.

Un désir violent, dans un endroit sans confort, sans satin ni bougie, ni violon, et aucune limite aux façons et manières dont elle voulait prendre possession de lui...

... et qu'il prenne possession d'elle.

Je suis à mon bien-aimé et son désir est pour moi.

Elle n'était plus stupide comme à seize ans, elle savait ce qu'était l'amour.

Il ôta délicatement sa tête posée sur son bras pour s'appuyer et la regarda dans les yeux.

— Que viens-tu de dire, Ann ?

Elle avait donc parlé à voix haute ?

Elle n'aurait pas dû... Elle n'aurait jamais dû laisser se glisser une seule ligne de poésie dans ses pensées conscientes.

Pourquoi ne voyait-il pas que son vécu, cet enchaînement d'engagements rompus, depuis la seule famille qu'elle ait jamais connue, jusqu'à sa communauté et pour finir son fils, rendait minable tout amour pour elle ?

— J. D., tu dois arrêter. Tu le dois. Tu ne comprends pas ? Tu ne vois pas ? Tout ce que je sais faire, c'est m'enfuir pour ne pas aimer quiconque !

Il ferma les yeux, secoua la tête, écarta des mèches de cheveux roux sur son front.

La lueur du feu dansait, magique, autour de lui, créant un halo, comme s'il était son ange gardien.

— Tu pourrais aussi bien demander aux hirondelles de Capistrano de partir, Annie Tschetter. J'ai entendu ce que tu as dit. « Je suis à mon bien-aimé ». J'ai tout entendu.

— Tu ne sais pas...

Il mit fin à ses protestations en l'embrassant. Une onde de désir, bouillante, déferla alors dans son corps et elle s'abandonna à son baiser, répondit à ses lèvres, à sa langue, à son empressement avec une avidité qui la conduisirent à offrir son cou à sa gourmandise, aux douces morsures dans sa chair.

Les doigts de J. D. quittèrent sa taille pour remonter à ses seins, effleurer son caraco de coton. Il écarta la bretelle et sa langue toucha sa peau, la goûtant, glissant vers le bas jusqu'à son téton dressé, tellement douloureux sous le tissu qu'elle déchira elle-même son vêtement sous le feu du désir.

Cette violence, ce geste de désir ultime qui l'avait poussée à déchirer son vêtement arracha à J. D. un grognement primitif.

— Oh ! Ann. Je t'aime, je t'aime, je t'aime...

Ses mots s'enfoncèrent comme la lame d'un couteau dans ses intentions, tuant tout désir en elle. Elle le désirait... Si elle devait mourir dans les heures à venir, elle voulait savoir ce que c'était de faire l'amour avec un homme qu'elle aimait de tout son cœur et de toute son âme.

Mais elle ne pouvait pas continuer, elle ne pouvait pas accepter sa semence en elle, ou même son corps durci, pour une raison aussi futile, insignifiante et égoïste. J. D. Thorne méritait mieux que ça.

Mieux qu'elle.

D'un regard, elle le supplia d'arrêter.

Il se redressa sur son bras.

Comment pouvait-elle lui demander une chose pareille ?

Il se retourna et s'assit, plein de détresse dans les yeux.

— Je suppose que tu peux sortir la gamine de la colonie, mais tu ne pourras jamais sortir la colonie de la gamine, hein ?

Les larmes s'accumulèrent dans sa gorge.

— Je ne comprends pas ce que tu veux dire.

Mais elle pouvait le deviner…

Il la regarda, il souffrait. C'en était terrible.

— Je veux dire que tu aurais tout aussi bien fait d'y rester, Ann. Tu es un maton beaucoup plus efficace avec toi-même que tes aînés auraient pu l'être.

Il attendait, son regard planté dans le sien. Il voulait une réponse.

— Que vaut ta liberté à tes yeux, Ann, si ce qu'il y a entre nous ne vaut pas au moins autant ? Tu t'imagines que je veux que tu sois différente ?

— Je ne sais même pas qui je suis, J. D. ! répondit-elle en pleurant. J'ai abandonné mon bébé et je pensais que je vivais en paix avec ça, que j'avais fait ce qu'il y avait de mieux pour lui. Mais j'avais tort. J'étais égoïste. Et aujourd'hui, quand il m'a appelée maman, juste pour me tirer de cette stupide crise de panique, J. D., j'ai cru que j'allais mourir.

— Je parle de nous, Ann.

— Moi aussi. Tu ne le vois pas ? Avant même d'être enceinte de Jaz, je savais que l'on pouvait avoir la liberté, ou l'amour, mais pas les deux. Aussi longtemps que tu veux quelque chose, tu ne peux pas être libre. Je croyais savoir que je n'échangerais jamais ma liberté contre de l'amour, mais tu m'as rendue folle de désir pour toi.

Sa voix se brisa, les larmes embuèrent ses yeux, mais elle ne pouvait plus garder cela au fond d'elle : ce qu'elle ressentait pour lui, combien elle était perdue parce qu'il était l'homme qu'il était.

— Quand tu as essayé de me sauver de moi-même dans l'atelier de Manny, une partie de moi te détestait pour cela parce que ça m'a fait comprendre combien la seule chose que je désirais était me blottir dans tes bras et y rester pour toujours, sous ta protection. Et quand tu as pris ma défense auprès de Timothy — en disant combien il était important de faire ce que nous faisions — une partie de moi savait que j'étais tombée éperdument amoureuse de toi parce que tu ne me retirerais jamais ce que je suis. Et quand tu étais endormi, J. D., inconscient, j'avais envie de faire l'amour avec toi. Je voudrais faire l'amour avec toi, ici et maintenant, mais tu mérites mieux, J. D., et je ne sais pas comment être meilleure. Tu ne vois pas que j'ai peur ? Que je ne sais pas comment te promettre davantage et être certaine de tenir ma promesse ?

Elle tendit la main et effleura son visage.

— Je peux te jurer que si je vois un jour dans tes yeux la même chose que Jaz avait ce matin dans les siens, j'en mourrais.

Il baissa les paupières. Elle l'avait touché.

La honte la submergea. Durant toute son existence, elle avait demandé à la vie, et même à Dieu, de lui donner la faculté de désirer ce qu'elle voulait sans la censure de la colonie ni de quiconque. J. D. ne lui avait pas seulement montré ce qu'elle désirait, il le lui avait également offert, mais elle était tellement attachée à ce qu'elle ne pouvait pas avoir qu'elle était devenue à la fois l'origine et l'applicatrice de ces anciennes interdictions.

Mais à quoi avait-elle bien pu penser ? Si son but était de briser le cœur d'un homme — la dernière chose qu'elle désirait dans son cœur et dans sa tête — elle n'aurait pas pu le faire avec plus de cruauté ni d'efficacité. Elle voulait seulement le sauver de lui-même, le...

Le sauver de son amour pour elle...

— Je suis désolée...

— Ça ne suffit pas, l'interrompit-il, donnant libre cours à la colère. Je t'aime, Ann. Je t'aimerai toujours. Mais peut-être sommes-nous trop différents. Peut-être que je ne sais pas comment changer, moi non plus. Tu vois, tu as réussi à te convaincre que tu ne pourrais jamais être libre si tu désirais quelque chose. Moi, je pense que celui qui ne désire rien n'est même pas vivant.

J. D. se réveilla juste avant l'aube en tenant Ann dans ses bras. Pourtant, il s'était endormi en lui tournant le dos. Mon Dieu… même inconsciemment il revenait toujours vers elle…

Il avait eu sa part de déceptions en amour et dans la vie. Là, il se retrouvait au beau milieu d'une d'elles. Peu importait qu'il fasse tourner le kaléidoscope de ce qu'il savait sur les Diseurs de vérité et sur ses amis d'enfance dans un sens ou dans l'autre, sa vision n'était pas plus claire, mais au contraire plus tourmentée.

Il avait été trahi, et plus d'une fois, par l'un d'entre eux ou par tous. Et il n'avait été sur le point de se marier qu'une seule fois, à la veuve de son coéquipier, persuadée que le mariage était la condition *sine qua non* au « ils vécurent heureux… »

La seule « fin heureuse » en laquelle il croyait était celle dans laquelle deux personnes partageaient leur vie et leur métier. À cause de sa nature curieuse, forte et férocement indépendante, toutes ces qualités qu'il aimait par-dessus tout, Ann avait été contrainte de se débrouiller toute seule si jeune qu'elle ne savait plus partager le poids d'un fardeau, ni une joie d'ailleurs.

Elle pensait qu'elle allait le décevoir, mais ses craintes n'étaient que le reflet du jugement sévère qu'elle portait sur elle-même. Si jamais elle priait, qu'elle demande à Dieu de trouver un moyen de se pardonner…

Il fallait qu'il prenne un peu de distance.

Il retira doucement son bras de sous sa tête, s'assit, enfila son jean sec et se mit à remplir le poêle.

Elle se réveilla et attrapa ses vêtements.

— Bonjour, fit-il.
— Bonjour, répondit-elle.

Il se tourna pour la scruter, pour jauger les tensions entre eux, mais, dans la faible lumière du jour naissant, n'apparut qu'une trace rouge sur son épaule que seules ses dents avaient pu faire à cet endroit-là. Le désir déferla en lui comme une avalanche pendant qu'elle fouillait les poches de son manteau.

Ann cherchait son baume à lèvres.

Mais malgré ses efforts, la base du tube refusait de tourner.

Un mauvais pressentiment l'envahit. Elle força, l'embout se détacha et tomba, révélant une minuscule balise électronique comme celles utilisées pour localiser les avions tombés à terre.

Elle fixa le dispositif dans sa main d'un regard horrifié.

J. D. jura dans sa barbe, le lui prit des mains et le tourna et le retourna dans sa main.

— C'est pas pour rien que l'hélicoptère a laissé tomber hier soir.

Ils pouvaient les retrouver à n'importe quel moment.

— O.K. lâcha J. D. Voilà comment nous allons leur tendre une embuscade à notre façon.

Ann s'habilla en vitesse pendant qu'il lui expliquait ce qu'il avait en tête.

Mais un cri retentit à l'extérieur. L'idée de l'embuscade semblait compromise...

— Hé ho ! J. D. ? T'es là-dedans ? Thorne ?

J. D. plongea sur son arme, toujours dans son étui, à côté des sacs de couchage. Le ciel vert-de-gris ne laissait filtrer aucun rayon de soleil. De lourds bruits de pas résonnèrent sur la marche menant à la cabane et la porte rudimentaire céda. Accroupi, une main soutenant son poignet, J. D. avait Rand en plein dans sa ligne de tir. Ann se tenait près de la fenêtre encrassée, guettant l'arrivée des autres.

Rand recula d'un pas.

— Du calme, J. D. Je suis seul et sans arme.

Ann secoua la tête. En effet, personne n'approchait.

Rand retira ses gants et repoussa la capuche de son manteau.

— Je te le jure, J. D., je suis venu seul. On peut parler ?

— Marty, tu comprendras si j'ai de plus en plus de mal à te croire ? Comment es-tu arrivé ici ?

— Il se trouve que vous êtes à une centaine de mètres du départ d'un sentier de ski de fond, répondit Rand en haussant les épaules.

Il les regarda tour à tour, la mâchoire crispée, puis affronta le regard dur de J. D.

— J. D. écoute-moi et tout se passera bien...

— Il est trop tard pour que ça se passe bien, Marty. Des innocents sont morts.

— Je n'ai rien à voir avec ça, J. D.

— Mais tu parles au nom de ceux qui ont fait ça, répliqua sèchement J. D. Ou alors je me trompe ? Je me suis déjà trompé par le passé, une ou deux fois. Vas-y Marty ! Dis-moi combien je me trompe !

— Je n'ai pas l'intention de rester planté ici à prétendre qu'aucune erreur n'a été commise, J. D.

— De graves erreurs ?

Rand se frotta le front.

— Tout ce que j'ai toujours voulu, J. D., c'est te garder hors de la ligne de tir.

— Vraiment ?

— Ouais, vraiment.

— Et t'arranger pour que je fasse partie des opérations secrètes sur les Diseurs de vérité ? Ça aussi, c'était pour que je sois hors de la ligne de tir ?

— Je n'ai rien fait pour que tu sois engagé, J. D. John Grenallo t'aurait de toute façon pris en une fraction de seconde.

— Non, Rand. Ma candidature a été placée en haut de la pile parce que tu l'as vue, et tu y as vu également pour toi l'occasion d'être toujours le premier informé sur ce que la force d'intervention préparait, quand et où ils allaient agir.

Rand tira sur son manteau.

— Tu penses donc que j'ai toujours fait partie des Diseurs de vérité ?

— Soit tu es l'un d'eux, oui. Soit tu es le pigeon le plus haut placé de la ville. Quoi qu'il en soit, Marty, je préfère croire que tu es trop intelligent pour jouer les dupes.

— Allons, J. D. !

Rand inspira et relâcha un soupir nerveux.

— Tu crois vraiment que je t'ai déjà pris à ce point pour

un idiot ? Cite un exemple où ce que tu m'as dit ou ce que je t'ai demandé a compromis ton enquête.

— Oh ! Je n'en sais rien, Marty ! répliqua sèchement J. D. Et cette fois où on nous a refusé un mandat pour fouiller le coffre-fort quand la vie de Christo McCourt était en jeu ?

Rand passa du rouge au gris.

— Nous ne nous sommes pas parlé de toute cette affaire. Ce n'était pas moi.

— Non, acquiesça J. D., furieux, c'était ton partenaire de double au tennis !

— Ce n'était donc pas moi, J. D. !

Le visage las et en sueur de Rand se tendit.

— Bon, on peut passer la journée se disputer à ce sujet…

— Et pour le soir où on a tiré sur J. D. ? demanda Ann à voix basse. Il était venu vous voir dans l'après-midi. Il vous a dit qu'il savait que Grenallo ne s'était pas suicidé, qu'il avait été assassiné. Quand J. D. vous a téléphoné de Cold Springs, vous avez su qu'il ne se souvenait plus de tout ça.

Rand sembla hésiter.

— Regarde, J. D., je suis venu ici tout seul. Je me suis tué à négocier pour pouvoir…

— Épargne-moi tes jérémiades et abrège ! l'interrompit de nouveau J. D. Et *maintenant* !

Rand frissonna violemment, la sueur inondait son visage et trempait ses cheveux.

— Écoute, je m'inquiétais pour toi depuis ce fabuleux moment où tu m'as accusé d'être impliqué dans la mort de Grenallo. Qu'étais-je censé faire, J. D. ? Le mec s'est suicidé. Si c'était comme ça que tu raisonnais à l'époque, alors…

— Grenallo a été assassiné, Marty.

— Et après il s'est pendu ? ricana Rand.

— D'après le légiste, John Grenallo était déjà mort quand son corps a été suspendu aux chevrons de son garage.

Ann retint son souffle. Elle ne pouvait dire ce que J. D. pensait, mais Rand semblait sincèrement confus. Son regard se fit terne, comme si son manteau l'étouffait ; il tira de nouveau sur les pans du vêtement.

— Si tu le dis, reprit-il d'une voix enrouée, alors je vais te croire. Mais John Grenallo n'était pas du genre bouc émissaire, J. D. Pas seul du moins. Il aurait fait tomber beaucoup d'hommes avec lui.

— Des hommes comme lui ? intervint Ann en s'éloignant de la fenêtre pour s'approcher de Rand, son arme braquée sur lui.

J. D. se redressa.

— Vous voulez dire des hommes qui devraient tomber ? continua-t-elle en commençant à fouiller Rand comme n'importe quel suspect, insistant sur les côtés et la poitrine, sans cesser de parler.

— Les mêmes hommes qui continuaient à remonter dans l'enquête de J. D. ?

Elle recula un instant, puis souleva le pull et le T-shirt de Rand, révélant des fils scotchés sur le torse de ce dernier.

— Les mêmes que Warren Remster ne mettra pas au tribunal, en vertu de son pouvoir discrétionnaire ? Des hommes comme *vous* ? conclut-elle en relâchant le pull.

Voilà pourquoi Rand était si nerveux, comprit-elle : ils étaient écoutés.

Rand se tourna vers J. D.

— Thorne, je te jure que tout ce que j'ai pu faire dans les dernières semaines, je l'ai fait pour te protéger.

— Qui a mis le feu chez les Zimmer ? demanda Ann.

Elle refusait d'être ainsi écartée. Jamais au grand jamais elle n'avait été aussi près d'appuyer sur la gâchette.

Rand la dévisagea comme si elle perdait la tête.

— Bon sang, mais comment pourrais-je savoir ça...

J. D. tira une cartouche de munitions à travers la mince toiture de la cabane.

— La prochaine trouvera sa cible, menaça-t-il à voix basse. À moins que ce soit ce qu'ils veulent ? Ainsi tous leurs problèmes seront résolus, non ? Si je tombe pour meurtre ?

— Allez mec ! Je ne sais pas qui a fait ça, dit Rand d'une

voix tremblante, presque sans timbre. Tout ce que je demande est de mettre un terme à une situation inextricable. Livre-toi à moi et ensuite nous retournerons à la civilisation, nous prendrons une douche chaude et nous règlerons tout ça.

— Régler quoi exactement ? rétorqua J. D. C'est Ames qui a essayé de me tuer et a mis le feu chez les Zimmer ? Ou est-ce que tout était orchestré par Everly ? C'est ça le genre de choses que tu veux régler ?

Rand referma la bouche dans un claquement.

— Allez J. D., tout ce que tu as à faire est de t'incliner et tout sera fini. Ne fais pas l'idiot.

— Ce ne sont pas des délires paranoïaques, monsieur Rand, intervint sèchement Ann. Everly est le seul à avoir eu l'occasion de placer cette astucieuse petite balise dans la poche de mon manteau.

— Vous savez, Ann, j'aurais préféré que nous nous rencontrions en d'autres circonstances, confia Rand en se décidant enfin à lui adresser la parole.

— Moi, je suis désolée de vous rencontrer tout court, monsieur Rand.

— Ce que je dis, insista-t-il en grinçant désespérément des dents, c'est que vos conclusions dépassent les bornes ! Mon Dieu, mais Kyle Everly est tellement bourré de thunes, il est hors de question qu'il s'abaisse à ça ! Et même s'il le faisait, tu penses sérieusement que tu pourrais l'atteindre ?

J. D. sourit froidement.

— C'est ça alors, n'est-ce pas ? La raison qui t'a amené ici ? Everly va s'en tirer à bon compte tandis que toi et Ames vous allez mordre la poussière. C'est quoi ton marché, Rand ? Me convaincre que je traverse un épisode de psychose en me parlant comme à un débile pour qu'Everly te paie un billet d'avion vers une petite plage sympa à l'étranger, sans accord d'extradition ?

Rand resta silencieux un moment, la tête baissée, les épaules basses.

— Je n'ai l'intention d'aller nulle part J. D., je suis juge fédéral de district. Je ne suis pas un voyou. Je vais te le demander pour la dernière fois. Laisse tomber. Laisse tout simplement tomber.

— Je ne peux pas, Marty. Je ne m'inclinerai pas, je n'abandonnerai pas et je n'arrêterai pas avant que quelqu'un paie pour le restant de ses jours. Et je te verrai mort et enterré.

— Est-ce une menace, J. D. ? demanda Rand. Est-ce que tu me menaces à présent ?

— Ouais, Marty, c'est ce que je fais, parce que j'ignore que menacer un membre de la Cour est un crime. Mais peut-être que toi, de ton côté, tu as oublié que faire tuer un être humain est également un crime ?

J. D. lâcha un juron, puis poursuivit :

— Peut-être qu'Ames n'a jamais eu le fonctionnement d'un meurtrier ? Qui est-ce qui a incendié le restaurant d'Ida Ames, Rand ? Everly ? Ou alors Everly a-t-il demandé à Ames de le faire ? Que s'est-il exactement passé ce soir-là ?

— J. D., c'était il y a une éternité, s'étrangla-t-il. Pour l'amour de Dieu...

— Ne jure pas, Rand. Même Dieu ne peut pas racheter ta misérable petite âme souillée.

— Laisse tomber, supplia Rand, et tu verras. Aucun de nous ne veut ta mort.

— Oh ! mais si ! Certains d'entre nous veulent sa mort, Marty, leur parvint une voix depuis l'extérieur.

Au même moment le canon scié d'une carabine apparut, pointé sur Rand.

— C'est ton vieux pote Doug Ames qui est là, héla-t-il depuis l'extérieur. Et je veux que tu te tiennes à carreau, J. D., parce que notre honorable juge de district ici présent est vraiment un innocent larbin dans toute cette histoire.

— Ames...

— N'y pense même pas, Thorne, beugla Ames. Un mot de plus, et Rand aura une mort très salissante.

— Je t'en prie... fais ce qu'il dit, bafouilla Rand.

J. D. se passa une main dans les cheveux. Il était coincé. Par un voyou comme Dougie Ames.

Ann recula vers la fenêtre... Inutile d'espérer pouvoir arrêter Ames d'une balle... Il devait être juste devant la porte, collé au mur extérieur tandis qu'elle était à l'intérieur. Elle avança de biais en direction de la sortie en indiquant à J. D. qu'Ames devait se trouver là où elle était, de l'autre côté de la cloison.

— Ce silence commence à ne pas me plaire, chantonnait Ames.

Puis il gronda :

— Toi et la nana, posez vos armes et faites-les glisser à l'extérieur. Alors peut-être que nous pourrons avoir une petite conversation sympa.

— Tu sais que je ne peux pas faire ça, Ames.

J. D. s'agenouilla, cala son poignet dans sa main et se prépara à tirer à travers la fine cloison dégradée par les intempéries. Il était prêt. Il donna le signal et tira. Ann plongea sur Rand pour le jeter au sol, hors de la trajectoire de la balle, mais dans un acte purement désespéré, Rand vrilla au même moment et fit un mouvement vif pour s'emparer de l'arme d'Ann. Il ne réussit qu'à en abaisser la gueule et à la rapprocher de son corps quand le coup terrible l'atteignit au ventre.

Ann rampa vers Rand, mais il était déjà mort.

J. D. se précipita au-dehors, se jetant en avant pour viser une fois de plus au cas où Ames tirerait encore.

Mais Ames s'était écroulé sur sa propre arme. La balle de J. D. l'avait atteint en pleine poitrine. Le traitant de tous les noms, il souhaita à J. D. d'aller en enfer, le sang gargouillant dans sa gorge.

Ce fut dans la salle d'audience de l'ancien magistrat Martin Rand que J. D. prononça une brève oraison funèbre : un homme qui s'était distingué par sa nomination au poste de juge à un si jeune âge, un homme dont les décisions judiciaires reflétaient la vision d'un être fin et empli de compassion, et à qui la loyauté envers un véritable ami avait coûté la vie.

Rand lui manquait et il regrettait leurs derniers instants passés ensemble parce qu'en fin de compte Martin n'était au courant de rien. Ames avait vécu juste assez longtemps pour cracher le morceau dans l'ambulance. Il avait joué avec Rand mieux que Rand ne jouait de son vieux Stradivarius. Lors d'une conversation, Rand avait parlé à Ames de la stratégie qui permettrait au procureur de laisser tomber les affaires des Diseurs de vérité restantes. Ames avait passé le mot.

Quand Rand avait reçu l'appel de J. D., Ames était là pour noter le numéro de la colonie inscrit sur l'identificateur d'appel du juge.

Et le summum était que, dans son dernier souffle, Ames avait fanfaronné en clamant qu'ils n'auraient jamais Kyle Everly. Jamais. Un Diseur de vérité à la vertu inébranlable.

Même si Ames n'avait reconnu aucun crime, ses empreintes correspondaient à celles retrouvées sur les lieux de l'incendie, et dans les emballages de nourriture à emporter contenant le dernier repas de Grenallo.

Sept semaines plus tard, l'assermentation du successeur de Martin Rand tomba le jour où la demande d'Ann d'obtenir la garde de son fils était étudiée à Billings.

J. D. fit une brève apparition au palais de justice de Seattle, puis sauta dans un avion pour Billings. Il n'avait aucun bagage, ne savait pas où séjourner, mais il avait dans la poche de sa veste la lettre qu'Ann lui avait écrite depuis Billings trois semaines plus tôt. Il attendit que le 727 ait atteint son altitude de croisière. Il voulait lire sa lettre au beau milieu des nuages. Un délicat parfum émanait du papier, lui rappelant les nuits passées dans la cabane à la colonie.

« J. D.,

« Jaz et moi apprenons à nous connaître. Il continue bien sûr d'aller à l'école et de voir ses amis, des gens qui l'aiment et des proches des Zimmer. Les moments que nous passons ensemble me semblent toujours trop courts, même quand il joue les grandes gueules. Je suppose que je ne pourrais jamais rattraper le temps perdu.

« J'ai adressé une requête au tribunal des affaires familiales pour obtenir sa garde. L'audience a lieu dans près de deux semaines. Je pense que Jaz n'est pas contre le fait de venir à Seattle avec moi. Je lui ai raconté ma vie là-bas, et s'il trouve sympa que je sois détective et super que des femmes et des enfants maltraités aient un endroit pour se réfugier, il n'est pas persuadé que j'ai une vie bien à moi.

« Il a peur que je l'étouffe. Mais cela ne m'inquiète pas tant que ça. Je sais ce que c'est d'être étouffée. Dans la colonie j'avais toujours peur, même de respirer, de crainte d'être mauvaise et provocante — je sais, j'exagère, mais c'est quand même vrai.

« Ce matin, au petit déjeuner, Jaz m'a demandé si le gars à qui je suçais le museau sous Outlaw Cave était au courant.

« Je lui ai dit que je ne savais pas.

« Je ne lui ai pas dit que je me sentais comme la Belle au bois dormant, éveillée à un tout nouveau monde par ton baiser — c'est une métaphore ! Réveillée et vivante pour la première fois parce que je vous veux, Jaz et toi, dans ma vie, et c'est grâce à toi que je suis désormais libre de tout vouloir.

« Jonah David Thorne, voici ma requête. Je vous aime pour votre irrésistible défaut d'être d'une loyauté rare, et pour votre cœur sage, et pour votre volonté de faire de ce monde un endroit meilleur et plus sûr, et pour la façon dont vous me regardiez à la lueur de la lanterne quand je défaisais mes tresses. Peut-être qu'elles y sont pour quelque chose… Qu'en pensez-vous ?

« Le requérant demande le privilège de votre présence dans sa vie. Le requérant ne cherche pas de fin heureuse, mais juste une chance d'épauler et d'être épaulée, d'aimer et d'être aimée, d'honorer et d'être honorée, jusqu'à ce que la mort nous sépare.

« Je suis à mon bien-aimé. Son désir est-il pour moi ?

Pour elle ? Nulle part ailleurs. Lui aussi il voulait tout cela.

Il loua une voiture à l'aéroport et se rendit au palais de justice de Billings. Il venait de s'engager dans le couloir menant à la salle d'audience de l'honorable Rowena P. Moore quand Matt Guiliani passa la tête par la porte pour voir s'il arrivait.

Le regard de Matt n'était pas encourageant. J. D. déglutit difficilement.

— Qu'est-ce qu'il se passe ? C'est fini ?

— Y a tout eu sauf les cris. Nous avons une juge qui prône les valeurs familiales et une mère demandant la garde d'un enfant qu'elle a abandonné il y a quinze ans. Ça se présente mal, J. D.

Le cœur de J. D. se serra. Ce moment était censé être celui d'Ann, le moment où la faute commise des années plus tôt serait rachetée, le moment où une mère et son fils seraient réunis devant la loi. Bon sang, Ann méritait tout ça !

Il était venu pour fêter cela avec elle et accepter sa requête.

— Tu me dis…

— Mon ami, le coupa Matt, sans une riposte spectaculaire, dans trente secondes la situation sera désespérée.

Ann s'assit sur le banc du requérant avec son avocat. Elle était abasourdie. Jaz avait refusé de s'asseoir près de l'avocat représentant les services de protection de l'enfance. Il s'était donc installé derrière elle, dans la deuxième rangée.

Son autre possibilité, à part la famille d'accueil, était une petite cousine des Zimmer, une femme dont les enfants étaient scolarisés à la maison, qui gagnait des rubans bleus à des concours de tartes et dont le mari était entraîneur et chef scout.

La juge voulait que Jaz, dont le dossier démontrait clairement qu'il avait besoin de fermeté, soit placé dans une famille biparentale exactement comme celle-là.

Mais la place de Jaz était auprès d'elle, s'insurgeait Ann intérieurement. Et si ce n'était acquis pour personne d'autre, ça l'était pour elle.

Elle avait écrit à J. D. avant de savoir que de ne pas avoir de mari et de figure paternelle pour Jaz pourrait poser problème. Quand c'était devenu un obstacle majeur, elle avait été incapable de l'appeler pour le presser de lui donner une réponse.

Et là, elle avait peur. Peur de se retourner, peur de faire peser un sentiment de culpabilité sur son fils en lui révélant l'expression de son visage, et encore plus peur de lui donner l'espoir qu'un miracle puisse se produire.

Son cœur battait la chamade et les larmes rendaient troubles les étoiles sur le drapeau qui ornait la salle d'audience. J. D. ne lui avait pas écrit pour lui donner une réponse. Il n'avait pas non plus appelé et n'avait pas parlé d'elle à Matt. S'il voulait la laisser tomber en douceur, lui faire comprendre que les sentiments qu'il avait pour elle n'étaient pas ceux qu'il avait imaginés, il l'aurait fait, non ? Il le lui aurait dit, et depuis longtemps, non ? Son estime et sa loyauté envers elle, en particulier s'il n'avait voulu que son amitié, auraient exigé une réponse rapide, une fin en douceur.

Du moins l'imaginait-elle. Et c'était ce qui faisait vivre l'espoir en elle jusqu'à la dernière minute.

— Monsieur Guiliani, entonna le juge, le temps de parole en faveur du requérant vient d'expirer. Je suis prête à rendre mon verdict sur cette affaire, et j'apprécierais beaucoup que vous…

— Votre honneur, vous permettez ?

Cette voix… Son prénom… Elle avait le souffle coupé. Quand elle pensait à sa voix, elle l'entendait prononcer son prénom… Ann… comme une prière. Mais doux Jésus… Avait-il appris que sans lui elle perdrait Jaz ? Était-il seulement venu pour lui épargner cette douleur ?

— À qui ai-je l'honneur ? demanda la juge d'un ton impatient.

Il se tenait désormais dans l'alignement des tables des avocats, face à la juge.

— J. D. Thorne, votre honneur. Jonah David Thorne en faveur de la requérante et de son fils, Jason.

Le cœur d'Ann résonnait sourdement dans ses tempes, mais la juge leva les yeux au ciel.

— Nous feriez-vous l'honneur de bien vouloir prendre place à la barre des témoins ? Et vous, jeune homme…, dit-elle en remuant un doigt à l'intention de Jaz, veuillez rejoindre votre place immédiatement.

— Mais je… C'est… Je veux dire, il est… Que fait-il ici ?

— Écoutez et peut-être aurez-vous votre réponse.

La juge baissa les yeux vers J. D. et lui fit prêter serment en notant ses nom et adresse.

— Bien. Alors. Passons outre les formalités d'usage, monsieur Thorne. Si vous vouliez bien avoir l'obligeance de nous en dire davantage. Faites bref, voulez-vous ?

Ann ne pouvait détacher son regard de J. D., et il se tourna vers elle. Il n'était pas venu par obligation, comprit-elle alors, pas par gentillesse ou sympathie. Par passion.

Une intimité, une attente, une constance.

— Votre Honneur, dit-il à l'intention de la juge, son regard toujours rivé dans les yeux pleins de larmes d'Ann. La requérante est venue à Billings pour passer du temps avec son fils, pour commencer à construire une vie avec lui. La requérante ne voulait pas que notre relation entre en jeu dans cette affaire, et j'ai choisi de respecter le temps qu'elle passait seule avec son fils, sachant que nous aurions du temps pour nous — pour nous trois — quand ils seraient enfin tous deux réunis. Pour faire bref, Votre Honneur, la requérante et moi envisageons de nous marier pour former une famille.

— Putain de merde ! cria Jaz en tapant dans la main de Guiliani.

Ann contemplait toujours J. D. Et là, assis dans le fauteuil des témoins d'une salle d'audience, ni à genoux ni sous les étoiles, il accepta son autre requête. Ses mots gravés à jamais dans les archives du tribunal.

— Veux-tu toujours de moi, Annie Calder ?

— Madame Calder ? demanda la juge en s'adressant à Ann. Quelle est votre réponse ?

Son cœur résonnait d'une joie trop intense à supporter.

— Un seul mot.

Je suis à mon bien-aimé et son désir est pour moi.
— Et qui serait ?
— Oui.
La juge leva de nouveau les yeux au ciel, frappa son pupitre de son marteau et accéda à la requête de la requérante.

Retrouvez prochainement, dans votre collection
BLACK ROSE

Invincibles ensemble, de Lena Diaz - N°667

LES JUSTICIERS - 2/4

Le visage fermé, le regard dur, Bryson Anton fixe Teagan et marmonne : « Je ne fais plus partie des Justiciers, sortez de chez moi ! » Mais Teagan ne bouge pas. Rien ni personne ne pourra la détourner de sa quête. Car le criminel qui l'a attaquée, enfermée, brutalisée durant des jours, court toujours. Un autre purge sa peine à sa place, et Bryson, l'ancien profileur du FBI, est le seul homme capable de le retrouver…

Pour l'amour de Rachel, de Nicole Helm

Chaque nuit, Rachel Knight revit l'attaque dont elle a été victime quand elle avait quatre ans et qui l'a rendue à moitié aveugle… Mais, depuis peu, son cauchemar est différent : ce n'est plus un puma qui l'attaque mais un homme armé d'un couteau. Terrifiée par le réalisme des images qui la hantent, Rachel demande l'aide de Tucker. Tucker qui a grandi avec elle et dont elle sait qu'il fera tout pour la secourir…

Le lac des disparues, de Carol Ericson - N°668

Alors qu'elle enquête sur une série de meurtres liés à un trafic de drogue dans la région des Grands Lacs, Aria Calletti fait la connaissance de Grayson Rhodes, employé sur le port. Elle le recrute comme indicateur, sans savoir que le séduisant docker travaille sous couverture et qu'il est là pour les mêmes raisons qu'elle. Car sa sœur, mère d'un bébé de sept mois, fait partie des victimes…

Murée dans le silence, de Rita Herron

Quel terrible secret cache Peyton Weiss ? Pour faire la lumière sur l'incendie criminel qui a ravagé l'hôpital où Peyton travaillait et où son propre père est mort en tentant de sauver des vies, Liam Maverick interroge la jolie infirmière murée dans son silence. Est-elle menacée ? Protège-t-elle quelqu'un ? Qu'importe les raisons de son mutisme, il est bien décidé à briser ses défenses…

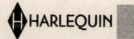

Retrouvez prochainement, dans votre collection
BLACK ROSE

Cet enfant qui est le tien, de Carla Cassidy - N°669

Depuis peu, Eva reçoit des lettres de menaces destinées, de toute évidence, à la chasser de son ranch. Et voilà qu'une nouvelle stupéfiante vient la distraire de ses soucis : Jake Albright est de retour en ville... Partagée entre exaltation et doute, elle appréhende ces retrouvailles. Car bien qu'il ait quitté le Kansas, dix ans plus tôt, à cause d'elle, elle aime encore Jake. Et elle va devoir lui annoncer qu'il est le père de son fils Andy...

Sauvée malgré elle, de Julie Miller

Indépendante, sûre d'elle, Amy Hall refuse toute forme de protection. Pourtant, lorsque pour la troisième fois sa propriété est la proie des flammes, elle doit bien se rendre à l'évidence : un pyromane en veut à sa vie. Sauvée in extremis par Mark Taylor qui a bravé le danger pour l'extraire des flammes, elle balaye ses réticences et se laisse aller au trouble que le séduisant pompier a fait naître en elle...

La détresse d'une mère, de Cindi Myers - N°670

Alors qu'elle se cache dans une chambre d'hôtel, quatre hommes surgissent et Stacy comprend, terrifiée, que le cauchemar vient de recommencer... Vite, il faut qu'elle protège Carlo, son fils de trois ans, de ces criminels qui sont venus l'enlever ! Car le petit garçon n'a pas choisi d'avoir pour père un baron de la mafia, un truand notoire que Stacy a été contrainte d'épouser parce qu'elle y a été forcée...

Au centre du danger, de Delores Fossen

Le souffle coupé, Rayanne observe l'homme caché derrière le mur de sa propriété. Que fait ici Blue McCurdy avec qui elle a passé une nuit d'amour, cinq mois plus tôt ? Mais soudain une voiture s'approche, et Blue sort son arme. Rayanne sent alors la panique monter en elle : pourquoi Blue est-il revenu ? Et représente-t-il un danger pour elle et l'enfant – son enfant – qu'elle attend ?

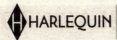

Retrouvez prochainement, dans votre collection
BLACK ROSE

Troublante cavale, de Barb Han - N°671

« Je vais vous rendre votre vie. » Le cœur battant, Sadie regarde Nick Campbell et s'interroge. Peut-elle faire confiance à ce policier sûr de lui qui, quelques heures plus tôt, l'a arrachée à l'existence paisible qu'elle menait sous une fausse identité ? Mais, surtout, n'a-t-elle pas eu tort de le suivre dans cette fuite éperdue à travers bois alors qu'une bande de tueurs est à leurs trousses ?

L'empreinte de la vérité, de Cynthia Eden

Alors qu'il s'apprête à fermer son agence de détectives, Grant voit arriver Scarlett, son amour de jeunesse, qu'il a quittée dix ans plus tôt. D'une voix paniquée, elle lui fait un étrange récit : recherchée pour le meurtre de son ex-petit ami, elle est venue le trouver pour qu'il l'aide à prouver son innocence et à retrouver le véritable assassin dont – elle en est sûre – elle sera la prochaine victime.

SAGAS

SECRETS. HÉRITAGE. PASSION.

Villa luxueuse en Grèce,
palais somptueux en Italie,
manoir mystérieux en Louisiane, chalet
enneigé en Alaska...
Voyagez aux quatre coins du monde et
vivez des histoires d'amour
à rebondissements grâce aux intégrales
de votre collection Sagas.

4 sagas à découvrir tous les deux mois.

OFFRE DE BIENVENUE !

Vous êtes fan de la collection Black Rose ?
Pour prolonger le plaisir, recevez gratuitement

◆ 1 livre Black Rose gratuit ◆
et 1 cadeau surprise !

Une fois votre colis de bienvenue reçu, si vous souhaitez continuer à recevoir nos romans Black Rose, cela se fera automatiquement. Vous recevrez alors chaque mois 3 volumes doubles inédits de cette collection au tarif unitaire de 7,90€ (Frais de port France : 2,49€).

➡ **ET AUSSI DES AVANTAGES EXCLUSIFS :**

➡ **LES BONNES RAISONS DE S'ABONNER :**

Aucun engagement de durée ni de minimum d'achat.
◆
Aucune adhésion à un club.
Vos romans en avant-première.
◆
La livraison à domicile.

Des cadeaux tout au long de l'année.
◆
Des réductions sur vos romans par le biais de nombreuses promotions.
◆
Des romans exclusivement réédités notamment des sagas à succès.
◆
Des points fidélité échangeables contre des livres ou des cadeaux.

➡ **REJOIGNEZ-NOUS VITE EN COMPLÉTANT ET EN NOUS RENVOYANT LE BULLETIN !**

✂ -

N° d'abonnée (si vous en avez un) ⊔⊔⊔⊔⊔⊔⊔⊔   `I1ZEA3`

Mme ☐ Mlle ☐ Nom : ....   Prénom : ....

Adresse : ....

CP : ⊔⊔⊔⊔⊔   Ville : ....

Pays : ....   Téléphone : ⊔⊔⊔⊔⊔⊔⊔⊔⊔⊔

E-mail : ....

Date de naissance : ⊔⊔ ⊔⊔ ⊔⊔⊔⊔

Renvoyez cette page à : Service Lectrices Harlequin – CS 20008 – 59718 Lille Cedex 9 - France

Date limite : **31 décembre 2021**. Vous recevrez votre colis environ 20 jours après réception de ce bon. Offre soumise à acceptation et réservée aux personnes majeures, résidant en France métropolitaine. Prix susceptibles de modification en cours d'année. Vous pouvez demander à accéder à vos données personnelles, à les rectifier ou à les effacer. Il vous suffit de nous écrire en nous indiquant vos nom, prénom et adresse à : Service Lectrices Harlequin - CS 20008 - 59718 LILLE Cedex 9. Harlequin® est une marque déposée du groupe HarperCollins France - 83/85, Bd Vincent Auriol – 75646 Paris cedex 13. Tél : 01 45 82 47 47. SA au capital de 3 120 000€ - R.C. Paris. Siret 31867159100069/APE5811Z.

RESTEZ CONNECTÉ AVEC HARLEQUIN

Harlequin vous offre un large choix de littérature sentimentale !

Sélectionnez votre style parmi toutes les idées de lecture proposées !

 www.harlequin.fr

 L'application Harlequin

- **Découvrez** toutes nos actualités, exclusivités, promotions, parutions à venir...

- **Partagez** vos avis sur vos dernières lectures...

- **Lisez** gratuitement en ligne

- **Retrouvez** vos abonnements, vos romans dédicacés, vos livres et vos ebooks en précommande...

- Des **ebooks gratuits** inclus dans l'application

- **50 nouveautés tous les mois** et + de 7 000 ebooks en téléchargement

- Des **petits prix** toute l'année

- Une **facilité de lecture** en un clic hors connexion

- Et plein d'autres avantages...

Téléchargez notre application gratuitement

SUIVEZ-NOUS !   facebook.com/HarlequinFrance
twitter.com/harlequinfrance

OFFRE DÉCOUVERTE !

Vous souhaitez découvrir nos collections ? Recevez **votre 1er colis gratuit*** avec **1 cadeau surprise !** Une fois votre colis de bienvenue reçu, si vous souhaitez continuer à recevoir nos livres, cela se fera automatiquement. Vous recevrez alors vos livres inédits** en avant-première.

Vous n'avez aucune obligation d'achat et cette offre est sans engagement de durée

*1 livre offert + 1 cadeau / 2 livres offerts pour la collection Azur + 1 cadeau.
Pour la collection Intrigues : 1er colis à 17,25€ avec 2 livres + 1 cadeau.
**Les livres Ispahan, Sagas, Gentlemen et Hors-Série sont des réédités.

☛ COCHEZ la collection choisie et renvoyez cette page au
Service Lectrices Harlequin – CS 20008 – 59718 Lille Cedex 9 – France

Collections	Références	Prix colis
❏ AZUR	Z1ZFA6	6 livres par mois 29,99€
❏ BLANCHE	B1ZFA3	3 livres par mois 24,45€
❏ LES HISTORIQUES	H1ZFA2	2 livres par mois 17,09€
❏ ISPAHAN	Y1ZFA3	3 livres tous les 2 mois 23,85€
❏ PASSIONS	R1ZFA3	3 livres par mois 25,89€
❏ SAGAS	N1ZFA3	3 livres tous les 2 mois 28,86€
❏ BLACK ROSE	I1ZFA3	3 livres par mois 26,19€
❏ VICTORIA	V1ZFA3	3 livres tous les 2 mois 26,19€
❏ GENTLEMEN	G1ZFA2	2 livres tous les 2 mois 17,35€
❏ HARMONY	O1DFA3	3 livres par mois 20,16€
❏ ALIÉNOR	A1ZFA2	2 livres tous les 2 mois 17,75€
❏ HORS-SÉRIE	C1ZFA2	2 livres tous les 2 mois 18,25€
❏ INTRIGUES	T1ZFA2	2 livres tous les 2 mois 17,25€

N° d'abonnée Harlequin (si vous en avez un) ⎵⎵⎵⎵⎵⎵⎵

Mme ❏ Mlle ❏   Nom : _____

Prénom : _____   Adresse : _____

Code Postal : ⎵⎵⎵⎵⎵   Ville : _____

Pays : _____   Tél. : ⎵⎵⎵⎵⎵⎵⎵⎵⎵⎵

E-mail : _____

Date de naissance : _____

Date limite : 31 décembre 2021. Vous recevrez votre colis environ 20 jours après réception de ce bon. Offre soumise à acceptation et réservée aux personnes majeures, résidant en France métropolitaine, dans la limite des stocks disponibles. Prix susceptibles de modification en cours d'année. Vous pouvez demander à accéder à vos données personnelles, à les rectifier ou à les effacer. Il vous suffit de nous écrire en nous indiquant vos nom, prénom et adresse à : Service Lectrices Harlequin CS 20008 59718 LILLE Cedex 9. Service Lectrices disponible du lundi au vendredi de 9h à 17h : 01 45 82 47 47.